dtv

Der Zusammenstoß des Mexikaners Cándido mit Delaney Mossbachers wachsgepflegtem Auto ist ein wortwörtlicher: Cándido, auf dem Weg zur Arbeit, rennt Delaney direkt vor die Haube und wird schwer verletzt. Dafür drückt Delaney ihm eine 20-Dollar-Note in die Hand. Delaney sieht seine geschützte Welt zunehmend bedroht von den dunkelhäutigen, verdächtigen Gestalten, die in der Nähe der eleganten Villensiedlung herumlungern und täglich ihr Glück auf dem Sklavenmarkt zu finden hoffen.
Zwei Welten prallen aufeinander: hier América und Cándido, illegale Einwanderer aus Mexiko, dort das Ehepaar Mossbacher – liberal, umwelt- und ernährungsbewusst. Ein tragikomischer Roman über den Zynismus und die Verlotterung der amerikanischen Gesellschaft.

T. Coraghessan Boyle, geboren 1948 in Peekskill, New York, unterrichtet an der University of Southern California in Los Angeles. Sein Werk wurde vielfach ausgezeichnet.

T.C. Boyle

América

Roman

Aus dem amerikanischen Englisch
von Werner Richter

dtv

Bei dtv ist das gesamte Werk
von T. Coraghessan Boyle lieferbar.

**Ausführliche Informationen über
unsere Autoren und Bücher
www.dtv.de**

MIX
Papier aus verantwortungsvollen Quellen
FSC www.fsc.org FSC® C083411

Sonderausgabe 2018
Bei dtv erstmals erschienen 1998.
Lizenzausgabe mit Genehmigung des Carl Hanser Verlag:

Die Originalausgabe erschien 1995 unter dem Titel
›The Tortilla Curtain‹ bei Viking Press in New York.

Umschlaggestaltung: FAVORITBUERO, München
Satz: C.H.Beck.Media.Solutions, Nördlingen
(Satz nach einer Vorlage des Carl Hanser Verlag)
Druck und Bindung: CPI books GmbH
Gedruckt auf säurefreiem, chlorfrei gebleichtem Papier
Printed in Germany · ISBN 978-3-423-14675-3

Für Pablo und Theresa Campos

Es sind keine Menschen. Ein Mensch würde nicht so leben wie sie. Ein Mensch könnte es nicht aushalten, so im Dreck und im Elend zu leben.

John Steinbeck,
Früchte des Zorns

Erster Teil

Arroyo Blanco

1

Im nachhinein versuchte er, sich die Sache in abstrakten Begriffen zu erklären, als Unfall in einer unfallträchtigen Welt, als Kollision gegenläufiger Kräfte – seiner Stoßstange und der schmächtigen, geduckten, plötzlich hervorstürzenden Gestalt eines dunkelhäutigen Kerlchens mit gehetztem Blick –, aber allzugut gelang es ihm nicht. Dies war keine statistische Größe in einer Versicherungstabelle, die in irgendeiner Schublade verstaubte, dies war kein unpersönlicher reiner Zufall. Passiert war es ihm, Delaney Mossbacher, wohnhaft Piñon Drive 32, Arroyo Blanco Estates, liberaler Humanist ohne Verkehrssündenregister und in einem wachsgepflegten japanischen Auto mit persönlichem Kennzeichen, und es traf ihn bis ins Mark. Wohin er den Blick auch wandte, überall sah er diese geröteten Augen, den weit aufgerissenen Mund, die schlechten Zähne und die merkwürdigen grauen Stellen in dem buschigen, schwarzen Schnurrbart – das Bild suchte seine Träume heim, schob sich auch tagsüber in seine Gedankenwelt, wie ein Fenster zu einer anderen Wirklichkeit. Er erkannte sein Opfer auf einem Briefmarkenbogen in der Post wieder, als Spiegelung in den blitzblanken Glasscheiben der langsam zuschwingenden Doppeltür von Jordans Grundschule, und es starrte ihm aus seinem Omelett *aux fines herbes* entgegen, wenn er am frühen Abend bei Emilio essen ging.

Das Ganze war so rasch gegangen. Eben noch war er den Cañon hinaufgekurvt, den Rücksitz voll mit Zeitungen, Mayonnaisegläsern und Cola-light-Dosen für die Altstoffcontainer, und hatte an nichts, an absolut gar nichts gedacht, und im nächsten Augenblick schleuderte das Auto in einer Staubwolke quer zur Fahrbahn auf die Bankette. Der Mann mußte in den Büschen gekauert haben wie irgendein Raubtier, ein streunender Hund oder eine Katze auf Vogeljagd, um sich im allerletzten Moment in einem wahnwitzigen, selbstmörderischen Akt auf die Straße zu stürzen. Da waren auf einmal dieser entgeisterte Blick, der buschige Schnurrbart, der zum stummen Schrei aufgerissene Mund und dann der Bremsruck, der Aufprall, das Marimba-Geprassel der Steine gegen den Unterboden und schließlich die Staubwolke. Der Motor war abgewürgt, die Klimaanlage lief auf Hochtouren, im Radio brabbelte eine Stimme über Einfuhrquoten und den amerikanischen Arbeitsmarkt. Der Mann war verschwunden. Delaney öffnete die Augen wieder und entspannte die zusammengebissenen Kiefer. Der Unfall war vorbei, gehörte bereits der Vergangenheit an.

Zu seiner Beschämung dachte Delaney als erstes an das Auto (war es beschädigt, verbeult, zerkratzt?), dann an die Versicherungsprämie (was würde nun aus seinem Bonus für unfallfreies Fahren werden?) und erst danach, reichlich spät, an das Opfer. Wer war der Mann? Wohin war er verschwunden? War ihm was passiert? War er verletzt? Am Verbluten? Am Sterben? Delaneys Hände am Lenkrad zitterten. Automatisch zog er den Schlüssel heraus und schaltete das Radio ab. Erst jetzt, noch in den Gurt gespannt und vom Adrenalin durchpulst, wurde ihm klar, was da wirklich geschehen war: Er hatte einen anderen Menschen verletzt, möglicherweise getötet. Es war nicht seine Schuld, weiß Gott nicht – der Mann war offenkundig ein Verrückter, ein durchgedrehter Selbstmörder, und kein Geschworenengericht würde ihn je verurteilen –, aber trotzdem, es war passiert. Mit rasendem Herzklopfen ließ er den Gurt zurückschnappen, machte behutsam die Tür auf und trat vorsichtig auf den sonnenheißen Randstreifen aus blankem Kies und Unrat.

Sofort und noch ehe er auch nur Atem holen konnte, wurde er fast umgeworfen vom Fahrtwind der Autos, die dicht an dicht den Cañon hinaufrasten wie ein endloser bedrohlicher Eisenbahnzug. Er klammerte sich an seinem Wagen fest, während die Sonne seinen Kopf in einem Würgegriff packte und die nicht klimatisierte Hitze des Asphalts ihm wie eine Faust entgegenfuhr, ein K.-o.-Schlag ins Gesicht. Wieder schossen zwei Autos vorbei. Ihm war schwindlig. Er schwitzte. Seine Hände zitterten. »Ich habe einen Unfall gehabt«, sagte er vor sich hin, wiederholte es immer wieder wie ein Mantra, »ich habe einen Unfall gehabt.«

Aber wo war das Opfer? War es davongeschleudert worden? Delaney sah sich hilflos um. Autos kamen die Cañonstraße herunter, in gleißendes Licht getaucht, andere fuhren hinauf, zu der Holzhandlung hundert Meter weiter rechts oder in die Seitenstraße dahinter, donnerten an ihm vorbei, als existierte er gar nicht. Eins nach dem anderen rasten die Gesichter der Fahrer auf ihn zu, schattenhaft und undeutlich hinter dem Panzer der getönten Windschutzscheiben. Keiner nahm von ihm Notiz. Keiner hielt an.

Er ging zunächst vorne um den Wagen herum und spähte in das undurchdringliche Gestrüpp am Straßenrand – Säckelblume, Chamiso, Rotstammstrauch –, suchte einen Hinweis, was geschehen war. Dann wandte er sich dem Auto zu. Das Plexiglas des rechten Scheinwerfers hatte einen Sprung, und die Blinkerkappe war aus dem Gehäuse gesprungen, doch abgesehen davon schien der Wagen keinen Schaden genommen zu haben. Er warf einen nervösen Blick ins Gebüsch, dann schob er sich an der Beifahrerseite entlang nach hinten, rechnete mit dem Schlimmsten, mit blutigem Fleisch und zersplitterten

Knochen, denn der Mann konnte nur noch unter dem Wagen eingeklemmt sein. Er bückte sich, drückte Hand und Knie in den Schotter und zwang sich nachzusehen. Crescendo, dann Erleichterung: Dort war nichts außer Staub und noch mehr Staub.

Das Nummernschild – PILGRIM, der Pilger und Pionier – blitzte in der Sonne auf, als er sich erhob und die Steinchen von den Händen klopfte. Er spähte noch einmal in die Büsche. »Hallo!« rief er unvermittelt im Lärm der Autos, die in beiden Richtungen vorbeirauschten. »Ist da jemand? Sind Sie verletzt?«

Er drehte sich langsam im Kreis, einmal, zweimal, als hätte er irgend etwas vergessen – Schlüsselbund, Brille, Brieftasche –, dann umrundete er den Wagen erneut. Wie war es möglich, daß niemand den Unfall beobachtet hatte? Wieso blieb niemand stehen, um Hilfe zu leisten, sich als Zeuge anzubieten, zu gaffen, höhnisch zu lachen, ganz egal, was? In den letzten fünf Minuten mußten an die hundert Autos vorbeigekommen sein, aber das nützte ihm wenig; ebensogut hätte er sich in der Wüste Arizonas verirrt haben können. Er blickte suchend die Straße hinauf zur Kurve bei der Holzhandlung und dem Supermarkt dahinter und sah weit weg die Gestalt eines Mannes, der die Tür seines geparkten Autos öffnete, den explosionsartigen Reflex des grellen, heißen Lichts. Und dann – er mußte den Drang niederkämpfen, einfach zu verschwinden, sich auf den Fahrersitz zu werfen und die Reifen quietschen zu lassen, diesen Idioten seinem Schicksal zu überlassen und alles zu leugnen, Datum, Uhrzeit, Ort, seine eigene Identität, die Sonne am Himmel – wandte sich Delaney nochmals dem Gestrüpp zu. »Hallo?« rief er wieder.

Nichts. Autos rasten vorbei. Die Sonne knallte ihm auf Schultern, Nacken, Hinterkopf.

Links von ihm, auf der anderen Straßenseite, ragte eine Felswand auf; zur Rechten fiel der Cañon zum rostbraunen Sandsteinbett des Topanga Creek ab, fünfzig bis hundert Meter tiefer. Delaney sah nichts als Büsche und Baumwipfel, aber jetzt wußte er, wo sein Mann war – dort unten lag er, zwischen den Krüppeleichen und Manzanitasträuchern. Die glasfaserverstärkte Stoßstange seines Acura hatte dieses klägliche Bündel aus Knorpeln und Knochen ganz einfach den Abhang des Cañons hinabgeschleudert, wie einen pfeilschnellen Pingpongball, und wie groß war die Chance, so etwas zu überleben? Auf einmal war ihm übel, durch seinen Kopf rasten wüste Bilder aus dem Reality-TV – Schußwechsel, Messerstechereien, Autounfälle, die endlose Parade von Opfern, die einem jeden Tag aufs neue serviert wurde –, und etwas Brennendes, Säuerliches stieg ihm in der Kehle auf. Warum er? Warum mußte das ausgerechnet ihm passieren?

Er wollte die Suche gerade aufgeben und zur Holzhandlung hinauflaufen, um Hilfe zu holen, die Polizei, eine Ambulanz – die würden wissen, was zu tun war –, als ihm im Gewirr der Sträucher ein Lichtreflex auffiel. Blindlings, gedankenlos stolperte er vorwärts, wie ein Fisch zum Köder – er wollte Gutes tun, wollte helfen, ja wirklich. Doch gleich darauf blieb er wieder stehen. Was da blitzte, war nicht, was er erwartet hatte: keine Münze und kein Kruzifix, weder Gürtelschnalle noch Schlüsselring, kein Medaillon und auch nicht die Stahlspitze eines Stiefels, der dem Opfer vom Fuß gerissen worden war – nur ein verrosteter Einkaufswagen, in den Büschen versteckt neben einem kaum erkennbaren Pfad, der sich steil den Abhang hinabwand und nach fünf Metern hinter einer scharfen Biegung verschwand.

Delaney rief nochmals. Formte die Hände zum Trichter und schrie. Dann richtete er sich wieder auf, mit einem Mal wachsam, katzenhaft und auf der Hut. Mit seinen fünfundsiebzig Kilo bei eins sechsundsiebzig Körpergröße war er ein gedrungener Typ, die breiten Schultern zog er stets etwas nach vorn, so daß es aussah, als wäre er ständig in Gefahr, vornüber aufs Gesicht zu fallen, aber er war gut in Form und auf alles gefaßt. Was ihn so alarmierte, war die plötzliche Gewißheit, daß jemand die ganze Sache inszeniert hatte – von solchen Tricks las man oft im Lokalteil: Banden, die Unfälle vortäuschten und dann arglose, gesetzestreue, hilfsbereite und vollkaskoversicherte Autofahrer ausraubten … Allerdings: Wo war die Bande? Auf dem steilen Pfad da unten? Kauerten sie hinter der Wegbiegung und warteten, daß er den ersten verhängnisvollen Schritt in die Büsche hinein und außer Sichtweite der Straße tat?

Vielleicht hätte er den ganzen restlichen Nachmittag so spekuliert – das verschwundene Unfallopfer, ein Fall für die *Akte X* oder irgendein Horrorvideo –, wenn nicht plötzlich aus dem Gestrüpp direkt rechts von ihm ein leises Gemurmel an sein Ohr gedrungen wäre. Mehr als Gemurmel – es war ein tiefes, klagendes, gutturales Stöhnen, das ihm die Kehle zuschnürte, der Ausdruck der urtümlichsten, elementarsten Empfindung, die der Mensch kennt: Schmerz. Delaneys Blick wanderte von dem Einkaufswagen auf den Pfad und dann zu dem Strauch zu seiner Rechten, und da war er, der Mann mit den roten Augen und dem ergrauenden Schnurrbart, der tollkühne Selbstmörder, das Stehaufmännchen, das urplötzlich vor seiner Stoßstange aufgetaucht war und ihm den Nachmittag ruiniert hatte. Der Kerl lag auf dem Rücken, alle Glieder schlaff von sich gestreckt, als hätte ein trotziges kleines Mädchen seine Puppe in die Ecke gepfeffert. Ein blutiges Rinnsal, etwa fingerdick, lief ihm aus dem Mundwinkel, und Delaney konnte sich nicht erinnern, je zuvor ein so leuchtendes Rot gesehen zu haben. Zwei Augen, in denen dumpfer Schmerz lag, sahen ihn an, hielten ihn mit aller Macht fest.

»Ist Ihnen ... ist Ihnen was passiert?« hörte sich Delaney sagen.

Der Mann zuckte zusammen und versuchte den Kopf zu bewegen. Delaney sah jetzt, daß seine linke Gesichtshälfte – die bisher abgewandte Seite – ganz zerschrammt war, aufgeschürft und blutig, ein gehäutetes Stück Fleisch. Dann bemerkte er den linken Arm des Mannes, den zerfetzten Hemdsärmel und die Haut darunter, die mit Blut und kleinen Steinchen und Laub verklebt war, sah die blutverschmierte Hand, die eine zerknitterte Papiertüte gegen die Brust drückte. Glasscherben bohrten sich durch das Papier wie Klauen, und das khakifarbene Hemd des Mannes war getränkt von Orangenlimonade; eine Plastikpackung, in der Delaney einen Stapel Fertigtortillas *(»como hechas a mano«)* erkannte, lag zwischen den Beinen des Mannes, als wäre sie dort angeklebt.

»Kann ich Ihnen irgendwie helfen?« flüsterte Delaney und gestikulierte sinnlos. Es war ihm nicht klar, ob er ihm die Hand entgegenstrecken sollte oder nicht. Durfte man den Mann bewegen? Schaffte er das überhaupt? »Ich meine, es tut mir leid, ich ... Warum sind Sie aber auch auf die Straße gerannt? Was ist bloß in Sie gefahren? Haben Sie mich denn nicht gesehen?«

Fliegen surrten durch die Luft. Unter ihnen erstreckte sich der Cañon, chaotisch verstreute Felsbrocken und verwittertes Geröll, ein Krieg zwischen Licht und Schatten. Der Mann versuchte sich aufzurappeln. Er strampelte mit den Beinen wie ein auf ein Brett gepinntes Insekt, dann wurde sein Blick wieder klar, und er mühte sich ächzend in eine sitzende Haltung hoch. Dann sagte er etwas in einer fremden Sprache, in seiner Kehle gurgelte und rasselte es, und Delaney wußte nicht, was er tun sollte.

Französisch war es nicht, das stand fest. Und Norwegisch auch nicht. Die Vereinigten Staaten hatten keine dreitausend Kilometer lange Grenze mit Frankreich – ebensowenig wie mit Norwegen. Der Mann war Mexikaner, ein Latino, das war er, und er sprach Spanisch, einen heißen, wilden Trommelwirbel von Sprache, zu der Delaneys vier Jahre Highschool-Französisch ihm nur wenig Zugang verliehen. »*Docteur?*« versuchte er es.

Die Miene des Mannes war völlig ausdruckslos, Blut tröpfelte ihm stetig aus dem Mundwinkel, vom Schnurrbart weitgehend verdeckt. Er war nicht so jung, wie Delaney zuerst geglaubt hatte, und auch nicht so schmächtig – sein Hemd spannte sich an den Schultern, und rund um die Körpermitte, gleich über der Tortillapackung, zeigte sich ein Anflug von Bauch. Auch das Haar hatte graue Strähnen. Er zog eine Grimasse und atmete hörbar ein, wobei er eine Reihe unregelmäßiger Zähne entblößte, die an die Pfähle eines windschiefen Zauns erinnerten. »*No quiero un matasanos*«, knurrte er und verzog das Gesicht, als er in einem Wirbelwind aus Zweigen, Staub und zertretenen Disteln auf die Beine kam, »*no lo necesito.*«

Eine Zeitlang standen sie einfach da und betrachteten einander, der unfreiwillige Täter und das unfreiwillige Opfer, dann ließ der Mann die nutzlose Papiertüte los, die klirrend aufschlug. Sie blieb vor seinen Füßen im Staub liegen, und sie sahen sich beide an, wie in der Zeit erstarrt, bis der Fremde geistesabwesend die Hand ausstreckte, um die Tortillas an sich zu nehmen, die immer noch an seiner Hose klebten. Es war, als schüttelte er sich, wie ein Hund, der aus dem Wasser kommt, und während er die Tortillas mit seiner unverletzten Hand gepackt hielt, beugte er sich schwankend vor, um einen dicken Blutklumpen auszuspucken.

Delaney spürte, wie ihn Erleichterung durchströmte – der Mann würde nicht sterben, und er würde ihn auch nicht verklagen, es war ihm nichts passiert, und es war vorbei. »Kann ich etwas für Sie tun?« fragte er und fühlte sich auf einmal sehr mildtätig. »Ich meine, soll ich Sie irgendwo hinfahren oder so?« Delaney deutete auf seinen Wagen. Er hob die Hände und tat so, als würde er ein Auto lenken. »*Dans la voiture?*«

Der Mann spuckte nochmals aus. Seine linke Gesichtshälfte glänzte in der grellen Sonne, häßlich und verschmiert mit Lymphe, Schmutz, Hautfetzen und zerquetschten Pflanzen. Er sah Delaney an wie einen entflohenen Irrenhäusler. »Tuun?« echote er.

Delaney wurde unruhig. Die Hitze setzte ihm zu. Er schob sich die Brille auf der Nase zurecht. Er versuchte es noch einmal. »Ja, also: *helfen*. Kann ich Ihnen helfen?«

Auf einmal grinste der Mann, versuchte es jedenfalls. Ein Film aus Blut überzog seine schiefen Zähne, und er leckte ihn mit der Zunge weg. »Geld?« murmelte er undeutlich und rieb Daumen und Zeigefinger der freien Hand aneinander.

»Geld«, wiederholte Delaney, »ach so, okay, Geld«, und er griff nach seiner Brieftasche, während die Sonne sich in den Cañon bohrte, die Autos vorbeizischten und hoch über ihnen ein Geier im heißen Aufwind dahintrieb.

Delaney erinnerte sich nicht daran, wieder eingestiegen zu sein, aber irgendwie lenkte, bremste und fuhr er auf einmal wieder, folgte einer Reihe von Rücklichtern den Cañon hinauf, erneut unzugänglich und von der Außenwelt abgeschottet. Er fuhr wie in Trance, spürte kaum, wie ihm die Klimaanlage Luft ins Gesicht blies, und war so gedankenversunken, daß er am Recyclingzentrum vorbeifuhr und dies erst fünf Blocks später bemerkte, und dann, nachdem er auf fragwürdige Weise in den zweispurigen Gegenverkehr gewendet hatte, vergaß er es wieder und fuhr erneut daran vorbei. Es war vorüber. Er hatte bezahlt, Zeugen gab es keine, und der Mann war für immer aus seinem Leben verschwunden. Trotzdem, sosehr es Delaney auch versuchte, er konnte das Bild des Unfallopfers nicht abschütteln.

Er hatte dem Mann zwanzig Dollar gegeben – wohl das mindeste, was er tun konnte –, und der hatte den Schein hastig in die Tasche seiner billigen, fleckigen Hose gestopft, tief Luft geholt und sich umgedreht, ohne auch nur ein Kopfnicken oder eine Geste des Dankes. Andererseits stand er bestimmt unter Schock. Delaney war kein Arzt, aber der Bursche machte einen ziemlich wackligen Eindruck – und sein Gesicht sah schlimm aus, wirklich schlimm. Delaney hatte sich mit der Banknote in der Hand vorgebeugt und dabei fasziniert beobachtet, wie eine Fliege von der aufgeschürften Haut am Unterkiefer des Mannes aufflog und eine zweite, ein fettes schwarzes Vieh, sich an derselben Stelle niederließ. In diesem Augenblick schien sich das fremde Gesicht vor ihm zu verwandeln, in dem grellen, gnadenlosen Licht auszuglühen, ein hartes, kaltes Dreieck von Gesicht, das seltsam locker unter der kupferfarbenen Haut zu sitzen schien, der linke Backenknochen ganz schief und verschwollen – war er geprellt, gebrochen? Oder sah er immer so aus? Ehe Delaney das entscheiden konnte, hatte sich der Mann abrupt abgewandt und war den Pfad hinabgehumpelt, mit extrem staksigen Schritten, die unter anderen Umständen wohl komisch gewirkt hätten – er erinnerte Delaney an nichts so sehr wie an Charlie Chaplin, der nach einer imaginären Erniedrigung davonschlurfte –, dann war er um die Biegung verschwunden, und der Nachmittag ging weiter wie ein löchriges Stück Stoff aus gebrauchten und geborgten Augenblicken.

Mit düsterem Blick und immer noch zitternden Händen warf Delaney die Blechdosen und die Flaschen – Grünglas,

Braunglas, Weißglas, alles sauber getrennt – in die entsprechenden Container, dann fuhr er auf die große Waage vor der Lagerhalle, um sich das Zeitungspapier hinten im Auto wiegen zu lassen. Während die Frau hinter dem Fenster die Zahl auf seiner Quittung notierte, dachte er schon wieder an den verletzten Mann und fragte sich, ob der Backenknochen ordentlich zusammenwachsen würde, falls er tatsächlich gebrochen war – schienen ließ sich so etwas ja nicht. Und wo würde der Mann sich waschen und seine Wunden desinfizieren? Im Bach? An einer Tankstelle?

Es war verrückt, einfach jede Hilfe abzulehnen, total verrückt. Dennoch hatte er es getan. Und das hieß, daß er illegal hier war – ginge er zum Arzt, würde er abgeschoben. Darin lag eine solche Verzweiflung, eine so unendliche Traurigkeit, daß Delaney eine Weile in Gedanken ganz woanders war, reglos vor der Halle stand, die Quittung in der Hand, und ins Leere starrte.

Er versuchte, sich das Leben des Mannes vorzustellen – das enge Zimmer, die Tüte mit matschigen Orangen von der Straßenecke, Arbeit mit Schaufel und Hacke, kalte weiße Bohnen direkt aus der Dose für neunundvierzig Cent. Pappige Tortillas. Orangenlimo. Die Umtata-Musik der Akkordeons und die blechernen Harmonien. Aber was machte er dann auf dem Topanga Canyon Boulevard um halb zwei Uhr nachmittags, da draußen mitten in der Wildnis? Arbeiten? Mittagspause?

Und auf einmal wurde es Delaney klar, und die Erkenntnis traf ihn wie ein Schlag: der Einkaufswagen, die Tortillas, der Pfad in den Cañon hinab – der Mann campte da unten, das war es! Er campte, lebte, hauste dort. Machte die Bäume und Sträucher, die ganze Wildnis des Topanga State Park zu seiner Privatwohnung, kackte in die Büsche, kippte seinen Müll hinter die Felsen, vergiftete den Bach und ruinierte die Natur für alle anderen. Das dort unten war Staatsbesitz – vor den Baufirmen und ihren Bulldozern gerettet und für die öffentliche Erholung reserviert, für die Natur, nicht für irgendein Freiluftghetto. Und die Brandgefahr? Um diese Jahreszeit war der Cañon trocken wie Zunder, das war bekannt.

Delaneys Schuldgefühle verwandelten sich in Wut, in Empörung.

Meine Güte, wie er das haßte – allein der Abfall machte ihn fuchsteufelswild. Wie oft hatte er mit einer Gruppe von Freiwilligen den einen oder anderen Pfad gesäubert, mit Rechen und Schaufeln und schwarzen Müllsäcken? Und wie oft war er, manchmal nur Tage später, zurückgekommen, um alles wieder genauso verdreckt vorzufinden? Kein Weg in den Santa Monica Mountains ohne zerdrückte Bierdosen, ohne einen Teppich aus Glasscherben, Zigarettenstummeln und Einwickelpapier von Schokoriegeln, und Leute wie dieser Mexikaner, oder was immer er war, waren verantwortlich dafür, gedankenlose, dumme Menschen – Menschen, die die ganze Welt in eine Müllhalde verwandeln wollten, in ein kleines Tijuana …

Delaney kochte vor Zorn, wollte am liebsten gleich seinem Kongreßabgeordneten schreiben, den Sheriff holen, irgendwas – doch dann beherrschte er sich. Vielleicht zog er ja voreilige Schlüsse. Woher wußte er denn, wer der Mann war und was er da tat? Nur weil er Spanisch sprach, war er noch kein Verbrecher. Vielleicht picknickte er nur, war Hobby-Vogelkundler oder Angler; vielleicht war er ja ein Naturfreund von südlich der Grenze, der den Fliegenschnäpper oder den kalifornischen Zaunkönig studieren wollte …

Ja, sicher. Und Delaney war der König von Siam.

Als er sich seiner selbst wieder bewußt wurde, saß er erneut in seinem Wagen und fuhr an den Glas- und Aluminiumbehältern vorbei in die riesige, unordentliche

Lagerhalle, in der sich Berge von Pappkartons und Papier türmten und dunkle umtriebige Männer zwischen den Stapeln der Zeitungen von vorgestern herumwuselten – und diese Männer, stellte er jetzt zu seinem Erschrecken fest, sahen haargenau wie der Selbstmordkandidat von vorhin aus, bis zu den dunklen Augen und den schroffen schwarzen Balken ihrer Schnurrbärte. Sie trugen sogar die gleichen khakifarbenen Arbeitshemden und sackartigen Hosen. Er lebte jetzt beinahe zwei Jahre in Los Angeles und hatte nie recht darüber nachgedacht, aber sie waren überall, diese Männer, allgegenwärtig, und gingen ihrer Arbeit nach, ob sie nun bei McDonald's den Boden wischten, in dem Sträßchen hinter Emilios Restaurant die Mülleimer auskippten oder zielstrebig die makellosen Rasenflächen von Arroyo Blanco Estates zweimal wöchentlich mit Rechen und Gebläse pflegten. Wo kamen die nur alle her? Was wollten sie? Und warum mußten sie sich vor die Räder seines Autos werfen?

Er öffnete die Hecktür und warf die fest verschnürten Papierbündel auf den nächstgelegenen Stapel, als ein schriller, durchdringender Pfeifton den Lärm der Maschinen, leerlaufenden Motoren, zuknallenden Türen und Kofferraumhauben übertönte. Delaney blickte auf. Ein Gabelstapler war herangefahren, und der Mann, der ihn steuerte, machte ihm irgendein Zeichen, das Gesicht unter dem Rand seines gelben Schutzhelms verborgen. Er sagte etwas, das Delaney nicht recht hörte. »Was?« schrie er durch den Lärm der Lagerhalle.

Ein heißer Windstoß blies durch den Eingang und wirbelte Staub auf. Prospekte und Sonntagsbeilagen flogen durch die Luft: *Parade, Holiday, Zehn Ausflugsideen fürs Wochenende.* Motoren brummten, Männer brüllten, Gabelstapler hupten und spotzten. Der Mann sah von seinem Sitz auf ihn herab; die glänzenden, blankgewetzten

Arme des Fahrzeugs gaben unter der Ladung aus Zeitungen nach, als würden sie es nicht schaffen, als müßten selbst Blech und Stahl unter der Last all dieser Nachrichten schlappmachen.

»*Ponlos allá*«, sagte der Arbeiter und zeigte in die andere Ecke des Gebäudes.

Delaney starrte zu ihm auf, die Arme voller Papier. »Was?« wiederholte er.

Eine Weile blieb der Mann einfach still sitzen und starrte zurück. Ein zweiter Wagen fuhr herein. Eine Taube schoß aus dem Dach herab, und Delaney sah, daß dort oben, in der hohen, offenen zweistöckigen Balkenkonstruktion, Dutzende von Tauben saßen. Der Mann mit dem Helm beugte sich vor und spuckte wohlüberlegt auf den Boden. Dann setzte der Gabelstapler ohne jede Vorwarnung abrupt zurück, drehte sich um die eigene Achse und verschwand zwischen den Bergen aus Altpapier.

»Und was haben Sie da überfahren – ein Reh? Einen Coyoten?«

Delaney stand im Ausstellungsraum der Acura-Vertretung, in diesem großen, häßlichen, zinnenbewehrten Quader, den er immer gehaßt hatte – er fügte sich nicht in die Hügellandschaft, nicht einmal ansatzweise, überhaupt nicht –, heute aber fühlte er sich hier seltsam behaglich. Als er mit dem gesprungenen Scheinwerferglas und der herausgerissenen Blinkerkappe auf das Gelände zufuhr, schien es ihm eine Bastion des Vertrauten und Geregelten, wo Verhandlungen in der gewohnten Weise geführt wurden, auf Stühlen mit hohen Lehnen und mit Verträgen, Scheckbüchern und Bilanzen. Hier gab es Schreibtische und Telefone, die Luft war kühl, der Fußboden blitzblank. Und die Autos selbst – stählern und unangreifbar, so neu, daß sie nur nach Wachs, Gummi und

Kunststoff rochen – kamen ihm vor wie heilsame Geister, die wie schweres Mobiliar in dem höhlenartigen Raum verteilt waren. Er saß auf der Ecke von Kenny Grissoms Schreibtisch, und Kenny Grissom, der überdrehte, mondgesichtige fünfunddreißigjährige Bursche, der ihm den Wagen verkauft hatte, bemühte sich um einen betroffenen Gesichtsausdruck.

Delaney zuckte die Achseln, griff bereits nach dem Telefon. »Muß ein Hund gewesen sein. Vielleicht auch ein Coyote, aber dafür war's eigentlich zu groß. Eher ein Hund. Ja, sicher, bestimmt. Ein Hund.«

Warum log er eigentlich? Warum mußte er ständig an alte Schwarzweißfilme denken, in denen Männer mit zerknitterten Hüten sich vorbeugten, um sich die Zigaretten anzuzünden, und einen Fall von Fahrerflucht mit Hilfe von winzigen Lackspuren aufklärten – oder durch ein gesprungenes Scheinwerferglas? Weil er Vorsichtsmaßnahmen traf, deshalb. Weil er dieses arme Schwein am Straßenrand zurückgelassen, im Stich gelassen hatte, und weil er froh darüber gewesen war, erleichtert, daß er sich mit den zwanzig Dollar Blutgeld hatte freikaufen können. Aber wie paßte das in sein liberal-humanistisches Konzept?

»Ich hab auch mal 'nen Hund überfahren«, bot Kenny Grissom gesprächsweise an, »damals in Arizona. So ein riesiges graues Zottelvieh, muß wohl ein Hirtenhund oder so was gewesen sein. Bin damals einen von diesen Pickups gefahren, so einen Ford-Halbtonner mit einer Achtlitermaschine, und meine Freundin saß mit drin. Den Hund hab ich nicht mal gesehen – eben noch fahr ich zügig dahin, und im nächsten Moment ist Kim in Tränen aufgelöst, und im Rückspiegel seh ich mitten auf der Fahrbahn so 'n Ding liegen, das aussieht wie ein alter Teppich. Keine Ahnung, was passiert ist. Ich setz also zurück, da kommt das Vieh wieder auf die Beine, aber es hat bloß drei – und ich denk mir: Ach, du Scheiße, hab ich dem doch glatt das Bein abgerissen, aber dann steigt Kim aus, und wir sehen uns die Sache näher an, und nirgendwo ist Blut oder so, nur dieser Stumpf.«

In Kennys Gesicht zuckte es, als säße etwas unter der Haut und versuchte krampfhaft freizukommen. »Der blöde Köter *hatte* nur drei Beine, von Anfang an«, rief er plötzlich aus, »kein Wunder, daß er nicht schnell genug von der Straße kam!« Sein Lachen gellte durch den riesigen, hohen Raum, das Lachen eines Verkäufers, allzu kantig und selbstzufrieden. Gleich darauf paßte sich seine Miene wieder der Situation an, plötzlich sachlich und gefaßt um die hellen, rötlichbraunen Quasten seines Schnurrbarts organisiert. »Aber man fühlt sich höllisch mies, ich weiß«, bemerkte er in einer Art Jodler. »Keine Sorge, Ihren Wagen kriegen wir wieder hin, der wird so gut wie neu. Sie können gerne telefonieren.«

Delaney nickte nur. Er hatte Kyras Büroanschluß gewählt und hörte schon den Klingelton.

»Hallo?« Ihre Stimme klang hell, kräftig, direkt bei ihm.

»Ich bin's, Schatz.«

»Was ist passiert? Wegen Jordan? Ist Jordan etwas zugestoßen?«

Delaney atmete tief durch. Mit einem Mal fühlte er sich gekränkt und ausgenutzt, bereit, alles heraussprudeln zu lassen. »Ich hab einen Unfall gehabt.«

Jetzt war sie an der Reihe: Sie holte tief Luft, die Stimme blieb ihr in der Kehle stecken. »Ist Jordan verletzt? Sag mir gleich das Schlimmste, sofort! Was ist los? Ich halte das nicht aus.«

»Niemand ist verletzt, Schatz, alles ist in Ordnung. Und Jordan hab ich noch gar nicht abgeholt.«

Eine dumpfe Stille, das Klicken von Zählern, das Flakkern von Synapsen. »Ist dir was passiert? Wo bist du?«

»In der Acura-Vertretung. Sie reparieren mir gerade den Scheinwerfer.« Er sah sich um und senkte die Stimme, obwohl Kenny Grissom nirgends zu sehen war. »Ich habe einen Mann angefahren.«

»*Einen Mann angefahren?*« In ihrer Stimme loderte Zorn auf. »Was redest du da?«

»Einen Mexikaner. Jedenfalls glaube ich, daß er Mexikaner war. Auf der Cañonstraße. Ich wollte gerade zum Recyclingzentrum fahren.«

»Du liebe Zeit. Hast du schon Jack angerufen?«

Jack war Jack Jardine, ihr Freund, Nachbar, Berater und Anwalt, zugleich auch Vorsitzender der Eigentümergemeinschaft von Arroyo Blanco Estates. »Nein –« Delaney seufzte, »ich bin ja gerade erst gekommen, und ich wollte es dir sagen ... wollte, daß du es weißt ...«

»Was denkst du dir eigentlich? Hast du den Verstand verloren? Kannst du dir überhaupt vorstellen, wieviel Schmerzensgeld einer von diesen Winkeladvokaten aus uns rausschlagen kann, wenn er so eine Geschichte in die Klauen kriegt? Du hast jemanden *angefahren?* War er verletzt? Hast du ihn ins Krankenhaus gefahren? Unsere Versicherung verständigt?«

Delaney bemühte sich, die Ruhe zu bewahren. Kyra war reizbar, explosiv, ihr Nervensystem stand derart unter Strom, daß sie ständig knapp vor der Überbelastung war, selbst wenn sie schlief. Belanglosigkeiten gab es in ihrem Leben nicht. »Nein, hör zu, Kyra: Mit dem Mann ist alles in Ordnung. Ich meine, er hatte nur ... ein paar Schrammen, sonst nichts. Er ist verschwunden, er ist weggegangen. Ich habe ihm zwanzig Dollar gegeben.«

»Zwanzig ...«

Und dann, ehe die Worte in seinem Mund zu Asche werden konnten, war es heraus: »Ich sage dir doch – es war ein *Mexikaner.*«

2

Er wußte, was Kopfschmerzen waren – sein ganzes Leben war ein einziger Kopfschmerz, sein ganzes stinkendes, wertloses *pinche vida* –, aber das hier war anders. Es fühlte sich an, als wäre in seinem Kopf eine Bombe explodiert, eine dieser fetten Atombomben, wie sie sie auf die Japaner abgeworfen hatten, und die wabernde schwarze Pilzwolke preßte und drückte gegen seinen Schädel, drohte ihn zu zersprengen, quetschte ihn unerbittlich zusammen, immer fester und fester und fester. Aber das war noch nicht alles – auch in seinem Magen rumorte es, und er sank auf Hände und Knie und kotzte in die Büsche, auf halbem Wege zum Camp in der Schlucht. Das Frühstück kam ihm hoch – zwei hartgekochte Eier, eine halbe Tasse von der aufgewärmten dünnen Pisse, die als Kaffee durchging, und eine Tortilla, die ihm am Stock über dem Feuer versehentlich angebrannt war –, alles, jedes Klümpchen, jeder Brocken, und dann kotzte er gleich noch mal. Er würgte, bis er die Galle im Hals schmeckte, und immer noch konnte er sich kaum bewegen, ein unbezwingbarer Druck bohrte sich quer durch seinen Kopf, und er kauerte stundenlang da, so schien es ihm, hypnotisiert von einem langen Spuckefaden, der ihm beharrlich aus dem Mund hing.

Als er wieder auf die Beine kam, hatte sich alles verändert. Die Schlucht war in Schatten getaucht, die Sonne hing in den Baumwipfeln, und dem unermüdlichen Geier am Himmel hatten sich zwei Artgenossen zugesellt. »Los doch, kommt und holt mich!« knurrte er, spuckte aus und zuckte dabei zusammen. »Genau das bin ich – ein jämmerlicher Kadaver, ein Stück Fleisch auf Beinen.« Aber

Herr im Himmel, wie weh es tat! Er fuhr sich mit der Hand an die Wange, und die aufgeschürfte Haut dort war hart und verkrustet, als hätte man ihm ein altes Holzbrett an den Kopf genagelt. Was war ihm eigentlich passiert? Über die Straße war er gegangen, auf dem Rückweg von dem kleinen Supermarkt, wo er eingekauft hatte, nachdem die Arbeitsvermittlung zugemacht hatte, dem billigeren Supermarkt, der aber weiter weg war, und was tat es schon, daß er sich auf der anderen Straßenseite befand? Der alte Mann an der Kasse dort – er kam aus Italien und nannte sich einen *paisano* – sah einen nicht an, als wäre man Dreck, als wollte man etwas stehlen, als könnte man die Finger nicht von all den bunten Packungen mit diesem und jenem lassen, mit Schinken und Nachos und Shampoo und kleinen, in Plastik eingeschweißten grau-schwarzen Batterien. Dort hatte er eine große Flasche Orangenlimo gekauft und eine Packung Tortillas zu den gelben Bohnen, die im Topf angebrannt waren ... und was war dann gewesen? Er war über die Straße gegangen.

Ja. Und dann hatte ihn dieser rosagesichtige *gabacho* umgefahren, mit seiner knallroten *gabacho*-Nase, auf der eine dieser kleinen Advokatenbrillen klemmte. So viel Stahl und Glas und Chrom, ein riesiger heißer Motor aus Eisen – wie ein Panzer war das Ding auf ihn zugerollt, und er hatte als einzigen Schutz sein Baumwollhemd, die dünne Hose und ein Paar ausgetretener *huaraches*. Er starrte benebelt um sich – auf das feine Geflecht des Unterholzes, auf die Vögel in den Zweigen und Baumwipfeln weiter unten und auf die Geier, die ihre zackige Signatur in den Himmel krakelten. América würde sich um ihn kümmern, sobald sie zurückkäme, sie würde ihm einen Tee aus Manzanitabeeren gegen den Schmerz kochen, die Wunden auswaschen, mitleidig mit der Zunge schnalzen und ihn so richtig umsorgen. Aber jetzt mußte er erst einmal den Pfad hinunter, und auf einmal spürte er ein Stechen in der Hüfte und im linken Knie, dort, wo seine Hose zerrissen war.

Es tat weh. Jeder einzelne Schritt. Aber er dachte an die Büßer im Wallfahrtsort Chalma, die zwei Kilometer weit auf den Knien rutschten, bis ihre Knochen bloßlagen, und er ging weiter. Zweimal strauchelte er. Einmal fing er sich mit dem gesunden Arm ab, aber beim zweitenmal fiel er voll in den Staub; er konnte nicht mehr klar sehen, die ganze glühendheiße Welt war plötzlich kühl und dunkel, als wäre er auf dem Grund des Meeres. Dann hörte er eine Spottdrossel, einen Pfiff und einen Triller in der Leere, und es klang, als würden auch diese Töne im Sonnenlicht ertrinken, und dann träumte er.

Seine Träume waren Wirklichkeit. Er schwebte nicht durch die Luft, sprach nicht mit dem Geist seiner toten Mutter oder bezwang seine Feinde – er saß fest auf der Müllhalde von Tijuana, den Maschendraht vor sich, América war speiübel, weil sie die *gastro* hatte, und er besaß keinen einzigen Cent mehr, nachdem die *cholos* und die *coyotes* ihn ausgenommen hatten. Holzplanken und Pappkartons über seinem Kopf. Der Gestank nach verbranntem Hundefleisch in der Luft. Zuunterst in der Hackordnung, sogar auf der Müllhalde. *Das Leben ist arm hier,* hatte ein alter Mann – ein Müllsucher – zu ihm gesagt. *Ja,* hatte er geantwortet, und er wiederholte es sich jetzt, die Worte auf seinen Lippen steckten irgendwo zwischen den zwei Welten, *aber wenigstens habt ihr Müll.*

América fand ihn unten am Fuß des Pfades, in der Dämmerung lag er da wie ein Bündel Lumpen. Sie war fast dreizehn Kilometer zu Fuß gegangen, ans Ende des Cañons hinunter zur Schnellstraße am Ozean, wo der Bus nach Venice fuhr, zu einem Job als Näherin, aus dem aber nichts geworden war, und dann wieder zurück, und sie fühlte sich wie ein wandelnder Leichnam. Hatte zwei Dollar und zwanzig Cent für den Bus ausgegeben und nichts, was sie dafür herzeigen konnte. Im ersten Licht des Morgengrauens war sie die Küstenstraße entlanggegangen, und da hatte sie sich gut gefühlt, wie ein junges Mädchen – der salzige Geruch, die Jogger am Strand, die imposanten schlanken Millionärshäuser, die sich wie Pilze aus dem Sand erhoben –, aber die Adresse, die ihr diese Frau aus Guatemala gegeben hatte, war nichts wert gewesen. Den ganzen weiten Weg in die fremde Welt hinaus, in eine miese Gegend mit Betrunkenen auf der Straße, und dann war das Haus vernagelt, verlassen, kein Hintereingang, keine Nähmaschine, kein grimmiger Boß, der vor ihr stand und zusah, wie sie für drei Dollar fünfunddreißig die Stunde schwitzte, rein gar nichts. Sie überprüfte die Adresse zweimal, dreimal, ehe sie aufgab und wieder heimgehen wollte, doch da schien ihr, daß die Straßen in der Zwischenzeit ihren Verlauf geändert hatten, und ihr wurde klar, daß sie sich verirrt hatte.

Gegen Mittag fühlte sie Panik in der Kehle aufsteigen. Zum erstenmal in vier Monaten, zum erstenmal, seitdem sie den Süden und ihr Dorf und alles verlassen hatten, was sie auf dieser Welt kannte, war sie von Cándido getrennt. Sie ging im Kreis, und alles wirkte fremd auf sie, auch noch als sie es schon zwei- oder dreimal gesehen hatte. Sie verstand die Sprache nicht. Schwarze spazierten ihr auf der Straße entgegen, Einkaufstüten aus Plastik in der Hand. Sie trat in Hundekot. Ein *gabacho* mit langen Haaren saß auf dem Gehsteig und bettelte um Kleingeld. Sein Anblick jagte ihr einen Heidenschreck ein: Wenn der in seinem eigenen Land betteln gehen mußte, welche Chance hatte sie dann? Doch sie hielt ihre sechs kleinen Silbermünzen fest, und irgendwann kam eine Frau, die *chilango* sprach, den Dialekt von Mexico City, und zeigte ihr den Weg zur Bushaltestelle.

Dann mußte sie im trüben Licht des schwindenden Tages den Cañon wieder hinaufmarschieren, während eine todbringende, zischende Kette von Autos an ihr vorbeiraste, und aus jedem starrte ein Augenpaar, das sie anbrüllte: *Hau ab, hau ab hier und geh zurück, wo du herkommst!* – und wie lange noch, bis einer dieser Wagen staubwirbelnd vor ihr abbremste, ein Polizist ausstieg und ihre Papiere sehen wollte? Sie hastete weiter, den Kopf gesenkt, die Schultern vorgeschoben, und als der asphaltierte Streifen neben der Straße sich auf ein paar Zentimeter verjüngte, mußte sie über die Leitplanke klettern und sich durch das Gestrüpp kämpfen.

In ihren Augen brannte der Schweiß. Bei jedem Schritt stachen sie Dornen und Kletten und die glatten, harten Dolche des Fuchsschwanzgrases. Wohin sie trat, sah sie nicht. Sie hatte Angst vor Schlangen und Spinnen und davor, sich in einem Loch den Fuß zu verrenken. Und dann schalteten die Autos die Scheinwerfer an, und sie war allein auf einer schrecklich lauten Bühne, für jeden sichtbar im Licht gebannt. Ihre Kleider waren schweißnaß, als endlich der Anfang des Pfades in Sicht kam, und sie rannte die letzten hundert Meter, rannte auf die Dekkung des Unterholzes zu, gehetzt von den kalten Lichtstrahlen, und dann mußte sie sich im Gestrüpp niederkauern, um Atem zu schöpfen.

Die Schatten wurden dunkler. Vögel riefen einander etwas zu. Die Autos schossen vorbei, keine drei Meter von ihr entfernt. Jederzeit konnte eines anhalten, jederzeit. Sie horchte auf die Autos und den eigenen keuchenden Atem, auf das Singen der Reifen und das metallische Heulen der Motoren, die gegen die Steigung ankämpften. So ging es lange Zeit, eine Ewigkeit, und am Himmel wurde es immer finsterer. Schließlich, als sie sicher war, daß ihr niemand folgte, machte sie sich an den Abstieg, ließ sich von den Bäumen und Büschen und dem warmen Atem der Nacht beschwichtigen, hatte jetzt Hunger – Heißhunger – und solchen Durst, daß sie das ganze Bachbett leertrinken würde, ganz egal, ob Cándido meinte, das Wasser sei nicht gesund.

Zunächst besaß das Ding auf dem Pfad keinerlei Bedeutung für sie – eine Form, ein Gewebe aus Schatten, hell und dunkel –, dann war es ein Fels, ein Kleiderhaufen, und schließlich ein Mann, ihr Mann, der dort auf der Erde schlief. Als erstes glaubte sie, er sei betrunken – habe Arbeit gefunden und dann gezecht, kaltes Bier und Wein getrunken, während sie sich durch die sieben Kreise der Hölle gequält hatte –, und sie spürte Wut in sich aufsteigen. Kein Essen für sie – sie hatte seit Tagesanbruch nichts zu sich genommen, und da auch nur eine verbrannte Tortilla und ein Ei –, nicht einmal etwas zu trinken, kein einziger Schluck Wasser. Wofür hielt er sie denn? Doch dann beugte sie sich hinunter und berührte ihn, und da wußte sie, daß sie in der schlimmsten Notlage ihres Lebens steckte.

Es war ein kleines Feuer, fast nur Zweige, ein paar faustgroße Stücke, von weitem sicher nicht zu sehen. Cándido lag daneben auf einer Decke im Sand, und die Flammen waren wie eine Zaubervorstellung, sie hüpften und schnappten und zündeten winzige rote Raketen inmitten einer Rauchwolke. Er träumte noch immer, träumte mit offenen Augen, die Bilder mischten sich wie Spielkarten, bis er nicht mehr wußte, was Wirklichkeit war und was Traum. Im Augenblick durchlebte er nochmals die Vergangenheit, war ein kleiner Junge in Tepoztlán im Süden Mexikos, sein Vater hatte im Hühnerstall ein Opossum gefangen und er schlug es mit einem Stock – *zack!* – direkt auf den Kopf. Das Opossum fiel um wie ein leerer Sack und lag da, weiß im Gesicht und mit nackten Füßen und dem Schwanz einer riesigen Ratte, betäubt und zuckend. So fühlte er sich jetzt auch, genau wie dieses Opossum. Das Pochen in seinem Kopf hatte sich in die Brust ausgebreitet, in die Lenden, in alle Gliedmaßen – in jede gepeinigte Faser seines Körpers –, und er mußte die Augen schließen vor dem schmerzenden Brausen und Knistern des Feuers. Sie hatten das Opossum abgehäutet und in einem Eintopf mit Maisbrei und Zwiebeln verspeist. Er hatte den Geschmack noch immer im Gedächtnis, sogar hier im Norden, obwohl er lädiert war und blutete und das Feuer in seinen Ohren dröhnte – nach Ratte hatte es geschmeckt, nach nasser Ratte.

América kochte etwas über dem Feuer. Brühe. Fleischbrühe. Sie hatte ihn auf die Decke gebettet und von ihm den zerknitterten Geldschein bekommen, den er auf die denkbar härteste Weise verdient hatte – auf eine Weise, die ihn umbringen könnte –, und sie war hinauf zu dem näher gelegenen Laden gegangen, der diesen mißtrauischen Chinesen oder Koreanern, oder was immer sie waren, gehörte, und sie hatte einen Suppenknochen mit etwas Rindfleisch daran gekauft, dazu eine große Plastikflasche mit Aspirin, Wundalkohol, eine Schachtel mit *gabacho*-farbenem Heftpflaster und, das Beste von allem, eine kleine Flasche Brandy, um die Schmerzen zu betäuben und die Träume in Schach zu halten.

Es half nicht.

Der Schmerz war wie das Zentrum des Feuers, er strahlte in alle Richtungen aus, und die Träume – also, im Moment sah er seine Mutter, die an irgend etwas gestorben war, keiner wußte, woran. Er war sechs Jahre alt und glaubte, er habe sie getötet – weil er nicht brav genug gewesen war, seine Ave-Maria und Vaterunser nicht aufgesagt hatte, in der Kirche immer einschlief und nie bei der Hausarbeit half. In Tepoztlán gab es keine Kühlmöglichkeit, nichts zum Ausbluten und Hineinpumpen von Chemikalien, nur Fleisch, totes Fleisch. Wegen des Gestanks versiegelten sie den Sarg mit Glasscheiben. Er erinnerte sich an ihn, aufgebockt auf zwei Stühlen in der Mitte des Zimmers, riesengroß und häßlich, wie ein Schiff aus einem uralten Meer. Und er erinnerte sich auch, wie er bei ihr gewacht hatte, lange nachdem sein Vater und die Geschwister und Onkel und Tanten und alle *compadres* eingeschlafen waren, und wie er durch das Glas mit ihr gesprochen hatte. Ihr Gesicht war wie aus Stein gemeißelt. Sie trug ihr schönstes Kleid, das Kruzifix lag ihr schlaff auf dem Hals. *Mamá,* flüsterte er, *nimm mich doch mit, ich will nicht hierbleiben ohne dich, ich möchte auch sterben und mit zu den Engeln gehen,* und auf einmal blitzten ihn ihre toten Augen an, und ihre toten Lippen raunten: *Geh zum Teufel, Sohn.*

»Kannst du das trinken?«

América kniete neben ihm und hielt ihm einen alten Kaffeebecher aus Styropor an den Mund. Ein starker Fleischgeruch stieg ihm in die Nase. Ihm wurde übel davon, und er schob ihre Hand weg.

»Du brauchst einen Arzt. Dein Gesicht … und das« – sie tupfte auf seine Hüfte, dann auf den Arm, eine sanfte Berührung, der Lumpen alkoholgetränkt –, »und das.«

Er brauchte keinen Arzt. Er brauchte sich ihnen nicht auszuliefern – die Knochen würden zusammenwachsen, die Wunden verheilen. Was sollte er denn sagen? Womit den Arzt bezahlen? Und wenn sie mit ihm fertig waren, würde der Mann von *La Migra* – der Einwanderungsbehörde – schon dastehen, mit seinem Clipboard und seinem Fragenkatalog. Nein, einen Arzt brauchte er nicht.

Der Schein des Feuers erfaßte Américas Gesicht, und plötzlich sah sie alt aus, älter als das Mädchen, das sie war, das Mädchen, das ihn in den Norden begleitet hatte, obwohl sie vorher nie weiter als ins Nachbardorf gekommen war, älter als seine Großmutter und ihre Großmutter und jede andere Frau, die je in diesem oder irgendeinem anderen Land gelebt hatte. »Du mußt zu einem Arzt gehen«, flüsterte sie, und das Feuer knackte, und die Sterne fauchten über dem Dach des Cañons. »Ich habe Angst.«

»Angst?« Er streichelte ihre Hand. »Wovor denn? Ich werde schon nicht sterben«, sagte er, doch während er das sagte, war er sich nicht mehr so sicher.

Am Morgen fühlte er sich schlechter – falls das möglich war. Er erwachte im Nebel zum Gezeter der Vögel und wußte nicht, wo er war. Er hatte keinerlei Erinnerung daran, was passiert war – gar nichts, nicht das kleinste Fünkchen –, er wußte nur, daß ihm alles weh tat. Wankend rappelte er sich von der feuchten Decke hoch und pinkelte einen dünnen Strahl gegen einen Stein, und auch das tat weh. Sein Gesicht fühlte sich verkrustet an. Sein Urin war rot. Er stand lange da, schüttelte seinen Schwanz und sah zu, wie die Blätter des Baums über ihm sich unmerklich aus dem Dunst schälten. Dann wurde ihm schwindlig, und er legte sich wieder auf die Decke im Sand.

Als er wieder aufwachte, war der Nebel verraucht, und die Sonne stand direkt im Zenit. Neben ihm war eine Frau mit schwarzen Augen, die in einem breiten Indiogesicht zerflossen, umrahmt von noch schwärzerem Haar, und sie kam ihm vertraut vor, schrecklich vertraut, so vertraut wie die *huaraches* an seinen Füßen. »Wie heiße ich?« wollte sie wissen und senkte besorgt das Gesicht zu seinem herab. »Wer bist du? Weißt du, wo du bist?«

Er kannte die Sprache, kannte die Stimme, ihre Rhythmen und Modulationen, und verstand ihre Fragen genau. Das Problem war nur, er konnte sie nicht beantworten. Wer sie war? Er kannte sie, natürlich, aber ein Name kam ihm nicht über die Lippen. Noch seltsamer war die Frage nach ihm selbst – wie konnte er sich denn nicht kennen? Er setzte zum Sprechen an, spürte schon die Form der Worte auf den Lippen – *Yo soy*, ich bin –, aber es war, als hätte plötzlich eine Wolke die Sonne verfinstert und die Worte in Dunkel getaucht. Und wo er war? Das ließ sich beantworten, das war leicht. »Draußen in der weiten Welt«, sagte er und grinste unvermittelt.

Später erzählte ihm América, er sei über drei Stunden lang völlig von Sinnen gewesen, habe geschnattert und getobt wie ein Insasse der Irrenanstalt auf der Avenida Hidalgo. Er hatte dem Präsidenten der Vereinigten Staaten eine Rede gehalten, Bruchstücke von Schlagern gebrüllt, die vor zwanzig Jahren beliebt waren, und im Flüsterton zu seiner toten Mutter gesprochen. Gejohlt, geknurrt und geschluchzt habe er, gekreischt wie ein Hühnchen, dem sich fünf Finger um den Hals schließen; und schließlich sei er erschöpft in einen tiefen, tranceähnlichen Schlaf gesunken. América war gekränkt. Sie hatte geweint, als er ihren Namen nicht sagen konnte, wieder geweint, als er nicht aufwachte, hatte den langen Vormittag, den endlosen Nachmittag und die ewige Nacht hindurch geweint. Er schlief die ganze Zeit, leblos wie ein Leichnam, bis auf seine Atemzüge, die durch die lädierten Nasenlöcher pfiffen.

Doch dann, in der Hitze des nächsten Nachmittags, als sie schon alle Hoffnung aufgegeben hatte und nur noch daran dachte, den Kopf in den Bach zu stecken, bis sie ertrank, oder sich von einem der hohen Felsen auf den harten Stein darunter zu stürzen, überraschte er sie.

»América«, rief er plötzlich – aus dem Nichts, aus dem Schlaf, aus der Hülle heraus, die er geworden war, »ist noch was von diesen Bohnen übrig?«

Und das war's. Das Fieber war vorbei. Er war wieder bei klarem Verstand. Erinnerte sich an den Unfall, an die Tortillas, an die zwanzig Dollar, die ihm der *gabacho* gegeben hatte. Und als sie mit feuchten Wangen auf ihn zukam, ihm die Arme um den Hals warf und aus vollem Herzen schluchzte, da wußte er auch alles über sie: Sie war siebzehn und so vollkommen und schön wie ein Ei in der Schale; sie war América, die Hoffnung der Zukunft, seine Frau, seine Liebste, die werdende Mutter seines ersten Kindes, des Sohnes, der bereits Gestalt annahm an jenem geheimen Ort in ihrem Innern.

Sie mußte ihm auf die Beine helfen, damit er irgendwo seine Notdurft verrichten konnte, und auf dem Rückweg zur Decke brauchte er die Stütze ihrer Schulter, aber immerhin war er wieder unter den Lebenden. Danach aß er etwas – Tortillas direkt aus der Packung, Bohnen, die Brühe, die sie seit zwei Tagen auf dem Feuer köchelte, damit sie nicht schlecht wurde. Er aß langsam und besonnen, Löffel für Löffel, aber er behielt das Essen bei sich, und das war ein gutes Zeichen. Dennoch ließ der Schmerz keine Sekunde lang nach – er war stechend und beharrlich, wie ein wundgeriebener Nerv –, und er kämpfte ihn mit den kreidigen kleinen Aspirintabletten nieder, die er gleich handvollweise nahm, mit den Kiefern unter dem zerschmetterten Backenknochen zermalmte.

Den Rest des Nachmittags saß er im Schatten auf der Decke und überdachte die Lage, während América erschöpft von ihrer Krankenwache schlief, ihr Kopf in seinem Schoß. Er hatte eine Gehirnerschütterung, soviel war klar, und sein linker Backenknochen war gebrochen, eingedrückt wie ein verfaulender Kürbis. Er konnte sich nicht sehen – einen Spiegel hatten sie in ihrem primitiven Camp nicht –, doch seine Finger sagten ihm, wie häßlich sein Gesicht aussah. Eine harte Schorfkruste verlief vom Kiefer hinauf bis zum Haaransatz, sein linkes Auge war zugeschwollen, und die Nase tat weh, wenn er sie nur leicht berührte – er mußte aussehen wie der Verlierer im Boxring nach der fünfzehnten Runde oder wie eines dieser Filmmonster, die bei Mondlicht aus den Gräbern steigen. Aber das machte nichts. Er würde weiterleben. Und wen kümmerte es, wie häßlich er war, solange er arbeiten konnte?

Nein, sein Gesicht war egal – weit mehr Anlaß zur Sorge gab der Rest seines Körpers. Der linke Arm wollte gar nichts mehr tun – hing einfach nutzlos in der Schlinge, die América aus seinem Hemd geknüpft hatte –, und die Hüfte machte ihm auch zu schaffen, ein bohrender Schmerz jedesmal beim Aufstehen. Er fragte sich, ob vielleicht in der Gelenkpfanne etwas gebrochen war oder an dem Knochengrat direkt darüber. Oder ob er sich ein Band gerissen hatte oder so. Was es auch war, er konnte nicht arbeiten, einstweilen jedenfalls nicht – Himmel, er konnte kaum stehen, und das war sein Pech, seine verfluchte *mala suerte,* das zuließ, daß er an der Grenze ausgeraubt wurde, und ihn dann irgendeinem reichen Mann vor die Stoßstange schleuderte. Aber wenn er nicht arbeiten konnte, wie sollten sie essen?

Und dann traf ein, was er unbedingt vermeiden wollte, aber schon befürchtet hatte: Am vierten Tag nach dem Unfall stand América im Morgengrauen auf und versuchte sich den Hügel hinauf davonzustehlen, bevor er erwacht war. Nur sein sechster Sinn konnte ihn geweckt haben – sie war lautlos wie eine Katze, gehört hatte er sie bestimmt nicht. Sie stand ein Stück entfernt im Nebel, formlos in dem fahlen, verwaschenen Licht, und er sah, wie sie die Arme über den Kopf hob, wie sie ihr Kleid anzog, das gute, das beigefarbene mit den blauen Blumen, das sie nur trug, wenn sie einen guten Eindruck machen wollte. Aber oh, wie leise sie all das tat, die Pantomime einer Frau, die sich ankleidet. *»¿Adónde vas, mi vida?«* fragte er. »Wohin gehst du, Liebes?«

»Pst«, flüsterte sie. »Schlaf wieder ein.«

Der Tau lag schwer auf der Decke, auf seinem Hemd und der Schlinge, in der sein Arm steckte. Der Tag atmete ein und wieder aus, nur einen Zug, dann fragte Cándido noch einmal: »Ich sagte: Wo gehst du hin? Laß mich nicht ein drittes Mal fragen.«

»Nirgendwohin. Mach dir keine Gedanken.«

»Du hast das Feuer nicht angezündet«, sagte er.

Keine Antwort. Der Nebel, die Bäume, die Vögel. Er hörte das Rauschen des Bachs, der unter einer Schicht aus Algen dem Meer entgegenfloß, und im Hintergrund das leise Motorengebrumm der ersten Pendler, die den Cañon hinunter zu ihrer Arbeit fuhren. Eine Krähe schrie dicht hinter ihnen, gellend und unvermittelt. Und dann war sie da, kniete vor ihm auf der Decke nieder, das Gesicht frisch gewaschen, das Haar gebürstet, in ihrem guten Kleid. »Cándido, *querido,* hör zu«, sagte sie und sah ihm dabei tief in die Augen. »Ich will die Straße hinauf zur Arbeitsvermittlung gehen und zusehen, ob ich nicht ... ob ich vielleicht ... etwas finde.«

Etwas finde. Es war ein Schlag ins Gesicht. Was sagte sie da – daß er nutzlos war, impotent, ein alter Mann und reif für den Schaukelstuhl? *Viejo,* Alter, nannten ihn seine Freunde wegen der grauen Strähnen im Haar, auch wenn er erst dreiunddreißig war, und es war wie eine Prophezeiung. Wozu war er schon gut? Er hatte América ihrem Vater weggenommen, damit sie ein besseres Leben haben und im Norden wohnen konnten, wo es das ganze

Jahr hindurch grün und üppig war, wo die Avocados auf dem Boden verfaulten und wo jeder, selbst die Ärmsten, ein Haus, ein Auto und einen Fernseher hatten – und jetzt konnte er ihr nicht einmal etwas zu essen besorgen. Schlimmer noch: *Sie* mußte *seine* Mahlzeiten verdienen.

»Nein«, sagte er, und es klang endgültig, sein Tonfall wie eine Zange um die harsche Ablehnung. »Das lasse ich nicht zu. Ich war neulich dagegen, daß du auf diese Irrfahrt gehst, nur weil dir irgendeine Frau einen Tip gibt – und du hast dich doch verirrt, stimmt's? Gib es ruhig zu. Du hättest fast nicht mehr zurückgefunden – nie wieder –, und wie hätte ich dich wohl finden sollen, na? Wie?«

»Ich gehe ja nicht in die Stadt«, sagte sie ruhig. »Nur zur Arbeitsvermittlung. Nur ein Stück die Straße hinauf.«

Er stellte sich das Szenario vor – seine Frau, ein barfüßiges Mädchen vom Land, das keine Ahnung vom Leben hatte, dort draußen unter all diesen Männern, diesen miesen Typen, die alles mögliche tun würden für einen Dollar – oder eine Frau –, und es behagte ihm gar nicht. Er kannte sie. Straßenpenner, die ihre Hände nicht in den eigenen Taschen lassen konnten, verschwitzte Campesinos aus Guerrero und Chiapas, die sich schon als Kinder am Vieh im Stall vergangen hatten, Indios aus Guatemala und Honduras: Schöne Frau und hallo, Süße, und dann die geschmatzten Küsse. Im Textilgewerbe wäre sie wenigstens unter Frauen gewesen – aber da oben, bei der Arbeitsvermittlung, war sie ein Honigtopf, den Hunderte von Bienen umschwärmten.

Sie wohnten jetzt seit drei Wochen im Cañon – auf gar keinen Fall hätte er sie dem Leben auf den Straßen von Los Angeles ausgesetzt, weder im Zentrum noch in Van Nuys –, und obwohl sie kein Dach über dem Kopf besaßen und nichts geregelt war, hatte er sich hier zum erstenmal seit dem Aufbruch von zu Hause glücklich gefühlt. Es gab Wasser, der Sand war sauber, der Himmel darüber gehörte ihm, nur ihm, und niemand machte ihm etwas streitig. Er dachte an seine erste Fahrt in den Norden, als er mit zweiunddreißig anderen Männern in einer Zweizimmerwohnung in Echo Park gehaust hatte, an das schichtweise Schlafen und das Schlangestehen nach Arbeit an den Straßenecken, an den Gestank dieser Wohnung, die Schaben und Läuse. Hier unten war es anders. Hier unten waren sie sicher vor dem ganzen Schmutz und dem Abschaum der Stadt, vor *la chota* – der Polizei – und *La Migra.* Zweimal hatte er hier schon Arbeit gefunden, zu drei Dollar die Stunde, keine Fragen – einmal bei einem Bauunternehmer, der eine Steinmauer aufgestellt haben wollte, und dann bei einem *rico* im Jaguar, der zwei Männer brauchte, die eine Senke hinter seinem Haus vom Gestrüpp befreiten. Und jeden Morgen, wenn er es wieder versuchte, ohne zu wissen, ob er mittags oder nach Einbruch der Dunkelheit zurückkäme, hatte er América eingeschärft, das Feuer zu löschen und sich nicht blicken zu lassen.

Er hatte ihr keine Angst machen wollen, aber er wußte, was passieren würde, wenn einer dieser *vagos* da oben sie hier unten entdeckte, während er nicht da war. Ihr würde es genauso ergehen wie diesem Mädchen auf der Müllhalde in Tijuana. Er sah sie vor sich, hagere Beine, rabenschwarze Augen. Sie war noch ein Kind, zwölf Jahre alt, ihre Eltern arme Leute, die den ganzen Tag lang arbeiteten – sie durchwühlten die Müllberge mit langen Besenstielen, in denen an einem Ende ein abgebogener Nagel steckte –, und die Besoffenen waren über sie hergefallen. Die Eltern des Mädchens hatten ein Häuschen aus zusammengenagelten Holzpaletten, ein erstaunlich robuster

Bau zwischen lauter wackligen Baracken und primitiven Schuppen, und wenn sie am Morgen aufbrachen, sperrten sie ihre Tochter hinter einem Vorhängeschloß ein. Aber diese Tiere – sie lärmten vor der Tür, trommelten gegen die Wände, um zu ihr hineinzukommen, und niemand unternahm etwas. Niemand außer Cándido. Dreimal griff er sich ein Eisenrohr und vertrieb sie von dem Häuschen – Junkies, Leimschnüffler, Säufer –, und immer hörte er das Mädchen drinnen schluchzen. Zwölf Jahre. Eines Nachmittags schafften sie es, das Schloß aufzubrechen, und als Cándido hinkam, war alles schon vorbei. Diese Dreckskerle. Er wußte, wie sie waren, und er schwor sich, América nie aus den Augen zu lassen, wenn es ihm irgend möglich war, nicht bevor sie ein richtiges Haus hatten, in einer richtigen Wohngegend mit Gesetzen, Respekt und Menschenwürde.

»Nein«, sagte er, »das kann ich dir nicht erlauben. Ich war den ganzen Tag krank vor Sorge, als du weg warst – und du siehst ja, was uns das für Pech gebracht hat.« Zur Verdeutlichung klopfte er auf seinen Arm in der Schlinge. »Außerdem gibt es dort sowieso keine Arbeit für Frauen, nur für Männer mit kräftigem Rücken. Die wollen *braceros* – Arbeiter, keine Dienstmädchen.«

»Hör zu«, sagte sie ruhig und entschlossen. »Wir haben noch etwa eine Tasse Reis, ein paar hundert Gramm Trokkenbohnen, sechs Maistortillas – keine Eier, keine Milch. Nicht einmal Streichhölzer haben wir zum Feuermachen. Kein Gemüse und kein Obst. Weißt du, was ich alles für eine Mango tun würde – sogar für eine Orange?«

»Na gut«, fauchte er, »na gut«, und dabei stieß er sich von der Decke hoch und kam unsicher auf die Beine, das ganze Gewicht auf dem gesunden Bein. Die Aspirinflasche war fast leer, aber er schüttelte sich ein halbes Dutzend Pillen in die Hand und zermalmte sie mit den Zähnen.

»Ich gehe selbst. Niemand soll mir sagen, daß ich meine eigene Frau nicht ernähren kann …«

Davon wollte sie nichts hören. Sie sprang auf und packte seinen Unterarm so fest und so energisch, daß es ihn überraschte. »Vielleicht morgen«, sagte sie. »Vielleicht erst übermorgen. Was dir passiert ist, hätte jeden anderen umgebracht. Ruh dich aus. Bald geht es dir besser. Laß dir ein oder zwei Tage Zeit.«

Er war noch wacklig auf den Beinen. Sein Kopf fühlte sich an wie mit Watte vollgestopft. Die Krähe verhöhnte ihn aus ihrem Versteck. »Und was wolltest du für eine Arbeit machen?«

Sie grinste und spannte den rechten Arm an. »Alles, was ein Mann kann, kann ich auch.«

Er wollte ihr einen grimmigen, entschlossenen Blick zuwerfen, aber das Gesicht tat ihm weh, und er gab es auf. Sie war klein, wie ein Kind – sie war ja ein Kind. Mehr als achtundvierzig Kilo wog sie sicher nicht, und das Baby war noch nicht zu sehen, überhaupt nicht. Welche Aussichten hatte sie schon in dieser Arbeitsvermittlung?

»Salat pflücken«, sagte sie. »Oder vielleicht Obst.«

Er mußte lachen. Er konnte es sich nicht verkneifen. »Salat? Obst? Das ist doch nicht Bakersfield, das ist L. A. Hier wächst kein Obst. Keine Baumwolle, gar nichts.« Die Haut auf seinem Gesicht spannte, und er zuckte zusammen vor Schmerz. »Hier gibt's nichts als Häuser, Millionen von Häusern, ein Dach neben dem anderen, so weit du sehen kannst …«

Sie kratzte an einem Mückenstich auf ihrem Arm, aber ihre Augen waren hellwach, erglänzten bei seinen Worten, und ihre Lippen formten ein ganz privates Lächeln. »Ich will auch so ein Haus«, sagte sie. »Ein sauberes weißes Haus aus Holz, das so riecht wie die Berge, mit Gasherd und Kühlschrank, mit einem kleinen Garten, damit man etwas anbauen und vielleicht ein paar Hühner halten kann. Das hast du mir doch versprochen, oder?«

Wollen. Natürlich wollte sie das. Alle, die in Tepoztlán zurückgeblieben waren, um dort zu vertrocknen und zu sterben, wollten es auch – ach was, ganz Morelos, ganz Mexiko und all die Indioländer weiter südlich wollten es, war das vielleicht etwas Neues? Ein Haus mit Garten, vielleicht noch einen Fernseher und ein Auto – nichts Besonderes, keine Paläste, wie sie sich die Gringos bauten – nur vier Wände und ein Dach darüber. War das zuviel verlangt?

Er betrachtete ihre Lippen – volle, gierige Lippen, und er wollte diese Lippen küssen und besitzen. »Oder?« hakte sie nach, und sie spaßte jetzt nicht, es war nicht witzig-scherzhaft gemeint. »Hast du doch?«

Er hatte es ihr versprochen. Sicherlich. Er hatte all diese Dinge als Köder ausgelegt: die Waschmaschinen und Staubsauger, den Flitter des Nordens wie ein zweiter Garten Eden. Sicher, ein junges Mädchen wie sie und ein alter Kerl mit grauen Haaren im Schnurrbart – was hätte er ihr denn sonst erzählen sollen? Daß sie an der Grenze ausgeraubt würden und unter ein paar Brettern auf der Müllhalde wohnen müßten, bis er an der Straßenecke soviel verdient hatte, daß sie über die Grenze konnten? Daß sie sich wie Ratten in einem Loch verstecken und auf einer Decke an einem Bach würden leben müssen, der im nächsten Monat austrocknen dürfte? Daß er auf der Straße umgefahren würde, so daß er kaum noch aufrecht stehen und pinkeln, ja nicht einmal mehr klar denken konnte? Er wußte keine Antwort.

Sie ließ seinen Arm los und wandte sich von ihm ab. Er sah zu, wie sie der Morgendunst allmählich umfing, als sie sich auf den Weg über die Felsbrocken machte, die in der Schlucht herumlagen wie kaputte Zähne. Als sie den

Fuß des Pfades erreichte, drehte sie sich schwungvoll um und blieb einen Moment lang stehen, von ziehenden Nebelschwaden eingehüllt. »Vielleicht will irgendwer den Boden gewischt oder den Backherd geputzt haben«, sagte sie, und ihre Worte wehten zusammen mit dem Lärm der unsichtbaren Autos weiter oben zu ihm herüber.

Er brauchte eine Weile, und als er antwortete, klang es, als hätte man ihm die Luft herausgelassen. »Ja«, sagte er und sank auf die Decke zurück. »Vielleicht.«

3

Die Wohnanlage Arroyo Blanco Estates lag am oberen Ende des Cañons, eingebettet in eine fächerförmige Senke, die ein längst versiegter Strom in den westlichen Hang gegraben hatte. Es war eine private Anlage, zu der ein Golfplatz, zehn Tenniscourts, ein Gemeinschaftsgebäude und etwa zweihundertfünfzig Eigenheime gehörten, die jeweils auf null-Komma-sechs Hektar großen Grundstükken standen und im Aussehen akkurat den Richtlinien, Vorschriften und Einschränkungen der 1973 Klauseln der Gründungsstatuten entsprachen. Die Häuser waren alle im spanischen Missionsstil entworfen und in einem von drei zugelassenen Weißtönen gestrichen, mit hellroten Ziegeldächern. Wer sein Haus himmelblau oder in provenzalischem Rosa mit froschgrünen Fensterläden haben wollte, dem stand es selbstverständlich frei, ins San Fernando Valley oder nach Santa Monica oder sonstwohin zu ziehen, aber wenn man sich in Arroyo Blanco Estates einkaufte, dann hatte man ein weißes Haus und ein hellrotes Dach.

Eines dieser Häuser (Grundriß # A227C, westernweiß mit navajoweißen Zierkanten) bewohnte Delaney Mossbacher gemeinsam mit seiner zweiten Frau Kyra, Jordan, dem Sohn seiner Frau, Osbert und Sacheverell, ihren fast identischen Dandie-Dinmont-Terriern, sowie ihrer Siamkatze namens Dame Edith. An diesem speziellen Morgen, dem Morgen, an dem Cándido Rincón das Gefühl bekam, die Kontrolle über seine Frau verloren zu haben, war Delaney wie üblich um sieben Uhr auf, um Kyra Kaffee zu kochen, Jordan ein Frühstück aus Obst, Müsli und einem Ballaststoffriegel zu verabreichen und dann Osbert und Sacheverell in den Garten zu lassen, damit sie ihren frühmorgendlichen Gepflogenheiten nachgehen konnten. Den unglücklichen Zusammenprall mit Cándido vier Tage zuvor hatte er zwar nicht vergessen – bei dem Gedanken daran zog sich ihm immer noch der Magen zusammen –, aber die Notwendigkeiten, Bedürfnisse und kleineren Ärgernisse des Alltags drängten ihn langsam in den Hintergrund. Im Augenblick konzentrierte er sich völlig darauf, das Morgenritual so rasch und effizient wie immer abzuwickeln. Effizienz ging ihm über alles.

Er machte eine Art Spiel daraus, indem er die Schritte zählte, die er brauchte, um die Fenster vor der Hitze des aufziehenden Tages zu schließen, den Kaffeesatz vom Vortag in den Kompostabfalleimer zu leeren, dann eine Orange, einen Apfel, eine Banane, zwei Kiwis und eine Handvoll Herzkirschen in ein Frischobst-Medley für Jordan zu verwandeln und den Tisch für zwei zu decken. Er schlitterte über den gefliesten Boden zum Geschirrspüler, riß die Schränke auf, wirbelte Teller und Besteck auf dem großen Eichenholztisch in die richtige Lage, während er nebenbei die Kaffeemaschine im Auge behielt, zwei Portionen Hundefutter in die Näpfe füllte und die Orangen auspreßte, die er zuvor im Garten gepflückt hatte.

Meist genehmigte er sich draußen eine kurze Rast, um die morgendliche Kühle einzuatmen und den erwachenden Blauhähern in den Nachbargärten zuzuhören, aber heute war er in Eile, und das einzige Geräusch, das in sein Bewußtsein drang, war ein merkwürdiges, aufgeregtes Kläffen von einem der Hunde – sie mußten im eingezäunten Garten hinter dem Haus irgend etwas aufgestöbert haben, ein Eichhörnchen oder eine Taschenratte –, und schon war er wieder in der Küche und preßte Orangen aus. Das war sein Job, jeden Morgen, pünktlich wie ein Uhrwerk: Orangen auspressen. Danach würde er durch das Haus flitzen, um Jordans Schulsachen, den Rucksack, die Lunchbox und die Baseballmütze einzusammeln, während Kyra an ihrem Kaffee nippte und zwölf verschiedene Vitamin- und Mineralientabletten mit einem halben Glas frischgepreßtem Orangensaft hinunterspülte. Dann war es Zeit, Jordan zur Schule zu fahren, während Kyra ihr Make-up auftrug, in einen engen Rock mit dazu passender Kostümjacke schlüpfte und ihren Lexus auf die andere Seite des Cañons nach Woodland Hills lenkte, wo sie in Mike Benders Immobilienbüro die unbestrittene Umsatzkönigin war. Und dann, endlich, würde Delaney wieder heimfahren, sich eine Tasse Kräutertee und zwei Scheiben Toast machen, ohne Butter, und den Tag um sich herum zur Ruhe kommen lassen.

Wenn es auf der Schnellstraße keinen Unfall gab und auch kein Straßenbautrupp die allgegenwärtigen Plastikkegel entweder irgendwo aufstellte oder einsammelte, war er um neun zu Hause und saß an seinem Schreibtisch. Das war der Augenblick, für den er lebte und an dem sein Tag erst richtig begann. Unweigerlich und ungeachtet aller Sachzwänge oder Notfälle, die ihn bedrängen mochten, widmete er die nächsten vier Stunden dem Schreiben – vier Stunden, in denen er die Außenwelt vergaß, während seine Finger über die Tasten huschten und ihn der grüne Schein des Bildschirms in sein hypnotisches Licht tauchte. Er legte den Telefonhörer neben den Apparat, zog die Jalousien herunter und kroch hinein in den warmen Bauch der Sprache.

Dort, in der Stille des leeren Hauses, schuf Delaney das Grundgerüst seiner monatlichen Kolumne für die Zeitschrift *Wide Open Spaces* – Beobachtungen eines Naturfreundes, der den Wandel des blühenden Lebens von Tag zu Tag und im Wechsel der Jahreszeiten im Auge hat. Er nannte sie »Pilger am Topanga Creek«, zu Ehren von Annie Dillards Buch, und wenn er auch weder über ihre mystische Verbundenheit mit den Dingen noch über ihre verbale Virtuosität verfügte, so meinte er sich doch von seinen Mitmenschen insofern zu unterscheiden, als sein Blick tiefer ging und seine Empfindungen leidenschaftlicher waren – vor allem jene für die Natur. Und jeden Tag von neun bis eins hatte er Gelegenheit, dies unter Beweis zu stellen.

Natürlich ging es an manchen Tagen besser als an anderen. Er versuchte sich auf Flora und Fauna des Topanga Canyon und die Berge der Umgebung zu beschränken, neigte aber immer mehr dazu, über das Los von Nevada-Zahnkarpfen, Florida-Seekuh, Fleckenkauz, Ozelot, Fichtenmarder und Pandabär zu sinnieren. Und wie konnte er größere Trends außer acht lassen – die Überbevölkerung, den Vormarsch der Wüsten, das Leerfischen der Meere und Abholzen der Wälder, den Treibhauseffekt und das Schrumpfen der Biotope? In Amerika ging es ja noch, sicherlich, aber es war doch verrückt zu glauben, man könne sich vom Rest der Welt abschotten, jener Welt des Hungers und des Mangels und der stetigen unbarmherzigen Zerstörung der Umwelt. Fünfeinhalb Milliarden Menschen machten sich wie die Heuschrecken über die Ressourcen des Planeten her, und im ganzen Universum gab es nur noch dreiundsiebzig Exemplare des kalifornischen Kondors.

Es stimmte ihn nachdenklich. Es deprimierte ihn. An manchen Tagen war er dermaßen bedrückt, daß er kaum die Hände zur Tastatur heben konnte, aber zum Glück überwogen die guten Tage, an denen er seine nachmittäglichen Wanderungen durch das dichte Gebüsch und in die engen Schluchten zwischen den nebelverhangenen Bergen zelebrierte, und das war es, was die Leser wollten –

Zelebration, keine Tiraden, keinen schrillen Aufruf zum Ökokrieg, weder Totenglocken noch umweltbewußtes Jammern und Zähneklappern. Die Welt war voll mit schlechten Nachrichten. Wozu noch mehr davon?

Die Sonne war bereits dabei, den Dunst aufzulösen, als Jordan in die Küche geschlurft kam, die Katze auf den Fersen. Jordan war sechs Jahre alt und vernarrt in Nintendo, Superhelden und Baseball-Sammelkarten, hatte allerdings, soweit Delaney wußte, außer Besitz und Erwerb von Hochglanzbildern der Spieler keinerlei Interesse an Baseball. Sein Gesicht ähnelte dem seiner Mutter, ebenso sein erstaunlich helles Haar, das so blond war, daß es fast durchschimmernd wirkte. Vielleicht war er groß für sein Alter, vielleicht auch klein – Delaney fehlten die Vergleichsmöglichkeiten.

»Kiwis«, sagte Jordan, ließ sich auf seinen Stuhl am Tisch plumpsen, und das war alles. Delaney konnte nicht beurteilen, ob das ein Ausdruck von Zustimmung oder Widerwillen war. Aus dem Wohnzimmer kam die elektronische Stimme des Nachrichtensprechers: *Siebenunddreißig chinesische Staatsbürger wurden heute früh in San Francisco Opfer des organisierten Menschenschmuggels, als ihr Schiff kurz nach dem Passieren der Golden Gate Bridge auf Grund lief ...* Draußen, direkt vor dem Fenster, kläffte wieder einer der Hunde.

Jordan fing an, mit dem Löffel in seinem Obstsalat zu rühren, ein Kratzen und Klappern, das das feucht-schmatzende Kaugeräusch begleitete. Delaney stand mit dem Rücken zum Tisch und putzte die Arbeitsfläche neben dem Herd, obwohl jedwede Öl- oder Soßenspritzer allein in seiner Phantasie existierten, denn er hatte überhaupt nichts gekocht. Er putzte nur aus Freude am Putzen. »Okay, Cowboy«, sagte er über die Schulter, »du hast heute die Wahl zwischen zwei Sorten Müsliriegel: entweder Heidelbeer-Nuß oder Brombeer-Spezial. Was für einer darf es sein?«

Aus dem mit Kiwis vollgestopften Mund: »Papaya-Kokosnuß.«

»Davon hast du gestern den letzten gegessen.«

Keine Antwort.

»Also, was darf es sein?«

Kyra bestand für ihren Sohn auf dem vollen Ernährungsprogramm, Morgen für Morgen – frisches Obst, Müsli mit Magermilch und Bierhefe, dazu ein Gesundheitsriegel. Das Kind brauchte Ballaststoffe. Vitamine. Vollkornprodukte. Und das Frühstück war, zumindest für den Heranwachsenden, die wichtigste aller Mahlzeiten. Grundlage für alles, was der Tag bringen mochte. So sah es Kyra jedenfalls. Und obwohl sie diese Diät in Delaneys Augen einen Hauch zu autokratisch, ja fanatisch durchzog, hielt er sie alles in allem ebenfalls für richtig. Er und Kyra hatten vieles gemeinsam, nicht nur vom Temperament her, sondern auch in ihren Ansichten und Idealen – darin hatte von Anfang an die gegenseitige Anziehungskraft bestanden. Zum Beispiel waren sie beide Perfektionisten. Unordnung war ihnen gleichermaßen zuwider. Sie waren Jogger, Nichtraucher und tranken nur in Gesellschaft, sie waren zwar keine hundertprozentigen Vegetarier, aber doch sehr ernährungsbewußt, was den Verzehr tierischer Fette anging. Sie waren Mitglieder im Sierra Club, beim Kinderhilfswerk, der National Wildlife Federation und der Demokratischen Partei. Eine zeitgenössische Einrichtungsweise zogen sie dem Early-American-Stil und Kitsch vor. In religiösen Fragen waren sie Agnostiker.

Delaneys Frage blieb unbeantwortet, aber er war es gewöhnt, Jordan zum Essen überreden zu müssen. Er schlich auf Zehenspitzen durch die Küche, bis er direkt hinter dem Jungen stand, der mit seinem Löffel herumspielte und leise etwas vor sich hin sang. »Trefferquote, Trefferquote«, murmelte Jordan und stocherte dabei ohne viel Begeisterung in seinem Müsli herum. »Ohne Hingucken«, sagte Delaney und berührte den Jungen als Lockreiz auf beiden Seiten des dünnen, schlaffen Halses mit einem folienverpackten Ballaststoffriegel – »rechts oder links?«

Jordan griff mit der Linken nach oben, womit Delaney gerechnet hatte, und packte den Brombeer-Riegel, gerade in dem Moment, als Kyra in ihren Stöckelschuhen in die Küche klapperte, leicht gebeugt unter der Last von zwei Schachteln mit handschriftlich adressierten Briefumschlägen – handgeschöpftes Papier, 90g. Sie blies zwei angedeutete Küßchen in Richtung von Ehemann und Sohn und sank dann auf ihren Stuhl, goß sich eine halbe Tasse Kaffee ein, dazu Magermilch – des Kalziums halber –, und fing an, die Umschläge zielstrebig zu sortieren.

»Wieso kann ich keine Sugar-Pop-Cornflakes oder Honig-Nuß-Cheerios kriegen, wie andere Kinder? Oder Eier mit Schinken?« Jordan hob weinerlich die Stimme. »Mom? Warum nicht?«

Kyra gab ihm die Standardantwort – »Weil du nicht die anderen Kinder bist, darum« –, und Delaney fühlte sich in die eigene Kindheit zurückversetzt, an einen verregneten Abend in einem nie enden wollenden Winter, vor sich einen Teller mit Leber, Zwiebeln und Salzkartoffeln.

»Ich hasse Müsli«, konterte Jordan, und es war wie im No-Theater, ein zeitloses Ritual.

»Es ist gut für dich.«

»Ja, sicher.« Jordan machte ein übertrieben lautes Schmatzgeräusch und schlürfte die Milch durch die Zähne.

»Denk doch nur an die vielen kleinen Kinder, die gar nichts zu essen haben«, sagte Kyra, ohne aufzusehen. Jordan hielt sich ans Drehbuch und erwiderte wie aus der Pistole geschossen: »Schicken wir denen doch das hier!«

Jetzt sah sie auf. »Iß«, sagte sie, und das Drama war vorbei.

»Viel zu tun heute?« murmelte Delaney, während er Kyra den Orangensaft neben die Zeitung stellte und die kindersicheren Verschlüsse der Plastikdosen ihrer Vitamin- und Mineralientabletten öffnete. Er erledigte diese kleinen Sachen für sie – aus Liebe und Zuneigung, aber auch in dem Bewußtsein, daß sie den größeren Teil des Haushaltseinkommens verdiente und außerdem zum Arbeiten wegfahren mußte, während er zu Hause bleiben konnte. Probleme hatte er nicht damit. Ihn belasteten keine pubertären Macho-Allüren wegen des Rollentauschs oder der Frage, wer die Hosen anhatte, und so weiter – Immobilien waren ihr Leben, und er war mehr als froh, ihr mit ein paar Dingen helfen zu können, solange er nur seine vier Stunden am Computer hatte.

Kyra zog die Augenbrauen hoch, sah aber nicht auf. Nacheinander steckte sie in jedes der Kuverts ein kleines weißes Briefchen. »Viel zu tun?« wiederholte sie. »Viel ist gar kein Ausdruck. Gleich nachher zeige ich einem Kunden zwei Objekte, beides ziemlich schäbige Hütten. Dann hab ich einen Käufer für das Calabasas-Grundstück, aber der bekommt gerade kalte Füße – dabei endet in acht Tagen die Treuhandfrist –, und um eins ist ein Besichtigungstermin in dem Haus an der Via Escobar ... sind das die Hunde da draußen? Warum bellen die so?«

Delaney zuckte die Achseln. Jordan hatte seinen Ballaststoffriegel ausgewickelt und wanderte damit ins Fernsehzimmer hinüber – das bedeutete, daß er zu spät zur Schule käme, wenn Delaney ihm nicht innerhalb der nächsten zwei Minuten Tempo machte. Die Katze, die er noch nicht gefüttert hatte, schmiegte sich an sein Bein.

»Keine Ahnung«, sagte er. »Sie kläffen schon die ganze Zeit, seit sie draußen sind. Wird wohl ein Eichhörnchen sein oder so was. Oder vielleicht ist Jacks Hund wieder unterwegs und pinkelt an den Zaun, das macht sie doch jedesmal verrückt.«

»Wie auch immer«, fuhr Kyra fort, »es wird die Hölle los sein. Außerdem hat Carla Bayer Geburtstag, deswegen werden ein paar von uns nach der Arbeit noch ... Findest du nicht, daß das eine nette Idee ist?« Sie hielt eines der Briefchen in die Höhe, die sie in die Kuverts steckte. Es war eine Samenpackung, auf der Blumen abgebildet waren, und darüber verlief der Aufdruck *Vergißmeinnicht, mit freundlichem Gruß von Kyra Menaker-Mossbacher, Mike Bender Immobilien.*

»Ja, schon«, murmelte er und wischte über einen imaginären Fleck auf dem Küchentisch. Das war ihre Methode, Verbindung zu ihren Kunden zu halten. Etwa einmal im Monat, oft anläßlich irgendeines Feiertags, ging sie ihr Adreßverzeichnis durch (in dem sich alle fanden, für oder an die sie je ein Objekt verkauft hatte, ganz gleich, ob sie inzwischen nach Nome, Singapur oder Irkutsk verzogen oder auch in die Große Kette des Daseins dahingegangen waren) und schickte jedem ein kleines Zeichen ihrer fortwährenden Existenz und Verhandlungsbereitschaft. Sie nannte es »alle Wege offenhalten«. Delaney beugte sich vor, um die Katze zu streicheln. »Aber kann nicht eine der Sekretärinnen solche Sachen für dich erledigen?«

»Was zählt, ist der persönliche Touch – nur so werden Häuser verkauft. Wie oft habe ich dir das schon gesagt?«

Es entstand eine Pause, und Delaney bemerkte, daß im Nebenzimmer das Gebrabbel einer Zeichentricksendung den Nachrichtensprecher abgelöst hatte, und dann, gerade als er Jordans Gedeck abräumte und auf der Digitalanzeige der Mikrowelle nach der Uhrzeit sah – 7 : 32 –, brach der Morgen auseinander. Oder nein: Er wurde in Fetzen gerissen, von einem atemlosen Schreckensschrei, der sich vor dem Fenster erhob wie aus einem urzeitlichen Traum. Das war kein Kläffen, kein Blaffen, kein Gebell oder Geheul – es klang endgültig und unwiderruflich, ein Raubtierschrei, der allen den Firnis von der Seele blättern und sie zur Salzsäule erstarren ließ. Entsetzt hörten sie zu, wie der Ton noch schriller wurde, bis er ebenso plötzlich abbrach, wie er begonnen hatte.

Die Nachwirkung war elektrisierend. Kyra schoß vom Stuhl hoch, stieß dabei ihre Tasse um und verstreute Briefumschläge; die Katze sauste zwischen Delaneys Beinen durch und verschwand; Delaney ließ den Teller fallen und tastete wie blind nach der Arbeitsplatte. Und dann kam Jordan mit Stakkatoschritten durch die Tür, sein Gesicht weit offen wie eine bleiche nächtliche Blume: »Delaney«, keuchte er, »Delaney, etwas, etwas ...«

Aber Delaney war bereits in Aktion. Er riß die Tür auf, rannte mit gesenktem Kopf über die Einfahrt und bog gerade noch rechtzeitig um die Ecke des Hauses, um zu sehen, wie ein fahlbrauner Schemen den zwei Meter hohen Maschendraht erklomm und dabei mit den Zähnen ein verkrampftes weißes Wesen gepackt hielt. Sein Gehirn dekodierte dieses Bild: Irgendwie hatte es ein Coyote geschafft, in die Umfriedung einzudringen, und einen der Hunde erwischt, und da war sie jetzt, die wilde Natur, setzte den Zaun hinauf und darüber hinweg, als wäre es eine Art Zirkusnummer. Delaney brüllte laut, um sich selbst zu hören, brüllte irgendeinen Unsinn und stürmte durch den Garten, während der verbliebene Hund (Osbert? Sacheverell?) in einer Ecke kauerte und der braune Schemen bereits mit dem Knöterich, den Chamisosträuchern und dem harten hohen Gras des unwegsamen Abhangs verschmolz, der in die wilden Berge überging.

Er dachte keinen Moment lang nach, sondern war in zwei Sätzen oben auf dem Zaun und sprang auf der anderen Seite herunter, wobei er einen flüchtigen Blick auf die Pfotenabdrücke im Staub warf, und dann raste er querfeldein durch das Gestrüpp, hechtete über Felsen und Sträucher und wich behende den dornigen Yuccapflanzen aus, die den Abhang wie eine Brustwehr überzogen. Er rannte, das war alles, was er wußte. Zweige packten ihn wie Klauen. Stachlige Kletten bohrten sich in seine Knöchel. Er ließ nicht locker, verfolgte eine undeutliche Bewegung, hie und da ein weißes Aufblitzen: Mal sah er ihn, dann wieder nicht. »He!« schrie er. »He, verdammt noch mal!«

Der Hang wurde steil, weiter oben ragten aus dem farblosen Gestrüpp Walnußbäume und zackige Basaltfelsen, die aussahen, als wären sie über Nacht aus der Erde gesprossen. Auf einmal erblickte er das Vieh wieder, spitze Schnauze und gelbe Augen, hoher, steifbeiniger Gang, während es sich mit seiner Last abmühte. Es strebte schnurstracks nach oben, zu den Bäumen. Er brüllte noch einmal, und diesmal ertönte eine Antwort von weiter unten. Ein Blick über die Schulter sagte ihm, daß Kyra den Hang heraufkam, mit langen Joggerschritten, in Rock und Bluse – und in Strümpfen. Sogar auf die Entfernung erkannte er ihren Gesichtsausdruck – das grimmig vorgeschobene Kinn, den zusammengepreßten Mund und die blitzenden Augen, die Verderben bedeuteten für jeden, der sich ihr in den Weg stellte, ob es nun ein Fremder war, der seinen Hund im Auto einsperrte, ohne die Fenster einen Spalt zu öffnen, oder ein unseliger Hausbesitzer, der ihr Angebot ausschlug. Sie kam ihm nach, und das spornte Delaney an. Wenn er dem Coyoten dicht auf den Fersen blieb, würde das Tier den Hund loslassen, es mußte ihn einfach loslassen.

Als er bei den Nußbäumen ankam, schmerzte ihm die Kehle. Schweiß brannte in seinen Augen, und seine Arme waren mit Schrammen und Kratzern überzogen. Von dem Hund war nirgends etwas zu sehen, und er brach durch die Bäume in die Senke zum Fuß des nächsten Hügels. Dort war das Gestrüpp dichter – zwei Meter hoch und so verwachsen, daß man an manchen Stellen eine Machete gebraucht hätte –, und ihm wurde klar, trotz dem Getrommel in seinen Ohren und der hormonellen Anspannung, die ihn in rasender Bewegung hielt und ständig die Fäuste ballen ließ, daß es schlecht aussah. Ziemlich schlecht. Da vorne gab es ungefähr tausend Büsche – fünftausend, zehntausend –, und der Coyote konnte sich unter jedem versteckt haben.

Er beobachtete ihn auch jetzt, das wußte Delaney, beobachtete ihn aus seinen wachsamen Schlitzaugen, wie er hin und her rannte, hektisch das stumme Gewirr aus Blättern, Zweigen und Dornen absuchte, und dieser Gedanke machte ihn wütend. Noch einmal brüllte er, in der Hoffnung, das Tier aufzuscheuchen. Doch der Coyote war zu schlau für ihn. Die Ohren angelegt, seine Beute mit Zähnen und Vorderpfoten erdrückend, konnte er stundenlang völlig reglos daliegen. »Osbert?« rief Delaney, aber seine Stimme verklang in einem hilflosen Klageton. »Sacheverell?«

Der arme Hund. Nicht einmal gegen ein Kaninchen hätte er sich wehren können. Delaney stellte sich auf die Zehenspitzen, reckte den Hals und spähte zornig in den nächstgelegenen Busch. Wie jeden Morgen erzeugten die langgezogenen, schrägen Sonnenstrahlen ein gleichmütiges Lichtspiel im Blattwerk, und er sah in die erleuchtete Tiefe des Busches und fühlte sich plötzlich elend und leer, ausgehöhlt von Verlust und Hilflosigkeit.

»Osbert!« Der Laut schien aus ihm herauszuplatzen,

als könnte er seine Stimmbänder nicht mehr beherrschen. »Hierher, alter Junge! Komm!« Dann schrie er Sacheverells Namen, immer wieder, aber es kam keine Antwort, bis auf einen fernen Ruf von Kyra, die jetzt offenbar weit weg zu seiner Linken war.

Mit einem Mal wollte er irgend etwas zerstören, die Sträucher an den Wurzeln aus der Erde reißen. Das hätte nicht passieren müssen. Keineswegs. Wenn nur diese Idioten nicht wären, die den Coyoten Futter hinausstellten, als wären sie nichts weiter als Schafe mit buschigen Schweifen und spitzen Reißzähnen ... und er hatte sie gewarnt, oft genug. Man durfte nicht achtlos mit der Umwelt umgehen. Das ging einfach nicht. Erst letzte Woche hatte er eine halbvolle Pappschachtel mit Kentucky Fried Chicken hinter dem Haus der Dagolians stehen sehen – die gewachste, rotweiß gestreifte Verpackung mit dem Porträt des breit grinsenden Hühnermörders höchstpersönlich – und sich prompt auch auf der zweimal monatlich stattfindenden Versammlung der Grundstücksbesitzer zu Wort gemeldet, um etwas dazu zu sagen. Sie hatten ihm nicht einmal zugehört. Coyoten, Taschenratten, Hornissen, sogar Klapperschlangen – die konnten einem auf den Nerv gehen, sicherlich, aber die Natur war das geringste ihrer Probleme. Viel mehr Sorgen machten ihnen die Menschen. Die Salvadorianer, die Mexikaner, die Schwarzen, die Vergewaltiger, Bettler und Autodiebe, über die sie im Lokalteil bei Roggentoast und Kaffee lasen. Deshalb hatten sie ja die weite Fläche des San Fernando Valley und die Hügel der Westside verlassen, um hier oben zu leben, außerhalb der Stadtgrenzen und inmitten dieser traumhaften Szenerie.

Coyoten? Coyoten waren putzige kleine Hundedinger, die den Sonnenuntergang anheulten, nur einer der vielen landschaftlichen Reize wie die Eichen, das Hartlaubgestrüpp und die schöne Aussicht. Nein, worüber Delaneys Nachbarn redeten, hin und her und immer wieder, als wäre es der Schlüssel zum Dasein, das waren Tore. Genauer gesagt, redeten sie über *ein* Tor. Das an der Zufahrtsstraße zu errichten wäre und rund um die Uhr mit einem Wächter bemannt sein sollte, um ebenjene Vergewaltiger, Bettler und Autodiebe fernzuhalten, vor denen sie hierhergeflüchtet waren. Klar. Und jetzt war der arme Osbert – oder Sacheverell – nichts weiter als Coyotenfrühstück.

Diese Narren. Diese Idioten.

Delaney packte einen Stock und fing an, methodisch auf das Gebüsch einzuschlagen.

Das Gemeinschaftszentrum von Arroyo Blanco stand auf einer kleinen Anhöhe, die den Topanga Canyon Boulevard und die Privatzufahrt überragte, den Arroyo Blanco Drive, der von der Hauptstraße abzweigte und sich zwischen den Eichen in das gitterförmige Straßennetz der Siedlung hinaufschlängelte. Es war ein einstöckiges, weiß verputztes Gebäude mit hellrotem Ziegeldach, auch im spanischen Missionsstil, und war mit Küche, Bar sowie einem Bühnensaal mit Lautsprecheranlage und zweihundert Sitzplätzen ausgestattet. Der Saal war voll, als Delaney eintraf – es gab nur noch Stehplätze. Er hatte sich verspätet, weil Kyra länger im Büro geblieben war und das Mädchen seinen freien Tag hatte und deshalb niemand auf Jordan hatte aufpassen können.

Kyra war völlig aufgelöst gewesen. Als sie zur Tür hereingekommen war, sah sie aus wie ein Flüchtling, mit geröteten Augen, ein Papiertaschentuch gegen die ebenfalls rote Nase gedrückt, gramgebeugt wegen Sacheverell (denn Sacheverell war es gewesen; an Hand eines unleugbaren Muttermals an der Unterlippe hatte sie den überlebenden Hund als Osbert identifiziert). Zusammen mit Delaney hatte sie am Morgen über eine Stunde lang auf das Gestrüpp eingedroschen, tränenüberströmt und wie wahnsinnig, ihr Atem ein stoßweises Keuchen – die beiden Hunde waren schon immer bei ihr gewesen, lange bevor sie Delaney kennengelernt hatte, ja sogar bevor Jordan geboren war –, aber irgendwann mußte sie es widerwillig aufgeben und zur Arbeit fahren, wo sie zu spät zu ihrem Zehnuhrtermin kam. Sie zog sich um, legte frisches Make-up auf, tröstete Jordan, so gut sie konnte, und brachte ihn zur Schule, nachdem sie Delaney eingeschärft hatte, den Hund um jeden Preis zu finden. Alle halbe Stunde erkundigte sie sich telefonisch, und obwohl er um die Mittagszeit Gewißheit hatte – eine grimmige, definitive Gewißheit, die im Moment in ein halbes Dutzend Papiertücher eingewickelt in der Tasche seines Anoraks ruhte –, enthielt er ihr die schlechte Nachricht vor, weil er fand, für einen Tag habe sie schon genug Entsetzliches erlebt. Als sie heimkam, hielt er sie lange in seinen Armen und raunte leise, tröstliche Worte, dann ging sie zu Jordan ins Zimmer, der mit Schüttelfrost und Fieber vorzeitig aus der Schule nach Hause geschickt worden war. Es war eine triste Szene. Kurz bevor er zu der Versammlung aufbrach, sah Delaney nach ihnen – Mutter und Sohn hatten sich in Jordans Kinderbett mit Osbert und Dame Edith, der Katze, zusammengekauert und erinnerten an die Überlebenden eines Schiffbruchs, die auf einem Floß dahintrieben.

Delaney schob sich in den rückwärtigen Teil des Saals, neben ein Ehepaar, das er nicht kannte. Der Mann war Mitte Vierzig, hatte aber die Statur eines College-Sportlers und sah aus, als hätte er gerade irgendeine Heldentat vollbracht. Die Frau, sie war mindestens eins dreiundachtzig groß, hatte etwa Kyras Alter – er schätzte sie auf Mitte

Dreißig – und trug schwarze Lycra-Shorts und ein Trikothemd mit einem Uni-Logo darauf. Sie schmiegte sich an ihren Mann wie ein Baumschößling an einen Felsen. Delaney vermerkte unwillkürlich, wie die Shorts Form und Funktion des Hinterns der Frau in makelloser Darstellung betonten, aber dann erinnerte er sich an das Ding in seiner Tasche und blickte auf, über das Meer der Köpfe und in das scharfe weiße Flutlicht der Neonröhren.

Jack Jardine saß oben auf dem Podium, neben ihm Jack Cherrystone, der Geschäftsführer des Eigentümerverbands, und Linda Portis, die Schatzmeisterin. Die reguläre Versammlung, bei der Delaney seine Nachbarn vor den Gefahren jeglichen Fütterns der lokalen Fauna gewarnt hatte, war nach einer langen Debatte über die Tor-Frage bis nach Mitternacht vertagt worden, und Jack hatte die jetzige außerordentliche Sitzung für eine Abstimmung einberufen. Unter normalen Umständen wäre Delaney zu Hause geblieben und hätte sich in ein Buch von John Muir oder Edwin Way Teale versenkt, aber es herrschten eben keine normalen Umstände. Nicht daß er der Frage gleichgültig gegenüberstand – das Tor war absurd, eine Einschüchterung und Ausgrenzung, antidemokratisch überdies, und er hatte privat oft dagegen argumentiert –, aber in seinen Augen war die Sache ein *Fait accompli*. Die Nachbarn waren in überwältigender Zahl dafür, von Zeitungen und Fernsehnachrichten aufgepeitscht zu reaktionärem Fanatismus, und er hatte keine große Lust, eine der wenigen Gegenstimmen abzugeben, er war kein Wirrkopf wie Rudy Hernandez, der sich gern reden hörte und bei Streitfragen jeden einzelnen Aspekt so lange ausdiskutierte, bis alle im Saal ihn am liebsten erwürgt hätten. Das Tor würde errichtet werden, dagegen konnte Delaney nichts tun. Trotzdem war er da. Und fühlte sich unwohl. Er war da, weil er ein privates Anliegen hatte, das ihm in der Seitentasche seines Anoraks spürbar gegen die Hüfte drückte, und wenn er daran dachte, wurde seine Kehle trocken.

Irgendwer sprach zum Thema, aber Delaney war so in seine Gedanken vertieft, daß er gar nicht mitbekam, was gesagt wurde. Es würde eine Diskussion geben und dann eine Abstimmung, und er würde sich für den Rest seiner Tage jedesmal wie ein Verbrecher fühlen, wenn er zu seinem Haus fuhr, würde sich bei irgendeinem Blödmann in einer kryptofaschistischen Uniform entschuldigen und immer besondere Vorkehrungen treffen müssen, wenn Bekannte zu Besuch kamen oder ein Päckchen erwartet wurde. Er dachte an die Wohngegend, in der er aufgewachsen war, an die zaunlosen Rasenflächen, die von allen gemeinsam benutzt wurden, die tiefen, üppigen Sumpfwälder, in denen er Farne, Frösche, Schlangen entdeckt hatte, die ganze leuchtende Fülle der Schöpfung. So etwas gab es heute nicht mehr. Jetzt gab es Zäune. Jetzt gab es Tore.

»Das Wort hat nunmehr Doris Obst«, sagte Jack Jardine, und seine Stimme erhob sich über die Strömungen des Raums wie im Gesang, als sprächen alle anderen im Saal Prosa und nur er allein Poesie.

Die Frau, die links vorn aufstand, war von unbestimmbarem Alter. Ihre Bewegungen waren schwungvoll, und sie trug ein Kleid, das sich ihrer Figur anschmiegte, als wäre es aufgemalt, doch ihr Haar war grau und ihre Haut von demselben toten, gnadenlosen gebleichten Weiß wie das schwere Briefpapier, das Delaney für Geschäftspost verwendete. Delaney hatte sie noch nie zuvor gesehen, und diese Erkenntnis, zusammen mit der Tatsache, daß er überhaupt niemanden von den Umstehenden erkannte, verursachte ihm ein leises nagendes Schuldgefühl. Er sollte disziplinierter sein und öfter zu diesen Versammlungen gehen, sagte er sich, das sollte er wirklich.

»... und zwar der finanzielle Faktor«, sagte Doris Obst

in einem grüblerischen, nahezu maskulinen Tenor, »denn ich bin sicher, jeder hier im Saal hat das Gefühl, daß unsere laufenden Kosten jetzt schon astronomisch hoch sind, und da frage ich mich, ob der Kostenvoranschlag des Vorsitzenden auch stimmt, oder ob wir nicht irgendwann noch ein paar außerordentliche Zahlungen aufgebrummt kriegen ...«

»Jim Shirley, sang Jack, und Doris Obst sank auf ihren Stuhl zurück, während weiter hinten ein Mann aufstand, als wären sie beide Tasten ein und desselben Instruments. Konsterniert stellte Delaney fest, daß er auch diesen Mann nicht kannte.

»Was ist mit den Einbrüchen?« fragte Jim Shirley. In seiner Stimme schwang ein zorniger Unterton mit. In der Menge erhob sich zur Antwort Gemurmel, empörte Rufe und allgemeine Zustimmung. Jim Shirley war ein großer, vollbärtiger Mann Mitte Fünfzig, der aussah wie mit der Fahrradpumpe aufgeblasen. »Direkt in meiner Nachbarschaft – Via Dichosa ist das, ja? – sind allein im letzten Monat zwei Häuser ausgeraubt worden. Bei den Caseys haben sie Teppiche im Wert von, na, so um die fünfzigtausend Dollar mitgenommen, während sie in Europa waren, außerdem noch die Video-Stereo-Anlage – ganz zu schweigen von ihrem brandneuen Nissan-Pick-up. Ich weiß nicht, wie viele von euch hier die übliche Vorgehensweise kennen, aber jedenfalls brechen diese Typen meistens die Garagentür auf – der automatische Öffner hat immer etwas Spiel –, und dann lassen sie sich Zeit bei der Arbeit, laden sämtliche Wertsachen in euer eigenes Auto und fahren am Ende damit weg, als wär's ihres. Bei den Caseys waren sie unverschämt genug, sich noch ein halbes Dutzend Hummerschwänze aus der Tiefkühltruhe aufzutauen und sie mit zwei Fläschchen Perrier-Jouët runterzuspülen.«

Ein Raunen durchlief die Menge, in dem Groll und Ärger mitschwangen. Selbst Delaney sah sich einen Augenblick lang von dem blutigen Beweismittel in seiner Tasche abgelenkt. Verbrechen? Hier oben? War das nicht das, wovor sie hierhergeflüchtet waren? War das denn nicht der Sinn dieser Wohnanlage? Mit einem Mal schien das Tor gar keine so schlechte Idee mehr zu sein.

Delaney fuhr zusammen, als der Mann neben ihm – der Sportler – den Arm hochriß und zu sprechen begann, ehe ihm Jack Jardine offiziell das Wort erteilen konnte. »Ich kann gar nicht glauben, was ich hier höre«, sagte er, und seine langbeinige Frau schmiegte sich noch enger an ihn; in ihren Augen glänzten Stolz und moralische Autorität. »Wenn wir eine Wohngegend mit bewachtem Tor gewollt hätten, wären wir nach Hidden Hills oder Westlake gezogen, aber wir wollten keine. Wir wollten eine offene Gemeinschaft, die Freiheit, zu kommen und zu gehen – nicht nur für jene, die so privilegiert sind, sich das Leben hier oben leisten zu können, sondern für jeden – jeden Staatsbürger, ob arm oder reich. Ich weiß nicht, wie's bei euch ist, aber ich hab mir die Hörner in den Sechzigern abgestoßen, und mir geht es einfach gegen den Strich, in einer Gegend zu wohnen, wo man jemandem die Zufahrt verweigert, nur weil er nicht so ein schickes Auto oder so ein großes Haus hat wie ich. Ich meine, was kommt denn als nächstes – Armbänder zur Identitätskontrolle? Metalldetektoren?«

Jack Cherrystone tippte den Vorsitzenden ungeduldig an den Ellenbogen, und Jack gab ihm mit einem Nicken das Wort. »Wem wollen wir denn hier etwas vormachen?« fragte er so laut, daß es aus den Lautsprechern donnerte wie die Stimme Gottes des Allmächtigen. Jack Cherrystone war klein, kaum eins achtundsechzig, aber er hatte der Welt größte Stimme. Er verdiente sein Geld in

Hollywood, als Sprecher in den Trailern für Kinofilme, seine Stimme rollte durch ganz Amerika wie eine Lastwagenflotte, ominös, sonor, hysterisch. Millionen von Zuschauern in den Kinos von San Pedro bis Bangor zuckten auf ihren Sitzen zusammen, wenn sie die rasch wechselnden Bilder von Sex und Verwüstung über die Leinwand flackern sahen und dazu von Jack Cherrystones dröhnendem Bariton angefallen wurden, und auch seine Nachbarn und Bekannten in Arroyo Blanco Estates richteten sich in ihren Sitzen ein wenig auf, als er sprach. »Ich bin ebenso liberal wie jeder hier im Saal – mein Vater hatte den Vorsitz in Adlai Stevensons Wahlkomitee, zum Donnerwetter –, aber ich sage euch, wir müssen diesen Vorfällen ein Ende machen.«

Pause. Der ganze Raum war auf den kleinen Mann auf dem Podium konzentriert. Delaney brach der Schweiß aus.

»Gerne würde ich die ganze Welt willkommen heißen, ganz egal wie arm einer ist oder aus welchem Land er kommt; gerne würde ich meinen Hintereingang offen- und die Fliegentür unverschlossen lassen, so wie es in meiner Kindheit war, aber ihr wißt doch ebensogut wie ich, daß diese Zeiten vorbei sind.« Er schüttelte traurig den Kopf. »L. A. ist ein Sumpf. Die ganze Welt ist ein Sumpf. Machen wir uns nichts vor: Deshalb sind wir doch hier, deshalb sind wir von dort weg. Wer die Welt retten will, bitte, der soll nach Kalkutta gehen und bei Mutter Teresa mitarbeiten. Ich sage euch, dieses Tor ist genauso nötig, so unumgänglich, ja unentbehrlich wie die Dächer über unseren Köpfen und die Sicherheitsschlösser an unseren Türen. Macht euch doch nichts vor«, dröhnte er. »Schnallt es endlich, wie meine Tochter sagt. Ehrlich, Leute, was soll das Gerede?«

Delaney hielt das Ding in seiner Tasche krampfhaft

gepackt, den blutigen Überrest jenes unschuldigen Hundes, und er konnte sich nicht mehr beherrschen – alles kam zusammen: Jack Cherrystones düstere Worte, der Tag, den er hinter sich hatte, Kyras Gesichtsausdruck, als sie mit ihrem Sohn und den verstörten Tieren auf das kleine Bett niedergesunken war. Seine Hand schoß in die Höhe.

»Delaney Mossbacher«, säuselte Jack Jardine.

Gesichter drehten sich zu ihm. Alle reckten die Hälse. Das braungebrannte Paar neben ihm öffnete erwartungsvoll den Mund.

»Ich wollte nur mal wissen«, begann er, aber noch ehe er halbwegs in Fahrt kommen konnte, unterbrach ihn irgendwer weiter vorn mit dem Ruf »Lauter!«. Er räusperte sich und versuchte die Stimme dem Raum anzugleichen. Sein Herz raste. »Ich sagte, ich wollte nur mal wissen, wie viele von euch hier wissen, was passieren kann, wenn ihr die Coyotenpopulation dieser Gegend füttert ...«

»Bitte zur Sache!« verlangte eine Stimme. Ein entnervtes Seufzen erhob sich in der Menge. Mehrere Hände schossen in die Höhe.

»Das ist keine banale Frage«, beharrte Delaney und starrte hitzig um sich. »Mein Hund – also, der Hund meiner Frau ...«

»Tut mir leid, Delaney«, sagte Jack Jardine und beugte sich zum Mikrophon vor, »aber wir diskutieren hier momentan die Frage der Errichtung und des Betriebes eines Tors an der Zufahrtsstraße. Ich muß dich bitten, entweder dazu zu sprechen oder das Wort einem anderen zu überlassen.«

»Aber Jack, du verstehst mich nicht – heute früh ist ein Coyote in unser Grundstück eingedrungen und hat ...«

»Zur Sache!« rief jemand.

»Zur Sache oder das Wort abtreten!«

Delaney war plötzlich zornig, zum zweitenmal an diesem Tag, er kochte vor Wut. Warum wollten die Leute nicht zuhören? Wußten sie nicht, was geschah, wenn sie wildlebende Fleischfresser fütterten wie Enten im Park? »Ich trete das Wort nicht ab«, sagte er, worauf das Publikum zu zischen anfing, und dann hatte er plötzlich Sacheverells abgebissene weiße Vorderpfote in der Hand, mit einem schwarzen Strumpf aus Blut darüber, und er schwenkte sie wie ein Schwert. Er sah die entsetzten Gesichter des Paars neben ihm, das unwillkürlich zurückwich, er spürte auch eine Bewegung zu seiner Rechten, und Jack Cherrystones verstärkte Stimme dröhnte ihm in den Ohren, aber es war ihm egal – sie würden ihm zuhören, sie mußten einfach. »Das hier!« brüllte er in das Gezeter. »Das hier passiert dann!«

Später, als er auf den Stufen vor dem Gemeinschaftszentrum saß und sich von der Nacht das verschwitzte Gesicht kühlen ließ, überlegte er, wie er Kyra die Neuigkeit am besten beibringen sollte. Beim Weggehen hatte er sie lahm getröstet, daß der Hund vielleicht ja wieder auftauche – womöglich habe er entwischen können und sich nur verirrt –, jetzt aber kannte ganz Arroyo Blanco das scheußliche Schicksal von Sacheverell. Und erreicht hatte Delaney nichts, rein gar nichts – außer daß er sich zum Narren gemacht hatte. Er stieß einen Seufzer aus, warf den Kopf zurück und starrte auf das trübe Leichentuch des Nachthimmels. Es war ein Scheißtag gewesen. Nichts hatte er zustande gebracht. Nicht ein Wort geschrieben. Nicht einmal am Schreibtisch hatte er gesessen. Er hatte ausschließlich an den Hund gedacht – und an das zerkaute Stück Knochen mit Fellresten, das er in einem Loch unter einem staubigen Manzanitabusch gefunden hatte.

Drinnen stimmten sie gerade ab. Die Fenster schnitten Löcher in den Vorhang der Nacht, grelle rechtwinklige Einschnitte vor dem schwarzen Hintergrund der Berge. Er hörte Stimmengemurmel, das chaotische Scharren und Kratzen menschlicher Aktivitäten. Eben wollte er aufstehen und nach Hause gehen, als er eine Gestalt bemerkte, die oben an der Treppe reglos verharrte. »Wer ist da?« fragte er.

»Ich bin's, Mr. Mossbacher«, drang eine Stimme aus der Dunkelheit, dann trat die Gestalt in das Licht, das die Fenster warfen, und Delaney sah, daß es Jack jr. war, Jack Jardines Sohn.

Jack jr. wiegte sich wie ein Eukalyptusbaum im Wind, ein Wunder an Spannkraft und neu erworbener Körpergröße, schlaksige Gliedmaßen, große Füße und Hände vom Format eines Baseballhandschuhs. Er war achtzehn, hatte schlammbraune Augen, die die Pupillen kaum erkennen ließen, und er sah kein bißchen wie sein Vater aus. Zum einen hatte er rote Haare – nicht das dünne blasse Karottenrot, das Delaney von seiner schottisch-irischen Mutter geerbt hatte, sondern jenes tiefe changierende Kastanienbraun, wie es manchmal im Abendlicht auf Pferdeflanken schimmerte. Er trug es oben lang, in einem Wirrwarr von Locken, und unterhalb der Ohren bis auf den Schädel abrasiert. »Hallo, Jack«, sagte Delaney, und er spürte die Erschöpfung in der eigenen Stimme.

»Hat's einen von Ihren Hunden erwischt, was?«

»Tja, leider«, seufzte Delaney. »Das wollte ich denen da drin gerade sagen – wilde Tiere füttert man schlicht und einfach nicht. Aber es hört einem ja keiner zu.«

»Ja, ich weiß, was Sie meinen.« Jack jr. kickte nach irgend etwas mit der Spitze eines seiner großen Lederstiefel. Bei diesem Licht schienen die Schuhe aus dem Boden zu wachsen und mit seinem Körper zu verschmelzen, massige Stämme, die ihn in der Erde verankerten. Es herrschte Schweigen, und Delaney erwog nochmals, sich zu erheben und auf den Heimweg zu machen, doch er zögerte noch. Immerhin war da ein mitfühlendes Ohr, ein aufnahmebereiter Verstand.

»Was sie einfach nicht begreifen ...«, begann Delaney, doch bevor er den Gedanken beenden konnte, unterbrach ihn Jack jr.

»Übrigens – wegen neulich abend? Als Sie mit meinem Vater geredet haben, Sie wissen schon, der Mexikaner ...«

Der Mexikaner. Schlagartig stieg das Gesicht des Mannes auf und preßte sich in die Ränder von Delaneys Bewußtsein, erfüllte ihn wie ein schwangerer Geist mit Bildern der fauligen Zähne und des fleckigen Schnurrbarts. Der Mexikaner. Wegen der Sache mit Sacheverell hatte er ihn ganz vergessen. Jetzt erinnerte er sich. Der Junge hatte auf dem Sofa ausgestreckt gelegen wie ein ruhender Monarch, als Delaney zu Jack gekommen war, um den Unfall mit ihm zu besprechen, und Delaney hatte es als komisch empfunden, daß Jack ihn nicht in ein anderes Zimmer oder hinaus auf die Terrasse bat, wo sie unter vier Augen hätten sprechen können. Jack ignorierte seinen Sohn – ebensogut hätte er zum Mobiliar gehören können. Er legte Delaney den Arm um die Schulter, goß ihm einen Drink ein, hörte sich die Geschichte an und versicherte ihm, er habe nichts zu befürchten, überhaupt nichts – wenn der Mann legal da war, warum hatte er seine Hilfe abgelehnt? Und wenn er ein Illegaler war, welche Aussichten hatte er dann, einen Rechtsanwalt zu finden – und wofür eigentlich? »Aber Jack«, hatte Delaney eingewendet, »ich habe den Unfall nicht gemeldet!« Jack hatte ihn gemustert, seelenruhig und komplizenhaft. »Unfall?« fragte er, und er war der vernünftigste Mensch auf der Welt – Richter, Geschworener und Anwalt in einem. »Du hast doch angehalten und deine Hilfe angeboten – die der Mann nicht wollte. Was hättest du denn noch tun sollen?«

Richtig. Aber jetzt fragte plötzlich Jack jr. nach, und Delaney sank das Herz in die Hose. Auf der ganzen Welt gab es fünf Menschen, die von dem Vorfall auf der Straße wußten, und sein Pech war, daß Jack jr. zu ihnen gehörte. »Ja?« fragte er. »Was ist mit dem?«

»Och, nichts. Ich hab mich bloß gefragt, wo genau das passiert ist – weil Sie doch sagten, der hätte irgendwo kampiert und so.«

»Unten auf der Cañonstraße. Wieso?«

»Ach, ich weiß nicht.« Wieder trat Jack jr. gegen einen Stein. »Ich wollt's nur wissen. Ich sehe nämlich verdammt viele von denen da unten in letzter Zeit. Sie sagten doch, es war unterhalb der Holzhandlung, oder? Wo der Pfad in die Schlucht runterführt?«

Delaney begriff beim besten Willen nicht, worauf der Junge hinauswollte – was ging ihn das an? Dennoch beantwortete er die Frage fast im Reflex – er hatte ja nichts zu verbergen. »Ja, genau«, sagte er. Und dann kam er auf die Beine, nuschelte: »Na dann, ich muß mich langsam auf den Weg machen«, und trat in die Dunkelheit hinaus. Seine Finger umfaßten das klägliche Stück Fleisch in der Jackentasche.

Er nahm sich vor, es in die Tiefkühltruhe zu legen, wenn er zu Hause war. Es würde nämlich bald anfangen zu stinken.

4

Am Morgen nachdem América den Cañon hinaufgeklettert war, um ihre Arbeitskraft bei der Vermittlung anzubieten – erfolglos, wie sich herausstellte –, bestand sie darauf, es noch einmal zu versuchen. Cándido war dagegen. Vehement dagegen. Am Vortag hatte er den ganzen sich langsam dahinschleppenden Vormittag gewartet, bis die Sonne direkt über ihm stand – zwölf Uhr mittags, um diese Zeit schloß die Arbeitsvermittlung –, dann noch eine Stunde und dann noch eine, zerrissen von Sorge und Argwohn. Wenn sie irgendeine Arbeit ergattert hatte, würde sie nicht vor Einbruch der Nacht zurück sein, und das wäre fast schlimmer, als hätte sie Pech gehabt, denn es verlängerte seine Sorge – und, noch schlimmer, es vergrößerte seine Scham. Immer wieder stellte er sich vor, daß sie auf den Knien im Haus irgendeines reichen Kerls eine dieser gefliesten Küchen schrubbte, wo die Kühlschränke so groß wie Fleischgefrierkammern waren und der dunkel verglaste Herd das Wasser in sechzig Sekunden zum Kochen brachte, und daß dieser reiche Kerl zusah, wie ihr Hintern in der Luft wackelte, während sie kraftvoll die Schultern vorschob. Endlich – es mußte schon drei Uhr nachmittags sein – kam sie wieder, ein dunkler Punkt, der sich über die sonnengebleichten Felsen bewegte, in der Hand eine dieser dünnen Supermarkt-Plastiktüten, die die Gringos einmal benutzten und dann wegwarfen. Cándido mußte die Augen zusammenkneifen, weil der Schmerz ihm die Sicht nahm. »Wo bist du gewesen?« wollte er wissen, als sie dicht genug herangekommen war. Und dann, leiser, erleichtert und als ob er sich entschuldigen wollte: »Hast du Arbeit gefunden?«

Kein Lächeln. Damit hatte er die Antwort. Doch sie reichte ihm die Tüte als kleine Gabe und kniete sich als pflichtbewußte Gattin auf die Decke nieder, um ihn auf die gesunde Gesichtshälfte zu küssen. In der Tüte: zwei überreife Tomaten, ein halbes Dutzend harter grünlicher Orangen und eine Steckrübe, die mit schwarzer Erde verschmiert war. Er lutschte die sauren Orangen aus und verspeiste den Eintopf, den sie aus der Rübe und den Tomaten kochte. Woher sie das Essen hatte, fragte er gar nicht erst.

Und jetzt wollte sie wieder hingehen. Es war dasselbe Ritual wie am Vortag: Sie glitt leise wie eine Diebin von der Decke, zog sich das gute Kleid über den Kopf, kämmte sich am Bach das Haar. Es war noch dunkel. Die Nacht umfing sie wie eine zweite Haut. Noch hatte kein Vogel auch nur Atem geschöpft. »Wohin gehst du?« krächzte er.

Ein Wort aus der Finsternis, das ihn ins Mark traf: »Arbeiten.«

Er setzte sich auf und zeterte, während sie ein Feuer anfachte und ihm Kaffee und einen Reisbrei mit Zucker kochte, der ihm keine allzu großen Schmerzen bereiten würde, und er erzählte ihr von seinen Ängsten, hob die Verdorbenheit der Welt der *gabachos* und die Durchtriebenheit der anderen *braceros* in der Arbeitsvermittlung hervor, versuchte ihrem Herzen jene Bangigkeit einzuflößen, die sie dableiben ließe, bei ihm, wo es sicher war, aber sie wollte ihm nicht zuhören. Oder vielmehr, sie hörte ihm zu – »Ich habe ja auch Angst«, sagte sie, »Angst vor dieser Baracke und vor den Leuten dort und vor dem Verkehr auf der Straße« –, aber es hatte keine Wirkung. Er verbot ihr zu gehen. Brüllte seine Wut hinaus, bis der eingedrückte Backenknochen brannte, stand unsicher auf und drohte ihr mit der geballten Faust, aber es half alles nichts. Sie ließ den Kopf hängen. Sah ihm nicht in die Augen. »Einer von uns muß es versuchen«, murmelte sie. »In ein, zwei Tagen geht's dir besser, aber jetzt würdest du es nicht mal den Pfad hinauf schaffen, und arbeiten kannst du erst recht nicht – vorausgesetzt, es gibt überhaupt Arbeit.«

Was sollte er sagen? Sie verschwand.

Und dann begann der Tag, und die Langeweile setzte ein, so stark, daß er beinahe froh war über die Schmerzen in Gesicht, Hüfte und Arm – das war wenigstens etwas, zumindest eine Ablenkung. Er sah sich auf der kleinen Lichtung am Bach um, und das Laub, die Felsen, der Abhang über ihm, ja selbst die Sonne am Himmel schienen unwandelbar und ewig, so tot wie eine Fotografie. Trotz aller Schönheit war dieser Ort eine Gefängniszelle und er ein Häftling, eingesperrt in seine Gedankenwelt. Aber auch ein Häftling hatte etwas zu lesen, vielleicht ein Radio, einen Platz, wo er sitzen und gemütlich scheißen konnte, eine Arbeit – hier in *Gringolandia* stellten sie Nummernschilder her oder rackerten im Steinbruch, aber wenigstens taten sie etwas.

Er döste ein, wachte auf, döste wieder ein. Und jedesmal, wenn er emporschaute, war die Sonne an der gleichen Stelle am Himmel, wie festgepinnt, als wäre die Zeit stehengeblieben. América war irgendwo da draußen. Alles mögliche konnte ihr widerfahren. Wie konnte er schlafen, auch nur einen Augenblick der Ruhe finden, mit diesem Schreckensbild vor sich?

América. Der Gedanke an sie brachte ihm ihr Gesicht vor Augen, ihr offenes, unschuldiges Gesicht, ein Kindergesicht noch, mit diesem Blick, der direkt in einen hineinströmte, und mit dieser sanften, gehauchten Stimme, wie die allererste Stimme, die man im Leben hörte. Er kannte sie, seit sie ein kleines Mädchen war, vier Jahre alt, die jüngste Schwester von Resurrección, seiner Frau. Bei seiner Hochzeit war sie ein Blumenmädchen gewesen, und sie hatte auch selbst wie eine Blume ausgesehen, braune Gliedmaßen, die aus den weißen Blütenblättern ihres Kleides sprossen. Er und Resurrección gaben sich an jenem Tag das Jawort, er war zwanzig Jahre alt und hatte gerade neun Monate in *el Norte* verbracht, auf den Kartoffeläckern Idahos und den Zitrusplantagen Arizonas gearbeitet, und in Tepoztlán war er wie ein Gott. In neun Monaten hatte er mehr verdient – und die Hälfte davon per Postanweisung nach Hause geschickt – als sein Vater mit dem Lederwarengeschäft in seinem ganzen Leben. Ehe er aufgebrochen war, hatte ihm Resurrección versprochen, auf ihn zu warten, und sie hielt ihr Wort. Dieses Mal jedenfalls.

Doch mit jedem Jahr wurde ihr das Warten länger, und sie veränderte sich. Alle veränderten sie sich, die Ehefrauen, und wer mochte es ihnen verübeln? Denn drei Viertel des Jahres wurden die Dörfer von Morelos zu Frauendörfern, fast völlig verlassen von ihren Männern, die nach Norden zogen, um richtiges Geld zu verdienen und acht oder zehn oder zwölf Stunden am Tag zu arbeiten, statt in der *cantina* zu hocken und ewig an ein und demselben Bier zu nippen. Ein paar Männer blieben natürlich – die, denen ein Laden gehörte, die Narren und die von Haus aus Reichen –, und einige von ihnen hatten keine Skrupel und nutzten die Einsamkeit der verlassenen, liebeshungrigen Frauen aus, um ihren Männern Hörner aufzusetzen, während diese im Land der Gringos den Rücken krumm machten. Einen »*Señor Gonzales*« nannte man diese Schänder der scheintoten Ehen, manchmal auch nur »Sancho« – wie etwa in »Sancho hat deine Frau vernascht«. Es gab sogar ein Verb dafür – *sanchear*, das hieß:

sich einschleichen wie ein Wiesel und einen braven, untadeligen Mann zum *cabrón* machen.

Und nachdem er sieben Sommer fort und dazwischen sechs kalte Winter zu Hause gewesen war, in denen er sich nur als halber Mann fühlte, weil Resurrección einfach nicht von ihm schwanger werden wollte, was sie auch probierten – und sie probierten es mit chinesischen Stellungen, mit Hühnertalg, den sie während des Verkehrs auf ihren Bauch rieben, mit Kräutern und Tränken von der *curandera* und mit Injektionen vom Doktor –, erfuhr Cándido bei seiner Heimkehr, daß seine Frau jetzt in Cuernavaca lebte, mit einem Sancho namens Teófilo Aguadulce. Sie war im sechsten Monat schwanger und hatte alles Geld, das Cándido ihr geschickt hatte, für ihren Sancho und dessen mächtigen Durst auf Bier, Pulque und scharfen Schnaps verpraßt.

Es war América, die ihm die Neuigkeit überbrachte. Cándido kam an die Haustür seines Schwiegervaters, beladen mit Geschenken und überglücklich, wieder daheim zu sein, der große Held und Wohltäter des halben Dorfes, ein braver Neffe dazu, der für die Schwester seiner Mutter ein neues Haus gebaut hatte, und auch jetzt hatte er in seiner Tasche ein brandneues Stereoradio für sie dabei, aber es war niemand zu Hause – bis auf América, elf Jahre alt und scheu wie ein Jaguar, der ein Schwein mit den Zähnen gepackt hält. »Cándido!« rief sie und warf sich ihm in die Arme, »hast du mir was mitgebracht?« Er hatte eine Glaskugel für sie, darin eingeschlossen die Figur eines *gabacho*-Weihnachtsmanns und künstlicher Schnee, der ihn in einen Blizzard hüllte, wenn man die Kugel schüttelte – aber wo waren die anderen? Eine Pause, sie entwand sich ihm, vollführte mit der Schneekugel einen zögerlichen Tanz durch das Zimmer: »Sie wollten dich nicht treffen.« Was? Wollten ihn nicht treffen? Sie machte einen Scherz, wollte ihn aufziehen, sehr witzig. »Wo ist Resurrección?«

Damit begann seine Zeit in der Hölle. Er nahm den nächsten Bus nach Cuernavaca, machte Teófilo Aguadulces Haus ausfindig und trommelte sich an den geschlossenen Fensterläden die Hände wund. Er durchstreifte die Straßen, forschte in den *cantinas*, auf den Märkten, im Kino, aber er fand keine Spur von ihnen. Dann, eine Woche später, erfuhr Cándido, daß Teófilo Aguadulce nach Tepoztlán kommen würde, um seinen kranken Großvater zu besuchen, und als er um zwölf über die Plaza ging, wartete Cándido schon auf ihn. Das halbe Dorf sah zu, als Cándido ihn zur Rede stellte, und er hätte auch sicher Rache geübt und seine Ehre wiederhergestellt, wenn dieser Dreckskerl ihn nicht mit einem gemeinen Ringergriff ausgetrickst hätte, der ihn blutend und benommen in den Schmutz warf. Niemand sagte ein Wort. Niemand streckte die Hand aus, um ihm aufzuhelfen. Seine Bekannten und Nachbarn, Menschen, die er zeit seines Lebens kannte, kehrten ihm einfach den Rücken und gingen davon. Cándido betrank sich. Und als er nüchtern wurde, betrank er sich wieder. Und wieder. Er schämte sich zu sehr, um zu seiner Tante zu gehen, deshalb wanderte er in den Hügeln herum und schlief, wo er umfiel, bis seine Kleider völlig zerfetzt waren und er stank wie ein Ziegenbock. Die Kinder bewarfen ihn mit Steinen und reimten Verse auf ihn, Spottverse zum Seilspringen, und das Quäken ihrer Stimmen schmerzte ihn wie der Schlag einer Lederpeitsche. Schließlich schlug er sich zur Grenze durch, um sich im Norden zu verlieren, aber sein Schlepper war zu dumm: Die US-Einwanderungsbehörde erwischte ihn nach nicht einmal hundert Metern und stieß ihn zurück in die dunkle Härte der Nacht von Tijuana.

Er war pleite, deshalb tanzte er auf der Straße für die Leute, schnorrte *turistas* um Kleingeld an, kaufte sich einen Benzinkanister und wurde ein *tragafuegos*, ein Feuerschlucker, der jegliches Gefühl in Lippen, Zunge und Gaumen für ein paar Centavos und noch einmal ein paar Centavos opferte. Was er verdiente, gab er für Schnaps aus. Als er ganz unten angekommen war und ihm alles weh tat, kehrte er zurück nach Tepoztlán und zog bei seiner Tante in das Haus ein, das er ihr gebaut hatte. Um Geld zu verdienen, machte er Holzkohle. Stieg jeden Morgen in die Berge, fällte Holz und verglühte es langsam zu Kohle, um es anschließend an die Hausfrauen zu verkaufen, als Brennstoff für ihre Kohlenpfannen und Öfen, die sie aus alten Pemex-Ölfässern machten. Sonst tat er nichts. Sah nie jemanden. Und dann traf er eines Tages América auf der Straße, und alles wurde anders: »Erkennst du mich denn nicht?« fragte sie, und er erkannte sie zunächst tatsächlich nicht. Sie war sechzehn und sah aufs Haar so aus wie ihre Schwester, nur besser. Er legte das Bündel Brennholz nieder, das er trug, und richtete sich mit einem kurzen Schlenker kerzengerade auf. »Du bist América«, sagte er und machte eine Pause, weil gerade ein Wagen durch die Straße fuhr, der die Hühner erschreckte und einen Taubenschwarm aufflattern ließ, »und ich werde dich mitnehmen, wenn ich nach Norden gehe.«

Über diese Dinge dachte er nach, als er in der Schlucht lag, empfindlich wie ein rohes Ei, so viel bedeutete ihm América – sein Leben, nicht mehr als das –, und deshalb war er so besorgt, nervös, verängstigt und zutiefst beunruhigt, wie er es noch nie gewesen war. Was, wenn ihr etwas passierte? Wenn *La Migra* sie erwischte? Wenn irgendein *gabacho* mit seinem Auto *sie* anfuhr? Oder einer von den *vagos* bei der Arbeitsvermittlung sie ...

aber daran wollte er erst gar nicht denken. Es ging ihm zu nahe. Sein schmerzender Kopf hielt es nicht aus.

Die Sonne war über den östlichen Berghang geklettert. Es wurde jetzt schneller heiß als in der letzten Woche, der Dunst löste sich rascher auf – am Nachmittag würde Wind aufkommen, und der Cañon würde die Hitze speichern wie die Wände eines Backofens. Cándido spürte den Wetterwechsel in der Hüfte, im Ellenbogen und in der verletzten Gesichtshälfte. Die Sonne kroch über den Sand und traf ihn im Schritt, auf der Brust, dem Kinn und der ruinierten Nase. Er schloß die Augen und ließ sich treiben.

Als er aufwachte, hatte er Durst. Er hatte nicht nur Durst, der Durst verzehrte ihn, trieb ihn in den Wahnsinn. Seine Kleider waren durchnäßt, die Decke unter ihm war feucht von seinem Schweiß. Mit aller Kraft kam er auf die Beine und wankte in den Schatten, wo América das Trinkwasser in zwei Milchflaschen aus Plastik aufbewahrte, deren Hals er mit seinem alten Messer abgeschnitten hatte. Er packte die erste Flasche und hob Luft an die Lippen: Sie war leer. Die andere auch. Seine Kehle schnürte sich zu.

Er wußte genau, daß man das Wasser vom Bach nicht direkt trinken durfte – er hatte es auch América eingeschärft. Jeder Tropfen mußte zuerst gekocht werden. Es war lästig – Holz sammeln, Feuer machen, die verrußte Dose in die Flammen stellen –, aber es war notwendig. Anfangs hatte América sich aufgelehnt – wozu dieser Aufwand? Sie waren in den USA, der internationalen Kapitale der Klempner, im Land der Klärwerke und Wasserfilter und Chlortabletten, und jedermann wußte, wie sehr die Gringos von Toiletten fasziniert waren: Wie konnte das Wasser hier gefährlich sein? Ausgerechnet hier? Aber so war es. Er war hier früher schon gewesen, an genau derselben Stelle, und das Wasser hatte ihn krank gemacht. Konnte sie sich denn auch nur ansatzweise vorstellen, wie viele Sickergruben von diesen Bergen abliefen? Unzählige Häuser drängten sich da oben, bis hin zum Arschloch des Cañons – und jedes einzelne entließ seine Abwässer in die Kanäle, die schließlich in diesen Bach mündeten.

Er wußte genau, daß man das Wasser nicht trinken durfte, und doch tat er es. Er war am Sterben. Ausgetrocknet wie die Hülle von etwas, das die Flut an den Strand gespült hat und das dann einen Monat lang in der Sonne liegenbleibt und eintrocknet wie eine Feige oder ein Salzcracker. Er hatte nicht die Kraft, auch nur daran zu denken, Brennholz zu sammeln, Papierfetzen zu suchen, Streichhölzer, das Wasser fünf Minuten lang kochen zu lassen und dann noch zu warten, bis es wieder abkühlte – undenkbar. Rasend vor Durst und wie von Sinnen warf er sich bäuchlings in den Sand, tauchte das Gesicht in den Algenschaum auf dem Bach und schlürfte, schlürfte, bis er fast ertrank. Schließlich, als sein Bauch so prall wie eine Lederflasche war, legte er sich zurück, sein Durst gestillt. Der Nachmittag rann weiter dahin, er döste, litt Schmerzen und sorgte sich, nur um aufzuwachen und wieder zu leiden und sich zu sorgen.

Er staunte, wie rasch der Durchfall kam. Als er aus dem Bach getrunken hatte, war die Sonne knapp östlich des Zenits gewesen, und jetzt stand sie höchstens ein oder zwei Spannen weiter im Westen, aber immer noch hoch und immer noch heiß. Wieviel waren das, zwei Stunden? Drei? Aber da kam es schon – ein Rumoren im Darm, die Krämpfe, der verzweifelte, unaufhaltsame Druck, den Männer, Frauen und Kinder bei ihm zu Hause nur allzugut kannten, in diesem armen, unterentwickelten Land, wo sanitäre Einrichtungen ein Luxus und Magen-Darm-Infektionen die häufigste Todesursache waren. Cándido konnte gerade noch durch den Bach und hinter die großen schartigen Felsen taumeln, die er und América als Abort benutzten, ehe es losging. Und als es losging, war es wie eine Explosion, ein brausender Wasserfall aus Dünnschiß, der ihn binnen Sekunden völlig entleerte, und dann kam ein zweiter Krampf, und noch einer, bis er alle Kraft in den Beinen verlor und auf dem Sand zusammenbrach wie eine Marionette, der man die Fäden abgeschnitten hat.

Wie er so dalag, überzogen mit Schweiß und Sand und Schlimmerem, die Hose um die Fußknöchel gebauscht, hörte er auf einmal laute Schreie von weiter oben – im Akzent der *gabachos* –, und da wußte er, daß es vorbei war. Jetzt kamen sie ihn holen. Sie hatten América erwischt, und sie hatte ihnen erzählt, wo er war. *¡Ay, caray!* Gütiger Gott! Wie sollte er davonrennen? Ein halber Krüppel, mit Scheiße beschmiert – und das Rumoren in seinen Gedärmen fing schon wieder an. Und América – wo war América?

Er schickte ein stilles Gebet an die *Virgen Sagrada* und wurde eins mit den Felsen.

América saß im Schatten des überdachten Unterstandes, den die Gringos gebaut hatten, um die arbeitslosen Tagelöhner vor der Sonne zu schützen (und damit gleichzeitig auch von der Straße fernzuhalten, vom Parkplatz vor dem Postamt und generell außer Sicht), und dachte über Cándido nach. In seiner Sturheit akzeptierte er nicht, daß auch sie etwas tun konnte. Er war zu sehr der Boß, der Mann, der *patrón*. Behandelte sie wie ein ahnungsloses Kind, wie eine, die man an der Hand führen und vor allem Bösen auf dieser Welt beschützen mußte. Nun, sie hatte Neuigkeiten für ihn: Sie war kein Kind mehr. Bekamen Kinder etwa Kinder? In fünf Monaten würde sie Mutter sein, und was dann? Und wenn ihr dieser unbekannte Ort Angst einjagte – das ganze Land, die Gringos mit ihrer überheblichen Art und ihrem allmächtigen Dollar, mit den brandneuen Kleidern und schicken Frisuren, diesen fremden Sitten und dieser Sprache, die wie das ununterbrochene Geblöke irgendeines vierbeinigen Viehs klang –, so tat sie doch, was getan werden mußte, und sie konnte für sich selbst sorgen. Das konnte sie.

Nachdem sie am Vortag immer nur in der Ecke gesessen und sich nicht getraut hatte, auch nur ein Wort zu sagen, hatte sie an diesem Morgen gleich zu Anfang allen Mut zusammengenommen und war direkt zu dem Mann gegangen, der die Leute zuteilte, um ihren Namen zu sagen und ihn nach Arbeit zu fragen. Sicher, wenn er ein Gringo gewesen wäre, hätte sie nie den Mund aufgemacht – und er hätte sie ja auch gar nicht verstanden –, aber der Mann war ein Campesino aus Oaxaca, der verwaschene Jeans und einen Strohhut wie die Männer in Tepoztlán trug, und er redete sie gleich mit du an und nannte sie sogar »Tochter«.

Mindestens fünfzig oder sechzig Männer saßen im Raum, und sie alle hörten zu sprechen auf, als sie zu dem Mann aus Oaxaca trat. Niemand hatte erkennbar von ihr Notiz genommen, solange sie für sich geblieben war, im Morgengrauen an irgendeinen Baumstumpf gekauert saß und sich ebenso elend wie alle anderen fühlte, aber jetzt kam es ihr vor, als stünde sie auf der Bühne. Alle Männer starrten sie an, jeder einzelne, manche offen, manche verstohlen, wobei ihre Blicke sich hinter den Rändern ihrer Sombreros und Baseballmützen verschanzten, sobald sie hinsah. In der ganzen Meute war sie die einzige Frau. Und obwohl sie die Glotzerei verunsicherte – und auch etwas nervös machte, als ihr auffiel, daß es hier wohl gar keine Arbeit für Frauen gab, da sie die einzige war –, wurde ihr seltsam warm ums Herz, als sie mit dem Mann in den zerschlissenen Jeans sprach. Zunächst wußte sie nicht, woran es lag, aber dann wurde es ihr klar: Alle Gesichter im Raum wirkten vertraut. Sie waren es natürlich nicht, aber es waren die Gesichter ihres eigenen Volks, ihres Stammes – Gesichter, mit denen sie aufgewachsen war, und das allein war schon beruhigend.

Der Mann hieß Candelario Pérez. Er war untersetzt, etwa Mitte Vierzig und man sah ihm an, daß er zupacken konnte. Die übrigen hatten ihn formlos dazu bestimmt, für Ordnung zu sorgen (zum Beispiel dafür, daß die Männer nicht über jeden Wagen herfielen, der auf den Parkplatz einbog, sondern abwarteten, bis sie an die Reihe kamen), den Unterstand sauberzuhalten und zwischen den Arbeitern und den Gringos der Kommunalverwaltung zu vermitteln, die das Grundstück und das Bauholz gestiftet hatten, um etwas für die Arbeits- und Obdachlosen zu tun. »Für Frauen gibt's wenig Arbeit hier, Tochter«, sagte er, und sie entdeckte Mitgefühl in seinen Augen. Er kannte sie nicht, und doch ging sie ihm nahe, das spürte sie.

»Braucht denn niemand in den großen Häusern hier jemanden, der den Backofen putzt oder den Fußboden wischt? Passiert so etwas nie?«

Alle Männer beobachteten sie. Der Verkehr – enorm viel Verkehr – brauste auf der Cañonstraße vorbei, mit siebzig, achtzig Kilometern in der Stunde, Stoßstange an Stoßstange, kaum Platz zum Luftholen dazwischen. Candelario Pérez betrachtete sie lange. »Mal sehen, Tochter, mal sehen«, sagte er, und dann zeigte er ihr, wo sie sich hinsetzen sollte, deutete auf die Ecke, in der sie nun schon seit über drei Stunden saß.

Ihr war langweilig. Sie hatte Angst. Wenn sie nun keine Arbeit fand – weder heute noch überhaupt jemals? Was sollten sie essen? Woher sollte ihr Baby Kleidung,

Wohnung, Nahrung bekommen? Und diese Arbeitsvermittlung – war das nicht der ideale Ort für die Männer in den hellbraunen Hemden von *La Migra?* Die brauchten doch nur mit ihren kotzegrünen Lastwagen vorzufahren und Dokumente zu verlangen, *la tarjeta verde,* die grüne Karte, Geburtsurkunde, Führerschein, Sozialversicherungsnummer. Was hinderte sie daran? Es war wie Fische im Aquarium fangen. Jedesmal, wenn ein Auto auf den Parkplatz fuhr und zwei bis drei Männer sich darum scharten, hielt sie ebenso hoffnungsvoll wie furchtsam den Atem an – sie wollte Arbeit, ganz dringend sogar, und hatte dabei doch schreckliche Angst vor den nichtssagenden blassen Gesichtern der Männer, die sie hinter den Windschutzscheiben anstarrten. Was genau wollten die eigentlich? Welche Regeln gab es hier? Kamen sie von der Einwanderungsbehörde? Waren es Triebtäter, Vergewaltiger, Mörder? Oder anständige Menschen, anständige reiche Leute, die eine Hilfe zum Babysitten, Geschirrspülen, Wäschewaschen und Bügeln brauchten?

Wie sich zeigte, war das ganz egal. Sie saß vom frühen Morgen bis zum Mittag herum, ohne Arbeit zu finden. So etwa gegen elf – wie spät es genau war, wußte sie nicht – kam eine große *gringa* mit einer wilden Mähne wie stumpfes Metall und Augen von der Farbe einer Coca-Flasche in seltsam torkelndem Gang die Straße herauf, durchquerte den seitlich offenen Unterstand wie ein Zombie und ließ sich direkt neben América auf die Erde fallen. Es war schon ziemlich heiß – mindestens zweiunddreißig Grad –, dennoch trug die Frau ein Kleid aus schwerem Brokat, wie man ihn auf dem Sofa eines Freudenhauses erwarten würde, und um ihre Schultern lag eine Stola aus demselben Stoff. Als sie näher kam, sah América den schmalen Drahtring, der ihren rechten Nasenflügel durchbohrte.

»Hallo, wie geht's?« sagte die Frau. »Ich bin Mary. *Llama* Mary.«

»*Me llamo América*«, gab América zurück. »*¿Habla Usted español?*«

Mary grinste. Sie hatte riesengroße Kuhzähne, die eher gelb als weiß waren. »*Poco*«, sagte sie. Wenig. »Keine Arbeit heute, was? Weißt schon, Arbeit – *trabaja.*«

Arbeit. Bot ihr diese Frau etwa Arbeit an? Américas Herz schlug schneller, aber dann dämmerte es ihr. Diese Frau sah nicht gerade wie eine Hausfrau aus, nicht so, wie América es in den Filmen und Fernsehserien aus dem Norden gesehen hatte. Nein, sie wirkte schmutzig und war vom traurigen Geruch der Armut umgeben.

»Ich suche auch«, sagte die Frau und stieß sich dabei zur Betonung den Daumen in die Brust. »Ich. Ich arbeiten – *trabaja.* Putzen, Anstreichen, alles mögliche – *comprendo?* Mal find ich was, dann wieder nicht. Du *sabe?*«

América wußte nicht. Und sie verstand auch nicht. Wollte ihr diese Frau etwa erzählen, daß sie, eine Gringa in ihrem eigenen Land, sich um die gleiche Arbeit wie América bemühte? Es konnte nicht sein. Es war unfaßbar. Wahnsinn.

Doch Mary blieb dabei. Mit der Hand vollführte sie Wischbewegungen, putzte ein unsichtbares Fenster, machte dabei sogar leise Quietschgeräusche, um das Reiben des Lederlappens und das Spritzen des Salmiaks zu imitieren, dann tauchte sie ihren imaginären Lappen in einen imaginären Eimer, bis América endlich begriff: Sie war eine *criada,* eine Putzfrau, hier in ihrem eigenen Land, und so verrückt es auch schien, sie suchte dieselbe nicht existierende Arbeit wie América.

Nun, das war ein Schock – so wie damals, als sie in Venice den langhaarigen *gabacho* gesehen hatte, der auf der Straße bettelte. América fühlte jede Hoffnung in sich schwinden. Und jetzt wühlte die Gringa – Mary – in ihrer Kleidung herum, als kratzte sie Flohstiche oder so was Ähnliches, wand sich richtiggehend auf dem Fußboden. Aber was sie dann hervorzog, war kein Floh, sondern eine Flasche. Ein Flachmann. Sie nahm einen großen Schluck und lachte, dann hielt sie América die Flasche hin. Nein, gab América kopfschüttelnd zu verstehen und dachte dabei: *Bin ich so tief gesunken, eine gute Schülerin und ein braves Mädchen, die immer ihre Eltern geachtet hat und folgsam war, daß ich jetzt ohne Geld mit einer gewöhnlichen Säuferin im Dreck sitze?* »Entschuldigung bih-te«, sagte sie und stand auf, um Candelario Pérez nochmals zu fragen, ob es nicht doch etwas für sie gab.

Aber sie fand ihn nicht. Es war zu spät. Gemäß einer Abmachung mit den Bewohnern der Gegend mußte die Arbeitsvermittlung am Mittag schließen – sie mochten einerseits liberal und vom Geist der Nächstenliebe und Menschlichkeit durchdrungen sein, aber andererseits wollten sie auch kein dauerhaftes Lager von arbeitslosen Pechvögeln und Ausländern in ihrer Mitte. Wenn es zwölf Uhr wurde, hatten alle heimzugehen, bis auf die Glücklichen, die einen Job gefunden hatten – die gingen nach Hause, wenn der Boß sie ließ. Es war streng verboten, in der Schlucht oder im Gebüsch an der Straße zu kampieren – das sagten nicht nur die Gringos, sondern auch Männer wie Candelario Pérez, der genau wußte, daß ein einziger Camper es allen vermasseln konnte. Niemand hinderte die Gringos daran, den Unterstand niederzureißen oder die Polizei und die grimmigen Männer der Einwanderungsbehörde zu rufen. Von alledem wußte América nichts, und das war ein kleiner Segen. Aber sie wußte, daß es Mittag war und daß die Versammlung sich nun auflöste.

Ziellos wanderte sie auf dem Platz herum. Auf der

Cañyonstraße fuhren Autos vorbei, aber es waren weniger geworden. Eine Tankstelle und eine Secondhand-Boutique; auf der anderen Straßenseite das Postamt und das kleine Einkaufszentrum, in dem der *paisano* aus Italien sein Geschäft hatte. Die Männer starrten sie jetzt unverhohlen an, und ihre Blicke waren härter, gieriger. Die meisten waren allein hier, für viele Monate oder gar Jahre von ihren Familien – und ihren Frauen – getrennt. Sie waren hungrig, und sie war frisches Fleisch für sie.

Das Bild beunruhigte sie, und sie machte sich auf den Weg die Straße hinab, wobei sie sich der bohrenden Blicke bewußt war. Die Wärme, die sie zuvor empfunden hatte, die Vertrautheit, die Brüder- und Schwesterlichkeit waren plötzlich verflogen, und sie hatte im Kopf nur noch die alptraumhafte Erinnerung an jene Tiere in Tijuana – *mexikanische* Tiere –, die Männer, die sie und Cándido aus dem Dunkel der Nacht heraus angefallen hatten, als sie gerade über den Grenzzaun klettern wollten. Mexikaner. Ihre eigenen Leute. Und als das Licht ihre Gesichter erfaßte, waren ihre Mienen völlig ausdruckslos gewesen – kein Respekt, keine Gnade, gar nichts.

América hatte ohnehin schon schreckliche Angst gehabt – was sie und Cándido taten, war gegen das Gesetz, und sie hatte noch nie im Leben etwas Gesetzwidriges getan. Doch da kauerte sie vor dem Wellblechzaun, mit trockenem Mund und rasendem Herzen, wartete die ganze lange Nacht hindurch, bis der *coyote* ihnen das Zeichen gab, und dann rannten sie und Cándido und ein halbes Dutzend anderer auf der hartgebrannten Erde eines anderen Landes um ihr Leben. Zwei Drittel ihrer Ersparnisse waren an diesen Mann gegangen, an den *coyote,* den Schlepper und Vermittler zwischen den zwei Welten, und entweder war er unfähig, oder er hatte sie verraten. Gerade noch war er da, scheuchte sie durch ein

Loch im Zaun, und plötzlich war er verschwunden, ließ sie am Grund einer kleinen Schlucht zwischen ein paar Büschen im Stich, und die Finsternis war so absolut, als wären sie in einen tiefen Brunnen gestoßen worden.

Und dann fielen die Tiere über sie her. Aus dem Nichts. Eine ganze Bande, bewaffnet mit Messern und Baseballschlägern, einer Pistole. Woher wußten sie, daß sie und Cándido hinter genau diesem Strauch verborgen waren – zu so unchristlicher Zeit, um vier Uhr morgens? Es waren sechs oder sieben Männer. Sie hielten Cándido fest und schnitten ihm die Hosentaschen auf, und dann, in der heißen, unterirdischen Finsternis, machten sie sich über sie her. Man hielt ihr ein Messer vors Gesicht, fremde Hände waren überall, und sie rissen ihr die Kleider vom Leib, als häuteten sie ein Kaninchen. Cándido schrie auf und bekam den Baseballschläger zu spüren; sie kreischte, und die Männer lachten. Aber dann, gerade als der erste seinen Gürtel öffnete, ganz genüßlich und ohne Hast, kam der Hubschrauber mit seinen Scheinwerfern, und auf einmal war es heller Tag, und die Ratten flitzten davon, und Cándido hielt sie im Arm, während die Propeller ihr die Erde gegen die nackte Haut schleuderten wie tausend glühende Nadeln. »Lauf!« rief Cándido, »lauf weg!« Und sie rannte los, splitternackt, riß sich die Füße an den scharfen Felsen und den spitzen Klauen der Wüstenpflanzen auf, doch schneller als ein Hubschrauber war sie nicht.

Nie im Leben hatte sie sich so gedemütigt gefühlt wie in jener Nacht. Sie war zusammen mit hundert anderen zu einer Reihe von Grenzpatrouillen-Jeeps getrieben worden, und dort stand sie nackt und blutig, alle Blicke auf sich gerichtet, bis ihr jemand eine Decke gab, die sie um sich legen konnte. Zwanzig Minuten später war sie wieder auf der anderen Seite des Zauns.

Bittere Erinnerungen. Sie ging weiter die Straße hinunter und überlegte, ob sie wieder in eine der steilen Seitenstraßen zu ihrer Rechten schleichen sollte, so wie gestern. Dort gab es Häuser mit Gärten voller Obstbäume, Tomaten, Paprika und Kürbis. Sie wollte nichts stehlen. Sie wußte, daß man das nicht tat. Und sie hatte auch noch nie im Leben etwas gestohlen.

Bis gestern.

In der Enge der Schlucht hallten die Stimmen wie in einem Schwimmbad wider, schrill vor Aufregung, beinahe quietschend: »Hee, na bitte – ich sag's ja!« »Wieso – hast du was gefunden?« »Scheiße, Mann, was glaubst du, was das hier ist – eine bescheuerte Feuerstelle –, und scheiße, da liegt auch 'ne Decke!«

Cándido duckte sich hinter den Felsen, wagte nicht zu atmen und zitterte so unkontrolliert, als hätte man ihn urplötzlich in Eiswasser getaucht, und dabei konnte er immer nur an América denken. Dreimal war er bislang aufgegriffen worden – einmal in L. A., einmal in Arizona, und dann mit América, in Tijuana, gleich hinter dem Grenzzaun –, und die Angst davor raubte ihm den Atem und drehte ihm gleich noch einmal den Magen um. Seinetwegen machte er sich keine Sorgen, sondern um sie. Er würde es überstehen. Eine ärgerliche Sache, sicherlich, die Busfahrt zur Grenze, und sein karger Besitz wäre vom Winde verweht – aber wie sollte er je zu seiner Frau zurückfinden? Zweihundertfünfzig Kilometer und kein Geld, keinen Cent. Vielleicht wurde er auch verprügelt. Die *gabachos* konnten brutal sein – große Kerle mit dünnen blonden Schnurrbärten und mit Haß in den Augen –, aber normalerweise langweilten sie sich nur und erledigten ihren Dienst. Prügel konnte er aushalten – sogar jetzt, sogar mit dem wunden Gesicht und dem kaputten Arm und dem Dünnpfiff in den Därmen –, aber um América zitterte er.

Was würde mit ihr geschehen? Wie sollte er sie je wiederfinden? Wenn sie sie schon aufgegriffen hatten – bei der Arbeitsvermittlung oder auf dem Rückweg von dort –, dann saß sie vielleicht bereits in einem Bus. Und schlimmer noch: Wenn sie sie nicht gefaßt hatten und sie zum Lager zurückkehrte, aber ihn nicht antraf, was dann? Sie würde glauben, er hätte sie im Stich gelassen, sich aus der Verantwortung gestohlen wie ein aufgescheuchter Hahn, und welche Liebe hielt so etwas aus? Sie hätten einen Notfallplan vereinbaren sollen, eine Verabredung irgendwo in Tijuana, ein geheimes Zeichen ... aber das hatten sie nicht getan. Er horchte auf die Stimmen und preßte die Zähne zusammen.

»He, Alter, sieh dir das hier mal an ...«

»Was?«

»Was ist das denn für eine Scheiße?«

Aber Moment mal – das waren nicht die Stimmen von Einwanderungsbeamten, von Polizisten, von Erwachsenen ... nein, da lag etwas in ihrem Tonfall, ein harter, ruppiger Klang der Worte, als würden sie ersticken und nach Luft schnappen, etwas Pubertäres ... Cándido schob sich behutsam in eine sitzende Haltung, zog sich die Hose wieder hoch und kroch auf Händen und Knien an eine Stelle, von der er unbemerkt zwischen den Felsen hindurchspähen konnte. Was er sah, ließ ihn wieder Luft schöpfen. Zwei Gestalten ohne Uniform. Übergroße Shorts, Basketballschuhe, schwarze weite T-Shirts, bleiche Beine und Arme, die in der Sonne blitzten, während sich die Burschen über seine Sachen beugten, sie hoch über den Kopf schwenkten und dann, ein Stück nach dem anderen, in den Bach schleuderten. Zuerst die Decke, dann den Grill, den er aus einem weggeworfenen Kühlschrank herausgenommen hatte, dann seinen Rucksack mit Kamm, Zahnbürste und ein bißchen Kleidung zum Wechseln darin, und schließlich auch Américas Sachen.

»Scheiße, Mann, da ist 'ne Braut dabei«, sagte der größere der beiden und hielt Américas Alltagskleid hoch, blauer Baumwollstoff, so oft gewaschen, daß er schon fast weiß war. In diesem Augenblick bestätigte sich für Cándido, was sein Ohr schon geahnt hatte; das waren keine Männer, das waren Jungs, übergroße Jungs. Der mit dem Kleid in der Hand stand direkt vor ihm, ragte hoch auf, mindestens eins fünfundachtzig, schlaksige Arme und Beine, kahlrasiert bis über die Ohren und mit langem *gabacho*farbenem Haar weiter oben – *rothaarig*, warum mußten sie immer rothaarig sein?

»Scheißbohnenfresser. Zerreiß es, Mann. Mach es kaputt.«

Der andere war kleiner, dafür aber breiter in den Schultern und um die Brust, und er hatte diese glasigklaren Katzenaugen, die so viele Gringos von ihren Müttern erbten, diesen Frauen aus Schweden und Holland oder so. Sein Gesicht war schmal und bösartig, das Gesicht eines Insekts unter der Lupe – nichtssagend von weitem, tödlich aus der Nähe. Der größere der beiden zerriß das Kleid, knüllte die Hälften zusammen und warf sie dem anderen zu, und dann sprangen sie johlend im Bachbett auf und ab wie Affen, die gerade von den Bäumen gehüpft waren. Bevor sie wieder abzogen, packten sie sogar die schweren Steine, aus denen Cándido eine Feuerstelle gebaut hatte, und wuchteten sie ebenfalls in den Bach.

Cándido wartete fast eine halbe Stunde, bevor er sich herauswagte. Ihr obszönes Gekreische war noch eine Weile lang von den Wänden der Schlucht zurückgeworfen worden, bis es sich mit dem fernen Rauschen des Verkehrs vermischt hatte und allmählich verklungen war. Wieder drehte sich ihm der Magen um, und er mußte sich vor Schmerzen niederkauern, aber der Krampf ging vorbei. Er stand auf und watete in den Bach hinein, um ein paar von ihren Sachen zu retten, und da erst bemerkte er das Abschiedsgeschenk der beiden, die auf die Felsen gesprühte Botschaft, von der die Farbe wie Blut herunterrann. Es waren ungelenke Buchstaben und die Worte englisch, doch ihre Bedeutung war nicht mißzuverstehen:

TOD ALLEN BOHNENFRESSERN

5

Delaney konnte nicht lange schlecht gelaunt sein, nicht draußen im Freien, wo die Nacht sich an ihn schmiegte, die Zikaden dröhnten und der laue Wind vom Pazifik die Hügel heraufblies, um die Hitze des Tages zu vertreiben. Sogar Sterne waren zu sehen, hier und da kämpften sich ein paar Pünktchen durch den Dunst des Lichtersmogs, der im Osten und im Süden die Ränder der Nacht gelb verfärbte, als wäre ein ganzes Stück der Welt ranzig geworden. Im Norden und Osten lag das San Fernando Valley, eine einzige endlose Ebene aus parallelen Boulevards, Einfamilienhäusern, Mini-Einkaufszentren und Straßenlampen, und im Süden erstreckte sich, ad infinitum, der Rest von Los Angeles. In Arroyo Blanco gab es keine Straßenlampen – das war eine der Annehmlichkeiten, ein Anflug von Landleben, das Gefühl, daß man irgendwie fern der Stadt und den Bergen verbunden war –, und Delaney vermißte sie nie. Auch eine Taschenlampe trug er nicht bei sich. Er mochte es, durch die dunklen Straßen zu gehen; seine Augen gewöhnten sich an die Schatten und Schemen der Welt, wie sie wirklich war, und er genoß, wie sich ohne Kunstlicht und das allgegenwärtige Brausen des städtischen Lärms die Nacht selbst definierte.

Auch wenn ihn der Spaziergang beruhigt hatte, konnte er ein plötzliches Herzklopfen nicht unterdrücken, als er beim Haus der Dagolians vorbeikam – gedankenlose Dummköpfe waren das –, und dann bog er in den Piñon Drive ein, und die Last in seiner Anoraktasche wurde ihm wieder bewußt. Sein Haus lag am Ende des Piñon Drive, einer Sackgasse, die die äußerste Grenze darstellte, bis zu der die Vorstadt vorgedrungen war, und das Sirren der Zikaden erschien hier lauter, die Dunkelheit intensiver. Wie um dies zu bestätigen, stieß in diesem Moment eine große Sumpfohreule in den Bäumen hinter ihm ihren leisen Ruf aus. Irgendwo sprang zischend ein Rasensprenger an. Hoch über ihm zog ein Jet, der vom Flughafen Los Angeles aufstieg, einen Riß durch den Himmel. Delaney hatte sich gerade wieder etwas beruhigt, als plötzlich ein Wagen aus dem Robles Drive in die Straße einbog und mit seinen grellen Scheinwerfern die Nacht vertrieb. Er sah über die Schulter, blinzelte in das Licht und ging weiter.

Der Wagen rollte kaum merklich vorwärts. Sein Auspuff bullerte bedrohlich, all die mühsam in Schach gehaltenen Pferdestärken, und hinter den geschlossenen Fenstern hämmerte dumpfe Rap-Musik – von Text, Instrumenten oder Melodie war nichts erkennbar, nur tiefes Wummern. Delaney ging weiter, erneut ziemlich gereizt. Wieso konnten die nicht vorbeifahren und die Nacht wieder über ihn heraufziehen lassen? Wieso hatte er nie eine Minute Ruhe, nicht einmal in seiner eigenen Wohngegend?

Der Wagen zog langsam mit ihm gleich, und er sah jetzt, daß es irgendeine amerikanische Marke war, ein älteres Modell, ein Riesenschiff mit aufgemotzten Spezialfelgen und aufwendiger Metallic-Lackierung. Durch die getönten Fenster konnte er nichts erkennen. Was wollten diese Leute – eine Auskunft? Kein Gesicht zeigte sich. Niemand fragte irgend etwas. Delaney fluchte halblaut und ging ein bißchen schneller, aber der Wagen schien neben ihm herzuschweben – die Lautsprecher im Innern sogen alle Geräusche auf und pumpten sie dann wieder hinaus, *ka-wumm, ka-wumm, ka-wumm*. Der Wagen schien eine halbe Ewigkeit neben ihm herzufahren, dann beschleunigte er allmählich, erreichte das Ende der Straße, wendete dort und rollte langsam wieder auf Delaney zu – *ka-wumm, ka-wumm, ka-wumm* –, und diesmal schienen ihm die Scheinwerfer, immer noch auf Fernlicht gestellt, direkt in die Augen. Delaney ging weiter, und der Wagen glitt an ihm vorbei, bis schließlich nur noch ein Paar Rücklichter zu sehen war, das wieder in den Robles Drive einbog. Erst als Delaney im Haus war und die Tür hinter sich verschlossen hatte, packte ihn die Angst.

Wer fuhr um diese Zeit mit einem solchen Auto hier oben herum? Er dachte an die Versammlung, an den ernsten dicken Mann und seine Litanei der Klagen, diesen Überbringer schlechter Nachrichten, die Kassandra von Arroyo Blanco. Waren es Einbrecher? Räuber? Eine Bande von Vergewaltigern? Waren es solche Typen? Während er in die Küche ging und verstohlen Sacheverells Vorderpfote in der Kühltruhe unter einer Packung gefrorener Zuckererbsen verstaute – morgen würde er sie beerdigen, nachdem Kyra zur Arbeit gefahren war –, mußte er die ganze Zeit über das Tor nachdenken. Hätten sie so ein Tor, wäre dieses Auto nicht dagewesen, und wer weiß, was ihm eben beinahe geblüht hätte – verprügelt, ausgeraubt, umgebracht zu werden? Er goß sich einen Orangensaft ein und kostete von den überbackenen Makkaroni, die Jordan vom Abendessen auf dem Teller übriggelassen hatte. Und dann sah er, daß im Schlafzimmer Licht brannte: Kyra wartete auf ihn.

Er spürte, wie es sich in seinen Lenden regte. Es war kurz vor elf, und normalerweise ging sie um halb zehn schlafen. Das konnte nur eins heißen: Sie kuschelte sich in einem der fließenden Seidenteddys, die er ihr zu Weihnachten für genau diese Gelegenheiten geschenkt hatte, in die Kissen und las Erotika von Anaïs Nin oder blätterte in einem der illustrierten Sexratgeber, die sie in einer Schachtel unter dem Bett aufbewahrte – und wartete lüstern. Die kleinen Tragödien des Lebens, die eingerissenen Dämme der Gefühle schienen irgendwie ihre Libido zu entfesseln. Für Kyra war Sex etwas Therapeutisches, ein Abreagieren von Kummer, Sorgen und Spannungen, und in Augenblicken emotionaler Belastung überließ sie sich ihm wie andere dem Alkohol oder Drogen – und warum sollte Delaney etwas dagegen haben? Während der Gallenblasenoperation ihrer Mutter war sie ganz besonders leidenschaftlich gewesen, und er wußte noch genau, wie er das Hotelzimmer, das sie gleich gegenüber dem Krankenhaus gemietet hatten, am liebsten nie mehr verlassen hätte – es waren praktisch ihre zweiten Flitterwochen gewesen. Auch kleinere Mißlichkeiten erregten sie – wenn irgendein Nachbar sein Haus von einer anderen Maklerfirma veräußern ließ, wenn sie an ihrem Lexus einen Kratzer entdeckte, wenn Jordan mit Grippe im Bett lag oder eine Hautallergie hatte. Wie sich der Tod eines ihrer Hunde auswirken würde, konnte sich Delaney nur ansatzweise vorstellen.

Er betrat das Zimmer mit bis zum Gürtel aufgeknöpftem Hemd, zu allem bereit. Es war genau so, wie er es sich ausgemalt hatte: Sie lag in den aufgeschüttelten Kissen, Seide schmiegte sich um ihre Brüste, und ihre feuchten Augen drückten Lust aus, als sie den Blick von ihrem Buch hob. »Wie war die Versammlung?« flüsterte sie.

Gebannt sah er zu, wie sie die schlanken braungebrannten Beine aus dem Bett schwang, das Buch auf den Nachttisch legte und das Leselicht ausknipste, so daß ihnen nur noch das sinnliche Flackern einer Duftkerze blieb. »Die Versammlung?« wiederholte er, und auch er flüsterte, ohne es eigentlich zu wollen. »Nichts Besonderes. Das Übliche.«

Und jetzt war sie auf den Beinen, schlang ihm die Arme um die Schultern, ihr Körper preßte sich gegen seinen. »Aber ich dachte –«, ihre Stimme heiser und dünn, »ich dachte, sie würden diskutieren ... über das ... das Tor und so?«

Ihr Mund war warm. Er drückte sich an sie wie ein Teenager beim Tanzen, kein Gedanke mehr an Tore, Coyoten, Hunde oder Mexikaner. Sie kuschelte sich an ihn, dann wich sie zurück, setzte sich auf den Bettrand und fingerte an seinem Reißverschluß. Nach längerer Pause raunte er: »Stimmt schon ... und du weißt ja, was ich davon halte, aber ...« Und obwohl ihm die Hose auf die Knöchel hinabgerutscht war, obwohl sie sich küßten und er sie durch die fließende schwarze Seide streichelte, mußte er plötzlich an den Wagen denken, an diese dumpf bullernde Bedrohung und daran, wie der Vorfall seine Ansichten zu bewachten Wohnanlagen, öffentlich zugänglichen Plätzen und das demokratische Recht auf freien Zugang revidiert hatte ... Er schob die Seide an ihrem Oberschenkel hinauf. »Inzwischen bin ich mir nicht mehr so sicher.«

Sie war feucht. Er versank in ihr. Die Kerze ließ unruhige Schatten auf den Wänden tanzen. »Armer Sacheverell«, hauchte sie, und dann erstarrte sie auf einmal. Ihre Augen, nur wenige Zentimeter von seinen entfernt, klappten auf. »Er ist tot, stimmt's?«

Eben noch Bewegung und Wärme und sanfte, köstliche Reibung, und jetzt aber abrupter Stillstand. Was sollte er sagen? Er versuchte sie zu küssen, doch sie stieß seinen Mund weg. Seufzend sagte er: »Ja.«

»Sicher?«

»Sicher.«

»Du hast ihn gefunden, ja? Sag's mir. Schnell.«

Sie hielt ihn immer noch umfangen, aber ohne jede

Leidenschaft – jedenfalls nicht die Sorte Leidenschaft, auf die er sich gefreut hatte. Wieder ein Seufzer. »Ein Stück von ihm. Genauer gesagt, seine Vorderpfote. Die linke.«

Sie schnappte hörbar nach Luft – als hätte sie sich verbrannt oder mit einer Nadel gestochen –, dann stieß sie ihn von sich und rollte unter ihm weg. Ehe er wußte, was geschah, stand sie vor ihm, starr vor Wut. »Ich hab's doch gewußt! Du hast mich angelogen.«

»Ich habe nicht gelogen, ich wollte nur ...«

»Wo ist es?«

Die Frage überrumpelte ihn. »Was meinst du?«

»Die –«, ihre Stimme versagte, »– was von ihm übrig ist.«

Er hatte getan, was er konnte. Am Morgen hätte er es ihr so oder so sagen müssen. »In der Tiefkühltruhe«, sagte er.

Und dann stand er nackt in der Küche und sah zu, wie seine Frau in die bleich schimmernden Tiefen der Kühltruhe spähte, ihr Negligé ein irrealer Schleier im Schein des kalten Lämpchens. Er wollte sich an sie schmiegen, aber sie schob ihn ungeduldig beiseite. »Wo?« forderte sie. »Ich sehe nichts.«

Mit kläglicher, leiser Stimme: »Dritte Schublade, hinter den Erbsen. Hab sie in Folie eingewickelt.«

Er sah zu, wie sie behutsam in den bunten Plastiktüten mit Gemüse stöberte, bis sie es endlich fand: den unscheinbaren Klumpen aus Haar, Knochen, Knorpel und Muskel, der in seinem transparenten Totentuch steckte wie eine Hühnerkeule. Sie hielt die Pfote in der Hand, warf ihm einen gefühlsschwangeren Blick zu, und der kalte Dunst aus der Gefriertruhe umwehte geisterhaft ihre nackten Beine. Delaney wußte nichts zu sagen. Irgendwie fühlte er sich schuldig, haftbar, als hätte er den Hund selbst umgebracht, als hätte das Ganze mit Fleischlichkeit und Lust zu tun, mit dem Abschütteln von jeder Pflicht und Verantwortung, und dennoch war die Szene zugleich ungeheuer erotisch. Unwillkürlich bekam er einen Ständer. Doch in diesem Moment – Kyra stand benommen vor der scheinbar atmenden Kühltruhe, der fahle Lichtkeil aus der offenen Tür bannte ihre zitternden Schatten auf die Küchenwand – hörten sie das leise Geräusch von Hundekrallen auf gebohnertem Parkett, und Osbert, der Überlebende, steckte hoffnungsvoll den Kopf zur Tür herein.

Es war eindeutig zuviel für Kyra. Das Überbleibsel verschwand wieder in den Tiefen der Gefriertruhe zwischen Erbsen, Zuckermais und Pommes frites, und die Tür knallte zu, so daß alles Licht erlosch.

Mit langem Gesicht verkaufte man keine Grundstücke, und man brachte auch keinen ordentlichen Vertrag zustande, wenn man sich morgens nur mit Mühe aus dem Bett quälte – schon gar nicht in diesem Geschäft. Das brauchte Kyra niemand zu sagen. Sie war die geborene Maklerin – Medium, enthusiastische Einpeitscherin, Verführerin und Psychoanalytikerin zugleich –, und normalerweise verlor sie nie die Begeisterung, ganz egal, wie klein die Transaktion war und zum wievielten Mal sie dieselbe langweilige Prozedur wiederholte. Aber irgendwie gelang es ihr nicht, die Energie dafür aufzubringen. Nicht heute. Nicht nach dem, was mit Sacheverell passiert war. Es war erst elf Uhr vormittags, und sie fühlte sich so abgekämpft und ausgelaugt wie nie zuvor im Leben. Ständig mußte sie an die gefrorene Pfote in der Kühltruhe denken, und jetzt wünschte sie auch, sie hätte Delaney mit seinem kleinen Täuschungsmanöver gewähren lassen. Er hätte das Beweisstück am nächsten Tag begraben, und sie hätte es nie genau gewußt – aber nein: Sie hatte es unbedingt mit eigenen Augen sehen müssen, und der Anblick der kleinen Pfote mit den perfekten kleinen Krallen war ein Schock, der sie die halbe Nacht wach hielt.

Als sie schließlich doch eindöste, wurden ihre Träume von wolfsartigen Schemen und Bildern der Jagd heimgesucht, von gebleckten Reißzähnen, huschenden Gliedmaßen und einem Kreis aus heimtückischen Schnauzen, die sich in urtümlichem Triumph zum Himmel reckten. Sie erwachte vom Winseln Osberts, und als erstes packte sie die Wut. Wut über den Verlust, über die Widrigkeiten der Natur, über die Jagd- und Fischerei- oder Tierschutzbehörde, oder wie immer die hießen, über den blöde grinsenden schmerbäuchigen Clown, der ihnen den Zaun gezogen hatte – wieso hatte der bei zwei Metern Schluß gemacht? Wieso nicht zweieinhalb? Oder drei? Als die Wut verflogen war, lag sie im bleichen Morgengrauen da und streichelte den vertrauten weichen Flaum hinter den Ohren des Hundes und ließ sich von ihrem Kummer überwältigen, und es war läuternd und reinigend, ein Augenblick der Befreiung, der sie stärken und stützen würde. Jedenfalls glaubte sie das.

Um Viertel nach elf fuhr sie bei dem Objekt vor, das sie präsentieren sollte – das Haus der Matzoobs, ein großer, luftiger Bau, mit einem Foyer aus Marmor, sechs Schlafzimmern, Swimmingpool, Dienstmädchenzimmer und Gästehaus, vor zwei Jahren eins Komma eins wert, jetzt stand es mit achthunderttausend in der Liste, mit Glück ging es für sechshundertfünfzigtausend weg –, und als erstes fiel ihr die Wasserpfütze auf der vorderen Veranda auf. Pfütze? Ein Teich war das, ein ganzer See, und seine Tiefe zeigte nur allzu deutlich, wie uneben der Fliesenboden war. Leise verfluchte sie den Gärtner. Da mußte ein Rasensprenger defekt sein, irgendwo unter den Sträuchern – ja, da war er –, und als die Zeituhr die Wasserzufuhr ausgelöst hatte, war hier bestimmt ein wahrer Niagarafall geflossen. Sie würde wohl in der Garage nach einem Besen suchen müssen – sie konnte die Käufer schlecht durch einen Teich ins Haus waten lassen, außerdem würden sie dann merken, wie die Fliesen hochkamen und sich die Veranda in den Garten neigte. Und dann mußte sie diesen Gärtner anrufen. Wie hieß er noch – sie hatte es irgendwo in ihrem Buch notiert, er war nicht von der Firma, die sie sonst immer nahm, sondern ein Selbständiger, auf den die Matzoobs geschworen hatten, bevor sie nach San Bernardino gezogen waren – Gutiérrez? Gonzáles? Oder so ähnlich.

Für Inkompetenz hatte Kyra nichts übrig, und nichts anderes war es, das ihr hier entgegenstarrte. Wie dieser Gärtner Woche für Woche herkommen konnte, ohne etwas so Auffälliges wie eine fünf Zentimeter tiefe Pfütze auf der Veranda zu bemerken, begriff sie einfach nicht, und der blanke, unverfälschte Zorn darüber ließ sie vorübergehend Sacheverell vergessen und sich auf das momentane Thema konzentrieren, auf ihr Geschäft, auf das Vermitteln von Immobilien. Ihr entging nichts. Kein Riß im Putz, kein Schimmelfleck hinter der Topfpalme, kein Geruch, der nicht genau so war, wie er sein sollte.

Gerüche waren der Schlüssel. Ein Haus ließ sich zu drei Vierteln danach beurteilen, wie es roch – Zustand, Sauberkeit, was die Besitzer für Leute waren, ob es durch das Dach regnete oder ob der Keller feucht war. Am allerschlimmsten waren dieser tote, grabkammerartige Geruch eines leerstehenden Hauses, der an Bestattungsinstitute erinnerte, und alles, was nach Fäulnis oder Chemikalien oder auch nur nach Farbe stank. Küchengerüche waren absolut tabu. Ebenso der Gestank von Haustieren. Einmal – einer ihrer wenigen Fehlschläge – hatte sie ein Haus auf der Liste, in dem eine alte Dame inmitten ihrer zweiunddreißig Katzen gestorben war, die jeden möglichen Fleck des Hauses bepißt, angeschissen und markiert hatten, einschließlich der Zimmerdecken. Die einzige Hoffnung für das Haus bestand im Niederbrennen.

Und als Kyra jetzt das Haus der Matzoobs betrat, schloß sie gleich die Tür hinter sich und schnupperte erst einmal ausführlich. Dann atmete sie aus und nahm noch einen Zug, wobei sie auf jede Nuance achtete, wie ein wahrer Connaisseur. Nicht schlecht. Ganz und gar nicht schlecht. Vielleicht schwang da ein Hauch vom Bratfett irgendeines längst vergessenen Essens mit, der leise Duft nach Hund oder Katze, möglicherweise auch nach Mottenkugeln, aber sicher war sie nicht. Wenigstens war das Haus leer – als es vor acht Monaten zum erstenmal auf dem Markt angeboten wurde, hatten die Matzoobs noch darin gewohnt, und die Korridore, Wandschränke und Badezimmer waren von ihrem speziellen Geruch getränkt gewesen. Und wenn sie diesen Geruch »speziell« nannte, war das keineswegs wertend gemeint – nur beschreibend. Jede Familie, jedes Haus besaß ein ganz eigenes Aroma, so individuell und einmalig wie ein Fingerabdruck.

Im Matzoob-Haus war es ein üppiges Gemisch von Gerüchen gewesen, vom Duft der frischen Schnittblumen, die Sheray Matzoob so sehr liebte, über den würzigen Hauch von Knoblauch und Koriander, die Joe Matzoob in seinen Gourmet-Kochkursen zu verwenden gelernt hatte, bis zu den muffelnden Sportsocken von Matzoob jr., dem Basketballstar. Es war ein heimeliger Geruch, aber zu komplex, um einen guten Eindruck zu hinterlassen. Und die Möbel waren ein Alptraum. Große, wuchtige Stücke in einem dunklen Farbton, der an Ebenholz erinnerte und das bißchen Licht zu absorbieren schien, das durch die dicken, deckenartigen Vorhänge drang, die Sheray Matzoob von ihrer Mutter geerbt hatte. Und die Porträtgalerie war eine Klasse für sich: mächtige, miserable, primitive Gemälde, auf denen die Matzoobs wie Zombies aussahen, mit vergoldeten Rahmen und die Ölfarbe so dick, als wäre sie mit dem Buttermesser aufgetragen.

Aber jetzt war das Haus leer, und das war Kyra nur recht. Hie und da bekam man einmal ein Objekt mit so exquisiter Einrichtung, daß man die Verkäufer bat, alles drinzulassen, bis sich ein Käufer gefunden hatte, aber das war selten. Die meisten Leute hatten keinen Geschmack. Nicht die Bohne. Nicht mal ansatzweise. Und doch glaubten alle, sie hätten Geschmack – waren sogar noch stolz darauf –, und liefen gleich rückwärts zur Tür hinaus, nur weil eine Lampe vom Stil her nicht paßte oder die Farbe eines flauschigen Teppichs ihnen nicht zusagte. Alles in allem hatte es Kyra lieber so wie hier – neutrale Räume, bis aufs Notwendigste ausgeräumt: Wände, Böden, Dekken, Steckdosen und Armaturen. Ein leerstehendes Haus wurde in gewisser Hinsicht ihres – es stand einsam und verwaist da, man hatte es ihr überlassen, ihr allein, und bisweilen waren die Verkäufer in einen anderen Bundesstaat oder ins Ausland gezogen –, und sie fühlte sich unwillkürlich als Besitzerin. Manchmal, wenn sie bei ihren Häusern die Runde machte – momentan hatte sie sechsundvierzig Objekte, und über die Hälfte davon stand leer –, fühlte sie sich wie die Königin eines Zauberreichs, eines Landes mit hohen Bogengängen, offenstehenden Räumen und Swimmingpools, die einen Binnensee gebildet hätten, wenn man sie nebeneinander aufgereiht hätte.

In der Garage stand ein Besen – praktisch der einzige Gegenstand dort, wenn man von den zwei Mülltonnen und einer Rolle fester Plastiksäcke absah. Kyra fegte das Wasser von der Veranda und ging dann in das zum elterlichen Schlafzimmer gehörige Bad, um sich frisch zu machen, bevor Sally Lieberman von der Agentur Sunrise mit ihren Käufern eintraf. Das Bad war altmodisch, leider, die schreiend bunten Kacheln mit einem winzigen gelb-grünblauen Vogelmotiv, dazu die auf alt getrimmten Armaturen aus falschem Messing und die Handtuchhalter aus Kristallglas, die dem Raum die Atmosphäre der Damentoilette in einem mexikanischen Restaurant verliehen. Was soll's, jeder nach seinem Geschmack, dachte Kyra, und dann betrachtete sie sich im Spiegel.

Es war schockierend. Sie sah schrecklich aus. Ausgezehrt, ungepflegt, verzweifelt, wie die gestreßte Gastgeberin einer Tupperware-Party. Das Problem war ihre Nase. Eigentlich war es natürlich Sacheverell und die Nacht, die sie hinter sich hatte, aber all die Trauer, Schwermut und Erschöpfung dieser Prüfung zeigte sich, ja verkörperte sich in ihrer Nase. Die Spitze war rot – knallrot, flammendrot –, und wenn ihre Nasenspitze rot war, schien sie ihr ganzes Gesicht in einen verrückten Strudel hineinzureißen, machte sie zu einer Art Horrorlady mit Schrumpfkopf. Seit ihrer kosmetischen Nasenoperation mit vierzehn neigte dieser Körperteil dazu, ihr in Zeiten der Anspannung den Dienst zu versagen. Was immer der Chirurg versucht hatte – den Knochen ein Stück abschälen, da oder dort etwas wegschneiden –, die Nase war immer ein bißchen blasser als Wangen, Kinn und Stirn, nahm dafür aber viel rascher Farbe an. Irgendwie sah sie fast immer sonnenverbrannt aus. Und wenn sie eine Erkältung oder Grippe hatte, wenn sie aufgeregt, deprimiert oder überarbeitet war, glühte sie mitten in ihrem Gesicht wie etwas, das man eigentlich auf der Spitze eines Weihnachtsbaums erwartet hätte.

Mit so einer Nase verkaufte man keine Grundstücke. Aber wozu sich lange Gedanken machen? Sie nahm die Puderdose heraus und ging an die Arbeit.

Als sie ihrem Gesicht gerade den letzten Schliff gab, hörte sie Sally Lieberman an der Vordertür flöten: »Wir sind da!«

Sally war Mitte Vierzig, zog sich an, als wäre sie die Besitzerin des Ladens, trainierte im Fitnesscenter, ein echter Profi. In den letzten zwei Jahren hatte Kyra sechs Objekte über sie vermittelt, und sie war mit Sallys Leistungen sehr zufrieden. Diesmal allerdings ließen die Käufer zu wünschen übrig. Sie blieben an der Tür stehen und wirkten mürrisch und schwer zufriedenzustellen. Sally stellte sie als Gerald und Sue Paulyman vor. Er hatte lange Strubbelhaare, war unrasiert und trug Bluejeans, die verwaschen und abgetragen wirkten, und sie hatte sich rosa und schwarze Perlen ins Haar geflochten. Aus Erfahrung wußte Kyra, daß der erste Eindruck bisweilen trog – einmal hatte sie eine Siebzigjährige gehabt, die wie eine Obdachlose herumlief, aber am Ende einen Scheck über zwei Komma sieben Millionen für ein Anwesen in Gold Canyon ausstellte –, die zwei sahen jedoch nicht gerade vielversprechend aus. Vielleicht waren es ja Musiker oder Drehbuchautoren fürs Fernsehen, dachte sie und hoffte das Beste. Irgend etwas mußte wohl für sie sprechen, sonst hätte Sally sie nicht angebracht.

»Was hat denn der feuchte Fleck da auf der Veranda zu bedeuten?« wollte der Mann wissen und sah ihr direkt in die Augen. Seine heisere Stimme hatte einen jammervollen Ton.

Ausweichen durfte man solchen Fragen nicht – ausweichen funktionierte nicht. Selbst der höflichste Kunde dachte dann, man wollte ihm einen Bären aufbinden, und so ein Kunde fraß einen bei lebendigem Leibe. Kyra ließ ihr Lächeln aufblitzen. »Ein defekter Rasensprenger. Ich habe den Gärtner deshalb schon angerufen.«

»Aber die Veranda hat totale Schräglage!«

»Wir bieten eine einjährige Gratisversicherung für Bauschäden auf jedes Haus, das wir vermitteln.«

»Diesen Teppich hier kann ich einfach nicht fassen«, sagte die Frau.

»Und sieh dir das an!« nölte der Mann und schob sich an Kyra vorbei ins Wohnzimmer, wo er in die Knie ging und mit dem angefeuchteten Zeigefinger über die Bodenleiste fuhr. »Da blättert ja die Farbe ab.«

Kyra kannte diesen Typus. Ganz eindeutig die Sorte Nur-mal-gucken – unflätige, muffige, verachtenswerte Menschen, die sich glatt zweihundert Häuser zeigen ließen und dann doch einen Wohnanhänger kauften. Kyra zog ihre Nummer ab – das Geschäft des Jahrhunderts, so viel Platz, die Handwerkskunst der alten Welt, vom Vorbesitzer kaum bewohnt –, reichte ihnen eine Broschüre mit einem Hochglanzfoto des Hauses auf dem Deckblatt und ließ sie dann auf eigene Faust herumwandern.

Um zwei hatte sie Kopfschmerzen. Nichts bewegte sich, nirgendwo, keine Nachrichten auf ihrem Anrufbeantworter, und zu dem Tag der offenen Tür, den sie für das neue Objekt in West Hills auf ihre Kosten angesetzt hatte, waren nur sechs Leute gekommen – der ganze Chardonnay, Brie und das dänische Laugenbrot umsonst angekarrt, ganz zu schweigen von der halben Platte mit vegetarischen Sandwiches, Shrimps und Lachs-Sushi. Den Rest des Nachmittags verbrachte sie im Büro, formulierte Annoncen, erledigte Papierkram und Telefonate, endlose Telefonate. Selbst drei extrastarke Kopfschmerztabletten richteten kaum etwas aus gegen das Pochen in ihren Schläfen, und hinter jedem Blatt, das sie vom Schreibtisch aufhob, sah sie Sacheverell als Welpen, wie er einem Papierbällchen hinterherjagte, als hinge sein Leben davon ab. Um fünf rief sie Delaney an, um zu fragen, wie Jordan es hinnahm – ganz gut, sagte Delaney, er sei so gefesselt von seinem Nintendospiel, daß er einen Hund nicht von einem Huhn unterscheiden könne –, und dann machte sie früh mit der Arbeit Schluß, um ihre Häuser abzuschließen und nach Hause zu fahren.

Der Parkplatzwächter reichte ihr die Schlüssel mit einem Lächeln, das alle seine Zähne entblößte, und verbeugte sich scherzhaft fast bis zum Boden. Er war ein junger Latino mit zurückgekämmtem öligem Haar und tanzenden Augen, der ihr immer ein gutes Gefühl vermittelte, und obwohl es eine Kleinigkeit war und sie wußte, daß es zu seinem Job gehörte, die Damen bei Laune zu halten, lächelte sie unwillkürlich zurück. Dann saß sie im Auto, und der Rest der Welt war draußen. Sie schaltete das Autotelefon aus, schob eine ihrer Entspannungskassetten in den Schlitz in der Konsole – am Strand anbrandende Wellen, in die zur Abwechslung dann und wann der kehlige Schrei einer Seemöwe eingestreut war – und glitt geschickt in den Verkehr hinein, der auf der Schnellstraße vor dem Büro tobte.

Verkehr war Verkehr, er machte ihr überhaupt nichts aus. Sie bewegte sich mit ihm, saß in ihm, ließ sich von seinem unergründlichen Fluß treiben. Der Wagen war ihre Zufluchtsstätte, und solange das Telefon abgeschaltet war und die Wellen zwischen den vorderen und hinteren Lautsprechern hin und her wogten, konnte ihr nichts etwas anhaben. Wie sie so dasaß, eingeschlossen zwischen Wolken von Auspuffgasen, fühlte sie sich langsam besser.

Siebenmal pro Woche war sie dafür verantwortlich, fünf Häuser abends abzuschließen und morgens wieder aufzusperren, damit ihre Kollegen sie den Kunden vorführen konnten. Es waren die Häuser, für die sie die Schlüssel hatte, und obwohl jedes einen kleinen Schlüsseltresor besaß, mußte sie überprüfen, ob alle über Nacht gesichert waren – unzählige Male schon hatte ein sorgloser Makler irgendwo ein Fenster oder sogar eine Tür offengelassen –, und die Karten ihrer Kollegen einsammeln, die mit Interessenten dort gewesen waren. Dadurch verlängerte sich ihr Arbeitstag um eine gute Stunde, aber es beruhigte die Verkäufer, und sie konnte die Karten zu Hause noch ein wenig durcharbeiten, während Delaney das Abendessen und Jordan seine Hausaufgaben machte. Und fünf Häuser waren nichts – in den Jahren des Booms waren es zwölf oder dreizehn gewesen.

Die ersten vier erledigte sie quasi mechanisch – zur Tür hinein, die Lampen aus, die Zeitschaltuhren überprüfen, den Alarmcode einschalten und abschließen, Schlüssel in den Tresor –, aber bei der letzten Adresse, dem Haus der Da Ros, ließ sie sich Zeit. Es war ein Haus, in dem man sich verlieren konnte, ein Haus, das ihre übrigen Objekte wie Bungalows aussehen ließ. Von allen Häusern, die sie je verkauft hatte, war dies das eine, das wirklich zu ihr sprach, die Art Haus, die sie haben würde, wenn sie mit Vierzig bei Mike Bender ausstieg und ihr eigenes Büro eröffnete. Es stand auf einer hohen Kuppe über dem Cañon, am Ende einer Privatstraße, mit ungehinderter Sicht auf den Pazifik auf der einen Seite und dem langen grünbraunen Rückgrat der Santa Monica Mountains auf der anderen. Weiter unten wucherten dicht an dicht wie eine Art Pilz am Berghang die hellroten Ziegeldächer von Arroyo Blanco.

Es hatte zwanzig Zimmer, jedes so angelegt, daß die Aussicht ideal zur Geltung kam, es verfügte über eine Bibliothek, ein Billardzimmer, einen Dienstbotentrakt, einen gepflegten Garten mit Fischteich. Insgesamt bot das Haus gut tausend Quadratmeter Wohnraum, eingerichtet im Stil eines englischen Landhauses, mit hoch aufragenden Kaminen, Steinmauern und einem rotbraun und grün gefärbten Dach, das Alter und Würde vortäuschte, auch wenn das Haus erst 1988 errichtet worden war. Auf dem Markt war es wegen eines Selbstmords: Kyra vertrat die Witwe, die seit dem Begräbnis in Italien lebte.

Ihr Kopfweh war verflogen, aber dafür wurde sie von einer Müdigkeit überwältigt, die viel tiefer ging als jede körperliche Erschöpfung, einer Niedergeschlagenheit und einem Unbehagen, das sie einfach nicht abschütteln konnte. Alles nur wegen eines Hundes? Es war lächerlich, das wußte sie. Irgendwo durchstöberten Menschen Müllkippen nach einem Bissen zu essen, standen auf der Straße um Arbeit Schlange, hatten ihre Häuser, Kinder, Ehegatten verloren, hatten echte Probleme und echten Kummer. Was war nur los mit ihr?

Vielleicht lag es an ihren Prioritäten, war es das? Wozu lebte sie denn? Um Geschäfte abzuschließen? Um Mike Bender reicher zu machen? Dafür zu sorgen, daß Herr und Frau Soundso ihr Traumhaus fanden oder loswurden, mieteten oder kauften, während rings herum die Welt zusammenbrach, Hunde starben und ihr, wenn sie Glück hatte, pro Tag höchstens anderthalb Stunden Zeit für ihren Sohn blieb? Sie blickte sich um, und es war, als erwachte sie aus einem Traum: der flammendrote Himmel, die lodernden Türmchen über ihr. Reglos stand sie auf der gefliesten Einfahrt von Patricia Da Ros' mächtiger Arche von einem Haus, und in diesem Augenblick hatte sie, ganz kurz nur, eine Vision ihres eigenen Endes: zur letzten Ruhe gebettet in Minirock, Stöckelschuhen und maßgeschneiderter Kostümjacke, ein Bündel notarielle Formulare in der Hand.

Sie versuchte das Bild abzuschütteln. Versuchte sich zu sagen, ihre Tätigkeit sei wichtig, notwendig, ja sogar altruistisch – was war dem Menschen, nach Nahrung und Sex, denn wichtiger als eine Unterkunft? –, doch die Wolke hob sich nicht von ihr, und sie fühlte sich ganz taub, vom Scheitel bis zur Sohle. Sie streifte ein wenig im Garten herum und sah nach, ob alles in Ordnung war – ganz aus alter Gewohnheit –, aber hier war von Nachlässigkeit keine Spur zu entdecken, denn hier arbeitete ihr eigener Gärtner, und der wußte genau, was von ihm erwartet wurde. Alles war ruhig. Die Zierkarpfen standen ruhig am Grund des Teiches, und die Rasenflächen schimmerten unter dem sanften, gleichförmigen Nebel der Sprenger.

Es war Viertel nach sechs und immer noch warm – unangenehm warm –, aber es wehte ein Wind vom Meer, und Kyra sah einen Nebelstreifen, der sich vom Wasser tief unten emporschlängelte. Der Abend würde kühl werden. Sie dachte an ihr eigenes Haus, an Delaney, der jetzt überall die Fenster öffnen und die großen, langsamen Deckenventilatoren einschalten würde, während der Salat im Kühlschrank und die Pasta dampfend auf dem Herd stand und Jordan einen Ball gegen die Garagentür knallte. Wenn sie sich beeilte, konnte sie um sieben zu Hause sein.

Aber sie beeilte sich nicht. Je mehr sie an zu Hause dachte, an ihren Sohn, ihren Mann, ihren einen Hund, desto gereizter wurde sie. Sie zögerte an der Türschwelle, durchwanderte die höhlenartigen Zimmer wie ein Gespenst, ließ die Finger über den Filz des Billardtisches gleiten, als liebkoste sie den stoppligen Flaum in Jordans Nacken. Sie sah nur nach, ob alles in Ordnung war, sonst nichts, aber irgendwie spürte sie – immer stärker, so daß es sie beinahe übermannte –, daß sie diesen Ort nicht mehr verlassen wollte, nie wieder.

Später Vormittag, Stille im Haus, gedämpftes Licht, der Telefonhörer neben der Gabel. Delaney saß in seinem Arbeitsraum, einem ehemaligen Schlafzimmer, in dem jetzt ein Sofa, sein Schreibtisch und ein paar Aktenschränke standen, beugte sich vor in den Kreis des Kunstlichts, während die Sonne durch die Lamellen der zugezogenen Jalousien scharfe Schlitze schnitt.

Vor einer Weile war er mit Schaufel und Pickel draußen gewesen und hatte im Lehmboden, der hart wie Asphalt gewesen war, die Überreste des Hundes verscharrt, um dieses Kapitel abzuschließen. Gott sei Dank. Jetzt saß er wieder an der Arbeit – abgetrennte Gliedmaßen, entnervte Ehefrauen, verschreckte Kinder und öffentliche Versammlungen gehörten der Vergangenheit an, und er gab seiner nächsten Kolumne den letzten Schliff:

Pilger am Topanga Creek

Wer bin ich, mit meinem Wanderstab in der Hand und dem Nylonrucksack auf den Schultern wie ein zusammengefaltetes Flügelpaar? Wer bin ich, der da in den butterweichen Glanz der Abendsonne hinaustritt, inmitten der Stauden von gelb blühenden Senfpflanzen, die mir bis zum Ellenbogen und noch weiter reichen? Ich bin ein Pilger, ganz einfach, ein Seher, ein Andächtiger im heiligen Schrein. Im Grunde nicht viel anders als Sie: den halben Tag ans Haus gefesselt, der Sklave meines Computers – einer, der seinen täglichen Schuß elektrischen Stroms so nötig braucht wie der Junkie seine numinose Droge. Und doch auch wieder anders, denn ich habe die Berge zum Durchstreifen und meine Beine, die mich dorthin tragen. Heute nacht – heute abend – gehe ich ein Abenteuer an, ein Wagnis, eine Pilgerreise unter die dünne Decke des Sichtbaren, um meine Umwelt so intensiv zu erleben wie der Wordsworthsche Blutegelsammler und seinesgleichen: Ich werde in die Feste der Santa Monica Mountains hinaufsteigen, um dort – in Sicht- und

Hörweite der zweitgrößten Metropole des Landes, übrigens sogar innerhalb der Stadtgrenzen – eine einsame Nacht zu verbringen.

Ich bin aufgeregt. Ungeduldig. Gespannt wie eine Gitarrensaite. Denn noch kenne ich diese Hügel nur im gleißenden Mittagslicht, am frühen Morgen und am frühen Abend (ich habe sie gekostet, wie man eine exotische Frucht kostet) durch die Vorhänge der Nacht, doch dies wird mein erster Aufenthalt hier unter dem Sternenzelt sein. Seit dem Moment, als mich meine Frau am Beginn des Trippet-Ranch-Pfades mit einem Kuß verabschiedete und mir versprach, mich um neun Uhr früh dort wieder abzuholen, verspüre ich ein urwüchsiges Gefühl der Befreiung und Erleichterung, und während ich durch das unverzagte Gestrüpp langsam bergauf gehe, kann ich nicht umhin, die Namen der Pflanzen – Buschmohn, Sumach, Manzanita, Säckelblume, Chamiso und Rotstammstrauch – in einer Art Mantra vor mich hin zu singen, immer und immer wieder.

Der Senf übrigens ist ein Eindringling hier, ein einjähriger Kreuzblütler, den die Franziskanerpadres mitbrachten – man erzählt sich, sie hätten damals entlang des Camino Real handvollweise Senfkörner ausgestreut, um den Weg zu markieren, aber natürlich verfolgten sie auch noch einen Hintergedanken: handelt es sich doch um den gleichen Senf, der im Glas auf unserem Tisch endet. Er blüht nach den Regengüssen und verwandelt die Hügel bis zum Horizont in ein pointillistisches Gemälde aus gelben Blüten, doch jetzt, zu dieser Jahreszeit, beginnt er bereits zu verwelken. In einem Monat wird nichts mehr übrig sein als verdörrte Blätter und vertrocknete Stengel.

Manzanita und Toyon dagegen, mit ihrer Last wohlschmeckender Beeren, halten die lange Hitzeperiode durch, ebenso wie unsere zwei ausdauernden Vertreter der Rosazeenfamilie, Chamiso (Adenostoma fasciculatum) und Rotstammstrauch (Adenostoma sparsifolium). Zähe Burschen sind das. Sie deponieren Toxine im Boden, um die Keimung von Konkurrenzgewächsen abzuwehren, und ihre holzigen Stämme weisen einen hohen Harzgehalt auf, um damit die zyklisch auftretenden Buschfeuer zu unterhalten, die ihnen gestatten, sich zu regenerieren. Bis November oder Dezember fällt kein Regen mehr – auch sonst gibt es keinerlei Feuchtigkeit, bis auf das bißchen, das die Morgennebel vom Meer herübertragen. Aber da sind sie, halten die Stellung wie eine Armee, die sich gegen die Sonne verschworen hat.

Übernachten werde ich nicht auf dem vorgeschriebenen Zeltplatz (Musch Ranch), sondern an einer abgeschiedeneren Stelle nahe des Santa Ynez Canyon Trail, zwischen mir und terra firma nichts weiter als eine Schaumstoffmatte und eine alte Armeedecke. Unerwünschte Bettgenossen sind im Freien natürlich immer ein Problem: Ganz oben auf der Liste stehen hier die Klapperschlangen, und auch gewisse übergroße Mitglieder der Klasse der Arachniden – insbesondere Taranteln und Skorpione – können einen irritieren.

Ein Freund sagte mir kürzlich im Scherz, der Skorpion habe seine Zangen nur entwickelt, um die große Zehe eines ahnungslosen homo sapiens gut packen und für einen eleganten wirkungsvollen Stich über den Kopf recht weit ausholen zu können. Wenn man so einen Skorpion betrachtet, wie er in der Öffnung seines Baus lauert oder im Licht unserer Taschenlampe davonwuselt, könnte man solcherlei fast für bare Münze nehmen. Doch wie jedes andere Wesen der Schöpfung ist auch der Skorpion auf seine Weise wunderschön – und eben auch wunderbar angepaßt für das Ergreifen, Lähmen und Verzehren seiner Beute. (Ich habe einmal zwei von ihnen in einem Glas gehalten – in einem Senfglas, nebenbei gesagt – und sie mit Spinnen gefüttert. Obwohl der eine nur halb so groß war wie der andere, schienen sie aufs friedlichste miteinander auszukommen, bis ich für eine Woche verreiste. Bei meiner Rückkehr saugte der größere gerade die Lebenssäfte aus dem kleineren, der nun frappierend an einen winzigen Luftballon in Skorpionform erinnerte, dem man die Luft herausgelassen hatte.)

Aber deshalb bin ich ja hier, statt zu Hause im Sessel zu sitzen, mit einem Buch im Schoß: um nicht nur die selbstverständlichen Freuden und Gewißheiten der Natur zu genießen, sondern auch ihre Unwägbarkeiten. Es ist ein schwindelerregendes Gefühl, die Art Gefühl, die einem versichert, daß man am Leben ist und atmet und zum großen Weltenplan gehört, wenn man aus derselben Quelle trinkt wie der Rotschwanzbussard, der Großohrhirsch, der Tausendfüßer und auch der Skorpion.

Es dunkelt schon, während ich am Ausgang eines Cañons, neben einem plätschernden Wasserfall, meine Decke ausbreite und es mir bequem mache, um die Nacht ringsherum heraufziehen zu sehen. Meine Mahlzeit ist bescheiden: ein Apfel, eine Handvoll Studentenfutter, ein Sandwich mit Schweizer Käse und ein langer, durstiger Schluck agua pura aus der Lederflasche. Von irgendwoher aus der Tiefe des Raums unter mir ertönt der leise, beinahe scheue Ruf der großen Sumpfohreule – eigentlich eher ein Gurren – und wird kurz darauf von einem gleichermaßen zagen Ruf aus östlicher Richtung beantwortet. Inzwischen hat die Nacht sich durchgesetzt, und ein Stern nach dem anderen löst sich aus dem Dunst. Eine Stunde vergeht. Zwei. Ich warte auf etwas – worauf, weiß ich nicht, aber wenn ich die schimmernden Beweise unserer allgegenwärtigen Zivilisation herausfiltern kann (die pausenlos auf ihren Routen dahinsausenden Passagier-

flugzeuge, der Lichtsmog im Osten, der den Himmel erglühen läßt, als flimmerte dort bereits das erste Licht des Morgens), dann spüre ich, daß all dies für mich da ist, zumindest heute nacht.

Und dann höre ich es, ein hohes, gezogenes glissando von Tönen, das ich für eine Sirene gehalten hätte, wüßte ich es nicht besser, und mir wird klar, daß ich die ganze Zeit genau darauf gewartet habe: den Chor der Coyoten. Das Lied des Überlebenskünstlers, des schelmischen Räubers und vierbeinigen Wunderknaben, der Wasser findet, wo keins ist, und auch in Fels und Ödnis allzeit sattsam speist. Er ist jetzt dort draußen, begrüßt die Dunkelheit, sammelt seine Kräfte und seine Heerscharen, er jagt und schleicht und stiehlt sich wie ein Schatten durch die Büsche um mich herum, und er singt für mich allein in dieser samtigen, saumlosen Nacht. Und ich? Ich lege mich zurück und lausche, wie ich in einer anderen Nacht Mozart oder Mendelssohn lauschen würde, eingelullt von der leidenschaftlichen Schönheit ihrer Musik. Der Wasserfall rauscht. Die Coyoten singen. Ich habe eine Handvoll Rosinen und eine Decke: Was wollte ich noch mehr? Die ganze Welt weiß, daß ich zufrieden bin.

6

Die Bohnen waren aufgebraucht, die Tortillas, der Speck, die letzten paar Reiskörner. Also was würden sie essen – Gras? Wie die Kühe? Diese Frage stellte sie Cándido, als er sie den fünften Morgen daran zu hindern versuchte, den Berg zur Arbeitsvermittlung hinaufzuklettern, und was war schon dabei, wenn es etwas schnippisch klang? Mit welchem Recht konnte er ihr vorschreiben, wohin sie gehen und was sie tun durfte? Viel Hilfe war er nicht. Er konnte ja kaum allein aufstehen und pinkeln – und als diese halbstarken *gabachos* gekommen waren und ihr Kleid zerrissen und die Decke in den Bach geworfen hatten, wo war er da gewesen? All das schleuderte sie ihm entgegen, wütend, verängstigt und gekränkt zugleich; und darauf erhob er sich von der Decke und schlug sie. Hart. Ohrfeigte sie im felsigen bleichen Morgengrauen der Schlucht, so daß ihr Kopf auf dem Hals herumtanzte wie ein Gummiball. »Red nicht so mit mir«, knurrte er sie zwischen zusammengepreßten Zähnen an. »Das ist eine Beleidigung. Ein Tritt in den Hintern, wo ich ohnehin schon am Boden liege.« Er spuckte vor ihr aus. »Du bist nicht besser als deine Schwester, nicht besser als eine Hure.«

Aber Gras konnte man nicht essen, und trotz seiner Großmäuligkeit mußte er das einsehen. Es ging ihm besser, aber er war noch lange nicht imstande, den Cañon hinaufzusteigen und sich von neuem in *la lucha* zu werfen, in den Kampf um die Jobs, um unter vielen anderen als einziger ausgesucht zu werden und dann für zehn zu arbeiten, damit der *patrón* merkte, daß er am nächsten

Tag wiederkommen wollte, und am übernächsten und am Tag darauf. Sie verstand seine Frustration und seine Angst, und sie liebte ihn, ja wirklich, aus tiefstem Herzen. Aber die Zielscheibe seiner bösen, schmutzigen Worte zu sein, schmerzte mehr als die Ohrfeigen selbst. Und als alles vorbei war, als die Vögel wieder sangen, der Bach über die Steine plätscherte und die Autos sich oben in die Straße krallten, was war da gewonnen? Bitterkeit, nichts weiter. Sie kehrte ihm den Rücken und machte sich an den strapaziösen Aufstieg, zum fünften Mal, und zum fünften Mal umsonst.

Jemand reichte ihr einen Becher Kaffee. Ein Mann, den sie schon die letzten beiden Tage gesehen hatte, ein Neuer – er sagte nur, er sei aus dem Süden, sonst nichts. Er war groß – über eins achtzig, schätzte sie – und hatte eine Baseballmütze verkehrt herum aufgesetzt, wie viele der Gringos im Supermarkt. Seine Haut war hell, so hell, daß er fast als einer von ihnen hätte durchgehen können, doch seine Augen gaben ihn preis, diese harten, blanken, unerschrockenen Augen von der Farbe von Kalbsleber. Etwas in ihm war zerbrochen, das sah sie gleich, so wie ein Mann zerbricht, der vor einem Yankee-Boß, dem er nichts abschlagen darf, dienern und kriechen und ihm den Hintern küssen muß, und seine Augen verrieten das: Sie stachen wie Waffen auf die Welt ein. O ja, er war Mexikaner.

Sie mußte den Blick von diesen Augen abwenden, und ihr wurde klar, daß sie den Kaffee – dampfend heiß, mit Milch und so viel Zucker darin, daß er wie Konfekt schmeckte, in einem Styroporbecher mit Plastikdeckel zum Warmhalten – auf keinen Fall hätte annehmen dürfen, aber sie konnte nicht anders. Sie hatte nichts im Magen, überhaupt nichts, und sie war halb ohnmächtig vor lauter Hunger. Inzwischen war sie im vierten Monat, die Übelkeit hatte aufgehört, aber dafür war sie nun heißhungrig, wahnsinnig vor Hunger, und aß für zwei, dabei gab es nicht mal für einen genug. Sie träumte von Essen, von den leckeren *romeritos,* die ihre Mutter am Gründonnerstag immer machte, von heißen Tortillas mit gehackten Tomaten, Chilis mit geriebenem Käse, in Öl gebakkenen Hühnerköpfen, Garnelen und Austern in *mole,* einer sämigen Soße mit so scharfen *serranos,* daß ihr nur beim Gedanken daran das Wasser im Mund zusammenlief. So nippte sie im warmen, seidigen, blumenduftenden Morgengrauen an diesem Kaffee und wurde noch hungriger davon.

Gegen sieben waren bereits drei Pick-ups auf den Platz gefahren, und Candelario Pérez hatte drei, vier und dann noch mal drei Männer für sie ausgesucht, und die waren nun fort. Den Fremden aus dem Süden hatte er nicht ausgewählt, und es warteten noch zehn Männer, die vor ihm eingetroffen waren. Aus dem Augenwinkel sah América, wie der Fremde mit Candelario Pérez stritt – sie konnte nicht hören, was er sagte, aber die heftigen Gesten und die verzerrten Züge seines halben Gringogesichts zeigten zur Genüge, daß er nicht bereit war zu warten, bis er an die Reihe kam, daß er ein Nörgler, ein Streithammel, ein Miesepeter war. »Du Hurensohn!« hörte sie ihn sagen und schlug dabei die Augen nieder. *Bitte,* betete sie, *bitte laß ihn nicht zu mir herüberkommen.*

Aber er kam. Er hatte ihr einen Kaffee gebracht – den Beweis hielt sie noch in der Hand, den bis auf den letzten zuckersüßen koffeinhaltigen Tropfen geleerten Styroporbecher –, also war sie seine Verbündete. Sie saß an ihrem üblichen Platz gleich beim Eingang, den Rücken gegen einen Pfosten gepreßt, jederzeit bereit aufzuspringen, sobald ein Gringo oder eine Gringa käme und eine Putzfrau, Köchin oder Wäscherin suchte, und der Fremde ließ sich neben ihr nieder. »Hallo, Süße«, sagte er, und seine Stimme klang pfeifend und heiser, als hätte er einen Stich in die Luftröhre bekommen: »Und? Schmeckt der Kaffee?«

Sie weigerte sich, ihn anzusehen. Oder zu antworten.

»Hab dich schon gestern gesehen«, fuhr er fort, seine Stimme zu schrill, zu krächzend, »und da hab ich mir gesagt: ›Das ist 'ne Frau, die aussieht, als ob sie 'nen Kaffee gebrauchen könnte, eine Frau, die 'nen Kaffee geradezu verdient hat, eine so hübsche Frau, daß sie die ganze Plantage kriegen sollte‹, deshalb hab ich dir heute einen mitgebracht. Na, was sagst du dazu, *linda?*« Und dabei berührte er sie mit zwei schmutzigen, harten Fingern am Kinn und drehte ihr Gesicht zu sich herum.

Zerknirscht und schuldbewußt, wie sie war – sie hatte seinen Kaffee genommen, oder? –, widersetzte sie sich nicht. Die eigenartigen, lohbraunen Augen starrten sie an. »Danke«, flüsterte sie.

Daraufhin grinste er, und sie sah, daß mit seinen Zähnen etwas nicht stimmte, sie sahen fürchterlich aus, jeder sichtbare Zahn war von einem Netzwerk aus Haarrissen gezeichnet, wie ein altes Gemälde in der Kirche. Ein Gebiß, dachte sie, ein ganz billiges. Und dann atmete er aus, und sie mußte sich abwenden – irgend etwas in seinem Inneren roch faulig. »*Me llamo José*«, sagte er und hielt ihr die Hand entgegen, »*José Navidad. ¿Y tú? ¿Cómo te llamas*, Süße?«

Sie war in einer bösen Lage. Der Mann war böse. Sie dachte an Cándido und biß sich auf die Zunge.

»Komm schon«, beschwatzte sie der Mann mit seiner seltsamen, gepreßten hohen Stimme, »komm, entspann dich, Baby. Ich beiß dich nicht. Bin ein netter Kerl – magst du nette Kerle denn nicht?« Dann änderte sich sein Ton, senkte sich abrupt zu einem Knurren. »Aber Kaffee magst du, oder?«

»Na gut«, sagte sie und spürte dabei die Wut in sich aufwallen, als sie aufstand und sich den Staub vom Kleid klopfte. »Ich mag Kaffee, und ich danke Ihnen, danke Ihnen nochmals, aber Sie sollen wissen, daß ich eine verheiratete Frau bin und daß es nicht recht ist, wenn Sie so mit mir sprechen ...«

Er saß auf dem Boden, schlaksig, die knotigen Fäuste um die Knie geschlungen, seine langen, dürren Beine steckten in Bluejeans, und er lachte nur, lachte, bis ihm die Tränen in die Augen schossen, und da wußte sie, daß er verrückt war, *loco*, wahnsinnig, und sie wollte sich gerade abwenden, um bei Candelario Pérez Schutz zu suchen, als er sie am Fußgelenk packte – er griff einfach zu und hielt fest. »Verheiratete Frau«, höhnte er, und jetzt klang seine Stimme wieder schrill und krächzend. »Kann schon sein.« Dann ließ er ihren Fuß los. »Aber nicht mehr lange, Süße, nicht mehr lange.«

Später, so gegen neun oder halb zehn, fuhr ein neues, glänzendes, teures Auto auf den Platz, dessen luxuriösem Inneren ein dicker Mann entstieg – ein Riese von einem Dicken, ein wahrer *guatón*. Candelario Pérez sprach ihn auf englisch an, der Mann gab etwas Langes, Kompliziertes zur Antwort, und dann – o Wunder über Wunder – blickte Candelario Pérez zu ihr hinüber und rief ihren Namen. Aufgeregt, schüchtern, bebend und hungrig ging sie über den Platz, spürte aller Augen auf sich, spürte den Neid, ja den Haß der anderen – sie hatte einen Job, und die nicht. Doch genau in dem Moment, als sie vor dem großen bärtigen weißen *guatón* stand, ohne recht zu wissen, wie sie dorthin gekommen war, wie ihre Beine sich bewegt und ihre Füße den Weg gefunden hatten, hörte sie einen Ausruf hinter sich.

»He, nehm' Sie mich!« rief eine Stimme, eine Frauenstimme, auf englisch.

América wandte den Kopf, und da war Mary, die große Hippie-Gringa, die mit dem Drahtring in der Nase wie ein Tier im Stall, und jetzt kam sie im Laufschritt über den Platz, und dabei zupfte sie am Hintern ihrer ausgeleierten, dreckigen Jogginghose.

Der Dicke, der Gringo, rief ihr etwas entgegen, und im nächsten Augenblick schob sich Mary zwischen América und den voraussichtlichen Arbeitgeber, brabbelte wild mit den Händen fuchtelnd auf englisch auf ihn ein, die großen Stielaugen quollen ihr aus dem Kopf. »Nehm' Sie mich«, sagte sie, ohne América anzusehen, und obwohl América die Wörter nicht verstand, spürte sie ihre niederschmetternde Bedeutung ebenso eindringlich, als hätte ihr die Gringa ein Messer zwischen die Schulterblätter gerammt. »Die da kann doch nicht mal Englisch – was woll'n Sie denn mit der?«

»*Quiero trabajar*«, sagte América und flehte damit zuerst den dicken Mann und dann, als Reaktion auf dessen ausdruckslose Miene, Candelario Pérez an, »ich will arbeiten.«

Candelario Pérez sagte etwas zu dem Mann – América sei vor der Gringa dagewesen, immer der Reihe nach –, und der musterte sie eindringlich und lange – zu lange –, und sie spürte, wie sie sich unter dem starren Blick der blauen Augen wand, doch sie zwang sich, ihn zu erwidern. Dann beschloß der Mann etwas – sie sah es daran, wie er die Schultern und den Unterkiefer vorschob –, und Candelario Pérez sagte zu ihr: »In Ordnung, sechs Stunden Arbeit, dafür zahlt er fünfundzwanzig Dollar«, und dann saß sie im Auto, mitten im Luxus, Ledersitze und dieser süße Geruch einer neuen Maschine, bis die Tür auf der anderen Seite geöffnet wurde und Mary – die große Mary, diese versoffene Gringa-Putzfrau, die versucht hatte, sie wegzudrängen – ebenfalls einstieg.

Obwohl er sich immer noch beschissen fühlte, wie ein entgleistes Experiment irgendwo im tiefsten Keller des *Laboratorio Médico* in Mexico City, raffte sich Cándido doch so weit auf, um ihr armseliges Camp ein Stück flußaufwärts zu verlegen, aus der Gefahrenzone. Diese Jungen – diese Teenager-*gabachos* – hatten ihn in Angst und Schrecken versetzt. Sie waren nicht *La Migra,* immerhin, und auch nicht die Polizei, aber sein harmloses kleines Bündel mit Gepäck hatten sie mit enormer Energie attakkiert, richtig bösartig. Sie waren gefährlich und verrückt, und ihre Eltern, die sie erzogen hatten, mußten noch viel schlimmer sein – was wäre passiert, wenn sie in der Nacht gekommen wären, während er und América eingerollt unter der Decke schliefen?

Er hatte seine Decke aus dem Bach gefischt und an einem Ast zum Trocknen aufgehängt, auch den Grill und den Kochtopf hatte er gefunden, aber ein Hemd und seine Unterwäsche zum Wechseln waren weg, und von Américas Kleid waren natürlich nur Fetzen übrig. Er wußte, daß sie fortmußten, aber er war noch zu schwach dazu. So verrannen drei Tage, an denen er nur herumlag, Kräfte sammelte, bei jedem Geräusch auffuhr, während es kaum etwas zu essen gab und sie nachts voller Angst schliefen. Und an diesem Morgen war América hungrig aufgewacht, bittere Worte auf den Lippen, Gehässigkeiten und Vorwürfe, er hatte sie geschlagen, und sie hatte sich von ihm abgewandt und war zur Arbeitsvermittlung hinaufgeklettert, als wäre sie gar nicht seine Frau, sondern nur eine flüchtige Bekannte.

Na gut, dachte er, na gut. Er verkniff sich den Schmerz in der Hüfte, im linken Arm, in der geschundenen Hälfte seines Gesichts, packte ihre Sachen zusammen und stapfte flußaufwärts, gegen die Strömung, wo die Wände des Cañons so steil wurden wie in einem Zimmer. Er hatte einen knappen Kilometer zurückgelegt, als auf einmal Schluß war – das Wasser war hier aufgestaut und erstreckte sich trüb und von unklarer Tiefe von einer Wand des Cañons zur anderen. Auf der anderen Seite lag ein gestrandetes Auto auf dem Dach, vom Hochwasser des letzten Winters mit allem möglichen Schutt überspült.

Den zerrissenen Rucksack, die schimmelnde Decke und was er sonst noch tragen konnte, mit der gesunden Hand auf dem Kopf balancierend, watete Cándido durch das Wasser – wenn er es zum anderen Ufer hinüberschaffte und dort ihr Lager aufschlug, dann konnte ihnen niemand etwas anhaben, zumindest würde er pitschnaß dabei. Das Wasser war lauwarm und hatte die Farbe von Tee aus einem zweimal überbrühten Beutel. Ein feiner gelblicher Film haftete auf der Oberfläche. Kaum eine Strömung war zu spüren. Trotzdem verlor er in dem Moment, als er den zweiten Fuß vom Ufer hob, das Gleichgewicht, und nur eine rasche Reaktion und ein dünnes, brüchiges Schilfrohr verhinderten, daß er kopfüber ins Wasser kippte. Ihm wurde klar, daß er seine *huaraches* ausziehen mußte – sie hatten keinerlei Haftung, waren glatt wie die alten Gummireifen, aus denen die Sohlen herausgeschnitten worden waren – und sich barfuß weitertasten mußte. Der Gedanke gefiel ihm nicht. Wer wußte schon, was da unten war – Schlangen, Glasscherben, diese ekligen bleichen Wasserkäfer, die einen Frosch totbeißen und aussaugen konnten, bis nur noch die Haut übrigblieb? Er watete rückwärts aus dem Wasser, ließ sich auf den Boden fallen und zog die Sandalen aus.

Als er wieder hineinging und sich dabei an den Vorsprüngen der Cañonwand festhielt, hingen die *huaraches* um seinen Hals, den Rucksack trug er wieder auf dem Kopf. Das Wasser erreichte seine Knie, seinen Schritt, seine Hüfte, und schließlich ging es ihm bis zu den Achseln, was bedeutete, daß América würde schwimmen müssen. Daran dachte er, während seine Zehen sich durch den Schlick tasteten, stellte sich vor, wie América schwamm, ihr nasses Haar um die Schultern floß, ihr Kleid in der schmalen, hübschen Hand zusammengeknüllt und hoch in die Luft gehalten, und der Gedanke machte ihn scharf – ein sicheres Zeichen, daß er langsam gesund wurde.

Am anderen Ufer fand er, was er suchte, direkt hinter dem Autowrack. Dort gab es eine kleine Sandfläche, einen Privatstrand, der groß genug war für eine Decke und eine Art Wetterschutz – ein kleines Dach vielleicht –, dahinter schloß sich der Cañon wie eine Faust. Eine jähe Felswand, über zehn Meter hoch, erhob sich aus dem Tümpel und bildete weiter oben einen Einschnitt, aus dem der Bach als stete Dusche aus der Luft heruntersprühte. Das Licht war durch die Vegetation weiter oben gefiltert und gedämpft, und was Cándido dort vor sich sah, war nicht Fels und Laub und Sand, sondern ein Wohnzimmer, in dem eine große abgeschirmte Lampe von der Decke hing, mit Sofas und Sesseln und einem schimmernden Holzboden, der frisch mit Wachs gebohnert war. Es war eine Offenbarung. Eine Vision. Einen Pilger hätte so ein Ort vielleicht dazu inspiriert, einen Schrein zu errichten.

Cándido stellte den Rucksack ab und rastete auf dem warmen Sand, bis seine Kleider etwas getrocknet und einheitlich klamm waren. Dann stand er auf und begann einen primitiven Herd zu bauen, schichtete Stein für Stein aufeinander, und in seiner Aufregung, in der Hitze des Augenblicks, vergaß er alle Schmerzen. Als es getan war, als er den Kreis fertiggestellt und das verbogene Kühlschrankgitter ordentlich darübergelegt hatte, fand er sogar noch die Kraft, Feuerholz zu sammeln – Hauptsache, er blieb in Bewegung –, und dann dachte er daran, was América wohl am Abend mitbringen würde. Das hieß, falls sie Arbeit gefunden hatte. Und natürlich mußte er an der alten Stelle auf sie warten, und sie würden mit den Sachen durch den Bach waten müssen … aber vielleicht hatte sie Tortillas oder ein Stück Fleisch und Zutaten für einen Eintopf, etwas Gemüse und Reis oder ein paar Kartoffeln …

Es hatte kein Frühstück gegeben, gar nichts, nicht einmal einen Zweig zum Draufrumkauen, und er war so hungrig wie noch nie in seinem Leben, aber der Hunger spornte ihn an, und während der Stapel aus wassergebleichten Stöcken langsam anwuchs, hatte er eine Idee: Er würde sie überraschen, genau das würde er tun. Mit einem richtigen Camp. Mit etwas Solidem und Festem, mit einem Platz, den sie Zuhause nennen konnten – zumindest bis er wieder auf den Beinen war und Arbeit gefunden hatte und sie ihre eigene Wohnung in einer netten Gegend mit Bäumen und Gehsteigen und einer Auffahrt für das Auto hatten, das er ihr kaufen wollte, und er konnte diese Auffahrt vor sich sehen, frisch asphaltiert, ordentlich angelegt, der Abstellplatz mit knallgelber Farbe markiert …

In einem Gewirr von Zweigen im Wasser fand er etwas Zwirn – oder war es eine Angelschnur? – und zwei schwarze Plastiktüten, mit denen er das Dach decken konnte. Die Hüfte und das Knie schmerzten noch immer und auch die Rippen, wenn er sich streckte, aber er war jetzt Sklave seines Plans, und als die Sonne hinter der Kante der Felswand verschwand und eine künstliche Dämmerung erzeugte, stand auf dem Sandstrand hinter den rostigen Überresten des Autos ein robuster Verschlag aus ineinander verwobenen Ästen: ein Werk, auf das er stolz sein konnte.

Erschöpft von der Anstrengung döste er ein, und als er aufwachte, zeichnete sich nur noch eine schwache Patina von Sonnenlicht auf dem östlichen Rand des Cañons über ihm ab. Schläfrig sah er sich um, von einem trügerischen Wohlgefühl durchdrungen, und dann durchfuhr es ihn: *América. Wo war sie?* Sie war nicht da ... andererseits: wie sollte sie auch? Das hier war nicht ihr altes Lager, diesen Platz kannte sie gar nicht. Er rappelte sich auf, wobei der Schmerz ihm die Klauen in die Hüfte trieb, und fluchte laut. Es mußte vier, fünf Uhr sein. Bestimmt war sie schon da, weiter unten am Bach, suchte nach ihm, und wie konnte sie daran zweifeln, daß er sie verlassen hatte?

Immer noch fluchend, ständig fluchend, stürzte er sich in den Tümpel und hastete durch das trübe Wasser, mit pochendem Herzen und ohne Rücksicht auf seine Kleider. Er rannte den Bach entlang, so schnell ihn seine Hüfte rennen ließ, hektisch jetzt, in Panik – und endlich bog er um die Kurve zu ihrem alten Lagerplatz: Sie war nicht da. Die Blätter hingen schlaff von den Bäumen, der Bach schien stillzustehen. Keine Spur von ihr, kein Zettel, kein Steintürmchen oder Gekritzel im Sand. Das war *muy gacho,* verdammt schlecht. Zum Teufel mit seinem ganzen beschissenen Leben. Zum Teufel damit.

Er schleppte sich den Berg hinauf – zum ersten Mal seit seinem Unfall, jeder Schritt eine Kreuzigung, aber hatte er denn eine Wahl? Nach kaum dreißig Metern mußte er anhalten und Atem schöpfen. Seine Sachen hingen feucht an ihm herunter – und er hatte abgenommen, ziemlich sogar, in den neun Tagen, die er auf dem dreckigen Sand gelegen und nichts gegessen hatte außer ein paar Resten und etwas Gemüse, wie ein ausgedientes altes Klappergestell in einem Pflegeheim. Er spuckte auf die Erde, biß die Zähne zusammen und ging weiter.

Die Sonne brannte hier oben immer noch herab, obwohl es mindestens schon sechs war; es war heißer als unten in der Schlucht. Trotz seiner nassen Sachen schwitzte er, und er mußte die Hände einsetzen – jedenfalls die eine gesunde Hand –, um die schwierigen Stellen zu überwinden. Auf halber Strecke, an der Stelle, wo der Pfad sich nach rechts wandte und einen großen schroffen Brocken aus rötlichem Fels umrundete, erwartete ihn eine Überraschung. Eine böse Überraschung. Als er um die Ecke bog und einen raschen Blick den Weg hinauf warf, sah er, daß er nicht allein war. Von oben stieg ein Mann herunter, ein Fremder, mit langen Schritten und mechanischen Bewegungen, bei denen sich seine Hüfte seltsam weit vorschob, als gehörte sie einem anderen. Cándidos erste Reaktion war, sich ins Gebüsch zu ducken, aber es war zu spät: Schon stand der Mann vor ihm, lehnte sich gegen die steile Wand wie ein Insekt, das einen Grashalm hinabkrabbelt.

»Hey, *'mano*«, sagte der Mann, und seine Stimme klang schrill und rauh wie der Schrei eines Habichts. »*¿Qué onda?* Wie geht's so?« Er war in der Mitte des Pfades stehengeblieben, der kaum einen halben Meter breit war, ein großer, hellhäutiger Mann, der auf dem Abhang noch größer wirkte, und er sprach die Sprache der Grenze, das Spanisch der schummrigen Gassen und *cantinas* von Tijuana. Er trug eine Baseballmütze verkehrt herum auf dem Kopf, und seine Augen hatten eine Farbe, die Cándido nicht recht benennen konnte, irgendwo zwischen gelb und rot, wie zwei Wunden mitten im Schädel. Es war einer der *vagos* von der Arbeitsvermittlung, genau, daher kannte er ihn. Und er hatte bestimmt ein Messer in der Tasche oder im Gürtel hinten im Rücken.

»*Buenas*«, murmelte Cándido und behielt den Mann im Auge, obwohl er weiß Gott nichts bei sich hatte, was sich zu stehlen lohnte, bis auf die Kleider, die er trug – und die waren schon so oft gewaschen und geflickt, daß sie nicht mehr als ein paar Centavos in einem Trödelladen bringen würden. Aber man konnte nie wissen: Manchmal stahlen sie einem das Hemd aus purer Gemeinheit.

»Wie lebt sich's denn da unten, Bruder?« fragte der Mann und wies mit einem raschen Blick auf die Schlucht. Die Sonnenstrahlen schienen von seinem Gesicht abzuprallen. Seine Haut hatte die Farbe von schmutziger Seife – weder weiß noch braun. »Gemütlich? Ruhig? Und Wasser gibt's auch, oder?«

Als der Fremde sich ein Stück drehte, um die Schlucht zu inspizieren, sah Cándido, daß er eine zusammengerollte Decke an einem Stück Schnur über der Schulter trug. Cándido wollte ihn auf keinen Fall zum Bleiben ermutigen – wenn sich das herumsprach, wäre bald die ganze Arbeitsvermittlung hier unten. »Nur ganz wenig«, gab er zurück.

Das war lustig. Der Mann stieß ein bellendes Lachen aus und zeigte beim Grinsen ein billiges Gebiß. »Na, wenn man dich so ansieht, Alter, dann reicht's aber immerhin zum Baden, was?«

Cándido hielt seinem Blick stand. Er zuckte die Achseln. »Die Stelle bringt kein Glück. Ich hab da unten gelagert, aber vor drei Tagen bin ich überfallen worden. Von *gabachos.* Sie haben dreckige Parolen auf die Felsen gesprüht. Da übernachte ich bestimmt nicht wieder.«

Vögel flatterten von Strauch zu Strauch. Die Sonne stand still. Der Mann ließ sich Zeit. »Und von denen hast du das da im Gesicht? Und den kaputten Arm?«

»Ja. Oder nein – das war vorher.« Wieder zuckte Cándido die Achseln und sah auf die schmutzige Schlinge, in der sein linker Arm lag. Dem Arm ging es besser, sehr viel besser, trotzdem hatte er höchstens anderthalb Arme gegen die zwei des Fremden – falls es soweit kam. »Ist 'ne lange Geschichte«, sagte er.

Der Fremde schien die Sache abzuwägen. Die Arme vor

der Brust verschränkt, studierte er Cándidos mitgenommenes Gesicht, als wäre es der Schlüssel zu einem Rätsel. Er machte keine Anstalten, beiseite zu treten und Cándido vorbeizulassen – er war Herr der Lage, und er wußte es. »Und wo sind deine Sachen?« wollte er wissen, wobei seine Stimme sich wieder überschlug. »Ich meine, wenn du die Wahrheit sagst. Du hast keine Decke, nichts zum Kochen, kein Geld, das du irgendwo in 'ner Büchse versteckt hast? Na? Nichts in den Taschen?«

»Alles geklaut«, log Cándido. »*Pinche gabachos.* Ich hab mich in den Büschen versteckt.«

Die Zeit verrann unendlich langsam. Cándido schob die Hand in die Tasche und fühlte das Metall seines eigenen armseligen, verrosteten Springmessers, das er sich besorgt hatte, nachdem América an der Grenze von diesen Dreckskerlen angefallen worden war. »Hör mal«, sagte er und versuchte damit, die Lage unter Kontrolle zu bekommen, ohne den anderen irgendwie zu provozieren – dem Burschen war er nicht gewachsen, nicht in seiner momentanen Verfassung –, »es war nett, mit dir zu reden, ich quatsch immer gern mit 'nem *compañero,* aber jetzt muß ich weiter. Muß mir für heute nacht noch 'nen Platz zum Schlafen suchen ... du weißt nicht irgendwas, oder? Wo es sicher ist?«

Keine Antwort. Der Fremde starrte über Cándidos Kopf hinweg in die gähnende Leere der Schlucht und klopfte sich zerstreut auf die Brusttasche, bevor er hineingriff und ihr einen einzelnen Kaugummi in mattsilberner Alufolie entnahm. Langsam und beiläufig, als hätte er unendlich viel Zeit, schob er den flachen Kaugummi zwischen die dünnen Wülste seiner Lippen und begann zu kauen, während er die Verpackung mit der Hand zerknüllte, als wollte er sie erwürgen. Cándido sah zu, wie die Folie aus seinen Fingern in den feinen weißen Staub auf dem Weg fiel.

»Ich könnte auch was zu essen gebrauchen«, hakte Cándido nach und sah ihn mit bittendem Blick an, dem Blick eines Hundes, eines Straßenbettlers. »Du hast nicht zufällig irgendwas zum Beißen dabei?«

Nun betrachtete ihn der Mann wieder, durchbohrte ihn mit diesen seltsamen braunen Augen: Cándido hatte den Spieß umgedreht – jetzt stellte er die Fragen. Der Fremde wirkte auf einmal verlegen, seine Kiefer malmten behutsam auf dem Kaugummi herum, und Cándido dachte an seinen Großvater, der mit Fünfzig nur mehr Brei hatte essen können, weil sein billiges Gebiß kaputt war und so schlecht paßte, als hätte es ein Nazi-Folterknecht entworfen. Der Augenblick war vorüber, die Bedrohung ausgestanden.

»Tut mir leid, *'mano*«, sagte der Mann, und dann schob er sich an Cándido vorbei und ging den Pfad hinunter. Das letzte, was Cándido von ihm sah, war der Schirm der umgedrehten Mütze, der hinter der Ecke verschwand, und er war sich nicht sicher, ob der Fremde nach hinten oder nach vorn blickte.

Verstört wandte sich Cándido um und setzte seinen Aufstieg fort. Jetzt mußte er sich auch noch darüber Sorgen machen, daß dieser stinkende *pendejo* mit den schlechten Zähnen im Cañon herumschnüffelte – als hätte er nicht schon Probleme genug. Und wenn der Kerl nun ihr Camp fand? Was dann? Auf einmal wurde Cándido eifersüchtig und besitzergreifend: dieser Dreckskerl! Hier gab es eine ganze Gebirgskette, überall waren Cañons – unzählbar viele –, weshalb mußte der sich ausgerechnet diesen hier aussuchen? Der Zorn trieb ihn an – und die Sorge. Er atmete schwer, Hüfte und Knie taten ihm weh, und unter der Schorfkruste, die seine linke Gesichtsseite bedeckte, pulsierte es. Er ging weiter, zwang sich dazu, bis er plötzlich an einem Reifenquietschen merkte, daß die

Straße direkt über ihm war, und er legte eine Pause ein, um wieder zu Atem zu kommen.

Dann trat er aus den Büschen und war auf der Straße, wo der Verkehr an ihm vorbeiraste, in gringomäßig wahnwitzigem, schlußlichtjagendem Tempo – warum überhaupt diese Eile, diese ständige Eile? Um Dollars heranzuschaffen, darum. Um ihre gläsernen Bürotürme zu bauen und die Zahlen auf ihren dunklen kleinen Fernsehschirmen zu addieren, um reicher zu werden – darum die Eile. Deshalb hatten die *gabachos* Autos und gute Kleider und Geld und die Mexikaner nicht. Er wanderte die Schnellstraße entlang und hatte ein komisches Gefühl – hier war er angefahren worden, genau hier –, und er spürte den kalten stählernen Wind eines vorbeirasenden Autos im Rücken. Jemand drückte auf die Hupe, und er fuhr fast aus der Haut. Er sah den roten Lichtern nach und fluchte ihnen leise hinterher.

Als erstes sah er auf dem Parkplatz bei dem Chinesenladen nach, aber América war nicht da. Um diese Zeit waren überhaupt keine Mexikaner dort, kein einziger – man konnte meinen, sie seien alle in die Erde versunken, wie diese giftigen Pilze, die nach dem Regen sprießen und bei Sonnenuntergang wieder verschwinden. Statt dessen wimmelte es von *norteamericanos,* ganze Horden von ihnen stiegen aus ihren Autos und wieder ein, drängten in den Laden und wieder heraus, mit ihren braunen Papiertüten voller Bier und Wein und kleinen süßen Sachen zum Essen. Sie sahen Cándido an, als hätte er Lepra.

Weiter die Straße hinauf, vorsichtig, ganz vorsichtig, nach beiden Seiten blicken, dann hinüber. Niemand fuhr den Cañon herunter, alle wollten hinauf, ein endloser, erbarmungsloser Strom, genügend Autos, um zwanzig große Schiffe zu füllen und zurück nach Japan zu schikken, wo sie ja alle hergekommen waren. Dort oben gab es ein kleines Einkaufszentrum, das mit dem größeren Supermarkt und dem *paisano* aus Italien. Dorthin würde América gehen, falls sie ihn unten verpaßt hatte oder falls – und der Gedanke durchzuckte ihn mit der plötzlichen Kraft der Inspiration –, falls sie Arbeit gefunden hatte. Vielleicht war es das. Vielleicht sorgte er sich ganz umsonst. Vielleicht hatte sie Geld verdient, und sie könnten Essen einkaufen.

Essen. Sein Magen verkrampfte sich bei dem Gedanken, und kurzfristig wurde ihm schwindlig – ganz kurz, nur einen Moment lang, aber es genügte, um ihn taumeln zu lassen, gegen einen großen, ungeschlachten *gabacho* mit Koteletten, die sein halbes Gesicht bedeckten, und hoch auf dem Kopf aufgetürmtem, glänzendem Haar, wie Elvis auf einem dieser kitschigen Wandbilder aus schwarzem Samt. Der Mann schob ihn beiseite, ein brutaler Stoß mit beiden Armen, und sagte etwas Böses, Gehässiges, sein Gesicht explodierte nahezu. »Entschuldig, entschuldig«, brabbelte Cándido, warf die Hände in die Höhe und wich zurück, aber jetzt sahen sie ihn alle an, alle *gabachos* auf dem Parkplatz, und er wäre gern weggelaufen, aber seine Beine trugen ihn nicht.

Um sechs Uhr, als die Sonne immer schräger im Westen stand und die Schatten der Bäume wie Traumbilder gegen die Fenster anrückten, arbeitete América. Noch immer. Obwohl die sechs Stunden um waren und der dicke Mann nirgends zu sehen war. Candelario Pérez hatte gesagt: sechs Stunden Arbeit, fünfundzwanzig Dollar, doch jetzt waren acht Stunden vorbei, und sie fragte sich, ob das wohl hieß, daß der Dicke ihr dafür auch mehr zahlen würde. Fünfundzwanzig durch sechs waren vier Dollar und sechzehn Cent pro Stunde, also müßte sie für zwei Extrastunden noch – genau acht Dollar zweiunddreißig bekommen. Bei dem Gedanken strahlte sie. Sie verdiente Geld, Geld für Essen, für Cándido und ihr Baby – sie, die in ihrem ganzen Leben noch keinen Centavo verdient hatte. Im Haus ihres Vaters war natürlich genug zu tun gewesen, da hatte sie gekocht, geputzt und Botengänge für ihre Mutter erledigt und dafür auch ein Taschengeld bekommen, aber das war etwas anderes, nicht zu vergleichen mit einem Lohn, den ihr ein Fremder zahlte – und noch dazu ein Gringo. Cándido würde staunen. Sicher hatte er inzwischen geahnt, daß sie Arbeit gefunden hatte, aber er sollte nur warten, bis sie abends zu ihm in den Cañon hinunterkam, mit so vielen Lebensmitteln beladen, wie sie nur tragen konnte: Fleisch und Eier, Reis und eine Dose Sardinen, diese großen in Öl, das man sich von den Fingern leckte ...

Sie dachte daran, hielt dieses Bild im Kopf fest, bis es dort eingebrannt war, und ihre Hände waren auch nach acht Stunden noch rasch und geschickt, und die scharfen Dämpfe machten ihr kaum etwas aus. Dafür machten sie Mary etwas aus. Und zwar eine Menge. Die große Gringa mit dem Ring in der Nase fluchte pausenlos darüber, seit der dicke Mann sie in diesen großen, langen, wunderschönen Raum mit den vielen Fenstern geführt und ihnen gelbe Gummihandschuhe und eine Plastikflasche mit dem ätzenden Mittel gegeben hatte. América verstand natürlich nicht, was die Frau da sagte, und sie versuchte es zu überhören, aber dem Sinn nach war es kaum zu verkennen. Mary gefiel die Arbeit nicht. Mary brauchte die Arbeit nicht. Mary hatte ein Haus mit vier Wänden und einem Dach und einen Kühlschrank mit Essen darin. Sie mochte weder die stinkenden Dämpfe noch den dicken Mann, sein schönes Haus oder das Leben auf diesem Planeten. Sie schüttete sich die mitgebrachte Flasche Alkohol in die Kehle, und im Lauf des Tages wurde sie immer langsamer, bis sie am Ende praktisch nichts weiter tat, als herumzusitzen und zu nörgeln.

Es war eine schwere Arbeit, das stand fest. Entlang der Wände waren Hunderte von geflochtenen Schachteln aufgestellt und im rückwärtigen Teil des Raums bis zur Decke gestapelt, und in jeder Schachtel lag ein Buddha aus Stein, der schwarz angelaufen war. Sie sahen alle gleich aus: sechzig Zentimeter hoch, schwerer als Blei, mit kahlem Kopf, dem Bauch einer schwangeren Frau und einem dümmlichen Grinsen, das Weisheit ausdrücken sollte, aber ebensogut an Schwachsinn oder Verstopfung erinnern konnte. Und jeder Buddha mußte mit dem Mittel geschrubbt werden, um die Verfärbung von Stirn, Augenlidern und Lippen zu entfernen, bis hinein in die Höhlungen seiner Achseln und die winzige geschwärzte Vertiefung des Bauchnabels. Nach dem Reinigen, wenn das Mittel den Belag verzehrt und die Drahtbürste alle Ritzen ausgekratzt hatte, erstrahlte der Buddha in schimmerndem Rosa, und das war der Moment, ihm den selbstklebenden goldenen Papierstreifen aufzudrücken, auf dem stand: Jim Shirley Imports.

América störten die Dämpfe nicht, auch nicht das öde, näselnde Genörgel der Gringa, ihre steif gewordenen Finger und ihre Rückenschmerzen, die davon herrührten, daß sie Statue um Statue aus der Schachtel heben und vor sich auf den Tisch stellen mußte – ihr ging es nur darum, diesen kräftigen dicken Mann mit Bart zufriedenzustellen, der ihr die Chance gab, das Geld zu verdienen, das sie brauchte, um am Leben zu bleiben, bis die Lage sich besserte. Sie arbeitete hart. Arbeitete für zwei Frauen. Und sie legte keine Pause ein, nicht einmal um den schmerzenden Rücken zu strecken oder die verkrampften Finger zu massieren, nicht einmal eine Minute.

Endlich, als die rosettenförmige bronzene Wanduhr

Viertel nach sieben zeigte, kam der dicke Mann völlig verschwitzt zur Tür hereingepoltert und funkelte die Frauen wütend an. Er keuchte, und sein großes T-Shirt – vorne drauf war Micky Maus vor den Stufen von Disneyland – hatte nasse Flecken in den Achseln. Er blaffte irgend etwas mit seiner dröhnenden tiefen Stimme, und Mary sprang sofort auf und blaffte etwas zurück. América hielt den Kopf gesenkt und fuhr mit der Drahtbürste über den Bauch des nächsten Buddha, als wollte sie ihn durchsägen. Sie war müde und hungrig, und sie mußte pinkeln, aber zugleich wollte sie für immer in diesem großen, sauberen, offenen Zimmer bleiben und für jede Stunde, die Blut in ihren Adern floß und Luft durch ihre Lungen strömte, vier Dollar sechzehn verdienen. Sie putzte die Statue. Putzte wie wild.

Der *patrón* schien es nicht zu bemerken. Seine Worte waren kurz und abgehackt, als hätte er nicht genug Luft dafür übrig – »Okay, das wär's, Schluß, gehen wir!« –, dabei klatschte er zweimal in die Hände, zwei kurze, ungeduldige Schläge, abrupt wie eine Kanonade. América wagte nicht aufzublicken. Ihre Finger flogen dahin, die Bürste kratzte. Er stand jetzt direkt vor ihr – »Komm schon, gehen wir, ich hab's eilig!« –, und sie spürte die Panik in sich aufsteigen. Es war Zeit zum Gehen, ja? Acht Stunden oder mehr, also war es Zeit. Trotzdem hatte sie das Gefühl, er kritisierte sie, hielte sie an, noch mehr und noch schneller zu arbeiten, mit Bürste und Putzmittel jeden einzelnen Buddha im ganzen Raum zum Glänzen zu bringen, als käme er frisch aus der Gußform.

»Jesus Maria«, sagte er und zischte durch die Zähne. Diesmal verstand sie ihn. Sie wollte sich entschuldigen – die Worte lagen ihr auf den Lippen –, aber sie hatte keine Gelegenheit dazu, denn er packte sie am Ellenbogen und riß sie brutal hoch – »Schluß jetzt, Schluß damit!« –, während Mary, eine Zigarette zwischen den Lippen, »*¡Vamos!*« lallte, und alle drei setzten sich in Bewegung, hasteten durch die Tür und die Stufen hinunter und in das schöne neue Auto mit den luftdichten Türen.

Mary saß vorn neben dem *patrón,* so daß América die ganze Breite des Rücksitzes für sich hatte, wie eine Königin oder ein Filmstar. Sie ließ sich in das Polster sinken und sah hinaus auf die tiefgrünen Rasenflächen mit ihren bunten Blumen – überall Blumen, selbst die Bäume auf den Straßen blühten gerade – und auf die großen eckigen Häuser, die sich auf den Hügeln hinter ihr erhoben und mit Fensterfronten gespickt waren, als erwarteten sie eine Invasion aus dem Meer. Sie fragte sich, wie es wohl war, in so einem Haus zu wohnen und durch das Küchenfenster auf die sonnenbeschienenen Wände des Cañons hinauszuschauen, während die Maschine zum Geschirrspülen einem die Arbeit abnahm und das Radio leise, traurige Geigen- und Cellomusik spielte. Dabei musterte sie den Nacken des dicken Mannes. Doch darin fand sich keine Antwort. Fett und rosig, mit kleinen porigen Fleischwülsten am Genick und wild sprießenden, borstigen Haaren, hätte es jedermanns Nacken sein können. Dann dachte sie an die Frau des Mannes – wie die wohl war? War sie auch so dick? Oder war es eine dieser Frauen, die man auf Reklamefotos sah, in einem Stretchbody, der ihre aufgepumpten Brüste umspannte, und mit Augen, die einem entgegenstarrten wie die eines Tiers?

Sie fuhren durch ein Tor – zwei pastellfarben lackierte Stahlgitter, die automatisch aufgingen, als sich der Wagen näherte. Am Morgen war das Tor noch nicht dagewesen – dessen war sich América sicher. Sie waren etwa um halb elf gekommen, und sie hatte alles hellwach beobachtet, jede Feinheit, die Häuser, die Autos, die Menschen darin, und sie erinnerte sich, daß sie dort ein halbes Dutzend ihrer Landsleute gesehen hatte, mit Schaufeln, Spitzhakken und einem Betonmischer – sie meinte sogar, einen der Männer von der Arbeitsvermittlung zu erkennen, aber der Wagen fuhr zu schnell vorbei. Die Straße war eingerahmt gewesen von zwei steinernen Pfeilern und einem schmiedeeisernen Bogen, der eine spanische Aufschrift – Arroyo Blanco – trug, dazu ein englisches Wort, das sie nicht entziffern konnte, und daneben stand eine kleine Kabine, wie der Platz der Kartenverkäuferin im Kino, aber es hatte niemand darin gesessen, und der dicke Mann hatte nicht angehalten. Jetzt war ein neues Tor eingebaut. América blickte über die Schulter zurück und sah, daß das Stahlgitter über die beiden Hauptpfeiler zu einer Reihe von niedrigeren Steinsäulen hinausreichte, die erst halb fertig waren. Außerdem sah sie eine Schubkarre, drei ordentlich aufgereihte Schaufeln und eine Spitzhacke, dann bogen sie auf die Cañonstraße ein, die den Hügel hinunter zur Arbeitsvermittlung führte.

Mary redete auf den *patrón* ein, fuchtelte mit den Händen und deutete – sie beschrieb einen Weg, das war es –, und er bog in eine von staubigen Eichen gesäumte Seitenstraße ab, an deren Ende sich ein Häufchen kleiner Hütten duckte. Die Hütten brauchten zwar einen neuen Anstrich, aber sie sahen hübsch aus, richtig romantisch mit Holzschindeln, festen Veranden und verwitterten Balken. Davor parkten Pick-ups und schnittige ausländische Autos. Man sah Blumentöpfe, überall Katzen, es roch nach Holzkohlengrill. Hier lebte also Mary, die Gringa.

Der Dicke hielt vor einem Bungalow aus Redwoodholz am Ende der Straße, Mary sagte etwas zu ihm, und er verlagerte das Gewicht auf dem Sitz, um an seine Brieftasche zu kommen. América konnte nicht sehen, wieviel er ihr gab, aber dem Verhalten dieser großen, nichtsnutzigen Gringa nach zu urteilen, war es offensichtlich für die vollen acht Stunden und nicht nur die fünfundzwanzig versprochenen Dollar – oder hatte er Mary etwa mehr versprochen? Der Gedanke durchzuckte América, während sie im Auto saß und einen etwa zwölfjährigen Jungen auf einer Geländemaschine heranbrausen sah, der in einer Wolke aus Auspuffqualm hinter dem Bungalow verschwand. Candelario Pérez hatte fünfundzwanzig Dollar gesagt, aber vielleicht bekam Mary dreißig oder fünfunddreißig und die zusätzlichen zwei Stunden extra, nur weil sie weiß war, weil sie Englisch sprach und einen Nasenring trug. América war sich ganz sicher. Sie beobachtete die beiden komplizenhaften großen Köpfe auf dem Vordersitz, wie sich die Schultern vorneigten, als das Geld den Besitzer wechselte, und dann stieg Mary aus, und der *patrón* lehnte sich über den Sitz zurück, um in seinem hektischen, abgehackten, unverständlichen Kauderwelsch etwas zu América zu sagen.

Er wollte anscheinend, daß sie sich nach vorn setzte, das war es. Das schloß sie aus seinen Grimassen, den Gesten seiner aufgedunsenen Hände. Na gut. América stieg aus und nahm in dem Schalensitz neben ihm Platz. Der Dicke stieß mit dem Wagen zurück und raste in einer Staubwolke davon.

Er schaltete das Radio an. Keine Geigen, keine Celli: Gitarren. Sie kannte den Schlager entfernt – *Hotel California* oder so ähnlich. *Welcome, welcome* –, und sie überlegte, wie merkwürdig das alles war, daß sie hier bei diesem reichen Kerl im Auto saß, Geld verdiente, im Norden lebte. Nie hätte sie sich träumen lassen, daß es wirklich so kommen würde. Wenn ihr das früher jemand erzählt hätte, als sie noch zur Schule ging, sie hätte es nicht geglaubt – es wäre ihr wie ein Märchen erschienen, so wie das von dem armen Mädchen mit den engen Schuhen. Aber nicht genug damit, daß der Dicke sie am Ende um die zusätzlichen zwei Stunden betrog und rüde aus dem Auto warf – während der Fahrt legte er ihr wie zufällig die Hand auf den Oberschenkel. Sie wollte diese Hand am liebsten von sich stoßen, mit einer Machete abhacken und im Hinterhof einer *bruja*, einer Hexe, vergraben, aber sie tat es nicht. Sie ließ die Hand einfach dort liegen wie ein totes Ding, obwohl sie sich bewegte und herumtastete, und sie wollte schreien, daß der Wagen anhalten, die Tür aufgehen und die dornigen Sträucher der Schlucht sie beschützen sollten.

7

Delaney war in Eile. Die Marinarasoße köchelte seit zwei Uhr, und die Muscheln dünsteten im Topf, als er feststellte, daß keine Pasta im Haus war. Kyra würde gleich kommen, der Tisch war gedeckt, der Salat angemacht, Jordan in sein Videospiel versunken, das Wasser für die Pasta am Brodeln. Aber keine Pasta im Haus. Er beschloß, es zu riskieren: zehn Minuten zum Hinfahren, zehn Minuten zurück, und Jordan war beschäftigt. »Jordan«, rief er und steckte den Kopf zur Tür des Kinderzimmers hinein, »ich fahre schnell zu Gitello runter und kaufe Spaghetti. Deine Mutter wird jeden Augenblick dasein, aber falls irgendwas Wichtiges ist, kannst du nach nebenan zu den Cherrystones gehen. Selda ist zu Hause, ich hab gerade mit ihr geredet. Okay?«

Der Hinterkopf des Jungen war ein helles Gewuschel, die Samenkapsel einer von Videostürmen hin und her geworfenen exotischen Wildblume, nickend und schulterzuckend, vornübergebeugt in ungebrochener, unauflöslicher Konzentration.

»Okay?« wiederholte Delaney. »Oder willst du mitkommen? Du kannst mit mir fahren, wenn du möchtest.«

»Okay.«

»Was ist okay? Mitkommen oder hierbleiben?«

Es gab eine Pause, in der sich Delaney an das schummrige Kunstlicht im Zimmer gewöhnte, das Licht einer Kerkerzelle, und er spürte den starken, packenden Sog des kleinen grauen Bildschirms. Die Jalousien waren heruntergelassen, und die einzigen Geräusche waren die Schnellfeuersalven und Detonationen des Videospiels, dann und wann unterbrochen von einem blechernen Tusch. Ihm fuhr der Gedanke durch den Kopf, daß das Haus abbrennen könnte, mit Jordan darin, er sah Jordan lichterloh lodern, ohne daß er es richtig merkte – zehn Minuten hin, zehn Minuten zurück –, und es wurde ihm klar, daß er ihn keine Sekunde lang allein lassen durfte, auch wenn Selda gleich nebenan wohnte und die Muscheln langsam hart wurden, das Wasser kochte und Kyra jeden Moment kommen konnte. Der Junge war erst sechs und die Welt voller böser Überraschungen – man denke nur daran, was dem Hund in ihrem eigenen Garten zugestoßen war. Was hatte er sich bloß dabei gedacht?

Jordan drehte nicht einmal den Kopf. »Hierbleiben«, murmelte er.

»Du kannst nicht hierbleiben.«

»Ich will nicht mitfahren.«

»Mußt du aber.«

»Mom kommt doch gleich.«

»Steig ins Auto.«

Den Cañon hinunter fuhr um diese Zeit niemand – es war fast sechs –, und Delaney schaffte es in acht Minuten, obwohl zwei Autos vor ihm an dem Tor standen, das am Nachmittag errichtet worden war, um das Gesindel von den elysischen Gefilden von Arroyo Blanco Estates fernzuhalten. Der Parkplatz war allerdings ziemlich voll, voll genervter Pendler, die ihre steifen Glieder schüttelten, während sie aus den Autos wankten und durch die Ladentür stolperten, auf der Suche nach Sechserpacks, Fertigsalaten (nur noch die Fertigsoße hinzufügen) und Kartons mit Magermilch. Jordan saß sicher angeschnallt auf dem Vordersitz, über seinen Gameboy gebeugt. »Kommst du mit rein?« fragte Delaney.

Zack, peng, zing-zing-zing. »Nö.«

Und dann kam Delaney in Gang, stürmte auf leichten

Füßen los – und was brauchten sie sonst noch: Milch? Brot? Kaffee? –, die Schultern defensiv eingezogen, während er Lücken zwischen den Körpern und sperrigen Wagen der anderen Kunden suchte. Die Pasta hatte er schon unter dem Arm – Perciatelli, Importware, die in der blaugelben Schachtel –, zwei Baguettes, ein Stück Pecorino, eine große Tüte Milch und ein Glas mit eingelegten Peperoni hielt er gegen die Brust gepreßt, als er auf Jack Jardine stieß. Er hatte gerade an die Krötenechse (die meisten Leute nannten sie fälschlicherweise Hornkröte) gedacht, die er auf seiner nachmittäglichen Wanderung gesehen hatte, und an ihre erstaunliche Fähigkeit, einen potentiellen Angreifer aus den Augenhöhlen mit Blut zu bespritzen, und er erkannte Jack erst, als er direkt vor ihm stand.

Es war eine peinliche Situation. Nicht nur, weil Delaney praktisch im Laufschritt unterwegs war und Jack beinahe umrannte, sondern auch wegen des Vorfalls auf der Versammlung vor anderthalb Wochen. Rückblickend hatte Delaney den unangenehmen Verdacht, sich dort zum Narren gemacht zu haben. »Jack!« stieß er hervor und spürte, wie sein Gesicht alle möglichen Mienen durchspielte, bis es sich auf ein bedauerndes Lächeln festlegte.

Jack stand leicht nach hinten gelehnt, zugeknöpftes Jakkett, tadellose Krawatte, ein Einkaufskorb aus Plastik lässig von den Fingern baumelnd. Darin lagen zwei Flaschen Merlot, ordentlich nebeneinander, mit dem Hals nach vorn. Wie üblich sah er fabelhaft aus in einem hellen Zweireiher, der seine Sonnenbräune betonte und den Farbton seines dichten blonden Barts aufgriff. »Delaney«, begrüßte er ihn und griff nach einem Glas mit marinierten Artischockenherzen. Sein Lächeln wirkte würdevoll und zugleich etwas abwesend. Er stellte das Glas in den Korb und richtete sich auf. »Du warst ja neulich ziemlich aufgeregt«, bemerkte er und entblößte nun auch seine Zähne, das volle, strahlende Grinsen, das ganze Geschworenenbänke hypnotisierte. »Sogar ich war überrascht.«

»Ja, meine Nerven sind wohl mit mir durchgegangen.«

»Nein, nein, du hattest ja recht. Völlig recht. Aber du kennst unsere Nachbarn doch ebenso gut wie ich: Wenn man sich da nicht an die Tagesordnung hält, dann gibt's schlicht und einfach Chaos. Und die Sache mit dem Tor war wichtig, wahrscheinlich der wichtigste Punkt, den wir in meinen zwei Jahren als Vorsitzender debattiert haben.«

Einen Augenblick lang sah Delaney das Phantom-Auto wieder vor sich, wie es den Piñon Drive entlangschlich, die wummernden Lautsprecher wie das Pochen eines monströsen Herzens. Er zwinkerte, um das Bild zu verscheuchen. »Glaubst du wirklich? Ich würde sagen, es ist unnötig – und, ich weiß nicht, irgendwie auch verantwortungslos.«

Jack musterte ihn verwundert. »Verantwortungslos?«

Delaney verschob seine Lasten ein wenig, die Milch von der rechten in die linke Hand, die Baguettes unter den Arm, die Pasta gegen die Brust. »Ich weiß nicht. Ich hänge mehr der Idee an, daß wir in einer Demokratie leben, so wie es der Typ in der kurzen Hose auf der Versammlung gesagt hat ... Ich meine, wir sitzen doch alle im selben Boot, und wie willst du rechtfertigen, daß wir uns vom Rest der Gesellschaft abschotten?«

»Zur Sicherheit. Zum Selbstschutz. Aus Weisheit. Dein Auto schließt du doch auch ab, oder? Und deine Haustür?« Ein Zungenschnalzen, das Gewicht von einer Hüfte auf die andere verlagert, die blauen Augen hart wie Stein. »Delaney, glaub mir, ich weiß, wie du dich fühlst. Aber du hast doch gehört, was Jack Cherrystone zu dem Thema gesagt hat, und dessen liberale Gesinnung wird ja wohl niemand in Frage stellen, aber unsere Gesellschaft ist einfach nicht mehr, was sie einmal war – und das wird sich nicht bessern, solange wir die Grenzen nicht im Griff haben.«

Die Grenzen. Unwillkürlich tat Delaney einen Schritt zurück, und lauter dunkle, verworrene Gesichter, die sich an Straßenecken und Autobahnauffahrten nach ihm umwandten, überfluteten sein Gehirn, und sie alle schrien ihre Bedürfnisse hervor, aus Mündern voll fauler Zähne. »Das ist Rassismus, Jack, und das weißt du auch.«

»Ganz und gar nicht – es ist eine Frage der staatlichen Souveränität. Ist dir klar, daß die USA im letzten Jahr mehr Einwanderer aufgenommen haben als alle anderen Länder dieser Welt *zusammen* – und daß die Hälfte von ihnen sich in Kalifornien angesiedelt hat? Und das sind nur die *legalen* Einwanderer, Leute mit Ausbildung, Fertigkeiten und finanziellen Mitteln. Aber was uns umbringt, das sind die anderen, die durch den Tortilla-Vorhang im Süden kommen. Das sind Bauern, mein Freund. Keine Bildung, kein Geld, nicht sehr geschickt – alles, was sie zu bieten haben, ist ein kräftiger Rücken, nur ist es die Ironie des Schicksals, daß wir immer weniger kräftige Rücken brauchen, weil wir Roboter und Computer und landwirtschaftliche Maschinen haben, die die Arbeit von hundert Männern erledigen, und zwar zu einem Bruchteil der Kosten.« Er ließ die Hand sinken und winkte ab. »Das ist ja nichts Neues.«

Delaney stellte die Milch auf den Boden. Er hatte es eilig, das Essen stand auf dem Herd, im Auto saß Jordan, Kyra war auf dem Weg, aber in seinem Eifer vergaß er das alles. »Ich kann es nicht fassen«, sagte er und schien seinen freien Arm nicht kontrollieren zu können, der einen weiten Bogen beschrieb. »Ist dir überhaupt bewußt, was du da redest? Einwanderer sind der Lebenssaft dieses Landes – wir sind eine Nation von Einwanderern, und keiner von uns würde heute hier stehen, wenn's nicht so wäre!«

»Das sind Klischees. Es gibt einen Sättigungspunkt. Übrigens haben die Jardines im Unabhängigkeitskrieg mitgekämpft – da kann man uns kaum noch Einwanderer nennen.«

»Jeder ist von irgendwo eingewandert. Mein Großvater kam aus Bremen, und meine Großmutter war Irin – macht mich das als Bürger weniger wertvoll als die Jardines?«

Eine Frau mit eisgrauem Haar und einer Gesichtshaut, so straff wie ein Trommelfell, duckte sich zwischen ihnen hindurch, um ein Glas Oliven zu nehmen. Jack bemühte sich um einen etwas rauheren Tonfall: »Darum geht es nicht. Die Zeiten haben sich geändert, mein Lieber. Und zwar radikal. Hast du auch nur die leiseste Ahnung, was uns diese Leute kosten – nicht nur in puncto Verbrechen, sondern in baren Steuerdollars, für Sozialleistungen? Nein? Dann solltest du dich mal informieren. Das in der *Times* hast du doch sicher gelesen, den Artikel über die San-Diego-Studie?«

Delaney schüttelte den Kopf. Er empfand Mutlosigkeit, hörte das Wummern der Phantom-Lautsprecher. Plötzlich ging ihm wieder die Krötenechse durch den Kopf: Welchen Sinn hatte es eigentlich, das eigene Blut aus den Augen zu verspritzen? Wäre das nicht die reinste Bratensoße für den Feind, der einen gleich verspeisen würde?

»Also, Delaney«, fuhr Jack fort, gelassen und vernünftig, seine Stimme wieder voll- und wohltönend, »da gibt es eine einfache Gleichung: Input gegen Output. Die illegalen Ausländer im Bezirk San Diego trugen zum Steueraufkommen mit siebzig Millionen bei und nahmen gleichzeitig zweihundertvierzig Millionen an Leistungen in Anspruch – Fürsorge, Notfallmedizin, Lehrergehälter und so weiter. Willst du dafür zahlen? Und für die steigende Verbrechensrate? Willst du, daß sich dir noch ein verrückter Mexikaner vor die Räder wirft, weil er auf Schmerzensgeld von der Versicherung hofft? Oder schlimmer noch: Willst du, daß einer von *denen* hinter dem Lenkrad sitzt und auf dich losdonnert, ohne Versicherung, ohne Bremsen, ohne alles?«

Delaney versuchte seine Gedanken zu sammeln. Er wollte Jack sagen, daß er unrecht hatte, daß jedermann eine Chance im Leben verdiente und daß sich die Mexikaner genauso assimilieren würden wie vorher die Polen, Italiener, Deutschen, Iren und Chinesen und daß ihnen die Amerikaner Kalifornien ohnehin gestohlen hätten, aber er kam nicht dazu. In diesem Moment tauchte Jack jr. hinter der Preiselbeersaftauslage auf, bekleidet mit einem riesigen flatternden Segel von T-Shirt und einer Hose, die weit genug war, um die Herstellerfirma bankrott zu machen. Aus seinen Fäusten ragten zwei große Flaschen Pepsi, und unter seinem Arm klemmte eine Tüte Nachos von der Größe eines Kissens. Die Tüte war halb aufgerissen. In den Mundwinkeln des Jungen sah Delaney Bröckchen von Geschmacksverstärker, Lebensmittelfarbe und Salz kleben. »He, Dad«, murmelte Jack jr., duckte den Kopf, um einer Reklamebanderole auszuweichen, und grüßte Delaney mit einem Senken des Blicks und einem verlegenen Krächzen. »Wir müssen dann, Dad«, drängte er, der hormonelle Druck in seiner Stimme war unüberhörbar. »Steffie wartet auf mich.«

Und dann gingen sie in Richtung der Kassen – zu dritt, als Gruppe –, und Jack der Versöhner, Jack der Politiker, Jack der Tröster bei echten wie eingebildeten Bauchschmerzen, Kümmernissen und Kränkungen, legte einen Arm um Delaneys Schulter und trällerte in seiner süßesten Tonart: »Hör zu, Delaney, ich weiß, was du meinst, und ich pflichte dir bei. Es ist für mich auch nicht leicht – es bedeutet immerhin, daß man sein ganzes Leben neu überdenken muß, wer man ist und woran man glaubt. Und ich schwöre dir: Wenn wir diese Grenze wieder unter Kontrolle bekommen – *falls* wir sie unter Kontrolle bekommen –, dann werde ich als erster dafür eintreten, daß dieses Tor wieder verschwindet. Aber mach dir nichts vor: So bald wird das nicht passieren.«

Obwohl es drei Kassen gab, wartete an jeder eine Schlange von sechs Leuten. Delaney lächelte Jack matt zu und stellte sich neben ihm an. Er starrte über die Menge der Kunden hinweg, an der Kassiererin und den Plakaten mit Sonderangeboten und sonstigem Flitter vorbei durch das Fenster auf den Parkplatz, wo sein Acura in der Sonne funkelte, und ihm fiel ein, daß er es eilig hatte – oder gehabt hatte. Hinter dem Armaturenbrett sah er Jordans gesenkten Kopf auf und ab hüpfen, und er stellte sich das elektronische Armageddon in dem engen Raum des Autoinneren vor – wie die flinken Finger des Jungen intergalaktische Invasoren in ihr Verderben schickten, während schon das nächste Raumschiff landete.

Delaney entschied sich für die Papiertüte – wiederverwertbar, umweltschonend –, und während er wartete, bis das Mädchen auch die Einkäufe von Jack und Jack jr. eingetippt hatte, musterte er das Regal hinter ihr, das mit Batterien, Snackwürstchen, Zehennagelknipsern und Kaugummi gespickt war. Er dachte darüber nach, die Krötenechse in seine nächste Kolumne einzubauen – sie war irgendwie ein Symbol, ein ganz wichtiges Symbol, obwohl er nicht genau wußte, wofür.

»Tut mir leid, mein Vortrag von eben«, gurrte ihm Jack ins Ohr. »Aber du verstehst doch meinen Standpunkt, oder?«

Delaney wandte sich ihm wieder zu, während die Kassiererin Jack jr.s Pepsi-Flaschen mit einer gekonnten Drehung aus dem Handgelenk über den Scanner schob. »Na schön, Jack«, sagte er abschließend und überließ ihm das Feld, »ich mag das Tor nicht – werde es nie mögen –, aber ich akzeptiere es. Niemand will, daß es bei uns Kriminalität wie in der Stadt gibt – das wäre ja dumm. Und wenn ich bei der Versammlung etwas übertrieben habe, dann nur deshalb, weil das Füttern dieser Raubtiere einfach aufhören muß. Ich meine, die Leute müssen sich endlich klar werden ...«

»Recht hast du«, sagte Jack und drückte ihm bekräftigend den Ellenbogen. »Vollkommen.«

»Und ich sage dir, Kyra ist die Sache mit dem Hund wirklich an die Nieren gegangen – und mir auch. Da lebt man so lange mit einem Haustier ...«

»Ich weiß genau, wie ihr euch fühlt.«

Sie gingen zum Ausgang, die Einkaufstüten im Arm, und Jack jr. ragte hinter ihnen auf wie ein verzerrter Schatten. Die Tür öffnete sich automatisch, und alle drei traten auf den Parkplatz hinaus; die Sonne funkelte auf den Windschutzscheiben der Autos, die Berge lagen im gleißenden Licht. Jack sagte noch, das mit dem Hund täte ihm leid, und ob Delaney eigentlich je daran gedacht hätte, einen kleinen Rundbrief für die Gemeinde herauszugeben, in der er zum Beispiel die Bewohner vor den Gefahren des Lebens am Rande der Wildnis warnen und vielleicht sogar die eine oder andere seiner Kolumnen abdrucken könnte. So etwas käme gut an. Ganz sicher.

Aber Delaney hörte ihm nicht zu. Am anderen Ende des Parkplatzes, vor dem Geschenkeladen, gab es Streit – ein fettgesichtiger Fernfahrertyp mit gestylter Rockerfrisur tobte herum – war da eine Schlägerei im Gange? Die drei verschanzten sich hinter Delaneys Wagen, als der Ärger näher rückte – *Du bohnenfressender Scheißausländer, paß bloß auf, wen du anrempelst, sonst schwöre ich dir, daß ich deinen Arsch von hier bis Acapulco und zurück trete* –, und jetzt kam auch der Angesprochene in ihr Blickfeld. Delancy sah die ausweichende Bewegung, das Schlurfen der Füße in den schmutzigen Sandalen aus Autoreifen, den nervösen Blick der rotgefleckten Augen und den Schnurrbart mit den grauen Stellen, und er erschrak, denn er erkannte den Mann wieder: alles begann von neuem.

Er verspürte Wut und Scham zugleich – der Mann war ein Penner, kein Zweifel, der jetzt jemand anders belästigte –, andererseits sein Blick, dieses wortlose Flehen in den Augen, der Arm in der Schlinge und die eine Seite seines Gesichts mit Schichten von Schorf überzogen wie alte Farbe, all das ließ Delaneys Schuldbewußtsein wieder aufsteigen, eine Wunde, die nicht verheilen wollte. Sein erster Impuls war es, dazwischenzugehen und den Streit zu beenden, und doch wollte er aus irgendeinem perversen Grund diesen dunklen kleinen Fremden zermalmt und vernichtet sehen, für immer aus seinem Leben verbannt. Im selben Moment, gerade als Delaney schwankte, stürmte der vierschrötige Mann vor und versetzte dem Mexikaner einen Stoß, der ihn rückwärts gegen das Heck von Delaneys Wagen taumeln ließ. Man hörte den dumpfen Klang von Blech, den leisen Ausruf des Mexikaners, dann spie der große Mann, dessen Gesicht rot vor Wut war, einen letzten Fluch aus und machte auf den Absätzen kehrt.

Jack jr. stand da wie angewurzelt, in den schwarzen Lederklötzen seiner Stiefel, und ballte die Fäuste. Jack sen. dagegen war ungerührt einen Schritt beiseite getreten, seine Bügelfalten fielen weiterhin lotrecht herab, sein Mund kräuselte sich angewidert. Delaney hatte gerade nach dem Autoschlüssel gegriffen, als das Handgemenge sich auf ihn zubewegte, und nun stand er rückwärts gegen den Kofferraum seines Autos gedrängt, die Einkäufe wie einen Schild vor die Brust gepreßt, die Schlüssel seltsam unnütz vom Finger baumelnd. Erstarrt sah er zu, wie der dunkelhäutige Mann unsicher auf die Beine kam und dabei Entschuldigungen in seiner dunklen Sprache murmelte. Der Mexikaner wirkte benebelt – oder auch geistesgestört. Er hob die schweren Lider und musterte trübe erst Jack, dann Jack jr. und schließlich Delaney. Aus dem Wageninneren drangen leise die dünnen, blechernen Geräuscheffekte von Jordans elektronischem Krieg. Lange stand der Mann so da und blinzelte Delaney direkt an, den Arm in diesem Lumpen von Schlinge, sein Gesicht eingesunken zwischen den Verletzungen, bis er sich abrupt abwandte und über den Parkplatz davonhumpelte, geduckt unter imaginären Schlägen.

»Verstehst du jetzt, was ich meine?« fragte Jack.

»Was soll man nur mit dem vielen Platz anfangen?« hörte Kyra sich fragen, und noch ehe die Worte über ihre Lippen kamen, wußte sie, daß sie etwas Falsches gesagt hatte. Sie hätte ausrufen müssen: *Und sehen Sie nur, wieviel Platz hier ist!* – in dem begeisterten Tonfall eines Marktschreiers –, aber irgendwie hatte sie dem Gedanken eine negative Wendung gegeben, denn die Frage deutete ja an, daß die Ausdehnung der hochglanzpolierten Böden und hohen Deckenbalken exzessiv, einfach übermäßig, irgendwie zuviel war, daß das Wohnzimmer die Maße eines Basketballfeldes hatte und allein das elterliche Schlafzimmer eine größere Fläche beanspruchte als die meisten Häuser – und wer brauchte so etwas überhaupt? Höchstens Menschen mit einem monströsen Ego, Parvenüs und Konjunkturritter. Nein, es war nicht die Sorte Frage, die eine Maklerin der Spitzenklasse stellte.

Louisa Greutert warf ihr nur einen ganz kurzen überraschten Blick zu, aber es reichte. Kyra wußte, was sie dachte.

Louisas Mann Bill – schlank, nervös, mit silbernem Haarkranz und dem Gesicht eines Asketen – schlenderte durch den riesigen Speisesaal, die Hände hinter dem Rücken verschränkt. Er war der Direktor seiner eigenen Firma, der Pacific Rim Investments, und hatte die letzten zwanzig Jahre in Bel Air gewohnt, die längste Zeit mit seiner ersten Frau, die das Haus als Teil der Scheidungsvereinbarung behalten hatte. Kyra schätzte ihn auf etwa fünfundsechzig, obwohl er jünger aussah. Louisa war Ende Vierzig.

»Wissen Sie, wir kennen die Da Ros privat«, murmelte Louisa und ließ ihre juwelenbestückte Hand über die Fläche eines eingebauten Geschirrschranks aus Mahagoni gleiten, »oder jedenfalls kannten wir sie, bevor Albert sich das Leben nahm … Sie haben falsch investiert, habe ich gehört …« Es klang weniger nach Tatsache als nach Vermutung, es war eine Gesprächseröffnung: Sie wollte Klatsch. Und Klatsch war eine Ware, die Kyra sonst jederzeit auf Lager hatte, wenn es ihren Zwecken dienlich war. Diesmal aber erwiderte sie nur: »Sie lebt jetzt in Italien.«

»In Italien?«

»Ihre Familie hat dort ein Landgut. Bei Turin. Wußten Sie das nicht?« In Wahrheit kannte Kyra diese Patricia Da Ros kaum – sie hatte das Objekt über das Büro in Beverly Hills zugewiesen bekommen, und abgesehen von zwei Ferngesprächen waren alle Arrangements per Fax getroffen worden.

Louisa schwieg einen Moment und betrachtete einige Keramikfiguren, die auf einer hell lackierten Kommode in neugotischem Stil aufgestellt waren. Dann hob sie den Kopf wie ein Jagdhund, der ein kaum hörbares, weit entferntes Geräusch wahrnimmt. Es war halb fünf Uhr nachmittags, und die Vorhänge des großen Hauptraums loderten in der Abendsonne. »Was das Haus anbelangt, waren sie komisch. Haben Sie gewußt, daß sie nie jemanden eingeladen haben? Wirklich niemals!«

Kyra stieß einen leisen, vage fragenden Laut aus. Das war ihr Stichwort, mit der Lobeshymne auf das Haus zu beginnen und von der schönen Aussicht, der herrlichen Stille, der teuren und exklusiven Ausstattung zu schwärmen, aber irgend etwas hielt sie zurück. Sie war heute unwillig, in merkwürdiger Stimmung, und während sie die elegante, geschäftige Frau dabei beobachtete, wie sie durch die Korridore schritt und in Schränke lugte, kam ihr eine Erkenntnis, die sie überraschte – ihr wurde klar, daß sie das Haus eigentlich gar nicht verkaufen wollte. Sie hatte sich das Objekt gewünscht, das schon, und sie war zur Maklerin geboren, und die Provision würde ihr eine Stange Geld bringen und ihr zudem zum viertenmal hintereinander den höchsten Jahresumsatz im Büro sichern, aber sie hatte noch nie so für ein Haus empfunden. Je mehr Zeit sie darin zubrachte, beschützt vor der heißen, trockenen, beinharten Welt, desto mehr spürte sie, daß es ihr Haus war – wirklich ihres, nicht nur im metaphorischen Sinn. Wie konnten diese Menschen es auch nur ansatzweise so schätzen wie sie? Konnte das überhaupt irgendwer?

»Es stimmt schon«, fuhr die Frau jetzt fort und zog an der unteren Schublade einer verschlossenen Anrichte, »sie waren ein bißchen weit vom Schuß hier oben ... es ist herrlich gelegen, so meine ich das nicht, am Rand von Malibu und keine zwanzig Minuten von Santa Monica, oder? Trotzdem, selbst wenn die Da Ros Partylöwen gewesen wären, frage ich mich, wie viele den langen Weg hierher in Kauf genommen hätten ...«

Kyra hatte nichts dazu zu sagen. Bill Greutert hatte ihr zuvor anvertraut, daß er und seine Frau etwas Abgelegenes suchten, und er war speziell an diesem Haus interessiert gewesen. *Es ist einfach so überfüllt da unten,* hatte er gesagt, *man hat immer das Gefühl, die Stadt schnürt einem die Luft ab, sogar noch in Bel Air. Es sind so furchtbar viele* – er hatte entnervt die Hand gehoben, auf der Suche nach einem wohlüberlegten Ausdruck – *Leute, verstehen Sie, was ich meine?*

Kyra verstand. Seit den Unruhen kamen Dutzende von Paaren wie die Greuterts zu ihr. Sie alle wollten etwas Abgelegenes, ein ländliches, rustikales, sicheres Haus – möglichst weit weg von Leuten jedweder Klasse und Hautfarbe, aber vor allem weit weg von den Horden der Einwanderer, die sich aus Mexiko und Mittelamerika, aus Dubai, Burundi und Litauen, aus Asien und Indien und dem ganzen Rest der bewohnten Welt ins Land ergossen. Braune Leute. Farbige Leute. Leute in Saris, Ponchos und *kaffiyehs.* Das war es, was Bill Greutert meinte. Mehr brauchte er nicht zu sagen.

Eine Stunde später zog Louisa Greutert immer noch ihre Runden durch das Haus, prüfte alle Schubladen wie ein Polizist am Schauplatz eines Verbrechens, während ihr Mann vor der Kulisse des Cañons auf und ab ging, die Hände fest hinter dem Rücken verschränkt. Kyra bemühte sich, aufmerksam zu bleiben, versuchte ehrliche und hilfreiche Auskünfte zu geben, doch mit dem Herzen war sie nicht dabei. Ihr winkte auf beiden Seiten des Geschäfts eine Provision – es war kein anderer Makler beteiligt –, aber sie konnte sich einfach nicht motivieren. Am Ende der zweiten Stunde hatte sie es sich in einem Ledersessel in der Bibliothek bequem gemacht, wo sie aus dem Fenster in den sonnenhellen Dunst starrte und in einem von Albert Da Ros' ledergebundenen Büchern blätterte – es war ein Gedichtband. Louisa Greutert mußte sie schließlich sogar suchen; ihre Stimme hallte durch die gewaltige Leere des Hauses, die hohen Absätze knallten wie Gewehrschüsse durch den Korridor. »Ah, schon fertig?« murmelte Kyra und erhob sich schuldbewußt aus dem Sessel.

Wieder diese verwunderte Miene, der leicht zur Seite gelegte Kopf, die kalten, harten Augen, die sie ebenso amüsiert wie verächtlich fixierten. »Wir waren jetzt fast zweieinhalb Stunden hier.«

»Ach, also, ich wollte damit nicht – ich habe einfach die Zeit vergessen.« Kyra ließ den Blick über die Bücherregale schweifen, die lederbezogenen Sessel, die Holztäfelung, die Wandlampen auf Messinghaltern, und ihr war, als sähe sie all das zum erstenmal. »Das Haus ist so friedlich ...«

In diesem Moment wurde ihr die Gegenwart des Ehemannes hinter ihr im Flur bewußt – eine geisterhafte Gestalt, wie ein nicht zur Ruhe kommendes Schloßgespenst. Er durchquerte den Raum, unterhielt sich kurz im Flüsterton mit seiner Frau, und dann sagte die Frau, mit der Plötzlichkeit eines unter dem Fuß knackenden Zweiges: »Ich fürchte, es ist nichts für uns.«

Am nächsten Morgen saß Delaney an seiner Tastatur, das Gesicht vom bleichen Schimmer des Bildschirms beleuchtet. Während des Frühstücks hatte er beobachtet, wie am Vogelhäuschen zwei Stare die Zaunkönige und Finken verdrängt hatten, und dabei war ihm eine Idee gekommen: Warum schrieb er nicht eine Reihe von Artikeln über eingeschleppte Arten? Der Gedanke faszinierte ihn – die Grundidee der »Pilgrim«-Kolumne war ja, daß es ihn selbst erst vor kurzem hierher verschlagen hatte und er nun die Flora und Fauna der Pazifikküste mit den Augen des Neophyten sah, also wäre eine Artikelserie über Geschöpfe wie das Opossum, die Weinbergschnecke, den Star und den Sittich geradezu perfekt. Das Problem war nur, es wollten keine Worte kommen, und auch keine Bilder. Sobald er sich den Cañon vorzustellen versuchte, die staubigen weißen Pfade, die sich durch Mesquite und Yucca wanden, bis man zum nackten Skelett der Berge vorstieß, oder auch nur den Parkplatz von McDonald's in Woodland Hills, auf dem einbeinige Amseln und zerraufte, kränklich wirkende Stare umherhüpften, immer sah er nur den Mexikaner vor sich. *Seinen* Mexikaner. Den Mann, den er nun ganz von vorn vergessen mußte.

Am liebsten hätte er anklagend ausgerufen: »Das ist er! Der ist es gewesen!«, aber etwas hatte ihn zurückgehalten. Was genau, wußte er gar nicht. Deplaziertes Mitleid? Schuldbewußtsein? Sympathie? Es war eine verpaßte Gelegenheit, denn Jack hätte selbst sehen können, wie untadelig Delaney war – dieser Mann war ein Ärgernis, ein Penner, ein Bettler. Wenn überhaupt, dann war Delaney das Opfer, dem man die zwanzig Dollar durch eine List, einen emotionalen Gauklertrick abgepreßt hatte, im Vertrauen auf sein gutmütiges Wesen und seine Mitmenschlichkeit. Er hatte von Bettlern in Indien gelesen, die sich selbst und ihre Kinder verstümmelten, um den wohlgenährten, von Schuld gequälten Touristen das Grauen eines leeren Ärmels, eines lose herabbaumelnden Hosenbeins oder einer eitrigen Augenhöhle präsentieren zu können. Und war dieser Mexikaner nicht aus demselben Holz geschnitzt, wenn er sich in der bescheidenen Hoffnung auf zwanzig Dollar vor ein Auto warf?

Das Abendessen war natürlich ein Fiasko geworden. Bis Delaney den Schock verdaut und sich von Jack verabschiedet hatte, um im dichten Verkehr wieder die Straße hinauf bis zu dem neuen Tor zu fahren, wo der frisch eingestellte Wärter ihn über seine Daseinsberechtigung in der eigenen Wohnanlage verhörte, war die Marinarasoße längst am Boden der Pfanne angebrannt, und die Muscheln hatten, obwohl er die Flamme darunter abgedreht hatte, inzwischen die Konsistenz von Knete. Jordan hatte keinen Hunger. Kyra war abwesend und zerstreut. Osbert kauerte vor Kummer über seinen verlorenen Bruder den halben Abend unter dem Sofa, und selbst die Katze schleckte nur halbherzig am Inhalt einer Dose Katzen-Komplettnahrung mit Thunfisch/Leber-Geschmack. Trübsal schien über dem Haus zu liegen, und sie gingen alle früh zu Bett.

Doch jetzt war ein neuer Tag, es war still im Haus, und Delaney war mit nichts anderem beschäftigt als mit der Natur und den Worten, diese zu beschreiben. Trotzdem saß er tatenlos da und starrte auf den Schirm. Nach mehreren fehlgeschlagenen Anläufen durchstöberte er halbherzig seine Sammlung von Naturkundebüchern und stieß darin auf die Information, daß die Stare, die er ständig auf dem Parkplatz von McDonald's sah, zu den Nachkommen eines Schwarms gehörten, der vor hundert Jahren im Central Park ausgesetzt worden war, und zwar von einem Amateurornithologen und Shakespeare-Fan, der dafür hatte sorgen wollen, daß sämtliche im Werk des großen Dramatikers erwähnten Vögel auch auf den Bäumen Nordamerikas nisteten. In ähnlicher Weise waren die Schnecken, die draußen im Garten die Beete verwüsteten, von einem französischen Koch importiert worden, der sie sich sautiert und mit Knoblauch-Butter-Soße übergossen vorgestellt hatte. Es war reichhaltiges Material, ziemlich faszinierend – wie konnten die Menschen nur so blind sein? –, und er spürte bereits den Kern der Geschichte in sich keimen, doch letztendlich war er zu unruhig zum Arbeiten. Obwohl es gerade erst halb elf war, schaltete er den Computer ab und brach früher als sonst zu seiner Nachmittagswanderung auf.

Es gab einen Bach oberhalb des Hauptcañons – die jähe

gestrüppüberwachsene Steigung führte direkt durch die Felswand nach oben –, der ganzjährig Wasser führte und den er schon seit längerem erforschen wollte, und die gewonnenen zweieinhalb Stunden gaben ihm Gelegenheit dazu. Er mußte allerdings auf der Cañonstraße parken, an einer Stelle, wo die Bankette sehr schmal war und morgens und nachmittags starker Verkehr herrschte. Von dort konnte er in den großen Cañon hinuntersteigen und dem Bachbett folgen, bis er auf den kleineren, namenlosen Cañon traf, in den er hineinklettern wollte. Die Aussicht beflügelte ihn. Er zog Shorts, T-Shirt und Wanderstiefel an, packte zwei Sandwiches mit Frischkäse und Sojasprossen zu der Lederflasche mit Wasser, dem Notfallpaket gegen Schlangenbisse, Sonnenschutzcreme, Landkarte, Kompaß, Anorak und Feldstecher, Dinge, die immer in seinem blauen Nylonrucksack bereitlagen und die er auf jeden noch so kurzen Ausflug mitnahm. Er war sicher, daß er rechtzeitig zurück sein würde, um Jordan von seinem Sommerferienprogramm aus der Grundschule abzuholen und ihm etwas zu essen zu machen, und wenn Kyra nach Hause käme, würden sie zu Emilio gehen. Zum Kochen hatte er jedenfalls keine Lust. Nicht nach dem gestrigen Abend.

Es war ein klarer, trockener Tag, der letzte im Juni, und der Küstennebel, der sich den ganzen Frühling hindurch hartnäckig gehalten hatte, machte endlich den weiten Horizonten des Sommers Platz. Delaney genoß die Fahrt. Der Verkehr war zu dieser Stunde minimal, und der Acura hielt sich mühelos auf der Straße, während er durch den Cañon fuhr, zügig die Kurven nahm, um gleich dahinter wieder zu beschleunigen. Delaney passierte Gitellos Laden, die Holzhandlung, die Stelle, wo er den Mexikaner angefahren hatte, aber daran dachte er nicht mehr – er war jetzt vom Schreibtisch befreit, auf dem Weg in die

Wildnis, und er fühlte sich glücklich und unbesiegbar. Er kurbelte das Fenster herunter, um sich den Fahrtwind ins Gesicht wehen zu lassen.

Von hier aus konnte er gut erkennen, wie das Feuer des Vorjahres den Cañon zweigeteilt hatte, er sah die nackten Knochen der Bäume und Büsche, die sich schwarz vor der Felswand abzeichneten, aber selbst diesen Anblick genoß er. Der Cañon hatte sich bereits wieder erholt, und Delaney vermerkte befriedigt, daß jener Pyromane, der damals das Feuer gelegt hatte, sich wohl kaum hatte vorstellen können, was für eine üppige Vegetation auf den Brand folgen würde. Von der Asche frisch gedüngt, hatten die Gräser und Wildblumen eine wahre Spitzenleistung vollbracht, und in den Hügeln stand das goldene Gras hüfthoch, alles war Teil des Zyklus, so unleugbar, wie sich die Erde um ihre eigene Achse drehte.

Nach einer Weile verlangsamte er und hielt nach einem günstigen Platz zum Parken Ausschau, aber hinter ihm waren mehrere Wagen, darunter auch einer dieser frisierten Pick-ups mit circa zwei Meter Bodenhöhe. Solche Geländevehikel wurden unweigerlich von Primitivlingen gelenkt, die einem praktisch direkt an der Stoßstange klebten – wie auch sein Hintermann jetzt –, so daß er bis zur Sohle des Cañons weiterfahren mußte, ehe er bei einer Tankstelle auf der Küstenschnellstraße umdrehen und sich an den Rückweg bergauf machen konnte. Das Meer war kurz zu sehen, füllte den ganzen Horizont aus, dann war es nur noch in seinem Rückspiegel, auf einen zwanzig mal acht Zentimeter großen Streifen reduziert. Die erste Kurve löschte das Bild.

Weiter oben war ein Bautrupp bei der Arbeit, gleich hinter der Brücke am Ausgang des Cañons, wo die Straße den Bach überquerte. Schon beim Hinunterfahren hatte ihn die Baustelle Zeit gekostet, und einem plötzlichen

Entschluß folgend, bremste er vor der Reihe der großen gelben Baggerfahrzeuge und hielt auf der Bankette an. Warum nicht gleich hier aufbrechen, dachte er, wo der Cañon nur fünf bis zehn Meter tief war? Der Weg flußaufwärts war so zwar noch weiter, dafür sparte er sich beim Zurückkommen den steilen Anstieg zum Wagen. Natürlich war er nicht allzu glücklich bei dem Gedanken, ihn einfach am Straßenrand stehenzulassen, aber er hatte keine andere Wahl. Wenigstens würde die Baustelle den Verkehr abbremsen und ein wenig Schutz vor betrunkenen Rasern bieten. Er schulterte sein Gepäck, betrachtete ein letztes Mal bewundernd sein Auto und den prächtigen Effekt der schnittigen weißen Linienführung vor dem Hintergrund der Büsche, wie in einer dieser Zurück-zur-Natur-Autowerbungen, dann wandte er sich um und schlitterte den kieselsteinigen Hang hinunter in die schattige Kühle des Bachbetts.

Das erste, was er sah – eine knappe Minute nachdem er den Bach erreicht hatte, und noch ehe er Gelegenheit fand, das Licht in den Bergahornbäumen zu bewundern oder das Wasser, das sich wie eine endlose Schnur über die Steine fädelte –, waren zwei schmutzige Schlafsäcke, die auf dem etwas erhöhten, sandigen Ufer gegenüber ausgebreitet lagen. Schlafsäcke. Er konnte es nicht fassen. Keine zweihundert Meter von der Straße entfernt lagerten sie, dreist und gedankenlos, direkt unter der Nase der Behörden! Er kletterte auf einen Felsen, um besser sehen zu können, und entdeckte rechts neben den Schlafplätzen einen geschwärzten Steinring und eine mottenzerfressene Khakitasche, die vom untersten Ast eines Baums hing. Und Müll. Überall Müll. Dosen, Flaschen, die weggeworfenen Verpackungen von Fertigsandwiches und *burritos*, Klopapier, Zeitschriften – und all das auf dem Boden verstreut, als hätte es der Wind dorthin verweht. Delaney atmete heftig ein. Als allererstes verspürte er weder Erstaunen noch Zorn – sondern Verlegenheit, als wäre er in das Schlafzimmer fremder Leute eingebrochen und hätte ihre Schränke durchstöbert. Unsichtbare Augen beobachteten ihn. Er sah über die Schulter, warf einen raschen Blick in beide Richtungen des Bachbetts und spähte dann zu den Baumwipfeln empor.

Lange Zeit stand er wie angewurzelt da und kämpfte gegen den Impuls an, durch den Bach zu waten, um den ganzen Dreck zusammenzupacken und zum nächsten Mülleimer zu schleifen – das würde ihnen eine Lehre erteilen! Es war unerträglich. Eine Entweihung. Schlimmer als Graffiti, schlimmer als alles andere. War es nicht genug, daß sie den größten Teil des Planeten entweiht hatten, das Land asphaltiert und die Täler aufgefüllt hatten, bis ein wahres Abfallgebirge entstanden war? Plastikmüll verstopfte die Bäuche von Robben, und im Blut eines vergifteten Kondors, der wie ein gestrandeter Sonnenschirm in den Sespe Hills gefunden worden war, hatte man Methanol festgestellt. Es wurde immer schlimmer.

Er betrachtete seine Hände und sah, daß sie zitterten. Mühsam versuchte er, sich zu beruhigen. Er war kein einsamer Rächer. Dem Gesetz Geltung zu verschaffen war nicht seine Aufgabe, ganz gleich wie eklatant die Übertretung war – dafür zahlte er schließlich Steuern, oder? Weshalb sollte er sich von so etwas den Tag verderben lassen? Auf keinen Fall – er würde seine Wanderung machen, viele Kilometer zwischen sich und diesen dreckigen kleinen Lagerplatz legen, dieses Scheißhaus inmitten der Natur, und nach seiner Rückkehr würde er den Sheriff benachrichtigen. Sollte der sich doch darum kümmern. Am besten nachts, wenn die Verursacher dieser Schweinerei sich darin suhlten, betäubt von Rauschgift und billigem Wein. Wieder stieg das Bild seines Mexikaners vor ihm auf, aber diesmal war es nicht mehr als ein Aufblitzen, und er kämpfte es nieder. Dann wandte er sich ab und marschierte flußaufwärts.

Es war ein schwieriger Weg, er mußte über Felsen und durch das dichte Gestrüpp vertrockneter Büsche klettern, aber die Luft war frisch und klar, und während die Wände des Cañons rechts und links höher wurden, schwanden die Geräusche der Straße und wurden von der Melodie des plätschernden Wassers abgelöst. Buschmeisen flatterten in den Bäumen, ein Fliegenschnäpper schoß aus dem Cañon steil nach oben und wurde vom Sonnenlicht vergoldet. Als Delaney ein paar hundert Meter flußaufwärts gegangen war, hatte er die Schlafsäcke im Dreck und den tristen, schmuddeligen Zustand der Welt völlig vergessen. Das hier war die reine, unverdorbene Natur. Dafür war er hergekommen.

Er bahnte sich den Weg durch dichtes Schilf, bemühte sich, trockene Füße zu behalten, und suchte im Schlamm nach den Fährten von Waschbär, Stinktier und Coyote, als ihm das Bild der Schlafsäcke wieder durch den Kopf schoß, und es war wie ein Schlag: *Stimmen,* er hörte Stimmen, direkt vor sich. Er erstarrte, mit einem Mal angespannt wie ein Tier auf der Jagd. Noch nie hatte er hier unten andere Menschen getroffen, niemals, und der Gedanke, jemandem zu begegnen, hätte schon gereicht, ihm die ganze Freude zu verderben, doch die Situation war noch schlimmer, sie hatte etwas Verzweifeltes, ja Gefährliches an sich. Die Schlafsäcke hinter ihm, die Stimmen dort vorn: das waren Vagabunden, Penner, Kriminelle, und hier herrschte kein Gesetz.

Zwei Stimmen, Motiv und Kontrapunkt. Die Worte verstand er nicht, hörte nur die Tonlagen. Die eine Stimme war wie das hohe Kreischen einer Säge, die sich durch einen Baumstamm frißt, weiter und weiter, bis das Holz auseinanderfällt, dann setzte die zweite Stimme ein, etwas tiefer, abrupt und unrhythmisch.

Manche Wanderer trugen Waffen. Delaney hatte von Überfällen auf dem Backbone Trail gehört, von tätlichen Angriffen und Vergewaltigungen. Vierradantrieb-Fanatiker donnerten in die Berge hinauf, um ihre Revolver abzufeuern, Jugendbanden schossen hier mit abgesägten Schrotflinten auf Flaschen, Felsen und Bäume. Die Stadt war jetzt auch hier, sie lauerte in der Schlucht. Delaney wußte nicht, was er tun sollte – sich davonstehlen wie ein waidwundes Tier, den Anspruch auf diesen Ort für immer aufgeben? Oder sollte er sie lieber zur Rede stellen, auf sein Recht pochen? Aber womöglich dramatisierte er die Sache ja auch. Vielleicht waren es Wanderer, Ausflügler, vielleicht waren es nur ein paar Teenager, die die Schule schwänzten.

Und dann fiel ihm die junge Frau in dem Kurs über Vogelkunde ein, den er damals aus Langeweile belegt hatte. Es war, kurz nachdem er nach Kalifornien gekommen war, bevor er Kyra kennengelernt hatte. Er erinnerte sich nicht mehr an ihren Namen, aber er sah sie vor sich, wie sie sich über die Bildtafeln in Clarkes *Einführung in die Vogelwelt Südkaliforniens* beugte oder im abgedunkelten Vortragssaal in das Licht des Diaprojektors blinzelte. Sie war jung, Anfang Zwanzig, mit dünnem, in der Mitte gescheiteltem schwarzem Haar, und sie hatte eine sympathische Pummeligkeit an sich, in der Art, wie sie die Schultern vorschob und fest mit den Fersen auftrat. Und er erinnerte sich an ihre Wangen – die Pausbacken eines Eskimos, eines Babys, eines Alfred Hitchcock, der streng von der Leinwand starrt –, denn diese Wangen verliehen ihrer Miene eine Frische und Naivität, die sie noch jünger wirken ließ, als sie ohnehin war. Delaney war neununddreißig. Er lud sie einmal nach dem Kurs zu einem Sandwich ein, und da erzählte sie ihm, warum sie nie mehr allein wandern ging, niemals wieder.

Bis zum Vorjahr hatte sie das noch ganz locker gesehen. Die Straßen mochten unsicher sein, sicher, vor allem nachts, aber die Prärie, die Wälder, die Wege in der Wildnis, die niemand kannte? Sie wanderte für ihr Leben gern, streifte allein umher, um der Natur nahe zu sein, um den mächtigen Herzschlag der Welt zu spüren. Nach der Highschool hatte sie zwei Monate lang den Appalachian Trail erkundet, und sie kannte den größten Teil des Pacific Coast Trail zwischen der mexikanischen Grenze und San Francisco. Eines Nachmittags im Mai wollte sie einen Ausflug in den San Gabriel Mountains unternehmen, entlang einem schmalen Zufluß des Big Tujunga Creek. Bis nach zwei hatte sie in einem Grill in Pasadena gekellnert, aber vor der Abendessenszeit blieben ihr noch zwei bis drei Stunden. Anderthalb Kilometer weiter oben kannte sie am Fuß eines Steilhangs eine Stauwasserstelle, die von einem dünnen Sturzbach gespeist wurde – sie war noch nie weiter als bis zu dieser Stelle gekommen, aber diesmal wollte sie um die Steilwand herumklettern und dem Bach bis zur Quelle folgen.

Es waren Mexikaner, glaubte sie. Vielleicht auch Armenier. Sie sprachen Englisch. Junge Burschen in Schlabberhosen und glänzend schwarzen Stiefeln. Als sie sie am See überraschte, war das Licht einem leichten Grau gewichen, es lag ein kalter Hauch in der Luft; ihre Augen funkelten vom Bier und vom endlosen Gequatsche, von lauter Geschichten über Frauen und Autos und Drogen. Es war ein ungemütlicher Augenblick, als alle fünf sie mit Blicken durchbohrten, die wie automatisch ihre Figur unter dem weiten Sweatshirt und den Jeans taxierten und zugleich die Entfernung bis zur Straße prüften: Wie weit würde ein Schrei zu hören sein? Sie tastete sich um die

Steilwand herum, etwas unsicher auf dem losen Fels, stand mit dem Rücken zu ihnen, als sie den Griff der ersten Hand spürte, genau dort – sie zeigte es ihm –, genau dort auf der Wade.

Delaney hielt den Atem an. Die Stimmen waren abrupt verstummt, abgelöst von einem lastenden Schweigen, das eine Ewigkeit in der Luft zu hängen schien, ehe die Männer wieder zu sprechen anfingen, in lässigem, zufriedenem Tonfall, wie zwei Fliegen, die sich summend auf einem Bordstein niederlassen. Und dann, durch irgendeine akustische Besonderheit des Cañons, kristallisierten die Stimmen sich unvermittelt, und er hörte jedes einzelne Wort klar und deutlich. Er brauchte eine Weile, bis er begriff: Spanisch, sie sprachen Spanisch.

Er ärgerte sich über sich selbst, noch bevor er sich abwandte und versuchte, aus dem Schilf zu schlüpfen wie ein ertappter Voyeur, noch bevor er seine Wahl getroffen hatte. Die Wanderung war vorbei, der Tag ruiniert. Ganz bestimmt würde er nicht aus dem Gebüsch stürmen und sich diese Leute greifen, wer immer sie sein mochten, aber die Schlucht war zu eng, als daß er unentdeckt vorbeikommen konnte. Er hob einen Fuß aus dem Schlamm, dann den anderen, und schob die Schilfhalme mit der Behutsamkeit eines Mannes auseinander, der einem schlafenden Kind die verrutschte Bettdecke zurechtzieht. Das Geräusch des Baches, das bis zu diesem Moment ein Raunen gewesen war, schwoll an zu einem Tosen, und es kam Delaney vor, als kreischten plötzlich alle Vögel im Cañon. Er blickte auf und sah in das Gesicht eines großen, grobknochigen Latino mit Augen wie Schlammpfützen und einer Mütze der San Diego Padres, die verkehrt herum auf seinem Kopf saß.

Der Mann kauerte auf einem Felsblock direkt oberhalb von Delaney, keine sieben Meter weit entfernt; wie er dorthin kam und ob er schon die ganze Zeit dort hockte, war Delaney ein Rätsel. Seine engsitzenden, neuen Bluejeans steckten in abgewetzten Arbeitsschuhen. Er saß mit vor die Brust gezogenen Knien da und entnahm mit übertriebener Sorgfalt seiner Hemdtasche einen Streifen Kaugummi. Er versuchte zu lächeln, zog mit gespielter Lässigkeit die Lippen auseinander, aber Delaney sah, daß der Mann von seinem plötzlichen Auftauchen ebenso überrumpelt und überrascht war wie umgekehrt. »He, *amigo,* wie geht's so?« sagte der Fremde mit einer Stimme, die irgendwie nicht zu ihm paßte – sie hätte feminin geklungen, wäre sie nicht so kratzig gewesen. Sein Englisch war platt und unelegant.

Delaney nickte kaum merklich. Er erwiderte das Lächeln nicht und gab keine Antwort. Am liebsten wäre er direkt weitermarschiert, wortlos in Richtung seines Autos gegangen, aber etwas zerrte an seinem Rucksack, und er sah, daß sich sein Schulterriemen im Schilf verfangen hatte. Mit pochendem Herzen beugte er sich vor, um ihn loszumachen, und der Mann auf dem Felsen streckte die Beine aus, als ließe er sich in ein Sofa sinken, stopfte sich den Kaugummi in den Mund und schnippte das Einwickelpapier nachlässig in den Bach. »Bist wandern, wie?« fragte er, und er grinste noch immer. Er grinste und kaute gleichzeitig. »Ich«, fuhr er fort, »ich bin auch wandern. Ich und mein Freund hier.« Mit einer Kopfbewegung wies er auf den Freund, der jetzt hinter Delaney auftauchte, vor dem Schilfgürtel.

Der Freund musterte Delaney mit ausdrucksloser Miene. Das Haar hing ihm in wilden Locken bis auf die Schultern, und an seiner Kinnspitze wuchs ein spärliches Bärtchen. Er trug eine Art Poncho oder *serape,* mit einem knallbunten Rautenmuster, das vor den sanften Grüntönen des Bachbetts herausstach. Der Aussage seines Partners hatte er nichts hinzuzufügen. Sie waren wandern, dabei blieb es.

Delaney sah zwischen dem ersten Mann und dessen Begleiter hin und her. Er war nicht beunruhigt, nicht wirklich – dazu war er viel zu wütend. Nein, er dachte an nichts anderes als an den Sheriff und daß diese Leute mitsamt ihrem Müllhaufen hier wegmußten, am besten sollte man sie gleich dorthin zurückjagen, wo sie herkamen, in ihre Slums oder Favelas oder Barrios oder wie immer diese Dinger hießen. Jedenfalls gehörten sie nicht hierher, das stand fest. Er riß den Schilfkolben aus dem Boden und schleuderte ihn beiseite, dann schob er den Rucksack in dic richtige Position und machte sich auf den Weg flußabwärts.

»He, *amigo!*« – jetzt klang die Stimme des Mannes wie ein wildes, schrilles Wiehern –, »schönen Tag noch, ja?«

Der Rückweg zur Straße war kein Problem – kaum daß er seine Muskeln spürte. Aber die Freude war ihm vermiest worden, und das nagte an ihm – es war noch nicht einmal zwölf, und der Tag war kaputt. Er fluchte, als er wieder an den Schlafsäcken vorbeikam, dann erklomm er mit fünf langen Schritten den kurzen Abhang, und schon stand er erneut auf der sengendheißen Cañonstraße. Einen Moment lang dachte er daran, dem Bach weiter zu folgen, unter der Brücke hindurch und um die Biegung, aber er entschied sich dagegen: Hier breitete sich der Bach in der Ebene aus, bevor er ins Meer floß, und jeder Idiot, der in der Lage war, sein Auto zu parken und eine Böschung von einem Meter Höhe hinunterzukraxeln, konnte dort unten nach Belieben umherstreifen, was auch die diversen Schichten von Abfall bezeugten, die auf den Steinen verstreut lagen. Hier gab es weder Abenteuer noch Abgeschiedenheit, keinerlei Naturerlebnis. Es wäre etwa so aufregend, wie zu McDonald's zu fahren und die Stare auf dem Parkplatz zu zählen.

Er wandte sich um und ging die Straße entlang, vorbei an der wartenden Autoschlange, die von einem Mann mit gelbem Helm und einem Schild in der Hand aufgehalten wurde, auf dem vorne STOP und auf der Rückseite SLOW stand. Die Lastwagen und Bagger standen jetzt still – es war Mittagspause, die Arbeiter hockten mit ihren Sandwiches und *burritos* im Schatten der großen Stollenreifen, der Staub legte sich allmählich, in den Büschen zeterten die Vögel, am Straßenrand blühten Chamiso und Toyon anmutig und aus freien Stücken vor sich hin. Delaney spürte die Sonne im Gesicht, kletterte über die Schutthaufen, die die Schaufeln der Bagger auf die Bankette geschoben hatten, und ließ seine langen Beinmuskeln gegen die Steigung der Straße ankämpfen. In einem seiner ersten Artikel für die »Pilgrim«-Kolumne hatte er die Beobachtung festgehalten, daß in Kalifornien der Bulldozer die gleiche Funktion erfüllte wie an der Ostküste der Schneepflug, nur daß hierzulande die Straßen von Erde und nicht von Schnee befreit werden mußten. Die Cañonstraße war während der Regenfälle praktisch zu einer Art Flußbett geworden, so daß die Straßenbaubehörde viel zu tun gehabt hatte, um sie offenzuhalten, und jetzt, im Frühsommer, da fünf Monate lang garantiert kein Regen zu erwarten war, ging man daran, die Fahrbahn vom letzten Schutt zu reinigen.

Dagegen hatte Delaney nichts einzuwenden, obwohl ihm lieber gewesen wäre, sie hätten sich einen anderen Tag dafür ausgesucht. Wer wollte schon dröhnende Maschinen und den Geruch nach Dieselabgasen hier unten – noch dazu an einem so schönen Tag? Er fluchte richtiggehend vor sich hin, als er die letzte der wuchtigen Baumaschinen passierte, denn seine Laune verdüsterte sich zusehends, und doch waren alle Niederlagen und Frustrationen dieses Vormittags nichts gegen das, was ihn jetzt erwartete. Denn in diesem Moment, gerade als er das letzte Fahrzeug umrundete und einen raschen Blick auf die Straße vor sich warf, erstarrte er innerlich: Sein Wagen war weg.

Weg. Verschwunden.

Aber nein, er hatte ihn gar nicht hier geparkt, nicht dort an der Leitplanke, oder? Dann mußte er hinter der nächsten Kurve stehen, ganz sicher, und jetzt wurde Delaney schneller, rannte fast, und die Autoschlange auf der anderen Straßenseite rollte langsam bergab auf die Brücke zu, und ein zweiter Mann mit Helm und grelloranger Weste winkte mit seinem SLOW-Schild. Die Insassen sämtlicher Autos sahen zu Delaney hinüber. Er war die Volksbelustigung hier, die Kabarettnummer, wie er steifbeinig die Straße hinaufkeuchte, klebrigen Schweiß in den Augenwinkeln und auf den Brillenbügeln. Und dann kam er um die Kurve, sah die enge, bankettlose Biegung weiter vorn und die ganze nackte Ausdehnung des Cañons, der sich bis zum Horizont erstreckte, und er wußte, daß er ein Problem hatte.

Wie betäubt machte er widerwillig auf dem Absatz kehrt und stapfte die Straße zurück wie ein Zombie, schritt mehrmals die Stelle ab, an der er den Wagen geparkt hatte, ließ sich endlich sogar auf einem Knie nieder, um ungläubig die Reifenabdrücke mit den Fingerspitzen abzutasten. Sein Auto war doch tatsächlich verschwunden. Daran war nicht zu rütteln. Erst vor einer halben Stunde hatte er hier geparkt, genau hier, und jetzt war hier nichts mehr, kein Stahlblech, kein Chrom, keine Gürtelreifen, kein persönliches Kennzeichen. Keine Zulassung. Keine *Einführung in die Vogelwelt Südkaliforniens* und kein *Routenplaner durch die Santa Monica Mountains.*

Als erstes dachte er an die Polizei. Man hatte ihn abgeschleppt. Natürlich, das war es. Offenbar gab es irgendeine obskure Vorschrift, daß man nicht näher als fünfzig Meter vor oder hinter einer Baustelle parken durfte – oder er hatte ein Schild übersehen. Er stand langsam wieder auf und ignorierte die Gesichter in den Autos auf der anderen Straßenseite. Dann ging er auf die Gruppe von Männern zu, die im Schatten des nächsten Baggers lagerten. »Hat einer von Ihnen gesehen, was mit meinem Auto passiert ist?« fragte er und war sich dabei der kaum unterdrückten Hysterie in seiner Stimme bewußt. »Ist es abgeschleppt worden?«

Sie sahen ausdruckslos zu ihm auf. Sechs Latinos in Khakihemden und mit Baseballmützen, gestört beim Akt des Essens, die Sandwiches dicht vor dem Mund, die Thermoskannen gekippt, in den Händen beschlagene Limodosen. Keiner antwortete ihm.

»Ich hatte ihn direkt da geparkt.« Delaney deutete mit dem Finger, und sechs Köpfe drehten sich pflichtbewußt, um auf die leere Bankette und die zerkratzte Kante der Leitplanke zu starren, die sich vor den Baumwipfeln und der noch viel größeren Leere des Cañons dahinter abhob. »Ist kaum eine halbe Stunde her. Es war ein Acura – weiß, mit Aluminiumfelgen.«

Die Männer rutschten ungemütlich herum und sahen einander verlegen an. Endlich legte ein Mann ganz hinten, der kraft seines weißen Schnurrbarts der Älteste und Anführer der Gruppe zu sein schien, behutsam sein Sandwich auf ein Stück Wachspapier und stand auf. Er betrachtete Delaney eine Weile mit unaussprechlich traurigem Blick. »Nix esprecken Enlihsch«, sagte er dann.

Eine Viertelstunde später kam Delaney doch noch zu seiner Wanderung, wenn auch nicht ganz so, wie er sie sich vorgestellt hatte. Nachdem er den Vorarbeiter des

Bautrupps befragt hatte – *Nö, wir haben hier nix abgeschleppt, nicht daß ich wüßte* –, machte er sich zu Fuß auf den Weg. Bis zum ersten Supermarkt und den Telefonen davor waren es knapp fünf Kilometer die Cañonstraße entlang, aber es ging bergauf, und die Straße war nicht für Fußgänger gedacht. Hupen gellten, Reifen quietschten, irgendein Trottel warf eine Bierdose nach ihm. Aus Angst um sein Leben mußte er über die Leitplanke springen und sich durch das Gestrüpp schlagen: Er kam langsam voran, Kletten und Samenkapseln verfingen sich in seinen Socken und zerkratzten ihm die nackten Beine, seine Kehle war trocken, und außerdem schwirrte ihm die ganze Zeit die zentrale Frage des Tages im Kopf herum: Was war mit seinem Wagen passiert?

Aus der Telefonzelle rief er die Polizei an, wo man ihm die Nummer des Abschleppdienstes gab, also versuchte er es dort, und die sagten ihm, sie hätten sein Auto nicht – und nein, es war bestimmt kein Irrtum: sie hatten es nicht. Dann wählte er Kyras Nummer. Er erreichte aber nur ihre Sekretärin und mußte dann zehn qualvolle Minuten lang auf dem Bordstein vor der Telefonzelle zwischen alten Chipstüten und Schokoriegelverpackungen sitzen, bis sie ihn zurückrief. »Hallo?« fragte sie. »Delaney?«

Er war durcheinander, wie gelähmt. Leute fuhren auf den Parkplatz und stiegen lässig aus ihren Autos. Türen knallten. Motoren heulten auf. »Ja, ich bin's.«

»Was ist denn? Was ist passiert? Wo bist du?« Sie war schon wieder auf hundertachtzig.

»Ich stehe vor Lis Supermarkt.«

Er horchte auf ihren Atem im Hörer und zählte die Sekunden, die sie brauchte, um diese Auskunft zu verarbeiten, ihre Bedeutung zu entschlüsseln und sie ihm dann wieder hinzuknallen. »Hör zu, Delaney, ich bin hier mitten in –«

»Sie haben mir meinen Wagen gestohlen.«

»Was? Wovon redest du da? Wer hat ihn gestohlen?«

Er versuchte, sich alles ins Gedächtnis zu rufen, was er je über Autodiebe gehört und gelesen hatte, über illegale Werkstätten, gefälschte Motornummern und Diebstahl auf Bestellung, und er versuchte, sich vorzustellen, wie diese Halunken ihre Tat am hellichten Tag verübten, während Hunderte von Menschen ahnungslos vorbeifuhren, aber er sah immer wieder nur das geschundene Gesicht und den stumpfen Blick seines Mexikaners vor sich, der das Lenkrad mit beiden Händen umklammerte, während die Reifen die unterbrochene gelbe Linie aufzehrten, als wäre das Ganze eines dieser klingelnden Formel-1-Videos in einer Spielhalle. »Vielleicht rufst du mal Jack an«, sagte er.

8

Es war, als würde er von Teufeln gejagt, von rothaarigen und blonden Teufeln in Turnschuhen für achtzig Dollar und mit Sonnenbrillen, die mehr kosteten, als ein Arbeiter in der Woche an Lohn erhielt. Womit hatte er so ein Schicksal verdient? Cándido war ein Sünder wie alle anderen, natürlich, aber kein schlimmerer als die anderen. Und doch wurde er, ohnehin halb verhungert und von ihren höllischen Maschinen verkrüppelt, zwischen diesen Wesen hin und her gestoßen wie eine Flipperkugel, erst von dem bulligen Dummkopf mit der Elvis-Frisur, dann von dem Rotschopf, der ihn damals angefahren hatte, von genau demselben, und anschließend von dessen schlaksigem, ungelenkem Sohn, diesem *pendejo,* der den ganzen Weg den Cañon hinuntergeklettert war, um sich an den jämmerlichen Besitztümern eines armen Mannes zu vergreifen. Es war einfach zu viel. Er mußte unbedingt beichten gehen, Buße tun, die Absolution erhalten. Selbst Hiob wäre unter einer solchen Last zusammengebrochen.

Während der nächsten Stunden verbarg er sich im Gebüsch am Ende des Parkplatzes und suchte den Eingang zum *supermercado* nach América ab. Hier würde sie nach ihm suchen – es war der einzige Ort, den sie kannte, außer dem Chinesenladen, und daß er sich in der Nähe der Arbeitsvermittlung nicht länger als unbedingt nötig herumtreiben würde, mußte sie wissen. Also wartete er in den Büschen, außer Sicht, und auch wenn er sich in diesem Versteck etwas besser fühlte – hier würde ihn wenigstens niemand herumschubsen –, fieberte er doch vor Sorge. Und wenn er sie nun verpaßt hatte und sie inzwischen unten im Cañon war, wo sie ungläubig auf die nackten Steine starrte, die eben noch ihr Lager gewesen waren? Oder wenn bei der Arbeit, von der er hoffte, daß sie sie gefunden hatte, ihr *patrón* sie zwang, etwas mit ihm anzustellen? Oder wenn sie sich verirrt hatte, verletzt war ... oder Schlimmeres?

Der Verkehr auf der Straße wurde jetzt schwächer, immer weniger Autos bogen auf den Parkplatz ein. Seine Folterknechte – all diese *gabachos,* ob jung oder alt – hatten sich in ihre Autos gezwängt und waren davongefahren, ohne auch nur einmal zu ihm zurückzublicken. Er wollte es gerade aufgeben und auf die andere Straßenseite zur Arbeitsvermittlung gehen, um sich dort ohne viel Hoffnung auf dem leeren Parkplatz umzusehen, und dann vielleicht zu der Stelle zurückkehren, wo der Pfad nach unten in den Büschen verschwand, und ihren Namen herausschreien, damit jedes Lebewesen im ganzen Cañon ihn hörte, als ein großer Mercedes beim Supermarkt vorfuhr und América ausstieg.

Als erstes sah er ihre schlanken Beine, dann die nackten Arme und die leeren Hände, das helle geblümte Kleid, ihr Haar wie ein Vorhang, und er war überglücklich und deprimiert zugleich: Sie hatte Arbeit gefunden – er nicht. Sie würden Geld für Essen haben, aber nicht er hatte es verdient. Nein, ein siebzehnjähriges Dorfmädchen hatte es verdient, und für welchen Preis? Und zu was für einer Sorte Mann machte ihn das? Er kauerte weiter in den Büschen und versuchte, in ihrem Gesicht zu lesen, aber das blieb ihm verschlossen wie ein Banktresor, und der Mann, der sie gebracht hatte, der *rico,* war wie ein exotisches Tier, durch die dunkle Folie der Windschutzscheibe nur undeutlich zu erkennen. Sie knallte die Tür zu, sah sich unentschlossen um, während der Wagen in einer kleinen Wolke aus Auspuffqualm davonrollte, dann richtete sie sich kerzengerade auf, überquerte den Parkplatz und verschwand im Supermarkt.

Cándido klopfte seine Kleider ab, vergewisserte sich, daß niemand in seine Richtung sah, und schlenderte aus dem Gebüsch, als käme er gerade von einem Spaziergang um den Block. Er hielt den Kopf gesenkt, vermied jeden Blickkontakt mit den Gringos, die ihm auf dem Parkplatz entgegenkamen, und schob sich ebenfalls in den Laden. Nachdem er anderthalb Wochen von so wenig gelebt hatte, daß sein Bauch eingefallen war und ihm die Hose um die Hüften schlotterte, hatte der plötzliche Überfluß einen niederschmetternden Effekt auf ihn. Dabei roch es nicht einmal nach Essen, da war kein Hauch jenes üppigen Gemisches aus Düften, die man auf mexikanischen Märkten schnupperte – diese Leute sterilisierten ihre Lebensmittel ebenso wie ihre Küchen und Toiletten, allem und jedem trieben sie das Leben aus, sperrten das Essen in Gläsern und Dosen und Plastikfolien ein, wickelten ihr Fleisch, ja sogar den Fisch in Zellophan – dennoch ließen ihn der Anblick und die Nähe all dieser Nahrungsmittel weich in den Knien werden.

Süßigkeiten, da war ein Regal mit Süßigkeiten direkt neben der Tür, lauter köstliche Sachen, mit denen sich der Hunger sofort stillen ließ. Kleine Kuchen, Schoko-Nuß-Riegel, bunte Bonbons. Und da drüben lagen Obst und Gemüse, erleuchtet wie auf einem Altar, pralle, reife Tomaten, Mangos, Wassermelonen, Maiskolben mit fetten Körnern, die gegrillt herrlich süß schmecken mußten. Er schluckte unwillkürlich. Blickte erst nach rechts, dann nach links. América war nirgends zu sehen. Sie mußte ihren Wagen durch einen der Gänge schieben. Mit möglichst nonchalanter Miene ging er an den Kassen vorbei und betrat dieses riesige Schlaraffenland.

Säcke mit Haustierfutter, für Hunde und Katzen und

Wellensittiche, Sprudelwasser in klaren Flaschen, Dosen voller Gemüse und Obst: gütiger Gott im Himmel, dieser Hunger! Er fand América vor einem Kühlregal, sie stand reglos und mit dem Rücken zu ihm, und er fühlte sich plötzlich schüchtern und demütig, wie ein ungebetener Gast, der sich bei einem Verhungernden zum Essen einlädt. Sie suchte gerade einen Karton mit Eiern heraus – *huevos con chorizo, huevos rancheros, huevos hervidos con pan tostado* –, strich sich in einer unbewußten Geste das Haar aus dem Gesicht, während sie den Deckel behutsam öffnete, um nach beschädigten Schalen zu spähen. Er liebte sie in diesem Moment mehr als je zuvor, und er vergaß den Mercedes und den reichen Mann und die *gabachos,* die ihn auf dem Parkplatz attackiert hatten wie ein Rudel Hunde; dafür dachte er an heiße Suppe und Tortillas und daran, wie er sie mit dem neuen Lagerplatz überraschen würde, wo das Feuerholz zum Kochen schon bereitlag. Es würde alles wieder gut werden, bestimmt. »América!« krächzte er.

Als sie ihm ihr Gesicht zuwandte, war es freudig, stolz und strahlend – sie hatte Geld verdient, ihr erstes Geld, und sie würden davon Essen kaufen, sich vollstopfen und schmausen, bis ihnen der Bauch platzte und die Zunge im Mund erlahmte –, aber ihre Augen, ihre Augen wichen seinem Blick aus, und er erkannte darin Spuren von Scham oder Kummer, die ihm warnend etwas zuriefen: »Was ist denn los?« wollte er wissen, und die schemenhafte Gestalt dieses reichen Kerls im Mercedes stieg wieder vor ihm auf. »Ist dir etwas passiert?«

Sie senkte den Kopf. Dann griff sie in die Tasche und zog drei saubere, frisch gedruckte Banknoten hervor, zwei Zehner und einen Fünfer, und ihr Lächeln kehrte zurück. »Ich hab den ganzen Tag gearbeitet«, sagte sie, »und morgen gibt es auch wieder Arbeit, Buddhas putzen.«

»Was? Was sollst du putzen?«

Die *gabachos* beobachteten sie jetzt, aus allen Ecken des Ladens warfen sie ihnen verstohlene Blicke zu, während sie mit raschen Schritten in ihren chemisch gereinigten Kleidern vorbeihuschten, kleine Einkaufskörbe an die Brust gepreßt, starrten sie diesen armen Mann und seine Frau an, als hätten sie eine Seuche, als wären sie Verbrecher, die einen Mord planten. América antwortete ihm nicht. Sie legte die Eier in den Wagen, in das kleine Drahtkörbchen, das irgendein genialer *gabacho* zu diesem Zweck entworfen hatte, und blickte mit großen Augen zu ihm auf. »Aber du bist hier«, sagte sie. »Ich meine, du kannst wieder gehen. Du hast es den Cañon herauf geschafft.«

Er zuckte die Achseln. Fühlte, wie sich sein Gesicht zu einer verzerrten Maske anspannte. »Hab mir Sorgen gemacht.«

Ihr Lächeln erstrahlte, sie fiel ihm in die Arme, und er drückte sie fest an sich, zum Teufel mit den Gringos dieser Welt, dachte er. Und dann kauften sie ein – die verbilligten Tortillas, ein Pfund Hackfleisch, Eier, ein paar Pakkungen Reis und Bohnen, Kaffee und Milchpulver. Bald darauf wanderten sie in der Stille der hereinbrechenden Nacht wieder die Straße hinunter und teilten sich die Süße eines Mandel-Schoko-Riegels, die genüßlich in die geheimsten Winkel ihrer Münder floß.

Bei schwindendem Licht stiegen sie den Pfad hinab, und als sie unten angekommen waren, war es dunkel. Cándido hielt seine Frau bei der Hand, während sie sich das Bachbett entlangtasteten und die Plastiktüte mit Einkäufen von der Beuge seines verletzten Arms baumelte. Er atmete schwer, und alles tat ihm weh, aber zum erstenmal seit dem Unfall fühlte er sich beschwingt und hoffnungsfroh. Er war fast wieder gesund, und am nächsten Morgen würde er den Berg hinauf zur Arbeitsvermittlung gehen. América hatte Geld verdient, morgen würde sie noch mehr verdienen, gleich würden sie sich den Bauch vollschlagen, um danach auf der Decke in dem Unterschlupf miteinander zu schlafen, vor aller Welt verborgen. Als erstes würden sie Sardinen mit Weißbrot essen, während das Feuer langsam Glut sammelte und das Hackfleisch in der Tiefe des Topfes zischte und brutzelte, und dann würden sie die Tortillas in das heiße Fett tauchen, um den ersten Hunger zu stillen, das Fleisch würde die Grundlage für den Eintopf bilden, den sie dann um elf oder auch erst um Mitternacht dampfend in die Tassen füllen würden. Das alles.

Er konnte den Weg mit den Fingern ertasten, die Nacht war pechschwarz, ohne Mond, nur dieser häßliche gelbe Stadthimmel, der sich wie ein Deckel über ihre Köpfe stülpte. Der Bach rauschte über die Steine, irgendein Wesen schlug in der Dunkelheit mit den Flügeln und flatterte durch die Bäume. Er bezwang seine Angst vor Klapperschlangen und marschierte weiter, versuchte die Erinnerung an das fette, gewundene, peitschenartige Ding zu verdrängen, das ihm im letzten Monat hier in der Nähe über den Weg gekrochen war, und auch an die *mala suerte*, das Pech, das er heraufbeschworen hatte, weil er die Schlange umgebracht, abgehäutet und gebraten hatte. Wo war ihr Partner? Ihre Mutter? Die Mutter ihrer Mutter? Er gab sich Mühe, nicht daran zu denken.

Als sie zu dem Tümpel kamen, sagte er América, sie müsse sich jetzt ausziehen, und sie kicherte und schmiegte sich an ihn, strich mit den Lippen über seine Wange. Nur undeutlich erkannte er die helle Form ihres Gesichts vor dem Nichts ihres Haars und ihrer Kleider. Das Wasser war schwarz, die Bäume waren schwarz, die Wände des Cañons waren schwarz wie ein Ort tief im Innern von Mann oder Frau, weit unter Haut und Knochen und allem anderen. Auf einmal war er seltsam erregt. Die Zikaden zirpten. Die Bäume raschelten.

Cándido zog sich aus, wickelte seine Sachen zu einem Knäuel und stopfte sie in die Plastiktüte mit den Eiern. Seine Frau stand neben ihm, ganz nahe bei ihm, und er half ihr, sich im Dunkeln das Kleid auszuziehen, und dann zog er sie an sich und kostete die Schokolade auf ihren Lippen. »Zieh deine Schuhe auch aus!« riet er ihr und fuhr ihr mit der Hand das Bein hinunter bis zum Knöchel und wieder nach oben. »Es ist nicht so tief, aber am Grund ist es glitschig.«

Das Wasser war lau, auf seinem Lauf durch den Cañon von der Sonne erwärmt, all diese gewundenen Kilometer bis hierher, zu diesem Wasserbecken, und die Luft auf ihrer nassen Haut war kühl und angenehm. Cándido tastete sich Schritt für Schritt vor, und América folgte ihm, das Wasser schwappte ihr bis an die Brüste – sie war so klein, so schmal, so eine *flaca* –, dabei hielt sie die Einkäufe und das zusammengeknüllte Kleid hoch über den Kopf. Nur einmal strauchelte er, genau in der Mitte. Es fühlte sich beinahe an, als risse ihm eine Menschenhand den Fuß vom Boden weg, aber es mußte wohl ein Ast gewesen sein, mit glitschigen Algen überzogen und in der Strömung schwankend, irgendein Unterwasserphänomen – jedenfalls riß er den Arm hoch, und dabei knallte die Tüte mit den Eiern gegen die Felswand wie in einer Lektion über die Zerbrechlichkeit der Materie. »Alles in Ordnung mit dir?« flüsterte América, und dann: »Die Eier? Sind sie kaputt?«

Aber sie waren heil – bis auf zwei, und die schleckten er und América zur Stärkung aus den zerbrochenen Schalen, während er sich bückte, um das Feuer anzuzünden, und ihr stolz vorführte, wie gut der Platz war und was für eine stabile Hütte er gebaut hatte, mit dem Eingang aus

Stöcken und dem mit Plastik gedeckten Dach. Der Funke fing, das Feuer flackerte auf. Er kniete im Sand und fütterte die gierigen Finger der Flammen mit Stöckchen, und der Duft von brennendem Holz versetzte ihm einen Stich der Erinnerung an zu Hause, an unzählige frühe Morgen, und er sah seine Mutter vor sich, wie sie eine Handvoll Zweige anzündete, um den Ofen in Gang zu bringen, für Maisbrei und Toast und heißen Kaffee mit Unmengen von Zucker, und dann wandte er sich vom Feuer ab und sah, wie Arme und Beine, Hüften und Brüste seiner Frau vom Licht erhellt wurden. Sie hockte am Boden und war zu beschäftigt mit dem Fleisch im Topf, mit Zwiebeln, Chilis und Reis, um sich ihrer Nacktheit bewußt zu sein, und zum erstenmal sah er, daß ihre Schwangerschaft Realität war, so offenkundig und greifbar wie Teig, der in einer Schüssel aufgeht. Sie schaute auf, bemerkte seinen Blick und griff automatisch nach ihrem Kleid. »Nein«, sagte er, »nein, das brauchst du nicht. Nicht hier, nicht mit mir.«

Ein langer, träger Blick, ihr Haar war an den Spitzen noch naß, und dann lächelte sie ihn an, legte ihre großen, eckigen, ehrlichen Zähne frei. Das Kleid blieb, wo es war.

Sie brieten das Fleisch, und ihre Mägen zogen sich immer mehr zusammen von seinem Aroma, das sich mit dem von Zwiebeln und Chilischoten vermengte und die schlichte, neutrale Luft des Cañons verfeinerte. Vom Feuer gewärmt, saßen sie Seite an Seite im Sand und aßen Sardinen aus der Dose und dazu die Hälfte des Brotes, ein nordamerikanisches Brot, in einer Fabrik gebacken und leicht wie Luft. Sie hielt ihm die letzte Sardine hin, und er legte die Hände auf ihre Brüste und ließ sich von ihr füttern. Das Feuer knisterte, die Nacht hüllte sie ein wie eine Decke, und all seine Sinne waren hellwach. Er packte den Fisch mit den Lippen, mit den Zähnen, und leckte das goldgelbe Öl von ihren Fingern.

Schon im allerersten Morgengrauen kauerten sie wieder vor dem Topf und tunkten Tortillas in die lauwarmen Reste. Den Kaffee tranken sie kalt, dann packten sie für jeden als Mittagessen eine Packung Salzcracker und eine Scheibe Käse ein, und schließlich gingen sie nackt ins Wasser. Jetzt, am Morgen, war das Wasser eiskalt, und es kostete große Überwindung, wie reumütige Büßer hineinzuwaten, von den Vögeln verspottet und von Insekten gepeinigt. Die Kleider fühlten sich klamm und feucht an, und sie vermieden es, auf die Nacktheit des anderen zu blicken, während sie sich am kalten Ufer hastig anzogen. Dennoch wurde América von neuer Hoffnung durchströmt, als sie Cándidos vertrauter, untersetzter Gestalt den schmalen Pfad hinauf folgte: Das Schlimmste lag hinter ihnen. Sie würde arbeiten, ganz egal was der dicke Mann von ihr verlangte, und auch Cándido würde Arbeit finden, und vom Lohn würden sie nur nehmen, was sie zum Essen und für das Nötigste brauchten; der Rest kam in ein Versteck unter irgendeinen Stein, und in ein, zwei Monaten könnten sie dann vom Cañon in die Stadt ziehen, die sie kaum kannte. Dort wartete eine Wohnung auf sie, nichts Besonderes, einstweilen noch nicht – ein Zimmer mit Toilette und einer warmen Dusche, ein paar Bäume auf der Straße und ein Markt, wo sie sich ein Kleid, einen Lippenstift, eine Haarbürste kaufen konnte.

Cándido humpelte und mußte dreimal anhalten, um Atem zu schöpfen, aber es ging ihm besser, jeden Tag besser, und auch das war eine Antwort auf ihre Gebete. Sie warteten auf eine Lücke im Verkehr, bevor sie aus dem Gebüsch traten und mit gesenktem Kopf und hastigem Schritt auf der Bankette bergauf marschierten. Die Autos machten ihr angst. Sie kamen in langen Schlangen, immer in Schlangen – zehn, zwanzig, dreißig –, und sie rissen die Luft mit sich, rissen sie ihr aus der Lunge und ließen nichts zurück als den Abgasgestank. Quietschende Reifen. Starrende Gesichter.

Es war noch früh, sehr früh, und sie trafen als erste bei der Arbeitsvermittlung ein, sogar noch vor Candelario Pérez. Die meisten Männer kamen im Bus oder versuchten es per Anhalter, manche aus dreißig oder vierzig Kilometer Entfernung. Warum lebten sie so weit weg? Weil es Menschen vom Land waren, die die Stadt nicht mochten, das Schlangestehen an den *esquinas,* den Straßenecken, wo es Banden und Dreck gab und schmutzige Dinge an die Wände geschrieben waren. América verstand das nur zu gut. Sie erinnerte sich an ihre Fahrt nach Venice, an die Schrecken und das Chaos dort, und während sie sich an ihrem gewohnten Platz an dem Pfosten niederließ und die Beine an den Körper zog, blickte sie hinauf in das mächtige Geäst der Bäume und war froh, daß sie war, wo sie war.

Cándido ließ sich schwerfällig neben ihr nieder, und seine gesunde Gesichtshälfte war ihr ganz nahe. Er konnte die Hände nicht ruhig halten, hob kleine Zweige von der Erde auf, brach sie in Stücke und warf sie weg, wieder und immer wieder. Den Arm trug er nicht mehr in der Schlinge, hielt ihn allerdings etwas unbeholfen. Der Schorf auf seiner Gesichtswunde war teilweise abgebröckelt, und darunter zeigten sich blasse Hautflecken, wie helle Farbtupfen. Er war wortkarg und mürrisch – das ganze Hochgefühl der vergangenen Nacht schien sich in stillen Zorn verwandelt zu haben, der sie an ihren Vater erinnerte, wie er sich abends über die kleine Schrift in der Zeitung gebeugt hatte, mit schmerzendem Rücken und verformten Füßen wegen der engen Schuhe, die er im Restaurant tragen mußte. Cándido hatte schlechte Laune, das sah sie, weil er wohl Angst davor hatte, wegen seines Gesichts und des schwer zu verbergenden Hinkens keine Arbeit zu kriegen – obwohl er als erster dagewesen war und sich die Seele aus dem Leib arbeiten würde. Und auch wenn er kein Wort gesagt hatte, weder eine Entschuldigung noch ein Dankeschön, wußte sie doch, daß es ihm weh tat, die Frau das Geld verdienen zu lassen. Sie plauderte ein bißchen, um ihn zu zerstreuen – es würde ein warmer Tag werden, nicht wahr? Das Essen hatte köstlich geschmeckt, oder? Ob er sie bitte daran erinnern könne, etwas Waschpulver zu kaufen, damit sie am Abend ihre Kleidung waschen könnte? –, aber auf alles, was sie sagte, reagierte er nur mit einem Brummen.

Candelario Pérez kam zehn Minuten später, in einem zerbeulten weißen Pick-up zusammen mit sechs anderen Männern, und langsam füllte sich der Platz. Männer trafen einzeln, zu zweit oder zu dritt ein, tauchten aus dem Nirgendwo auf, mit lässigem Gang und hoffnungsvoller Miene, Männer jeden Alters, mit leeren Händen und einfacher, aber sauberer Kleidung. Einige versammelten sich etwas abseits, auf der anderen Seite der Fahrbahn bei einer der Seitenstraßen, oder standen in kleinen Grüppchen auf dem Parkplatz vor dem Postamt herum, wo sie Zusammenstöße mit den Gringos riskierten, aber die meisten schlurften über die Fläche aus Kies, Sand und Unkraut, um sich bei Candelario Pérez zu melden.

Und dann kamen die Arbeitgeber, die Weißen mit den großen bleichen Gesichtern und den seelenlosen Augen, thronten in ihren Pritschenwagen. Sie wollten zwei Mann oder drei, oder auch vier oder fünf, keiner stellte Fragen, es wurden weder Stundenlöhne noch Arbeitsbedingungen vereinbart. Ein Mann konnte heute Beton mischen und morgen Schädlingsgift versprühen – oder Pißbecken putzen, Dünger ausstreuen, Wände streichen, Unkraut jäten, Möbel schleppen, Mauern hochziehen, Fliesen legen. Man fragte nicht. Man setzte sich auf die Ladefläche und fuhr mit, wohin sie einen brachten. Und die Bosse, die einen angeheuert hatten, saßen vorn, so reglos, als wären sie aus Holz geschnitzt. América fragte sich, ob sie vielleicht irgendwie mit ihren Autos verwurzelt waren, ob ihre Mütter sie in der Fahrerkabine zur Welt gebracht hatten und sie dort hinter der Windschutzscheibe emporgesprossen waren wie ein bizarres Gewächs. Sie sah von ihnen immer nur Ellenbogen und Gesichter. Still saß sie da und wartete auf jemanden, der einen Boden gewischt oder eine Backröhre geputzt haben wollte, während die Wagen vorfuhren, die getönten Scheiben lautlos in den blitzenden Türblechen versanken und die Ellenbogen sich hinausschoben, gefolgt von spitzen Nasen und zu großen Ohren, die glanzlosen harten, berechnenden Augen immer hinter Sonnenbrillen verborgen.

Etwa zehn Pick-ups kamen an diesem Morgen zur Arbeitsvermittlung – dazu noch ein halbes Dutzend zum Parkplatz vor der Post –, und vierzig Männer fanden Arbeit. Cándido war jedesmal der erste in der Schlange, aber jedesmal rappelte er sich vergebens vom Boden hoch. Es war ein immer traurigerer Anblick, zuerst die eifrige, hoffnungsfrohe Miene, wenn er seinen hinkenden Gang zu verbergen suchte und den verletzten Arm steif herabhängen ließ, und dann das vor Wut und Verzweiflung verzerrte Gesicht, das fürchterliche Humpeln, wenn er zu ihr zurückkehrte.

Gegen halb zehn fuhr der Dicke in seinem langen, teuren Wagen auf den Platz. América war mitten in einer Erzählung über Tepoztlán, um Cándido abzulenken – sie erinnerte sich an ihre Kindheit, als einmal im September ein Gewitter über den Ort hinwegfegte und der Hagel wie Steine in die reifen Maisfelder prasselte, und alle Männer waren auf die Straßen hinausgerannt und hatten mit Pistolen und Schrotflinten in den Himmel gefeuert –, aber sie unterbrach sich mitten im Satz, als sie das Knirschen im Kies hörte und gleich danach die schmalen Flanken und die raubtierhafte Schnauze des Autos des *patrón* sah. Auf einmal spürte sie wieder die Hand des dicken Mannes in ihrem Schoß, und etwas in ihr verkrampfte sich: Noch nie zuvor war ihr dergleichen passiert, nicht in ihrem Heimatland, in Tepoztlán, nicht einmal auf der Müllhalde von Tijuana. Sie war siebzehn, das jüngste von acht Kindern, ihre Eltern hatten sie geliebt, sie war bis zum Abschluß zur Schule gegangen und hatte alles getan, was von ihr erwartet wurde. Fremde Männer, Hände in ihrem Schoß, ein Leben im Freien wie die wilden Tiere, so etwas hatte es nicht gegeben. Aber nun gab es das. Sie stand auf.

América überquerte den Platz wie in Trance, dabei stellte sie sich den hellen großen Raum mit den Buddhas vor und die Fenster, die die ganze Welt vor ihr ausbreiteten, und auch das Geld, fünfundzwanzig Dollar, fünfundzwanzig Dollar mehr als nichts. Die Autoscheibe warf einen Moment lang ihr Spiegelbild zurück, dann surrte sie feierlich herunter, und dahinter war das Gesicht des *patrón*. Er stieg nicht aus, sondern blieb sitzen, ausdruckslos, den Bart rings um den Mund leicht gestutzt, um seinen blutleeren Lippen einen Rahmen zu geben. Candelario Pérez trat zu ihm, mit diensteifriger und zugleich unterwürfiger Miene – *A sus órdenes,* darf ich vor Ihnen katzbuckeln? –, aber der Dicke beachtete ihn nicht. Er bedeutete América mit einem Kopfnicken, um den Wagen herumzugehen und sich neben ihn zu setzen, erst dann sah er Candelario Pérez an und sagte etwas auf englisch, eine Frage. Wollte er auch Mary haben, war es das?

Mary war nirgends zu sehen. Wahrscheinlich saß sie betrunken in ihrem kleinen Holzhäuschen, vor einem Kühlschrank voller Schinken. América drehte sich zu Cándido um, er war aufgestanden, stand hinter ihr, und sie wechselten einen Blick, bevor sie den Kopf senkte, um das Auto herumlief und einstieg. Der *patrón* nickte kaum merklich zu ihr hinüber, als sie die Tür schloß und sich so weit entfernt von ihm wie möglich setzte, dann wandte er sich wieder an Candelario Pérez, der die Fertigkeiten von Cándido und den nächsten zwei Männern rühmte – Steinbuddhas sauberkratzen konnte doch jeder –, aber der Dicke schüttelte den Kopf. Er wollte nur Frauen.

Und dann fuhren sie vom Platz weg und die Cañonstraße hinauf, die Bäume rasten vorbei, der Wagen legte sich geschmeidig in die Kurven, Kurve für Kurve für Kurve, bis hinauf zu dem Tor, wo die Männer mit Schaufeln und Spitzhacken arbeiteten. Das Radio blieb still. Der *patrón* sagte nichts, sah sie nicht einmal an. Er wirkte nachdenklich – vielleicht auch müde. Seine Lippen waren verkniffen, sein Blick starr auf die Straße gerichtet. Und seine Hände – fleischig und weiß, aufgedunsen wie Schwämme – blieben, wo sie hingehörten, auf dem Lenkrad.

Sie hatte den großen Raum ganz für sich allein. Sie hob die Buddhas aus den Schachteln, tauchte sie in die ätzende Flüssigkeit, schrubbte sie mit der Bürste blank, klebte die Etiketten auf und packte sie wieder ein. Bald fingen ihre Augen an zu tränen, und sie mußte sie immer wieder mit dem Ärmel ihres Kleides betupfen – was etwas umständlich war, denn es war ein kurzärmliges Kleid, und sie mußte die eine oder die andere Schulter zu den Augen heben. Auch ihre Nase und die Kehle fühlten sich seltsam an – die Atemwege schienen wund und entzündet, wie bei einer Erkältung. War die Chemikalie heute stärker als am Vortag? Mary, die große Gringa, hatte sich den ganzen Tag lang beschwert, beharrlich wie ein Insekt im Gras, aber América erinnerte sich nicht, daß es so schlimm gewesen war. Dennoch hörte sie nicht auf, die Buddhas schwammen hinter einem Vorhang aus Tränen, bis auch ihre Finger Probleme machten. Nicht daß sie steif wurden, noch nicht, aber sie spürte ein scharfes Brennen in den Nagelbetten, so als träufelte sie sich Zitronensaft in eine Wunde, und ihr wurde schlagartig klar, daß der Dicke vergessen hatte, ihr die Gummihandschuhe zu geben. Sie hielt die Hände ins Licht und sah, daß die Haut schon ganz aufgesprungen und abgeschält war und jede Farbe verloren hatte. Das waren nicht ihre Hände – das waren die Hände eines Leichnams.

Sie erschrak. Wenn sie diese Handschuhe nicht anzog, würde am Ende des Tages von ihren Fingern nichts mehr übrig sein – nur noch Knochen, wie bei einem dieser schaurigen Kostüme für den *Día de los muertos* –, aber sie war zu schüchtern, um danach zu suchen. Womöglich beobachtete sie der *patrón* in diesem Moment, um zu prüfen, ob sie auch gründlich genug putzte, womöglich stürzte er jede Minute herein und beschimpfte sie in seiner harten, überheblichen Sprache, um sie dann heimzuschicken, hinauszuwerfen, seine mächtige aufgedunsene Pranke in ihren Schoß zu legen. Ihre Finger brannten. Ihre Kehle war trocken wie Asche. Sie konnte die Buddhas nicht mehr sehen, weil ihre Augen so tränten. Endlich wagte sie einen Blick über die Schulter.

Niemand beobachtete sie. Beide Türen des Zimmers waren geschlossen, und keinerlei Geräusch war zu hören. Die Tür, durch die sie hereingekommen war, führte zur Garage und zu einer Treppe ins obere Stockwerk, und die andere mußte wohl die zum Badezimmer sein, nach der langen Zeit zu urteilen, die Mary dahinter zugebracht hatte. América ihrerseits hatte zuviel Angst gehabt, um auch nur einmal aufzustehen – wer konnte schon wissen, wann der *patrón* sie kontrollieren würde? –, und das war fürchterlich gewesen, denn sie mußte in letzter Zeit ständig pinkeln, und trotzdem hatte sie es sich den ganzen Tag verkneifen müssen (es war das Baby, das ihre inneren Organe zusammendrückte, das wußte sie, und sie wünschte, sie könnte mit ihrer Mutter darüber sprechen, wenigstens eine Minute lang). Aber das war vorbei. Das war gestern. Sobald sie und Cándido von der Straße weg und in der Deckung des Pfades verschwunden waren, hatte sie sich in die Büsche gehockt, und schon war das Problem gelöst. Das hier war etwas anderes. Es schien gefährlich – und es war nicht ihre Schuld. Der *patrón* hätte ihr die Handschuhe geben sollen, er hätte daran denken müssen.

Es war elf Uhr fünfzehn auf der rosettenförmigen Uhr. Die Berge drängten sich gegen die Fenster. Ihre Fingerspitzen brannten. Die Statue vor ihr wurde größer und kleiner, sie fühlte sich schwindlig. Schließlich stand sie auf und hastete durch den Raum – sie mußte sich wenigstens die Hände abspülen, um das Brennen zu lindern, das konnte ihr niemand verbieten ...

Wie vermutet lag hinter der Tür ein Badezimmer, rosa und weiß gefliest, mit einer kleinen Duschkabine, flauschigen rosa Fußmatten und einer Tapete, auf der sich Häschen mit glänzenden Äuglein tummelten, und unwillkürlich bewunderte sie den Raum – es war genau, was sie wollte, so hübsch und effizient, so sauber. Sie ließ das kalte Wasser über die Hände laufen, und weil sie Angst hatte, die weichen weißen Handtücher schmutzig zu machen, trocknete sie sie an ihrem Kleid ab. Dabei warf sie einen Blick auf ihr Spiegelbild an der Wand, auf das völlig zerzauste, wilde Haar – sie sah aus wie eine Wahnsinnige, eine Zigeunerin, eine Bettlerin –, doch sie verdrängte das Bild sofort, hob vorsichtig den Deckel der Toilette und setzte sich rasch darauf, um auch gleich das noch zu erledigen.

Wie sie so allein in diesem rosa Badezimmer saß, mit den Häschen an der Wand, den makellosen Handtüchern und der fliederfarbenen Seife im Keramikschälchen, verspürte sie zum erstenmal, seit sie Cándido verlassen hatte und in das Auto des Dicken eingestiegen war, Ruhe und Frieden. Sie studierte die Konstruktion der Dusche, bestaunte die hübschen Fliesen und überlegte, wie angenehm es doch war, jederzeit auf Wunsch heißes Wasser zu haben, einen Klacks Shampoo und Seife, eine Zahnbürste mit Borsten statt ein paar trockenen Grashalmen. Und dann dachte sie an den dicken Mann, stellte ihn sich am ganzen Körper eingeseift vor, mit seiner lächerlich rosigen Haut und den fetten weißen Füßen. Vielleicht würde er nach China fahren, um neue Buddhas für sein Geschäft zu kaufen, und sie könnte solange hierbleiben, nachts in dem großen Zimmer schlafen und zehnmal am Tag auf die Toilette gehen, wenn sie wollte ...

An solche Sachen dachte sie, Tagträumereien – nur eine Sekunde lang –, als ein plötzliches Geräusch von oben sie in die Wirklichkeit zurückholte. Es war ein dumpfer Schlag, als schöbe jemand einen Stuhl vom Tisch zurück, gefolgt von hallenden Schritten. América sprang von der Toilette auf, wagte nicht, die Spülung zu betätigen, um sich nicht zu verraten, und in der Aufregung vergaß sie fast, weshalb sie eigentlich gekommen war. Die Schritte waren jetzt direkt über ihr, und sie erstarrte vor Schreck, konnte weder denken noch sich bewegen. *Die Handschuhe,* das war es. Sie riß den Schrank unter dem Waschbekken auf, durchwühlte die Schubladen daneben – eine, zwei, drei, vier –, aber da waren keine Handschuhe, und die Schritte schienen näher zu kommen, die Treppe herunter. In ihrer Hast stieß sie sich am Stuhl, voller Panik packte sie die Putzbürste.

Die Schritte verstummten. Niemand war auf der Treppe,

niemand kam zu ihr. Der Buddha auf dem Tisch musterte sie mit unergründlicher Weisheit.

Drei Buddhas später mußte sie aufgeben. Sie hielt es keine Sekunde länger aus – niemand konnte das. Nochmals wusch sie sich die Hände, und es war wunderbar erleichternd. Dann faßte sie sich ein Herz, ging zur Tür, öffnete sie vorsichtig und sah die Treppe hinauf, wo eine größere, elegantere Tür den Weg zum oberen Stock wies. Sie zögerte einen Augenblick und starrte in die düstere Tiefe der Garage. Dort stand der Wagen, dieser Wagen, der mehr kosten mußte, als ihr ganzes Dorf zusammen im Jahr verdiente, und es gab auch einen Kühlschrank, eine Waschmaschine, einen Wäschetrockner, alles mögliche. Tennisschläger. Stöcke für dieses Spiel auf dem Eis. Vogelkäfige, Fahrräder, Stühle, Betten, Tische, zwei Sägeböcke, Pappkartons jeder Form und Größe, Werkzeug, alte Kleider und Zeitungsstapel, alles auf dem Garagenboden aufgetürmt wie der Schatz eines vergessenen Potentaten.

Mit pochendem Herzen stieg sie auf leisen Sohlen die Stufen empor. Wie sollte sie um die Handschuhe bitten? Pantomimisch? Und wenn der Dicke nun schmutzige Sachen mit ihr anstellte? Forderte sie das nicht geradezu heraus, wenn sie allein zu ihm hinaufging? Wieder zögerte sie, oben auf dem Treppenabsatz, dann zwang sie sich zu klopfen. Es klang leise und schüchtern, ein Flüstern der Fingerknöchel auf dem Holz. Niemand antwortete. Sie klopfte erneut, etwas kräftiger diesmal. Immer noch nichts. Sie wußte nicht, was sie tun sollte – ohne diese Handschuhe konnte sie unmöglich weiterarbeiten. Sie würde sich verstümmeln, das Fleisch von den Knochen ätzen …

Sie probierte den Türknopf.

Die Tür war offen. »Allo?« rief sie und schob das Gesicht in den Türspalt. »*¿Alguién está aqui?*« Aber was sagten sie nur in diesen alten Fernsehfilmen, über die alle Mädchen im Dorf sich halb totgelacht hatten? *Ju-hu,* hieß es nicht so? Sie versuchte es. »Juu-huu!« rief sie, und es klang aus ihrem Mund genauso lächerlich wie bei diesen Schauspielerinnen.

Sie wartete einen Augenblick und versuchte es nochmals. »Allo? Juu-huu?« Sie hörte Geräusche, schwere Schritte auf dem Fußboden, dann kam der Dicke herangeschlurft. Er trug eine Brille mit Drahtgestell, die sein Gesicht irgendwie einklemmte, und an den Füßen Hauspantoffeln. Seine Miene war verwirrt – oder verärgert. Die Lippen hoben sich weiß vom Nest seines Barts ab.

»Entschuldig, bih-te«, sagte América, halb von der Tür verborgen. Noch stand sie auf dem Treppenabsatz, wagte es nicht, richtig einzutreten. Sie hielt die Hände in die Höhe. »*Guantes.* Bih-te. *Para las manos.*«

Der *patrón* war kurz vor der Tür stehengeblieben. Er wirkte ratlos, als hätte er sie nie zuvor gesehen. Er sagte etwas auf englisch, eine Frage, das erkannte sie am Tonfall, aber es klang nicht freundlich, ganz und gar nicht.

Sie versuchte es nochmals, diesmal als Pantomime, rieb die Hände aneinander und machte vor, wie sie sich ein Paar imaginärer Handschuhe überzog.

Da verstand er. Wenigstens schien es so. Er kam mit zwei energischen Schritten auf sie zu, packte ihr rechtes Handgelenk und betrachtete ihre Hand wie etwas, in das er mit dem Schuh getreten war. Dann ließ er den Arm mit einem Fluch fallen – schleuderte ihn geradezu von sich –, kehrte ihr den Rücken und stürmte aus dem Zimmer.

Sie wartete an der Tür, den Blick zum Boden gesenkt. Hatte er verstanden? War es ihm wichtig? Holte er ihr die Handschuhe, oder scherte er sich nicht weiter darum – was kümmerte es ihn denn, ob das Mittel ihr die Haut zerfraß oder nicht? Er hatte ihr seine große Pranke aufdringlich in den Schoß gelegt, und sie war vor ihm zurückgezuckt – was sollte er mit ihr schon anfangen? Am liebsten wäre sie die Treppe wieder hinuntergerannt, hätte sich zwischen den Buddhas versteckt – oder, noch besser, im Badezimmer –, aber sie blieb standhaft. Wenn es darauf ankäme, würde sie lieber verhungern als ihre Hände auch nur eine Sekunde länger in dieses Zeug tauchen, ganz bestimmt.

Doch dann kehrten die schweren Schritte zurück, sogar die Vase auf dem Tischchen neben der Tür erzitterte, und dann kam der *patrón* um die Ecke, mit schnellen, aber etwas wackligen Schritten. Die Brille war verschwunden. In der Hand hielt er ein Paar gelbe Gummihandschuhe. Er streckte sie ihr ungeduldig entgegen, sagte etwas auf seine mißtönende, rumorende Art – danke, auf Wiedersehen, tut mir leid; sie verstand es nicht –, dann knallte er die Tür vor ihr zu.

Der Tag sank in ihre Adern wie ein Elixier, und sie arbeitete in einem Delirium aus Dämpfen, putzte eine Statue nach der anderen, die schmerzenden Hände durch den dünnen Gummifilm vor dem ätzenden Mittel geschützt. Ihre Augen tränten, ihre Kehle brannte, doch sie konzentrierte sich auf die Arbeit und die handfesten fünfundzwanzig Dollar, die der *patrón* ihr geben würde, wobei sie möglichst nicht an die Rückfahrt denken wollte und daran, wie es sein würde, neben ihm im Auto zu sitzen. Sie dachte lieber an den *cocido,* den sie vom Verdienst des Vortags mit Cándido gekocht hatte, stellte sich das Fleisch vor, die Chilischoten, die Bohnen und die Zwiebeln – und die Tortillas, den Käse und die hartgekochten Eier, die es dazu gegeben hatte –, alles sauber eingewickelt in die Plastiktüten aus dem Laden und gut versteckt unter einem Felsen, in einem kühlen Loch, das sie im feuchten Sand des Bachbetts gegraben hatte. Aber wenn nun irgendein Tier es entdeckte? Was gab es hier im Norden? Den *mapache,* einen kurzschnäuzigen Cousin des Nasenbären, ein verschlagenes, schlaues Tier. Immerhin, der Stein war schwer, und sie hatte das Essen so fest wie möglich eingewickelt. Eher würden es schon die Ameisen entdecken – die kamen überall hin, diese heimtückischen Biester, schlimmer als Sandkörner –, und während sie einen von tausend schwarz angelaufenen Buddhas putzte, sah sie eine ganze Ameisenstraße vor sich, so dick wie ihr Unterarm, die in den Topf hinein- und wieder hinausführte. Diese Vorstellung machte ihr Hunger, und sie zog die Handschuhe für einen Augenblick aus, um die mitgebrachten trockenen Cracker und die Käsescheibe zu verspeisen, und dann lief sie schnell ins Bad, um am Wasserhahn einen Schluck Wasser zu trinken und sich auf die Toilette zu setzen, wobei sie diesmal kurz spülte, aber schon wieder am Tisch saß, ehe das Rauschen des Wassers verklungen war.

Sie arbeitete hart, arbeitete ohne Unterlaß bis zum Abend, kämpfte die Tränen und das Schwindelgefühl nieder, um zu zeigen, was sie wert war, um dem *patrón* zu beweisen, daß sie allein genauso viele Buddhas putzen konnte, wie sie und Mary am Tag zuvor zusammen geschafft hatten. Er würde es bemerken und ihr danken und sie am nächsten Tag und am Tag darauf wiederkommen lassen, und er würde wissen, daß sie mehr wert war als die Sorte Frau, die seine Hand auf ihrem Schoß ergriffen und sie an ihre Brüste gedrückt hätte. Als er dann endlich kam – um sechs Uhr, nach der rosettenförmigen Wanduhr –, schien er jedoch nichts davon zu bemerken. Er nickte ihr nur ungeduldig zu und ging mit schweren Schritten zum Auto, während sich die Garagentür wie von Geisterhand öffnete.

Er legte ihr nicht die Hand auf den Schoß. Auch das Radio schaltete er nicht ein. Als er auf dem Parkplatz vor dem Supermarkt anhielt, zog er die Brieftasche hervor, drehte sich ächzend auf dem Sitz herum, nahm einen Zwanziger und einen Fünfer heraus und sah dann aus seinen blauen Augen in die Ferne, während sie sich mit dem Türgriff abmühte und ausstieg. Die Tür knallte zu, der Motor heulte auf, und er war weg.

Cándido war nirgends zu sehen. Der Parkplatz war voll mit Weißen, die in den Laden hinein- und wieder hinaushetzten, braune Plastiktüten unter die Arme geklemmt, und die Arbeitsvermittlung gegenüber lag verlassen da. Sie verspürte eine tiefe Enttäuschung – hier waren sie schließlich verabredet –, und lange Zeit stand sie mitten auf dem Parkplatz herum und sah unschlüssig in die Gegend. Und dann wurde ihr klar, daß Cándido Arbeit gefunden haben mußte. Natürlich. Wo sollte er sonst sein? Ein Gefühl wie Freude durchströmte sie, aber es war keine richtige, jedenfalls keine grenzenlose Freude – die konnte sie nicht empfinden, solange sie kein Dach über dem Kopf hatte. Doch wenn Cándido Arbeit hatte, dann hätten sie genügend Geld zum Essen für eine Woche, vielleicht für zwei, und wenn sie jetzt beide Arbeit fanden – wenn auch nur jeden zweiten Tag –, konnten sie anfangen, für eine Wohnung zu sparen.

Einstweilen aber blieb ihr nichts anderes übrig, als zu warten. Sie ging über den Parkplatz, die Geldscheine in der Hand, und fand einen unauffälligen Baumstumpf an der Ecke des Gebäudes. Von dort konnte sie nach Cándido Ausschau halten und war aus dem Weg – die vielen Gringos machten sie nervös. Bei jedem Auto, das auf den Platz fuhr, blieb ihr das Herz stehen. Immer wieder mußte sie an *La Migra* denken, an die strengen, schweigsamen Männer in den hellbraunen Uniformen, die in der schlimmsten Nacht ihres Lebens dabeigewesen waren – als sie splitternackt vor so vielen fremden Menschen hatte stehen müssen –, auch wenn Cándido überzeugt war, daß sie sie hier nicht finden würden. Das Risiko war gering. Winzig. Aber sie mochte keine Risiken, überhaupt keine, deshalb wich sie in die Sträucher zurück und wartete.

Eine Stunde verrann. Ihr war langweilig und auch bang, weil sie sich alle möglichen Katastrophen vorstellte: Vielleicht hatte die Polizei Cándido geschnappt, oder er war zum Cañon zurückgegangen und dort in ein Klapperschlangennest getreten, oder es hatte ihn wieder ein Auto angefahren und er verblutete in den Büschen. Von dort wanderten ihre Gedanken zum Lager am Bach – vielleicht war er dort unten, fachte das Feuer an, wärmte das Essen – und dann zu dem Essen selbst, und ihr Magen knurrte. Sie hatte Hunger. Heißhunger. Und obwohl der Supermarkt sie einschüchterte, trieb sie der Hunger hinein, und sie kaufte wieder eine Dose Sardinen und eine Packung von diesem süßen Weißbrot, das ganz flauschig war, wie eine eßbare Wolke, dazu einen Schokoriegel für Cándido. Sie befürchtete, jemand könnte sie ansprechen, ausfragen, zur Rede stellen, aber das Mädchen an der Kasse starrte durch sie hindurch, und der Preis – $ 2,73 – wurde in roten Ziffern angezeigt, was ihr das Problem ersparte, die unergründlichen Zahlen entschlüsseln zu müssen, die aus dem Mund des Mädchens erklangen. Draußen, zurück auf ihrem Baumstumpf, legte sie die Sardinen auf die Brotscheiben, und ehe sie sich's versah, hatte sie die ganze Dose leer gegessen. Ihre armen geschundenen Finger waren gelb von Öl.

Und dann verschwand die Sonne hinter den Bergen, und die Schatten wurden dunkler. Wo war Cándido? Sie wußte es nicht. Aber sie konnte nicht die ganze Nacht lang hierbleiben. Wieder dachte sie an das Lager, den Unterstand, den Fleischtopf, die im Sand ausgebreitete Dekke, und wie dort die Nacht in feinsten Abstufungen hereinbrach, sich langsam um sie schmiegte, bis sie sich sicher und geborgen fühlte, beschützt vor den neugierigen Blicken und den scharfen Kanten der Welt. Dort wollte sie gerne sein. Sie war müde, genervt und leicht benommen vom stundenlangen Einatmen der Dämpfe. Sie stand auf, sah sich noch einmal um und ging dann die Straße hinunter, in der Hand die braune Plastiktüte mit dem Brot, dem Schokoriegel und ihren zweiundzwanzig Dollar und siebenundzwanzig Cent.

Um diese Zeit war weitaus weniger Verkehr. Die rasenden Autoschlangen hatten sich auf einzelne Wagen hie und da reduziert, ein Luftstoß, das Sirren der Reifen, und dann erfüllte wieder die Stille des Cañons und das Zwitschern der Vögel den Abend, die Sichel des Mondes schimmerte weiß am kobaltblauen Himmel. In Gedenken an Cándido sah sie sich gewissenhaft um, bevor sie die Straße überquerte, und hielt sich am Rand der Bankette, ging mit gesenktem Kopf und so schnell sie konnte, ohne aufzufallen. Als sie schweratmend den Anfang des Pfades erreichte, wollte sie am liebsten sofort von der Straße herunter und in der Deckung verschwinden, aber sie schlenderte nonchalant daran vorbei: ein Auto kam ihr entgegen. Sie hielt den Kopf weiterhin gesenkt, ging langsam, bis es vorbei war. Sobald es um die Kurve der Holzhandlung gebogen war, drehte sie um, doch da kam wieder ein Wagen in Sicht, und sie ging zum zweitenmal an der Abzweigung nach unten vorbei. Endlich gab es eine Atempause – auf beiden Seiten niemand in Sicht –, und sie huschte ins Gebüsch.

Als allererstes hockte sie sich zum Pinkeln hin, genau wie am Abend zuvor. Sie hob ihr Kleid, kauerte sich nieder und horchte auf das heftige, ungeduldige Zischen ihres Urins, während das Tageslicht allmählich in Dämmerung überging und der Duft der Erde ihr in die Nase stieg. Eben noch war sie dort draußen auf der Straße gewesen, ausgeliefert und verletzlich, hatte Angst, immer nur Angst gehabt, und jetzt war sie in Sicherheit. Aber auch dieser Gedanke machte ihr angst: Was für ein Leben war das, wenn man sich nur in den Büschen sicher fühlte und zum Pissen auf der Erde hocken mußte wie ein Hund? Hatte sie dafür Tepoztlán verlassen?

Aber so etwas durfte sie gar nicht denken. Sie war müde, das war alles. Ihre Schultern schmerzten, und ihre Finger brannten, weil sich die Haut an den Nagelbetten abschälte. Und sie hatte Hunger, immer dieser Hunger. Wäre sie in Tepoztlán geblieben, all die grauen Tage ihres Lebens, so hätte sie zwar genug zu essen gehabt – solange ihr Vater lebte und sie auf jedes Fingerschnippen von ihm wie eine Sklavin sprang –, aber mehr hätte sie nie bekommen, nicht einmal einen Mann, denn alle Männer im Dorf, alle anständigen jedenfalls, fuhren jedes Jahr für neun Monate in den Norden. Oder für zehn Monate. Oder gleich für immer. Um Erfolg zu haben, um den Sprung zu schaffen, mußte man leiden. Und ihr Leiden war nichts gegen die Qualen der Märtyrer – oder die der Menschen auf den Straßen von Mexico City und Tijuana, die verkrüppelt und von Gott ebenso wie von den Menschen verlassen waren. Was tat es da schon, daß sie in einem Verschlag im Freien lebte? Es würde ja nicht für lang sein. Sie hatte Cándido, und sie verdiente zum erstenmal in ihrem Leben Geld, außerdem konnte jetzt auch Cándido wieder arbeiten, und der Alptraum der letzten Wochen war vorbei. Bevor es im Herbst zu regnen anfing, würden sie eine Wohnung haben, das hatte er ihr versprochen, und sie könnten dann auf all das wie auf ein Abenteuer zurückblicken, es wäre nur eine lustige Geschichte, die sie ihren Enkeln erzählen würden. *Cándido,* würde sie dann sagen, *erinnerst du dich noch, wie dich damals das Auto angefahren hat, als wir draußen kampiert und am offenen Feuer gekocht haben, weißt du noch?* Vielleicht würden sie sogar eines Tages an dieser Stelle ein Picknick machen, mit ihrem Sohn, vielleicht auch mit einer Tochter.

Sie hielt das Bild in ihrem Kopf fest – der Picknickkorb, ein Kofferradio, aus dem Musik ertönte, ein kleiner Junge in kurzen Hosen und ein Mädchen mit Schleifen im Haar –, während sie sich mit der braunen Plastiktüte den Pfad hinunterarbeitete. Steinchen sprangen unter ihren Füßen weg und stürzten vor ihr den Berg hinunter, wie Wasser in einem Flußbett. Ein klarer, scharfer Geruch nach Salbei und Mesquite lag in der Luft, und noch ein schwaches, undefinierbares Aroma, das eine Agave sein konnte. Es wuchsen genug Agaven auf den Hängen, mit ihren riesigen Blütenstengeln, wie vom Himmel geworfene Speere. Dufteten die überhaupt? fragte sie sich. Mußten sie eigentlich, oder, um die Bienen und die Kolibris anzulocken? Sie sollte einmal nahe herangehen und an einer riechen.

Sie war kurz vor der Stelle, wo der große runde Felsen aus der Erde ragte, als ein plötzliches Geräusch im Unterholz sie erschreckte. Ihr Blick suchte den Pfad vor sich ab, und sie hielt den Atem an. Sie hatte Angst vor Schlangen, vor allem wenn das Licht langsam schwand und sie herauskrochen, wenn ihre schuppigen, dicken Körper mit den bösen Augen entlang des Pfades lauerten wie Holzstöcke, wie Schatten. Aber es war keine Schlange, und sie mußte über sich lachen, als die erste von ein paar Wachteln mit wackelndem schieferfarbenem Kopf durch das tote Laub über den Pfad raschelte. Cándido hatte schon oft versucht, diese kleinen Vögel zu fangen, aber sie waren zu schnell, huschten sofort ins Gebüsch davon, oder sie schrien auf wie verängstigte Kinder, spreizten die Flügel und flatterten über die Sträucher in die Sicherheit des Cañons. Sie blieb kurz stehen, um sie vorbeizulassen, die Küken im Schlepptau der Mütter, dann trat sie in den tiefen, violetten Schatten des Felsens.

Er wartete dort auf sie, der mit der heiseren, hohen Stimme und dieser Haut, die aussah wie zuviel Milch in einem Topf mit Kaffee, mit der umgedreht auf dem Kopf sitzenden Mütze, wie sie die Gringos oft trugen, und diesen Augen von der Farbe rohen Fleisches. Bei ihm war ein zweiter Mann, ein Indio, dunkelbraun wie verbrannter Toast. Sie saßen dort, warteten auf abgerundeten Sandsteinbrocken, lange silbrige Bierdosen in den Händen. »Hallo, hallo«, sagte er, und sein Gesicht war ausdruckslos im gedämpften Licht, »*buenas noches, señorita* – oder sollte ich besser *señora* sagen? Ja? Stimmt doch?« Und dann warf er ihr ihre eigenen Worte an den Kopf: »Verheiratete Frau.«

Es blieb keine Zeit zum Überlegen, keine Zeit für Proteste oder Einsprüche. Sie drehte sich um und rannte bergauf, zurück zur Straße, der sie eben entronnen war – dort würden sie ihr nichts anhaben können, bestimmt nicht. Sie war jung und gut in Form, weil sie in den letzten sechs Wochen zweimal täglich den Cañon hinauf- und hinuntergeklettert war, und sie war schnell, das Blut rauschte ihr in den Ohren, aber die beiden waren ebenfalls schnell, waren ihr direkt auf den Fersen. Es waren erwachsene, gesunde Männer, die lange, weite Sätze machten wie Bluthunde, und ihre Halssehnen spannten sich im Puls der Jagd. Sie erwischten sie, noch ehe sie fünfzig Meter weit gekommen war: Der größere, der Kerl aus dem Süden, warf sie nieder wie eine unwiderstehliche Macht, wie das Auto, das Cándido angefahren hatte.

Ein Busch zerkratzte ihr das Gesicht, etwas riß ihr die Tüte vom Handgelenk, und dann fielen sie zusammen in den Staub, der aussah wie Mehl, das ein wahnsinniger Bäcker auf den Pfad gestreut hatte. Er lag über ihr, hockte auf ihrem Hinterteil, seine eiserne Hand drückte ihr Gesicht in den mehligen Staub. Sie schrie auf, versuchte den Kopf zu heben, aber er rammte ihr einmal, zweimal, dreimal die Faust in den Nacken und fluchte bei jedem Schlag. »Halt's Maul«, fauchte er. »Halt dein dreckiges Maul!«

Der andere stand hinter ihm, wartete ab. Sie hörte ihren keuchenden Atem, alles war jetzt möglich, und sie drehte sich weg von dem stinkenden Friedhofsatem des Mannes, der auf ihr saß. Wieder schlug er sie, ganz unvermittelt, einmal ins Genick, dann unten in die Nieren. Schließlich ging er etwas in die Höhe, legte all seine Kraft in die Hand, die ihr Gesicht niederdrückte, und mit der anderen Hand packte er den Kragen ihres Kleids, ihres einzigen Kleids, und riß es der Länge nach entzwei, so daß sie die Abendkühle auf der nackten Haut spürte. Wie wahnsinnig, voller Zorn, tausend Flüche auf den Lippen, zerfetzte er ihr den Slip und stieß ihr die Finger in den Unterleib.

Es war, als krachte ein Baum auf sie nieder, als wäre sie das Opfer eines unvorhergesehenen Unfalls, kraftlos und unfähig, sich zu bewegen. Sie atmete den Staub ein. Ihr Nacken schmerzte. Seine Finger wühlten in ihr, an ihrer intimsten Stelle, und es war, als spritzte er ihr Säure in den Leib. Sie wand sich auf der Erde, und er stieß noch fester zu, hart und unbarmherzig. Dann ließ er ihren Nacken los, atmete krampfhaft, und sie hörte, wie er in der Tasche nach etwas kramte, und ihr blieb das Herz stehen – er würde sie umbringen, erst vergewaltigen und dann umbringen, aber was hatte sie denn getan? Doch er zog keine Waffe heraus, nein, es war etwas anderes – etwas, das eingewickelt war, raschelte im Silberpapier. War es etwa eines dieser Dinger, die man für … nein, es war ein Kaugummi. Da saß er auf ihr, in der hereinbrechenden Nacht, hatte seine dreckigen Finger in ihr, als würden sie dort hingehören, hinter ihm wartete der Indio darauf, daß auch er an die Reihe kam, und er hielt inne, um sich einen Kaugummi in den Mund zu schieben und die Alufolie nachlässig auf die nackte Haut ihres Rückens fallen zu lassen, völlig unbekümmert, so als säße er auf einem Barhocker an der Theke.

Sie kniff die Augen zu und biß die Zähne zusammen. Seine Hand entfernte sich, und sie spürte, wie er das Gewicht verlagerte, als er sich aufstützte, um seine Hose hinunterzuschieben. Sie versteifte sich, ihr Herz hämmerte, und der Augenblick hing in der Schwebe, wie die ewigen Qualen der Verdammten. Und dann, irgendwann, hörte sie seine Stimme, die sie traf wie ein Messer. »He, verheiratete Frau«, flüsterte er dicht an ihrem Ohr, »warum rufst du nicht nach deinem Mann?«

Zweiter Teil
El Tenksgivih

1

»Passiert andauernd«, versicherte ihm Kenny Grissom, und sein unverhohlener Frohsinn ließ beinahe annehmen, er habe das Auto selbst gestohlen, um das Geschäft anzukurbeln. Das war der Augenblick, für den er lebte, sein Moment der Gnade und Erleuchtung: Delaney brauchte ein neues Auto, und er hatte einen ganzen Platz voll davon. »Sie würden sich wundern, wie oft«, setzte er hinzu. »Aber überlegen Sie mal, was das über Ihr Auto und seine Attraktivität aussagt – das ist eben ein Klassewagen, durch und durch; jeder will ihn haben. Verstehen Sie mich nicht falsch, aber wahrscheinlich fährt ihn jetzt irgendein Richter oder Polizeichef unten in Baja California. Die lassen auf Bestellung klauen. Wirklich. Señor Soundso sagt: Besorg mir einen Mercedes oder einen Jaguar oder einen Acura Vigor GS, Farbe weiß, innen beige, mit allen Extras, der Typ da unten ruft seine Kumpel hier in Canoga Park an, und die fahren ein bißchen durch die Gegend, bis sie einen herumstehen sehen. Drei Stunden später ist er in Mexiko.« Er lockerte die Schultern und zupfte an seiner Krawatte herum. »Passiert andauernd.«

Ein schwacher Trost für Delaney. Es mochte andauernd passieren, aber wieso gerade ihm? »Ich begreife es immer noch nicht«, murmelte er und unterzeichnete die Papiere, die ihm Kenny Grissom über den Tisch hinschob. »Es war hellichter Tag, Hunderte von Menschen sind daran vorbeigefahren – und warum ist der Alarm nicht losgegangen?«

Der Verkäufer stieß heftig die Luft durch die Zähne aus. »Der ist was für Amateure, Gelegenheitsdiebe und Halbstarke. Wer Ihr Auto geklaut hat, das war ein Profi. Sie kennen doch das Werkzeug, mit dem die Polizei anrückt, wenn man sich aus dem eigenen Wagen ausgesperrt hat – ein Flacheisen, etwa so lang?« Er deutete das Maß mit den Zeigefingern beider Hände an. »Sie nennen es den Zauberstab. Den schieben sie durch den Gummi an der Seitenscheibe und entriegeln das Schloß, dann wird die Tür aufgezogen, ganz behutsam, damit der Alarm nicht losgeht, schon springt die Motorhaube auf, das Kabel wird von der Batterie abgezogen, so daß die Anlage nicht mehr scharf ist, dann noch die Zündung kurzschließen, und ab geht die Post. Ein Profi schafft das in sechzig Sekunden.«

Delaney umklammerte den Stift wie eine Waffe. Er fühlte sich mißbraucht, geprellt, hereingelegt – und niemand zuckte auch nur mit der Wimper: passiert ja andauernd. Sein leerer Magen zog sich zusammen, und das Gefühl von Sinnlosigkeit und Ohnmacht, das ihn übermannt hatte, als er auf der Straße den leeren Fleck auf dem Seitenstreifen gesehen hatte, durchflutete ihn von neuem. Es würde ihn viereinhalbtausend Dollar Aufzahlung auf die Versicherungssumme kosten, seinen Wagen durch das diesjährige Modell zu ersetzen, und das war schon schlimm genug, ganz zu schweigen davon, daß seine Prämie todsicher steigen würde, aber am meisten ärgerte ihn, daß die Leute das Ganze einfach so hinnahmen, als würden sie übers Wetter reden. Hast du ein Auto, wird es geklaut. Schlicht und einfach. Es war wie die Steuer, wie Regengüsse und Schlammlawinen.

Bei der Polizei hatten sie seine Anzeige mit dem Enthusiasmus von lebenden Leichnamen aufgenommen – ebensogut hätte er eine verlorene Büroklammer melden können, soviel Interesse brachte man für ihn auf –, und Jack hatte die Gelegenheit genutzt und ihm eine Moralpredigt gehalten. »Was erwartest du auch anderes«, hatte er gesagt, »wenn ihr herzensguten Menschen die ganze Welt an unsere Futternäpfe einladen wollt, ohne einen Gedanken darauf zu verschwenden, wer dafür bezahlen soll, als wäre der amerikanische Steuerzahler so was wie Jesus Christus, der Brot und Fische vermehren kann. Du siehst sie doch auch an den Straßenecken stehen, wo sie sich gegenseitig umrennen, wenn ein Auto langsamer wird, weil sie für die Chance, drei Scheine in der Stunde zu verdienen, einander glatt umbringen. Hast du mal darüber nachgedacht, was passiert, wenn sie den Halbtagsjob zum Düngerausbringen oder Dachziegelabräumen einmal nicht bekommen? Was glaubst du, wo die schlafen? Und wovon sie ihr Essen bezahlen? Was würdest du an ihrer Stelle tun?« Wie immer ruhig und gefaßt, wie immer zynisch, richtete sich Jack auf und hob warnend den Zeigefinger. »Tu nicht so überrascht, denn das ist erst der Anfang. Wir werden hier belagert – und das wird eine Gegenreaktion auslösen. Den Leuten reicht es. Sogar dir. Dir reicht es doch auch, gib's zu.«

Und jetzt Kenny Grissom. Alles ganz normal. Ein Achselzucken, ein mitfühlender Blick und die nackte Freude über das gute Geschäft. Seit dem Moment, an dem Kyra Delaney vor der Autohandlung abgesetzt hatte – er war fest entschlossen, wieder dasselbe Auto zu nehmen, gleiches Modell, gleiche Farbe, alles gleich –, unterhielt ihn Kenny Grissom mit Geschichten über gestohlene Autos und ihre organisierte Zerlegung in Einzelteile, über das Verbrechen, das so allgegenwärtig war wie der Tod. »Verstehen Sie mich nicht falsch – ich schiebe nicht alles den Mexikanern in die Schuhe«, sagte Kenny und reichte ihm eine weitere Seite des Kaufvertrags, »es sind alle dabei – Salvadorianer, Iraner, Russen, Vietnamesen. Neulich kam hier eine rein, aus Guatemala, glaube ich, in ein Riesentuch gewickelt, schlechte Zähne, Zöpfe, keine eins vierzig groß. Sie hatte was von Kredit gehört – ›Wir geben jedem Kredit‹ und so, Sie wissen ja –, und obwohl die gute Frau keinerlei Geld oder Sicherheiten bieten konnte, nicht mal ein Bankkonto hatte sie, wollte sie bloß mal fragen, ob sie von uns ein neues Auto bekommen und vielleicht damit nach Guatemala fahren könnte ...«

Das breite Gesicht klaffte auseinander, das Verkäuferlachen ertönte, und Delaney stellte sich vor, wie abgrundtief zuwider dieses Lachen den anderen Verkäufern sein mußte, gar nicht zu reden von den Sekretärinnen, dem Verkaufsleiter und Kenny Grissoms Frau, falls er eine hatte. Auch Delaney war es zuwider. Aber er unterschrieb die Papiere, bekam seinen Wagen, und nachdem Kenny ihm die Schlüssel ausgehändigt, auf die Schultern geklopft und die Geschichte von der Frau erzählt hatte, der es gelungen war, auf der kurzen Strecke über den Platz zwei brandneue Wagen zu Schrott zu fahren, saß Delaney lange in seinem neuen Acura, gewöhnte sich an die Sitze, den Neuwagengeruch und die feinen Unterschiede zwischen diesem Modell und dem alten, das ihm vertraut gewesen war. Kleine Dinge, aber sie brachten ihn unverhältnismäßig in Rage. So saß er da und schwitzte, ackerte entnervt die Betriebsanleitung durch, obwohl er für seine Verabredung zum Mittagessen mit Kyra schon zu spät dran war. Schließlich legte er den Gang ein und lenkte das Auto vorsichtig durch den Verkehr, fuhr nur auf asphaltierten Straßen, nahm jeden Tempowechsel sehr schonend vor und beschleunigte nie über achtzig, genau wie die Anleitung es vorschrieb.

Er fuhr zweimal um den Block in Woodland Hills, an dem indischen Restaurant vorbei, wo er mit Kyra verabredet war, aber um diese Zeit konnte man nirgends parken: zur Mittagszeit war Hochbetrieb. Der Parkplatzwächter war natürlich Mexikaner – Chicano, Latino, was auch immer –, und in seinem fabrikneuen Wagen, erst zweiundsechzig Kilometer auf dem Tacho, saß Delaney reglos da, angeschnallt, die Hände auf dem Lenkrad, bis der Fahrer hinter ihm hupte und der Parkplatzwächter – er war noch ganz jung, achtzehn, neunzehn, glänzende schwarze Augen, eilfertiger Blick – fragte: »Sir?« Und dann stand Delaney draußen in der Sonne, mit durchgeschwitztem Hemd, wieder ein Vormittag verpatzt, und sein neuer Wagen verschwand mit quietschenden Reifen um die Ecke des Gebäudes, außer Sicht. Diesmal hatte er kein persönliches Kennzeichen, nur eine wahllose Kombination aus Buchstaben und Ziffern, an die er sich nicht mehr erinnerte. Er war kurz davor, die Beherrschung zu verlieren. Ein Bier, dachte er, und betrat die dunkle Kühle des Restaurants durch den hinteren Eingang, nur ein Bier. Zum Feiern.

Das Lokal war brechend voll, Geschäftsleute saßen vor Tellern mit *tandoori*-Hühnchen, Hausfrauen schnatterten vor hauchdünnen Tassen mit Darjeeling oder Kaffee, Kellner schwirrten herum, Stimmengewirr in allen Tonlagen. Kyra saß an einem Tisch am Fenster, mit dem Rücken zu ihm, ihr Haar auf dem Kopf aufgetürmt wie buschige blasse Federn. Eine Flasche Perrier stand auf dem Tisch vor ihr, dazu ein *naan*-Brot und eine Kristallschale mit Zitronen-Pickle und Mango-Chutney. Sie beugte sich über einen Stapel Papiere, arbeitete.

»Warum kommst du so spät?« fragte sie, als er sich ihr gegenübersetzte. »Irgendwelche Probleme?«

»Nein«, murmelte er und versuchte den Blick des Kellners aufzufangen. »Ich mußte langsam fahren, sonst nichts – du weißt doch, einen neuen Motor muß man schonen.«

»Haben sie dir den Preis gemacht, den wir ausgehandelt hatten? Keine Tricks in letzter Minute?« Jetzt sah sie von ihren Papieren auf, fixierte ihn mit durchdringendem

Blick. Über ihr Gesicht fiel ein Streifen Sonnenlicht, das die Farbe aus ihren Augen vertrieb, so daß sie fast durchsichtig erschienen.

Er schüttelte den Kopf. »Keine Überraschungen. Alles in Ordnung.«

»Also, wo steht er? Kann ich ihn sehen?« Sie blickte auf die Uhr. »Um halb zwei muß ich wieder los. Ich hab einen Termin in Arroyo Blanco – auf der Dolorosa –, und dann, weil ich ohnehin schon dort bin, werde ich kurz bei uns vorbeifahren und nachsehen, ob die mit dem Zaun keinen Mist bauen ...«

Sie hatten sich vom Baukomitee der Arroyo-Blanco-Eigentümergesellschaft eine Genehmigung für die Änderung der Zaunhöhe in ihrem Garten besorgt, als direkte Konsequenz aus dem Schicksal, das den armen Sacheverell ereilt hatte, und nun ließen sie den Maschendrahtzaun um weitere sechzig Zentimeter erhöhen. Kyra hatte Osbert seit dem Überfall nicht mehr allein hinausgelassen und bestand darauf, ihn selbst vor und nach der Arbeit auszuführen. Die Katze durfte überhaupt nicht mehr aus dem Haus. Sobald der Zaun fertig war, würde sich die Lage wieder normalisieren. Jedenfalls hofften sie das.

»Ich hab den Wagen hinten parken lassen«, sagte er, »der Junge hat ihn abgestellt.« Er zuckte die Achseln. »Vielleicht nach dem Essen, wenn du noch ...« Er beendete den Satz nicht. Eigentlich wollte er ihr sagen, wie wütend er war, und daß er überhaupt kein neues Auto hatte haben wollen – das alte hatte kaum dreißigtausend Kilometer drauf gehabt –, wie deprimiert und entmutigt er sich fühlte, als ob sein Glück ihn verlassen hätte und er in einem unsichtbaren Loch versänke, das mit jeder Stunde des Tages einen Zentimeter tiefer wurde. Einen kurzen Moment lang, als er draußen gestanden und dem jungen Latino die Schlüssel gegeben hatte, war er von dem zutiefst beschämenden Impuls einer rassistischen Wut durchzuckt worden – mußten sie denn *alle* Mexikaner sein? –, die sämtlichen Überzeugungen widersprach, die er sein Leben lang gehegt hatte. Davon wollte er ihr erzählen, vor allem davon, aber er konnte es nicht.

»Ich stehe gleich da vorn«, sagte sie, und sie sahen beide aus dem Fenster und zum Bordstein, wo Kyras mitternachtsblauer Lexus unbehelligt parkte.

Dann tauchte der Kellner auf, ein feister Mann mit schütterem Haar, der im trällernden Singsang des indischen Subkontinents sprach. Delaney bestellte ein Bier – »Um mein neues Auto zu feiern«, erläuterte er säuerlich, als Kyra die Stirn runzelte – und bat um die Karte.

»Sehr gerne«, gab der Kellner zurück, und seine Augen schienen in ihren Höhlen herumzukugeln, »aber die Dame hat ...«

»Ich hab uns schon was bestellt«, unterbrach ihn Kyra und legte Delaney eine Hand auf den Arm. »Du hast dich verspätet, und ich muß gleich wieder weg. Ich habe uns ein vegetarisches Curry mit einem kleinen Salat bestellt und ein paar *samosas* als Vorspeise.«

Daran gab es nichts auszusetzen, aber Delaney war verdrossen. Es ging nicht um das Mittagessen – inzwischen war ihm völlig egal, was er aß –, sondern um den Anlaß. Er war kein Materialist, eigentlich nicht, und er kaufte nie etwas unüberlegt, aber wenn er etwas Größeres erwarb, fühlte er sich gut, optimistisch, was ihn selbst anbelangte, die Zukunft des Landes und den Zustand der Welt. Das war die amerikanische Lebensweise. Kauf etwas. Fühl dich gut. Aber er fühlte sich nicht gut, ganz und gar nicht. Er fühlte sich wie ein Opfer.

Kyra drängte ihn beim Essen, und er trank sein Bier – eine dieser übergroßen indischen Flaschen – zu rasch, so daß er sich auf dem Parkplatz in der prallen Sonne etwas schwummerig fühlte. Er reichte einem der heransprintenden schlanken Mexikaner in leuchtendroten Westen seinen Parkschein und sah zum Dach des Restaurants empor, wo eine Reihe von Staren erwartungsvoll auf ihn hinabstarrte. »Ich werf nur einen kurzen Blick drauf«, sagte Kyra, klemmte sich die Handtasche unter den Arm und beugte sich vor, um in ihrer Aktentasche zwischen den Papieren zu kramen, »dann muß ich los.«

In diesem Augenblick hörten sie den Hund bellen, ein gedämpfter, heiserer, blaffender Ton, der gleichzeitig von überall und nirgends zu kommen schien. Gebell. Es war merkwürdig. Delaney suchte beiläufig die Fenster des Wohnhauses ab, das sich direkt hinter den geparkten Autos erhob, und erwartete, irgendwo dort oben einen Hund zu entdecken, dann sah er sich um, auf den leeren Weg, die Töpfe mit Begonien, ein Paar, das gerade das Restaurant verließ. Ein Auto fuhr lärmend auf der Straße vorbei. Kyra sah von ihrer Aktentasche auf, legte den Kopf schief und horchte. »Bellt hier irgendwo ein Hund?«

»Sehen Sie nur, das arme Ding«, sagte eine weibliche Stimme hinter ihnen mitfühlend. Kyra drehte sich zu ihr um und sah, wohin die Frau deutete: Am Ende der Reihe von geparkten Autos stand ein grüner Jeep Cherokee, ein Fenster einen winzigen Spalt weit geöffnet, und in diese Öffnung preßte sich die schwarze Schnauze eines Afghanen. Sie sahen die hektisch hechelnden Kiefer, die zum Fenster erhobene Pfote. Der Hund bellte noch zweimal laut, dann ging das Gebell in Winseln über. Mehr brauchte Kyra nicht.

Handtasche und Papiere fielen wie Steine zu Boden, und sie marschierte über den Platz, ihre schmalen Absätze hämmerten auf den Asphalt, ihr Gang drückte Zorn und Selbstgerechtigkeit aus. Delaney sah benommen zu, wie sie an die Tür des Jeeps trat und sie zu öffnen versuchte.

Er registrierte die Frustration in ihrer Schulterhaltung, als sie einmal, zweimal wütend daran zerrte, dann wirbelte sie herum und kam über den Platz zurückmarschiert, einen drohenden Ausdruck im Gesicht.

»Das ist ein Verbrechen«, sagte die Frau hinter ihm, und Delaney fühlte sich genötigt, ihr einen knappen Blick der Zustimmung zuzuwerfen. Der Mann neben ihr – modisch gekleidet, ein breiter buntbemalter Schlips hing ihm etwas schief um den Hals – sah sich ungeduldig nach einem der Angestellten um, den Parkschein in der Hand.

Delaneys Auto und Kyra kamen im selben Moment bei ihm an, und als der Mexikaner heraussprang, um sich sein Trinkgeld abzuholen, packte ihn Kyra am Arm. »Wessen Auto ist das da?« wollte sie wissen und zeigte auf den grünen Jeep. »Dort drüben, das mit dem Hund drin!«

Das Gesicht des jungen Mannes legte sich in Falten; sein Blick huschte zu dem Jeep, dann zurück zu Kyra. »Weiß nix«, sagte er. »Das hier« – dabei deutete er von dem Acura auf Delaney – »von ihm.« Er hielt den Parkschein hoch, um ihn ihr zu zeigen.

»Das weiß ich«, sagte Kyra mit vor Zorn bebender Stimme. »Sie sollen mir sagen, wem das Auto da drüben gehört« – wieder deutete sie hin –, »denn es ist gegen das Gesetz, einen Hund so einzusperren. Das Tier könnte an Hitzschlag sterben, verstehen Sie mich?«

Er verstand sie nicht. »Weiß nix«, wiederholte er und wandte sich von ihr ab, um dem Mann mit der bunten Krawatte den Parkschein aus der Hand zu nehmen und über den Parkplatz davonzueilen.

»He!« rief Kyra, und die Furche, die Delaney nur zu gut kannte, grub sich wie eine Narbe zwischen ihre funkelnden Augen. »Kommen Sie zurück! Ich rede mit Ihnen!«

Drei Männer kamen unter Gelächter aus dem Restaurant und suchten nach ihren Sonnenbrillen, ein vierter stand im Eingang hinter ihnen und tastete seine Taschen nach dem Parkschein ab. »Liebling, Kyra«, versuchte es Delaney und ergriff ihren Arm, »beruhige dich, wir fragen mal im Restaurant nach …« Aber sie war schon unterwegs, schob sich an den vier Männern vorbei, die Schultern angespannt, die Aktentasche vergessen, während der nagelneue Acura leise auf dem Asphalt brummte, die Fahrertür weit aufgerissen, der Zündschlüssel im Schloß. Delaney brauchte einen Moment, um den Schlüssel abzuziehen, Handtasche und Aktentasche aufzusammeln und ihr hastig ins Restaurant zu folgen.

Kyra stand im Lokal, vom Licht überflutet, das durch die Fenster fiel, der Geruch nach Curry lag wie eine Decke über dem Raum, und sie klatschte in die Hände wie ein Trainer auf dem Sportplatz. »Entschuldigen Sie«, rief sie, »entschuldigen Sie!« Die Gespräche verstummten. Das Personal erstarrte. Der Oberkellner, der neben einer Palme am Ausgang zur Straße stand, sah beunruhigt zu ihr, auf alles gefaßt. »Gehört einem von Ihnen hier ein grüner Jeep mit dem Kennzeichen 8VJ237X?«

Niemand antwortete. Die Kellner bewegten sich wieder. Ihr Chef entspannte sich.

»Aber er muß doch jemandem gehören«, beharrte Kyra in einem Appell an die Menge. »Er steht draußen geparkt, und ein Hund ist darin eingeschlossen – ein Afghane.« Die Menschen hatten sich von ihr abgewandt, nahmen ihre Unterhaltungen wieder auf. Sie klatschte nochmals in die Hände. »Hören Sie mir nicht zu?« fragte sie, und Delaney sah, wie die Miene des Oberkellners sich von neuem verwandelte. »Ein Afghane? Hat niemand von Ihnen einen Afghanen?«

Delaney trat neben sie. »Kyra«, sagte er leise, »komm jetzt. Er muß jemand anders gehören. Wir werden noch mal draußen fragen.«

Sie kam mit, widerwillig und leise vor sich hin murmelnd – »Ich fasse es einfach nicht, hast du gesehen, wie dumm diese Leute sind, wie ahnungslos?« –, und einen Moment lang vergaß Delaney den verpatzten Vormittag, den neuen Wagen, den Diebstahl und den Mexikaner und sein zunehmendes Gefühl von Verwirrung und Verletzlichkeit: Sie war grandios in ihrer Empörung, eine Heilige, eine Kreuzritterin. Darum ging es. Um Prinzipien. Recht und Unrecht, eine so einfache Entscheidung, wie sie der Ein/Aus-Schalter an einem Fernsehgerät erforderte. In diesem Moment verflog die Wolke über ihm und er empfand eine Art Hochgefühl, das auf den Schwingen des Biers schwebte; letztlich würde sich alles zum Guten wenden.

Sobald sie in das gleißende Licht des Parkplatzes hinaustraten, verflog dieses Gefühl, wie im Keim erstickt: Der grüne Jeep stand direkt vor der Tür, und der Mann, der seine Taschen nach dem Parkschein abgetastet hatte, reichte dem Angestellten gerade einen zusammengefalteten Geldschein. Kyra stürzte sich auf ihn wie ein Raubvogel.

»Sie sind das also?« schrie sie und packte den Türgriff.

Der Mann war nicht allzu groß, leichter Schmerbauch und langes, ergrauendes blondes Haar, das zu einem Pferdeschwanz gebunden war, zwei metallisch blaue Scheiben als Sonnenbrille. Er trug einen winzigen Diamanten im linken Ohr. »Entschuldigen Sie?« fragte er, und Delaney sah hinter ihm den Hund auf dem Beifahrersitz hecheln.

»Ist Ihnen klar, daß Sie das arme Tier da im Auto eingeschlossen haben, bei dieser Hitze …?«

Der Mann sah von Kyra zu Delaney und zurück zu Kyra. Der Parkplatzwächter war verschwunden. »Ja und?« fragte der Mann.

»*Ja und?*« Kyra wiederholte seine Worte fassungslos.

»Wissen Sie nicht, daß das arme Tier dabei umkommen kann? Ist Ihnen das denn vollkommen egal?«

»Kyra«, sagte Delaney.

Sie warf ihm einen wütenden Blick zu und ging wieder auf den Mann mit dem Pferdeschwanz los. »Deshalb könnte man Ihnen den Hund wegnehmen, ist Ihnen das klar? Der Tierschutzverein darf jedes Fahrzeug aufbrechen, völlig rechtmäßig, wenn ein Haustier darin eingesperrt ist, und ...«

Etwas geschah mit dem Gesicht des Mannes unter den toten blauen Gläsern seiner Sonnenbrille. Der Unterkiefer schob sich vor. Die Lippen schürzten sich. »Sie können mich am Arsch lecken, Lady«, sagte er schließlich und stand starr wie eine Statue da, gab nicht nach.

»Einen Moment mal«, sagte Delaney und trat einen Schritt vor, Hand- und Aktentasche immer noch unter den Arm geklemmt.

Der Mann musterte ihn gelassen. Inzwischen hatte der Hund zu winseln begonnen. »Lecken Sie mich doch auch, Mister«, sagte der Mann, und dann schob er sich langsam, vorsätzlich langsam, in sein Auto, schloß die Tür und drehte das Fenster ganz hinauf. Die Zentralverriegelung schloß mit einem dumpfen Knacken. Delaney zog Kyra beiseite, und dann war der Jeep weg, hinterließ nur eine aggressive Abgaswolke.

Kyra zitterte. Delaney ebenfalls. Er hatte sich seit der Schule nicht mehr geprügelt, und zwar aus gutem Grund – denn damals hatte er eine Niederlage einstecken müssen, eine schwere Niederlage, und die Erniedrigung hing ihm immer noch nach. »Ich fasse das einfach nicht«, sagte Kyra.

»Ich auch nicht.«

»Leute wie den sollte man einsperren.«

»Ich weiß nicht, warum alle Leute immer so, so« – er suchte nach dem rechten Wort – »so *häßlich* sein müssen.«

»Das ist die Großstadt«, sagte Kyra, und in dieser Aussage lag eine Bitterkeit, deren Tiefe Delaney verwunderte. Er wollte noch etwas dazu sagen, wollte die Sache erörtern, noch ein Bier trinken oder eine Tasse Kaffee, irgend etwas, aber sie blickte auf die Uhr und stieß einen leisen Schrei aus. »Meine Güte«, sagte sie und entriß ihm ihre Taschen, »ich muß sofort los.« Er sah ihr nach, wie sie über den Asphalt davoneilte und um die Ecke des Gebäudes verschwand, und jetzt stieg all der Kummer und Ärger wieder in ihm hoch.

Was nun? dachte er, während er ermattet auf den Autositz sank. Er saß keine halbe Sekunde, als schon wieder irgendein Halbidiot hinter ihm hupte, und er ließ den Wagen wütend unter Mißachtung der Herstellervorschriften auf die Straße hinausschießen und donnerte den Ventura Boulevard in Richtung der Cañonstraße hinauf.

Er hatte eine Stinkwut im Bauch und versuchte, sich zu beruhigen. Anscheinend hatte er in letzter Zeit ständig eine Stinkwut – er, Delaney Mossbacher, der Pilger vom Topanga Creek, der doch das lässigste Leben auf Erden führte, abgesehen vielleicht von einer Handvoll tibetanischer Lamas. Er hatte eine Ehefrau, die ihn liebte, einen prachtvollen Stiefsohn, seine Eltern hatten ihm genug Geld hinterlassen, und er verbrachte den Großteil seiner Zeit damit, das zu tun, was er wirklich gern tat: schreiben, nachdenken und die Natur erleben. Was war denn eigentlich los? Was war schiefgelaufen? Nichts, sagte er sich, während er einem Wagen auswich, der verbotenerweise wendete, gar nichts. Und dann hatte er eine Idee: Der Tag war ohnehin gelaufen, also wieso fuhr er nicht direkt in die Berge? Wenn ihn das nicht beruhigte, konnte ihm gar nichts helfen.

Es war kurz vor zwei. Er könnte zur Stunt Road fahren und in den Hügeln über dem Meer wandern gehen – Jordan mußte er erst um fünf abholen, anschließend könnten sie essen gehen. Er bog auf den Mulholland Highway ein und fuhr nach Westen, immer weiter, bis die Häuser weniger wurden und die nackten Hügel sich aus dem Chaparral erhoben, er ließ die Fenster herunter, um sich von der Hitze und dem Duft der Landschaft durchströmen zu lassen. Ausnahmsweise mußte er ohne seinen Rucksack losgehen – er hatte immer eine kleinere Tasche mit Sonnenmilch und Trinkwasser dabei, egal wohin er fuhr, sogar zum Supermarkt oder zur Autohandlung, und er betrachtete die Tasche neben sich auf dem glatten, neuen, fleckenlosen Sitz. Wenn er seine komplette Ausrüstung von zu Hause holte, würde er mit den Leuten reden müssen, die für den Zaun zuständig waren – irgendein neues Team, das Kyra über das Büro aufgetrieben hatte –, und er hatte an diesem Tag einfach keine Lust mehr auf weiteren Streß.

Als er zu der Stelle kam, wo der Wanderweg die Straße kreuzte und auf der linken Seite ein schmaler, unbefestigter Parkstreifen angelegt war, fuhr er quer über den Asphalt und bremste behutsam auf dem Schotter ab; ein Kratzer gleich am ersten Tag wäre schade. Es standen keine anderen Autos da – ein gutes Zeichen: Er würde den Weg für sich haben –, und er trat hinaus in die von den Hügeln zurückgestrahlte Hitze, in eine Glut, so intensiv wie von einem Feuer aus ordentlich aufgestapelten Scheiten. Die Hitze machte ihm nichts aus, heute nicht. Es war einfach angenehm, all dem Smog, der Verwirrung und dieser ganzen – wieder fiel ihm nur dieses eine Wort ein – Häßlichkeit entkommen zu sein. Diesem Kerl, der vorhin »Leck mich am Arsch« zu seiner Frau gesagt hatte, dabei war er zweifellos im Unrecht gewesen. Kenny Grissom. Den Horden der Armen und Unterdrückten. Jack. Und dem Diebstahl.

Er trat ein paar Schritte zurück und sah sich den Wagen zum erstenmal richtig an. Funkelnagelneu. Kein Kratzer, keine Beule, kein Pünktchen darauf. Er dachte: Vielleicht sollte ich zur Waschanlage nach Tarzana fahren und ihn wachsen lassen, um den Lack zu schützen, für alle Fälle. Und dann dachte er: Nein, jetzt bin ich hier, jetzt gehe ich auch wandern. Er schmierte sich Sonnencreme ins Gesicht, schob die Mineralwasserflasche ins Hemd und machte sich auf den Weg.

Weit kam er nicht. Immer wieder mußte er an das neue Auto denken – keine hundert auf dem Tacho, viereinhalb Tausender extra aus der eigenen Tasche –, und jetzt stand es exponiert am Straßenrand. Sicher, hier war längst nicht soviel los wie auf der Straße entlang dem Cañon, aber wenn sie den anderen Wagen geklaut hatten, was hielt sie davon ab, auch diesen zu stehlen? Und daß es hier ruhiger war, erleichterte ihnen die Sache doch nur, oder? Weniger Zeugen – als ob irgendwer irgend etwas dagegen tun würde. Und bei einem Wagen, der hier parkte, war praktisch garantiert, daß der Besitzer erst nach Stunden zurückkehren würde.

Plötzlich, ohne nachzudenken, kauerte er sich ins Gestrüpp, keine hundert Meter von der Straße entfernt. Durch die Stengel und Zweige, die den Pfad säumten, konnte er sein Auto im Sonnenlicht glitzern sehen. Er reagierte mit Paranoia, ganz einfach – aber man konnte nicht alles unter Kontrolle haben, nicht wahr? Das wußte er, aber im Moment war ihm das egal. Er würde hier sitzen bleiben, sich den ganzen Nachmittag im Gebüsch verstecken, ganz still sitzen bleiben und Ausschau halten.

Die Wogen brandeten über sie hinweg, brausten von einem Lautsprecher zum anderen, sie schliffen die Ecken rund, polierten sie wie eine Muschel, wie Perlmutt, und als die Möwen mit ihren unheimlichen Schreien wie aus weiter Ferne einfielen, hatte sie den grünen Jeep, den Idioten mit dem Pferdeschwanz und seinen armen, kläglichen Hund völlig vergessen. Sie mußte noch auf einen Sprung ins Büro, dann den Berg hinauf nach Arroyo Blanco, um den Kaufmans zu ihrem neuen Heim zu gratulieren und ihnen höchstpersönlich ein kleines Einstandsgeschenk zu überreichen – einen Fünfzigdollargutschein für ein Abendessen bei Emilio und zwei Karten für das Los Angeles Philharmonic. Die meisten Makler hätten sich die Mühe erspart, aber dadurch unterschied sich Kyra eben von ihnen, und das wußte sie. Diese kleinen Dinge, die Aufmerksamkeiten und die Angebinde, die Glückwünsche zum Geburtstag und die keineswegs teuren, aber geschmackvollen Geschenke bedeuteten mehr als hundert Tage der offenen Tür. Was zählte, war der gute Wille. Bisweilen hatte sie versucht, Delaney das zu erklären, nur hatte er keinen Sinn für Geschäfte, und das war auch ganz in Ordnung – wozu brauchte man zwei Marketing-Genies in der Familie? Aber ihr war bewußt, daß die Menschen in dieser Gegend im Schnitt alle 3,7 Jahre umzogen und daß sie überdies Verwandte, Kinder, Eltern und alte Freunde vom College hatten, die ebenfalls irgendwo wohnen mußten. Und wenn der Tag kam, an dem sie einen Makler suchten, würden sie zu Kyra Menaker-Mossbacher gehen, der Kaiserin des guten Willens.

Sie schaute kurz im Büro vorbei, und als sie den Cañon hinauffahren wollte, sah sie, daß sie noch tanken mußte, denn um vier Uhr hatte sie einen Besichtigungstermin bei dem Haus in Monte Nido auf der anderen Seite des Berges. Ihre Lieblingstankstelle mit dem altmodischen Service, für den einem gar nicht viel extra berechnet wurde, war auf dem Ventura Boulevard, Ecke Fallbrook, und deswegen mußte sie noch einmal zurück und am Restaurant vorbei – aber sie hatte genügend Zeit. Die Kaufmans erwarteten sie erst um Viertel vor drei, und so blieb ihr immer noch eine Viertelstunde, um zu Hause vorbeizufahren und nach dem Zaun zu sehen.

Sie lag gut in der Zeit, aber dennoch sollte sie sich am Ende verspäten, auch wenn sie das noch nicht wußte, als sie von der Tankstelle in östlicher Richtung losfuhr. Für Kyra gehörte dieser Abschnitt des Ventura Boulevard zu den vertrautesten Strecken der Welt, und weil es ihr Job war, hielt sie ständig die Augen nach Veränderungen offen – Restaurants, die geschlossen, Geschäfte, die neu eröffnet, Eigentumswohnanlagen, die gebaut wurden –, trotzdem erlebte sie immer wieder Überraschungen. So wie jetzt. Zwei Blocks weiter, an der Shoup Avenue, fiel ihr eine Gruppe von Männern auf, die auf dem Parkplatz vor dem Supermarkt herumlungerten. Es waren Mexikaner, auf der Suche nach Arbeit. Vor etwa zwei Jahren waren die ersten aufgetaucht, aber bisher waren es höchstens eine Handvoll gewesen. Jetzt aber lungerten dort fünfzig Mann oder mehr herum, sie standen in Grüppchen auf dem Parkplatz und in einer unordentlichen Schlange bis zu der Stelle, wo die Straße unter der Schnellstraßenbrücke hindurchführte. Das war eine neue Entwicklung, die eine nähere Untersuchung erforderte, also bog sie impulsiv auf den Parkplatz ein, wobei sie zwei untersetzte, dunkelhäutige Männer fast umfuhr, die in der Einfahrt postiert waren. Die beiden wirkten keineswegs erschrokken, sondern sahen sie erwartungsvoll an.

Das machte sich nicht gut. Es waren zu viele, und dem kaufwilligen Kunden vergrämten solche Dinge leicht die ganze Gegend. Nicht daß dieser Abschnitt der Straße – ältere ein- und zweistöckige Gewerbebauten – unbedingt ihr Revier war, aber nur fünf Blocks entfernt standen Eigenheime, die auch jetzt noch für vier- bis fünfhunderttausend Dollar weggehen würden. Sie parkte vor dem Laden und beschloß, sich drinnen zu erkundigen – eine Packung Kaugummi konnte sie brauchen, vielleicht eine Cola light. Keiner der Männer wagte es, sich ihr zu nähern – dafür hatte der Geschäftsleiter des Supermarkts schon gesorgt –, aber alle beobachteten sie, als sie aus dem Wagen stieg, und ihre Mienen waren versonnen, stolz, gleichgültig. Wäre sie über den Platz auf sie zugegangen, hätte sich ihr Ausdruck wohl rasch geändert.

An der Kasse saßen zwei Frauen, beide Asiatinnen, beide jung. Sie lächelten Kyra an, als sie hereinkam, sie lächelten ihr nach, als sie nach hinten zum Kühlfach ging, eine Cola herausnahm und zur Kasse zurückkehrte. Sie lächelten auch, als sie sich einen Kaugummi aussuchte. »Alles gefunden, ja?« fragte die kleinere der beiden.

»Ja«, sagte Kyra. »Danke sehr.« Damit hatte sie einen Einstieg. »Da draußen stehen ja ziemlich viele Männer herum – mehr als sonst, nicht wahr?«

Die kleinere der zwei Frauen – sie hatte offenbar das Sagen – zuckte die Achseln. »Nicht mehr, nicht weniger.«

»Schlecht fürs Geschäft, nein?« fragte Kyra und verfiel dabei in den singenden Tonfall der Frau.

Wieder ein Achselzucken. »Nicht schlecht, nicht gut.«

Kyra dankte ihr und trat wieder hinaus in die Hitze. Sie wollte eigentlich zurück in die klimatisierte Frische ihres Wagens und sich auf den Weg machen, doch überlegte sie es sich anders und ging hinüber zu dem Platz, auf dem sich die Männer scharten. Jetzt blickten sie anders drein – alle starrten sie an, manche kühn, andere verstohlen. Wären sie in Tijuana, würden sie nach ihr grabschen, zotige Bemerkungen austauschen, herumjohlen und ihr nachpfeifen, hier aber trauten sie sich nicht, hier wollten sie nur den richtigen Leuten auffallen – Leuten, die billige Arbeitskräfte brauchten, für einen Tag, einen Nachmittag, eine Stunde. Sie ahnte, daß unter ihnen apokryphe Legenden kursierten, wie sich diese oder jene gutaussehende Gringa den am besten gebauten Mann für eine ganz besondere Arbeit ausgesucht hatte, und sie bemühte sich um eine unbeteiligte Miene.

Sie passierte das erste Grüppchen und ging auf dem Bürgersteig weiter, den Blick auf die billigen Reihenhäuser gerichtet, die sich hinter der Geschäftszeile duckten und bis zu der dichten Reihe von Pfefferbäumen erstreckten, die die Sicht auf die Schnellstraße verdeckten. Es waren heruntergekommene Wohnungen, und der Abwärtstrend hielt an, das sah sie von weitem – offene Haustüren, aus denen dunkle Männer sie anstarrten, genau die gleichen, die hier den Platz bevölkerten. In einem trocken daliegenden, vorsintflutlichen Swimmingpool blätterte die Farbe ab, die Wände waren mit Graffiti verschmiert. Sie blieb in der Mitte des Blocks stehen und wurde von einer Mischung aus Wut, Ekel und tiefer Verzweiflung übermannt. Sie sah die Dinge anders als Delaney – er stammte von der Ostküste, er verstand das nicht, er hatte nicht sein ganzes Leben hier verbracht. Jemand mußte etwas gegen diese Typen unternehmen – sie waren überall, sie vermehrten sich wie die Karnickel, und für das Geschäft bedeuteten sie den Tod.

Sie war auf dem Weg zum Auto und nahm sich vor, am nächsten Tag hier mit Mike Bender vorbeizufahren, damit er an den richtigen Stellen etwas Druck machen konnte, die Einwanderungsbehörde rufen, eine Polizeirazzia veranlassen, irgend etwas, ganz egal, was. Ironischerweise war die Invasion aus dem Süden für Kyras Umsätze bisher gut gewesen, weil sie die gesamte weiße Mittelschicht aus dem Stadtgebiet von Los Angeles hinaus und in die Gegenden getrieben hatte, auf die sie spezialisiert war: Calabasas, Topanga, Arroyo Blanco. Sie verkaufte immer noch

Häuser in Woodland Hills – schließlich waren dort die Bürogebäude, und es galt weiterhin als durchaus begehrte, gutbürgerliche Wohngegend –, aber die wirklich schlauen Kunden hatten sich alle hinter die Stadtgrenze zurückgezogen. Im Grunde ging es um die Schulen. Im Umland gab es keine Rassenintegration per Schulbus, nur in der Stadt.

Jedenfalls war diese Versammlung hier beunruhigend. Damit mußte Schluß sein, es mußte ein Ende haben, eine Obergrenze geben, sonst würden sie als nächstes nach Calabasas kommen, und dann nach Thousand Oaks und immer weiter die Küste hinauf, bis keine Immobilien mehr übrig waren. Über diese Dinge dachte sie nach, keineswegs herzlos oder berechnend – jeder hatte ein Recht zu leben –, sondern aus rein geschäftlichen Gründen, während sie zum Parkplatz zurückkehrte. Einer der herumlungernden Männer ging ihr nicht aus dem Weg. Links von ihr war eine Straßenlampe, rechts ein geparktes Auto, so daß sie stehenbleiben mußte, um ihn nicht anzurempeln.

Er sah sie an, sah ihr direkt in die Augen und lächelte. Er war keine achtzehn Jahre alt, hatte langes Haar, das mit Öl an den Kopf geklatscht war, die Hose sauber gebügelt, das Hemd bis zum Kragen zugeknöpft, obwohl es gut und gerne fünfunddreißig Grad hatte. »Sie Arbeit, Miss?« fragte er.

»Nein«, sagte sie, »nein, danke«, und ging um ihn herum.

»Billig!« rief er ihr nach, und auf einmal war er direkt neben ihr, heftete sich an ihren Ärmel wie etwas, das am Stoff hängengeblieben war. »Bih-te«, sagte er. »Ich alles mache.« Und dann fügte er hinzu, noch einmal, während sie den Autoschlüssel ins Schloß steckte, die Tür aufriß und in die kühle, vertraute Umgebung des lederbezogenen Innenraums flüchtete: »Billig.«

Die Kaufmans waren gut gelaunt, obwohl sie ein paar Minuten zu spät kam, und die Zaunarbeiter verstanden ihr Handwerk. Als sie auf die Einfahrt vor dem Haus bog, stand der Kleinlaster von Al Lopez auf Delaneys Platz. Sie hatte schon oft mit Al gearbeitet, ihn über das Maklerbüro für alle möglichen Jobs angeheuert, vom Auswechseln gesprungener Küchenfliesen bis zu Klempner-, Elektriker- oder kleineren Ausbesserungsarbeiten in den Häusern, die sie gerade anbot. Wann immer es Beanstandungen gab, rief sie Al, und der verbesserte kosmetisch, was die Käufer bemängelt hatten. Es war nur logisch gewesen, daß sie sich wegen des Zaunes für ihn entschieden hatte. Nie wieder würde sie den Idioten engagieren, der den ursprünglichen Zaun hochgezogen und ihr dabei versichert hatte, zwei Meter Maschendraht seien eine absolut sichere Barriere gegen jeden Eindringling.

Da ihr vor dem Termin um vier noch etwas Zeit blieb, führte sie Osbert zehn Minuten lang an der Leine aus und plauderte mit Al, während dessen Leute die neuen, drei Meter langen Pfosten in die Löcher der alten Pfosten einbetonierten. Er hatte gleich zu Anfang erwähnt, er könne um die Hälfte des Preises auch einfach die bestehenden Pfosten verlängern, aber sie wollte nichts Halbes, und vor allem ging es ihr, wie sie betonte, um Stabilität und Uneinnehmbarkeit. »Ich will, daß hier nie wieder irgendwer reinkommt«, hatte sie gesagt.

Als sie mit Osbert im Garten stand und über den Verkehr, den Smog, die Hitze und den Grundstücksmarkt schwatzte, bemerkte Al beiläufig, fast so, als rede er mit sich selbst: »Na ja, am wenigsten schützen kann man sich natürlich vor Schlangen ...«

Schlangen. Das Bild stieg vor ihrem inneren Auge auf, kalt und urzeitlich, ein Ringeln und ein Gleiten, funkelnde bösartige Reptilienaugen – sie haßte Schlangen. Mehr als Coyoten, mehr als alles andere. Über Coyoten hatte sie beim Einzug nicht weiter nachgedacht – es war Delaney gewesen, der auf dem Zaun bestanden hatte –, aber vor Schlangen brauchte sie niemand zu warnen. Selda Cherrystone hatte eine zusammengerollt im Wäschetrockner gefunden und noch eine unter der Waschmaschine, und in jeder zweiten Garage der Gegend war irgendwann einmal eine Klapperschlange aufgetaucht. »Kann man denn unten am Zaun nichts anbringen?« fragte sie und dachte dabei an Miniaturfallen oder vielleicht einen schwach elektrischen Draht.

Al sah in die Ferne, kniff die Augen über den Pausbakken zusammen. Er war ein massiger Mann um die Fünfzig, mit weißem Haar und einer Haut, die in Farbe und Struktur an einen alten Medizinball erinnerte. »Tja, da gäbe es schon was«, sagte er und starrte unverwandt auf die baumbestandene Sohle des Cañons, dann blickte er wieder Kyra an. »Hartplastikbänder, ganz eng und fest durch die Maschen des Zauns gezogen – bis ungefähr einen Meter hoch über den Boden und etwa fünfzehn Zentimeter tief in die Erde rein. Das hält Ihnen die Schlangen vom Hals.«

»Wieviel?« fragte Kyra und starrte jetzt ihrerseits in die Ferne.

»Zweihundertfünfzig.«

»Zweihundert«, sagte sie, aus reinem Reflex.

»Zwei-fünfundzwanzig.«

»Ich weiß nicht, Al«, sagte sie, »eigentlich haben wir hier noch nie eine Schlange gesehen.«

Er beugte sich, strategisch klug, zu Osbert hinunter und kraulte ihm die Ohren. »Klapperschlangen«, seufzte er, »die flutschen unterm Zaun durch, sind praktisch nicht zu bremsen, und die beißen kleine Hunde wie den hier. Hab's selber schon erlebt. Besonders hier oben.« Er richtete sich auf und stieß mit einem tiefen, gepreßten Ächzen die Luft aus. »Ich mach's Ihnen für zweihundertzehn, brauchen's bloß zu sagen.«

Sie nickte, und er rief einem der Männer, der vor der Betonmischmaschine gebeugt stand, etwas auf spanisch zu, und erst jetzt fiel er ihr auf – der Mann mit dem hinkenden Gang und dem ergrauenden Schnurrbart, dessen Gesicht voller blauer Flecken und angeschwollen war wie eine faule Frucht. Auf seinem Weg zum Lastwagen ging er direkt an ihr vorbei, und sie atmete heftig ein, als hätte sie sich verbrannt. Das war er, der gleiche Mann – er mußte es sein. Sie sah ihm zu, wie er die langen Plastikstreifen von der Ladefläche zog, sie auf einer Schulter balancierte, und sie spürte, wie etwas in ihrem Inneren sich öffnete, ein großer, trauriger, leerer Raum, der ihr das Gefühl gab, als hätte sie soeben ein schwaches, ungeformtes Wesen geboren. Und als er wieder an ihr vorbeikam, etwas wacklig auf seinem verletzten Bein, da wurde dieser hohle Raum in ihr so groß, daß das ganze All darin Platz gefunden hätte. Der Mann pfiff, pfiff leise vor sich hin.

Später, nachdem sie das Haus in Monte Nido einem mürrischen Ehepaar mit knausrigen Mienen und prallen Scheckbüchern gezeigt hatte, das sich nur zu einem kräftigen Vielleicht aufschwingen konnte, machte sie so rasch und effizient wie nur möglich die Runde, um ihre Häuser abzuschließen, weil sie hoffte, um sechs Uhr zu Hause zu sein. Bei den ersten vier Adressen war alles in Ordnung, aber als sie am Tor der Da Ros den Code eintippte, fiel ihr im Gestrüpp rechts neben dem Fahrweg etwas auf, knapp hinter dem Tor. Etwas Glitzerndes, das das Licht auf die harte, heiße Scheibe der Abendsonne zurückwarf. Sie drückte auf eine Taste, ließ das Tor aufschwingen und ging zu Fuß hinüber, um sich die Sache anzusehen.

Es war ein Einkaufswagen, der umgekippt im Graben lag und fast vollständig von den Büschen verdeckt wurde. Auf dem roten Plastikschild des Babysitzes stand der Name einer Supermarktkette, aber die nächste Filiale war kilometerweit entfernt, ja im Grunde gab es hier in weitem Umkreis überhaupt keinen Laden. Kyra bückte sich, um das Gefährt zu untersuchen – ihr Rock spannte sich über dem Gesäß, die Absätze sanken in die krümlige Erde –, als könnte sie so einen Hinweis darauf finden, wie es hergekommen war. Aber sie fand keinen Hinweis. Der Wagen schien neu, blitzendes Metall, kaum gebraucht. Sie ging zurück zu ihrem Auto, dessen Motor noch lief, um Papier und Kugelschreiber zu holen, weil sie die Nummer des Ladens notieren wollte. Sie sollten jemanden schicken, der das Ding abtransportierte. Nachdem sie den Wagen aus dem Graben gezerrt und zum Abholen vor das Tor geschoben hatte, setzte sie sich wieder ins Auto und fuhr auf das Haus zu, argwöhnisch und immer noch verunsichert, den Blick wachsam auf jedes Detail gerichtet.

Das Haus erhob sich vor ihr mit lichtschimmernden Fenstern, es beherrschte den Hügel wie eine Festung, die über der bretonischen Küste statt über der tiefblauen Fläche des Pazifik aufragte. Kyra hielt vor den breiten Holztoren der Garage und stellte den Motor ab. Lange Zeit saß sie einfach da, bei heruntergelassenen Fenstern, atmete die Luft ein und lauschte. Dann stieg sie aus und ging zweimal um das Haus herum, wobei sie jede Tür und jedes Fenster im Erdgeschoß überprüfte. Gleichzeitig sah sie zu den oberen Fenstern empor und hielt Ausschau nach Spuren von Eindringlingen oder Vandalismus, doch es war nichts Ungewöhnliches zu entdecken. Schließlich, nach einem letzten Blick über die Schulter, betrat sie das Haus.

Im Inneren war es kühl und still, und es roch schwach nach Mandeln. Das war ein guter Geruch für ein Haus, ein sauberer Patrizierduft, der, wie Kyra annahm, von der Möbelpolitur herrührte, die die Putzfrau benutzte. Oder gab es Duftsprays mit diesem Aroma? Sie blieb kurz bei der Schalttafel für die Alarmanlage stehen, die sie am Morgen ausgeschaltet hatte, damit Claudia Insty von Red House einen Kunden durch das Objekt führen konnte, und tippte den Code ein, um festzustellen, ob einer der dreiundzwanzig Alarmkreise in der Zwischenzeit verändert worden war. Das war nicht der Fall. Das Haus war sicher. Sie machte rasch die Runde durch alle Zimmer, aus reiner Gewohnheit, und dabei versuchte sie die ganze Zeit, sich mögliche Szenarien auszudenken, um den Einkaufswagen wegzuerklären: Der Gärtner hatte ihn gebraucht und aus Versehen nicht wieder mitgenommen, Teenager hatten ihn in einem Schabernack gestohlen und aus dem Auto geworfen – ja, genau, das mußte es sein. Aber wie war er *hinter* das Tor gekommen? Wozu sollten sie sich die Mühe machen, ihn so hochzuheben – warum sollte das irgend jemand tun? Außer natürlich, sie hätten das Tor umgangen und sich durch das Gestrüpp und den Eichenwald weiter hinten gearbeitet – aber auch das beantwortete nicht die Frage nach dem Warum.

Sie schloß ab, stand schon neben der Autotür, um sie herum schwirrten Vögel und Insekten, als es sie durchschoß: Obdachlose benutzten diese Einkaufswagen. Penner. Vagabunden und Stadtstreicher. Verrückte. Mexikaner. Säufer. Aber nein, das war doch ein typisches Stadtproblem, ein Problem von der Sorte, wie man es hinter dem Supermarkt erwarten mochte, in Canoga Park, in Hollywood oder mitten in L. A. Die Gegend hier war doch viel zu entlegen. Oder nicht?

Sie hatte die Wagentür geöffnet, aber jetzt warf sie sie wieder zu. Wenn jemand hier lagerte, kampierte, draußen in den Büschen wohnte ... Delaney hatte ihr erzählt, daß er ein Camp im Cañon aufgestöbert hatte, kilometerweit weg von allem. Wenn sie dort kampierten, wieso dann nicht auch hier? Plötzlich stieg, in aller Eindringlichkeit, das Bild eines Dorfes vor ihrem Auge auf, das sie auf einer Reise zu den Pyramiden Yucatáns gesehen hatte: nackte Kinder, Schweine, Kochfeuer, Strohhütten – das durfte nicht sein. Nicht hier. Nicht auf dem Grundstück der Da Ros. Wie sollte sie einem interessierten Käufer so etwas erklären?

Aber vielleicht zog sie ja voreilige Schlüsse – bislang hatte sie nur einen Einkaufswagen gefunden, der noch dazu nagelneu war, leer und völlig harmlos. Trotzdem hielt sie es für ratsam, einen kurzen Rundgang über das Gelände zu machen, nur für alle Fälle, und obwohl sie eigentlich früh zu Hause sein wollte, ließ sie das Auto stehen und marschierte los, um die Grundstücksgrenzen abzuschreiten, in Stöckelschuhen und Nylonstrümpfen. Das war ein Fehler. Der Rasen hörte dreißig Meter hinter der Garage auf, wo eine drei Meter hohe Hecke aus rotem Oleander die Tatsache verhüllte, daß das Gelände von da an stark abfiel und mit Gestrüpp bewachsen war. Als sie sich durch den Oleander schob, ruinierte sie ihre teuren Strümpfe, keine fünf Schritte dahinter verrenkte sie sich in einem Rattenloch einen Knöchel und hätte sich um ein Haar auch noch den Absatz abgebrochen. In der Ferne sah sie den Zaun aus Maschendraht, aber er war so dicht überwachsen, daß man ihn kaum erkannte, eine mäandernde Grenze, die offenbar einem ausgetrockneten Bachbett folgte und dann jäh den Steilhang hinabstürzte, auf dem das Haus sich erhob. Kyra hielt sich an einem Baum fest, um die Schuhe auszuziehen, dann machte sie kehrt, um durch die Oleandersträucher auf den Rasen zurückzugelangen.

In diesem Moment fiel ihr eine Bewegung auf dem

Rasen vor dem Haus auf. Die Rasenfläche war nicht voll einzusehen, weil sie leicht absank. Etwas Hellbraunes. Ein Reh, dachte sie. Ein Coyote. Aber das waren nicht die zögerlichen, scheuen Bewegungen eines Tiers, und im nächsten Augenblick sah sie Kopf und Schultern eines Mannes aus der Senke auftauchen, dann auch Oberkörper, Hüfte und zwei weit ausschreitende Beine; ihm folgte ein zweiter Mann dicht auf den Fersen. Es waren Mexikaner, da war sie sicher, selbst auf diese Entfernung, und nun wurde ihr die Herkunft des Einkaufswagens schlagartig klar. Angst zu haben fiel ihr gar nicht ein. In ihrem Kostüm, die Schuhe in der Hand, marschierte sie quer über den Rasen, um sich den Männern entgegenzustellen.

Als sie um die Ecke der Garage bog, waren sie keine zehn Meter mehr von ihr entfernt; offenbar waren sie stehengeblieben, weil sie das Auto gesehen hatten. Der größere der beiden – er trug eine Baseballmütze verkehrt herum auf dem Kopf und eine zusammengerollte Decke über der Schulter – drehte sich gerade in leicht gebeugter Haltung zu seinem Begleiter um. Dieser bemerkte sie zuerst, Kyra sah ihn erschrocken zusammenzucken und dem anderen eine Warnung zuraunen, während sie um die Ecke bog und auf sie zusteuerte. »Was glauben Sie eigentlich, was Sie hier tun?« rief sie, ihre Stimme schrill und gebieterisch. »Das ist Privatbesitz!«

Der größere Mann wandte sich zu ihr um und warf ihr einen Blick zu, der sie innehalten ließ. Etwas in seinem Blick warnte sie, näher zu kommen – das hier war keine Konfrontation wegen eines Hundes auf dem Restaurantparkplatz. Er funkelte sie an, und sie sah den Haß und die Verachtung in seinen Augen, das Potential an Brutalität, das Wissen und die Gewißheit darum. Er kaute etwas. Er drehte den Kopf und spuckte lässig ins Gras. Sie stand drei

Meter von ihm entfernt, und bis zum Auto war es mindestens genauso weit. »Tut mir leid«, sagte sie, und ihre Stimme zitterte, sie hörte es selbst, sie klang ganz lahm und tonlos, »aber hier dürfen Sie nicht rein. Das, das ist Hausfriedensbruch.«

Sie sah den Blick, den die beiden tauschten, ein elektrisierendes Flackern, ein Blick von sofortigem und absolutem Einverständnis. Das nächste Haus lag einen halben Kilometer bergab, außer Sicht und außer Hörweite. Mit einem Mal hatte sie Angst, ein urtümliches tiefes Entsetzen breitete sich tief in ihrem Inneren aus.

»Gehört Ihnen diese Haus, Lady?« fragte der Große und musterte sie wieder mit diesem festen, unbewegten Blick.

Sie sah ihn an, dann den anderen Mann. Er war dunkler, kleiner, hatte schulterlanges Haar und einen seidigen, pelzartigen Flaum auf dem Kinn. »Ja«, log sie und sprach dabei beide an, versuchte den Blickkontakt zu halten, versuchte ihnen etwas zu verkaufen. »Meinem Mann und mir. Und meinem Bruder.« Sie deutete vage in Richtung des Hauses. »Sie sind da drinnen, mixen Drinks zum Abendessen.«

Der Große sah zweifelnd auf das Haus, das große, breite Artefakt aus Stein, Holz und Glas, das vor dem Horizont aufragte wie ein Monument zu Ehren des herrschenden Stammes, und dann sagte er etwas auf spanisch zu seinem Gefährten, ein schneller, plötzlicher Ausbruch von Sprache. Sie wäre am liebsten zum Auto gerannt, hätte die Tür aufgerissen und von innen auf die Zentralverriegelung gedrückt, bevor sie sie erreichen konnten; dann könnte sie den Motor aufheulen lassen und den Wagen wenden, das Lenkrad voll eingeschlagen, das Gaspedal durchgetreten, und dann die beiden einkreisen …

»Uns tut sehr leid«, sagte der Große und senkte dabei

den Kopf, verlogen und unterwürfig zugleich, dann blickte er sie wieder grinsend an. Sie sah falsche Zähne, gelbliches Zahnfleisch. Sein Blick durchbohrte sie. »Ich und meine Freund hier? Wir kennen diese Haus nicht, ja? Wir wandern, ist alles. Nur wandern.«

Sie hatte darauf nichts zu sagen, aber sie zwang sich, ruhig stehenzubleiben und auf plötzliche Bewegungen zu achten.

Der Mann drehte den Kopf, fauchte seinem Begleiter etwas zu, und zum erstenmal fiel ihr der seltsam hohe, kehlige Klang seiner Stimme auf. »Tut leid«, wiederholte er und sah sie erneut an. »Eine Irrtum, ist alles. Kein Problem, ja?«

Ihr Blut pochte in den Schläfen. Sie konnte kaum atmen. »Kein Problem«, hörte sie sich sagen.

»Okay«, sagte der Mann mit dröhnender Stimme, als er an seiner Decke zog und sich zum Gehen wandte, die Entscheidung war gefallen, der Augenblick verstrichen, »okay, kein Problem.« Sie sah ihnen nach, wie sie den Weg zurückgingen, den sie gekommen waren, und sie bewegte sich bereits langsam und fast unwillkürlich auf ihr Auto zu, als der Große plötzlich stehenblieb, als hätte er etwas vergessen, und sich grinsend noch einmal zu ihr umdrehte. »Schönen Tag noch, ja?« sagte er, »Sie und Ihre Mann. Und Ihr Bruder auch.«

2

Cándido hatte Glück gehabt. Trotz seines Gesichts, des kaputten Beins und obwohl die Arbeitsvermittlung schon seit einer halben Stunde geschlossen hatte und alle verschwunden waren, hatte er Arbeit gefunden, gute Arbeit, Zaunpfähle setzen für fünf Dollar die Stunde, und danach war noch ein Haus innen zu streichen, bis es dunkel wurde. Der Boss war ein Chicano, der Englisch konnte wie ein Gringo, aber auch seine Muttersprache noch beherrschte. Cándido hatte neben der geschlossenen Baracke auf der Erde gehockt, mutlos, wütend, voller Selbstmitleid – seine Frau hatte Arbeit, ein siebzehnjähriges Mädchen vom Land, das von nichts eine Ahnung hatte, und er fand keine, obwohl er jeden Job machen konnte, den man ihm auftrug, ob als Zimmermann, mit schweren Maschinen oder als Dachdecker –, als Al Lopez auf den Platz fuhr. Ein Indio aus Chiapas saß auf der Ladefläche seines Lasters, und der rief Cándido zu: »*¿Quieres trabajar?*« Und dann steckte Al Lopez den Kopf aus dem Fenster und sagte: »*Cinco dólares*«, weil sein zweiter Mann, ebenfalls ein Indio, krank geworden war, zu krank zum Arbeiten.

Es war schon fast eins, als sie vor dem großen Haus in einer Siedlung eintrafen, die aus lauter großen Häusern bestand und sich hinter einem neu aufgerichteten Tor verschanzte. Cándido wußte, wofür diese Tore da waren und wen sie aussperren sollten, aber es störte ihn nicht. Er hegte weder Groll noch Neid. Er brauchte keine Million Dollar – dafür war er nicht geboren, und wenn doch, dann würde er sie im Lotto gewinnen. Nein, er brauchte nichts weiter als Arbeit, regelmäßige Arbeit, und das hier war ein Anfang. Er mischte Beton, hob Löcher aus, hantierte mit den hohlen Metallpfosten und den Plastikstreifen für den Zaun, so gut er konnte, und staunte dabei über die vielen Häuser, stolze, massive, große Gringo-Häuser, die hier aus dem Boden geschossen waren. Vor sechs Jahren, als Cándido den Cañon zum erstenmal zu Gesicht bekommen hatte, war hier nichts gewesen außer den mit goldenem Gras bewachsenen Hügeln, die sich wie der Rücken eines urzeitlichen Tiers wölbten, und den staubigen grünen Wipfeln der Eichen unten in der Schlucht.

Er hatte in Idaho gearbeitet, bei der Kartoffelernte, hatte all sein Geld nach Hause zu Resurrección geschickt, und als es mit den Kartoffeln vorbei war, hatte er sich südwärts nach Los Angeles durchgeschlagen, weil sein Freund Hilario einen Cousin in Canoga Park hatte und es dort reichlich Arbeit gab. Es war Oktober, und eigentlich hatte er heimfahren wollen, zu seiner Frau und seiner Tante Lupe, bei der er, nachdem seine Mutter gestorben war und sein Vater wieder geheiratet hatte, praktisch aufgewachsen war. Der Zeitpunkt war günstig, denn die meisten Männer im Dorf brachen gerade auf, um in den Zitrusplantagen zu arbeiten, also wäre er bis zum Frühling Hahn im Korb. Aber Hilario überredete ihn: Jetzt bist du schon mal da, hatte er argumentiert, wozu ein zweites Mal das Risiko an der Grenze, außerdem wirst du in Los Angeles in zwei Monaten mehr verdienen als in den letzten vier in Idaho, glaub mir. Und Cándido fragte darauf: Mit was für einer Arbeit denn? Als Gärtner, sagte Hilario. Als Gärtner? Er war unschlüssig. Weißt du, sagte Hilario, für die reichen Leute mit ihren riesigen Rasenflächen und Blumenbeeten und Bäumen voller Obst, das sie nie essen.

Und so legten sie mit vier anderen Männern zusammen und kauften für dreihundertfünfundsiebzig Dollar einen verrosteten alten Buick Electra mit völlig abgefahrenen

Reifen und einem krachenden Getriebe, und los ging's, mitten im ersten Schneesturm des Jahres. Außer Cándido hatte keiner von ihnen Schnee gesehen, geschweige denn die besonderen Probleme, die er beim Autofahren aufwarf, erlebt oder auch nur bedacht. Mit den glatten Reifen auf dem rutschigen Asphalt schlitterte der Buick nur so über die Straße, während riesige Sattelschlepper mit heulenden Hupen an ihnen vorbeidonnerten wie der Tod, der über einem finsteren Grab mit den Flügeln schlug. Cándido war schon Auto gefahren – aber nicht sehr oft. Gelernt hatte er es mit einem alten Peugeot in einem Orangenhain bei Bakersfield, als er zum erstenmal im Norden gewesen war, und er wurde dazu bestimmt, den größten Teil der Strecke am Steuer zu sitzen, besonders in Notlagen wie dieser. Sechzehn Stunden lang hielt er das Lenkrad mit paralysierten Händen gepackt und konnte nicht verhindern, daß der Wagen wie ein Eishockeypuck über die Fahrbahn rutschte, sobald er die Richtung leicht änderte oder auf die Bremse trat. Endlich war es mit dem Schnee vorbei, leider aber auch mit dem Getriebe, und sie waren nicht weiter als bis Wagontire/Oregon gekommen, wo sechs *indocumentados,* die aus einem verrosteten, qualmenden Buick Electra kletterten, einen eher auffälligen Anblick boten.

Sie standen noch keine zehn Minuten lang am Straßenrand – Hilario hatte die Haube geöffnet und beugte sich in den Motorraum, suchte vergeblich nach einer Erklärung für das Versagen dieser Maschine, die einen halben Kanister Getriebeöl geschluckt hatte –, als der Streifenwagen knirschend hinter ihnen auf der Bankette hielt. Sofort hetzten alle die Böschung hinauf und verschwanden in wilder Flucht im Wald, bis auf Hilario, der sich noch immer über den Motor beugte, als Cándido ihn das letztemal sah. Die Polizisten – blasse, breitschultrige Männer mit Sonnenbrillen und breitkrempigen Hüten – brüllten ihnen unverständliche Drohungen nach und gaben einen Warnschuß ab, aber Cándido und zwei der anderen Männer rannten einfach weiter. Er rannte, bis seine Lungen brannten, an die zwei Kilometer weit, bis er in einem Graben vor einem Farmhaus zusammenbrach. Seine Freunde waren nirgends mehr zu sehen. Er fürchtete sich, und er hatte sich verirrt. Es fing an zu regnen.

Er wäre nicht ratloser gewesen, wenn man ihn auf einem fremden Planeten abgesetzt hätte. Er hatte Geld – fast vierhundert Dollar, in den Saum seiner Hose eingenäht –, und als erstes fiel ihm der Überlandbus ein. Aber wie sollte er hier einen Bus finden? Wo war der Busbahnhof und wie kam man dorthin? Im ganzen Staat Oregon sprach kein Mensch Spanisch. Außerdem war er sich nicht einmal sicher, wo sich, geographisch gesprochen, Oregon überhaupt befand und in welchem Verhältnis es zu Kalifornien, Baja California und dem Rest von Mexiko lag. Er kauerte sich in den Graben, sah sehnsüchtig über die Wiese zu dem Farmhaus hinüber, während der Tag zur Nacht und der Regen zu Graupelschauer wurde. In der Tasche hatte er einen Streifen Trockenfleisch, und während er mit schlotternden Kiefern und schmerzenden Zähnen auf den ledrigen, nach nichts schmeckenden Fasern herumkaute, erinnerte er sich an einen Rat, den ihm sein Vater einmal gegeben hatte: In Zeiten der Not, wenn du dich verirrt hast, wenn du hungerst oder in Gefahr bist, *ponte pared* – mach dich zur Wand. Das heißt, du bietest nach außen hin eine feste, undurchdringliche Fläche, die nichts erkennen läßt, weder Angst noch Verzweiflung, und so schützt du deine innere Festung vor allen Angriffen. In dieser Nacht, als er fror, klitschnaß war, Hunger und Angst hatte, befolgte Cándido den Rat seines Vaters und machte sich zur Wand.

Es half nichts. Er fror trotzdem, und sein Magen knurrte nichtsdestominder. Bei Tagesanbruch hörte er irgendwo in der Ferne Hundegebell, und so gegen sieben sah er die Frau des Farmers mit drei bleichen Kindern aus der Hintertür des Hauses kommen; sie setzten sich in eines der vier Autos und fuhren den langen, gewundenen Weg bis zur Hauptstraße davon. Der Boden war mit grauem, körnigem Schnee bedeckt, zwei Zentimeter tief. Er sah zu, wie das Auto – es war ein roter Ford – sich durch diese arktische Landschaft bewegte wie der Zeiger auf dem leeren weißen Feld eines Glücksspiels bei einer dörflichen Fiesta. Etwas später sah er ein ungefähr zwanzigjähriges Mädchen aus dem Haus kommen, in ein Auto steigen und ebenfalls auf dem Weg zur fernen Straße davonfahren. Schließlich, nur wenige Minuten danach, erschien der Farmer selbst, ein *güero* von Mitte Vierzig, unglaublich groß und mit dem schwerfälligen, geduldigen, müden Gang, den Bauern überall auf der Welt haben. Er schlug die Küchentür mit lautem Knall zu, überquerte den Hof und verschwand durch die Stalltür.

Cándido war eine Wand, aber diese Wand bröckelte. Er war den Norden nicht gewohnt, er hatte erst zweimal im Leben Schnee erlebt, beim Kartoffelernten in Idaho, und er haßte ihn. Seine Jacke war dünn. Er war halb totgefroren. Und so wurde er zur wandernden Wand, wankte aus dem Graben, schob sich unter einem Stacheldrahtzaun hindurch und schlurfte in *huaraches* und nassen Socken über die Wiese auf den Stall zu, vor dem er stehenblieb, das Herz zersprang ihm fast in der Brust, und endlich klopfte er an die breite gestrichene Holzplatte, die eine Hälfte der Tür bildete, hinter der der Farmer verschwunden war. Er zitterte und schlang die Arme um die Schultern. Es war ihm egal, ob sie ihn deportierten oder nicht, ob sie ihn ins Gefängnis warfen oder auf die Folterbank schnallten, solange er nur ins Warme kam.

Und dann stand der Farmer in der Tür, ragte vor ihm auf wie ein Turm, ein Mann mit mächtigen Waden und fleischigen Armen, einem Kopf, so groß wie ein preisgekrönter Kürbis, und großen, sehnigen Händen mit Wurstfingern, ein Mann, der in Mexiko seinen Lebensunterhalt ohne weiteres damit verdienen könnte, in einem Wanderzirkus als Riese mit Schilddrüsenfunktionsstörung aufzutreten. Der Mann – der Riese – wirkte verdutzt, verwirrt und überrascht, als wäre dies tatsächlich ein fremder Planet und Cándido eine unbekannte Lebensform. »Bihte«, sagte Cándido mit klappernden Zähnen, und als ihm klar wurde, daß er damit bereits die Bandbreite seiner Kenntnisse der englischen Sprache erschöpft hatte, wiederholte er sich lediglich: »Bih-te.«

Im nächsten Augenblick saß er, in eine warme Decke gewickelt, in einer großen, funkelnden amerikanischen Küche, um ihn herum summten Geräte, und in den Händen hielt er eine dampfende Tasse Kaffee. Der Farmer wuselte umher, auf Füßen, so groß wie Schneeschuhe. Jeder Muskel seines breiten Rückens war in Bewegung, als er mit den Küchengeräten hantierte, sechs Scheiben Weißbrot in den silbern glänzenden Toaster steckte, Eier und ein dickes Stück Schinken in den kleinen schwarzen Ofen schob, der in knapp zwei Minuten das Eigelb fest werden und den Schinken brutzeln ließ, und dann stand er vor ihm, hielt ihm den Teller hin und versuchte, seinem Gesicht ein Lächeln aufzusetzen. Cándido nahm den Teller aus der riesigen, schwieligen Pranke, senkte den Kopf und murmelte ein *»muchísimas gracias«*, doch dann schleppte sich der große Mann durch die Küche auf ein weißes Telefon an der Wand zu und drehte die Wählscheibe. Die Eier in Cándidos Mund wurden kalt: Das war's, nun war es zu Ende. Der Farmer meldete ihn der Polizei. Cándido duckte sich über dem Teller und wurde zur Wand.

Es gibt immer Überraschungen. Das Leben mag chronisch grausam sein und die Überraschungen in ihrer Mehrzahl unerfreulich, doch es wäre wohl kaum lebenswert, gäbe es keine Ausnahmen, keine Sonnentage und Fälle von unverhoffter Freundlichkeit. Der Farmer winkte ihn zum Telefon, und am anderen Ende der Leitung erklang die engelsgleiche Stimme von Graciela Herrera, einer *chicana,* die in einem Ort wohnte, keine zehn Kilometer entfernt, aber in der Sprache ihrer gemeinsamen Vorfahren mit ihm sprach. Graciela holte ihn mit ihrem knallgelben VW-Käfer ab, brachte ihn zum Busbahnhof und übersetzte dort für ihn, damit er sich eine Fahrkarte kaufen konnte. Cándido hätte ihr am liebsten einen Schrein errichtet. Er küßte ihre Fingerspitzen und schenkte ihr das einzige, was er zu verschenken hatte: das plastikbeschichtete Bildchen der Jungfrau von Guadalupe, seinen Glücksbringer.

In Canoga Park hatte Cándido keine Schwierigkeiten, Hilarios Cousin zu finden – dieses Viertel in Los Angeles war wie ein mexikanisches Dorf, nur größer –, und er fand auch sofort Arbeit bei einem englischsprechenden Boss, der ein halbes Dutzend Gärtnertrupps von je drei Mann managte. Hilarios Cousin, er hieß Arturo, zeigte Cándido, was es zu tun gab – es war kinderleicht: den Rasenmäher anwerfen, mit einem Gebläse die Steinflächen reinigen, Blumenbeete jäten und Hecken stutzen –, während sie auf Nachrichten von Hilario warteten. Wochen vergingen. Cándido teilte sich eine kleine Wohnung in der Nähe der Shoup Avenue in Woodland Hills mit sechs anderen Männern, und die Enge, der Schmutz und der Gestank dort erinnerten ihn an seinen ersten Aufenthalt in Los Angeles, an die dreckige Bude in Echo Park. Er schickte Geld nach Hause und telegrafierte an Resurrección, daß er zu Weihnachten nach Hause käme. Schließlich erfuhren sie, daß Hilario zurück in Guererro war; man hatte ihn von Oregon aus abgeschoben, und von der mexikanischen Bundespolizei war ihm gleich an der Grenze seine ganze Habe abgenommen worden.

Eine Zeitlang lief alles prima. Cándido verdiente hundertsechzig Dollar die Woche, im Monat gab er zweihundert für die Miete aus, dazu noch einen Hunderter für Essen, Bier, gelegentliche Kinobesuche, den Rest schickte er nach Hause. Arturo wurde ein guter Freund. Die Arbeit war ein Kinderspiel verglichen mit dem Scharren im Dreck der Kartoffeläcker wie ein menschlicher *burro* oder mit dem Zitronenpflücken bei achtundvierzig Grad Hitze. Er entspannte sich langsam. Fühlte sich zu Hause. Wagontire/Oregon war eine ferne Erinnerung.

Und dann stürzte das Dach ein. Jemand gab *La Migra* einen Tip, und sie machten eine Razzia in der ganzen Gegend, um sechs Uhr früh griffen sie die Leute auf der Straße auf, vor dem Supermarkt und an der Bushaltestelle. Hundert Männer und Frauen, sogar ein paar Kinder standen auf dem Bürgersteig aufgereiht, starrten auf ihre Füße, während die kotzegrünen Busse der Einwanderungsbehörde vorfuhren, um sie nach Tijuana zu bringen, ohne Rückfahrkarte, die Türen verschlossen, die Fenster vergittert, und all ihre armseligen Besitztümer – die Fernseher, bei denen ständig das Bild durchlief, die Matratzen auf dem Fußboden, Kleidungsstücke und Kochutensilien – blieben in den Behausungen zurück, für die Plünderer und die Müllabfuhr.

Sechs Uhr früh. In der Menge stand auch Cándido, in Arbeitskluft. In der Wohnung direkt hinter ihm waren in einem Stoffbeutel unter der Spüle hundertzehn Dollar versteckt. Die Dunkelheit wurde nur vom häßlichen gelben Licht der Straßenlampen und den grell glühenden Augen der Busse erhellt. Es war kalt. Eine Frau neben ihm weinte leise; ein Mann schrie auf einen der spanischsprechenden Beamten ein, sein Tonfall war nervend und jammervoll: »Meine Sachen«, sagte er immer und immer wieder, »was ist mit meinen Sachen?« Cándido war gerade zur Tür hinausgetreten, um vor dem Haus auf Arturo zu warten, der ihn gleich mit dem Kleinlaster ihres Bosses abholen sollte, als *La Migra* ihn erwischte, und nun stand er mit all den anderen Pechvögeln in einer Reihe. Acht Einwanderungsbeamte, darunter zwei Frauen, nahmen sich die Mexikaner vor, einen nach dem anderen, und die Mexikaner standen Ellenbogen an Ellenbogen, als wären sie aneinandergekettet und mit der Straße verwurzelt, ans Weglaufen dachten sie nicht, sie rührten keinen Muskel, bewegten sich nicht einmal. Das war die mexikanische Art: sich fügen, die Dinge akzeptieren. Sie würden sich ändern, ganz bestimmt würden sie das, aber nur wenn Gott es so wollte.

Cándido hörte die Frau neben sich leise weinen und dachte über diesen Fatalismus nach, diese Schicksalsergebenheit, die Unfähigkeit seines Volkes, im Angesicht der Autorität etwas zu unternehmen, ob es recht oder unrecht, schlecht oder gut war, und da rief plötzlich eine Stimme in seinem Kopf: *Los! Lauf weg, solange dieser schwabbelgesichtige Behördenfettsack noch fünf Mann weit weg von dir ist, mit seiner Taschenlampe und dem Clipboard und der grünäugigen Hure, die hinter ihm geht. Lauf weg!*

Er rannte auf eine Reihe von Pfefferbäumen auf der anderen Straßenseite zu, und sein Ausbruch ließ zwei weitere Männer in der Schlange in Aktion treten und mit ihm fliehen, worauf das ganze Macho-Corps der Einwanderungsbeamten unisono losbrüllte und in einer Welle hinter ihnen hersetzte. »Stop!« schrien sie, »Stehenbleiben! Ihr seid verhaftet!« – englische Wörter, die jeder

Mexikaner kannte –, aber Cándido und die zwei anderen blieben nicht stehen. Sie rannten über die Straße und durch die Bäume, kämpften sich die mit Unrat übersäte Böschung hinauf zu dem Zaun, der die Schnellstraße absperrte, und dann, *La Migra* direkt hinter ihnen, kletterten sie über diesen Zaun und standen auf dem Seitenstreifen der Schnellstraße.

Die Autos strömten in dichten Reihen vorbei, auch um diese Zeit schon. Vier Spuren in jeder Richtung, eine Sturzflut von Scheinwerfern, sie fuhren hundert, hundertzehn Stundenkilometer: Selbstmord. Cándido warf einen kurzen Blick auf die zwei Männer neben ihm – beide jung und ängstlich –, dann begann er im Dauerlauf die Straße entlangzurennen, gegen den Verkehr, in der Hoffnung, es bis zur nächsten Ausfahrt zu schaffen und dort im Gebüsch zu verschwinden, das war sein einziger Gedanke. Die zwei anderen – eigentlich noch Kinder, Teenager – folgten seinem Beispiel, und zu dritt rannten sie gut einen Kilometer weit, auf ihren Fersen zwei dickköpfige Kerle von der Einwanderungsbehörde, der Verkehr donnerte vorbei, toste in ihren Ohren, und als sie in Sichtweite der nächsten Ausfahrt kamen, sahen sie, daß *La Migra* ihnen zuvorgekommen war und einen grünen Mannschaftswagen am Straßenrand postiert hatte. Die zwei Jungen waren in Panik, ihr Atem ging ebenso laut wie das zerfetzte, schrille Heulen der Motoren, und dann erfaßten sie die Suchscheinwerfer, und die erste Polizeisirene zerriß die Luft. War es wert, dafür zu sterben? Die Hälfte der Menschen in den Bussen würde bereits am nächsten Tag wieder hier sein, oder in achtundvierzig Stunden oder in einer Woche. Das war es nicht wert. Wirklich nicht.

Was dann geschah, würde sich Cándido nie verzeihen. Er hätte es besser wissen sollen, die anderen beiden waren noch Kinder, verängstigt und orientierungslos. Das war es nicht wert, doch als die Beamten keuchend auf sie zurannten, ihre Gesichter verzerrt und häßlich von den Rufen und den Drohungen, da zersprang etwas in ihm, und er hechtete in den Verkehr hinein wie ein von Hunden in die Enge getriebener Hase, der den Sprung in den Tod wählt. Die Jungen folgten ihm, alle beide, und das kostete sie das Leben. Er hörte nur die kreischenden Bremsen, das durchdringende Hupen und das Geräusch, als würden alle Glasscheiben der Welt zersplittern. Die beiden Jungen wurden zu Brei gefahren – zu nichts zermalmt –, dabei hätten sie nach zwei Tagen wieder zurück sein können. Der erste wurde schlichtweg umgemäht, seine Beine an der Hüfte abgetrennt, weg war er, und der zweite hatte es fast bis zu Cándido in die dritte Spur geschafft, als ihn ein Wagen zerquetschte und als Ganzes in die Luft schleuderte. Die vierte Spur war frei, und Cándido überquerte sie, während die Apokalypse aus ineinander verkeiltem Metall und schleudernden Autos die Welt hinter ihm sprengte, bis sogar der Gegenverkehr vor Grausen anhielt. Cándido überwand den Mittelstreifen und stakte auf schwachen Beinen zur anderen Straßenseite hinüber, kletterte über den Zaun und wurde dann eins mit den Schatten.

Und danach? Danach trieb ihn das Trauma von einem Garten zum anderen, von einem Grünstreifen zum nächsten, dann die ausgetrocknete Anhöhe des Topanga Cañyon hinauf und schließlich in die Kluft des Bachbetts hinein. Mit dem Geld in seiner Tasche kaufte er sich Essen und zwei Flaschen Brandy, und dann lag er sieben Tage lang am plätschernden Bach und erlebte das Grauen immer wieder von neuem. Er betrachtete die Bäume, die sich im Wind wiegten. Er beobachtete die Erdhörnchen und die Vögel, sah das Licht durch die feinen, durchscheinenden Flügel der Schmetterlinge schimmern, und er dachte:

Warum kann nicht die ganze Welt so sein? Irgendwann raffte er sich auf und fuhr nach Hause zu Resurrección.

Damals hatte er den Cañon zum erstenmal gesehen, und jetzt war er zurück. Er fühlte sich gut hier, er hatte Arbeit und beschützte América vor der schlechten Welt da draußen. Sein Unfall war schlimm gewesen, fast tödlich, aber *si Dios quiere* würde er wieder gesund werden, oder fast gesund, und ihm wurde klar, daß ein Mann, der acht Fahrspuren einer Schnellstraße überquert hatte, dem Herrn Jesus glich, der übers Wasser gewandelt war, und niemand konnte erwarten, daß ihm eine solche Gnade mehr als einmal im Leben zuteil wurde. Deshalb arbeitete er für Al Lopez, strich bis fast zehn Uhr abends Wände an, und am Ende setzte ihn Al Lopez im Dunkeln bei der Arbeitsvermittlung ab, um fünfzig Dollar reicher.

América hatte ihn bestimmt vermißt, er wußte es, und jetzt waren die Geschäfte geschlossen, alles hatte zu. Um sieben hatte Al Lopez ihm und dem Indio ein paar Pepsis und *burritos* in Alufolie gebracht, trotzdem hatte er noch Hunger nach all den Tagen des erzwungenen Fastens. Während er die dunkle Straße hinabhinkte, den Scheinwerfern der Autos auswich, fragte er sich, ob América wohl den Eintopf warm hielt.

Es war spät, sehr spät, als er seine Kleider zusammenpackte und durch den Tümpel zu ihrem Lager watete. Er war froh, das Feuer zu sehen, glühende Kohlen schimmerten durch das dunkle Laub, und er roch das scharfe, erregende Aroma des Eintopfs, während er sich wieder anzog und leise nach América rief, um sie nicht zu erschrekken. »América«, flüsterte er, »ich bin's, Cándido, ich bin zurück.« Sie antwortete nicht. Und das war eigenartig, denn als er um den schwarzen Block des Autowracks kam, sah er sie sofort, in ihrer Unterwäsche vor dem Feuer kniend, mit dem Rücken zu ihm, ihr Kleid im Schoß. Sie nähte, das war es, hantierte mit Nadel und Faden am Stoff, hob ihn immer wieder dicht vor die Augen und lehnte sich dann vor, dem flackernden Licht des Feuers entgegen. Die unermüdlichen Bewegungen ihrer Finger und Handgelenke ließen ihre schmächtigen Schulterblätter wie kleine Flügel auf und nieder gehen. Ihr Anblick überströmte ihn mit Trauer und Schuldgefühlen: Er mußte ihr mehr bieten, das mußte er einfach. Am nächsten Tag würde er ihr ein neues Kleid kaufen, nahm er sich vor und dachte dabei an den Secondhandladen bei der Arbeitsvermittlung. Billige Angebote gab es in diesem Laden nicht, das sah er ohne näheres Hinsehen – er war für Gringos, für Pendler und Grundstücksbesitzer und Ausflügler auf dem Weg zum Strand –, aber ohne Transportmittel blieb ihm keine andere Wahl. Er betastete die Geldscheine in seiner Tasche und schwor sich, sie am nächsten Abend mit einem Kleid zu überraschen.

Dann trat er zu ihr, legte ihr die Hand auf die Schulter und sagte: »He, *mi vida,* ich bin wieder da«, und er wollte ihr gleich von Al Lopez, von dem Job und den fünfzig Dollar in seiner Tasche erzählen, aber sie zuckte zurück, als hätte er sie geschlagen und wandte ihm das Gesicht einer Fremden zu. In ihrem Blick lag etwas, was vorher nicht dagewesen war, etwas Schlimmeres, viel Schlimmeres als das, was er am vorigen Abend erahnt hatte, als sie aus dem Wagen des reichen Mannes gestiegen war. »Was ist los?« fragte er. »Was ist denn passiert?«

Sie sah teilnahmslos ins Leere. Sie mied seinen Blick, ihre Hände lagen so verkrampft in ihrem Schoß, daß sie aussahen wie die eines Krüppels.

Er kniete neben ihr nieder und sagte mit eindringlichem, bedauerndem Flüstern: »Ich habe Geld verdient, gutes Geld, und ich werde dir ein Kleid kaufen, ein neues Kleid, gleich morgen, sobald ich – gleich wenn ich mit der

Arbeit fertig bin ... und ich weiß, daß ich Arbeit bekomme, ganz bestimmt, jeden Tag jetzt. Du mußt das Ding da nicht mehr tragen, brauchst es nicht mehr zu flicken. Gib mir nur eine Woche oder zwei, mehr verlange ich nicht, dann habe ich uns hier rausgebracht, dann haben wir die Wohnung, die wir wollten, und du wirst zehn Kleider haben oder zwanzig, einen ganzen Schrank voll ...«

Aber sie reagierte nicht – saß nur still vor ihm, den Kopf gesenkt, das Gesicht hinter dem Vorhang ihres Haars versteckt. Jetzt bemerkte er die Kratzer auf ihrem Nacken, wo das Haar sich teilte und nach vorn über die Schultern fiel. Drei geschwollene rote Kratzer, die ihn wie zornige Augen anstarrten, unverkennbar, unbestreitbar. »Was ist passiert?« wollte er wissen und bedeckte ihre Wunden mit einer zitternden Hand. »War das dieser *rico?* Hat er irgendwas bei dir versucht, dieser Dreckskerl? Ich schwöre, ich bring ihn um ... den werde ich ...«

Ihre Stimme klang ganz leise, erstickt, ein schwacher Vorstoß in den Bereich des Hörbaren. »Sie haben mir mein Geld weggenommen.«

Und jetzt wurde er grob, obwohl er es gar nicht wollte. Er riß sie an den Schultern herum und zwang sie, ihm ins Gesicht zu sehen. »Wer hat dir dein Geld weggenommen – wovon redest du?« Und dann wußte er es, wußte alles, so sicher, als wäre er dabeigewesen. »Diese *vagos?* Es war der mit der Mütze, stimmt's? Der Halb-Gringo, ja?«

Sie nickte. Er vergaß seinen Hunger, vergaß den Topf auf der Glut, die Nacht, den Rauch des Feuers, die Erde unter seinen Knien, sah nur noch ihr Gesicht und ihre Augen. Sie begann zu weinen, ein leises, katzenhaftes Winseln, das ihn nur noch wütender machte. Wieder packte er ihre Schultern, schüttelte sie erneut. »Wer noch?«

»Ich weiß nicht. Ein Indio.«

»Wo?« brüllte er. »Wo war es?«

»Auf dem Pfad.«

Auf dem Pfad. Sein Herz erstarrte um diese drei Wörter herum. Wenn sie sie auf der Straße, auf dem Parkplatz oder bei der Arbeitsvermittlung beraubt hätten, das wäre etwas anderes gewesen, aber *auf dem Pfad* ... »Was noch? Was haben sie noch getan? Los, sag's mir! Sie haben doch nicht ... haben sie versucht, dich zu ...«

»Nein«, sagte sie. »Nein.«

»Du lügst doch. Lüg mich nicht an. Wag es nicht, mich anzulügen!«

Sie riß sich los und starrte ins Feuer, wischte sich mit dem Handgelenk über die Augen. »Sie haben mir mein Geld weggenommen.«

Cándido war bereit zu töten, er hätte am liebsten jeden Busch in den Bergen durchwühlt, bis er auf ihr Lager gestoßen wäre, und dann hätte er ihnen im Schlaf die Schädel eingeschlagen. Das Bild krallte sich in seine Gedanken: hellbraune Hundeaugen, heftig um sich schlagende Arme und ein Stein, der immer wieder niedersauste. »Ist das alles?« zischte er und kämpfte gegen sein Wissen an. »Ist das alles, was sie dir genommen haben?« Er packte sie nochmals am Arm. »Bist du ganz sicher?«

»Ja«, flüsterte sie und sah ihm jetzt fest in die Augen. »Ich bin sicher.«

Es tat weh, das war jedenfalls klar. Es brannte. Brannte wie Säure in einer offenen Wunde, wie das ätzende Mittel im Haus des dicken Mannes, wenn es in die aufgerissene Nagelhaut gelangte. Jedesmal wenn sie pinkeln mußte, meinte sie ein Feuer im Leib zu haben. Sie wußte nicht, was es war – eine Nachwirkung dessen, was sie ihr an jenem Abend angetan hatten, als ihr Innerstes verletzt und beschmutzt worden war, wundgescheuert wie ein aufgeschrammtes Knie ... oder war das einfach eine neue, unerwartete Phase ihrer Schwangerschaft? War das normal? Mußte es vielleicht so sein am Anfang des fünften Monats, daß es beim Pinkeln höllisch brannte? Ihre Mutter hätte es gewußt. Ihre Tanten, ihre älteren Schwestern, die Hebammen des Dorfes. Wäre sie zu Hause, hätte sie sogar Señora Serrano fragen können, die Nachbarin, die sechzehn Kinder zur Welt gebracht hatte, von denen die ältesten schon erwachsen und selbst Eltern waren und das jüngste noch in Windeln herumlief. Aber hier? Hier gab es niemanden, und das machte ihr Sorgen – Sorgen wegen jetzt und wegen später, wenn ihre Zeit kommen würde.

Tag für Tag wartete América, gelangweilt und unter Schmerzen, in der Hütte hinter dem Autowrack auf Cándido – zur Arbeitsvermittlung ließ er sie nicht mehr gehen, nie wieder –, und ihre Brüste spannten, ihr war übel, sie brauchte ihre Mutter, wollte Antwort auf die Fragen, die eine Tochter erst dann stellt, wenn sie verheiratet ist. Aber sie und Cándido hatten ja nie geheiratet, nicht offiziell, nicht in der Kirche. In den Augen der Kirche war Cándido bereits verheiratet, mit Resurrección, und zwar für immer. América war mit Cándido einfach nachts durchgebrannt, lautlos wie Diebe auf der Flucht, und sie hatte ihrer Mutter nur einen Zettel zurückgelassen, weil sie es ihr nicht ins Gesicht sagen konnte, und schon damals war sie schwanger gewesen, auch wenn sie es noch nicht wußte. Gern hätte sie jetzt mit ihrer Mutter gesprochen, am Telefon, in einer dieser Telefonzellen mit den kleinen Plastikdächern, von denen es vor dem Chinesenladen gleich eine ganze Reihe gab, hätte gern ihre Stimme gehört und ihr gesagt, daß es ihr gutging, und sie gefragt, warum es beim Pinkeln so brannte. Mußte das so sein? Machten alle Frauen so etwas durch? Allerdings, selbst wenn sie das Geld gehabt hätte, die silbernen Münzen auf dem Plastikbrett ordentlich vor sich aufgereiht, hätte sie nur in der Apotheke des Dorfes anrufen können, weil ihre Eltern kein Telefon hatten, und selbst das ging nicht: Sie wußte die Nummer der Apotheke nicht, wußte nicht einmal die Vorwahl von Mexiko.

So wartete sie in ihrer kleinen Nische im Wald wie die Prinzessin im Märchen, beschützt von einem Burggraben und den scharfen spitzen Klauen eines Autowracks, nur daß die Prinzessin vergewaltigt worden war, daß es beim Pinkeln brannte und daß sie bei jedem Geräusch zusammenzuckte. Cándido hatte ihr ein paar alte Zeitschriften auf englisch mitgebracht – er hatte sie in der Mülltonne hinter dem Supermarkt gefunden –, dazu sechs schmutzige, eselsohrige *novelas,* Fotoromanzen mit Geschichten auf spanisch über *el Norte,* in denen arme Jungen und Mädchen vom Land ihr Glück machten und sich in den funkelnden Küchen ihrer funkelnden Gringo-Häuser leidenschaftlich küßten. Sie las sie wieder und wieder und versuchte dabei, nicht an den Mann mit der Mütze und den Indio zu denken, an ihre dreckigen, zuckenden Körper und ihren widerlichen Mundgeruch, versuchte ihre Übelkeit und das Schwindelgefühl, ihre Mutter und die Zukunft zu vergessen, versuchte an gar nichts zu denken. Aus Langeweile erforschte sie das Bachbett. Badete im Tümpel. Sammelte Feuerholz. Flickte ihr altes Kleid und hob sich das neue, das ihr Cándido eines Nachmittags mitgebracht hatte, für später auf, für die Zeit, wenn sie eine Wohnung hätten und sie etwas Hübsches bräuchte, um Arbeit zu finden. Eine Woche verging. Dann noch eine. Es wurde heiß. Ihre Pisse brannte. Und dann, ganz langsam, ließen die Schmerzen nach, und sie begann es zu vergessen, was ihr hier im paradiesischen Norden geschehen war, vergaß es manchmal für ein paar Minuten am Stück.

Während einer dieser Momente des Vergessens, als sie

auf dem Rücken im Sand lag und in das veränderliche Gewirr des Laubes emporstarrte, so ruhig und so reglos, als läge sie im Koma, nahm sie auf einmal hinter sich ein leises Rascheln wahr. Es war heiß, die Sonne stand hoch, die Vögel schwiegen, von fern hörte man das einschläfernde Gebrumm der Autos. Da war noch ein zweites Lebewesen mit ihr an diesem geschützten Platz am Fuß des tröpfelnden Wasserfalls, ein Wesen, das atmen, sehen und fühlen konnte. Sie hatte keine Angst. Obwohl sie es nicht sehen konnte, hörte und spürte sie es, und es war kein Mensch, keine Schlange, kein Tier, das ihr weh tun würde. Ganz langsam, Millimeter für Millimeter, wie eine Pflanze, die sich der Sonne zuwendet, drehte sie den Kopf auf dem Sand, bis sie hinter sich sehen konnte.

Anfangs sah sie gar nichts und war enttäuscht, aber sie hatte Geduld, unendlich viel Geduld, die Langeweile der Tage hatte sie mit dem Boden verwurzelt, und dann sah sie eine Bewegung, und auf einmal nahm das Wesen Gestalt an, es war wie bei einem dieser Vexierbilder, auf die man ewig lange schauen konnte und doch nichts erkannte, bis man den Kopf irgendwann auf magische Weise drehte. Es war ein Coyote. Struppiges Fell, in exakt demselben Hellbraun wie das vertrocknete Gras, eine Pfote leicht angehoben, die Ohren gespitzt. Er stand da wie erstarrt, spürte wohl, daß etwas nicht stimmte, blickte aber aus seinen gläsernen gelben Augen durch sie hindurch, und sie sah die Zitzen und die Schnurrhaare des Tiers, die schwarze, eingekerbte Schnauze, sie sah, wie klein es war, so klein wie der Hund, den sie als Kind gehabt hatte, und immer noch rührte es sich nicht. Sie betrachtete den Coyoten so lange und so intensiv, daß sie zu halluzinieren begann, sich vorstellte, selbst aus diesen Augen herauszustarren und zu wissen, daß die Menschen ihre Feinde waren – Menschen in Uniform, Menschen mit verkehrt herum aufgesetzten Mützen, mit fetten, gedunsenen Fingern und fetten, gedunsenen Nacken, Menschen mit Fallen und Gewehren und vergifteten Ködern –, sie sah die Höhle mit den Welpen darin, und die Hügel schrumpften unter ihrem rasanten vierbeinigen Gang. Sie bewegte sich nicht. Blinzelte nicht. Aber dann, sosehr sie auch hinstarrte, war das Tier auf einmal nicht mehr da.

Das Feuer knackte und brauste. Funken und weiße Ascheflocken stoben senkrecht empor in den Trichter der Schlucht, flogen in die Nacht hinaus, bis die Finsternis sie verschluckte. Es war eine warme Nacht mit kalten Sternen. Und Cándido, der mit der einen Hand im Feuer stocherte, mit der anderen ein Würstchen aufspießte und zwischen den Oberschenkeln eine große Korbflasche mit Rotwein hielt, war betrunken. Nicht so betrunken, daß er alle Vorsicht außer acht ließ – er hatte sich den Cañon vorher von oben, vom Pfad aus angesehen, als das Feuer bereits lichterloh brannte, und sich vergewissert, daß nicht der geringste Lichtschein aus der Nische herausdrang, in der sie ihr Lager aufgeschlagen hatten. Der Rauch war zu sehen, das schon, aber nur am Tage, und er paßte immer auf, daß das Feuer tagsüber aus war oder nur noch aus Glut bestand. Jetzt aber war es dunkel, und wer konnte schon ein paar Rauchschwaden vor dem dunklen Vorhang des Nachthimmels erkennen?

Jedenfalls war er betrunken. Er war betrunken und schürte das Feuer, einfach nur aus Freude, aus dem kindlichen Wohlbehagen, dabei zuzusehen, wie die Flammen die Hölzchen langsam verzehrten, und zum guten, praktischen Zweck des Würstchenbratens. Eine ganze Packung hatte er mitgebracht, acht scharfe italienische Würstchen, nicht ganz so gut wie *chorizos* vielleicht, aber immerhin. Eine nach der anderen grillte er sie, bis sie aufplatzten, und dann benutzte er eine Tortilla wie einen Handschuh, zog sie damit vom Holzspieß herunter und schob sie sich in den Mund, einen saftigen Bissen nach dem anderen. Und dazu der Wein natürlich. Er hob die Flasche, die anfangs noch schwer gewesen war, jetzt aber leichter wurde, der Wein brannte in seinem Magen, lief ihm aus den Mundwinkeln, und dann stellte er sie wieder ab, zwischen seine Beine in den Sand. Dies war der Ablauf, der Plan, die Summe seiner Bemühungen. Spieß, Würstchen, Wein.

América, deren sonstige Formen im Gegensatz zu ihrem vom Baby veränderten Leibesumfang geradezu bescheiden wirkten, stand etwas abseits im Schatten der Hütte und probierte die Kleider an, die er ihr aus einem Laden der Wohlfahrt in Canoga Park mitgebracht hatte. Sie hatten dort in der Nähe gearbeitet, die Fassade an einem Wohnhaus restauriert, das gerade den Besitzer wechselte, und Rigoberto – der Indio, der für Al Lopez arbeitete – hatte ihm von dem Laden erzählt. Dort war es wirklich billig, es gab auch Umstandskleidung – riesige Shorts mit Blumenmuster und verstellbarem Hüftumfang, Kleider wie große Säcke, Cordhosen wie für einen Clown. Er hatte ein formloses Kleid mit Gummizug in der Taille ausgesucht – rosa, mit grünen Blumen bedruckt – und ein Paar Shorts. Sie hatte zwar Jeans haben wollen, etwas Robustes, das sie im Camp anziehen konnte, um ihre zwei Kleider zu schonen, aber es hatte wenig Sinn, ihr Jeans zu kaufen, die erst in drei oder vier Monaten wieder passen würden, deshalb hatte er als Kompromiß die Shorts gekauft. Sie konnte sie ja später enger machen.

Das war alles schön und gut, aber er war betrunken. Mit Absicht, aus gutem Grund. Er war betrunken, weil er genug hatte von der ganzen Yankee-Gringo-Welt, wo ein Hund den anderen fraß und ein armer Mann wie auf dem Schlachtfeld kämpfen mußte, nur um nicht zu verhungern, er war betrunken, weil ihm Al Lopez nach drei Wochen halbwegs regelmäßiger Arbeit und dem Versprechen auf etwas Besseres einfach gekündigt hatte. Rigobertos Bruder, der krank gewesen war, hatte sich erholt und konnte wieder arbeiten. Einen Leistenbruch hatte er gehabt, und er hatte sich von Gringo-Doktoren im Krankenhaus zusammenflicken lassen, das war kein Problem, denn er hatte Papiere, *la tarjeta verde,* die grüne Karte – er war legal. Cándido nicht. »Habe ich denn nicht gut gearbeitet?« fragte er Al Lopez. »Hab ich nicht alles gemacht, was Sie mir aufgetragen haben, hab ich nicht geschuftet wie ein menschlicher *burro* und mir ein Bein für Sie ausgerissen?« »Stimmt schon«, hatte Al Lopez geantwortet, »aber darum geht es nicht. Du hast keine Papiere, und Ignacio hat welche. Deinetwegen könnte ich Ärger kriegen. Großen Ärger.« Und dann hatte Cándido Würstchen und Wein gekauft und war betrunken nach Hause gekommen, mit dem Kleid und den Shorts in einer Papiertüte, und jetzt war er betrunken und betrank sich noch weiter.

In drei Wochen hatte er fast dreihundert Dollar verdient, abzüglich ein bißchen was fürs Essen und für das Kleid, das er América damals gekauft hatte, das hübsche, aus dem Gringo-Geschäft. Damit blieben ihm gut zweihundertfünfzig Dollar übrig, doch das war nur die Hälfte von dem, was er für ein Auto brauchte, und ein Viertel der Kosten für eine anständige Wohnung, denn alle Vermieter – auch die mexikanischen – verlangten die erste und die letzte Monatsmiete im voraus, dazu noch eine Kaution. Das Geld war in einer Erdnußbutterdose aus Plastik unter einem Felsen hinter dem Autowrack versteckt, aber jetzt wußte er nicht, wie er diese Ersparnisse weiter vermehren sollte. Ohne Al Lopez hatte er nur einmal Arbeit gefunden, und auch dann nur für einen halben

Tag zu drei Dollar die Stunde, Steine schleppen für eine Mauer, die irgendeine alte Dame um ihr Grundstück hochziehen wollte. Es war Ende Juli. Das trockene Wetter würde noch etwa vier Monate andauern, bis dahin würde América ihr Baby – seinen Sohn – bekommen haben, und dann brauchten sie einfach ein Dach über dem Kopf. Dieser Gedanke verdüsterte seine Laune, und als América nun mit ihrem Katzenlächeln in den Schein des Feuers trat, um ihm die weiten Shorts vorzuführen, herrschte er sie an.

»Diese *vagos*«, begann er, und die Zunge lag ihm so schwer im Mund, als hätte er eine Schlange verschluckt, »die haben doch mehr gemacht als dir nur das Geld weggenommen, oder? Stimmt's nicht?«

Ihr Lächeln erlosch. »Geh zum Teufel, du Trunkenbold«, sagte sie. »*Borracho!* Ich hab es dir schon gesagt, schon tausendmal«, damit wandte sie sich ab und verschwand in der Hütte.

Er machte ihr keine Vorwürfe. Aber er war betrunken und wütend, und er wollte sie verletzen, wollte sich selbst verletzen, schob das schmerzende Wissen in seinem Kopf hin und her wie einen wehen Zahn, den man immer wieder im entzündeten Zahnfleisch bewegt. Wie konnte er so tun, als wüßte er nicht, was passiert war? Seit drei Wochen ließ sie sich nicht mehr von ihm anfassen, und warum nicht? Wegen des Babys, behauptete sie. Ihr war übel. Sie hatte Kopfschmerzen. Ihre Verdauung war durcheinander ... nein, Cándido, nein ... na ja, vielleicht stimmte es ja auch. Aber wenn er ihm je wieder begegnete, diesem Hurensohn mit den ekelhaften Augen und dieser beschissenen, blöden Baseballmütze ... und er suchte ihn, suchte ständig und überall nach ihm, zum Beispiel wenn er auf Als Lastwagen mitfuhr und er irgendwo jemanden am Straßenrand sah, Schultern, Baseballmütze, Bluejeans – und dann ein fremdes Gesicht … Cándido wußte, was er tun würde, wenn er ihn fand: Er würde mit der Faust gegen die Scheibe trommeln, bis der Wagen anhielt, der *vago* würde hinterherlaufen, um sich ein Stück mitnehmen zu lassen, als wäre es sein Glückstag, und Cándido würde den ersten Gegenstand packen, den er in die Hände bekam, den großen Vorschlaghammer zum Eintreiben von Zaunpfählen, die Machete zum Roden von Unterholz, und wenn er deshalb hundert Jahre lang ins Gefängnis mußte, wäre das ein süßer Trost verglichen mit dem hier …

Wenn sie ihn anlog, dann nur, um ihn zu schonen, das wußte er, und in seinem Rausch entdeckte er wieder sein Herz für sie. Siebzehn Jahre alt, und sie war es gewesen, die Arbeit gefunden hatte, als er zu krank war, sie war es gewesen, hinter der sie hergehechelt waren wie die Hunde, und sie war es auch, die von ihrem Mann gezwungen wurde, in einer Hütte aus Stöcken zu wohnen, der sie dann auch noch eine Lügnerin nannte, eine Hure und Schlimmeres. Aber als er so dalag und sah, wie die Funken hinauf in den Himmel stoben, während der Wein in seinen Adern pulsierte, da wußte er, wie es weitergehen würde, wie es sein mußte: Er wußte, daß er ihr in diese Hütte folgen und ihr mit Ohrfeigen seinen eigenen Schmerz aus dem Leib prügeln würde, und das war so pervers und so widerlich, daß er sich in diesem Augenblick nichts mehr wünschte, als einfach zu sterben.

Allerdings fanden tote Männer auch keine Arbeit, oder?

3

In nach Ingwer duftenden Wölkchen erhob sich der Rauch vom Grill, während Delaney die Tofu-Ćevapčići mit seiner speziellen Honig-Ingwer-Marinade beträufelte und Jordan im Garten hinter einem Ball herjagte, dicht gefolgt von Osbert. Kyra lag ausgestreckt am Pool, nachdem sie gejoggt war, ihre vierzig Längen gekrault und ihr allwöchentliches Glas Chardonnay getrunken hatte, und obwohl die Aktentasche neben ihr stand, schien sie momentan damit zufrieden, die Innenseite ihrer Augenlider zu betrachten. Es war ein Sonntag Mitte August, sieben Uhr abends, die Sonne hing reglos am Himmel wie ein japanischer Lampion. Von irgendwoher ertönte Musik, ein langsames, stimmungsvolles Klavierstück, das sich von einer gehaltenen, kaum hörbaren Note zur nächsten hangelte, und als Delaney von seinen Ćevapčići aufblickte, sah er, wie sich ein kalifornischer Fliegenschnäpper – dieser seltene, magische graue kleine Vogel – auf dem obersten Draht des Zauns niederließ. Es war einer jener erlesenen Augenblicke, in dem der wahnwitzige Strudel der Dinge auf einmal innehält, wie ein Standfoto in einem Film, und Delaney hielt daran fest, genoß den Moment, in dem der Duft des Ingwers in der Luft verrauchte, das Klavier verstummte und der Vogel ins Nichts davonschoß. Sie hatten eine ziemlich harte Zeit hinter sich – der Unfall, der Tod von Sacheverell, der Diebstahl seines Wagens –, aber jetzt war das Leben wieder auf einen angenehmeren, alltäglicheren Kurs eingeschwenkt, auf eine Normalität, die auch den kleinen Dingen wieder Gewicht verschaffte, und dafür war er dankbar.

»Ist es schon fertig?« rief Kyra mit rauchiger, träger Stimme. »Soll ich die Soße über den Salat gießen?«

»Ja, klar, das wäre toll«, sagte er, und er fühlte sich fröhlich, geradezu hingerissen, als er seiner Frau zusah, wie sie ihre Beine über die Armlehne schwang, die Träger ihres Badeanzugs zurechtzupfte und graziös über den Innenhof ins Haus hinüberschlenderte.

Beim Abendessen, das Delaney direkt am Pool auf dem Glastisch servierte, goß sich Kyra ein Perrier ein und verkündete dabei mit einem selbstironischen Kichern, sie habe »auf der Shoup Avenue aufgeräumt«. Jordan spielte mit seinem Tofu herum, trennte ihn von den Pilzen, die Pilze von den Tomaten und die Tomaten von den Zwiebeln. Osbert hockte unter dem Tisch und nagte an einem Spielzeugknochen. »Was?« fragte Delaney nach. »Wie meinst du das?«

Kyra sah auf ihren Teller, als wüßte sie nicht recht weiter. »Du weißt doch noch, daß ich dir von den vielen Leuten erzählt habe, die sich an den Straßenecken versammeln – diese Tagelöhner?«

»Mexikaner«, sagte Delaney, und da war kein bißchen Zögern mehr, keinerlei Bedenken, andere Leute über ihre Nationalität zu definieren, nicht die geringste Überlagerung durch liberal-humanistische Schuldgefühle. Mexikaner, überall waren doch Mexikaner.

»Mexikaner«, bestätigte Kyra mit einem Nicken. Neben ihr stopfte sich Jordan eine Gabel voll Reis in den Mund, kaute nachdenklich einen Moment lang darauf herum und spuckte dann eine schimmernde weiße Paste auf die Gabelzinken. »Also«, fuhr Kyra fort, »damals, das war vor ein oder zwei Wochen, du weißt doch – als ich bei dem Supermarkt vorbeikam?«

Delaney nickte, erinnerte sich vage.

»Ja, jedenfalls hab ich Mike am nächsten Tag Feuer

unterm Hintern gemacht, denn wenn es ein bestimmtes Limit übersteigt – ungefähr zehn, um die zehn ist noch in Ordnung, aber sobald es mehr werden, sieht man die Kunden richtig zusammenzucken, wenn man vorbeifährt. Genau wegen solcher Sachen ziehen sie ja hier heraus, und du kennst mich ja, ich tue alles, mache lieber einen Riesenumweg, um den Leuten einen guten Eindruck von der Gegend zu verschaffen, aber manchmal muß ich einfach den Boulevard nehmen, es geht nicht anders. Jedenfalls weiß ich nicht, wie es kam, aber eines Tages sehe ich da plötzlich an die fünfzig, sechzig Kerle herumstehen, den ganzen Block entlang lehnten sie an der Mauer oder saßen auf dem Bürgersteig, also sagte ich zu Mike: ›Dagegen muß was unternommen werden!‹, und der rief gleich bei Sid Wasserman an, und ich weiß zwar nicht, was Wasserman daraufhin gemacht hat, aber diese Ecke ist jetzt leer, wirklich völlig menschenleer.«

Delaney wußte nichts dazu zu sagen. Er kämpfte mit seinen Gefühlen, versuchte Theorie und Praxis innerlich zu vereinbaren. Eigentlich durften sich diese Leute jederzeit an der Straßenecke versammeln – es war ihr Grundrecht, von der Verfassung garantiert. Aber von welcher Verfassung – der mexikanischen? Besaß Mexiko überhaupt eine Verfassung? Aber das war zynisch, und er korrigierte sich sofort: Er nahm einfach an, daß es illegale Einwanderer waren, obwohl selbst Illegale gewisse verfassungsmäßige Rechte hatten – und wenn sie sich nun legal im Land befanden, wenn es US-amerikanische Staatsbürger waren, was dann?

»Also«, sagte Kyra gerade und hob ein Stück Tofu mit Austernpilzen zum Mund, »ich bin gar nicht stolz darauf oder so – ich weiß auch, wie du darüber denkst, und es stimmt ja auch, daß jedermann ein Recht auf Arbeit und einen anständigen Lebensstandard hat, aber es sind einfach zu viele, sie überrennen uns, unsere Schulen, das Wohlfahrtssystem, die Gefängnisse, und jetzt die Straßen ...« Sie kaute nachdenklich. Trank einen Schluck Wasser. »Ach, übrigens, hab ich dir erzählt, daß Cynthia Sinclair sich verlobt hat? Im Büro!« Sie lachte, ein gurrender Triller, und legte die Gabel beiseite. »Weiß gar nicht, wie ich darauf komme – vom Gefängnis etwa?« Sie lachte nochmals, und Delaney lachte unwillkürlich mit. »Genau. Vom Gefängnis. Das war's.«

Und dann erzählte sie ihm Einzelheiten über Cynthia Sinclair und ihren Verlobten, lauter kleine Geschichten über Hintergrund, Arbeitsgewohnheiten und Ziele der beiden, doch Delaney hörte ihr nicht zu. Was sie von der Räumung dieser Straßenecke gesagt hatte, löste bei ihm eine Assoziation aus, rief ihm eine Versammlung ins Gedächtnis, auf der er zwei Tage zuvor mit Jack gewesen war. Eigentlich war es gar keine Versammlung gewesen, eher ein gesellschaftliches Beisammensein – »Ein paar von den Jungs treffen sich auf einen Drink«, wie Jack es genannt hatte.

Jack hatte ihn kurz nach sieben abgeholt, in Polohemd und Shorts – weiß, und natürlich perfekt gebügelt –, und er und Delaney waren im goldenen Schein der Abendsonne ein paar Straßen weiter zur Via Mariposa geschlendert. Jack hatte ihm nicht gesagt, wohin sie gingen – »Bloß rüber zu einem Nachbarn, einem Freund von mir, den ich dir schon lange vorstellen wollte« –, und während sie so an den vertrauten, großzügigen Einfamilienhäusern im Missionsstil vorbeiflanierten, bekam der Spaziergang für Delaney etwas Abenteuerliches. Jack und er plauderten über alles mögliche – die Spielsaison der Dodgers, Rasenpflege, die Lage in Südafrika, die Sumpfohreule, die sich das Kätzchen der Corbissons vom Dach geschnappt hatte –, und doch fragte sich Delaney die ganze Zeit, worum es eigentlich ging. Was für ein Freund? Welcher Nachbar? Obwohl ihm über die Hälfte der Leute in der Wohnanlage fremd waren, glaubte er Jacks Bekanntenkreis doch ziemlich gut zu kennen, wenigstens soweit er in Arroyo Blanco wohnte.

Aber dann kamen sie ganz am Ende der Via Mariposa, wo hinter den Dächern der Häuser die Hügel wie ein Keil aufragten, zu einem Haus, und Delaney wurde sich bewußt, daß er keine Ahnung hatte, wer hier wohnte. Er war an dem Haus schon hundertmal vorbeigegangen, wenn er den Hund ausführte oder nur so Luft schnappte, hatte ihm aber nie viel Beachtung geschenkt: es war eben ein Haus. Das gleiche Modell wie seines, nur mit der Garage auf der anderen Seite, und statt westernweißen Putzes mit Zierkanten in Navajoweiß hatte der Besitzer auch die Farbgebung umgekehrt und sich für die helleren Zierkanten und den dunkleren Putz entschieden. Der Garten fiel nicht weiter auf, er unterschied sich in nichts von den übrigen Grundstücken der Umgebung: zwei Rasenflächen zu beiden Seiten eines Kieswegs, ein paar Sträucher, die eigentlich das trockene Klima nicht vertrugen, ein Flaggenmast mit einer schlaffen Fahne daran und einem einzelnen fetten Star, der ganz oben auf dem Knauf hockte wie ein Klumpen von etwas, das man am Ärmel abgerieben hat.

»Wer wohnt hier?« fragte er Jack, als sie den Kiesweg betraten.

»Dominick Flood.«

Delaney sah ihn kurz an. »Kenne ich nicht.«

»Solltest du aber«, sagte Jack über die Schulter, sonst nichts.

Ein Dienstmädchen führte sie ins Haus. Es war eine kleine, sehr gepflegte junge Frau mit kaum merklichem Akzent, die ein enges schwarzes Kleid mit weißem Kragen und einer kleinen weißen Schürze trug, was Delaney ziemlich übertrieben fand: Wozu bestand jemand darauf, daß sich ein Dienstmädchen anzog wie ein Dienstmädchen, wie im Film? Was sollte das Ganze? Sie folgten ihr durch einen Flur mit Wänden in Edelrauhputz, karg und hell, vorbei an zwei Zimmern, die im Stil des Südwestens eingerichtet waren, mit Navajo-Decken an den Wänden, schweren Möbeln aus gebleichtem Kiefernholz, Kakteen und anderen Sukkulenten in riesigen Tontöpfen, Böden aus unglasierten Fliesen. Im hinteren Teil des Hauses war der Raum, den Delaney als Arbeitszimmer nutzte, als Bar eingerichtet, und acht Männer hatten sich um die Theke versammelt, jeder mit einem Drink in der Hand. Es ging ziemlich laut zu und wurde noch lauter, als Jack eintrat, denn die Männer wandten sich geschlossen um und begrüßten ihn lärmend. Delaney erkannte Jack Cherrystone, dann den dicken Mann mit Bart von der Versammlung – Jim Shirley – und noch zwei oder drei andere, auch wenn ihm ihre Namen nicht einfielen.

»Jack!« rief jemand hinter ihnen. Delaney drehte sich um und sah den Mann, der anscheinend der Gastgeber war, den Flur entlangkommen. Flood schien um die Sechzig zu sein, braun gebrannt und hart wie eine Walnuß, mit eng zusammenstehenden Augen und dichtem, falschem weißem Haar, das streng aus der Stirn nach hinten gekämmt war. Er war barfuß, trug Shorts und ein übergroßes Hawaiihemd, und es war unmöglich, das Gerät an seinem Fußknöchel zu übersehen: ein schwarzer Plastikkasten, etwa fünf mal fünf Zentimeter groß, der flach auf der Haut auflag wie eine Art High-Tech-Parasit. Er war mit einem breiten Elastikband am Bein befestigt.

»Dom«, rief Jack in seinem Singsang, schüttelte dem älteren Mann die Hand und stellte ihm dann Delaney vor.

»Aha, der Naturkundler«, sagte Flood ohne jede Ironie

und fixierte ihn mit prüfendem Blick. »Jack hat mir schon viel von Ihnen erzählt. Und natürlich verfolge ich Ihre Kolumne in *Wide Open Spaces* – tolle Artikel, wirklich toll.«

Delaney murmelte verlegen: »Ich habe gar nicht gedacht, daß irgend jemand meinen Sachen so viel Aufmerksamkeit ...«

»Ich hab sie alle abonniert«, sprach Flood weiter, »*Nature, High Sierra, The Tule Times*, sogar ein paar von den radikaleren Zeitschriften. Für mich gibt's nichts Wichtigeres als die Umwelt – he, Mann, wo wären wir denn ohne sie? Wir würden doch im Weltall treiben!«

Delaney lachte mit.

»Außerdem habe ich ziemlich viel Zeit im Moment« – an dieser Stelle sahen beide zu dem Gerät an seinem Knöchel, und Delaney ahnte erstmals ansatzweise, worin dessen Funktion bestehen könnte –, »und das Lesen hält mich auf dem laufenden, bei allen Themen. Aber kommt doch rein und holt euch was zu trinken«, sagte er, setzte sich in Bewegung, und im nächsten Augenblick standen sie mit den anderen an der Bar, wo ein Mann in einem blauen Satinjackett und mit einer Fliege für ihre Drinks sorgte – Scotch ohne Eis für Jack und ein Glas Sauvignon blanc für Delaney.

Es war ein fröhlicher Abend, ein geselliges Beisammensein, weiter nichts – zumindest während der ersten Stunde –, und Delaney fühlte sich zunehmend wohl, angenehm überrascht durch das eingangs geäußerte Lob des Gastgebers und die zwanglose Vertrautheit mit den anderen – es waren schließlich seine Nachbarn –, als die einzelnen Gespräche unmerklich einem gemeinsamen Punkt zustrebten und das Thema des Abends sich allmählich herausschälte. Jim Shirley, der in seinem verschwitzten Disneyland-T-Shirt wuchtig wirkte, beugte sich mit einem

Drink in der Hand auf dem Sofa vor und sprach Bill Vogel und Charlie Tillerman an, die beiden Männer, die Delaney beim Hereinkommen erkannt hatte, und im Raum wurde es still, damit alle ihn hören konnten. »Laßt euch 'ne Geheimnummer geben, das ist mein Tip. Das werde ich auch bei der nächsten Eigentümerversammlung zur Sprache bringen, man muß die Leute doch warnen ...«

»Ich glaube, ich kann dir nicht ganz folgen, Jim«, schaltete sich Jack Cherrystone dröhnend von der Bar her ein, und die seismischen Schwingungen seiner Stentorstimme brachten die gläsernen Aschenbecher auf dem Beistelltisch zum Beben. »Wie meinst du das mit der Geheimnummer? Was sollte ich davon haben?«

Jim Shirley war ein fetter, griesgrämiger Typ, der typische Unglücksbote, ein richtiger Paranoiker, und Delaney mochte ihn nicht. Aber es war Jim Shirleys Auftritt, und er ließ ihn sich nicht entgehen. »Also, ich spreche jetzt von den Einbrüchen in letzter Zeit, ja? Von den drei Häusern in der Via Esperanza, die vor zwei Wochen ausgeräumt worden sind. Okay, das Tor bringt schon was, kein Zweifel, aber diese Typen kamen mit einem Pritschenwagen an, in zerschlissenen Gärtnerklamotten, ein paar Harken und einen Rasenmäher hinten auf der Ladefläche, und sagten, sie hätten bei den Levines zu tun, Via Esperanza Nummer 37. Der Wachmann hat sie durchgewinkt. Nur hatten sie die Adresse aus dem Telefonbuch – ein kurzer Anruf bei den Levines genügte ihnen, um herauszukriegen, daß keiner da war –, und schon hatten sie die Hütte geplündert. Und wo sie gerade dabei waren, sind sie bei den Farrells und den Cochrans nebenan auch gleich eingebrochen. Deshalb rate ich allen: Laßt euch eine Geheimnummer geben. Und damit meine ich jeden hier in der Anlage.«

Es war dunkel geworden, und Delaney sah durch sein eigenes Spiegelbild auf den schattigen Rasen vor dem

Fenster hinaus, stellte sich vor, draußen gingen als Gärtner verkleidete Verbrecher auf Zehenspitzen vorbei, eingerollte Karastanteppiche und CD-Spieler unter dem Arm. War man denn nirgends sicher – nirgendwo und niemals?

»Ich halte das für einen guten Rat, Jim«, sagte Jack Jardine. Er saß an der Bar und nippte an seinem zweiten Scotch. Eine einzelne, breite Haarsträhne war ihm in die Stirn gefallen, so daß er an einen ernsten jungen Teilnehmer im Debattierclub der Highschool erinnerte. »Und ich bin ganz deiner Meinung, daß du die Sache bei der nächsten Versammlung ansprechen solltest, aber worüber wir uns wirklich Gedanken machen sollten, ist doch die weitergehende Frage, wie diese Leute überhaupt in unsere Siedlung reinkommen, und die Tatsache, daß das Tor ja nur ein Notbehelf ist – zum Teufel, schließlich kann jeder draußen auf der Cañonstraße parken und von Süden her rein, oder er kann an einem halben Dutzend Stellen einfach einen unbefestigten Weg nehmen und ist in fünf Minuten auf der Rückseite der Anlage. Wir sind äußerst verletzlich. Übrigens hat euch Jim nicht erzählt – jedenfalls noch nicht –, was Sunny DiMandia passiert ist.«

Jacks Tonfall hatte einen ominösen Beiklang, der Delaney abstieß – Jack manipulierte die Stimmung, als wäre er im Gerichtssaal, und Delaney nahm ihm das übel. Hatte er ihn deshalb mitgenommen – um ihn auf seine Seite zu ziehen? Jim Shirley, der hier der offizielle Horrorgeschichtenerzähler zu sein schien, wollte gerade anheben, Sunny DiMandias Schicksal in all seinen grausigen Einzelheiten zu schildern, da hörte Delaney seine eigene Stimme in die Pause hineintönen: »Wovon redest du eigentlich, Jack? Reicht dir das Tor noch nicht? Als nächstes willst du wohl eine Mauer hochziehen, wie im Mittelalter oder so ...«

Delaney hatte mit Gelächter gerechnet, mit zustimmendem Murmeln von ein oder zwei Leuten oder damit, daß wenigstens irgendwer das Absurde dieses Vorschlags bestätigte, doch er erntete nichts als Schweigen. Alle Blikke waren auf ihn gerichtet. Urplötzlich fühlte er sich unsicher, der Geist der Kameraderie hatte sich in Sekundenschnelle aufgelöst. Eine Mauer hochziehen. Genau das hatten sie vor. Deshalb waren sie hier zusammengekommen. Das war der Zweck des Treffens.

»Wir alle beten für Sunny«, begann Jim Shirley in diesem Moment, »und nach den letzten Prognosen ihrer Ärzte sieht es auch so aus, daß sie sich bald wieder vollkommen erholt haben wird, aber wer immer letzte Woche bei ihr eingedrungen ist – ein Mann oder mehrere, die Polizei ist da noch nicht sicher –, hat sie jedenfalls übel zugerichtet, und zwar nicht nur in körperlicher Hinsicht, denn ich weiß gar nicht, ob eine Frau über so etwas jemals ganz hinwegkommen kann …« Er hielt inne und stieß einen tiefen, rasselnden Seufzer aus. Seine Hand hob sich zum Gesicht, feucht und teigig, und er drückte sich den Drink gegen die Stirn wie ein nasses Tuch. »Ihr alle kennt Sunny, oder?« fuhr er schließlich fort und hob den Kopf, um in die Runde zu blicken. »Ein Prachtweib, wirklich großartig. Zweiundsechzig Jahre, und dabei eine der Aktivsten in der Gemeinde.« Wieder ein Seufzer, ein grimmiges Zusammenpressen der feisten Kiefer. »Sie hat die Tür zum Garten offengelassen, das war ihr Fehler. Weil sie glaubte, hier oben sei es sicher – was für eine Ironie des Schicksals, was?«

»Es war unser erstes Gewaltverbrechen«, warf Jack ein. »Das erste – und wir sollten verdammt noch mal dafür sorgen, daß es auch das letzte war.«

»Amen«, sagte Jim Shirley, und dann ging er daran, jedes einzelne, schaurige Detail zu schildern, und er ersparte seinen Zuhörern nichts.

Delaney blendete ihn innerlich aus. Er betrachtete den Gastgeber, der es sich in der Ecke einer pastellfarbenen Couch bequem gemacht hatte, die nackten Beine auf den Beistelltisch gelegt, und sich geistesabwesend an der Wade kratzte. Beim ersten Drink an der Bar hatte Jack verkürzt erläutert, welchem Zweck das Gerät an Floods Knöchel diente. Anscheinend war Flood einer von Jacks Mandanten, ein guter Mann, ehrgeizig, und seine Bank – sie besaß in der Gegend drei Filialen, die er persönlich geleitet hatte – war in einige unkluge Investitionen verwickelt worden, wie Jack es ausdrückte. Das Gerät, eine Leihgabe aus dem Haft-im-eigenen-Heim-Programm des Gerichtsbezirks Los Angeles County, war ein elektronischer Bewegungsmelder, den er die nächsten drei Jahre Tag und Nacht tragen mußte. Delaney hatte es kaum fassen können. »Drei Jahre?« hatte er geflüstert und die schwarze Plastikfessel an Floods Knöchel respektvoll betrachtet. »Du meinst, er darf drei Jahre lang nicht sein Haus verlassen?« Jack hatte darauf nur knapp genickt: »Besser als Gefängnis, findest du nicht?«

Während Jim Shirley weiterschwadronierte, praktisch jede widerliche Einzelheit des tätlichen Angriffs auf Sunny DiMandia begeiferte – die Frau begann für Delaney mythische Dimensionen anzunehmen, denn er kannte sie ebensowenig wie die Königin von Saba oder Hillary Clinton –, beobachtete Delaney aus den Augenwinkeln Dominick Flood. Drei Jahre ohne einen Spaziergang im Wald, ohne Essen im Restaurant, nicht mal ein Gang durch den Supermarkt war erlaubt: einfach unglaublich. Und doch: Falls er den Radius von fünfzig Metern überschritt, den sie ihm gestatteten, würde irgendwo ein Summer losgehen, und die Polizei würde anrücken, um ihn abzuholen und an einem Ort mit weitaus weniger Annehmlichkeiten als hier einzubuchten. Kein Wunder, daß er gerne über die freie Natur las – er selbst würde davon noch lange Zeit nicht viel mehr sehen als den Zaun in seinem Garten.

Die Unterhaltung kreiste eine Zeitlang um Sunny DiMandia – man drückte Betroffenheit, Empörung, Entsetzen und Abscheu aus –, dann aber kam das Mädchen herein und brachte Kaffee und eine Platte mit Käsekuchen und Brioches. Es war eine willkommene Ablenkung, und als die elf Männer sich nun so profanen Tätigkeiten widmeten, wie das heiße Gebräu umzurühren, Zucker oder Süßstoff zu portionieren, mit Kuchenmesser und Gabel zu hantieren, zu kauen, zu schlucken und leise in sich hineinzurülpsen, senkte sich eine friedliche Stimmung über den Raum, die all die schlimmen Nachrichten von Vergewaltigungen, Einbrüchen und dem allgemeinen Zerfall und Niedergang der Welt ringsherum rasch vergessen ließ. Jemand schnitt das Thema Baseball an, und mit einem Gefühl echter Erleichterung stürzten sich alle auf diesen neuen Gesprächsstoff. Von den Hügeln hinter dem Haus erklang das ferne, atemlose Bellen eines Coyoten, dem fast augenblicklich ein anderer von Norden her antwortete.

»Die Eingeborenen werden unruhig«, brummte Jack Cherrystone, und alle lachten.

»Glaubt ihr, wir sollten sie hereinbitten?« fragte Bill Vogel. Er war ein großer, gespenstisch dünner Mann mit einer gewaltigen Sichelnase, deren Gewicht ihn vornüberzog. »Vermutlich haben sie es satt, immer nur rohes Rattenfleisch und so Zeug zu fressen – wenn ich ein Coyote wäre, hätt ich doch garantiert auch mal Appetit auf so ein Stück Käsekuchen.«

Jack Cherrystone, dessen Kopf eigentlich zu groß für seine kleine Statur war und dessen Augen wiederum zu groß für seinen Kopf waren, wandte sich zu Delaney. »Ich denke, da würde Delaney Einspruch erheben«, sagte er, und seine Stimme schnitzte ganze Cañons in den Boden. »Stimmt doch, Delaney, oder?«

Delaney wurde rot. Wie viele im Raum waren an jenem Abend dabeigewesen, als er sich vor der ganzen Versammlung zum Narren gemacht hatte? »Ja«, sagte er und versuchte zu lächeln, »ja, das würde ich wohl.«

»Was ist eigentlich aus der Sache mit der Arbeitsvermittlung geworden, Dom?« fragte Jack Jardine unvermittelt, und die grinsenden Mienen wandten sich von Delaney zu ihm und dann zu ihrem Gastgeber.

Flood war aufgestanden und neigte gerade graziös den Kopf, um einen Schluck Kaffee aus der Tasse zu trinken, die er über der Untertasse in der Hand hielt. Er zwinkerte Jack zu, ging zu ihm, legte ihm den Arm um die Schulter und sprach zu allen Anwesenden. »Diese leidige Angelegenheit ist erledigt. War kein großes Problem, glaubt mir – nur ein paar Anrufe bei den richtigen Leuten. Joe Nardone von der Eigentümervereinigung Topanga Canyon Boulevard sagte mir, daß die Leute dort das ganze Projekt ohnehin bis obenhin satt haben – es war ein Experiment, das nicht funktioniert hat.«

»Gut.« Jack Cherrystone saß jetzt auf einem Barhocker, und seine Beine reichten kaum bis zur unteren Sprosse. »Ich meine, ich bin so mitfühlend wie jeder andere auch, und es tut mir wirklich leid – ich kann mir gut vorstellen, daß die Eigentümer am Topanga Canyon Boulevard etwas für die Leute tun wollten, aber das Ganze war von Anfang an falsch angelegt.«

»Das will ich meinen«, meldete sich Bill Vogel mit ziemlicher Vehemenz. »Je mehr man ihnen gibt, desto mehr verlangen sie, und desto mehr von ihnen kreuzen hier auf«, aber das professionelle Durchsetzungsvermögen von Jack Cherrystones Stimme absorbierte und übertönte seine Worte, und Jack fuhr einfach fort, ohne seinen Gedanken zu unterbrechen.

»Denn wieso sollen wir diesen Leuten Jobs verschaffen, solange wir zehn Prozent Arbeitslose haben – hier in Kalifornien, und zwar unter unseren *eigenen* Staatsbürgern. Und außerdem möchte ich darauf wetten, daß die Kriminalität in der Gegend immens runtergehen wird, sobald dieser Laden geschlossen ist. Und wenn das noch nicht Grund genug ist, also, es tut mir leid, aber ganz ehrlich, ich mag's nicht, mich durch diese Typen durchdrängen zu müssen, wann immer ich zur Post will. Nichts für ungut, aber langsam sieht's da unten ja aus wie in Guadalajara oder einem anderen beschissenen Nest.«

Dominick Flood strahlte. Er war der Gastgeber, der Herr des Hauses, der Mann der Stunde. Er zuckte verlegen die Schultern – was er getan hatte, war nichts, überhaupt nichts, nur ein kleiner Gefallen, sonst nichts, und sie konnten alle ruhig schlafen. »Heute in einer Woche«, verkündete er, »ist es aus mit der Arbeitsvermittlung.«

Delaney dachte darüber nach, während Kyra zum Ende ihres Vortrags über Cynthia Sinclair kam: Kyra hatte an der Ecke von Shoup Avenue und Ventura Boulevard aufgeräumt, Dominick Flood hatte mit der Arbeitsvermittlung aufgeräumt. Na gut. Aber wo sollten diese Menschen denn nun hin? Zurück nach Mexiko? Delaney bezweifelte es, nach allem, was er aus der Zoologie über die Wanderung von Arten wußte und darüber, wie eine Population darauf reagierte, wenn sie von einer anderen verdrängt wurde. Das bedeutete Krieg, es bedeutete Kämpfen und Töten, bis die eine Gruppe die andere genügend dezimiert und damit ihren Anspruch auf das Revier zum Jagen, Grasen oder zur Vermehrung gefestigt hatte. Es war traurig, aber wahr.

Er versuchte, den Gedanken loszuwerden – es war ein wunderschöner Abend, sein Leben war wieder im Lot, seine Wanderungen bereiteten ihm mehr Vergnügen als je zuvor, und sein Talent zum Beobachten und Beschreiben schärfte sich um so mehr, je besser er sich in der freien Natur entspannen konnte. Warum sich mit dem Negativen beschäftigen, mit den Paranoikern, den Mauerbauern und Ausgrenzern? Er gehörte ja auch dazu, wurde allein dadurch zum Komplizen, daß er hier lebte – aber wenigstens das sollte er genießen. Er sah von seinem Essen auf und fragte: »Habt ihr nicht Lust, heute abend ins Kino zu gehen?«

»Au ja!« rief Jordan und streckte triumphierend die geballten Fäuste in die Höhe. »Können wir?«

Kyra stellte behutsam ihr Glas ab. »Ich muß noch arbeiten«, sagte sie. »Ich kann nicht mal davon träumen. Wirklich, unmöglich.«

Jordan stieß spitze, fledermausartige Quietscher der Enttäuschung und des Protests aus. Seine freudige Miene fiel in sich zusammen, die Augenbrauen schrumpften ein. Das hellblonde Haar war fast unsichtbar. Er erinnerte an einen glatzköpfigen Hutzelgreis, dem der Apotheker gerade gesagt hatte, sein Rezept sei nicht richtig ausgestellt.

»Komm schon«, versuchte Delaney sie zu erweichen, »ist doch nur ein Film. Zwei Stunden. Du wirst doch zwei Stunden von deinen Papieren wegkönnen, oder?«

»*Bitte!*« jammerte Jordan.

Kyra wollte nichts davon wissen. Ihr Gesichtsausdruck zeigte keine Regung, aber Delaney sah, daß sie sich entschieden hatte. »Du weißt doch, es gibt zwei Zeiten im Jahr, wo ich wirklich viel zu tun habe, und jetzt *ist* gerade so eine Zeit: Wie aus dem Nichts tauchen ständig Leute bei mir auf, die Kinder haben und noch schnell etwas finden wollen, bevor die Schule anfängt ... Du weißt, wie es ist. Und Jordan, Schatz« – sie wandte sich an ihren Sohn –, »du weißt doch auch, daß Mama gerade furchtbar viel zu tun hat, oder? Wenn der Sommer vorbei ist, gehe ich mit dir in jeden Film, den du sehen möchtest – und du darfst einen Freund mitnehmen, wen du willst, ja?«

Delaney beobachtete sie, wie sie sich Salat nahm und eine kleine Tube fettfreies Dressing über ihrer Portion ausdrückte. »Und Süßigkeiten werden wir uns auch kaufen«, sagte sie. »Bonbons und Coca, was immer du willst.« Dann, zu Delaney gewandt: »Was für ein Film läuft denn?«

Er wollte gerade sagen, es gebe zwei zur Auswahl – in Santa Monica liefen zwei ausländische Filme, einer um Viertel vor neun, der andere um fünf nach neun, aber damit wäre Jordan natürlich ausgeschlossen, und ob sie wohl so kurzfristig die kleine Solomon zum Babysitten bekommen könnten –, als er die Verwandlung in Kyras Gesicht bemerkte. Sie sah an ihm vorbei, über den Pool und den tiefgrünen englischen Rasen, den sie unbedingt hatte haben wollen, obwohl Delaney das für verschwenderisch gehalten hatte, und ihr Blick wurde plötzlich starr. Erst sah er Ungläubigkeit, dann ein Begreifen und schließlich Entsetzen. Als Delaney auf seinem Stuhl herumfuhr, sah er den Coyoten.

Er war innerhalb des Zauns, drückte sich dicht an den Boden. Ängstliche Berechnung lag in seinem Blick, als er durch das Gras zu Osbert pirschte, der behaglich im Schatten einer Topfpalme lag und selbstvergessen auf seinem Spielzeugknochen herumkaute. Das Vieh mußte Flügel haben, dachte er, während er mit einem Schrei vom Stuhl aufsprang, anders hätte es doch nicht zweieinhalb Meter Maschendrahtzaun überwinden können – und dann, obwohl er sich schon in Bewegung gesetzt hatte und nichts auf der Welt mehr wollte, als die zweite Folge dieser Horrorgeschichte zu verhindern, sah er vollkommen entgeistert zu, wie das Tier in fünf raschen Sätzen über den Rasen flitzte, den Hund im Nacken packte und wie im Flug den Zaun erkletterte.

Hätte er es nicht selbst gesehen, er hätte es nicht geglaubt. Trotz seiner sofortigen Reaktion, trotz seiner flinken Füße und der Kraft seiner muskulösen sehnigen Beine, trotz seiner Wut und Entschlossenheit und trotz dem heulenden Chor von Frau und Sohn war er machtlos. Der Coyote erklomm den Zaun, Masche für Masche, als wäre es eine Leiter, sprang von zwei Meter sechzig Höhe ab wie ein großer hellbrauner Vogel ohne Flügel, und dann war er weg, verschmolz mit dem Gestrüpp, samt Beute. Und der Zaun? Delaney krallte sich daran, kaum einen Herzschlag später – an genau der gleichen Stelle –, aber er mußte ums Haus herum und durch das Seitentor, um aus dem Garten zu kommen.

Inzwischen – und das mußte man Kyra nicht erst erklären, nicht einmal Jordan – war es natürlich zu spät.

4

Und dann fand er Arbeit, fünf Tage hintereinander. Gestrüpp roden. Eine schwere, heiße, schmutzige Arbeit, bei der man Staub und kleine weiße Unkrautfetzen einatmete, bis es einen würgte, und die Sonne knallte einem in den Nacken wie eine Geißel, und die Samenkapseln dieser widerborstigen Wüstenpflanzen waren wie Nadeln, wie Angelhaken bohrten sie sich durch den Kleiderstoff hindurch in die Haut, sobald man sich bewegte, und man bewegte sich ununterbrochen. Drei Dollar fünfundzwanzig die Stunde, aber er beschwerte sich nicht. Vor der Arbeitsvermittlung war ein Gringo-Boß vorgefahren, in einem Kleinlaster mit hohen Seitenwänden aus Holzbrettern, hatte Cándido und einen anderen ausgewählt und pantomimisch dargestellt, was er von ihnen wollte. Sie stiegen hinten auf den Laster, fünf Tage lang, jeden Morgen, und er brachte sie zu einem Cañon, in dem acht neugebaute Häuser standen, und dort rodeten sie das Gestrüpp, trugen es zusammen und luden es auf den Lastwagen. Jeden Nachmittag bezahlte er in bar, und jeden Morgen war er wieder da, um sieben, pünktlich wie eine Uhr. Am fünften Tag, als sie mit der Arbeit fertig waren, gab er ihnen kein Geld, sondern er machte ihnen mit Gebärden und ein paar wirren spanischen Sätzen klar, daß er gerade knapp bei Kasse sei und am nächsten Morgen zahlen wolle, wenn er sie wieder abholte. Cándido wunderte sich, vor allem weil sie den Hang inzwischen völlig kahlgefegt hatten, überall lag die Erde frei, aber vielleicht gab es ja noch einen Cañon und noch einen Hang zum Roden. Es gab aber keinen. Jedenfalls nicht für Cándido. Er sah den Mann nie wieder.

Na schön. Er war schon öfter reingelegt worden – dies war nicht das erste Mal. Er würde es überleben. Aber danach fand er keine Arbeit, nicht am nächsten Tag und auch nicht an den Tagen darauf, und jeden Nachmittag um eins kam er zurück in ihr Lager geschlurft, niedergeschlagen und sorgenvoll, und ließ sich von América in ihren riesigen Umstandsshorts bedienen, während aus seiner Sorge allmählich Langeweile und aus Langeweile Wut wurde. Aber er beherrschte sich. América konnte nichts dafür. Sie war sein ein und alles. Er konnte auf niemanden wütend sein als auf sich selbst, und diese Wut raste in ihm, bis er aufstehen und sich bewegen mußte, seine Hände benutzen, etwas tun, irgend etwas tun. Er dachte sich Arbeitsbeschaffungsprojekte aus: Er verstärkte den Damm am unteren Ende des Stauwassers, weil der Bach mittlerweile fast ausgetrocknet war, baute vor ihrer Hütte eine Veranda aus Weidenruten, jagte Vögel und Eidechsen und was sich sonst noch alles jagen ließ, Hauptsache, er konnte damit ihre Vorräte ergänzen und mußte nicht das Geld für die Wohnung angreifen, das in der Dose unter dem Felsen versteckt lag. In dieser Dose waren jetzt dreihundertzwanzig Dollar, und das mußte er noch mindestens verdreifachen, wollten sie ein Dach über dem Kopf haben, wenn sein Sohn geboren wurde.

Als er eines Nachmittags wieder einmal bedrückt von der Arbeitsvermittlung mit ein paar Chilischoten, Zwiebeln und einem Sack getrockneter Bohnen zurückkam, fand er am Straßenrand einen Fetzen durchsichtiges Plastiknetz, das er sich in die Hosentasche stopfte. Vielleicht konnte er sich eine lange grüne Weidenrute schneiden, die biegsame Spitze zu einem Ring binden und das Netz daran befestigen, um damit die Vögel einzufangen, die in Massen in den Büschen herumflitzten. Mit einer Angelschnur, die er ebenfalls gefunden hatte, und Américas langer Nähnadel ging Cándido an die Arbeit. In kaum einer Stunde bastelte er ein festes, professionell wirkendes Fangnetz, wobei ihm América stumm und mürrisch zusah – ihre Sympathien waren sichtlich auf seiten der Vögel. Dann kletterte er ein Stück den Pfad hinauf und lauerte den Vögeln auf, die dort im Gebüsch zu den Festungen ihrer Nester stoben. Am ersten Tag fing er nichts, aber er verbesserte seine Technik, lag regungslos im knochenweißen Staub und übte die blitzschnelle Drehung des Netzes aus dem Handgelenk, so wie ein Tennisspieler, der an seiner Rückhand arbeitet.

Auch am nächsten Tag stellte ihn niemand an, und während América die Bohnen einweichte und zum hundertsten Mal ihre *novelas* las, versuchte er erneut sein Glück. Innerhalb einer Stunde fing er vier winzige Vögelchen mit grauen Federn, nicht größer als sein Daumen, denen er kurzerhand den Kopf zerdrückte, und dann hatte er Glück und erwischte einen Blauhäher, der mit einem verletzten Flügel ins Unterholz davonhoppelte und sich nach kurzer Jagd einfangen ließ. Er rupfte die Vögel und wusch sie im Bach – viel war nicht an ihnen dran, vor allem an den kleinen nicht –, und dann machte er Feuer und briet sie in Fett, mitsamt den Köpfen. América rührte sie nicht an. Er aber steckte jedes winzige Knöchelchen in den Mund und saugte es aus, und das verschaffte ihm Befriedigung, das Glück des Jägers, eines Mannes, der sich von der Natur ernähren konnte, aber er gab sich dem Gefühl nicht hin. Wie auch? Das Fleisch hatte den Beigeschmack der Verzweiflung.

Am nächsten Tag war er wie immer beim ersten Morgengrauen wach, blies in seinen Kaffee, während América auf dem rauchlosen Feuer Eier, Chilis und Tortillas briet, und machte sich dann auf den Weg zur Arbeitsvermittlung, diesmal optimistisch, ja richtig vergnügt, denn die

Schwingen der kleinen Vögel sausten in seinen Adern. Sein Hinken war verschwunden – beinahe jedenfalls –, und auch wenn sein Gesicht nie wieder wie früher aussehen würde, war immerhin die Schorfkruste abgefallen, so daß die Haut darunter wieder zum Vorschein kam. Er hatte ja nicht vor, an irgendwelchen Schönheitswettbewerben teilzunehmen, aber wenigstens sahen die *patrones* in den Pritschenwagen jetzt nicht mehr automatisch an ihm vorbei zum nächsten Mann. Der Himmel wurde immer heller. Cándido begann vor sich hin zu pfeifen.

Aus Gewohnheit hielt er den Kopf gesenkt, während er die Straße entlangging, denn er wollte nicht riskieren, den Gringos oder Gringas in die Augen zu sehen, die in ihren makellosen neuen japanischen Autos auf dem Weg zur Arbeit vorbeifuhren. Für sie war er unsichtbar, und dabei wollte er es auch belassen, wollte sich ihnen nur bei der Arbeitsvermittlung zeigen – dort sollten sie sehen, wer er war und was er zu bieten hatte. Auch zu dem Gewühl auf dem Parkplatz vor dem Chinesenladen sah er kaum hinüber – süße Brötchen, Kaffee in Styroporbechern, hektisch gerauchte Zigaretten –, nein, er hob den Kopf eigentlich erst, als er den Kies auf dem Platz vor der Arbeitsvermittlung unter den Füßen spürte. Er fragte sich, ob er wohl der erste in der Schlange sein würde, dachte an den Tag, der vor ihm lag, pfiff eine Melodie aus dem Radio, die er seit Jahren nicht mehr gehört hatte, als er aufblickte und wie vom Donner gerührt war: *Es war nichts mehr da.* Keine Pfeiler, kein Dach, keine Campesinos in Khakihemden und Strohhüten. Gar nichts. Es war, als wäre über Nacht ein Hurrikan darüber hinweggefegt, ein Tornado, der das ganze Gebäude in die Lüfte mitgerissen hatte. Cándido sah sich verwirrt zweimal um, bis er die Orientierung wiedergewonnen hatte. Träumte er etwa? War das möglich?

Aber nein. Jetzt sah er die Kette – nein, zwei Ketten – und auch die Schilder. An beiden Einfahrten des Platzes waren zwei Pfosten in die Erde gerammt, und dazwischen hingen Ketten, so dick, daß daran Schiffe hätten ankern können. Die Schilder waren an die Pfosten genagelt. PRIVAT, schrien sie in grellen roten Lettern, BETRETEN BEI STRAFE UNTERSAGT, und obwohl Cándido kein Englisch lesen konnte, begriff er den Sinn. Was war passiert? fragte er sich. Worin bestand das Problem? Doch noch während er sich das fragte, wußte er die Antwort: Die Gringos waren es satt gewesen, so viele arme Leute vor ihrem Einkaufszentrum zu sehen, so viele Mexikaner und Honduraner und Salvadorianer. Hier gab es keine Arbeit mehr. Nicht jetzt und nie wieder.

Auf der anderen Straßenseite, vor dem Postamt, lungerten drei Männer herum wie geprügelte Hunde und hielten sich an ihren Zigarettenkippen fest. Cándido sah, wie ihre Blicke ihn erfaßten, als er eine Lücke im Verkehr nutzte und über die Straße zu ihnen hinüberhastete. Sie senkten den Blick, als er sie begrüßte. »*Buenos días*«, sagte er und dann: »Was ist hier eigentlich los?«

»*Buenos*«, murmelten sie, und dann antwortete einer von ihnen, den Cándido von der Arbeitsvermittlung kannte. »Keine Ahnung. Es war alles weg« – ein Nicken in Richtung des leeren Platzes –, »als wir hier ankamen.«

»Sieht aus wie geschlossen«, bemerkte der Mann neben ihm.

»Ja«, sagte der erste mit tonloser Stimme, »sieht so aus, als ob uns die *gabachos* hier nicht mehr haben wollen.« Er warf seine Kippe auf die Straße und schob die Hände in die Taschen. »Mir ist das scheißegal«, sagte er. »Ich werde hier stehenbleiben, bis mir jemand Arbeit gibt – ist schließlich ein freies Land hier, oder?«

»Sicher«, sagte Cándido, und in seiner momentanen

Laune konnte er den Sarkasmus nicht zurückhalten, »solange du ein Gringo bist. Aber wir sollten besser aufpassen.«

In diesem Augenblick löste sich der vertraute weiße Pritschenwagen von Candelario Pérez aus der Kette der Pendler und steuerte auf den Parkplatz des Postamts, fuhr so nahe an sie heran, daß sie unwillkürlich einen Schritt zurücktraten, um sich die Unannehmlichkeit zerquetschter Zehen zu ersparen. Er war allein, und seine Miene war so deprimiert, daß er offenbar nicht einmal aussteigen konnte. Alle vier Männer versammelten sich vor dem Fahrerfenster. »Was ist denn los hier?« wollte der erste Mann wissen, und die anderen schlossen sich der Frage an, auch Cándido.

»Geschlossen, aus und vorbei, *terminado*.« Candelario Pérez sprach mit erschöpfter Stimme, und man merkte, er hatte sie überstrapaziert, sie an taube Ohren, sinnlose Streitereien und unnütze Beschwerden verschwendet. Er hielt einen Moment inne, ehe er weitersprach, während das Brausen der vorbeifahrenden Pendlerautos so beständig ertönte wie die Brandung am Meeresstrand. »Die Entscheidung kam von dem Mann, der uns das Grundstück hier überlassen hat. Er hat sich's anders überlegt. Sie wollen uns nicht mehr, darauf läuft es raus. Und noch was, ich gebe euch einen Rat« – wieder eine Pause –, »wenn ihr keine grüne Karte habt, dann solltet ihr besser verduften. *La Migra* wird heute hier eine Razzia machen. Und morgen auch.« Die toten schwarzen Augen zogen sich zurück wie die Augen eines Leguans, und er fuhr sich mit dem Daumennagel zwischen die Vorderzähne, um einen Essensrest zu entfernen. Er zuckte die Achseln. »Und übermorgen wahrscheinlich wieder.«

Cándido spürte, wie sich sein Gesicht verspannte. Was sollten sie jetzt tun? Wenn es hier keine Arbeit mehr gab, und dafür würde *La Migra* schon sorgen, dann mußte er mit América verschwinden – entweder das oder verhungern. Und das hieß, daß sie in die Stadt mußten, nach Santa Monica oder Venice oder auf die andere Seite des Cañons ins San Fernando Valley. Es hieß, daß sie auf der Straße wohnen mußten, wo América der ganzen Obszönität eines Lebens von Almosen, dem Dreck und den Abfalltonnen hinter den Supermärkten ausgesetzt wäre. Dabei waren sie so nahe dran gewesen – noch zwei, drei Wochen regelmäßige Arbeit, und sie hätten die erträumte Wohnung mieten können, hätten sich ein Heim schaffen können, auf Arbeitssuche gehen wie normale Menschen, in frisch gewaschener Kleidung, im Bus fahren und in irgendeinem Hinterzimmer oder in einer kleinen Fabrik etwas finden können, wo es egal war, ob man Papiere hatte oder nicht. Und dann, in ein oder zwei Jahren, hätten sie die grüne Karte beantragen können – oder vielleicht gab es auch mal wieder eine Amnestie, wer wußte das schon? Jetzt aber war der Traum vorbei. Jetzt gab es keinen sicheren Hafen mehr, kein Camp in der freien Natur. Jetzt mußten sie auf die Straße.

Wie in Trance entfernte sich Cándido von dem Grüppchen um den Pritschenwagen, und die Last dieser Nachricht lastete schwer wie ein Stein auf seiner Brust. Warum brachte er sich nicht um, machte dem Leid ein Ende? Nach Mexiko, in dieses korrupte, bankrotte Land, wo es vierzig Prozent Arbeitslose gab, aber jedes Jahr eine weitere Million Menschen auf Stellensuche ging, wo die Inflation so hoch war, daß die Bauern ihre Ernte verbrannten, und wo nur die Reichen genug zu essen hatten, konnte er nicht zurück. Er konnte nicht zurück zu seiner Tante, um ihr wieder auf der Tasche zu liegen und zum Gespött des ganzen Dorfes zu werden, und er hätte auch Américas Eltern nicht gegenübertreten können, wenn er sie ihnen zurückbrachte wie ein kostbares Erbstück, das er ausgeliehen und besudelt hatte. Außerdem erwartete er ein Kind, *un hijo,* den Sohn, nach dem er sich sehnte, seitdem er Resurrección kennengelernt hatte, und was war sein Vermächtnis für ihn? Dreihundertzwanzig Dollar in einer Erdnußbutterdose? Eine Hütte aus Stöcken, die sogar die prähistorischen Indios verschmäht hätten? Ein kaputter Vater, der nicht einmal sich selbst ernähren konnte, geschweige denn seine Familie?

Mit bleiernen Füßen wankte er am Postamt vorbei, die Ladenfronten entlang, an den hellen Fenstern vorbei, den sauber aufgereihten Autos, den Symbolen des Reichtums, der rings um ihn herum gedieh, aber doch so unerreichbar war wie der Mond. Und worum ging es bei alledem? Um Arbeit, sonst nichts. Um das Recht zu arbeiten, einen Job zu haben, sich das tägliche Brot und ein Dach über dem Kopf zu verdienen. Er wurde zum Verbrecher allein dadurch, daß er es wagte, das ebenfalls zu wollen, und für das schlichte menschliche Existenzminimum alles aufs Spiel setzte, und jetzt verwehrten sie ihm sogar das noch. Es stank zum Himmel. Wirklich. Diese Menschen, diese *norteamericanos:* Wer gab ihnen das Recht auf alle Reichtümer dieser Welt? Er sah sich um, betrachtete das Gewirr auf dem Parkplatz vor dem Supermarkt: lauter weiße Gesichter, hohe Absätze, graue Anzüge, gierige Augen und gefräßige Münder. Sie lebten in ihren gläsernen Palästen mit Toren und Zäunen und Alarmanlagen, sie ließen halbgegessene Hummer und Beefsteaks auf den Tellern liegen, während der Rest der Welt verhungerte, gaben allein für Sportausrüstung, für Swimmingpools, Tennisplätze und Laufschuhe genug Geld aus, um ein ganzes Land davon zu ernähren und einzukleiden, und alle, auch noch die Allerärmsten, besaßen zwei Autos. Wo war da nur die Gerechtigkeit?

Wütend und frustriert, mit einem so verzerrten Gesicht, daß er selbst erschrocken wäre, wenn er es im Vorbeigehen in einem der Fenster gesehen hätte, schlurfte Cándido ziellos über den Parkplatz. Was konnte er tun? Einen Sack mit Vorräten kaufen, damit sie sich eine Woche im Cañon verkriechen konnten, bis die Einwanderungsbehörde das Interesse verloren hatte und weitergezogen war? Es riskieren, per Autostopp die fünfzehn Kilometer ins Tal zu fahren, um dort in der vagen Hoffnung auf einen Job an der Ecke zu stehen? Oder sollte er sich gleich hier zum Sterben niederlegen, um den Gringos die Peinlichkeit zu ersparen, ihn ansehen zu müssen? Er machte zum zweitenmal die Runde über den Platz, zog ohne Ziel und Richtung an den Autoreihen vorbei, murmelte vor sich hin und weigerte sich, wegzublicken, wenn ihn jemand erschreckt anstarrte. Auf einmal sah er den blauschwarzen Lexus vor sich, der mit offenen Seitenfenstern am Randstein geparkt stand.

Cándido ging daran vorbei, aber er sah deutlich die Damenhandtasche auf dem Beifahrersitz und die Aktenmappe aus schwarzem Leder, die daneben stand. Was war wohl in dieser Tasche – Schecks, Bargeld, Hausschlüssel, eine kleine Brieftasche mit Fotos und noch mehr Bargeld, Hunderte von Dollars vielleicht. Hunderte. Genug, um ihn und América aus dem Cañon direkt in eine Wohnung in Canoga Park zu befördern, genug, um alle ihre Probleme auf einen Streich zu lösen. Und die Aktenmappe? Er stellte sich vor, daß sie voller Banknoten steckte, wie in den Kinofilmen, sauber gestapelte Bündel, zusammengehalten von schmalen Banderolen der Bank. Für den Besitzer eines solchen Wagens waren ein paar hundert Dollar gar nichts, wie Kleingeld für gewöhnliche Menschen. So jemand würde einfach zur Bank gehen und sich neues Geld holen, die Versicherung anrufen, eine Kreditkarte zücken. Für Cándido jedoch bedeutete es die ganze Welt, und in diesem Augenblick, fand er, schuldete ihm die Welt etwas.

Niemand beobachtete ihn. Er sah nach rechts, nach links, schwang auf den Hacken herum und schlenderte nochmals an dem Wagen vorbei. Das Blut brannte wie Feuer in seinen Adern. Sein Kopf schien fast zu explodieren, so stark war der Druck in seinen Schläfen. *Da liegt es, du Narr!* sagte er sich. *Nimm es. Nimm es jetzt. Schnell!*

Und er hätte es wohl auch getan, er hing bereits in der Schwebe zwischen Plan und Durchführung, alle seine Drüsen schütteten ihre komplexen Säfte aus, wäre nicht die Frau mit dem hellblonden Haar und dem durchdringenden Blick direkt auf ihn zugesteuert, einen Styroporbecher in der weißen, weißen Hand. Er erstarrte. Stand wie paralysiert vor ihrem Auto, während sie ihre Augen hinter einer Sonnenbrille verbarg. Ihre Absätze klickten auf dem Pflaster, ihr Rock war so eng wie der einer billigen Hure. Sie kam geradewegs auf ihn zu, und ehe er noch beiseite treten konnte, ehe er seine Unschuld beteuern oder wieder in die Unsichtbarkeit entschwinden konnte, spürte er die Berührung ihrer Hand, und seine Finger schlossen sich unwillkürlich um die Münzen.

Diese Berührung vernichtete ihn. Noch nie in seinem Leben hatte er sich so geschämt, weder als er betrunken auf der Straße lag, noch als Teófilo Aguadulce ihm seine Frau wegnahm und ihn auf dem Dorfplatz vor allen Leuten in den Dreck stieß. Er senkte den Kopf, ließ die Arme hängen. Scheinbar stundenlang stand er da, nachdem die Frau in ihr Auto gestiegen, vom Parkplatz gefahren und verschwunden war, und erst dann öffnete er die Hand und betrachtete die zwei Vierteldollars und das Zehncentstück, die dort klebten, als wären sie in die Haut eingebrannt.

Als sie die Neuigkeit hörte – »Sie haben die Arbeitsvermittlung zugemacht!« knurrte Cándido mit trotziger, streitlustiger Miene –, hatte América Mühe, sich nichts anmerken zu lassen. Sie verspürte so viel Erleichterung, Freude und Hoffnung wie seit dem Abend nicht mehr, als sie im Haus ihres Vaters im Bett lag und darauf wartete, daß Cándido an ihr Fenster klopfte und sie mit nach Norden nahm. Endlich, dachte sie und stieß den Atem in einem langen Seufzer aus, den Cándido wahrscheinlich als Zeichen von Kummer deutete. Ihre Züge zeigten keinerlei Regung, sie ließ sich das Haar ins Gesicht fallen. Cándido war verbittert, wütend, war kurz davor zu explodieren. Er machte sich auch Sorgen, das sah sie, und einen Moment lang überwältigte sie ebenfalls Unsicherheit, und sie hatte Angst. Aber dann durchfuhr es sie wieder: Nun gab es keine Wahl mehr, kein Zweifel, daß sie dieses Gefängnis aus Bäumen verlassen mußten, diesen Misthaufen, wo sie beraubt und verletzt und mißbraucht worden war und wo sich die Tage wie unendliche Jahre in die Länge zogen. Sie mochte diesen Ort nicht. Insekten stachen sie. Der Boden war hart. Wenn sie eine Tasse Kaffee wollte, mußte sie jedesmal Holz sammeln und ein Feuer machen. Was war das für ein Leben? In Morelos wäre sie besser dran gewesen, im Haus ihres Vaters, den sie bedient hätte wie eine Magd, bis sie eine verschrumpelte alte Jungfer geworden wäre.

»Wir werden hier wegmüssen«, sagte sie leise, und die Stadt, die sie kannte – fremd, erschreckend, ein Ort, wo Schwarze durch die Straßen streiften, und bettelnde *gabachos* in der Gosse hockten –, wich der Stadt ihrer Träume. Dort gab es schöne Geschäfte, von Bäumen gesäumte Straßen, fließendes Wasser, Toiletten, eine Dusche. Sie hatten dreihundertzwanzig Dollar – vielleicht konnten sie eine kleine Wohnung mit einem anderen Paar teilen, mit

Leuten wie sie selbst, aus Tepoztlán oder Cuernavaca, ihre Mittel zusammenlegen und wie eine große Familie leben. Ganz egal wie klein und wie schmutzig die Wohnung war, mit Ratten und Kakerlaken und Schießereien vor dem Fenster, es konnte nur besser sein als hier. Die ganze Zeit hatte Cándido es hinausgezögert, sie brauchten mehr Geld, hab Geduld, *mi vida,* hab Geduld –, aber jetzt half kein Zögern mehr.

»Noch nicht«, sagte er.

Noch nicht? Am liebsten wäre sie ihm ins Gesicht gesprungen, mit den Fäusten auf ihn losgegangen. War er verrückt? Hatte er etwa vor, den Rest seiner Tage hier wie ein Höhlenmensch zu verbringen? Sie beherrschte sich, kauerte still auf dem Sand über der *novela,* die sie schon so oft gelesen hatte, daß sie sie auswendig wußte, und wartete. Er war wie ihr Vater, genau wie er: verstockt und stur, immer der große Chef. Diskutieren war sinnlos.

Cándido saß in der Unterhose am Rand des Tümpels, auf seiner Haut glitzerten Wassertropfen. Er war gerade von oben gekommen, durch das Wasser gewatet und hatte sich dann mit seiner schwerwiegenden Ankündigung neben ihr fallen lassen. Es war die heißeste Stunde des Tages. Alles war stumm. América spürte den Schweiß unter ihren Achseln und weiter unten, dort, wo es juckte, ständig juckte, obwohl es wenigstens beim Pinkeln jetzt nicht mehr brannte. »Morgen werde ich den Cañon hinaufgehen«, sagte er, »ganz früh, wenn es noch dunkel ist, bevor *La Migra* kommt und beim Postamt und der Arbeitsvermittlung herumschnüffelt. Ich werde die Augen offenhalten – am besten vielleicht in Canoga Park – und sehen, ob ich irgendwo was finden kann.«

»Eine Wohnung?«

»Wohnung? Was ist denn bloß los mit dir?« Seine Stimme hob sich ein gutes Stück. »Du weißt doch, daß wir uns keine Wohnung leisten können – wie oft muß ich dir das noch sagen?« Er drehte sich um und sah sie an. Seine Augen flackerten gefährlich. »Manchmal begreif ich dich einfach nicht«, knurrte er.

»Vielleicht ein Motel«, sagte sie. »Nur für eine Nacht. Wir könnten duschen, zehnmal, die ganze Nacht lang. Das Wasser hier ist so schlammig, dreckig, voll Schaum und Viecher. Es stinkt. Mein Haar riecht wie ein alter Hund.«

Cándido sah beiseite. Er sagte nichts.

»Und ein Bett zum Schlafen, ein richtiges Bett. Mein Gott, was gäbe ich für ein Bett – nur für eine Nacht.«

»Du kommst auf keinen Fall mit!«

»Doch.«

»Nein.«

»Du kannst mich nicht hindern – was willst du denn machen, mich wieder schlagen? Na, starker Mann? Antworte mir!«

»Wenn es sein muß.«

Sie sah das Bett vor sich, die Dusche, vielleicht einen Imbiß, eine *taquería.* »Du kannst mich hier nicht zurücklassen, jetzt nicht mehr. Diese Männer ... Wenn sie zurückkommen?«

Er schwieg lange, und sie wußte, daß sie jetzt beide an jenen Tag dachten, den sie vergessen mußten, und an das, was sie ihm nicht sagen konnte, was er aber zuinnerst doch wußte, und wie er sich dafür schämte. Selbst wenn sie noch hundert Jahre zusammenlebten, würde sie es ihm nie sagen können, niemals mehr andeuten als gerade eben. Trotzdem, wie konnte er ihren Bedenken widersprechen? Es war kein sicherer Ort, es war die wilde Natur.

»*Indita*«, sagte er, »du mußt mich verstehen – es sind fünfzehn Kilometer, und ich werde auf den Straßen herumstehen, vielleicht finde ich Arbeit, vielleicht auch etwas zum Bleiben für uns, einen Platz zum Lagern, aber näher bei der Stadt. Du bist hier sicher. Niemand wird bis hierher kommen.« Er hatte ihr in die Augen gesehen, jetzt aber senkte er den Kopf und wandte sich wieder ab. »Nur der Pfad ist gefährlich«, murmelte er, »bleib weg von dem Pfad nach oben.«

Indita. Sie haßte es, wenn er sie so nannte: seine kleine Indiofrau. Er bezeichnete es als Zärtlichkeit, aber es war auch eine winzige leise Spitze gegen sie, eine Kritik an ihrem Aussehen, ihrem indianischen Blut, und sie fühlte sich dann immer klein und unbedeutend, obwohl sie genau wußte, daß sie eine der Schönsten in Tepoztlán war, vielgerühmt wegen ihrer Figur, ihres seidigen Haars, ihrer tiefen, leuchtenden Augen und ihres Lächelns, von dem alle jungen Männer sagten, es sei wie ein süßes Dessert, das sie löffelweise essen könnten, Bissen für Bissen. Aber seine Haut war heller, und er hatte die kleine Krümmung in der Nase, die seine Familie von den *conquistadores* geerbt hatte, allerdings war seine Stiefmutter so schwarz wie ein Zuckerrohrschneider, und seinem Vater schien es nichts auszumachen. *Indita.* Plötzlich sprang sie auf und schleuderte die *novela* ins Wasser, so daß Cándido von neuem naß wurde. »Ich werde nicht hierbleiben«, sagte sie, und ihre Stimme schwoll an, bis sie umkippte, »keinen Tag länger!«

Am Morgen – es war früh, vielleicht drei Uhr, sie wußte es nicht genau – belegte sie Maistortillas mit Bohnenpaste, Chilis und Käsescheiben und packte sie für den Aufstieg aus dem Cañon in Zeitungen ein. Sie hatten beschlossen, ihre Sachen einstweilen hierzulassen, für alle Fälle und auch weil sie ohne Gepäck weniger auffielen, wollten sich aber zumindest für eine Nacht etwas anderes suchen. Cándido hatte sogar versprochen, ein Zimmer aufzutreiben, mit Dusche und vielleicht sogar mit einem

Fernsehapparat, wenn es nicht zu teuer wäre. América werkte im Schein der Kohlenglut und dem Alufolienglanz des Mondes, der wie ein Ornament genau über dem Einschnitt der Schlucht hing. Sie war aufgekratzt wie ein kleines Mädchen, das am Morgen seines Namenstages erwacht. Alles würde gut werden. Ihre Pechsträhne mußte irgendwann zu Ende gehen. Aber selbst wenn nicht, war sie bereit für eine Veränderung, ganz egal, was für eine.

Cándido grub die Erdnußbutterdose aus, nahm zwanzig Dollar heraus und steckte sie tief in die Hosentasche; dann warf er ein paar Späne in die Glut, damit América mehr Licht hatte, um ihm die restlichen dreihundert Dollar in den Saum seiner Hose zu nähen. Sie zog ihr Umstandskleid an – das rosafarbene mit den großen grünen Blumen, das Cándido ihr gekauft hatte –, packte die *burritos* in eine Tragetasche und kochte Kaffee und briet gesalzene Tortillas zum Frühstück. Danach machten sie sich an den Aufstieg.

Um diese Zeit herrschte fast überhaupt kein Verkehr, und das war eine angenehme Überraschung. Die Hügel lagen im Dunkeln, aber es war mild, und die Luft duftete nach Jasmin, der über die hohen Mauern der Häuser entlang der Straße hing. Eine Stunde marschierten sie schweigend dahin, und nur gelegentlich erfaßten sie die Scheinwerfer eines Autos, ehe sich wieder die Nacht über sie legte. Im Gestrüpp am Straßenrand raschelte es – Mäuse, vermutete sie –, und zweimal hörten sie Coyoten in den Bergen heulen. Der Mond versank hinter ihnen, wurde dabei immer größer, und América machte das Gewicht ihres Babys gar nichts aus, auch sein beständiges Strampeln nicht. Sie ließen den Cañon hinter sich, den schmalen Sandstreifen und das häßliche Autowrack, und nur das war ihr wichtig.

Als sie den Gipfel erreicht hatten und das San Fernando

Valley sich vor ihnen ausbreitete wie ein riesiger glitzernder Fächer, mußte sie anhalten und Atem schöpfen. »Komm schon«, drängte Cándido und beugte sich über sie, während sie auf einem Flecken mit hartem Gras niedersank, »wir haben keine Zeit zum Rasten.« Aber sie hatte sich überschätzt, und das spürte sie nun: eine schwangere Frau, die in ihrem Kerker am Bach ihre Kraft verloren hatte. Ihre Füße waren geschwollen. Sie konnte den eigenen Schweiß riechen. Jetzt war das Baby wie ein schweres Gewicht, das ihr um den Bauch geschnallt war. »*Un momento*«, hauchte sie und starrte zum Talboden hinab auf die gestrandeten Sternenkonstellationen, die gitterartigen Linien der Lichter, und alle diese Lichter waren Häuser, Wohnungen, Eigenheime, möblierte Zimmer, und alle verhießen ein Leben, das nie wieder so hart sein würde.

Cándido hockte sich neben ihr nieder. »Geht es nicht mehr?« flüsterte er und beugte sich vor, um sie zu umarmen, ihren Kopf an seine Schulter zu drücken, so wie ihr Vater es getan hatte, als sie noch ein Kind war und sein kleiner Liebling, wenn sie sich das Knie aufgeschürft hatte oder aus einem bösen Traum erwacht war. »Es ist nicht mehr weit«, sagte er, und sein warmer Atem strich über ihre Wange, »gleich da unten«, und sie ließ sich von ihm die Stelle zeigen, hinter den hohen Bürotürmen, die wie steinerne Monolithen aufragten, wo ein doppeltes Band aus hellen Lichtern im rechten Winkel zu den langen vertikalen Hauptstraßen verlief, die sich bis in die Finsternis der Berge am anderen Ende des Tals erstreckten. »Da, das ist es«, sagte er. »Diese Lichter dort, siehst du sie? Das ist der Sherman Way.«

Sherman Way. Sie hielt die Worte fest wie einen Talisman, *Sherman Way,* und dann gingen sie weiter, auf dem schwarzen Band der Straße, die sich den Hügel hinabschlängelte, als jagte sie ihrem eigenen Schwanz nach.

Cándido kannte Abkürzungen, steile, schmale Pfade, die jäh durch das Gestrüpp bergab führten, so schnitten sie die Haarnadelkurven ab, und er hielt ihre Hand und half ihr über die schwierigsten Stellen hinweg. Ihre Füße fühlten sich an wie Steine, und jetzt wurde sie auch unbeholfen. Scharfe Grashalme stachen durch ihr Kleid, alles mögliche blieb ihr im Haar hängen. Und jedesmal, wenn sie wieder auf dem Asphalt gingen, fuhren jetzt Autos an ihnen vorbei. Es war noch nicht einmal hell, aber da waren sie – das erste sporadische Erwachen jenes endlosen Stroms –, rasten neben ihnen die Straße entlang, und darin lag nichts Erfreuliches. América hielt den Kopf gesenkt und hastete dahin, so schnell sie konnte, innerlich verzehrt von der Angst vor *La Migra* und vor gewöhnlichen Verkehrsunfällen.

Als die Sonne aufgegangen war, hatten sie die Qual hinter sich. Sie gingen Hand in Hand auf einer breiten Straße, im Schatten von Bäumen und auf einem Fußweg, an hübschen Häusern mit hübschen Gärten vorbei, die sich neben ihnen erstreckten, so weit das Auge reichte. América war beschwingt, in helle Aufregung versetzt. Die Müdigkeit der vergangenen Stunden war wie durch Zauberhand von ihr abgefallen. Sie hing an Cándidos Arm und spähte in jedes Fenster, musterte die Autos auf den Einfahrten und die Spielsachen in den Gärten mit dem Blick eines Gutachters und kommentierte jedes Haus, an dem sie vorbeikamen. Die Häuser waren wunderschön, *linda, simpática,* süß. Diese Farbe da – scheußlich, nicht wahr? Und die Bougainvilleen – noch nie hatte sie so üppige Bougainvilleen gesehen. Cándido blieb stumm. Sein Blick schweifte ruhelos umher, und er sah besorgt aus – er war auch besorgt, er sorgte sich wegen der Zukunft, das wußte sie, aber sie konnte nicht anders: Oh, sieh dir nur das da an! Und das dort!

Dann bogen sie auf eine Geschäftsstraße ein, die größte in diesem Teil der Stadt, erklärte ihr Cándido, und dort war es sogar noch besser. Hier gab es Läden, breite Schaufensterfronten, Restaurants – war das da chinesisch, diese komischen Schriftzeichen? –, ein Supermarkt, der sich auf einem Parkplatz von der Größe eines Fußballstadions erhob, gesäumt von etwa dreißig kleineren Geschäften. Neben Tepoztlán, sogar neben Cuernavaca, nach dem Müllplatz in Tijuana, nach Venice und der muffigen, tristen Hölle des Cañons war es geradezu das Paradies. Und als sie zu dem Möbelgeschäft kamen – mit den Sofas und Sesseln, den Teppichen und den eleganten Lampen, geschickt arrangiert wie in den Hollywoodfilmen –, konnte sie Cándido nicht mehr weiterziehen. »Komm doch, es ist schon spät, du kannst dir den Kram ein andermal ansehen, los, weiter«, sagte er und zerrte an ihrem Arm, aber sie rührte sich nicht von der Stelle. Volle zehn Minuten lang. Es war fast, als wäre sie in Trance; sie reagierte nicht. Am liebsten wäre sie direkt in das Geschäft gegangen und hätte sich jeden Abend auf einer anderen Couch zum Schlafen hingelegt, und es wäre ihr schnurzegal gewesen, daß die ganze Welt zum Fenster hereinsehen konnte.

Canoga Park war anders.

Hier war alles beengter und schäbiger, es gab viele Secondhandläden und Autoersatzteilhändler, schmutzige Restaurants und *cantinas* mit vergitterten Fenstern, aber auf den Straßen waren lauter Menschen wie sie, und das gab ihr wieder ein besseres Gefühl, ließ sie zum erstenmal wirklich glauben, daß auch sie hier leben konnte, daß es möglich war, weil Tausende andere es auch geschafft hatten. Auf den Straßen wurde Spanisch gesprochen, nichts als Spanisch. Kinder sausten auf Skateboards und Fahrrädern vorbei. Ein Straßenhändler verkaufte Maiskolben, die er auf einer alten Tonne röstete. América hatte das Gefühl, nach Hause zu kommen.

Dann führte Cándido sie in ein Restaurant, nur ein kleines Loch in der Mauer, mit fünf Hockern an einer Theke und zwei Resopaltischen in der Ecke, aber sie weinte fast vor Freude. Bevor sie eintraten, zupfte sie an ihrem Haar herum – sie hätte sich einen Zopf flechten sollen – und versuchte, ihr Kleid glattzustreichen und die Kletten und Blätter abzustreifen. »Du hast mir nichts gesagt«, sagte sie. »Ich sehe bestimmt fürchterlich aus.«

»Du siehst prima aus«, sagte er, aber sie glaubte ihm nicht. Wie konnte das sein? Sie hatte seit Ewigkeiten im Wald gehaust und in der ganzen Zeit nicht einmal einen kleinen Taschenspiegel gehabt.

Der Kellner war Mexikaner. Der Koch am Grill war Mexikaner. Der Tellerwäscher war Mexikaner, und der Mann, der den Boden wischte, die große, füllige Mutter mit ihren zwei *niñitos* und die fünf Männer, die auf den fünf Hockern saßen und in ihre Kaffeetassen pusteten, waren Mexikaner. Die Speisekarte war auf spanisch. »Bestell dir, was du willst, *mi vida*«, sagte Cándido und versuchte zu lächeln, aber er sah nach wie vor besorgt aus.

Sie bestellte *huevos con chorizo* und Toast, richtigen Toast, den ersten Toast, seitdem sie von zu Hause fort war. Die Butter schmolz auf dem Toast in süßen gelben Pfützen, die *salsa* in dem Schälchen auf dem Tisch schmeckte noch besser als die, die ihre Mutter machte, und der Kaffee war schwarz und stark. Den Zucker gab es in kleinen Tütchen, und sie schüttete sich so viel davon in die Tasse, daß der Löffel steckenblieb, als sie umrühren wollte. Cándido bestellte sich zwei Rühreier mit Toast und aß wie ein wildes Tier, das man aus dem Käfig gelassen hatte, dann ging er zur Theke vor und sprach mit den Männern, während América auf die Toilette ging, die zwar schmutzig und eng war, aber für sie dennoch den allergrößten Luxus darstellte. América betrachtete sich im Spiegel durch einen Vorhang aus dreieckigen Zeichen und Sprüchen, die in das Glas geritzt waren, und sie entdeckte, daß sie immer noch hübsch war, eine gute Farbe im Gesicht hatte und gesund aussah. Sie blieb lange auf der Toilette. Zog sich bis zur Hüfte aus, wusch sich den Oberkörper mit der flüssigen gelben Seife und ließ das Wasser in das Becken laufen, lange nachdem sie fertig war, ließ es laufen, nur um es zu hören.

Später stand Cándido mit zweihundert anderen Männern an einer Straßenecke, und sie schmiegte sich an ihn. Die Gespräche drehten sich um bittere Dinge. Es herrschte Rezession. Arbeit gab es keine. Zu viele waren von Süden heraufgekommen; vor sechs Jahren hatte es noch Arbeit für alle gegeben, aber jetzt warteten auf jeden Job zwanzig Männer, und die Arbeitgeber wußten das und zahlten nur noch den halben Lohn. Die Männer hungerten. Ihre Frauen und Kinder hungerten. Für Arbeit taten sie alles, und sie nahmen jede Arbeit an – sie steckten ein, was man ihnen zahlte, und dankten dem Boß noch auf Knien dafür.

Die Männer lehnten an Hauswänden, saßen auf dem Bordstein, rauchten und unterhielten sich in kleinen Gruppen. América betrachtete sie, so wie sie die Männer bei der Arbeitsvermittlung betrachtet hatte, und was sie sah, ließ sie den Mut verlieren und machte ihr angst: Sie hatten keine Hoffnung mehr, sie waren innerlich tot, verkrüppelt und geschlagen und kaputt wie Äste, die man von einem Baum gerissen hatte. Cándido und sie blieben eine Stunde lang dort, weniger in der Hoffnung auf Arbeit – es war lächerlich, angesichts von zweihundert Mann auch nur daran zu denken –, sondern um mit den Leuten zu reden, Neues zu erfahren und ein wenig die

Lage zu beurteilen. Wo konnten sie bleiben? Wo aß man am billigsten? Gab es Straßenecken, wo es besserlief? Wurden drüben auf dem Baumarkt Leute angeheuert? In der ganzen Zeit, mindestens eine Stunde war es, sah sie nur zwei Autos anhalten, und nur sechs Männer aus dem ganzen Haufen kletterten auf die Ladeflächen.

Und dann machten sie sich wieder auf den Weg. Sie marschierten den ganzen Tag die Straßen auf und ab, durch die kleinen Gassen, die Hauptstraßen entlang, und wieder zurück. Cándido war mürrisch und schlecht gelaunt, sein Blick verhieß nichts Gutes. Als es Abend wurde, war nichts geklärt, außer daß sie wieder Hunger hatten und Américas Füße mehr denn je schmerzten. Sie saßen auf einem Mäuerchen vor einem klotzigen öffentlichen Gebäude – dem Postamt? –, als ein Mann in ausgebeulten Hosen, das lange Haar von einem schwarzen Haarnetz zusammengehalten, sich neben sie setzte. Er war um die Dreißig und trug ein buntkariertes Flanellhemd, das er bis zum Kragen zugeknöpft hatte, obwohl es so heiß wie in einem Hochofen war. Er bot Cándido eine Zigarette an. »Ihr seht aus, als wüßtet ihr nicht, wohin, *compadre*«, sagte er, und sein Spanisch hatte einen harten, nordamerikanischen Beiklang.

Cándido antwortete nicht, zog nur an der Zigarette und starrte ins Leere.

»Sucht ihr was zum Bleiben? Ich wüßte da was«, sagte der Mann und beugte sich dabei vor, um América ins Gesicht zu sehen. »Billig. Und sauber. Total sauber.«

»Wieviel?« fragte Cándido.

»Zehn Dollar.« Er blies den Rauch durch die Nasenlöcher aus. América sah, daß er eine Tätowierung hatte, die wie eine Kette um den ganzen Hals verlief, kleine blaue Zahlen oder Buchstaben, genau erkannte sie es nicht. »Pro Kopf.«

Cándido sagte nichts dazu.

»Es ist die Wohnung meiner Tante«, sagte der Mann. Ein näselnder Ton schlich sich in seine Stimme, und América hörte die Verlockung darin. »Total sauber. Fünfzehn Scheine für euch beide.« Schweigen. Der Verkehr kroch vorbei. Die Luft war schwer und braun, dick wie Rauch. »He«, sagte er schließlich, »*compadre,* hast du ein Problem? Ihr braucht doch was zum Übernachten, stimmt's? Du kannst das hübsche kleine Ding hier unmöglich auf der Straße lassen. Das ist gefährlich. Das wäre nicht gut. Ihr braucht was. Zwei Nächte für zwanzig Dollar, okay? Ich meine, ein Palast ist es auch nicht. Es ist gleich da um die Ecke.«

América beobachtete Cándidos Gesicht. Sie wagte nicht, sich in die Verhandlungen einzumischen, gleichgültig, wie müde und genervt sie war. Es wäre nicht recht. Die beiden Männer mußten die Sache aushandeln. Sie tasteten einander ab, weiter nichts, sie feilschten, so wie man auf dem Markt feilscht. In diesem Moment bewegte sich das Baby, versetzte ihrem Inneren einen festen Tritt. Ihr wurde übel. Sie schloß die Augen.

Als sie sie wieder öffnete, hatte sich Cándido erhoben. Der andere Mann auch. Ihre Mienen verrieten nichts. »Du wartest hier«, sagte Cándido, und sie sah ihm nach, wie er neben dem Fremden mit dem Haarnetz und den ausgebeulten Hosen die Straße hinaufhinkte, einen Block, zwei, der Fremde einen Kopf größer als er, sein Gang flink und nervös. Dann bogen sie um eine Ecke und waren verschwunden.

5

Pilger am Topanga Creek

Zum Ausklang des Sommers, zu jener Stunde, da die Erde knisternd den leisesten Hauch von Feuchtigkeit erwartet, die ihr in diesen langen Monaten der ihr vorherbestimmten Trockenheit vorenthalten wurde, sitze ich in meinem Arbeitszimmer und betrachte die kleinen Objekte, die ich von meinen täglichen Wanderungen mitgebracht habe – die Schwanzfedern eines Cooper-Falken, den versteinerten Trilobiten, der aus einer Zeit stammt, als der Boden unter meinen Füßen urzeitlicher Meeresgrund war, die Eulengewölle, Skelette von Mäusen und Taschenratten, die abgestreifte Haut einer Indigoschlange –, und mein Blick bleibt schließlich an dem Glas mit Coyotenkot hängen. Dort steht es, auf dem Regalbord über meinem Schreibtisch, zwischen der mexikanischen Rotbein-Tarantel und der bleichen, in Formalin eingelegten Fledermaus: ein unauffälliges Glas mit einem ausgetrockneten haarigen Knäuel, das der beiläufige Betrachter für ein Stückchen Fell halten könnte statt für die Losung eines unserer klügsten und einfallsreichsten Großraubtiere, jenes Wesens, das die Indianer als den »Gauner« verehrten. Und warum verweilt mein Blick heute bei diesem Objekt und nicht bei einer spektakuläreren Manifestation der Wunder der Natur? Nun, als Erklärung mag genügen, daß mich der Coyote in letzter Zeit sehr beschäftigt.

Dieses Tier ist seiner Umwelt geradezu ideal angepaßt; es kann weite Strecken ohne Wasser zurücklegen und deckt den Löwenanteil seines Flüssigkeitsbedarfs mit sei-

ner Beute, verschmäht aber auch keineswegs Swimmingpools und Rasensprenger. Ein ganz bestimmter Coyote, der sich am Rand meiner Wohnanlage in den Hügeln oberhalb des Topanga Creek und des San Fernando Valley herumtreibt, hat sogar gelernt, die Bewässerungsrohre aus Plastik durchzunagen, wann immer es ihn nach Wasser gelüstet. Einmal pro Woche, zuweilen öfter, ist der glücklose Wartungstechniker damit konfrontiert, daß ein Geysir aus der Xerophytenvegetation sprudelt, die von der Gemeinde als Feuerschutz gepflanzt worden ist. Als er mir drei abgenagte PVC-Rohrstücke vorlegt, leihe ich ihm meinen 9x35-Feldstecher und rate ihm, in der Abenddämmerung die hintere Grenze der Grundstücke zu beobachten. Und tatsächlich, noch in derselben Woche hat er den Schurken auf frischer Tat ertappt, und auf meinen Vorschlag hin bestreicht er das Bewässerungssystem auf der ganzen Länge mit einer scharfen Paste aus zerstampften Serrano-Chilis. Es funktioniert. Zumindest bis die erbarmungslos niederbrennende Sonne die Wirksamkeit der Chilis entschärft haben wird. Und dann, zweifellos noch am selben Tag, wird der Coyote sich wieder einfinden.

Eine einfachere Lösung (der die meisten Eigenheimbesitzer zuneigen, sobald einer dieser »Steppenwölfe« ins Allerheiligste ihres eingezäunten Gartens eingedrungen ist) besteht natürlich darin, die Tierschutzabteilung des Los Angeles County zu benachrichtigen, deren Mitarbeiter jedes Jahr etwa hundert Coyoten einfangen und einschläfern. Diese Lösung ist für jemanden, der sich nichts heftiger wünscht, als mit der Natur in Einklang zu leben, bisher gänzlich indiskutabel gewesen (immerhin durchstreifte der Coyote diese Hügel schon, lange bevor der Homo sapiens auf diesem Kontinent seine ersten dürftigen Spuren hinterließ), und doch hat der Autor dieser

Zeilen allmählich das Gefühl, daß es irgendeine Form der Kontrolle geben muß, solange wir darauf bestehen, mit dem unbarmherzigen Wildwuchs unserer Städte und Vorstädte das Territorium des Coyoten immer weiter zu bedrohen. Wenn wir in sein Reich eindringen, warum wundern wir uns dann, wenn er auch in das unsere eindringt?

Denn Canis latrans ist vor allem eines: anpassungsfähig. Das Tier, das in dem kargen, verdorrten Biotop, in dem es sich entwickelt hat, normalerweise bis zu vier Welpen pro Wurf zur Welt bringt und ein Gewicht von bis zu elf Kilo erreicht, hat seinen Lebensraum von Alaska im Norden bis nach Costa Rica im Süden ausgedehnt und ist in sämtlichen Bundesstaaten des nordamerikanischen Kontinents beheimatet. Inzwischen kennt man neunzehn Unterarten des Coyoten, von denen viele – vor allem dank der üppigen Nahrungsquellen, die wir ihnen unvorsichtigerweise zugänglich machen (unsere Hunde und Katzen, die hübschen Plastiknäpfe mit Fertigfutter, die gleich draußen an der Hintertür stehen, dazu die Legionen von Ratten und Mäusen, die unsere verschwenderische Lebensart unterhält) – ein gutes Stück größer und respekteinflößender sind als die ursprüngliche Wildform und auch entsprechend mehr Junge werfen. Und die Anpassung geht weiter. Der renommierte Biologe Werner Schnitter von der University of California hat in seinen Studien mit Hilfe von Funkhalsbändern nachgewiesen, daß die Aktivität der Coyoten im Becken von Los Angeles zu bestimmten Zeiten auffällig nachläßt, die sich mit den starken Verkehrsaufkommen am Morgen und am späten Nachmittag decken. Dies ist überaus erstaunlich: Man könnte meinen, die Coyoten studieren uns.

Das Problem sind wir, schlicht und einfach. In unserer Blindheit, unserer artspezifischen Arroganz schaffen wir Nischen, und Tiere wie der Waschbär, das Opossum, der

Star und eine Unmenge von anderen – einheimischen wie importierten – Spezies werden sie sofort wieder füllen. Der in den Städten lebende Coyote ist größer als sein wilder Vetter, er ist aggressiver und zeigt weniger Scheu vor den Menschen, die ihn verhätscheln und ermuntern – und die in seliger Unwissenheit, was die Mechanismen der Natur anlangt, ihn tatsächlich auch noch mit ihren Küchenabfällen verköstigen. Die verheerenden Folgen zeigen sich in der enormen Mortalität unter den kleineren Haustieren der Wohngebiete an den Rändern von L. A. und auch in den einstweilen noch seltenen, aber zunehmend unvermeidlichen Angriffen auf Menschen.

Letztes Jahr hatte ich die unendlich traurige Aufgabe, die Eltern von Jennifer Tillman zu interviewen, des sechs Monate alten Babys, das auf der Terrasse der Tillmans direkt aus der Wiege geraubt wurde, in den Hügeln von Monte Nido, nicht weit von meinem eigenen Wohnort. Der Coyote, ein gesundes, vier Jahre altes Weibchen mit mehreren Welpen, war auch tagsüber ein regelmäßiger Gast in der Gegend gewesen, herbeigelockt von irregeleiteten Anwohnern, die sich angewöhnt hatten, dem Tier am Rand ihrer Rasenflächen kleine Bissen hinzulegen.

Aber man verzeihe mir: Ich will hier keine Vorträge halten. Schließlich dient meine Pilgerreise ja dem Schauen des Wunders, der Beschäftigung mit dem Unendlichen, und nicht dazu, einzugrenzen und das Unkontrollierbare, Unwägbare und Verborgene kontrollieren zu wollen. Wer weiß, welch revolutionäre Absichten der Evolution der Coyote verkörpert? Oder die Krötenechse, oder jede andere Kreatur? Und weshalb sollten wir uns anmaßen oder auch nur wünschen, den Status quo bewahren zu wollen? Dennoch muß zweifellos etwas unternommen werden, wenn wir die Hoffnung auf harmonische Koexistenz mit diesem vorwitzigen Vorstadt-Killer nicht aufgeben wol-

len. Fallenstellen jedenfalls ist absolut sinnlos – selbst wenn man es in jedem Garten des County täte –, das haben zahllose Untersuchungen gezeigt. Die Population würde einfach die Nachkommenzahl erhöhen, um die Lücken zu schließen: Die Weibchen haben dann Würfe von sieben, acht oder noch mehr Jungen, wie es auch in Zeiten des Überflusses der Fall ist – und durch unser Mitwirken dürften diese Zeiten dem Coyoten ohnehin schon endlos vorkommen.

Bedauerlicherweise wird bereits zum Gegenschlag ausgeholt. Und es sind nicht nur die Lobbys der Viehzüchter, Jäger und ähnlicher Interessen, die den Gesetzgeber bedrängen, den Schutz des Coyoten einzuschränken, sondern der durchschnittliche Eigenheimbesitzer, der sein geliebtes Haustier verloren hat. Es sind intelligente, humanistisch gebildete Menschen, so wie die Leserschaft dieser Zeitschrift, die Schutz und Bewahrung der Natur befürworten. Einst schlichtweg als »Geziefer« eingestuft, war sogar ein Kopfgeld auf den Coyoten ausgesetzt: Regierungsstellen zahlten bares Geld für jedes Fell oder für ein Paar Ohren – daraufhin zog er sich in die Einöde der Berge und Wüsten zurück. Doch diese Einöden besiedeln jetzt wir, mit unseren verschwenderischen Wassermengen (sogar eine Vogeltränke ist für den Coyoten ein Segen), unseren wohlgenährten Haustieren und offenen Mülltonnen – und unserem recht dürftigen Verständnis für die wilde Natur um uns herum. Wir können den Coyoten weder ausrotten noch durch Zäune ausgrenzen, nicht einmal mit zweieinhalb Metern Maschendraht – wie dieser betrübte, aber durch Schaden klüger gewordene Pilger bestätigen kann. Respektieren wir ihn als das wilde Raubtier, das er ist. Lassen wir unsere Kinder und Haustiere nicht mehr ins Freie. Lassen wir keine noch so geringfügigen Nahrungsmengen an ihm zugänglichen Orten.

Der kleinen Jennifer wurde das Genick gebrochen, durchgebissen wie einem Kaninchen: dies ist die Art des Coyoten. Versuchen wir jedoch nicht, die Maßstäbe des Menschen auf die Welt der Natur zu übertragen, jene Welt, die für jede existierende Art, einschließlich unserer eigenen, Jäger oder Parasiten hervorgebracht hat. Dem Coyoten kann man keinen Vorwurf machen – er versucht nur zu überleben und die sich ihm bietenden Gelegenheiten zu nutzen. Und so sitze ich hier in meinem bequemen, klimatisierten Arbeitszimmer, starre auf eine Probe mit Coyotendreck und denke über all das Gute nach, das dieses Tier tut – an die Horden von Ratten, Mäusen und Wühlmäusen, die es vertilgt, und an den Kitzel der Wildheit, den es uns allen verschafft, und doch kann ich den Gedanken an die getöteten Haustiere nicht verscheuchen, an die verdächtigen Spuren, an das nächste Baby, das unbeaufsichtigt im Garten liegt.

Die Coyoten jedenfalls sind auf dem Vormarsch, sie vermehren sich, um die Nischen zu füllen, siedeln sich dort an, wo das Leben am leichtesten ist. Sie sind gerissen, scharfsinnig, hungrig und nicht aufzuhalten.

6

Das Da-Ros-Objekt war ein Klotz am Bein. So wie der Markt momentan aussah, war es praktisch unverkäuflich, außer man ging mit dem Preis noch beträchtlich herunter, und obwohl das Haus für Kyra einen besonderen Zauber besaß, fragte sie sich allmählich, ob es wohl je einen potenten Käufer ebenso bezaubern würde. In den vergangenen zwei Wochen hatte es sich kein Mensch auch nur ansehen wollen, und das tägliche Auf- und Zuschließen wurde allmählich zur emotionalen Belastung. Sie hatte den Westec-Wachdienst wegen der beiden Männer benachrichtigt, die ihr auf dem Grundstück begegnet waren, und Delaney hatte darauf bestanden, daß sie eine Anzeige beim Sheriff einreichte, aber nichts war dabei herausgekommen. Die Westec-Leute hatten sich umgesehen und keinen Hinweis gefunden, daß die Männer noch einmal dagewesen waren. Sie glaubten nicht, daß irgend jemand auf dem Gelände kampiert hatte, jedenfalls nicht in letzter Zeit, obwohl sie tatsächlich einen Ring aus rußgeschwärzten Steinen im Gebüsch an der nordwestlichen Ecke des Grundstücks entdeckten. »Aber wissen Sie, das Ding könnte auch schon seit Jahren dasein«, erklärte ihr der Westec-Mann am Telefon, »so etwas ist immer schwer festzustellen.«

Kyra genügte das nicht. Sie schärfte dem Gärtner ein, ein Auge offenzuhalten, und natürlich kam sie zweimal am Tag selbst vorbei, wenn sie am Morgen die Alarmanlage ausschaltete und am Abend wieder anmachte. Was mittlerweile ein ziemlicher Streß war. Sie hatte nicht direkt Angst, jetzt nicht mehr, aber jedesmal, wenn sie auf die Einfahrt rollte, war da dieses flaue Gefühl im Bauch – fast so, als hätte ihr jemand einen Schlag in die Magengrube verpaßt –, und sie mußte sich zum Lüftungsschlitz der Klimaanlage vorbeugen und in hastigen Zügen nach Luft schnappen, bis sich ihre Atmung wieder normalisierte. Die Begegnung mit diesen Männern – diesen Landstreichern oder Arbeitslosen oder was immer sie waren – hatte sie mehr erschüttert, als sie zugeben wollte, wesentlich mehr. Sie hatte ihr Leben immer im Griff gehabt und war es gewohnt, sich durchzusetzen. Sie vertraute auf ihr Aussehen, ihre Intelligenz und ihre sorgfältigen Vorbereitungen, die jeden anderen, ob Mann oder Frau, zur Verzweiflung getrieben hätten, und sie fühlte sich jeder Situation gewachsen, aber an jenem Abend hatte sie einsehen müssen, wie nutzlos all das im Grunde war.

Sie hatte Angst gehabt. Wie noch nie zuvor im Leben. Hätte sie nicht blitzschnell reagiert – die Lüge mit ihrem Mann, der fiktive Bruder, Cocktails, so etwas Absurdes –, wer weiß, wie es ausgegangen wäre? Sicher, vielleicht war auch alles ganz harmlos gewesen – möglich, daß es doch nur Wanderer waren, wie sie behauptet hatten –, aber ihr Instinkt sagte ihr etwas anderes. Sie hatte diesem Kerl in die Augen gesehen – dem großen, dem mit der Mütze – und hatte gewußt, daß alles passieren konnte.

Darüber dachte sie nach, als sie die gewundene Straße zum Haus der Da Ros hinauffuhr, in Eile und etwas verdrossen über den Ärger mit diesem Objekt, das sie seinerzeit so freudig übernommen hatte. Inzwischen machte es fast mehr Mühe, als es wert war. Und ausgerechnet heute abend. Es war fast sieben, sie war noch nicht zu Hause gewesen, dabei hatte sie Erna Jardine und Selda Cherrystone versprochen, ihnen ab acht zu helfen, die Nachbarn von der Sache mit der Mauer zu überzeugen.

Dahinter steckte Jack. Er hatte sie angerufen, zwei Tage nach Osberts Tod, als sie noch unter Schock gestanden hatte. Zusehen zu müssen, wie ihr Schoßhund verschleppt wurde, direkt vor ihren Augen, und das nach allem, was passiert war ... es war zuviel gewesen, eines der schlimmsten Erlebnisse ihres Lebens, vielleicht das allerschlimmste. Und Jordan – er war ja noch ein kleines Kind, warum mußte er so etwas mit ansehen? Dr. Reineger hatte ihr ein Beruhigungsmittel verschrieben, sie war einen Tag lang nicht ins Büro gegangen, und Jordan brachten sie für eine Weile zu seiner Großmutter – sie konnte ihn einfach nicht in diesem Haus lassen, unmöglich. Am nächsten Tag saß sie an ihrem Schreibtisch, fühlte sich konfus, als wären ihr Verstand und ihr Körper über den Sommer in verschiedenen Schubladen verpackt worden, als das Telefon klingelte.

Es war Jack. »Ich hab das von eurem kleinen Hund gehört«, sagte er, »und es tut mir sehr leid.«

Sie mußte heftig schlucken, die ganze Szene lief vor ihrem inneren Auge zum tausendstenmal ab, dieses widerliche schleichende Vieh, der nutzlose Zaun, und Osbert, der arme Osbert, aber sie kämpfte dagegen an und schaffte es, eine Antwort zu krächzen: »Danke.« Mehr brachte sie nicht heraus.

»Wirklich furchtbar«, sagte Jack. »Ich weiß, wie dir zumute sein muß.« Mit diesem Ritual fuhr er noch ein, zwei Minuten fort, dann kam er zur Sache. »Hör zu, Kyra«, begann er, »ich weiß, daß nichts deinen Hund wieder zurückbringen kann, und ich weiß, wie weh dir das alles tut, aber es gibt etwas, das du unternehmen könntest.« Und dann hatte er das mit der Mauer erläutert. Er und Jack Cherrystone, Jim Shirley, Dom Flood und noch ein paar andere hielten es für eine gute Idee, rings um die ganze Wohnanlage eine Mauer hochzuziehen – nicht nur um Vorfälle wie diesen zu verhindern und Schlangen, Taschenratten und ähnliches Ungeziefer fernzuhalten, sondern auch im Hinblick auf die zunehmende Kriminalität und die Einbrüche, die mittlerweile mit schöner Regelmäßigkeit stattfanden – hatte sie übrigens schon das von Sunny DiMandia gehört?

Kyra war ihm ins Wort gefallen: »Wie hoch soll diese Mauer denn sein, Jack? Fünf Meter? Oder zehn? Die Chinesische Mauer? Denn wenn zweieinhalb Meter Maschendraht sie nicht abhalten, dann verschwendest du mit der Mauer nur deine Zeit.«

»Wir reden von zwei Meter zwanzig, Kyra«, sagte er, »wobei alle sicherheitstechnischen und wirtschaftlichen Fragen voll berücksichtigt sind.« Sie hörte Büromaschinen im Hintergrund summen, ein Telefon läutete in der Ferne. Dann fuhr er fort: »Hohlblocksteine, mit einem Feinputz in Navajoweiß. Ich weiß, daß Delaney prinzipiell dagegen ist – ohne die Sache je richtig durchdacht zu haben –, aber zufällig habe ich neulich mit dem Coyotenexperten an der Uni hier gesprochen – Werner Schnitter heißt er –, und der meinte, eine verputzte Mauer wäre die Lösung. Also – ohne dir jetzt noch mehr Schmerz bereiten zu wollen ... aber wenn sie den Hund oder die Katze gar nicht sehen können, dann besteht für sie auch keinerlei Anreiz, diese Mauer überwinden zu wollen, kannst du mir folgen?«

Das konnte sie. Und obwohl sie nie, niemals wieder einen Hund haben würde, wollte sie diese verhaßten, widerwärtigen Hundekiller von ihrem Grundstück fernhalten, ganz egal, was dazu nötig war. Sie hatte immer noch eine Katze. Und einen Sohn. Genau: Und wenn sie nun als nächstes Menschen anfielen?

»Sicher, Jack«, sagte sie schließlich. »Ich helfe dabei. Sag mir nur, was ich tun soll.«

Sie fing gleich nach der Arbeit mit Delaney an. Er hatte einen Salade Niçoise zum Abendessen gemacht und sich dabei wirklich Mühe gegeben, den Thunfisch hauchzart angebraten und eigenhändig die Artischockenherzen mariniert, aber sie konnte nur darin herumstochern. Ohne Jordan und Osbert wirkte das Haus wie eine Totengruft. Die Spätnachmittagssonne färbte die Wand über dem Tisch, in einem Ton, der sie an nichts so sehr wie an Hühnerleber erinnerte – hühnerleberrosa –, und sie bemerkte, daß die Blumen in der Vase auf dem Sideboard verwelkt waren. Draußen vor den Fenstern erklang freudloses Vogelgezwitscher. Sie schob den Teller weg und unterbrach Delaney mitten in einem Monolog über irgendeinen kleinen Singvogel, den er auf dem Zaun beobachtet hatte, ein Thema, das sie auf höchst durchsichtige Weise von Osbert, Coyoten und den brutaleren Realitäten der Natur ablenken sollte. »Jack hat mich gebeten, bei der Sache mit der Mauer mitzumachen«, sagte sie.

Delaney erstarrte vor Verblüffung. Er war gerade dabei gewesen, eine Scheibe von dem Baguette abzuschneiden, das er in der französischen Bäckerei in Woodland Hills geholt hatte, und das Brotmesser steckte in der Rinde wie eine Säge im Baum. »Was für eine ›Sache mit der Mauer‹?« fragte er, obwohl sie sah, daß er es ganz genau wußte.

Sie betrachtete das Messer, bis die Scheibe abgeschnitten war, dann antwortete sie. »Jack will eine Mauer hochziehen, um ganz Arroyo Blanco. Zwei Meter zwanzig, Hohlblocksteine mit Feinverputz. Um Einbrecher fernzuhalten.« Sie machte eine Pause und sah ihm fest in die Augen, so wie sie es bei einem unwilligen Verkäufer tat, wenn sie ein niedriges Angebot abgab. »Und Coyoten.«

»Aber das ist doch Unsinn.« Delaneys Augen blitzten hinter der Brille auf. Vor Aufregung überschlug sich seine

Stimme. »Wenn ein Drahtzaun sie nicht abhält, was um Himmels willen erwartest du dann …«

»Sie können nicht jagen, was sie nicht sehen.« Sie warf die Serviette neben ihren Teller. In ihre Augen traten Tränen. »Dieses Vieh hat Osbert *belauert,* durch den Zaun hindurch, als wäre der gar nicht dagewesen, und versuch ja nicht, mir das auszureden!«

Delaney wedelte mit der Brotscheibe wie mit einer weißen Fahne. »Tu ich ja gar nicht, nein. Da ist bestimmt was dran.« Er atmete tief durch. »Sieh mal, mir macht die Sache genauso viel aus wie dir, aber laß uns einen Moment lang vernünftig sein. Der Sinn dieser Wohngegend liegt doch darin, daß man hier nahe der Natur lebt, deshalb haben wir uns hier eingekauft, deshalb haben wir uns das letzte Haus in der Straße ausgesucht, am Ende der Sackgasse …«

Ihre Stimme klang kalt, geradezu metallisch vor Zorn. »Nahe der Natur«, fauchte sie ihn an. »Du siehst ja, was wir davon haben. Und zu deiner Information: Wir haben uns hier eingekauft, weil es ein Supergeschäft war. Hast du überhaupt ansatzweise eine Ahnung, wie sehr dieses Haus im Wert gestiegen ist, seit wir es gekauft haben – auch jetzt noch, bei der flauen Marktlage?«

»Ich sage doch nur, daß es wenig Sinn hat, hier oben zu wohnen, wenn man keine zwanzig Meter weit aus dem Fenster sehen kann – da könnten wir doch ebensogut in eine Apartmentanlage ziehen. Ich will zur Tür hinausgehen und sofort in den Bergen sein können, in der Wildnis – ich weiß nicht, ob du es schon gemerkt hast, aber damit verdiene ich mein Geld. Verdammt, dieser idiotische Zaun ist schlimm genug, und das beschissene Tor auf der Zufahrtsstraße … du weißt genau, wie sehr ich dagegen war, du weißt es.«

Er legte das Brot auf den Teller, ohne abgebissen zu

haben. »Hier geht es nicht um Coyoten, mach dir doch nichts vor. Es geht um Mexikaner, es geht um Schwarze. Es geht um Ausgrenzung, Rassentrennung und Haß. Jack sind die Coyoten doch vollkommen egal.«

Sie verlor die Beherrschung. Kampflustig und wütend beugte sie sich vor und kanalisierte ihre schlechte Laune auf diesen schwachen, naiven, wirklichkeitsfremden, unmöglichen Mann, der ihr gegenüber am Tisch saß – er war verantwortlich, er war daran schuld, er war der große Beschützer von Coyoten, Schlangen, Wieseln und Taranteln und was sonst noch alles da draußen herumwuselte, und jetzt versuchte er sich hinter der Politik zu verstecken. »Nie wieder«, schrie sie, »will ich eine von diesen Bestien auf meinem Grundstück sehen. Eher ziehe ich weg, das sage ich dir. Von mir aus können sie die Berge plattwalzen und zubetonieren. Zum Teufel mit der Natur. Und mit der Politik auch.«

»Du bist verrückt«, sagte er, und sein Gesicht war häßlich dabei.

»Ich? Das ist ja zum Totlachen. Was glaubst du, was das hier ist – eine Art Nationalpark? Es ist eine Wohnsiedlung, zu deiner Information, ein Ort, wo man Kinder großzieht und alt werden kann – in einer exklusiven, privaten, hochbegehrten Gegend. Und was, denkst du, wird wohl mit den Grundstückspreisen hier passieren, wenn deine räudigen Coyoten anfangen, auf Kinder loszugehen – das kommt ja wohl als nächstes, oder? Na? Stimmt's nicht?«

Er verzog gequält das Gesicht. »Kyra, Liebes, du weißt genau, daß es nicht so ist ... dieser Vorfall in Monte Nido, das war ein unseliger Ausrutscher, eine Chance von eins zu einer Million, und das ist auch nur deshalb passiert, weil diese Leute die Tiere *gefüttert* hatten ...«

»Erzähl das den Eltern. Erzähl es Osbert. Und Sacheverell, vergiß nicht Sacheverell.«

Das Essen war gelaufen. Und der Rest des Abends auch. Delaney verbot ihr, bei dem Mauer-Komitee mitzuarbeiten. Sie wollte es trotzdem tun. Dann nahm sie das Wohnzimmer in Beschlag, legte ihre Entspannungskassetten ein und vergrub sich in ihrer Arbeit. In dieser Nacht schlief sie in Jordans Zimmer, und in der nächsten auch.

All das ging ihr durch den Kopf, als sie den Code eintippte, das Tor aufschwingen ließ und dann in die lange, vertraute Auffahrt zum Haus der Da Ros einbog. Das Tor schloß sich automatisch hinter ihr, und sie spürte das flaue Gefühl im Magen, aber es war nicht so schlimm wie sonst – sie hatte es viel zu eilig, um sich dafür Zeit zu nehmen, außerdem dachte sie über Delaney und die Mauer und alle möglichen anderen Dinge nach. Allerdings traf sie die inzwischen gewohnte Vorsichtsmaßnahme, bei Darlene anzurufen, der Sekretärin im Maklerbüro, um ihr mitzuteilen, daß sie soeben beim Da-Ros-Haus eingetroffen sei. Sie hatten ein Limit von fünfzehn Minuten verabredet – kein Umherstreifen mehr, keine Tagträumereien, keine Zeit, sich vom Zauber des Hauses gefangennehmen zu lassen: Falls Kyra innerhalb dieser Viertelstunde nicht wieder anrief, um mitzuteilen, daß sie jetzt wieder losfahre, würde Darlene sofort die Polizei hinschicken. Trotzdem, während Kyra langsam die Auffahrt entlangrollte, war sie sich aller Dinge ringsherum intensiv bewußt – es war jetzt fast drei Wochen her, aber sie konnte das Gefühl nicht abschütteln, das sie an jenem Abend befallen hatte, als ihr ihre enorme Verletzlichkeit hier draußen, fernab von allem, klargeworden war. Und irgendwie wollte sie es auch nicht abschütteln: Ließ man sich einen Moment lang ablenken, schon war man Statistik.

Das Haus kam jetzt zwischen den Bäumen in Sicht, in den Fenstern spiegelte sich die Sonne. Ihre Stimmung hob sich, als sie es sah. Das Haus war schon etwas Besonderes, keine Frage, ein einzigartiges Objekt – das Märchenschloß, das man vor sich sieht, wenn man die Augen schließt und träumt. Und es gehörte ihr so wie noch kein anderes Haus, Klotz am Bein oder nicht. Sie hatte ihn tausendmal bei Kunden auf Häusersuche gesehen, diesen Blick, dieses schlagartige Wiedererkennen. Nun, hier erkannte eben sie ihren Traum wieder, dies war das Haus, das sie kaufen würde, wäre sie momentan auf Häusersuche. Und ja, Delaney, dachte sie, ich würde es mit einer zwei Meter zwanzig hohen verputzten Hohlblockmauer einfassen, gleich als allererstes.

Elegant wendete sie den Wagen auf der Einfahrt, so daß sie in die Richtung sah, aus der sie gerade gekommen war, und bevor sie den Motor abschaltete, warf sie einen langen, durchdringenden Blick über die Rasenflächen und zu den Bäumen am Rande des Grundstücks. Dann ließ sie das Fenster herunter und lauschte. Stille. Es ging kein Wind, nirgendwo war ein Laut zu hören. Die Büsche und die Bäume standen vor den Hügeln, als wären sie aufgemalt, flach und zweidimensional, und die Hügel selbst schienen so leblos wie die Gebirge auf dem Mond. Kyra stieg aus und ließ zur Vorsicht die Autotür hinter sich offen.

Es wird nichts passieren, sagte sie sich, während sie den Fußweg entlangschritt. Das waren nur zwei Wanderer gewesen. Und wenn nicht, dann waren sie jetzt jedenfalls weg und würden nicht wiederkommen. Sie konzentrierte sich auf die kleinen Dinge: wie ordentlich das Gras zwischen den Steinen des Fußwegs von Hand geschnitten war, wie sorgfältig die Blumenbeete gemulcht und die Sträucher gestutzt waren. Sie sah, daß Oleander und Berglorbeer blühten, auch das Beet mit Clivien vor den Fenstern der Bibliothek. Alles war so, wie es sein sollte, nichts war falsch, nichts vergessen worden. Sie nahm sich vor, dem Gärtner ein Kompliment zu machen.

Auch im Innern: alles in Ordnung. Alle Alarmkreise waren unangetastet, die Zeitschaltuhr hatte bereits das Licht in Küche und Eßzimmer eingeschaltet. Auf dem Tisch in der Halle lagen keine Maklerkarten, und das war eine Enttäuschung, eine ständige Enttäuschung, aber es brauchte eben den richtigen Kunden, der dieses Haus zu schätzen wissen würde, aber irgendwann würde es weggehen, ganz bestimmt – vor allem wenn sie Patricia Da Ros überreden konnte, beim Preis etwas runterzugehen. Sie sah auf die Uhr: Fünf Minuten waren schon vergangen. Den Rundgang durchs Haus hielt sie kurz – kein Grund zur Pedanterie, wenn sowieso niemand dagewesen war –, dann kehrte sie in die Eingangshalle zurück, tippte den Alarmcode ein und trat hinaus auf die Veranda. Noch ein Gang ums Haus, dann konnte sie wieder fahren.

Kyra machte immer große Schritte, selbst in hohen Schuhen – es war ihr natürlicher Gang. Delaney hatte ihr einmal gesagt, er finde das sexy, weil sie dann besonders heftig mit den Hüften wackelte, aber sie hatte nie einen Gedanken daran verschwendet – sie war immer schon sportlich gewesen, ein richtiger Wildfang, und sie erinnerte sich auch an keine Zeit, in der sie nicht in Eile gewesen wäre. Sie ging zuerst die Nordseite des Hauses ab, nahm den Plattenweg beinahe im Laufschritt, drehte ständig den Kopf hin und her, um auch nicht das kleinste Detail zu übersehen. Erst als sie um die Ecke bog und zur Rückseite des Hauses kam, sah sie es, und auch da hielt sie es anfangs für einen Effekt des Lichts.

Sie blieb stehen, als hätte jemand an einer Leine gezogen. Zuerst war sie durcheinander, dann empört, und zum Schluß hatte sie einfach nur Angst. Quer über die Hausmauer gekrakelt, in zwei Meter hohen gesprühten Lettern, stand dort eine Nachricht für sie. In schwarzer Farbe, die im Abendlicht glühte, zehn geschwungene Buchstaben auf spanisch:

PINCHE PUTA

Die Sonne hing tief und fern, ein schmelzendes Klümpchen am Himmel, dennoch war es heiß. Delaney saß auf der Rückseite des Gemeinschaftszentrums, wo er an der Wand ein bißchen Tennis trainiert hatte. Jetzt ruhte er sich auf den Stufen aus, eine mit kalten Tropfen überzogene Cola-light-Dose in der Hand, als er sich des Gemurmels bewußt wurde, das aus dem Raum hinter ihm drang. Die Jalousien waren herabgelassen, aber das Fenster stand einen Spaltbreit offen, und während die Sonne auf den Scheiben blitzte und der unvermeidliche Truthahngeier sich auf den steten Aufwinden hoch in die Lüfte schraubte, hörte er nicht mehr Gemurmel, sondern zwei deutlich unterscheidbare Stimmen, und Delaney erkannte, daß er Jack jr. und einen unbekannten Freund an einem trägen Spätsommernachmittag bei einem tiefgründigen Teenagergespräch belauschte.

»Soso, auf die Cal State willst du gehen?« fragte Jack jr.

»Klar. 'ne bessere Uni war nicht drin – bei meinen Noten.« Zynisches Kichern. Doppeltes Kichern.

»Hält man's in Northridge überhaupt aus? Was ich so höre, ist das 'ne Art Klein-Mexiko oder so.«

»Jaa, du sagst es: ein beschissenes Klein-Mexiko, volles Rohr. Aber weißt du, was die gute Nachricht ist?«

»Was denn?«

»Die mexikanischen Weiber.«

»Erzähl kein' Scheiß.«

Pause. Schlürfgeräusche. Ein unterdrückter Rülpser.

»Echt wahr, Alter – die blasen dir einen, daß dir dein Ding schier platzt.«

»Erzähl kein' Scheiß.«

Wieder eine Pause, eine lange, nachdenkliche. »Nur ein Problem gibt's dabei ...«

»Ja, und welches?«

»Die Fünf-Kilo-jährlich-Regel.«

Die Andeutung eines Lachens, etwas unsicher, aber auf alles gefaßt.

»Und die wäre?«

»Mit sechzehn« – Schlürfen, Pause –, »da hauen sie dich glatt um, aber von da an nehmen sie jedes Jahr fünf Kilo zu, bis sie aussehen wie ein Kartoffelsack mit Sonnenbrand – und wer will sein Ding schon in so was reinstekken, und wenn's nur der Mund ist?«

Delaney stand auf. Das war die Pointe, und sie war begleitet von einem virtuosen Duett aus hämischem Gekicher. Meine Herren, dachte er, und seine Beine fühlten sich plötzlich schwer an. Das war Jacks Sohn. Ein Junge, der es besser wissen sollte, der alle Vorzüge genoß und hier in Arroyo Blanco aufgewachsen war. Delaney ging davon, schüttelte die Verspannung aus seinen Beinmuskeln, klopfte sich gedankenverloren mit dem Tennisschläger gegen das Bein. Aber vielleicht lag genau darin das Problem, und sein nächster Gedanke galt Jordan: Würde der sich auch so entwickeln? Er kannte die Antwort, noch ehe er die Frage formuliert hatte. Natürlich würde er auch so, und dagegen konnten weder Kyra noch Delaney noch irgend jemand anders etwas tun. Das hatte er Kyra ja auch bei ihrer Diskussion über diese Mauer-Geschichte erklärt – ja, vielleicht sperrst du *die* damit aus, aber sieh genau hin, was du zugleich damit *einsperrst.* Sie waren vergiftet. Die ganze Stadt war vergiftet, ganz Kalifornien. Er wünschte, er wäre in New York geblieben.

Deprimiert und ziemlich ratlos nahm er den Heimweg durch die vertrauten Straßen, all die *vías* und *calles* und *avenidas* seiner exklusiven privaten Wohngegend in den Bergen vor Los Angeles, die ausschließlich aus Eigenheimen im spanischen Missionsstil mit hellroten Ziegeldächern bestand, wo man intolerante Kinder hatte, aber dafür stattliche Einkommen, und wo die Grundstückspreise unverhältnismäßig rasch anstiegen. Es war vier Uhr nachmittags, und er wußte nichts mit sich anzufangen. Jordan war noch bei seiner Großmutter, Kyra hatte angerufen, sie komme erst spät von der Arbeit, und danach werde sie sich mit Erna Jardine ans Telefon setzen, um die Nachbarn anzurufen und ihnen eine Mauer zu verkaufen, also war Delaney allein. Aber er wollte nicht allein sein. Deshalb hatte er ja wieder geheiratet; deshalb hatte er so bereitwillig Jordan angenommen und die Hunde, ebenso alle Freuden und Pflichten des häuslichen Lebens. Allein war er acht Jahre lang gewesen, nachdem er sich von seiner ersten Frau hatte scheiden lassen, und das war ihm genug Einsamkeit gewesen. Was er sich wirklich wünschte, und er lag Kyra schon mindestens seit einem Jahr damit in den Ohren, das war ein Baby, aber sie wollte nichts davon wissen – es gab immer noch ein Haus zu zeigen, noch ein Objekt zu vermitteln, noch einen Handel zum Abschluß zu bringen. Ja. Sicher. Und nun stand er da und war allein.

Er war gerade in den Robles Drive eingebogen, den Kopf gesenkt, die Hitze spürte er kaum, und er sann mürrisch darüber nach, daß ihm jetzt nicht einmal mehr die Hunde Gesellschaft leisten konnten, als jemand seinen Namen rief. Er fuhr herum und sah einen großen, kräftigen Mann auf sich zugehen, der ihm vage bekannt vorkam. »Delaney Mossbacher?« sagte der Mann und streckte die Hand aus.

Delaney schüttelte die Hand. Bis auf ihn und den Mann war die Straße völlig leer, lag fest im Griff der fernen, schmelzenden Sonne.

»Wir haben einander noch nicht bekannt gemacht«, sagte der Mann. »Ich bin Todd Sweet ... ich hab Sie auf der Versammlung gesehen – damals, als es um das Tor ging –, und ich wollte mich Ihnen mal vorstellen. Sie schreiben Artikel für eine Naturzeitschrift, ja?«

Delaney bemühte sich, seine Miene zu einem Lächeln zu verziehen. Auf der Versammlung? Und dann wurde es ihm klar: Das war der sportliche Bursche mit der gertenschlanken Frau, der sich damals so emphatisch gegen das Tor ausgesprochen hatte. »Ach ja, stimmt«, sagte er vage, denn er fand es einigermaßen peinlich, daß dieser Mann Zeuge gewesen war, wie er mit der blutigen Hundepfote herumgefuchtelt hatte, und dann wurde ihm klar, daß dies nicht unbedingt eine angemessene Antwort war, so daß er hinzusetzte: »Für *Wide Open Spaces.*«

Der Mann lächelte, er strahlte Delaney an, als hätten sie gerade gemeinsam einen Vertrag unterschrieben, der sie beide steinreich machen würde. Er trug ein Sporthemd aus Seide mit Tigerstreifenmuster, frisch gebügelte Freizeithosen und Sandalen, und obwohl es knapp vierzig Grad waren, schien er sich durchaus behaglich zu fühlen, kein Tröpfchen Schweiß glitzerte auf seinen Schläfen. Er wirkte ernsthaft und cool zugleich, wie eine Kreuzung zwischen einem Jazzmusiker und einem Bibelverkäufer. »Sagen Sie, Delaney«, sagte er in einem vertraulichen Flüsterton, obwohl in hundert Meter Umkreis niemand zuhörte – eigentlich war überhaupt kein Mensch zu sehen, weder auf den sonnenheißen Rasenflächen noch hinter den herabgelassenen Jalousien der dunklen Fenster –, »Sie haben ja wohl gehört, was unser Freund Jack Jardine für uns in petto hat ...«

Unser Freund. Delaney registrierte den ironischen Seitenhieb sehr wohl. Andererseits: Jack war tatsächlich sein Freund, obwohl sie in vielen Fragen keineswegs derselben

Meinung waren, und er fühlte sich mit einem Mal in der Defensive.

»Na, und da dachte ich mir, Sie als Naturfreund – noch dazu als Schriftsteller, und bestimmt sind Sie ein guter Autor mit viel Überzeugungskraft, da bin ich sicher – sind bestimmt auch gegen diese neue Entwicklung. Bei der Versammlung nächsten Mittwoch wird über die Sache abgestimmt, und ich mache gerade die Runde von Haus zu Haus und versuche, die Leute zu überzeugen – also das heißt ich und meine Frau, wir tun das gemeinsam. Ich meine, ist denn dieses Tor nicht schlimm genug? Wir leben doch angeblich in einer Demokratie, wo jedermann zu öffentlichen Einrichtungen Zugang hat, oder etwa nicht?«

»Bin ganz Ihrer Meinung«, sagte Delaney rasch. »Voll und ganz. Die Idee mit dieser Mauer finde ich vollkommen indiskutabel, und außerdem wird das garantiert nicht billig, das steht fest.«

»Genau – und das streiche ich bei meinen Gesprächen mit den Leuten auch heraus. Denn wer sieht schon gerne seine monatlichen Kosten raufgehen?« Wenn Todd Sweet ihn eben noch angestrahlt hatte, so wirkte er jetzt geradezu ehrfürchtig. Es war ein Blick, den Delaney gut kannte, ein typisch kalifornischer Blick, der sich zu gleichen Teilen aus Offenherzigkeit, Respekt und schierer Blendung zusammensetzte und üblicherweise der Bitte um einen »kleinen Gefallen« oder um ein »winziges Darlehen« vorangging. »Sagen Sie«, sagte Todd Sweet endlich, »wie wäre es, wenn ich heute abend bei Ihnen vorbeikomme, dann könnten wir vielleicht einen Text aufsetzen, gemeinsam, meine ich – also, ich sag's nur ungern, aber ich bin kein großer Schreiber ...«

In diesem Augenblick durchflutete Delaney etwas – direkt auf der Straße, im Schein der Sonne: ein langsamer Wellenschlag aus Scham und Angst, ein bitteres brennendes chemisches Sickern, das die Erinnerung an den Mexikaner am Straßenrand, das gestohlene Auto, Sunny DiMandia, Jim Shirley, Schreckensmeldungen im Lokalteil und an den ganzen Rest mitschwemmte. Zugleich hatte er die Vision von hungernden Horden, die an der Grenze Schlange standen, von Verbrecher- und Vergewaltigerbanden in ihren Ghettos, von der ganzen Welt als einem einzigen grenzenlosen Ghetto, und er spürte, wie das zurückschwingende Pendel bedrohlich auf ihn zukam. Es würde Krieg in seinem Wohnzimmer geben, wenn er sich aktiv gegen diese Mauer engagierte, Krieg mit seiner Frau und mit Jack und dessen Triumvirat Cherrystone, Shirley und Flood. Wollte er das riskieren? War ihm die Mauer wirklich so wichtig?

Todd Sweet sah ihn prüfend an, sein Blick war jetzt viel härter, durchdringender, die Maske rutschte langsam ab. »Wenn es zuviel Arbeit macht«, sagte er, »ich meine, wenn Sie lieber in einer eingemauerten Stadt wohnen möchten wie Prinz Prospero in der *Maske des Roten Todes,* dann steht Ihnen das natürlich frei, ich hatte nur angenommen ...« Er ließ den Satz in der Luft hängen, in seiner Stimme schwang ein leiser, gereizter Unterton mit.

»Nein, nein, das ist nicht das Problem«, sagte Delaney, und warum sollte er Kyra und Jack eigentlich *nicht* trotzen und für etwas eintreten, woran er glaubte? Aber dann sah er wieder das schwarze Phantom-Auto vor sich, das mit den wummernden Lautsprechern und den getönten Scheiben, und er zögerte. »Okay«, sagte er, »ich ruf Sie an«, und wandte sich ab.

»Sieben-eins-drei, zwei-zwei-acht-null«, rief ihm Todd Sweet hinterher, aber er hörte nicht hin, sein Verstand war betäubt von dem Zwiespalt, in dem er steckte. Er ging weiter, ohne die Welt ringsherum wahrzunehmen, niedergeschlagen, ohne Hund, allein. Nichts rührte sich. Alles war nur Sonne. Und dann bog er in seine eigene Straße ein, den Piñon Drive, und sah, daß sich doch noch Leben regte: Eine Gestalt bewegte sich durch die statische Landschaft im Glast der spätsommerlichen Hitze. Delaney war nicht sicher, aber es schien eine zweibeinige Gestalt zu sein, ja, ein Mensch, der dort durch die flimmernde Hitze glitt wie eine Fata Morgana, die Beine machten im Gegenlicht Scherenbewegungen. Der Mann trug eine Umhängetasche aus weißem Stoff über der Schulter, wie Delaney im Näherkommen sah, und er überquerte den Rasen der Cherrystones mit dem ebenso sorglosen wie schleichenden Gang des unbefugten Eindringlings – was er auch sein mußte, da Delaney zweifelsfrei wußte, daß die Cherrystones nach Santa Monica gefahren waren und nicht vor sieben zurück sein würden. Und dann kam er noch näher und bemerkte etwas anderes, etwas, das ihn wie ein Schlag traf: Der Mann war Mexikaner. »He!« rief Delaney ihn an und beschleunigte nun seine Schritte. »Kann ich Ihnen helfen?«

Der Mann wirkte erschrocken, wirkte schuldbewußt – auf frischer Tat ertappt. Er blieb auf dem Rasen stehen und wartete, bis Delaney näher kam. Und jetzt erlebte Delaney die zweite Überraschung: Er kannte ihn, er war sich ganz sicher. Es dauerte eine Minute, denn etwas fehlte im Gesamtbild, aber dann erkannte er ihn, auch ohne die Baseballmütze: Es war der Wanderer, der illegale Camper, der Mann, der Delaney die erste Hälfte eines der schlimmsten Tage seines Lebens vermiest hatte. Und dann, in ebendiesem Augenblick des Wiedererkennens, fügten sich dem Netz plötzlich weitere Maschen hinzu: Hatte Kyra nicht erzählt, der Mann, der sie vor dem Haus der Da Ros bedroht hatte, habe eine Mütze der San Diego Padres getragen, und zwar verkehrt herum? Währenddessen stand der Mann vor ihm und hielt seine Tasche fest. Er wich Delaneys Blick nicht aus, antwortete aber nicht.

»Ich sagte, kann ich Ihnen helfen?«

»Mir helfen?« echote er, und sein Mund öffnete sich zu einem breiten Grinsen. Er zwinkerte Delaney zu. »Klar«, sagte er, »klar, *hombre,* klar könn' Sie mir helfen.« Und dann: »Was ist los überhaupt, Mann?«

Delaney schwitzte. Er fühlte sich unbehaglich. Er war gereizt. Der Mann war gut zehn Zentimeter größer als er, und er zeigte Delaney deutlich, wie unbeeindruckt er war – er verspottete ihn, verhöhnte Delaney in seiner eigenen Siedlung, hier in der Straße, in der er wohnte. Im Naturschutzpark kampieren war eine Sache, aber das hier war etwas völlig anderes. Und was hatte er in dieser Tasche, und warum ging er über den Rasen der Cherrystones, wenn die Cherrystones gar nicht zu Hause waren?

»Ich will wissen, was Sie hier eigentlich machen«, sagte Delaney, betrachtete dabei die Tasche und stellte sich das Silberbesteck der Cherrystones darin vor, ihre Videokamera, Seldas Schmuck. »Das hier ist Privatbesitz. Sie haben hier nichts zu suchen.«

Der Mann sah mitten durch ihn hindurch. Er war gelangweilt. Delaney war nichts für ihn, ein kleines Ärgernis, eine Mücke, die sein Gesicht umschwirrte.

»Ich rede mit Ihnen«, sagte Delaney, und bevor er nachdenken konnte, packte er den Unterarm des Mannes, knapp über dem Handgelenk.

Die hellbraunen Augen sahen auf Delaneys Hand hinunter, dann in sein Gesicht. In diesem Blick lag nichts als Geringschätzung. Mit einem abrupten, heftigen Ruck riß der Mann seinen Arm los, richtete sich ein Stück auf und spuckte verächtlich zwischen Delaneys Füße. »Ich hab hier Fluxettel«, sagte er, schrie es fast hinaus.

Delaney schwebte auf der Woge des Moments, er zitterte vor Wut, zu allem bereit. Der Mann war ein Dieb, ein Lügner, der stinkende Besitzer eines stinkenden Schlafsacks im staatlichen Wald, ein Eindringling, ein Umweltverschmutzer, ein Mexikaner. »Reden Sie keinen Blödsinn!« brüllte er. »Ich rufe die Polizei. Ich weiß, was Sie hier wollen, ich kenne Sie genau, mir machen Sie nichts vor!« Delaney sah sich nach Unterstützung um, nach einem Auto, einem Kind auf einem Fahrrad, nach Todd Sweet, nach irgendwem, aber die Straße war menschenleer.

Die Miene des Mexikaners hatte sich verändert. Das spöttische Grinsen war jetzt verschwunden und einem härteren, unendlich härteren Ausdruck gewichen. Er hat ein Messer, dachte Delaney, eine Pistole, und es überlief ihn eiskalt, als der Mann in seine Umhängetasche griff, er verkrampfte sich so sehr, daß er kurz davor war, ihn anzuspringen, niederzuwerfen, auf Leben und Tod mit ihm zu kämpfen ... doch dann starrte er auf ein banales weißes Blatt Kopierpapier, auf dem schwarze Buchstaben wimmelten. »Fluxettel«, knurrte ihn der Mann an. »Ich trag diese Fluxettel hier aus.«

Delaney wich einen Schritt zurück, so am Boden zerstört, daß er nichts sagen konnte – was geschah bloß mit ihm, was wurde aus ihm? –, und der Mann drückte ihm das Flugblatt in die Hand und stapfte über den Rasen davon. Verstört sah Delaney zu, wie der Mexikaner weiterging, die Schultern wütend und empört vorgeschoben, sah ihm zu, wie er an Delaneys eigenes Haus herantrat und ein Flugblatt in den Schlitz zwischen dem Fliegengitter und dem weißen Holzrahmen der Tür steckte. Jetzt erst blickte Delaney auf das Papier in seiner Hand. WICHTIGE MITTEILUNG DES VORSITZENDEN DER EIGENTÜMERGEMEINSCHAFT ARROYO BLANCO ESTATES, stand da in großen Blockbuchstaben. Und darunter: »Ich bitte Sie alle, an der Versammlung am Mittwochabend teilzunehmen, denn dabei geht es um eine Entscheidung, die von größter Bedeutung für unser aller Sicherheit und Wohlergehen ist ...«

7

Die erste Viertelstunde war gar nicht so schlimm. América fragte sich nicht, wozu sie auf der Betonmauer vor dem Postgebäude von Canoga Park herumsaß, dachte nicht weiter darüber nach. Sie war müde, die Füße taten ihr weh, ihr war heiß und auch ein wenig übel, und so ließ sie in einer Art Trance die rege Betriebsamkeit der Stadt um sich herum brodeln. Es war erstaunlich, all dieses Leben. Die Gehsteige waren, anders als sie erwartet hatte, nicht überfüllt, es herrschte nicht so ein Gedränge wie auf dem Markt von Cuernavaca oder von Tepoztlán, aber es gab diesen steten Strom von Menschen, die ihren Geschäften nachgingen, als wäre es die natürlichste Sache der Welt, hier zu wohnen. Die Menschen führten Hunde an der Leine, fuhren auf Fahrrädern, schoben Kinderwagen, trugen ihre Einkäufe in großen Papiertüten herum, die sie sich gegen die Brust preßten; sie rauchten, plauderten, lachten und warfen den Kopf in den Nacken, um Pepsi-Cola aus rot-weiß-blauen Dosen zu trinken, auf denen »Uh-huh!« stand.

So müde, scheu und unsicher sie auch war, sie war doch fasziniert von dem Spektakel – besonders von den Frauen. Sie beobachtete sie verstohlen, Frauen in ihrem Alter, manche etwas älter, die angezogen waren wie Gringas, mit Stöckelschuhen und Nylonstrümpfen, und América betrachtete ihre Kleidung und die Art, wie sie sich frisierten und schminkten. Es gab auch alte Frauen, in *rebozos* und farblosen Kleidern, und *niños*, die auf ihren Skateboards dahinrasten, Arbeiter, die in Dreier- und Vierergrüppchen vorüberschlenderten, den Blick auf irgendeine ferne, unerreichbare Vision weit vor ihnen im Dunst der endlosen Straße gerichtet. Und der Verkehr – er war ganz anders als das Gerase auf der Cañonstraße. Hier bewegte er sich wie eine feierliche Prozession gemächlich von Ampel zu Ampel, und es waren alle möglichen Autos darunter, von aufgemotzten Cadillacs und Jaguars bis zu klapprigen alten Fords und Chevrolets und VW-Bussen und winzigen silbernen Autos, die vorbeiflitzten wie ein Schwarm Fische im Meer. Nach all den Wochen ohne jede Zerstreuung, in denen sie nichts zum Ansehen gehabt hatte als Blätter und noch mehr Blätter, war die Stadt wie ein spannender Film, der vor ihren Augen ablief.

Auch die zweite Viertelstunde war noch kein Problem, obwohl sie bereits etwas Kribbliges an sich hatte, ein heißes, schmerzendes Stechen der Angst, die das Verstreichen jedes einzelnen Sechzig-Sekunden-Abschnitts untermalte. *Wo ist Cándido?* Dieser Gedanke schlich sich allmählich in ihr Bewußtsein, und auch dessen Abwandlung: *Was macht er nur so lange?* Trotzdem war sie froh, auf der Steinmauer zu sitzen und dem Alptraum der Blätter entronnen zu sein, und sie war zufrieden oder doch fast zufrieden. Die Menschen waren komisch. Die Autos sahen schön aus. Hätte sie sich nicht so unwohl gefühlt und wären ihre Füße nicht voller Blasen gewesen und hätte sie gewußt, wo sie diese Nacht schlafen könnte, oder wenigstens etwas zu essen gehabt – irgend etwas, eine Scheibe Brot, eine kalte Tortilla –, dann wäre ihr das Warten einerlei gewesen, völlig einerlei.

Im Schaufenster des Reparaturgeschäfts für Haushaltsgeräte gegenüber war eine Uhr, und als der große Leuchtzeiger sich der dritten Viertelstunde näherte, wurde ihr bewußt, daß ihre Übelkeit in nagende, heftige Hungerkrämpfe übergegangen war. Sie blickte auf ihre Füße und sah, wie angeschwollen sie unter den Riemen ihrer Sandalen waren (die sie schon zweimal gelockert hatte), und plötzlich war sie so müde, daß sie sich am liebsten auf die harte Betonmauer gelegt und die Augen geschlossen hätte, nur eine Minute lang. Aber das durfte sie natürlich nicht – so etwas taten nur Penner und Bettler, *vagos* und *mendigos*. Trotzdem, allein bei dem Gedanken daran, sich nur eine Minute lang hinzulegen, sah sie das Bett vor sich, das versprochene Bett im Haus der Tante dieses *chicano*, und dabei dachte sie wieder an Cándido, und wo blieb er nur?

In der letzten Viertelstunde tauchte aus dem Nichts ein Mann in speckigen Kleidern auf und setzte sich neben sie auf die Mauer. Er war alt, hatte einen Ziegenbart und glotzte sie durch eine mit fransigem schwarzem Klebeband zusammengehaltene Brille an. Sie roch ihn, noch ehe sie sich umwandte, und da saß er, keine dreißig Zentimeter von ihr entfernt. Sie hatte gerade zwei Mädchen in Jeans und Stöckelschuhen nachgesehen, die Oberteile aus schwarzer Spitze trugen und sich das Haar mit Spray hoch aufgetürmt hatten, doch auf einmal drehte der Wind, und es roch wie auf der Müllhalde von Tijuana. Der Alte stank nach Urin, Erbrochenem, seiner eigenen Scheiße, und seine Kleider – drei oder vier Hemden übereinander, ein langer Mantel und mindestens zwei Paar Hosen – waren mit Öl und Fett getränkt wie eine gebratene Banane. Er sah sie nicht an, sprach nicht mit ihr, aber er bestritt eine Unterhaltung mit jemandem, den nur er sehen konnte – mal mit kaum hörbarer Stimme, mal jäh aufbrausend und in merkwürdigem Spanisch, einem so seltsamen Dialekt, daß sie nur hier und da einzelne Bruchstücke aufschnappte. Er schien mit seiner Mutter zu reden – mit der Erinnerung an seine Mutter, mit dem Geist, der vagen Kontur dieser Frau, die in die Bildplatte seines Gedächtnisses eingeprägt war –, und es lag echte Dringlichkeit in der verworrenen Botschaft, die er für sie hatte. Er brabbelte ununterbrochen vor sich hin. América rutschte von ihm weg. Als der Leuchtzeiger die volle Stunde erreichte, war er verschwunden.

Dann begann die zweite Stunde, und sie fühlte sich verloren und verlassen. Die Sonne ging unter, am Himmel erstarb ein Streifen Licht nach dem anderen, die Ladenfronten flimmerten und glühten wäßrig-silbern, wie senkrechte Pfützen, die entlang der Straße aufgestellt waren. Es waren jetzt weniger Leute auf der Straße, und América fand sie nicht mehr komisch oder auch nur interessant. Sie wollte, daß Cándido zurückkam, sonst nichts, aber was war, wenn er einen Unfall gehabt hatte? Wenn er verletzt war? Wenn *La Migra* ihn geschnappt hatte? Zum erstenmal, seitdem sie auf der Mauer saß, wurde ihr die Realität ihrer Situation bewußt: Sie hatte kein Geld, kannte keinen Menschen, würde nicht einmal den Rückweg zu ihrer jämmerlichen Behausung im Cañon finden. Und wenn Cándido nun gar nicht mehr wiederkam, wenn er einem Herzanfall erlegen oder wieder von einem Auto angefahren worden war? Was dann?

Nach eineinhalb Stunden, als immer noch keine Spur von ihm zu sehen war, stand América auf und ging in die Richtung, in der Cándido mit dem *chicano* verschwunden war, dabei sah sie sich alle paar Schritte um, ob er durch irgendein Wunder vielleicht aus einer anderen Richtung käme. Sie ging an Antiquitätengeschäften vorbei, düsteren, unübersichtlichen Läden, die mit alten, düsteren Möbeln vollgestopft waren; dann kam ein Geschäft mit Fischen in allen Farben, die in so reinem Wasser schwammen, daß es wie Luft aussah; dann eine geschlossene, verrammelte Imbißbude, ein Autoersatzteilladen, in dem hektischer Betrieb herrschte. Nach dem Autogeschäft bog sie nach links in die Straße ein, in der auch Cándido verschwunden war. Es war eine sehr belebte Seitenstraße, unter der gelben Beleuchtung rasten Autos mit ratternden Stoßdämpfern und quietschenden Reifen vorbei. Sie sah Gruppen von Männern, die auf dem Parkplatz hinter dem Autogeschäft herumsaßen, Gringos und Latinos gleichermaßen, vor ihren riesigen Autos mit weit aufgeklappten Kühlerhauben und laufenden Motoren, und die Musik dröhnte aus den Stereoanlagen, daß der Gehsteig bebte. Sie würdigten América kaum eines Blickes, und sie war zu schüchtern, zu ängstlich, um zu fragen, ob sie Cándido, ihren verlorenen Ehemann, und diesen anderen Mann gesehen hätten. Danach kamen eine Buchhandlung und ein paar andere Läden, und dann nur noch Wohnhäuser.

Es wurde dunkel. Die Straßenlampen gingen an. In den Häusern leuchteten die Fenster über den dunklen Hecken, den nun farblosen Blumen, den Bougainvilleen und Glyzinien, die im Zwielicht grau wirkten. Cándido war nirgends zu sehen. Keine Spur von ihm. Das Baby bewegte sich in ihrem Bauch, und sie verspürte Übelkeit und ein Flattern im Magen. Sie wünschte sich nichts so sehr, wie in eines dieser Häuser zu gehören, in irgendeines, wenigstens für eine Nacht. Die Menschen, die in diesen Häusern wohnten, hatten Betten, um sich darauf auszustrekken, sie hatten Toiletten mit Wasserspülung, heißes und kaltes Wasser, und vor allem waren sie zu Hause, in ihrem eigenen privaten Reich, sicher vor der Außenwelt. Aber wo war Cándido? Wo war das Zimmer, das er ihr versprochen hatte, das Bett und die Dusche? Es war beschissen, richtig beschissen. Schlimmer als das Leben im Haus ihres Vaters, hundertmal schlimmer. Sie war eine Närrin gewesen, von dort fortzugehen, auf die Geschichten zu hören, die Filme anzusehen, die dummen *novelas* zu lesen, und eine noch größere Närrin war sie gewesen, die verheirateten Frauen in Tepoztlán zu beneiden, deren Männer ihnen so viel mitbrachten, wenn sie aus dem

Norden nach Hause zurückkehrten. Kleider, Schmuck, einen neuen Fernseher – aber so etwas gab es hier nicht. Das gab es hier: dreckige Straßen und Obdachlose, und beim Pinkeln brannte es.

Endlich, nachdem sie auch in allen Straßen, die von der Seitenstraße abzweigten, gesucht hatte, kehrte sie zur Mauer vor dem Postamt zurück. Sie wußte nicht, was Cándido passiert war – sie traute sich nicht einmal, darüber nachzudenken –, aber dort würde er nach ihr suchen, und deshalb mußte sie eben sitzen bleiben und Geduld haben, ganz einfach. Jetzt aber war es dunkel, es war Nacht geworden, und es waren wieder mehr Fußgänger unterwegs – Gruppen von Teenagern, junge Männer zwischen zwanzig und dreißig Jahren, die auf der Pirsch waren. Niemand beschützte sie, niemand paßte auf sie auf. Sie sah immer wieder die Tiere an der Grenze vor sich, den Halbgringo, seine häßlichen Augen und seine widerlichen, tastenden Finger und den dicken Weißen mit den dicken weißen Händen, und sie zog sich in sich zurück, tief in ihr Inneres, wo niemand ihr etwas anhaben konnte. »He, Baby«, riefen sie ihr zu, wenn sie sie trotz ihrer Versuche, mit der Dunkelheit zu verschmelzen, bemerkten, »he, *ruca,* he, Sexy, *¿quieres joder conmigo?*«

Es war fast Mitternacht, und sie war eingenickt – es ging nicht anders, sie konnte die Augen keine Sekunde länger offenhalten –, als sie eine Berührung an der Schulter spürte. Sie fuhr aus dem Schlaf hoch, fuhr fast aus der Haut, und da stand er: Cándido. Sogar im fahlen Zwielicht der Straßenlampen bemerkte sie das Blut auf seinem Gesicht, schwarz glänzend, nahezu farblos. Es hätte auch Öl oder Melasse sein können oder Ruß oder die Maske für irgendein Schauerstück im Theater, aber das war es nicht, und sie wußte es sofort, als sie ihn sah. »Die haben mich mit irgendwas auf den Kopf geschlagen«, sagte er so gepreßt und heiser, daß sie erst dachte, man hätte ihn außerdem zu erwürgen versucht. »Mit einem Baseballschläger, glaube ich. Genau hier.« Er hob die Hand zum Scheitel und tippte sich auf die Stelle, wo das Blut am schwärzesten war. »Sie haben mir alles abgenommen. Jeden Penny.«

Und jetzt sah sie, daß sein Hemd zerrissen und die Hose an den Säumen völlig zerfetzt war, als hätte sie irgendein Tier angenagt. *Sie haben mir alles abgenommen.* Im trüben unterirdischen Schein der Straßenlampe schaute sie ihm in die Augen und ließ die Worte auf sich wirken. Es würde kein Bett, keine Dusche, nicht mal etwas zu essen geben. Und in Zukunft: keine Wohnung, keine Geschäfte, keine Restaurants, kein Spielzeug, keine Decken und keine Windeln für ihr Baby. Ihre Gedanken rasten hin und her, und dann dachte sie an die freie Natur, an den Cañon, die jämmerliche Hütte, und sie wollte sterben.

Der Kopf tat ihm weh, aber das war nichts Neues. Eine Zeitlang hatten seine Augen nicht ganz mitgespielt, er hatte alles doppelt gesehen, zwei Wände, zwei Fenster, zwei Lichter, dann vier und acht und sechzehn, bis er die Augen fest zukniff und wieder von vorn anfing. Inzwischen sah er wenigstens wieder nur ein Bild, und das war gut so, aber seine Schulter schmerzte, wo er daraufgefallen war, und was jetzt? Es war so, als wäre er noch einmal von diesem Auto überfahren worden, nur daß er diesmal niemand anders als sich selbst die Schuld dafür geben konnte. Wie hatte er so dumm sein können? Dieser *chingón* hatte keine Tante. Er war genauso ein Ganove wie die *vagos* bei der Arbeitsvermittlung, schlimmer noch. »Hier lang«, sagte er dauernd, »es ist gleich da vorn, das Haus meiner Tante, da gefällt's dir bestimmt, *hombre,* ganz bestimmt.« Er hatte keine Tante. Aber in der Seitenstraße warteten noch zwei von seiner Sorte – wie viele *mojados* hatten die wohl schon vor ihm ausgenommen? Sie wußten genau, wo sie suchen mußten – wahrscheinlich nähte jeder dämliche Hinterwäldler sein Geld im Hosensaum ein. Wo sonst sollte er es aufbewahren? In der Bank of America? Unter seinem Kopfkissen im Ritz? Es war einfach sein beschissenes Pech, sonst nichts, und jetzt tat ihm der Kopf weh, und er besaß nichts mehr, nicht mal eine anständige Hose, und América sah ihn an, als wäre er die niedrigste Lebensform auf der Erde, ohne jede Sympathie, keine Spur.

Als erstes mußte er mit América zu irgendeiner Tankstelle und sie darum bitten lassen, das Klo benutzen zu dürfen, damit er hineinschlüpfen und sich das Blut vom Gesicht waschen konnte. Es war nicht schlimm, nur etwas Kopfschmerzen, mehr nicht – Kopfschmerzen und eine Menge Blut. Ihm machte das Blut nichts aus, aber wenn ein Polizist ihn so sah, wäre er geliefert. Erst aufs Klo, dann was zu essen. Er haßte sich dafür, América das antun zu müssen, denn genau das hatte er ihr ersparen wollen, aber sie würden die Schnellimbißläden abklappern müssen – Kentucky Fried, Taco Bell oder McDonald's. Danach würden sie einen Platz zum Schlafen brauchen, ein Stück Rasen mit ein paar Büschen drum herum, eine ruhige Stelle, wo keiner sie sehen konnte, vor allem nicht die Dreckskerle, die die Straßen unsicher machten, und jetzt gab es schon zwei, die er umbringen mußte – verdammt, *hijo de la chingada* und scheiß auf die ganze Welt.

»Okay«, sagte er, und América sah ihn nicht einmal an, »okay, jetzt hör mir gut zu ...«

Und sie hörte ihm zu. Verängstigt, wütend, deprimiert und voll Mitleid und Haß – kein Bett, keine Dusche, gar nichts. Die nächste Tankstelle war fünf Blocks entfernt, den Sherman Way entlang, aber zum Glück sprach sie niemand an, als sie an Cándidos Seite dorthin ging, sein

Gesicht eine Flagge aus Blut, seine Hosenbeine flatternd wie zerschlissene Banner. Der Tankwart war Nicaraguaner, und er sah sie an wie ein Stück Dreck, als sie um den Schlüssel zur Toilette bat, ohne etwas zu kaufen, aber sie lächelte und sprach mit piepsiger Stimme, und er gab nach. Sie nutzte die Gelegenheit und polsterte den Fersenriemen ihrer Sandalen mit Klopapier aus, während Cándido sich das Blut aus dem Gesicht wusch und die klaffende Wunde mit Papiertüchern trockentupfte. Sein Gesicht war jetzt bleich und stopplig wie das eines unrasierten Penners, aber sein Haar verbarg die schwarz-rote Wunde, und als er fertig war, sah er beinahe präsentabel aus, bis auf sein zerrissenes Hemd und die ausgefransten Hosensäume und die dunkle Grube unter seinem linken Auge, die nun für immer ein Teil von ihm war.

Wortlos ging er zwei Schritte vor ihr, die Schultern hochgezogen wie ein Kampfhahn, seine Blicke verschlangen die Straße. Die wenigen Menschen, die jetzt noch unterwegs waren – vor allem Betrunkene –, machten einen weiten Bogen um ihn. Obwohl sie müde, verzweifelt und zermürbt war, obwohl ihr die Füße weh taten und ihr leerer Magen sich verkrampfte, wagte América ihn nicht zu fragen, wohin sie gingen, welchen Plan er hatte und wo sie schlafen, essen, sich waschen und leben würden. Sie trottete einfach hinter ihm her, apathisch und teilnahmslos, und all die ätzenden Gerüche der Straße sprangen ihr in die Nase, als wären sie für sie und sonst niemanden destilliert worden. Sie gingen Häuserblock um Häuserblock zu Fuß, nach Westen, dann bogen sie auf eine hell erleuchtete Straße nach Süden und folgten ihr ins Endlose, vorbei an geschlossenen Restaurants, Schallplattenläden und großen, wuchtigen, schwach erhellten Supermärkten, die wie schwimmende Schiffsfabriken inmitten schwarzer Ozeane aus Asphalt dahintrieben. Es war sehr spät. Das Laub hing reglos an den Bäumen, und auf den Straßen fuhren kaum noch Autos.

Schließlich, als sie meinte, sie würde gleich zusammenbrechen, kamen sie zu einer weiteren großen Straße, die ihr irgendwie bekannt vorkam, schmerzhaft vertraut, auch wenn sie im Zwielicht anders aussah, weil die Gehsteige jetzt ausgestorben, die Fahrbahnen leer und alle anständigen Menschen im Bett waren. Ihr Ortssinn war noch nie besonders ausgeprägt gewesen – Cándido witzelte immer, sie könne sich glatt auf dem Weg von der Küche ins Bad verlaufen –, aber hier war sie doch schon mal gewesen, oder? Sie gingen bei Rot über die Ampel, kein einziges Auto weit und breit, und da wurde es ihr klar: Sie waren wieder auf der Cañonstraße, auf dem Rückweg dorthin, wo sie herkamen, sie gingen an den schönen unerreichbaren Häusern mit den Gärten voll Schaukeln und Dreirädern und schattigen Bäumen vorbei. Sie verlor jeden Mut. Was taten sie hier? Er konnte sie doch nicht den ganzen Weg zurück in dieses miese Loch marschieren lassen? Das war unmöglich. Er war verrückt. Wahnsinnig. Eher würde sie sich auf den Asphalt werfen und gleich hier sterben.

Sie wollte gerade etwas sagen, als er plötzlich direkt vor einem Restaurant stehenblieb, an das sie sich noch vom Morgen erinnerte, ein kleiner Laden, der einsam auf einem asphaltierten Parkplatz stand, mit Glasfenstern, einem bonbonfarbenen Dach und einem großen, leuchtenden rot-weißen Eimer, der auf einem Mast obendrüber rotierte. Das Restaurant war geschlossen, alles war dunkel, aber der Parkplatz lag in gleißendem Licht. »Hast du Hunger?« flüsterte Cándido, und weil sie so lange nicht miteinander gesprochen hatten, klang ihr die eigene Stimme fremd in den Ohren, als sie ja sagte: Ja, sie hatte Hunger. »Also gut«, sagte er und blickte nach rechts und links, »geh mir nach, aber mach schnell – und sei bloß leise!«

Sie dachte nicht nach. Sie war zu müde zum Nachdenken, zu niedergeschlagen. Irgendwo in ihrem Hinterkopf mußte ihr Verstand leisen Zweifel anmelden, herrschte eine vage Verwirrung – kannte Cándido jemanden, der hier arbeitete, oder wollte er etwas stehlen, Vorräte, die spätabends geliefert wurden? –, aber die Fragen kamen ihr nicht über die Lippen, und sie folgte ihm dumpf ins grelle Licht der Lampen. Sie waren jetzt auf der Rückseite des Restaurants, außer Sichtweite der Straße, auf einem auf drei Seiten eingezäunten Hof. Ein großer grauer Metallbehälter stand direkt neben der Hintertür, und er verströmte einen Geruch, an dem sie sofort erkannte, was es war.

Cándido verblüffte sie. Er ging direkt auf das Ding zu, klappte den Deckel auf, ohne den dunklen, schnellen Schatten zu beachten, der darunter hervorschoß und zwischen den Zaunlatten verschwand. Sofort begriff sie: Müll, sie würden Müll essen. Im Abfall stöbern wie *basueros* auf der Müllhalde und den Dreck fressen, den andere Leute weggeworfen hatten, voller Speichel und Maden und Ameisen. War er verrückt geworden? Hatte er durch den Schlag auf den Kopf den Verstand verloren? Sogar in ihren schlimmsten Zeiten, selbst auf der Müllhalde von Tijuana hatten sie es noch geschafft, ein paar Centavos zusammenzukratzen, um sich auf der Straße heiße Maiskolben und Brühe zu kaufen. Sie stand wie erstarrt am Rand des Platzes und sah entsetzt und ungläubig zu, wie Cándido sich tief in die Tonne hineinbeugte, bis seine Beine den Halt am Boden verloren und er strampelnd das Gleichgewicht zu bewahren versuchte. In ihr brannte eine Empörung, die sich von all den grausamen Enttäuschungen des Tages nährte und schließlich zu einer lodernden Weißglut wurde, so daß sie losstürmte und die Fingernägel in sein Bein grub. »Was tust du da?« fragte sie in heiserem Flüsterton, den sie kaum beherrschen konnte. »Was um Gottes willen tust du da?«

Seine Beine strampelten. Sie hörte ihn in der Tiefe der Tonne ächzen. Irgendwo heulte ein Automotor auf, sie zuckte zusammen und ließ sein Bein los. Wenn sie nun jemand erwischte? Sie würde sterben vor Scham. »Ich rühr das nicht an, diesen Dreck«, zischte sie den fuchtelnden Beinen, dem breiten, wackelnden Hintern zu. »Lieber verhungere ich.« Wütend trat sie einen Schritt näher, und wieder stieg ihr der Gestank in die Nase: Schimmel, Fäulnis, Verwesung und Schmutz. Am liebsten hätte sie ihn in die Tonne gestoßen und den Deckel zugeknallt, irgend etwas zerschlagen, mit den Fäusten auf die Mauer eingetrommelt. »Kann sein, daß du so leben kannst, aber ich nicht«, sagte sie und kämpfte darum, leise zu sprechen. »Ich komme aus einer anständigen Familie, die hundertmal besser ist als du und deine Tante, und mein Vater, mein Vater ...« Sie verstummte. Die Luft ging ihr aus, sie war schwach, und sie hatte das Gefühl, gleich losheulen zu müssen.

Ein längeres Stöhnen drang aus dem Inneren der Tonne, dann tauchte Cándido wieder auf, suchte tastend mit den Füßen nach Halt und schob sich rückwärts aus dem Müllcontainer heraus wie ein Krebs. Er wandte sich ihr zu, sein Gesicht war grau wie Eisen im grellen Schein des Flutlichts, und sie sah, daß seine Arme überquollen mit rotweiß gestreiften Pappkartons, kleinen Dingern wie Pralinen- oder Zigarrenschachteln. Fett, sie roch das Fett. Bratfett. Kaltes, altes Bratfett. »Dein Vater«, sagte er und hielt ihr dabei eine der Schachteln hin, »ist tausend Kilometer weit weg.«

Er sah sich rasch um, erneut besorgt, erstarrte einen Moment lang, entspannte sich wieder. Seine Stimme klang jetzt milder. »Iß doch, *mi vida*«, sagte er. »Du wirst es brauchen, damit du bei Kräften bleibst.«

8

An der Ostküste kam der Herbst mit einem Schwall kanadischer Luft, belebend und entschieden. Das Laub wechselte die Farbe. Der Regen fiel in kalten grauen Strichen, und die Pfützen überzog nachts eine zweite Haut. Die Welt schloß, machte es sich in Höhlen und Bauen gemütlich, und die Tagundnachtgleiche war ein bedeutsames Datum. Hier aber, in den ausgeglühten Hügeln von Los Angeles, war der Herbst bloß eine weitere Facette des unendlichen Sommers, nur noch heißer und trockener, er fegte durch die Cañons als sengender Sturm, der sämtliche Feuchtigkeit aus den Steppenpflanzen leckte und leicht entflammbare Öle aus den Poren der Äste und Zweige treten ließ. Es war die Jahreszeit, mit der Delaney die größten Probleme hatte. Was war schon empfehlenswert an Temperaturen von knapp vierzig Grad, null Prozent Luftfeuchtigkeit und diesem Wind, der einem feinste Körnchen von zerriebenem Sandstein in die Nasenlöcher blies, sobald man vor die Haustür trat? Was war reizvoll daran? Andere Autoren konnten die herbstlichen Rituale Neuenglands oder der Great Smoky Mountains abfeiern – den Zugvögeln zusehen, die sich am Himmel sammelten, Holz fürs Kaminfeuer hacken, die Apfelpresse zum Mostmachen putzen oder schlaftrunkenen Bären in den kahlen Wäldern nachpirschen, wo schon der erste feuchte Duft von Schnee in der Luft lag –, aber wie sollte Delaney die triste Realität dieser Jahreszeit hier kolorieren? Sicher, er unterrichtete seine Leser über die feuerabhängige Keimung der Pyrophyten, zersetzende Extrakte von Manzanita und Chamiso und die Freisetzung von Nährstoffen aus Holzasche, aber was sollte man mit einer Jahreszeit anfangen, die nicht den die Welt verwandelnden Zauber der ersten weichen Schneedecke ankündigte, sondern infernalische Feuersbrünste, die alles auf ihrem Weg verdampften und wabernde Wolken aus pechschwarzem Qualm sechs Kilometer hoch in den Himmel spuckten?

Der Wind fauchte, und Delaney saß an seinem Schreibtisch, wo er ihn zu deuten versuchte. Er sammelte immer noch Material für die Artikelserie über eingeschleppte Arten und Populationskonflikte, doch die jahreszeitlichen Phänomene hatten natürlich Vorrang. Wie reagierten die Erdhörnchen auf das Absinken der Luftfeuchtigkeit? fragte er sich. Oder die Eidechsen? Vielleicht konnte er etwas über die Eidechsen machen, nicht nur über die Krötenechse, sondern über die ganze Unterordnung – vom Zaunleguan über den Streifenskink und die Renneidechse bis zum gebänderten Gecko. Änderte der Wind ihr Verhalten? Sank der Wassergehalt ihrer Beutetiere? Blieben sie tagsüber während der größten Hitze länger in ihren Höhlen? Eigentlich sollte er draußen sein und sie beobachten, aber das Wetter schlug ihm aufs Gemüt. Seit Wochen lag ein Hochdrucksystem über dem Südwesten der USA, und jeder Tag war eine Kopie des vorigen: heiß, wolkenlos, der Wind wie eine Peitsche. Er war am Vortag wandern gewesen und hatte die meiste Zeit damit verbracht, sich Sonnenschutzmittel aufzutragen und seiner Mütze nachzulaufen. Der Staub blies ihm in die Augen. Die Büsche waren flach auf den Boden gedrückt wie von einer großen unsichtbaren Hand. Er kürzte seine Wanderung ab und kehrte nach Hause zurück, um bei heruntergelassenen Jalousien im klimatisierten Wohnzimmer zu sitzen und sich ein freudloses Footballmatch zwischen massigen, keuchenden Männern anzuschauen, die alle aussahen, als wären sie auch lieber woanders.

Trotzdem war die Idee mit den Eidechsen gut, sie lohnte jedenfalls weitere Recherchen, und so stand er auf, um in seiner naturkundlichen Bibliothek zu stöbern, las hier etwas über die sechsstreifige Schwarznatter (frißt die Eier kleiner bodenbrütender Vögel, indem sie sie mit dem Maul zerdrückt und dann den Inhalt aufschleckt), den Chuckwallah (ein reiner Vegetarier) und das Gilatier (speichert Fett in seinem walzenförmigen Schwanz). Dann aber dachte er, völlig grundlos, an Geier – denen mußte es bei diesen Bedingungen doch hervorragend gehen. Über den Truthahngeier hatte niemand allzuviel geschrieben – viel zu gewöhnlich –, und gerade deshalb ließe sich daraus ein sehr interessanter Artikel machen. Jedenfalls war jetzt seine Zeit, kein Zweifel. Die Wasserressourcen trockneten aus. Alles starb.

So saß er in Echsenerzählungen und statistische Inhaltsanalysen der Gewölleklumpen unter Geiernistplätzen versunken, als es klingelte, ein dumpfer metallischer Ton, der das Untergeschoß des Hauses durchströmte wie Luft, die aus einem Ballon entwich. Er überlegte kurz, ob er öffnen sollte. Dies war die Zeit, die er für sich hatte, seine Zeit zum Schreiben, und die war ihm heilig. Aber wer konnte es sein, um diese Zeit? Der Postbote? Ein Kurierdienst? Die Neugier überwog, und er ging an die Tür.

Ein Mann in einem schmutzigen T-Shirt stand auf der Fußmatte, dahinter sah Delaney einen Betonmischer und zwei mit Hohlblocksteinen beladene Pritschenwagen. Der Mann trug einen Bauhelm, und seine Arme waren mit Tätowierungen übersät wie mit blauen Flecken. Um die Pritschenwagen wuselte eine Gruppe von Mexikanern. »Wollte Ihnen nur ankündigen, daß wir heute hier durchkommen«, sagte er, »und es würde uns viel helfen, wenn Sie das Gartentor auflassen könnten.«

Durchkommen? Delaney verstand nicht recht, in seinem Kopf schwärmten Eidechsen und Geier.

Der Mann im T-Shirt musterte ihn scharf. »Mit der Mauer«, sagte er. »Meine Leute brauchen hier Zutritt.«

Die Mauer. Richtig. Er hätte es sich denken können. Neunzig Prozent der Wohnanlage waren bereits eingefaßt, die unermüdlichen dunkelhäutigen Männer trugen schon den Putz auf unter Bedingungen, die jeden anderen umgebracht hätten, und jetzt sollten bei Delaney die letzten Meter errichtet werden, um seinen hundelosen Garten, man würde ihn einmauern, ihm die Sicht rauben – ihn gegen seinen Willen beschützen. Und er hatte nichts dagegen unternommen, gar nichts. Weder hatte er auf Todd Sweets zunehmend hektische Nachrichten auf dem Anrufbeantworter reagiert, noch war er zu der entscheidenden Versammlung gegangen, um seine Stimme abzugeben. Kyra dagegen hatte diese Mauer zu ihrer Mission gemacht, hatte ihre ganze Maklerenergie hineingesteckt, Briefe gefaltet, herumtelefoniert, Seite an Seite mit Jack und Erna gearbeitet, um dafür zu sorgen, daß die Uneinnehmbarkeit der Wohnanlage erhalten blieb und kein irdisches Wesen, ob Zweibeiner oder Vierbeiner, ohne Einladung hereinkonnte.

»Ja, gut«, sagte Delaney, »kommen Sie«, und er ging mit dem Mann ums Haus herum, entriegelte das Gartentor und klemmte es mit einem Stein fest, der zu diesem Zweck dort lag. Der Wind peitschte die Bäume, und zwei Steppenrollen (eigentlich *Salsola kali,* Russische Distel, auch so ein unseliger Zuwanderer) kullerten durch den Garten und verfingen sich in dem nutzlosen Zaun. Eine plötzliche Bö warf Delaney eine Handvoll Staub ins Gesicht, und der Sand knirschte zwischen seinen Zähnen. »Aber machen Sie's unbedingt wieder zu, wenn Sie fertig sind«, sagte er und deutete vage in Richtung des Pools.

»Wir wollen nicht, daß irgendwelche Kinder einfach hereinspazieren.«

Der Mann nickte knapp, dann drehte er sich um und rief etwas auf spanisch, was seine Männer in Bewegung versetzte. Sie kletterten auf die Autos, lösten die Spannseile, Schubkarren tauchten aus dem Nichts auf. Delaney wußte nicht recht, was er tun sollte. Eine Zeitlang stand er an seinem Gartentor, wie um sie willkommen zu heißen, als wäre er Gastgeber bei einer Pool-Party oder einem Kochwettbewerb, und die Prozession von düster dreinblickenden braunen Männern marschierte an ihm vorbei mit Spitzhacken, Schaufeln, Maurerkellen, Säcken voll Putz und Zement, den Blick zu Boden gerichtet. Aber irgendwann fühlte er sich unsicher, fehl am Platze, wie ein unbefugter Eindringling auf seinem eigenen Grundstück, und er drehte sich um und ging ins Haus zurück, durch den Flur und in sein Arbeitszimmer, wo er sich wieder an den Schreibtisch setzte und die Farbfotos von Truthahngeiern anstarrte, bis sie anfingen, auf der Buchseite zu flimmern.

Er versuchte, sich zu konzentrieren, aber es gelang ihm nicht. Da war dieser ständige Hintergrundlärm – unverständliche Rufe, heulende Maschinen, das Klappern von Werkzeug und das pausenlose Kratzen des Betonmischers, unterlegt vom blechernen, schwindelerregenden Krach eines tragbaren Stereoradios, das auf einen mexikanischen Sender eingestellt war. Er fühlte sich belagert. Zehn Minuten nachdem er sich gesetzt hatte, stand er am Fenster und sah zu, wie sich sein Garten veränderte. Die Mauer war bis zum Haus der Cherrystones nebenan fertig; auf der anderen Seite lagen sie noch drei Häuser zurück, waren erst bei Rudy Hernandez, aber die Schlinge zog sich zu. Schon vor Wochen hatten sie die Grundstücksgrenzen vermessen, und jetzt hoben die Arbeiter die Gruben für die Mauerfundamente aus, direkt vor dem zwei Meter sechzig hohen Maschendrahtzaun, der natürlich wieder wegmußte, das war Delaney klar. Das Ding war ohnehin völlig nutzlos gewesen, und jedesmal, wenn er es ansah, erinnerte es ihn an Osbert. Und an Sacheverell.

Kyra und er würden für den Abriß aufkommen – noch eine Ausgabe –, aber das war ihm egal. Was ihm jedoch weh tat, was ihn wirklich ärgerte – so sehr, daß er beinahe doch losgegangen wäre und gegen die Mauer gekämpft hätte, gleichgültig, was Jack oder Kyra dazu sagten –, das war die Tatsache, daß er nun überhaupt nicht mehr ohne Umweg in die Berge gelangen konnte, da war nicht einmal ein Tor, gar nichts. Der Eigentümerverband war der Meinung gewesen, die Mauer sei sicherer, wenn es keine Durchlässe darin gäbe, außerdem kosteten Tore Geld. Doch was hieß das für Delaney? Wenn er einen kurzen Spaziergang durch die Natur machen wollte, wenn er Eidechsen, Fliegenschnäpper oder gar Coyoten beobachten wollte, dann mußte er jedesmal entweder über die Mauer klettern oder den weiten Weg bis zum Tor an der Straße und wieder zurück gehen. Was eindeutig zu Lasten der Spontaneität ging, soviel war sicher.

Er setzte sich wieder an seinen Schreibtisch, stand erneut auf, setzte sich wieder. Der Wind zerrte an den Fensterscheiben, Arbeiter brüllten, und dazwischen erklang immer wieder die wahnwitzige blecherne Fröhlichkeit der *ranchera*-Musik. An Arbeit war nicht zu denken. Bis Mittag waren die Fundamente gesetzt, und das erste zwanzig Zentimeter hohe Band aus Betonblöcken kroch entlang der Grundstücksgrenze. Wie sollte er sich da konzentrieren? Wie konnte er auch nur daran denken? Er wurde eingemauert, lebendig begraben, und er konnte überhaupt nichts dagegen tun.

Als Kyra ihn abholte, damit er mit ihr zum Da-Ros-Haus fuhr, um es abzuschließen, fühlte er sich wie ein Raubtier im Käfig. Er hatte ohnehin wenig Lust, sie siebenmal pro Woche abends dorthin zu begleiten, aber die Sache mit der Schmiererei auf dem Haus ließ ihm wenig Wahl. (Und er dachte an diesen Dreckskerl mit seinen »Fluxettels«, und gleich war seine Laune wieder beim Teufel.) »Hoffentlich bist du jetzt zufrieden«, sagte er beim Einsteigen.

Sie war ganz die Geschäftsfrau, fröhlich und gut gelaunt, gekleidet in ihre beste Maklerkluft, der Lexus ein mächtiges Maklerwerkzeug, das ihr jederzeit zu Diensten war. Es war schon dunkel. Der Wind heulte hinter den Scheiben. »Was?« fragte sie unschuldig. »Warum ziehst du so ein Gesicht? Hab ich was falsch gemacht?«

Wutentbrannt sah er aus dem Fenster, während sie den Gang einlegte, die Einfahrt hinaus- und den Piñon Drive entlangfuhr. »Die Mauer«, sagte er. »Sie haben sie fertig. Oder fast. Sie ist fast exakt so hoch wie der Drahtzaun.«

Sie waren jetzt auf dem Arroyo Blanco Drive, Kyra winkte dem Halbidioten am Tor kurz zu. Es war ihr allabendliches Ritual, das sie regelmäßig um sechs durchzogen, während das Abendessen auf dem Ofen wartete und der bereits abgefütterte Jordan vor Selda Cherrystones Fernseher saß: zum Tor hinaus, den Berg hinauf, die gewundene Einfahrt entlang zum Haus der Da Ros, aus dem Auto, ins Haus, einen kurzen Blick in den Garten und dann wieder hinaus und zurück. Er haßte es. Es war ihm zuwider. Es verschwendete seine Zeit, und wie konnte sie von ihm erwarten, ein anständiges Essen hinzukriegen, wenn er jeden Abend Phantome jagen mußte? Sie sollte das Objekt abgeben, genau das sollte sie tun, es loswerden und jemand anders finden, der für die Blumenbeete und die Fische sorgte und sich wegen der Mexikaner im Gebüsch den Kopf zerbrach.

»Na gut«, sagte sie achselzuckend, den Blick auf die Straße gerichtet, »wir werden Al Lopez kommen lassen, damit er den Zaun abreißt; den werden wir jetzt ja wohl nicht mehr brauchen« – und hier kam der Appell an sein Schuldgefühl, der Gegenangriff –, »falls wir ihn je gebraucht haben.«

»Ich kann nicht mehr aus meinem eigenen Garten raus.«

Sie lächelte beschwingt. Der Wind wehte. Trockene Halme und gelegentlich ein Steppenroller wirbelten im dünnen Lichtstrahl der Scheinwerfer. »Auf dem Rücksitz«, sagte sie. »Ein Geschenk. Für dich.«

Er drehte sich um. Hinter ihnen fuhr ein Auto dicht auf und schien ihm ins Gesicht. Auf dem ledernen Rücksitz lag eine kleine Trittleiter aus Aluminium, etwa einen Meter lang, wie man sie zum Gardinenaufhängen oder zum Wechseln der Glühbirne im Flur benutzt, und an den obersten Holm war eine rote Satinschleife geklebt.

»Die löst dein Problem«, sagte sie. »Jederzeit. Du kletterst einfach drüber.«

»Ja, sicher. Und was ist mit dem Wassergraben und dem siedenden Öl?«

Sie ignorierte seinen Sarkasmus und sah unverwandt auf die Straße, mit gleichmütiger, gefaßter Miene.

Natürlich hatte sie recht. Wenn die Mauer schon sein mußte, und dank der Tyrannei der Mehrheit mußte sie sein – 127 dafür, 87 dagegen –, dann würde er sich daran gewöhnen müssen, und dies war ein höchst einfaches Mittel dazu. Er hatte eine plötzliche, flüchtige Vision von sich selbst, wie er mit seinem Rucksack oben auf der Mauer saß, und er dachte, daß diese Mauer vielleicht doch nicht so schlimm war, wie er gemeint hatte, wenn er nur die Verletzung seiner Selbstachtung verwinden könnte. Nicht nur, daß sie Einbrecher, Vergewaltiger, Graffitisprayer und Coyoten aus der Wohnanlage fernhielt, sie würde auch Leuten wie den Dagolians den Weg in die Hügel versperren. Er konnte sich kaum vorstellen, daß Jack und Selda Cherrystone diese Barriere für ihren Abendspaziergang erklommen, oder Doris Obst, ja nicht einmal Jack Jardine. Delaney würde die Hügel für sich haben, als sein ganz privates Naturreservat. Der Gedanke bemächtigte sich seiner, hob seine Laune, aber er konnte es nicht zugeben. Nicht vor Kyra, noch nicht. »Ich will nicht klettern«, sagte er schließlich und hob das Verb mit einem möglichst giftigen Unterton hervor, »ich will nur wandern. Ein Schritt vor den anderen, verstehst du?«

Beim Da-Ros-Haus war niemand, kein Verbrecher, kein schwarzer Mann, kein Makler, kein Kunde. Kyra ging mit ihm durch sämtliche Räume, wie sie es alle drei oder vier Abende machte, rühmte die Vorzüge des Hauses, als wollte sie es ihm verkaufen, und diesmal fragte er sie rundheraus, ob sie sich nicht vorstellen könne, das Haus abzugeben. »Immerhin hast du es jetzt ... wie lange?« sagte er, »neun Monate? – ohne daß auch nur einer angebissen hätte.«

Sie standen in der Bibliothek, die ledernen Rücken der sechstausend von einem Selbstmörder sorgfältig ausgewählten Bücher schimmerten matt im Licht der Wandleuchter, und Kyra fuhr herum, um ihn wissen zu lassen, er habe keine Ahnung vom Geschäft, schon gar nicht vom Maklergeschäft. »Für ein Objekt wie dieses würde so mancher über Leichen gehen«, sagte sie. »Wortwörtlich über Leichen. Und bei einer so einmaligen Liegenschaft muß man eben bisweilen Geduld haben, bis der richtige Kunde kommt – und irgendwann kommt er, glaube mir. Das weiß ich. Ich weiß es einfach.«

»Du klingst, als müßtest du dich selbst davon überzeugen.«

Eine Bö brachte die Fensterscheiben zum Klirren. Der Santa-Ana-Wind blies mit voller Kraft, und die Goldfischteiche würden völlig verdreckt werden. Kyra lächelte ihn übers ganze Gesicht an – heute abend war ihre gute Laune durch nichts zu verderben –, und dann ergriff sie seine Hände und hob sie in die Höhe, wie zum Eröffnungsschritt eines komplizierten Tanzes. »Vielleicht hast du recht«, sagte sie, und daraufhin ließ er das Thema fallen.

Auf dem Heimweg kauften sie bei Gitello ein paar Sachen – diverse Kleinigkeiten – für das Festessen ein, das sie zu Thanksgiving am Donnerstag ausrichten wollten. Sie hatten die Cherrystones und die Jardines eingeladen, außerdem Kyras Schwester, deren Mann und ihre drei Kinder, und Kyras Mutter flog extra aus San Francisco ein. Zwar hatten sie bereits zweihundertachtzig Dollar bei Von's in Woodland Hills gelassen, wo fast alles billiger war, trotzdem war die Einkaufsliste mit den diversen Kleinigkeiten erschreckend lang geworden. Kyra wollte das Kochen übernehmen mit Delaney als Souschef und Orbalina, dem Dienstmädchen, zum Abräumen und Spülen, und sie plante ein traditionelles Abendessen: gebratener Truthahn mit Kastanienfüllung und einer sämigen Soße, dazu Kartoffelbrei und Rübenmus, Preiselbeersoße, zart gedünsteten Spargel, drei kalifornische und zwei französische Weine, als Vorspeise eine überbackene Kürbissuppe und einen gemischten Blattsalat, einen Käsegang und zum Nachtisch ein selbstgemachtes Granité aus Grapefruits und Nektarinen, einen Haselnuß-risotto-Pudding und *crème brûlée,* dazu Espresso, Kaffee Wiener Art und Armagnac.

Delaney holte die vorläufige Liste aus seiner Brieftasche, während Kyra energiegeladen durch die Tür stürmte und einen Wagen aussuchte. Die Liste war imposant. Sie brauchten unter anderem Schlagsahne, junge Karotten, Sirup, gemahlene Muskatblüte, zwei Kilo Puderzucker, Balsamico-Essig, Stangensellerie und Kapern, dann eine Auswahl von Aufschnitt, marinierte Artischockenherzen, griechische Oliven und etwas *caponata* für eine Vorspeisenplatte, zu der sich Kyra soeben entschlossen hatte. Als Delaney ihr durch die vertrauten Gänge folgte und zusah, wie sie die Etiketten von geräucherten Babyaustern oder eingelegten Champignons studierte, spürte er, wie sich seine Laune besserte. Es war alles in Ordnung, kein Problem. Sie war wunderschön. Sie war seine Frau. Er liebte sie. Wozu Trübsal blasen, wozu grübeln, wozu eine weitere Nacht auf dem Sofa verbringen? Die Mauer war da, ein unleugbares, konkretes Faktum, und sie arbeitete sowohl für wie gegen ihn, und wenn er klug war, konnte er sie zu seinem Vorteil nutzen. Es war Thanksgiving, und er sollte dankbar sein.

Er stand neben Kyra, berührte sie, gab ihr Anregungen und Ratschläge, atmete die vielfältigen Düfte ihres Haars und ihres Körpers ein, während sie den Einkaufswagen mit bunten, unwiderstehlichen Schachteln belud, mit Dingen, die sie brauchten, Dingen, die ihnen ausgegangen waren, und Dingen, die sie brauchen könnten oder niemals brauchen würden. Hier war es, ein überreichliches Schlaraffenland mit allen Früchten dieser Erde, für sie gesammelt, verpackt und präsentiert, nur für sie allein. Er fühlte sich sofort besser, so viel besser, daß es ihn fast übermannte. Wie hatte er nur eine solche Lappalie zwischen sie treten lassen können? Er sah ihr zu, wie sie ein Glas mit Piccalilli-Relish aussuchte, sich vorbeugte, um es in den Einkaufswagen zu stellen, und eine Welle von Zärtlichkeit durchfuhr ihn. Plötzlich lagen seine Hände auf ihren Hüften, und er zog sie an sich und küßte sie auf der Stelle, direkt unter dem Pepsi-light-Plakat, im Schein der Lampen und vor all den übrigen Kunden mit ihren Einkaufswagen und Kindern und leeren, selbstvergessenen Mienen. Und sie küßte ihn ebenfalls, voller Enthusiasmus und mit dem Versprechen auf mehr.

Und dann, bei der Kasse, staunte er gleich noch einmal.

»Wollen Sie Ihren Truthahn?« fragte das Mädchen, nachdem sie alle Artikel eingetippt hatte – einhundertsechs Dollar und neununddreißig Cent, was tat es schon? Das Mädchen hatte dunkle Augen, das Haar zu einer wilden Frisur gesprayt und nachgezogene Augenbrauen, wie ein altkluges verwahrlostes Kind aus einem Stummfilm. Sie kaute Kaugummi und war aufgedreht, badete in der endlosen Flut all dieses Überflusses.

»Truthahn?« wiederholte Delaney. »Was für einen Truthahn?« Der Truthahn lag längst zu Hause in der Kühltruhe, acht Kilo schwer, freilandgehalten und frisch geschlachtet.

»Ist ein Gratisangebot, gibt's nur diese Woche«, antwortete das Mädchen in einem atemlosen Gebrabbel, etwas undeutlich wegen des rosa Kaugummis, den Delaney kurz zu sehen bekam, als sie bei »Gratis« den Mund öffnete. »Jeder, der über fünfzig Dollar einkauft, kriegt einen Fünfeinhalb-Kilo-Truthahn gratis, einer pro Kunde.«

»Wir haben schon –«, begann Delaney, aber Kyra schnitt ihm das Wort ab. »Ja, gerne«, sagte sie und sah von ihrer Puderdose auf, »vielen Dank.«

»Carlos!« trällerte das Mädchen in Richtung des fernen Neonscheins der Fleischabteilung am anderen Ende des Ladens. »Bring mir doch bitte noch einen Truthahn, ja?«

Cándido Rincón kam die Jahreszeit auch nicht eben gelegen. Die Hitze und der Wind, der einem den Schweiß trocknete, kaum daß er aus den Poren trat, das war schön und gut, geradezu ideal – wenn es nur unbegrenzt so weiterginge, wenn ihm die Sonne nur noch zwei oder drei weitere Monate gewogen bliebe. Aber er wußte genau, daß die Stürme bald ihre Kraft verlieren würden, daß der Himmel sich weit draußen über dem Meer schwärzen und verfaulen würde, um dann zum Sterben übers Land zu ziehen. Er konnte den Regen zwar noch nicht riechen, aber er wußte, daß er im Anzug war. Die Tage wurden kürzer. Die Nächte waren kalt. Und wo würde sein Sohn wohl geboren werden – in einem Bett, mit einem Arzt, der darüber wachte, oder in einer Hütte, auf die der Regen niederprasselte und wo niemand dabeisein würde außer Cándido selbst mit einem Topf Wasser und seinem rostigen Messer?

Nichts von alledem machte ihn froh, als er den ausgetretenen Pfad zum Supermarkt hinaufschlurfte. América war unten, völlig deprimiert – sie wollte den Unterstand nicht mehr verlassen, sosehr er auch bitten und betteln mochte. Sie benahm sich wie eine Geistesgestörte, saß da mit ihrem dicken Bauch, wiegte sich vor und zurück und summte vor sich hin. Sie machte ihm angst. Egal, was er tat, egal, was er ihr mitbrachte – Zeitschriften, Kleider, etwas zum Essen, eine Rassel und Schühchen für das Baby –, immer hatte sie denselben abwesenden Ausdruck, als ob sie ihn nicht erkennen würde oder erkennen wollte.

Es lag an dem Lager im Cañon, er wußte es. An der Enttäuschung, hierher zurückkommen und wieder so leben zu müssen wie die Vagabunden, nach der Verheißung jenes Tages in Canoga Park, nach dem Essen im Restaurant, einer Toilette mit Wasserspülung und all den schönen Dingen, den friedlichen, sicheren Häusern mit Autos davor. Sie war zusammengebrochen. So etwas hatte er noch nicht erlebt, nicht einmal auf den Straßen von Tijuana, an den übelsten und widerlichsten Orten. Hysterische Frauen hatte er schon gesehen, aber bei ihr war es etwas anderes gewesen, wie ein Anfall, wie ein Ausbruch, als hätte jemand einen Fluch über sie gesprochen. Sie wollte nicht mehr aufstehen. Wollte nicht mehr weitergehen. Wollte das Hühnchen nicht essen, das er gefunden hatte, einwandfreie Stücke von Kentucky Fried Chicken, die die *gabachos* einfach weggeworfen hatten, und er war gezwungen gewesen, sie den ganzen Weg in den Cañon zurückzuschleifen, gegen ihr wildes Sträuben. Ja, die Lage war verzweifelt. Ja, sie hatten alles verloren. Ja, er war ein Narr und Lügner, und ja, er hatte sie wieder enttäuscht. Aber trotzdem mußten sie das Beste daraus machen, mußten irgendwie weiterleben, sah sie das denn nicht ein?

Das tat sie nicht. In den ersten Tagen saß sie einfach nur da, reglos, in katatonischer Starre. Er war tagsüber unterwegs, um Essen und Arbeit aufzutreiben am Straßenrand, nach rostigen Dosen zu suchen, für die er eine Handvoll Kleingeld bekam, und wenn er zurückkehrte, egal ob nach zwei Stunden oder nach sechs oder acht, saß sie immer noch da, wo er sie verlassen hatte, manchmal sogar in genau derselben Haltung. Sie sprach kein Wort mit ihm. Sie weigerte sich zu kochen. Sie hörte auf, sich zu waschen, ihre Haare verfilzten, und nach einer Woche stank sie am ganzen Körper wie ein Obdachloser, wie ein wildes Tier, wie ein Leichnam. Ihre Blicke durchbohrten ihn. Allmählich glaubte er, sie zu hassen.

Dann lernte er Señor Willis kennen. Es war reiner Zufall, Glück statt Pech. In den ersten zwei Wochen nach der idiotischen Geschichte in Canoga Park hatte er ein paarmal Arbeit gefunden, hatte vor dem Postamt mit einer Gruppe anderer Männer herumgestanden, viel weniger waren es inzwischen, immer auf der Hut vor der Einwanderungsbehörde und irgendwelchen wildgewordenen *gabachos* – ja, es war riskant, aber hatte er eine Wahl? Die Arbeitsvermittlung war verschwunden. Jemand hatte an der Stelle ein paar Pfefferbäume gepflanzt, dünne Stämmchen von gut zwei Meter Höhe mit einem Büschel Laub obendrauf, ein schwarzer Plastikschlauch verband die Pflanzen wie eine Rettungsleine. Das war aus der Arbeitsvermittlung geworden: ein paar Bäumchen auf sonnenverbrannter Erde. Und so versuchte er sein Glück vor dem Postamt, bei jedem Auto stockte ihm der Atem – ein Job oder eine Razzia? –, und eines heißen, knochentrockenen Mittags, so gegen zwei Uhr etwa, kroch ein verbeulter alter Chevrolet Corvair auf den Parkplatz wie ein arthritischer Vogel. Der Fahrer war in ähnlicher Verfassung wie sein Auto, ein alter weißer Mann mit eingefallener Brust und Schildkrötenhaut an den Armen, weiße Härchen wuchsen ihm aus Nase und Ohren. Er saß einfach nur da, musterte Cándido aus seinen alten, wäßrigen graublauen Augen, die von den Gläsern der Brille derart verzerrt wurden, daß sie gar nicht mehr wie Augen aussahen, sondern wie Münder, wie zwei klaffende, irre, weit aufgerissene graublaue Münder. Er war betrunken. Das sah man auf zehn Meter Entfernung. »He, *muchacho!*« rief er durch das Beifahrerfenster, in dessen Rahmen wie vereinzelte Zähne die Reste der zerbrochenen Scheibe steckten. »*¿Quieres trabajar?*«

Es war ein Scherz. Es mußte einer sein. Anscheinend schickten sie jetzt die alten *gabachos* aus den Pflegeheimen los, um ehrliche Männer auf Arbeitssuche zu verhöhnen, so war es, Cándido war sich sicher, und vor Wut und Haß biß er die Zähne zusammen. Er rührte keinen Muskel. Stand nur stocksteif da.

»*Muchacho*«, sagte der Alte nach einer Weile, und der Wind, der unermüdliche Santa-Ana-Wind überlagerte seine Stimme, bis sie kaum mehr zu hören war, »*¿qué* *pasa? ¿Eres sordo?* Bist du taub? Ich hab dich gefragt, ob du Arbeit willst?«

Das Auto spotzte und furzte aus dem schadhaften Auspuff. Der Wind pfiff. Die Augenmünder des alten Mannes zwinkerten. Was soll's, sagte sich Cándido, was hab ich schon zu verlieren? und ging um das Auto herum zur Fahrerseite, um sich zum Fenster hinunterzubeugen. »Was für eine Arbeit?« fragte er auf spanisch.

Auf dem Sitz neben dem Alten lag eine Flasche – nein, zwei Flaschen, die eine voll Wodka, mit einem roten Etikett und einer klaren Flüssigkeit, die andere mit dem gleichen Etikett, aber die gelbliche Brühe darin war Urin, wie Cándido später erfuhr. Der Alte stank. Als er den Mund öffnete, um zu lächeln, waren nur drei Zähne zu sehen, zwei unten und einer oben. »Auf 'ner Baustelle«, sagte er. »Fliesenlegen und so. Du hast einen kräftigen Rücken, du kannst für mich arbeiten – keine Faxen, acht Scheine die Stunde.«

Acht Dollar? Machte er sich lustig? Es war ein Witz, es mußte ein Witz sein.

»Steig schon ein«, sagte der Alte, und Cándido ging wieder auf die Beifahrerseite, nichts zu verlieren, riß die Tür auf – sie klemmte – und rutschte auf den Sitz neben die beiden verschraubten Flaschen, die klare und die gelbliche.

Das war also Señor Willis, und Señor Willis erwies sich als Überraschung, als echte Überraschung, die beste, die Cándido widerfahren war, seit er mit seiner siebzehnjährigen Braut Tepoztlán verlassen hatte. Der Corvair nahm die Steigung der Cañonstraße mit nur vierzig Stundenkilometern, die Federung quietschte, krachte und schaukelte, die Reifen quietschten, und aus dem Auspuff quoll so schwarzer Qualm, daß Cándido befürchtete, das Gefährt stünde in Flammen, aber sie schafften den Berg und rollten behäbig hinunter nach Woodland Hills, wo Señor

Willis vor einem Haus stehenblieb, das so groß wie drei Häuser war, und der glatzköpfige, nervöse Gringo, dem es gehörte, kam heraus und schüttelte ihm die Hand. So lernte Cándido Señor Willis kennen.

Er arbeitete bis in die Dunkelheit, erledigte alles, was ihm Señor Willis auftrug, hob dies und zog jenes, holte Schraubenschlüssel, Hammer, Bohrschrauber und zwei Pakete Fliesen aus dem Kofferraum des Wagens. Señor Willis renovierte eines der sechs Bäder in diesem gewaltigen, stillen Haus, das mit den Topfpflanzen, den dicken Perserteppichen und den Ledersesseln wie ein Hotel wirkte, und Señor Willis war ein Genie. Ein altes Genie, ein betrunkenes Genie, ein ausgebranntes, zerknittertes und hinfälliges Genie. Aber ein Genie. Zu seiner Zeit hatte er Hunderte von Bädern gebaut, ganze Wohnanlagen, nicht nur in Kalifornien, sondern auch in Panama, wo er sein Spanisch aufgelesen hatte, das dermaßen schlecht war, daß Cándido sich fühlte wie in seiner Kindheit, als die Lehrerin mit den Fingernägeln über die Tafel gekratzt hatte, um die Klasse zur Ordnung zu rufen.

Eine volle Woche arbeitete Cándido mit Señor Willis, dann war die Arbeit getan, und der alte Mann verschwand, um sich eine weitere Woche lang zu besaufen. Dafür hatte Cándido jetzt Geld, und er kaufte América Sachen, versuchte sie damit aufzuheitern, kleine Leckerbissen aus dem Laden, Weißbrot und Ölsardinen, und auch die Rücklagen für die Wohnung in der kleinen Erdnußbutterdose aus Plastik wurden wieder mehr. Zwei Wochen verstrichen. Arbeit gab es keine. *La Migra,* so ging das Gerücht, hatte direkt vor dem Postamt sechs Männer aufgegriffen, und sie waren in einem schwarzen, unscheinbaren Zivilauto gekommen, nicht in einem der kotzegrünen Transporter, die man aus einem Kilometer Entfernung erkannte. Cándido hielt sich eine Zeitlang von dort fern. Er griff auf das Geld zurück, das er verdient hatte. América war wie eine Fremde, und sie wurde jeden Tag dicker, so dick, daß er glaubte, sie müsse platzen, und sie aß alles, was er ihr brachte, und wollte immer noch mehr.

Er stieg wieder den Abhang hinauf. Stellte sich vor dem Postamt auf und schwitzte aus Angst vor der Polizei. Wo war nur Señor Willis? Sicher war er gestorben. Er schlief in seinem Auto, weil ihm seine Frau so auf die Nerven ging, daß er sie nicht aushielt, trank aus der einen Flasche und pißte in die andere, und das mit sechsundsiebzig und einer kaputten Hüfte und einem kranken Herzen, wer hielt denn so etwas aus? Er war tot. Ganz bestimmt. Aber dann, eines hoffnungslosen, vom Wind versengten Nachmittags, war der Corvair plötzlich wieder da, glitt die Straße entlang wie eine Fata Morgana, und darin saß Señor Willis, mit einem blauen Auge, das so zugeschwollen war, daß es aussah, als klebte etwas Künstliches in seinem Gesicht, ein Scherzartikel aus Gummi oder so. »He, *muchacho*«, sagte er, »wir haben Arbeit. Steig ein.«

Drei Tage lang diesmal. Neue Tore mit Schnappschloß in einen alten Eisenzaun um einen Swimmingpool einsetzen und anschließend die Zaunkrone erneuern. Dann war Señor Willis wieder betrunken, und dann gab es wieder einen Job, und jetzt, jetzt da sie fast fünfhundert Dollar in der Spardose hatten, stand Arbeit für einen ganzen Monat in Aussicht, ein riesengroßer Auftrag, sie sollten für ein junges Ehepaar in Tarzana einen Anbau zum Wohnzimmer errichten, und das war doch hervorragend. América müßte eigentlich vor Freude Luftsprünge machen. Nicht mehr lange, und sie konnten hier weg, in eine richtige Wohnung. Señor Willis würde vorbeikommen und an die Tür klopfen, und Cándido würde ihm öffnen und in den Corvair steigen, ohne Angst haben zu müssen, daß ihn *La Migra* auf der Straße verhaftete. Aber América machte keine Luftsprünge. Sie sprang überhaupt nicht. Sie bewegte sich nicht einmal. Sie saß einfach stumm am Rand des kläglichen Bachs und des versiegenden Tümpels, aufgedunsen, fett und reglos.

Cándido stieg den Berg hinauf. Er machte sich Sorgen, immer die Sorgen, aber das Leben hatte eben seine Höhen und Tiefen, und momentan ging es wieder aufwärts, das war klar. Im Geist schmiedete er Pläne, und als er jetzt an dem großen vorspringenden Felsen vorbeikam, wo er damals diesem Halbgringo mit der verkehrt herum aufgesetzten Mütze begegnet war, da weigerte er sich, an den Dreckskerl auch nur zu denken. An diesem Tag gab es keine Arbeit, und am nächsten auch nicht. Es war Feiertag, hatte Señor Willis ihm erklärt, ein verlängertes Wochenende, und mit der neuen Arbeit, dem Großauftrag, würden sie am Montag anfangen. Welcher Feiertag war es doch gleich? Thanksgiving, hatte Señor Willis gesagt, *el Día de las Gracias, El Tenksgivih.*

Aber das war schon in Ordnung. Cándido hätte zwar lieber gearbeitet, um die Kaution für die Wohnung zu verdienen, irgendeine Wohnung, egal wo, und seine Frau aus diesem Loch zu holen, aber solange er vierundsechzig Dollar am Tag verdiente, konnte das auch noch eine Woche warten – jedenfalls hoffte er das. América war bald fällig, sie sah aus wie ein gegrilltes Würstchen kurz vor dem Platzen. Aber er konnte nichts tun – sicher, er hatte sich in aller Frühe beim Postamt aufgestellt, aber niemand war gekommen, kein Mensch, als wäre der Cañon auf einmal entvölkert –, und jetzt, um drei Uhr nachmittags, stieg er den Berg hinauf, zum Einkaufen. Er brauchte Reis, Tomaten in der Dose, zwei Liter Milch im Tetrapack für seine Frau, und vielleicht ein Bier oder zwei, ein Budweiser oder ein Pabst Blue Ribbon, in dieser großen braunen Literflasche, für *El Tenksgivih.*

Er behielt die Straße im Blick. *La Migra* würde heute wohl kaum arbeiten, nicht an *El Tenksgivih,* diese faulen, vollgefressenen Mistkerle, aber genau wußte man es nie: Es sähe ihnen ähnlich, daß sie zupackten, wenn man am wenigsten damit rechnete. Viel Verkehr war nicht – etwas mehr als am Morgen, aber dennoch kein Vergleich mit einem normalen Arbeitstag. Cándido überquerte die Straße – Vorsicht, Vorsicht! –, bahnte sich einen Weg durch das Labyrinth von Einkaufswagen und chaotisch geparkten Autos auf dem Parkplatz und betrat den Laden des *paisano,* wo er gleich beim Eingang einen roten Plastikkorb ergriff.

Das Geschäft war wie immer, unverändert, ihm inzwischen so vertraut wie der Markt in seinem Heimatdorf, aber noch immer fehlte jeder Geruch nach Essen, irgendein flüchtiger Duft, so als ob das Aroma von Fleisch oder Käse oder auch nur das von gutem, frischem Sägemehl irgendwie obszön wäre. Das Licht wirkte wie tot. Die Kunden waren die gleichen wie sonst, dieselben bläßlichen Gesichter, die ihn unverhohlen mit derselben Mischung aus Verachtung und Abscheu anstarrten. Oder nein, sie waren doch nicht wie sonst, nicht ganz: Heute hatten sie sich alle fein angezogen für *El Tenksgivih.* Cándido wanderte durch den Gang mit den Gemüsedosen, wollte sich den Kühlschrank bis zum Schluß aufsparen, damit das Bier bis zum letztmöglichen Moment kalt blieb – und er würde auch ganz nach hinten hineingreifen, um die am längsten gekühlten Flaschen herauszuholen. Es roch nach Zellophan, Fichtennadelbad, Deodorant.

Beim Bier dachte er lange nach, stand vor der beschlagenen Kühlschranktür und verglich die Preise. Die braunen Flaschen waren von hinten erleuchtet, so daß sie einladend schimmerten, und er dachte: Eine? Oder zwei? América würde nichts trinken, es war schlecht für das

Baby, und wenn sie Bier tränke, könnte sie ja außerdem vergessen, wie unversöhnlich wütend sie auf ihn war, und ihn womöglich sogar anlächeln. Nein, sie würde nichts trinken – und eines würde ihn nur kribblig machen, wie kleine tastende Finger, die in seinem Schädel wühlten und die kaputte Seite seines Gesichts massierten, zwei aber wären großartig, zwei wären ein Erntedankfest. Er öffnete den Kühlschrank und ließ sich kurz die kalte Luft ins Gesicht wehen, dann griff er tief hinein und wählte zwei große Literflaschen Budweiser, den König unter den Bieren.

Bei der Kasse dachte er an gar nichts, sein Gesicht eine Maske, im Geiste war er in Tepoztlán, sah die felsigen *cerros* hoch über der Stadt aufragen, die glitzernden Regentropfen, die auf allen Blättern schimmerten, die Felder, auf denen der Mais reifte, und bald würde der trokkene Winter einsetzen, die beste aller Jahreszeiten, und er achtete nicht auf die Gringos in der Schlange vor ihm, zwei lärmende Männer, die bereits am Feiern waren, mit grellbunten, am Hals offenen Hemden und Jacken, die an den Schultern spannten. »Truthahn?« rief einer in ihrer Sprache, und in seiner Stimme schwang amüsierter Spott mit, und jetzt blickte Cándido auf, weil er sich fragte, worum es eigentlich ging. »Was zum Teufel soll ich mit einem Truthahn anfangen?«

Der Mann war Mitte Zwanzig, ein großspuriger, langhaariger Typ, an dessen Fingern Ringe blitzten. Der andere, sein Gefährte, trug sechs kleine Ringe im Ohrläppchen. »Nimm das Ding doch mit, Alter«, sagte der zweite. »Komm schon, Jules, ist doch total schräg. Nimm ihn mit. Mann, ein Truthahn! Ein bescheuerter Truthahn!«

Sie hielten den Betrieb auf. Die ersten Köpfe wandten sich um. Cándido, der direkt hinter ihnen stand, sah auf seine Füße.

»Willst du ihn vielleicht braten?« fragte der erste.

»Braten? Meinst du, der paßt in die Mikrowelle?«

»Sag ich doch: Was zum Teufel sollen wir mit so 'nem bescheuerten Truthahn machen?«

Und dann stockte die Zeit, kristallierte sich und blieb in diesem langen Moment in der Schwebe, um drei Uhr nachmittags an Thanksgiving, im toten Licht des Supermarkts und unter den scharfen, katzenäugigen Blicken der Gringos. »Was ist denn mit dem Typ hier? Der sieht doch aus, als könnte er 'nen Truthahn gebrauchen. He, Mann –« und hier fühlte Cándido, wie sich ein Finger in seine Schulter bohrte, so daß er aufblickte und die Situation wahrnahm: die beiden schicken Burschen, die Plastiktüte mit den Einkäufen, die entnervte Kassiererin mit der aufgetürmten Frisur und den großen gefrorenen Vogel, diesen *pavo* in seiner Hülle aus weißer Haut, der hart wie ein Ziegelstein auf dem schwarzen Förderband lag – willst du 'nen Truthahn?«

Etwas passierte hier. Sie stellten ihm eine Frage, zeigten auf den Truthahn und wollten irgend etwas wissen – aber was? Was wollten sie von ihm? In wachsender Panik sah sich Cándido um: Jeder in der Schlange beobachtete ihn. »Nix sprechen Englihsss«, sagte er.

Der eine Mann, der näher bei ihm stand, der mit den Ohrringen, brach in Gelächter aus, und der andere fiel ein. »Oh, Mann«, sagte der erste, »oh, Mann«, und das Lachen schmerzte Cándido wie ein Messerstich. Warum mußten sie das immer tun? dachte er, und seine Miene verfinsterte sich.

Jetzt mischte sich die Kassiererin ein und flötete: »Ich glaube nicht, daß wir das machen können, Sir«, sagte sie. »Der Truthahn ist für den Kunden, der den Einkauf tätigt. Wenn er hier« – sie deutete mit einem Schlenker ihrer lackierten Nägel auf Cándido – »auch für fünfzig Dollar einkauft, kriegt er einen, genau wie Sie. Aber falls Sie Ihren nicht wollen ...«

»Scheiße, ein Truthahn«, sagte der erste und lachte so heftig, daß er die Worte kaum herausbrachte, »was für ein Konzept!«

»He da, geht's endlich weiter da vorn?« krähte ein großer Schwarzer mit gefurchter Stirn am Ende der Schlange.

Der Mann mit den Ohrringen schüttelte sein langes Haar, sah zu dem Schwarzen und grinste ihn breit an. »Yeah«, sagte er schließlich und wandte sich wieder der Kassiererin zu, »ja doch, ich will meinen Truthahn.« Cándido mied seinen Blick und sein höhnisches Grinsen, während der Truthahn den Weg in eine Plastiktüte fand. Aber die Männer gingen nicht aus dem Laden, noch nicht. Sie blieben neben der Kassiererin stehen und sahen zu, beide ein erstarrtes Grinsen im Gesicht, wie sie Cándidos Einkäufe eintippte, und dann, als Cándido sich an ihnen vorbeischieben wollte – er wollte keinen Ärger, bestimmt nicht, weder jetzt noch irgendwann –, hob der erste von ihnen den großen gefrorenen, fünfeinhalb Kilo schweren Truthahn hoch und ließ ihn Cándido in die Arme fallen, der gar keine andere Wahl hatte, als das schwere Ding aufzufangen, steinhart und eiskalt bis auf die Knochen war es, dabei ließ er fast die Flaschen fallen, sein kostbares Bier, und immer noch begriff er nicht.

»Frohes Thanksgiving, Mann«, sagte der mit den Ohrringen, und damit gingen die beiden aus dem Laden. Ihre langen Gringobeine bewegten sich wie Scheren durch das grelle Licht des Eingangs, und der heiße Wind fuhr herein.

Cándido stand wie benommen da und sah in all die weißen Gesichter, die ihn anstarrten, versuchte die Konsequenzen dessen zu erfassen, was eben passiert war. Dann verstand er und akzeptierte es, so wie er ein Stück Fleisch geschluckt hätte, ohne es zu zerschneiden, er hätte es einfach verschlungen, weil es nun einmal auf den Zinken der Gabel steckte. Er klemmte sich den gefrorenen Geflügelklumpen unter den Arm, hastete zur Tür hinaus und quer über den Parkplatz, ehe jemand kommen und ihm seine Beute wieder wegnehmen konnte. Was für ein Glück, dachte er, und tänzelte dabei den Berg hinunter, was für eine großartige Sache! Damit würde er ein Lächeln auf Américas Gesicht zaubern, damit bestimmt, knusprig gebraten und mit dem eigenen Saft übergossen; als erstes würde er für eine richtige Glut sorgen, ein loderndes Feuer, das ein Bett aus glühender Holzkohle erzeugte, und dann würde er den *pavo* am Spieß rösten, ganz langsam, er würde sich danebensetzen und den Spieß drehen, bis der Braten rundum schön braun war, ohne eine einzige verbrannte Stelle.

Er eilte den Pfad hinunter, und jetzt plagten ihn keine Sorgen mehr, weder seine Hüfte noch der Kiefer, noch der Wind in seinem Gesicht, er dachte nur an das Bier, an den Truthahn und an América. »Quoack, quoack!« rief er und rannte platschend durchs Wasser auf seine Frau zu, die wie eine Statue im Sand saß. »Quoack, quoack, quoack, sieh nur, was *papacito* dir mitgebracht hat!«

Und sie lächelte. Tatsächlich, beim Anblick des Viehs lächelte sie, wie es kopf-, fuß- und federnlos als eine große dicke Kugel aus Fleisch vor ihr lag, Truthahnfleisch, ein Festessen für zwei. Sie trank einen Schluck Bier, als er es ihr anbot, und sie drückte zärtlich seinen Oberarm, während er ihr die beispiellose Geschichte dieses Truthahns erzählte, und schon züngelten die Flammen, der Wind, der durch den Cañon pfiff, fachte sie an, und Cándido überlegte, ob er aufstehen sollte von dem gemütlichen Platz mit dem Bier, mit América, mit den Vögeln in den

Bäumen und den quakenden Fröschen am Wasserrand, um noch mehr Feuerholz zu suchen.

Er stand auf. Der Wind fuhr in das Feuer, und es loderte hoch auf. Auf der Suche nach Holz ging Cándido das Bachbett auf und ab, schlug die größeren Äste gegen Baumstämme, um sie zu zerkleinern, und jedesmal, wenn er zurückkam, um Feuer nachzulegen, saß América auf dem Boden, hielt den bleichen weißen Vogel in den Armen, als hätte sie ihn gerade zur Welt gebracht, knetete das kalte Fleisch und mühte sich damit ab, ihm den dicken grünen Holzspieß durch den Körper zu schieben. Ja, sagte er zu ihr, ja, so ist es richtig, und er war glücklich, so glücklich, wie er noch nie gewesen war, bis zu dem Augenblick, als der Wind das Feuer aus seinem Kohlebett riß und mit einem Fauchen, das lauter klang als alle Öfen der Hölle, die Glut durch die Baumwipfel tanzen ließ.

Dritter Teil

Socorro

1

»Aber es sind doch nur zwei Blocks«, sagte Delaney in den angelaufenen Badezimmerspiegel, während Kyra hinter ihm im Schlafzimmer auf und ab ging und verschiedene Sachen anprobierte. Er hatte sich das Haar mit dem Handtuch getrocknet, und jetzt rasierte er sich. Obwohl die Tür zum Flur geschlossen war, konnte er den Truthahn riechen, denn das ganze Haus war vom Duft des Bratens erfüllt, ein Aroma, das ihn zurück in die Kindheit versetzte, in die weitläufige Wohnung seiner Großeltern in Yonkers, wo ihm schon im Treppenhaus eine Geruchsmischung entgegenschlug, die mit jeder Stufe der drei Stockwerke nach oben zunehmend stärker wurde, bis sie schließlich explodierte, wenn die Tür aufging und seine Großmutter in der Küchenschürze vor ihm stand. Nichts hatte je wieder so gut gerochen – keine französische Bäkkerei im ersten Morgengrauen, kein Restaurant, kein Barbecue und kein Muschelessen. »Ist doch lächerlich, dafür den Wagen zu nehmen.«

Kyra erschien in der Badezimmertür. Sie trug einen schwarzen Unterrock und hatte das Haar hochgebunden. »Beeil dich doch ein bißchen«, sagte sie, »ich brauche den Spiegel. Und ja, wir nehmen den Wagen, natürlich nehmen wir den Wagen. Was meinst du, wie bei diesem Wind meine Frisur aussehen würde?«

Jordan war im Wohnzimmer, sah eine Videoaufnahme der großen Thanksgiving-Parade in New York, Orbalina wuselte herum, um den Tisch zu decken und in der Küche die Unordnung vom Kochen zu beseitigen, und Kyras Mutter – Kit – machte sich im Gästezimmer frisch. Delaney spähte durch einen Schlitz in der Jalousie. Es war ein klarer, heißer, stürmischer Tag. »Da hast du wohl recht«, gestand er zu.

Damals, früher, war er immer in Anzug, Krawatte und Mantel gegangen, sogar schon mit fünf oder sechs, wie die vergilbten Schwarzweißfotos bezeugten. Aber in jenen Zeiten war alles formeller gewesen. Und außerdem kalt. Jetzt im November waren die Seen zugefroren, und der Wind vom Hudson hatte etwas Schneidendes. Aber hier und heute – was sollte er zu Dominick Floods Cocktailparty anziehen? Delaney drückte das Gesicht ins Handtuch, tapste barfuß ins Schlafzimmer und wühlte sich durch seinen Kleiderschrank. Das hier war schließlich Kalifornien – man konnte in hüfthohen Stiefeln und mit Zylinderhut herumlaufen, und keiner sähe zweimal hin. Er entschied sich schließlich für eine sackartige weiße Baumwollhose und ein kurzärmliges Sporthemd, das ihm Kyra gekauft hatte. Streifen mit weißen und burgunderroten Karos zogen sich über seine Brust und Schultern, und in jedem roten Karo sprangen, trabten und tänzelten kleine weiße Jockeyfiguren durch eine Serie von obskuren Aufwärmübungen. Es war durch und durch kalifornisch.

Zwei Uhr nachmittags, bei Dominick Flood hatten sich an die hundert Leute eingefunden, die über den Tischen im Garten aufgespannten Sonnenschirme knatterten im Wind. Unter der Markise, die die Bar im Innern des Hauses in Halbdunkel tauchte, war ein Streichquartett stationiert, und die Markise knatterte ebenfalls. Die meisten Gäste drängten sich an der Bar, wo zwei Männer in Smoking und roter Krawatte mit professioneller Gewandtheit mit den Flaschen hantierten. Links von der Bar, entlang der Wand, stand ein langer Tisch, auf dem sich genügend Köstlichkeiten für sechs Thanksgiving-Festessen türmten, darunter ein ganzes Spanferkel mit einer Mango im Maul und frisch gekochte Hummer, umringt von vielfarbigen Platten mit Sashimi und Sushi. Dominick selbst, in einem strahlend weißen Leinenanzug, der an den Knöcheln leicht ausgestellt war, um die kleine schwarze Leihgabe des Haft-im-eigenen-Heim-Programms von Los Angeles zu verhüllen, erwartete sie an der Tür, begrüßte alle Gäste, ein langstieliges Glas in der Hand. Delaney manövrierte Kyra und ihre Mutter durch die Menschenmenge, um sie vorzustellen.

»Ahh, Delaney!« rief Dominick aus und ergriff theatralisch seine Hand, während er sich bereits Kyra und ihrer Mutter zuwandte. »Und das muß Mrs. Mossbacher sein? Und ...?«

»Kit«, half ihm Kyras Mutter aus und schüttelte Flood die Hand, »Kit Menaker. Ich bin gerade zu Besuch aus San Francisco.«

Hier setzte das Streichquartett ein, es sägte sich harsch in etwas Modernes, Mißtönendes hinein, die Gesichter der Musiker verzerrten sich gegen das Brausen des Windes und das desinteressierte Geplauder der Partygäste, und Delaney blendete die Unterhaltung aus. Kyras Mutter, fünfundfünfzig, blond und geschieden, mit Kyras Nase, Kyras Beinen und einer leicht übertriebenen Art, sich selbst bemerkbar zu machen, war die koketteste Frau, die Delaney je kennengelernt hatte. Wie eine Liane schlang sie sich um Dominick Flood, dessen Junggesellenstatus sie auf beunruhigend übersinnliche Weise zu wittern schien, und sie würde ihn garantiert zu ihrer kleinen Dinnerparty einladen, um sich daraufhin desillusioniert und vielleicht auch leicht schockiert von der schwarzen Fessel an Floods Fuß zu zeigen. Obwohl das natürlich ihren Appetit nur steigern würde. »Ja«, hörte er Kyra sagen, »aber damals war ich ja noch ein kleines Mädchen«, und Kit fiel mit einem hohen, atemlosen Gekicher ein, das wie ein Kriegsruf klang.

Delaney entschuldigte sich und wanderte in Richtung des Büffets, wo er dieses und jenes probierte – bei einem Bissen *ahi*-Thunfisch oder einer pikant zubereiteten Kammuschel konnte er nie widerstehen, wenn sie gut waren, und dieses Büffet war sehr gut, vom Feinsten –, hielt sich aber angesichts des bevorstehenden Festessens zurück. Er lächelte ein oder zwei Leuten zu, die er nicht kannte, murmelte eine Entschuldigung, als er vor dem Ferkelkadaver eine Frau anrempelte, wechselte ein paar Worte über das Wetter und sah dem Barkeeper zu, der ihm ein Bier zapfte, aber er war nervös. Er stellte sich vor, wie der Truthahn in Brand geriete, die Kartoffeln derartig verkochten, daß sie sich anfühlten wie nasser Beton, Jordan sich langweilte und Orbalina mit ständigen Wünschen nach Kakao, Pudding, Nudelsuppe oder einem Glas Saft nervte. Und ihre Gäste. Bisher hatte er weder die Jardines noch die Cherrystones gesehen (obwohl er Jack Cherrystones dröhnenden *basso profundo* irgendwo im Garten hörte), aber er war sicher, daß sie sich hier den Bauch vollschlagen und beim Abendessen den Teller von sich schieben würden. Delaney hatte wenig Talent darin, sich zu amüsieren, nicht in Situationen wie dieser; einen Augenblick lang stand er mitten im Gedränge reglos da, holte tief Luft, ließ die Schultern nach unten sinken und schüttelte den Kopf, um seine Gedanken zu klären.

Er fühlte sich verloren und gereizt, vielleicht sogar ein bißchen schuldbewußt, weil er so früh am Nachmittag trank, obwohl dieser Tag den kleinen Lastern ja geradezu vorbehalten war, als er einen Druck an seinem Ellenbogen spürte, sich umdrehte, und Jack, Erna und Jack jr. als grinsende Gruppe hinter sich stehen sah. »Delaney«, flötete Jack und zog die letzte Silbe des Namens in die Länge, als könnte er sie nicht loslassen, »du siehst irgendwie verloren aus.«

Jack hatte sich feingemacht. Dreiteiliger Anzug, gestärktes weißes Hemd mit Button-down-Kragen und Krawatte. Seine Frau, eine katzenhafte vollbusige Frau, die stets auf einer kontinentalen Begrüßung – Küßchen auf beide Wangen – bestand und einen – wie auch jetzt – mit ihren winzigen Fäusten an den Schultern packte, bis sie zufriedengestellt war, hatte sich ebenfalls feingemacht. Sie trug ein leichentuchartiges Abendkleid aus schwarzem Satin und mindestens sechzig Prozent ihres gesamten Schmucks. Sogar Jack jr. mit seinen Basketballschuhen, seinen Ohrringen und seinem lächerlichen Haarschnitt hatte sich feingemacht, mit einem Sportsakko, das seine immer breiter werdenden Schultern betonte, und einem Schlips, den er von seinem Vater geerbt haben mußte.

»Ich *bin* auch verloren«, gab Delaney zu. Er hob das Bierglas und grinste. »Ist ein bißchen früh zum Trinken für mich – du weißt ja, Jack, ich und Alkohol –, außerdem muß ich heute noch ein sechsgängiges Essen über die Bühne bringen. Das euch übrigens hervorragend schmekken wird. Das alte New England mitten in Kalifornien. Oder jedenfalls das alte New York.«

»Entspann dich, Delaney«, schnurrte Erna, »es ist Thanksgiving. Genieß die Party.«

Jack jr. grinste ihn schief an. Er war einen Kopf größer als alle anderen im Raum. Seine Stimme überschlug sich, als er sich entschuldigte und auf das Spanferkel zusteuerte wie ein Inkubus der Nahrungskette.

»Wie ich den Leserbriefen dieses Monats entnehme, hast du dir mit deinem Coyoten-Artikel einigen Protest eingehandelt«, bemerkte Jack, in dessen Hand jetzt wie durch Zauberei ein Glas Wein auftauchte. Erna grinste Delaney an und winkte über seine Schulter hinweg jemandem zu.

Natürlich mußte Jack den Finger auf die Wunde legen.

Delaney zuckte die Achseln. »Ja, scheint so. Es waren so um die dreißig Briefe, die meisten kritisch, aber nicht alle. Immerhin – irgendwas dürfte ich damit wohl ausgelöst haben.«

In Wahrheit hatte ihn die Reaktion überrascht. Bislang hatte er nie mehr als ein halbes Dutzend Leserbriefe bewirkt – herausgefordert? –, alle von kiebigen Biologen, die seiner Beschreibung der schwarzfüßigen Wühlmaus widersprachen oder die Verwendung des eingebürgerten statt des wissenschaftlichen Namens für eine Pflanze kritisierten. Nun aber hatten seine Leser, samt und sonders eingefleischte Naturschützer, offenbar den Eindruck, er trete für eine Begrenzung der Coyotenpopulation ein, und obwohl ihm der Tod von Osbert nahegegangen war, als er den Artikel geschrieben hatte, empfand er ihn überhaupt nicht als ökologisch unkorrekt. Beim zehnten Leserbrief hatte er seine Kolumne nachgelesen. Zweimal. Aber da war nichts. Sie kapierten es einfach nicht – sie lasen den Text nicht in dem Geiste, in dem er geschrieben war. Er sprach sich darin keineswegs für eine Kontrolle der Population aus – so etwas war nutzlos, wie die Geschichte zur Genüge belegte. Darauf hatte er ja auch hingewiesen. Er zeigte nur das Problem auf, stellte das Thema zur Diskussion. Natürlich waren nicht die Coyoten schuld, sondern der Mensch – hatte er das nicht klar zum Ausdruck gebracht?

Jack grinste, die Lippen unmerklich geöffnet, so daß ein strategisches Blitzen von Zahnschmelz zu sehen war. Delaney kannte diesen Gesichtsausdruck. Er war skeptisch und leicht ironisch und sollte Richtern, Geschworenen und Staatsanwälten gleichermaßen vermitteln, daß die Frage noch lange nicht entschieden sei. »Also, wie ist es, Delaney – sollen wir die Fallen und Quoten wieder einführen oder nicht? Ihr habt zwei Hunde verloren, und wie viele Haustiere sind hier noch gerissen worden?« Er vollführte eine schwungvolle Gebärde, die das Zimmer, das Haus, die Wohnanlage insgesamt einschloß.

»Stimmt genau«, sagte Kyra, die in diesem Moment hinter Delaney auftauchte und ihn am Arm faßte. »Damals hatten wir ja unseren Streit wegen der Mauer – ach was, ein richtiger Krieg war das, gnadenlos und unbarmherzig.«

Jack lachte. Erna lachte. Delaney brachte ein gequältes Lächeln zuwege, während man Kyra begrüßte und das Streichquartett sich in ein wildes *con fuoco* hineinsteigerte. »Aber mal ganz ehrlich«, fuhr Kyra fort, die nicht lokkerlassen wollte, »fühlt ihr euch jetzt nicht sicherer, ihr alle – Jack, Erna? Und du, Delaney?« Hier wandte sie sich direkt an ihn. »Gib's zu.«

Delaney wurde rot. Zuckte wieder die Achseln. Das Bierglas in seiner Hand war schwer wie eine Kanonenkugel. »Ich weiß, wann ich geschlagen bin«, wollte er gerade sagen, aber Erna Jardine kam ihm mit einer Antwort zuvor. »Natürlich«, sagte sie. »Jeder von uns. Die Mauer ist kaum fertig, und schon kann ich viel leichter atmen, weil ich keine Angst mehr vor Klapperschlangen in der Garage haben muß. Oder vor Einbrechern.« Sie setzte eine treuherzige Miene auf. »Oh, ich weiß schon, es bedeutet nicht, daß wir jetzt völlig sorglos sein können, aber immerhin, es ist eine Schutzvorkehrung mehr, nicht wahr?« Dann neigte sie sich zu Kyra und senkte vertraulich die Stimme: »Hast du das von Shelly Schourek gehört? Der Kerl ist ihr bis nach Hause nachgegangen. Hier um die Ecke, in der Calabasas Road.«

Die Party ging weiter. Delaney blieb nervös. Trank ein zweites Bier. Jack Cherrystone gesellte sich zu ihnen und gab eine ironische Zusammenfassung des Films zum besten, für den er gerade den Trailer aufgenommen hatte, wieder eine dieser apokalyptischen Cyberpunk-Visionen von Los Angeles im einundzwanzigsten Jahrhundert. Etliche Leute scharten sich um sie, als Jack vom normalen Dröhnen seiner Alltagsstimme zu der erdbebenartigen Hysterie jenes Tonfalls umschaltete, den er beruflich einsetzte. »Sie schacherten mit Babys!« donnerte er, »fraßen ihre Nachkommen auf, machten eine Todsünde aus der Liebe!« Dabei traten seine Augen aus den Höhlen. Er ließ die Wangen schlackern und fuchtelte mit den Händen, als hätte er sie in heißes Öl getaucht. Es war eine richtige Performance, diese erstaunliche Stimmgewalt in einem so kleinen Körper, und Delaney mußte lachen, er lachte, bis etwas in seinem Innern sich löste, ungeachtet aller Sorgen wegen verbrannter Truthähne, matschiger Kartoffeln und sonstiger kulinarischer Katastrophen. Er trank sein zweites Bier aus und erwog, sich ein drittes zu holen.

Das mußte etwa um vier Uhr gewesen sein – Delaney konnte die Zeit nicht genau festlegen in der wahnwitzigen Abfolge von Ereignissen, die gleich darauf einsetzte, aber er erinnerte sich, ungefähr zu dieser Zeit auf die Uhr gesehen und gedacht zu haben, daß er die Party bald verlassen mußte, wenn er weiterhin hoffen wollte, um sechs Uhr das Essen zu servieren. Und dann gingen die Sirenen los, der erste Hubschrauber donnerte über den Himmel, jemand sprang auf einen Gartentisch und schrie: »Feuer! Feuer im Cañon!«

Kyra hatte sich prächtig amüsiert. Mochte Delaney auch etwas verstopft aussehen und jene Miene aufgesetzt haben, die sie insgeheim sein »Examensgesicht« nannte, weil er sich wegen diverser Einzelheiten der Dinnerparty Gedanken machte – war der Truthahn auch knusprig genug, das Silberbesteck geputzt, und Gott weiß, was noch alles –, sie aber entspannte sich und dachte an nichts

Böses. Es ist alles unter Kontrolle, sagte sie ihm immer wieder, mach dir keine Sorgen. Seit Tagen hatte sie alles organisiert, bis ins letzte Detail – es waren nur noch ein paar Sachen in der Mikrowelle aufzuwärmen und die Weinflaschen zu entkorken. Ihr Laufpensum für den Tag hatte sie bereits erfüllt und war außerdem (in Vorwegnahme etlicher überschüssiger Kalorien) vierzig Längen geschwommen, die Blumen waren geschnitten und in den Vasen arrangiert, der Truthahn briet im Ofen, und Orbalina war durchaus imstande, mit eventuell auftretenden Problemen fertig zu werden. Und obwohl sie auch mit Kunden hätte unterwegs sein können, um ihnen Häuser zu zeigen – an Feiertagen ging das Geschäft immer gut, sogar an Thanksgiving, obwohl es der zweitschwächste unter den Feiertagen war, gleich nach Weihnachten –, glaubte sie etwas Erholung verdient zu haben. Wenn man sechs Tage in der Woche zehn oder zwölf Stunden arbeitete, auch am siebenten Tag noch am Telefon saß und seit fünf Jahren keinen richtigen Urlaub mehr gemacht hatte, nicht einmal in den Flitterwochen, dann mußte man für seine Familie – und auch für sich selbst – etwas tun. Ihre Mutter war hier, ihre Schwester war unterwegs. Sie gab eine Dinnerparty. Es war Zeit, sich zu entspannen.

Außerdem war sie seit langem neugierig auf Dominick Flood. Erna erwähnte ständig seinen Namen, und es war immer etwas Geheimnisvolles, ein Flüsterton um diese ganze Geschichte – seine Verurteilung, dieser Fußreifen, den er tragen mußte, daß seine Frau ihn verlassen hatte –, und obwohl er dafür bekannt war, daß er oft Leute zu sich einlud (was konnte er sonst schon tun?), hatte Kyra ihn bis jetzt noch nicht kennengelernt und war auch nie in seinem Haus gewesen. Sie mußte zugeben, daß sie positiv beeindruckt war. Das Haus war geschmackvoll, nichts Protziges oder Aufdringliches, stilistisch reiner Südwesten, mit ein paar wirklich hübschen Details, wie etwa den Talavera-Fliesen in der Küche zu den beiden antiken *retablos*, die einen betenden Heiligen darstellten, und es war auch interessant zu sehen, was er mit einem Grundriß angefangen hatte, der identisch mit dem ihres Hauses war. Der Mann selbst war auch keine Enttäuschung. Äußerst charmant. Und mit einem gefährlichen Blitzen in den Augen, wenn er sie flüchtig ansah, dazu dieser sprühende Tonfall. Eine Eroberung hatte er jedenfalls schon gemacht – ihre Mutter war ihm nicht von der Seite gewichen, seit sie eingetroffen waren. Zu schade, daß er nicht zum Essen mitkommen konnte.

Kyra wanderte lässig von einer Gruppe zur nächsten und fühlte sich fast wie zu Hause, als wäre es ihre eigene Party. Sie kannte mindestens die Hälfte der Anwesenden, und sie war neugierig auf die, die sie nicht kannte – Dominicks Freunde von außerhalb Arroyo Blancos –, so wie sie auch auf ihn neugierig war. Falls sie Gangstertypen oder schlitzohrige Börsenhaie erwartet hatte, wurde sie enttäuscht. Die Fassade zeigte keine Risse. Mit einem Paar aus Brentwood unterhielt sie sich über Kakteen, japanische Holzschnitte aus dem neunzehnten Jahrhundert, den Grundstücksmarkt und Segelyachten, und dann sprach sie mit einem zerstreuten Brillenträger von Mitte Dreißig, der eine Art Forscher zu sein schien und sich im Vatikan durch uralte Handschriften arbeitete, allerdings fand sie nicht heraus, zu welchem Zweck. Und dann war da noch eine Dreiergruppe – zwei Schwestern und der Mann der fülligeren der beiden (oder der schlankeren?) –, die ihr dauernd Wein nachschenken wollten, obwohl ein Glas ihr Limit war, und mit denen sie Tennis, Nahuatl-Figurinen, den Grundstücksmarkt und das NAFTA-Freihandelsabkommen diskutierte. Ein *capo* oder *consigliere* war nirgendwo in Sicht.

Sie hatte ihr Glas mit Evian gefüllt und stand mit Erna und Selda Cherrystone vor den Canapés, und so spaltete sich ihre eigene kleine Party allmählich ab, auch wenn ihre Mutter immer noch auf der anderen Seite des Raums den Gastgeber mit Beschlag belegte, und Kyra fühlte sich gut, wirklich gut, zum erstenmal seit langer Zeit. Zumindest für diesen Tag hatte der Grundstücksmarkt Pause – den Rest des Wochenendes allerdings würde es mit Volldampf weitergehen, es war das letzte wichtige Wochenende der Saison, und die Leute versuchten, in den dreißig Tagen vor Weihnachten noch schnell ihr Eigenheim abzustoßen –, und das Da-Ros-Haus war sicher für den Feiertag, alle Türen und Fenster fest verschlossen. Sie hatte es noch niemandem gesagt – weder Delaney noch Jordan –, aber jetzt, da es die Mauer gab und der ganze Ärger hinter ihnen lag, überlegte sie – einstweilen überlegte sie nur –, ob sie einen neuen Hund kaufen sollten, vielleicht einen Sheltie, zu Jordans Geburtstag. Das würde den Kreislauf wieder schließen. Und die Wunden heilen lassen.

Sie sah aus dem Fenster, wo die Sonne als goldenes, wohltuendes Wesen die üppigen Blätter der Kamelien saftig grün schimmern ließ, und in einem Augenblick der Erkenntnis wurde ihr bewußt, daß es diesen Himmelskörper zu verehren und genießen galt, war er doch der größte Verbündete des Maklers, und sie vergaß die Stürme, die Hitze der letzten Tage, den schrecklich trokkenen, durstigen Wind, der durch den Cañon zum Meer hinabfegte, vergaß all das, bis auf einmal jemand auf einen Tisch sprang und »Feuer!« brüllte, worauf der Tag um sie herum in Stücke zerfiel.

Delaney war nicht der ängstliche Typ, aber beim ersten Gellen der Sirenen mußte er sofort an Jordan denken, der allein im Haus zurückgeblieben war. Er fand sich mit den übrigen Partygästen auf dem Rasen vor Dominick Floods Haus wieder und starrte auf die wirbelnde schwarze Rauchsäule hinab, die unheilverkündend aus dem Cañon unter ihnen aufstieg. Es bestand kein Grund zur Panik. Noch nicht. Hier brachen immer wieder kleinere Feuer im Unterholz aus, und die Hälfte davon hatte die Feuerwehr nach ein paar Stunden wieder gelöscht; aber das Gestrüpp war zundertrocken, jeder wußte das – und niemand besser als Delaney. Er sah sich um, blickte in die besorgten Gesichter seiner Nachbarn, die die Hälse reckten, die Münder zusammenkniffen und in deren Augen kurz eine kalte Angst aufblitzte. Sie hatten die Brände des letzten Jahres überstanden und das Erdbeben – die Schlammlawinen übrigens auch –, und keiner wollte hysterisch werden, keiner hatte Lust, sich zum Narren zu machen, noch nicht. Noch nicht.

Dennoch ging Delaney daran, sich durch die Menge zu drängen – »Entschuldigung, darf ich mal, tut mir leid« –, bis er Kyra fand und sie am Arm ergriff. »Liebes, wir sollten doch besser fahren – nur für alle Fälle«, sagte er. Man konnte den Rauch bereits riechen, metallisch und bitter, und ihre Augen weiteten sich, und sie stieß ein einziges Wort hervor: »Jordan.«

Sie waren gerade eingestiegen, als der Wind drehte und die muskulöse schwarze Säule aus Qualm sich kerzengerade in den Himmel erhob und mit einem Schlag die Sonne verfinsterte. Kit saß auf dem Rücksitz, verschnupft, verärgert und zutiefst beleidigt, die Menaker-Falte tief zwischen ihre Augenbrauen gegraben. Delaney hatte ihre Hand von Dominick Floods Ellenbogen buchstäblich wegstemmen müssen. »Ich weiß wirklich nicht, wieso ihr euch so aufregt«, zeterte sie. »Bei uns in San Francisco brennt's dauernd, und dann kommen sie mit ihren Flugzeugen und ersticken das Feuer gleich wieder.« Wie aufs Stichwort dröhnte der erste Löschbomber über sie hinweg und warf eine rosa Wolke des flammenhemmenden Mittels in die Feuerhölle unterhalb von ihnen. Delaney sagte nichts. Im vergangenen Herbst wären sie beinahe evakuiert worden, sie standen knapp davor, doch die Hauptstoßrichtung des Feuersturms ging drei oder vier Kilometer hinter ihnen vorbei, auf der anderen Seite des Berges, aber auch der Sekundärbrand fraß sich den Cañon hinauf, auf Kollisionskurs mit Arroyo Blanco, bis dann der Wind drehte und das Feuer auf das Ödland zurückwarf, das es gerade geschaffen hatte. Siebentausend Hektar Land waren damals verwüstet worden, dreihundertfünfzig Häuser verbrannt. Und drei Menschen waren gestorben.

Als Delaney vor ihrer Einfahrt ankam, war die Sonne verdunkelt. Er fuhr den Wagen rückwärts hinein, um, falls nötig, für eine schnelle Flucht gerüstet zu sein. Beim Eintreten schlug ihm der Truthahnduft entgegen, aber die Nostalgie, die er zuvor in ihm geweckt hatte, war jetzt verflogen. Delaney nahm sich vor, ruhig zu bleiben, wahrscheinlich war es ja gar nicht schlimm, als Jordan in den Flur gepoltert kam und schrie: »Mommy! Delaney! Es brennt!« und Orbalina aus der Küche stürzte, um mit verängstigter Miene rasch von einem zum anderen zu sehen. Kyra drückte ihren Sohn an sich, während ihre Mutter sich etwas verwirrt umsah, als hätte sie sich gerade die Hände gewaschen und fände jetzt kein Handtuch, um sie abzutrocknen. Niemand schien zu wissen, was zu tun war. War die Party abgesagt? Oder doch nicht? War das Feuer nur eine Kleinigkeit, eine banale Unannehmlichkeit, die dem Tag etwas Würze verlieh und für ein paar Scherze nach dem Essen sorgen würde, oder war ihr Leben in Gefahr, ihr Haus und alles, was sie besaßen? Kyra hob den Blick zu Delaney, und in diesem Moment wurde ihm bewußt, daß ihn alle beobachteten – seine

Frau, ihre Mutter, das Dienstmädchen und Jordan –, sie warteten auf ein Signal, warteten darauf, daß er etwas unternahm, zu irgendeiner Tat schritt, den Stier bei den Hörnern packte. Daraufhin durchquerte er das Zimmer und schaltete den Fernseher ein, und da war es, das Feuer, toste in grellorangefarbener Schönheit, hypnotisch und verführerisch, mit waberndem Rauch an den Rändern, als stünden ganze Reiche in Flammen.

Schweigend sahen sie zu, wie die Kamera sich etwas entfernte, um die Löschflugzeuge zu zeigen, die in das Feuermeer hinabtauchten, man hörte das Rattern der Helikopter, das im Lautsprecher blechern klang und die donnernden Vibrationen über ihren Köpfen zu verspotten schien, und eine Stimme, der ein klammheimlicher Nervenkitzel anzuhören war, sagte: »Der vom Santa-Ana-Wind angefachte Brand, von dem die Feuerwehr inzwischen annimmt, daß er vor weniger als einer Stunde im Bachbett des Topanga Creek unterhalb von Fernwood ausgebrochen ist, näherte sich zunächst dem Pacific Coast Highway, weshalb derzeit alle Bewohner des unteren Cañons evakuiert werden. Aber wie Sie auf den dramatischen Bildern unseres Helikopter-Kamerateams sehen können, hat der Wind soeben gedreht, so daß der größte Brand in Richtung der besiedelten Gebiete um Topanga Village hinaufzuklettern scheint ...«

Mehr brauchte Kyra nicht zu hören. »Ladet die Autos voll!« rief sie, und obwohl sie an Ort und Stelle stehenblieb, bewegte sie sich hektisch, als wäre sie ein Dirigent, der sein Orchester zu einem mächtigen Crescendo drängt. »Ich will die Fotoalben, wenn schon sonst nichts – und Jordan, du packst deine Anziehsachen, hörst du, als erstes Anziehsachen, und erst dann die Videospiele.«

»Okay«, hörte Delaney sich sagen, und es klang wie ein verzweifeltes Luftschnappen, »und was nehme ich mit? Die Elektronik am ehesten. Den Computer. Meine Bücher.«

Kit ließ sich in den Sessel plumpsen und fixierte starr den Fernseher und die prachtvoll lodernde orangerote Verführung des Feuers. Dann sah sie zu Delaney auf, zu Kyra, in das verkniffene, verständnislose Gesicht des Dienstmädchens. Sie trug einen champagnerfarbenen Hosenanzug mit einer Rüschenbluse in einem Mauveton und dazu passende Schuhe mit hohen Absätzen, sie war perfekt frisiert, ihr Make-up tadellos. »Ist es wirklich so ernst?«

Niemand hatte sich bewegt. Noch nicht, noch nicht. Sie starrten alle auf den Fernseher, hofften auf Aufschub, darauf, daß sie nur altes Archivmaterial sahen, nachkolorierte Aufnahmen des Dresdner Feuersturms, irgend etwas, nur nicht das Reale, Tatsächliche. Aber da war es, das Feuer, in lebendigen Farben, und da waren auch die bekannte Studiodekoration und die Moderatoren, so vertraut, als gehörten sie zur Familie. Die Nachrichtensprecher hatten besorgte, bekümmerte, warnende Gesichter aufgesetzt, sie spannten ihre prototypischen Züge an, während sie dem dramatischen Augenzeugenbericht eines Reporters lauschten, der mit windzerzaustem Haar auf der Cañonstraße stand, in der Hand ein Mikrophon: O ja, meine Damen und Herren, das ist alles echt, wirklich, das ist es.

Kyra sah aus, als würde sie gleich abheben und die Decke durchschlagen. Orbalina, deren Englisch sich in den Antworten auf die sechs oder sieben häufigsten Abwaschkommandos erschöpfte, starrte ungläubig auf den Bildschirm und dachte zweifellos an ihre Wohnung in Pacoima – wie sollte sie dorthin zurückkommen, wenn keine Busse fuhren? Und das Ganze bedeutete ja wohl, daß sie nicht fuhren, oder? Jordan klammerte sich ans Bein seiner Mutter. Er starrte fasziniert auf die Flammen im Fernseher, und die Anweisung zum Packen war bereits wieder vergessen. Und Kit, die tiefer und tiefer im Sessel versank, verstand immer noch nicht. »Aber *uns* wollen sie doch nicht evakuieren«, protestierte sie matt. »Vom oberen Cañon war doch überhaupt nicht die Rede. Oder?«

»Schalte lieber den Truthahn aus«, sagte Delaney, und das schien den Bann zu brechen. »Für alle Fälle.«

2

Sie saß einfach nur da, so elend, wie sie sich noch nie im Leben gefühlt hatte, und sie kapselte ihren Verstand ab, bis die Welt sich von einer Kinoleinwand in ein Guckloch verwandelt hatte, und auch dieses Guckloch wollte sie noch verschließen. Sie wurde wahnsinnig, sie tanzte um den Rand eines Abgrunds, aber es war ihr gleichgültig. Das Baby wuchs und drückte auf ihre inneren Organe, und sie bekam rote Pünktchen auf der Haut, wie einen Ausschlag. Cándido brachte ihr Essen, und sie aß. Aber mit ihm schlafen wollte sie nicht. Sie sprach auch nicht mit ihm. Alles war seine Schuld, von der muffigen Luft im Bus auf der Fahrt von Cuernavaca nach Tijuana und dem Gestank auf der Müllhalde dort bis zu diesem Ort hier, dieser Einöde aus Blättern und Insekten und heißer, dünner Luft, wo Männer ihr schmutzige Sachen antaten und ihre Pisse brannte wie Feuer. Sie blickte durch ihr Guckloch auf das graue Laub der grauen Bäume hinaus und dachte an Soledad Ordóñez, die unscheinbare, bucklige alte Frau aus dem *barrio* San Miguel, die zweiundzwanzig Jahre lang nicht mit ihrem Mann redete, weil er auf dem Markt von San Andres ihr Schwein verkauft und sich vom Erlös eine Woche lang betrunken hatte. Als er auf dem Sterbebett lag, umringt vom Priester, ihren drei Söhnen und vier Töchtern, allen siebzehn Enkelkindern und seinem Bruder, krächzte er mit viel Mühe die Worte heraus: »Soledad, sprich mit mir!« Ihr Gesicht war steinern, der Priester und der Bruder und alle Kinder und Enkel hielten den Atem an, und dann sagte sie ein einziges Wort: »Suffkopf«, und er starb.

América vermißte ihre Mutter, und die Sehnsucht nach ihr tat so weh, als hätte man ihr einen Körperteil amputiert. Auch ihre Schwestern vermißte sie, und ihr Bett in der Ecke im Hinterzimmer mit den Postern von Rockstars und *las reinas del cine* an der Wand, und Gloria Iglesias und Remedios Esparza und die anderen Mädchen, mit denen sie befreundet gewesen war. Ihr fehlten menschliche Stimmen, Gelächter, die Gerüche der Straße und des Marktplatzes, Radio und Fernsehen, das Tanzen, die Geschäfte und die Restaurants. Und wer hatte ihr all das weggenommen? Cándido. Dafür haßte sie ihn. Sie konnte nicht anders.

Doch dann, eines Tages, als América an dem jämmerlichen Bach lag wie ein totes Tier, hörte sie einen Vogel singen, drei schrille Töne und dann ein bebender, lang anhaltender kehliger Pfiff, der so traurig klang, daß ihr das Herz brach, wieder und wieder rief der traurige schöne Vogel nach seinem Partner, seinem Geliebten, seinem Mann, und América fühlte die Sonne ihr Gesicht berühren, als wäre es die Hand Gottes, und da ging das Guckloch plötzlich auf, wie der Verschluß einer Kamera. Nicht weit, nur ein kleines Stück, die winzigste Öffnung, aber von diesem Tag an begann sie sich zu erholen. Sie bekam ein Baby. Cándido liebte sie. Am nächsten Morgen kochte sie Kaffee und machte ihm etwas zu essen. Als er weg war, grub sie die Erdnußbutterdose aus und zählte die schlaffen Geldscheine darin, den Silberschatz von Kleingeld, und sie dachte: Bald, bald. Aber einstweilen sprach sie nicht mit ihm. Lächelte ihn auch nicht an. In ihr brannte eine so große Enttäuschung, daß sie sie über ihn ausgießen mußte, sie mußte seinen Kopf in das bitterschwarze Wasser tauchen, weil es die Wahrheit war, die nach wie vor galt und Bestand hatte, aber mit jedem Tag schloß sich die Kluft in ihrem Inneren ein Stückchen mehr, während zugleich das Guckloch ein Stückchen weiter aufging.

Und als er an diesem Tag mit dem Truthahn ankam, der vom Himmel gefallen war, dem *Tenksgivih*-Truthahn, konnte sie ihn einfach nicht länger leiden lassen. Sie war keine Señora Ordóñez, sie konnte kein Leben voll Haß und Vorwürfen führen, den Kaffee im Trauerkleid auftischen, ihm den Teller mit Bohnen und Eiern hinknallen wie eine Waffe, sich ständig auf die Lippen beißen und innerlich fluchen. Es war zum Lachen, wie er ankam, klatschnaß bis zur Hüfte, das Klirren der Bierflaschen, den großen nackten Vogel in der Hand und quoack, quoack, quoack. Er spielte den Clown für sie, tanzte mit dem Truthahn auf dem Kopf über den Sand, vollführte ein paar alberne Hüpfer, als wäre er an einen Preßlufthammer angeschnallt. Die Blätter waren jetzt wieder grün, der Himmel war wieder blau. Sie stand auf und umarmte ihn.

Und auch als das Feuer in die Wipfel hinaufraste wie die nahende Apokalypse, machte es ihr nichts aus, zunächst jedenfalls nicht, in der ersten Minute nicht. Sie war so beschäftigt damit, den angespitzten Spieß aus grünem Eichenholz durch den gefrorenen Körper des Truthahns zu schieben, so fixiert auf das Bild von knusprigbrauner Haut und in Bratensaft getränktem Reis, so glücklich darüber, wieder am Leben zu sein, daß sie das Tosen gar nicht hörte. Erst als sie den Kopf hob, als sie in Cándidos Gesicht blickte und sah, wie die Flammen die Blätter, Zweige und Stämme wie ein Kleid aus Feuer umhüllten. Das war eine halbe Sekunde, bevor die Panik einsetzte, eine halbe Sekunde vor der besinnungslosen, knochenschindenden, wahnwitzigen Flucht die Felswand hinauf, aber in dieser halben Sekunde wünschte sie sich aus ganzem Herzen, sie wäre stark genug gewesen, das Guckloch für immer zugehen zu lassen.

Für Cándido war es ein Augenblick rein körperlichen Entsetzens, in dem er den fatalen Fehler beging und die Konsequenzen erkannte. Womit ließ es sich vergleichen? Mit gar nichts, so etwas hatte er noch nie erlebt, außer vielleicht damals in Arizona, als der Mann, den alle Sleepy nannten, unter dem Traktor verbrannte, weil seine Zigarette eine Benzinlache entzündet hatte, die aus dem Tank getropft war. Cándido hatte hoch oben in einem Baum auf der Leiter gestanden und Zitronen gepflückt, hatte den erstickten Schrei gehört, die Flammen emporschlagen sehen und dann den grellen Feuerball der Explosion. Jetzt aber stand er auf dem Boden, und die Flammen loderten in den Bäumen, fegten durch den Cañon, mit einem mechanischen Tosen, das ihm das Herz stocken ließ.

Nichts konnte so heiß sein, kein Hochofen, keine Bombe, kein Reaktor. Die ganze sichtbare Welt tanzte im Feuer. América würde sterben. Er würde sterben. Nicht im Schaukelstuhl auf der Veranda seines kleinen Häuschens im Kreise der Enkelkinder, sondern hier und jetzt, in dieser erbarmungslosen Falle von einem Cañon. Auf dem Pfad vor ihnen, dem einzigen Ausweg, bildeten die Flammen einen zwölf Meter hohen Vorhang; hinter ihnen ragte die jähe Felswand auf. Er war keine Bergziege, und América war so dick, daß sie kaum watscheln konnte, aber was tat das schon? Er sprang auf, riß sie aus dem Sand hoch, weg von dem heißen gefrorenen Truthahnkadaver – der würde jetzt gut durchbraten –, und zerrte sie über die kleine Landzunge zu der Felswand, in das spärliche Rinnsal, das von oben herabtröpfelte. »Da hinauf!« schrie er und schob sie vor sich her, stemmte sich gegen ihr Hinterteil und die mächtige angeschwollene Kugel ihres Bauches, kämpfte zugleich selbst um Griffe und Tritte im Fels, und sie kletterten, alle beide, erklommen die Steilwand wie ein Klettergerüst.

Die Hitze versengte ihm durch den Stoff seines Hemdes die Haut, sie brannte auf dem bloßen Fleisch, im Gesicht und an den Händen. Es gab keine Luft zum Atmen, aller Sauerstoff wurde aufgesogen, um das Inferno zu nähren, und mit jedem Meter wurde der Fels unter ihren Füßen brüchiger. Er glaubte schon, sie würden es nicht schaffen, aber dann versetzte er América einen letzten verzweifelten Schubs, und sie waren oben angekommen und saßen in einer Wasserpfütze, an einem Ort, der ihm so neu war wie die Rückseite des Mondes, obwohl sie die letzten Monate keinen Steinwurf weit weg gelebt hatten. Hier gab es keine Tümpel, kein richtiges Bachbett, keine Wasserfälle – im Grunde gab es kaum Wasser. Einzelne seichte Lachen wiesen den Weg zu weiteren Felsblöcken, und dahinter ging es genauso weiter, der Cañon war eine Falle, mit dreißig Meter hohen Wänden, uneinnehmbar und unbezwingbar. Der Wind heulte. Er schrie nach Blut, nach einem Opfer, nach *Tenksgivih,* und das Feuer antwortete ihm, sprang empor bis zur Höhe ihres Simses, mit einem Donnern, als ob tausend Düsenflugzeuge zugleich starteten. Und dann rannten Cándido und América den Wasserlauf entlang, stolperten über Steine, platschten durch den Schlamm und rissen sich an den Klauen des Gestrüpps Arme, Hände und Beine auf, bis sie ans nächste Hindernis kamen und auch dieses überkletterten, und immer noch rannten sie weiter.

»Nicht stehenbleiben! Nein!« brüllte Cándido und schlug jedesmal wütend auf América ein, wenn sie strauchelte. »Weiter! Lauf weiter, *mujer,* lauf!« Der Wind konnte jederzeit die Richtung ändern, ganz nach Belieben, und wenn er das tat, waren sie tot, obwohl er wußte: Eigentlich hätten sie ohnehin längst tot sein müssen, verkohlt zusammen mit dem Truthahn. Er trieb sie weiter. Schob und schrie und trug sie halb. Der Cañon war ein

Trichter, ein Tunnel, die Mündung eines unvorstellbaren Flammenwerfers, und sie mußten hinauf, hinaus auf die Straße dort oben, und dann über den Asphalt, durch die Büsche, weiter hinauf zum nackten Fels des höchsten Gipfels. Nur daran konnte er denken, nach oben, nach oben, nach oben zum höchsten nackten Fels, denn dort gab es nichts Brennbares, so war es doch?

Sie hetzten um eine Biegung des Rinnsals herum, und die Wand wich zurück, die Schlucht wurde etwas breiter, und da war sie, die Antwort auf Cándidos Stoßgebete: ein Ausweg. Direkt vor ihnen lag ein zweiter Berg, ein Berg aus Müll, den Generationen gedankenloser *gabachos* diesen Abhang hinuntergekippt hatten. »Da rauf!« schrie Cándido, und América kletterte schwitzend, blutend, Tränen der Wut, der Angst und der Frustration in den Augen, auf die Haube eines zusammengestauchten Autos, wobei ihr Bauch von ihr wegschwang wie ein freischwebender Ballon. Cándido hastete ihr nach, stolperte über Toaster, Tauchsieder, Bettrahmen, den Unrat aus Tausenden Küchen und Garagen. Der Müllhaufen gab ein wenig nach, aber er hielt, zusammengepreßt von den schweren Autokarosserien, und gerade als der Gestank des Rauches sie einholte, als der Wind drehte und die Flammen ein dämonisches Tosen hinaufschickten, erreichten sie einen Vorsprung aus abgetretenem, hartem Stein und hetzten weiter durch das Gebüsch bis zur Straße.

Dort herrschte Chaos. Feuerwehrleute rannten brüllend hin und her, Sirenen heulten, Lichter flackerten, Polizisten waren da, sehr viele sogar, sie sperrten die Straße nach unten ab, die letzten versprengten Autos kamen gerade aus dem Tal herauf. Cándido packte seine Frau bei der Hand und rannte mit ihr die Straße hinauf zu dem Chinesenladen – er war geschlossen und verrammelt, kein einziges Auto auf dem Parkplatz –, huschte um das Gebäude, auf der Suche nach dem Wasseranschluß im Fundament. Dort, hinter dem Supermarkt, brachen sie zusammen, tranken Wasser aus einem Schlauch, kostbares Wasser, benetzten sich die Gesichter, tränkten ihre Kleider damit. Ein bißchen Wasser – den Chinesen würde es schon nichts ausmachen, und wenn doch, wen kümmerte das? Cándidos Kehle brannte. Ein großes Flugzeug flog über sie hinweg, rasierte fast die Baumwipfel. »Ich habe Angst«, flüsterte América.

»Hab keine Angst«, sagte er, obwohl er selbst schreckliche Angst hatte. Was würden sie mit ihm machen, was würden sie machen, wenn sie es herausfanden? Hatten sie nicht Gaskammern hier in Kalifornien? Bestimmt hatten sie welche. Sie würden ihn in einen kleinen Raum mit ein paar Zyankalikapseln stecken, und seine Lunge würde sich mit den ätzenden Dämpfen füllen, aber er würde nicht atmen, würde den Mund nicht aufmachen, würde nicht … Er trank einen großen Schluck aus dem schlaffen Wasserschlauch und glaubte, sich übergeben zu müssen. Der Qualm war jetzt noch schwärzer und hüllte sie allmählich ein. Der Wind hatte gedreht, und das Feuer raste den Cañon herauf. »Steh auf!« sagte er, und seine Stimme klang drängend, panisch, die Stimme eines Wahnsinnigen. »Wir müssen hier weg. Jetzt!«

Sie saß auf der Erde, ihre weiten Shorts waren völlig durchnäßt, die großen nassen Falten ihrer Umstandsbluse klebten an der runden Kugel ihres Bauchs, sie hatte Haare im Mund, ihr Gesicht war dreckverschmiert und blutig, die Augen glitzerten wild. »Nein«, sagte sie. »Ich steh nicht mehr auf. Ich bin müde. Mir ist elend.«

Er zerrte sie hoch. »Willst du hier verbrennen?« schrie er, und sein Griff um ihren Arm tat ihr weh. »Willst du sterben?«

Der Rauch wurde dichter. Kein Mensch war zu sehen,

kein einziger, und es war unheimlich, gespenstisch, wie in einem Horrorfilm, wenn die Außerirdischen kommen. In der Ferne jaulten die Sirenen. América riß sich los von ihm und fletschte die Zähne. »Ja«, zischte sie. »Ja, das will ich.«

Es war dunkel, dunkler, als Cándido sich je hätte vorstellen können, sämtliche Häuser im Cañon waren ohne Strom, die Menschen waren evakuiert, und der Qualm schob sich wie ein Schleier vor den Himmel und das ferne Lodern des Feuers. Von hier oben, über dem Cañon, war der Brand weit weg am Horizont, wie eine Gasflamme, die unter dem großen schwarzen Topf des Himmels flakkerte. Mit Einbruch der Nacht hatte sich der Wind gelegt, und jetzt war das Feuer in der Defensive, es zog sich überall in sein Bett aus Glut zurück, um den kommenden Tag und das erneute Aufleben des Sturms abzuwarten. Oder vielleicht konnten sie es auch löschen, vielleicht bekämpften die Gringos es so lange mit ihren Flugzeugen und Chemikalien, bis sie es erstickt hatten wie eine Zigarette unter dem Stiefelabsatz. Cándido wußte nicht, was der nächste Tag bringen würde, aber während er in den finsteren Cañon hinabblickte, entsetzte ihn das gewaltige Ausmaß seines Pechs; wie betäubt überdachte er die Kette von Ereignissen, die von dem glücklichen Zufall mit dem Truthahn und der schlichten Freude am Lagerfeuer zu diesem Alptraum aus Flammen, Rauchschwaden und dröhnenden Flugzeugen am Himmel geführt hatte. War er wirklich der Auslöser all dessen gewesen? Ein einzelner Mann mit einem Streichholz? Es war fast nicht vorstellbar, zuviel für sein armes, rasendes Gehirn.

Aber er wollte sich gar nicht daran erinnern. Er war in Schwierigkeiten, in großen Schwierigkeiten, und er mußte seine Lage überdenken. Er wußte keinen Rat, er hatte Hunger, aber nur sechzehn Dollar und siebenunddreißig

Cent und ein rostiges Rasiermesser in der Tasche, denn ihre gesamten Ersparnisse für die Wohnung waren irgendwo inmitten dieser Verwüstung begraben, und América klagte seit zwei Stunden über Schmerzen tief in ihrem Inneren, dort unten, wo das Baby war, und bei all dem Pech, das er hatte, wäre es da nicht typisch, wenn es gerade jetzt käme, zum allerungünstigsten Zeitpunkt. Es war die Geschichte seines Lebens: eingezwängt wie ein Käfer zwischen zwei Granitblöcken, und wie lange dauerte es noch, bis er zermalmt würde?

Sie lagen hinter ein paar Büschen auf halber Höhe der westlichen Cañonwand, und er wußte jetzt, wie schlecht sein Plan gewesen war, ganz hinaufzuflüchten. Das Feuer hätte sie unterwegs im Gestrüpp erwischt und ihnen keine Chance gelassen. Aber er hatte Angst vor der Straße gehabt, vor den vielen Gringo-Polizisten und Feuerwehrleuten, voller Schuldbewußtsein, Angst und Scham hatte er an nichts anderes denken können, als es bis ganz nach oben hinauf zu schaffen, wo sie in Sicherheit wären. Er war dumm gewesen. In Panik und deshalb dumm. Aber jetzt hatte sich das Feuer verkrochen, wenigstens bis zum Morgen, und sie waren inmitten von nirgendwo, und América lag neben ihm wie ein Schatten und schrie alle paar Sekunden vor Schmerzen. Was nun? Wie weiter? Nicht einmal Wasser hatten sie.

»Ich habe Angst«, sagte América zum zweitenmal an diesem Tag, mit leiser, gepreßter Stimme, die aus der Leere an sein Ohr drang. Ringsherum wuselten Nagetiere, Eidechsen und Insekten und raschelten behende gleitende Schlangen durchs Gebüsch, alle auf der Flucht vor dem Feuer. Auch größere Tiere brachen durchs Unterholz – Rehe, nahm er an –, und er hörte ein beständiges Wühlen und Knistern, das alles mögliche sein konnte, vom Stinktier bis zur Wildkatze. Er antwortete ihr nicht, nicht sofort, erst als sie bestätigte, was er befürchtet hatte: »Cándido«, flüsterte sie, »ich glaube, die Fruchtblase ist geplatzt. Das Baby kommt, ich kann's nicht ändern.« Sie hielt inne, um tief Luft zu holen. »Es kommt.«

»Alles wird gut«, sagte er zu ihr, kniete in der Dunkelheit neben ihr nieder und fuhr ihr mit den Fingern übers Gesicht, streichelte ihre Stirn, aber dabei spürte er die ganze Zeit, wie das kleine Räderwerk in seinem Kopf raste. Hier gab es keinen Arzt, keine Hebamme, keine Wohnung, kein Krankenhaus, keinen elektrischen Strom, kein Wasser, nicht einmal ein Dach über dem Kopf. Er hatte noch nie Geburtshilfe geleistet. Er hatte noch nie eine Entbindung gesehen, außer im Film, und da passierte es immer im Off – die Schauspielerin mit ihrer Haut wie Honig lag schweißgebadet da und schrie auf, dann ein Schwenk, und da war es, das Baby, sauber und gesund und schön und in ein schneeweißes Handtuch gewickelt. América stöhnte, es war ein tiefes, bebendes keuchendes Stöhnen, und die Knie schlotterten ihm. Sie war so klein. Zu klein. So sollte es nicht sein. »Cándido«, flüsterte sie, »ich habe Durst. So großen Durst.«

Er stand auf. Die Nacht hüllte ihn ein wie ein Strumpf. Weiter weg, im Norden, sah er eine Lichterkette, eine Reihe von Autos oben am Cañon, vielleicht eine Polizeiabsperrung, und direkt links davon war der Sammelplatz der Hubschrauber. Aber das waren mindestens vier bis fünf Kilometer Luftlinie, und wie sollte er sie dort hinbringen, und selbst wenn es ihm gelänge, was dann? Sie würden ihn augenblicklich festnehmen: Der ganze Cañon stand in Flammen, und ein Mexikaner kam aus dem Gestrüpp – sie würden es in seinen Augen sehen, an seiner Hautfarbe und an der Art, wie er geduckt auf sie zukäme wie ein getretener Hund –, mit wieviel Gnade konnte er da wohl rechnen?

»Du bleibst hier«, sagte er zu ihr, und seine Stimme klang ihm seltsam in den Ohren, wie die Stimme eines körperlosen Sprechers im Radio. »Vielleicht finde ich irgendwo ein Haus, oder, oder …« Er beendete den Gedanken nicht. »Keine Angst, *mi vida,* ich bin nur kurz weg. Ich finde was für uns, ganz bestimmt!«

Und dann bahnte er sich einen Weg durch das Gestrüpp, wie ein Insekt von der Verheißung der fernen Lichter angezogen. Ein Hubschrauber mit roten und grünen Positionslichtern knatterte ins Tal hinunter. Irgend etwas huschte vor ihm ins Gebüsch. Er ging hundert Schritt weit und rief dann nach América. Sie antwortete ihm. Er durfte sich nicht zu weit entfernen, sonst würde er sie nicht wiederfinden, das wußte er, und er hatte Angst, sie zu verlieren, bei diesem Gedanken wurde ihm schwindlig, aber was sollte er tun? Er beschloß, nicht mehr als zweihundert Schritt weiterzugehen, sie laut vor sich hin zu zählen, dann umzukehren und in der entgegengesetzten Richtung zu suchen. Der Hang war mit Häusern übersät, sie überzogen den Abhang wie eine Pilzwucherung – es waren Hunderte von Häusern, Hunderte. Und Straßen. Strommasten, Wasserleitungen, Kanalanschlüsse. Mülltonnen und Autos und Gehsteige. Es mußte dort doch irgend etwas geben, irgend etwas.

Er rief noch zweimal nach América, hörte ihre schwache, klagende Antwort, und dabei zählte er immer weiter – *ciento ochenta y uno, ciento ochenta y dos* –, während er vorsichtig weiterschlich wie ein Mann, der auf Zehenspitzen durch ein Minenfeld geht. Er hatte Angst um seine Füße, wegen der vielen Schlangen im Gebüsch, wegen der Söhne, Brüder und Onkel der einen, die er getötet hatte, aber er ging weiter, tastete sich vorwärts, was blieb ihm anderes übrig? Lieber sollten ihn alle Schlangen der Welt attackieren, als daß er in dieser Wüste der Nacht, oder auch irgendwo anders, ein Baby zur Welt brachte. Er war kein Arzt – er war ein Dummkopf, der über einen immer schwieriger werdenden Parcours stolperte, und er hatte schlechte Karten, die Schicksalsgöttinnen heulten, und alles, was gut und kostbar oder auch nur möglich war, hing einzig und allein von ihm ab. Er war bei einhundertfünfundneunzig angelangt, die Rädchen in seinem Kopf ratterten, die Verzweiflung schmerzte, als er weiter vorn einen fahlen Schimmer sah, und dann, ganz plötzlich, war sie da, und er fand sich gegen sie gepreßt: eine Mauer, eine weiß verputzte Mauer.

Cándido arbeitete sich an der Mauer entlang, suchte nach einer Öffnung. Licht gab es kaum, bis auf das Flackern des Feuers in der Ferne, und der Himmel war schwarz, so schwarz wie der Himmel in Tepoztlán während der Regenzeit. Der gelbe Widerschein der Stadt war verschwunden, alles Licht bis aufs letzte Watt niedergerungen und unterworfen vom Rauch seines kleinen Lagerfeuers, das plötzlich Amok gelaufen war. Der Gedanke machte ihm von neuem angst. Das ganze … Ausmaß dieser Sache. Wenn sie ihn kriegten – oh, dann war sein beschissenes Leben überhaupt nichts mehr wert. Aber was dachte er da? War denn sein Leben so wichtig? Um América ging es doch. Sie war ihm in dieses Fiasko gefolgt, und jetzt wartete sie draußen im Gebüsch, wo Ratten und Kriechtiere raschelten und wo alles Licht erloschen war, sie bekam ihr Baby, und sie war durstig, müde und verängstigt.

Der Wind hatte abermals gedreht, und das hieß, daß die Flammen wieder in ihre Richtung kletterten, unbarmherzig und gnadenlos, den ganzen Cañon auffraßen, trotz allem, was die Gringos mit ihren Flugzeugen tun konnten. Er bekam kaum Luft und roch nichts als Rauch und Asche und den beißenden Gestank der Zerstörung – es war schlimmer, viel schlimmer als alles, was die Müllhalde von Tijuana zu bieten hatte. Selbst der Geruch nach dem verkohlten Fleisch toter Hunde war besser als das hier, denn dieser Gestank ging auf sein Konto, und er war außer Kontrolle. Er ging weiter, schneller jetzt, schlug wütend mit der Hand gegen die Mauer, der Kupfergeschmack der Panik stieg in seiner Kehle auf. Und was war hinter der Mauer? Häuser wahrscheinlich. Die Häuser der reichen Leute. Oder vielleicht eine Ranch – eines dieser riesigen, viereckigen Grundstücke mit einem einzigen fetten Haus genau in der Mitte. Er war nicht ganz sicher, wo er war – die Flucht den Cañon hinauf und die Straße entlang hatte ihn etwas desorientiert –, aber um nichts baute man keine Mauer. Er mußte hineingelangen, mußte es herausfinden.

Und dann stand da der Schuppen, angekündigt durch einen heftigen Schmerz im Knie und das dumpfe Scheppern von Aluminium. Cándido tastete sich darum herum und zu einer Tür, die in das schwarze Loch des Inneren führte. Dort war es stickig, den ganzen Tag lang hatte die Sonne darauf gebrannt, bis es so heiß war wie in einer dieser Schwitzhütten der Indianer, in denen sie im Reservat ihre Rituale vollzogen, und die Aluminiumdecke war sehr niedrig. Es roch scharf nach Chlor und frisch geschnittenem Gras, Benzin und Dünger – noch bevor seine Hände den Ort erforschten, wußte Cándido, wo er war. Er tastete sich die Wände entlang wie ein Blinder – er war ein Blinder, aber ein Blinder in Eile, in Hektik, es ging um Leben und Tod –, und da waren auch die Gartenwerkzeuge, die Schaufeln und Astscheren und Rasentrimmer. Seine Hände fuhren über den Rasenmäher, es war einer zum Draufsitzen, wie ein kleiner Traktor, über die Plastikeimer mit Chlor und Salzsäure und was man sonst so brauchte. Dann fand er ein Regal mit Schachteln voll

Saatgut und Rattengift, bis auf einmal, *milagro de milagros,* seine Finger sich um eine Petroleumlampe schlossen. Eine halbe Minute, und sie war angezündet, und der Schuppen bekam plötzlich Tiefe und Farbe. Er trat mit der Lampe hinaus, und dort, gleich an der Wand zu seinen Füßen, sah er einen Wasserhahn und einen zusammengerollten grünen Schlauch, der an einem Plastikrohr des Bewässerungssystems lehnte.

Er fand einen Becher im Schuppen und trank drei Becher Wasser, dann füllte er ihn nochmals für América und ging zu ihr zurück, die Lampe baumelte gegen seine Füße und warf einen trüben Schein auf die Büsche vor ihm. Er folgte der Mauer bis zu der Stelle, wo er zur Orientierung ein Holz in den Boden gesteckt hatte, und bog dort im rechten Winkel ab, rief im Gehen nach América. Die Erde war fahl, die Büsche noch fahler. Rauch wallte den Hügel herauf wie ein tödlicher Nebel. »Hier«, rief sie. »Hier bin ich!«

Es war heiß. Es stank. Sie hatte Angst. Sie konnte es nicht fassen, daß sie ihr Baby an so einem Ort bekam, wo die ganze Welt in Brand stand und niemand da war, um ihr zu helfen, keine Hebamme, kein Arzt, nicht einmal eine *curandera.* Und die Schmerzen. Alles war so eng da unten, und es preßte nach innen anstatt nach außen. Sie lag in einem Schuppen, auf einem Meer aus raschelnden Plastiksäcken mit Grassamen, der Schweiß glitzerte auf ihr wie Öl zum Braten, und Cándido wuselte mit seinem Messer herum – er schärfte es auf einem Schleifstein –, als ob er sich irgendwie nützlich machen könnte. Die Wehen kamen jetzt regelmäßig, eine pro Minute oder so, und sie raubten ihr den Atem. Sie wollte schreien, laut nach ihrer Mutter schreien, nach Tepoztlán, nach allem, was sie zurückgelassen hatte, aber sie hielt sich zurück, hielt alles zurück, immer zurückhalten und warum nicht hinaus, wieder und wieder.

Sie träumte, sie war wach und träumte, aber ihre Träume waren erfüllt von Zähnen und Klauen und dem Heulen von Tieren. Draußen, jenseits der dünnen Haut des Schuppens, raste das Inferno auf sie zu, der Sturm schepperte an den Wänden wie ein Trommelwirbel, und Cándidos Gesicht war eine glühende Kugel aus Schweiß und Sorge. Sie wußte, was er dachte: Sollten sie weglaufen? Und konnten sie überhaupt weglaufen, wenn jetzt ihr Baby kam? Und warum mußte es ausgerechnet jetzt kommen? Und wer hatte ihn eigentlich zur Zielscheibe aller Katastrophen dieser Welt erwählt? Aber sie konnte ihm nicht helfen. Sie konnte sich kaum rühren, und die Wehen packten sie und gaben sie wieder frei, bis sie sich wie ein Hartgummiball fühlte, der gegen eine Wand geschleudert wurde, wieder und immer wieder. Und dann, mitten in alldem, als die schrecklichen, pressenden Schmerzen dicht aufeinanderfolgten, hörten die Tiere plötzlich auf zu heulen, und der Wind ließ von seinem ständigen Trommeln gegen die Wände ab. Jetzt hörte América das Feuer, ein knisterndes Zischen wie ein voll aufgedrehter Fernseher mitten in der Nacht nach Sendeschluß, und dann ein dünnes, jammerndes Winseln, das kein Heulen und kein Kreischen war, sondern das vorsichtige fragende Miauen einer Katze, einer hübschen kleinen Siamkatze mit durchscheinenden Ohren, die durch die offenstehende Tür direkt auf sie zukam, als würde sie sie kennen. América streckte die Hand aus, ballte sie zur Faust, als der Schmerz sie überwältigte, aber die Katze blieb bei ihr. »*Gatita*«, flüsterte sie ihrem gewölbten Rücken und den blauschimmernden Augen zu, »du bist die Richtige. Du bist die Heilige. Du. Du wirst meine Hebamme sein.«

3

Die Nacht brach herein wie ein Schlag mit dem Hammer: kein sanft schwindendes Licht, kein Farbenspiel am Horizont, keine fliegenden Schwalben und kein Zikadenchor. Delaney beobachtete das Geschehen hinter der Polizeisperre am obersten Punkt des Topanga Canyon, neben sich seine Frau, seinen Stiefsohn und seine Schwiegermutter. Ihre Freunde und Nachbarn hatten sich ebenfalls eingefunden, Flüchtlinge mit Landrover, Mercedes-Benz und Jeep Cherokee, die bis unters Dach mit ihren elementarsten Besitztümern beladen waren, mit Studentenjahrbüchern, Miles-Davis-Platten, Steuerunterlagen, mit Fernsehern und Videorecordern, mit Gemälden, Teppichen und Schmuck. Über ihnen dröhnten die Wasserbomber, und Feuerwehrwagen rasten mit jaulenden Sirenen die Straße entlang. Rotierende Warnlichter tauchten das Panorama der dichtgedrängten, ängstlichen Gesichter in ein flackerndes Licht, und vor den gelben Plastikbändern, die die Menge zurückhalten sollten, waren Polizisten postiert. Es herrschte Krieg, kein Zweifel.

Kyra lehnte sich an Delaney, hielt seinen Arm mit beiden Händen gepackt, legte den Kopf an seine Schulter. Sie war immer noch für die Party angezogen. Beide starrten auf das ferne Feuer, rochen den Rauch und spürten den Wind auf ihren Gesichtern, während hinter ihnen Hunde hechelten, hastig auf Anhänger verladene Pferde wieherten und in hundert Autos Katastrophenmeldungen aus dem Radio plärrten. »Den Truthahn können wir wohl vergessen«, sagte Delaney. »Der wird inzwischen etwas trocken sein.«

»Den Truthahn?« Kyra hob den Kopf und fixierte ihn mit einem giftigen Blick. »Und was ist mit dem Herd, mit der Küche, mit dem Dach? Was ist mit unseren Möbeln, unseren Sachen? Wo sollen wir wohnen?«

Delaney verspürte leisen Ärger in sich aufsteigen. »Das war doch ... ich weiß nicht ... ironisch gemeint.«

Sie wandte sich von ihm ab, hielt den Blick auf die wabernden, zerfließenden Finger des Feuers gerichtet. »Das ist kein Witz, Delaney. Letztes Jahr sind bei dem Feuer in Malibu zwei meiner Objekte abgebrannt, und glaub mir, da war nichts mehr übrig, nichts außer rauchender Asche und ein bißchen verbogenem Metall, wo vorher die Rohrleitungen waren, und wenn du das lustig findest, dann hast du einen ziemlich kranken Sinn für Humor. Das ist unser Haus da unten. Es ist alles, was wir besitzen.«

»Du meine Güte, was redest du denn da? Glaubst du wirklich, ich finde das hier lustig? Überhaupt nicht – ich finde es fürchterlich. Es jagt mir eine Heidenangst ein. In New York haben wir so was nie gehabt, höchstens alle zehn Jahre oder so einen Wirbelsturm, der ein paar Bäume geknickt hat, aber das hier ...«

Sie löste sich von ihm und rief Jordan, der mit einem seiner Freunde zwischen den Gruppen herumtollte, mit lauter Stimme zu, er solle bei ihr bleiben. Dann wandte sie sich wieder an Delaney. »Vielleicht wärest du besser dort geblieben«, sagte sie schroff und zornig, dann ging sie davon, zu ihrer Mutter und Dom Flood.

Delaney sah ihr nach. Sie lud alles auf seinen Schultern ab, machte ihn zum Sündenbock, und er fühlte sich ausgenutzt und mißverstanden, wütend und verletzt und gereizt. Er hatte sein Bestes getan. In den zehn Minuten, die ihnen die Polizei zwischen der ersten und der letzten Warnung gelassen hatte – zwei Streifenwagen waren mit quäkenden Lautsprechern die Straßen auf und ab gefahren –, war es ihm gelungen, seinen Computer und die Disketten in den Wagen zu schaffen, aber das war auch alles. Zehn Minuten. Was konnte man in zehn Minuten schon tun? Er war starr vor Kummer und Angst – wie konnte sie daran zweifeln? Das mit dem Truthahn hatte er nicht böse gemeint – es war Galgenhumor gewesen, sonst nichts, nur ein Versuch, die Spannung zu lösen. Was machte ein Truthahn schon aus? Oder tausend Truthähne? Er stand im grellen Licht, den Wind im Gesicht, die ganze Schädelhöhle mit Rauch gefüllt, voll Zorn auf die Welt – was kommt als nächstes? dachte er. Was konnten sie ihm noch antun? –, als Jack Cherrystone mit einer Flasche Schnaps neben ihm auftauchte.

»Die reinste Hölle, was?« dröhnte Jack, und es klang, als spräche er für den Trailer des nächsten Katastrophenfilms.

»Ja«, sagte Delaney und starrte auf die sich nähernde Flammenfront und die wütend dahinwirbelnden Rauchschwaden. »Und dabei macht mir am meisten Sorgen, daß sie uns evakuiert haben – im Gegensatz zum letzten Jahr –, und das heißt wohl, daß sie glauben, diesmal wird es schlimmer. Zumindest halten sie's für möglich.«

Dazu hatte Jack nichts zu sagen, aber Delaney fühlte die Berührung an seiner Hand, die harte, warme Öffnung der Flasche. »Glenfiddich«, sagte Jack. »Konnte ich doch nicht verbrennen lassen.«

Delaney trank nichts Hochprozentiges, die zwei Bier auf Dominicks Party wären unter normalen Umständen sein Maximum gewesen, aber er nahm die Flasche, hob sie zum Mund und ließ das flüssige Feuer sich einen Weg in sein Innerstes brennen. In diesem Augenblick entdeckte er die beiden Männer auf der Straße, die aus der Dunkelheit auf sie zugingen, die Gesichter unter den Schirmen ihrer Baseballmützen verborgen. Etwas klickte in seinem Kopf, sogar auf diese Entfernung kamen ihm die spinnenartigen langen Schritte des vorderen Mannes irgendwie bekannt vor ... und dann wußte er es: Das war der Idiot mit den »Fluxettels«, der Schlauberger, der am Fluß kampiert hatte. Erstaunlich, dachte er – und er versuchte nicht einmal, sich zu korrigieren, jetzt nicht und niemals wieder –, erstaunlich, wie der Abschaum immer wieder nach oben steigt.

»Scheißmexikaner«, knurrte Jack. »Ich wette mit dir, daß das Feuer auf ihr Konto geht – die haben da unten Dope geraucht oder mitten im Wald ihre beschissenen Bohnen gekocht.«

Und jetzt erkannte Delaney auch den anderen Mann, den mit dem langen Haar und der *serape* um die Schulter. Er war schmutzig und von den zottligen Haaren bis zu den Sandalen an seinen Füßen mit weißem Staub bedeckt, und an seinen Kleidern klebten Fruchtkapseln, Kletten und Grashalme. Beide waren schmutzig, das sah Delaney jetzt, so als wären sie durchs Unterholz gerobbt, und er stellte sich vor, wie sie versucht hatten, im Gestrüpp an der Straßensperre vorbeizuschleichen, und es irgendwann aufgeben mußten. Er sah sie näher kommen, langsam gingen sie auf die flackernden Lichter zu – keine Panik, keine Sorge, alles in Ordnung –, und er empfand so viel puren Haß wie noch nie zuvor im Leben. Was zum Teufel dachten die sich überhaupt dabei, auf einem Pulverfaß Feuer zu machen? Wußten sie denn nicht, was auf dem Spiel stand, wußten sie nicht, daß sie nicht mehr in Mexiko waren?

»Komm schon, wir können diese Witzbolde nicht einfach durchlassen«, sagte Jack und packte Delaney am Arm, und dann näherten sie sich beide der Straßensperre, um ihnen den Weg abzuschneiden. »Ich meine, wir müssen zumindest die Polizei alarmieren.«

Aber die Polizei war schon da. Als Delaney mit Jack ankam, war einer der Beamten – ebenfalls ein Latino, dunkelhäutig und mit Schnurrbart – damit beschäftigt, die zwei Männer auf spanisch zu befragen und mit seiner Taschenlampe erst dem einen, dann dem anderen ins Gesicht zu leuchten. Normalerweise hätte sich Delaney taktvoll abseits gehalten, aber in seiner Wut brannte er darauf, die Schuld den Verantwortlichen zuzuschreiben, außerdem spürte er den Alkohol in seinen Adern brennen.

»Officer«, sprach er den Polizisten an und trat direkt an die Gruppe heran, »ich möchte Ihnen melden, daß ich diesen Mann unten im Cañon gesehen habe« – hier zeigte er auf das finstere, verkniffene Gesicht –, »und zwar hat er dort ein Lager aufgeschlagen, kampiert hat er, genau dort, wo das Feuer ausgebrochen ist.« Er war jetzt erregt, dachte nicht mehr nach – irgendwer sollte für all das bezahlen –, und was machte es schon aus, daß er den Mann nicht direkt betrunken in seinem dreckigen Schlafsack hatte liegen sehen, es war jedenfalls fast so gewesen, oder?

Der Beamte drehte sich zu ihm um, Lichter flackerten, eine Sirene heulte, Löschflugzeuge warfen ihre Ladung ab, und er hatte das gleiche Gesicht wie der kleinere der beiden, wie der mit der Decke um die Schultern: schwarze Aztekenaugen, kantige Backenknochen, buschiger Schnurrbart und blitzende weiße Zähne. »Ich werde damit schon fertig«, sagte er, dann wurde seine Stimme kalt, und er sagte etwas Boshaftes, Beschuldigendes in stakkatoartigem Spanisch zu den beiden Männern.

Viel Wirkung löste er damit nicht aus. Der Größere hob träge den Arm, um seine Mütze herumzudrehen, so daß der Schirm nach hinten wies, und betrachtete erst den Polizisten und dann Delaney mit ungerührter Miene. Er antwortete ausweichend – oder jedenfalls klang es danach.

In diesem Moment erhob Jack die Stimme, dieses mächtige trompetende Organ, das die ganze Gruppe zusammenfahren ließ – die Mexikaner, den Polizisten, sogar Delaney. »Officer«, donnerte er, »ich habe diese Männer auch gesehen, da bin ich mir sicher, und ich hätte gern gewußt, was sie dort unten, wo dieses höchst dubiose Feuer ausgebrochen ist, zu suchen hatten. Das da drüben sind unsere Häuser – sie sind alles, was wir haben –, und falls Brandstiftung im Spiel war, will ich das verdammt noch mal erfahren.«

Eine Menge scharte sich um sie – nicht nur Delaney und Jack hatten die zwei Mexikaner die Straße hinaufkommen sehen. »Stimmt genau«, rief eine schrille Stimme hinter Delaney aus, eine Frauenstimme, und als er sich umdrehte, sah er eine dickliche Frau mit verschwiemelten Augen und einem Silberring im rechten Nasenflügel. Sie trug eine Stola über einem Kleid aus schwerem Brokat, das auf der Erde schleifte und ihre Figur umhüllte. »Und ich will das auch wissen«, schrie sie, verhaspelte sich bei den letzten Silben, und Delaney merkte, daß sie betrunken war.

Inzwischen war ein zweiter Polizist dazugetreten, ein barscher Beamter der California Highway Patrol, sein hellblonder Bürstenschnitt kratzte am Rand seiner Mütze. Er warf einen raschen Blick in die Runde, um die Situation zu erfassen, funkelte die große Frau mit dem Nasenring drohend an und sagte dann, ohne seinen Kollegen zu beachten, etwas auf spanisch zu den beiden Mexikanern, und jetzt kamen sie in Bewegung, und wie. Im nächsten Moment lagen sie beide bäuchlings auf der Erde, die Beine gespreizt, die Arme im Nacken verschränkt, und der neue Polizist tastete sie ab. Delaney verspürte Haß und Triumph – es war stärker als er –, und dann beugten sich beide Polizisten über die Verdächtigen, um ihnen Handschellen anzulegen, und der große Mexikaner, Delaneys spezieller Freund, beteuerte seine Unschuld in zwei Sprachen. Dieser Dreckskerl. Arschloch. Brandstifter. Delaney konnte sich nur mühsam beherrschen, nicht hinüberzugehen und ihm in die Rippen zu treten.

Ein Hund bellte, tobte in rasender Wut, Sirenen zerrissen die Luft. An die dreißig, vierzig Menschen hatten sich versammelt, und es kamen immer noch mehr. Sie wichen einen Schritt zurück, als die Polizisten ihre Verdächtigen auf die Beine zerrten, und Delaney stand direkt daneben, mitten im Gemenge, Jack an seiner Seite. Er sah den Schmutz und Überbleibsel von Unkraut auf den Hemden der beiden Mexikaner, sah die einzelnen Stoppeln auf ihren unrasierten Hälsen und Wangen. Die Mütze des Größeren war verrutscht, so daß der Schirm jetzt in schrägem Winkel abstand. Die Handschellen blitzten im flackernden Blaulicht auf. Niemand rührte sich. Und dann schrie die dicke Frau eine rassistische Bemerkung, und der Kopf des Latino-Polizisten fuhr herum.

Delaney spürte, daß der große Mexikaner ihn ansah. Es war genau wie damals im Vorgarten der Cherrystones, der gleiche Blick voll Verachtung und ätzendem Haß, aber diesmal machte Delaney keinen Rückzieher, empfand keine Schuldgefühle oder Mitleid oder auch nur die geringste Regung menschlichen Mitgefühls. Er schleuderte dem Dreckskerl den Blick zurück und legte alles hinein, was er hatte, biß die Zähne so fest zusammen, daß ihm die Kiefer weh taten. Und dann, gerade als der blonde Polizist den Mexikaner am Arm packte, um ihn herumzudrehen und zum Streifenwagen abzuführen, spuckte der Kerl aus, und Delaney spürte die Nässe im Gesicht, sah die Speicheltropfen auf seiner Brille und verlor jede Beherrschung.

Und auf einmal fiel er über den Kerl her, prügelte mit den Fäusten auf ihn ein, während die Menge vorstürmte und der Mexikaner nach ihm trat und der Polizist sich zwischen sie drängte. »Du Wichser!« schrie der Mexikaner ihm über die Schulter nach, als der Beamte ihn weiterstieß. »Ich bring dich um, ich bring dich um, du Wichser!«

»Arschloch!« brüllte Delaney, und Jack Cherrystone mußte ihn zurückhalten.

»Brandstifter!« rief jemand. »Bohnenfresser!« Und dann brach die Menge in eine Kakophonie von Beschimpfungen und Drohungen aus. »Geht doch zurück nach Mexiko!« schrie ein Mann in einem Sporthemd, das wie das von Delaney aussah, während die Frau neben ihm immer wieder »Mexikanerschwein!« skandierte, bis sie rot im Gesicht war.

Die beiden Polizisten brachten ihre Häftlinge in Sicherheit, der Blonde trat vor, die Hand am Holster. »Sie gehen jetzt alle ein Stück zurück, sonst muß ich Sie verhaften, Sie alle!« brüllte er, und dabei traten ihm die Sehnen am Hals hervor. »Wir haben hier ein Problem, begreifen Sie das nicht? Und Sie machen es nur noch schlimmer. Also treten Sie zurück! Das meine ich ernst.«

Niemand rührte sich. Der Rauch hing in der Luft wie ein Gift, wie ein Verhängnis. Delaney betrachtete seine Nachbarn, ihre leeren, weißen Gesichter, die geballten Fäuste, zu allem bereit, siedend und brodelnd, ein richtiger Mob. Sie waren hier draußen in der Nacht, außerhalb ihrer Mauern, vertrieben aus ihren Schneckenhäusern, und sie waren nicht mehr zu bändigen. Delaney blieb stehen, die kleinen Rädchen in seinem Kopf rotierten, und als Jack ihm nochmals die Flasche anbot, nahm er sie.

Letzten Endes war es der Wind, der die Sache entschied. Das Feuer fraß sich bis auf knapp fünfhundert Meter an Arroyo Blanco heran, wandte sich dann westwärts in

Richtung der Geröllhalde hinter der Wohnanlage und über den Hügel, wo es endgültig gelöscht werden konnte. Die Nacht erstickte den Santa-Ana-Wind, und am nächsten Morgen pumpte eine Brise von der See her Feuchtigkeit in die Luft, so daß man um zehn Uhr den Einwohnern von Arroyo Blanco, die in ihren Autos, in Motels, auf den Sofas von Freunden, Verwandten, Kollegen oder flüchtigen Bekannten übernachtet hatten, die Rückkehr in ihre Häuser gestattete.

Delaney war verkatert und zerknirscht. Er hatte fast einen Aufstand verursacht, und dieser Gedanke entsetzte ihn. Er erinnerte sich daran, wie er mit seiner ersten Frau Louise an einer Anti-Atomkraft-Demonstration teilgenommen hatte und wie es ihnen vorgekommen war, als sei die ganze Welt gegen sie – oder noch schlimmer: an den Tag, als sie die Stufen der Frauenklinik von White Plains hinaufgegangen waren und die wahnsinnigen Abtreibungsgegner sie angegeifert hatten wie tollwütige Hunde, die Gesichter von Haß und Wut verzerrt, so daß sie kaum noch menschlich aussahen. Delaney hatte zurückgebrüllt, war trotzig und entrüstet gewesen – schließlich war das eine rein persönliche Sache, eine zutiefst persönliche, er und Louise hatten die Entscheidung unter Qualen getroffen, sie waren eben noch nicht bereit, das war alles, wozu sollten sie ein Kind in diese Welt setzen, auf der es vor Milliarden Hungerleidern wimmelte? –, aber die Demonstranten ließen sie nicht in Ruhe, sie sahen sie nicht als individuelle Wesen. Tja, und jetzt war er einer von denen. Er war der Hasser, er war der Spießer, der Rassist, der Geiferer. Es gab keinerlei Beweis, daß diese beiden Männer irgend etwas mit dem Feuer zu tun hatten – vielleicht waren sie davor geflohen, hatten auf der Straße per Anhalter weiterkommen oder nur die schöne Gegend bewundern wollen, waren *gewandert.* Bei aller Ernüchterung, bei aller Scham und Zerknirschung konnte er doch nicht die bei diesem Gedanken aufflackernde Empörung unterdrücken – *gewandert,* dieser Scheißkerl –, andererseits fragte er sich: Hätte er ebenso empfunden, wenn es zwei Weiße gewesen wären?

Um durch den Polizeikordon zu gelangen, mußten sie ihre Papiere vorzeigen – die Straße war nur für Anwohner passierbar, um Plünderungen zu verhindern –, und Delaney fuhr, mit Jordan neben sich, hinter Kyra und ihrer Mutter her, durch das einstweilen noch unbemannte Tor in die Wohnanlage. Delaney öffnete das Fenster, und der Gestank nach versengtem Gestrüpp und Holzasche erfüllte den Wagen mit einem Geruch, der ihn an den Ofen in der Wohnung seiner Großmutter vor vielen Jahren erinnerte, oder an die Schutthalde, die Schutthalde von Croton, die unter einem Schirm aus Seemöwen vor sich hin gekokelt hatte, aber Arroyo Blanco lag im Morgenlicht unberührt und unversehrt da. Überall parkten die Nachbarn auf ihren Einfahrten, luden ihre Wagen aus, schritten über gut gewässerte Rasenflächen, um ihre Gartentore, Swimmingpools und Geräteschuppen zu überprüfen, und alle hatten sie den stillen, entrückten, halb grinsenden Ausdruck der Begnadigten im Gesicht. Das Unheil war abgewendet worden. Es war der Morgen danach.

Als sie auf den Piñon Drive einbogen, beugte sich Jordan auf seinem Sitz vor, hing im Sicherheitsgurt wie ein Turner. Er war schmutzig und trug die grasfleckigen Shorts, das T-Shirt und die Dodgers-Mütze, die er angehabt hatte, als die Sirenen losgegangen waren, und er hatte vor Übermüdung weit aufgerissene Augen (es war nach Mitternacht gewesen, als sie endlich beschlossen hatten, sich im Holiday Inn von Woodland Hills ein Zimmer zu nehmen, das letzte, das noch frei war). Er konnte von nichts anderem reden als von Dame Edith, der Katze, die einfach ausgebüchst war, als sie am Nachmittag des Vortags die Autos beladen hatten. »Glaubst du, sie hat's geschafft, Delaney?« fragte er zum hundertstenmal.

»Klar hat sie's geschafft«, erwiderte er mechanisch, die Antwort war zu einer Art Mantra geworden, »die kann auf sich selbst aufpassen.« Doch während er das sagte, fiel sein Blick auf die Stelle, wo sich gestern noch ein Wäldchen nach Zitronen duftender Eukalyptusbäume mit weißgefleckten Stämmen vor der Hügelflanke abgehoben hatte, und er sah nichts als eine leere Fläche voll Asche.

Jordan sprang aus dem Wagen, noch ehe er richtig anhielt, und rief: »Miez, Miez, komm her, Dame Edith, Miez, Miez«, während Delaney einen Moment sitzen blieb und sich sammelte. Er war auf das Schlimmste vorbereitet gewesen, auf schwarzverkohlte Balken, geschmolzenes Plastik und verbogenes Metall, auf in der Luft hängende Badewannen und leergebrannte Aktenschränke, schwarz wie Bratpfannen. Solche Feuer entwickelten eine Hitze von bis zu eintausend Grad Celsius, und manchmal sogen sie ringsherum den gesamten Sauerstoff auf, der sich dann weit über den Flammpunkt hinaus aufheizte, bis Wind aufkam und das Ganze explodierte, als hätte man eine Bombe abgeworfen. Die Hitze war dabei so intensiv, daß ein Haus völlig ausbrennen konnte, bevor das Feuer es überhaupt erreichte. Er hatte mit Vernichtung gerechnet, aber es war alles noch da: das Haus, der Garten, die Straße, und kein Grashalm war beschädigt.

Kyra war kurz vor ihm angekommen. Ihre Mutter stieg auf der Beifahrerseite aus und wirkte etwas benommen. Sie hatte die Nacht auf einer Klappcouch am Fuß ihres Bettes im Holiday Inn verbracht, und da sie schon in aller Frühe zur Straßensperre zurückgefahren waren, um auf die Entwarnung zu warten, hatte ihr die Zeit gefehlt, auf Details von Frisur und Make-up die übliche Aufmerksamkeit zu verwenden. Man sah ihr jetzt das Alter an, die Tragödie der Nacht zeichnete sich unter ihren Augen ab und war tief in ihre Mundwinkel eingegraben. Kyra dagegen hatte das Haar nach hinten gebunden und auf Make-up völlig verzichtet, und sogar in ihrem Partykleid sah sie zackig aus, für jede Schlacht gerüstet. Ehe Delaney ausgestiegen war, war sie bereits im Haus, kontrollierte Zimmer für Zimmer wie ein Feldmarschall, rief nach der Katze und tippte gleichzeitig auf die Tasten des schnurlosen Telefons. Delaney folgte ihr einen Augenblick später, in den Armen eine braune Papiertüte voll mit unersetzlichen Notizbüchern und den wichtigsten Naturführern.

Er stellte die Bücher auf dem Küchentisch ab und ging zum Ofen, der immer noch einen leichten, eher unappetitlichen Geruch nach Truthahn verströmte. Und dort, im Inneren, lag der Truthahn selbst, zäh und vertrocknet wie ein Stück Kamelleder. Ein scheußliches Thanksgiving war das gewesen, das schlimmste, das er je erlebt hatte, dachte Delaney, als Kyra in die Küche gerauscht kam, ihm einen säuerlichen Blick zuwarf und einen Karton Orangensaft aus dem Kühlschrank holte. Sie klemmte das Telefon zwischen Kinn und Schulter ein, während sie sich ein Glas eingoß. »Mm-hm«, sagte sie in den Hörer. »Ja ... aha. Mm-hm, ja.«

Sie erkundigte sich nach ihren Objekten. Soweit man bisher erfahren konnte, waren einzig acht Redwood-Blockhäuser südlich von Arroyo Blanco verbrannt, wo eine kleine Enklave von Leuten aus der Alternativbewegung gewohnt hatte – Hippies, Motorradfans, Handleser, New-Age-Begeisterte und so weiter –, aber sie machte sich Sorgen um ein paar ihrer weiter entfernt liegenden Objekte, insbesondere um das Haus der Da Ros. Am vorigen Nachmittag war sie nahe der Hysterie gewesen, als sie die Katze einem möglicherweise gräßlichen und unausweichlichen Schicksal hatten überlassen müssen, aber jetzt, da sie vom Feuer verschont worden waren, wandte sie alle Aufmerksamkeit automatisch ihren Maklerobjekten zu. Der Katze würde schon nichts passiert sein, das wußte sie. Wahrscheinlich versteckte sie sich unter einem Bett, weil sie die Sirenen erschreckt hatten. Oder sie jagte hinter dem Haus nach den Mäusen, die aus ihren Löchern aufgeschreckt worden waren. Sie würde wieder auftauchen.

»Aha«, sagte Kyra ins Telefon. Der Saft wanderte ungetrunken von ihrer Hand auf die Ablage, ein orangefarbener Zylinder aus Licht. »Bist du sicher, daß es das Da-Ros-Haus war?« Und dann, zu Delaney: »Schnell, mach den Fernseher an, ja?« Sie marschierten gemeinsam ins Wohnzimmer. »Kanal 7«, flüsterte sie, dann sprach sie wieder ins Telefon: »Danke, Sally. Ja, ja, ich seh's mir gerade an.«

Szenen der Zerstörung flimmerten in Farbe über den Bildschirm. Einen Moment lang standen die Ruinen der Blockhütten im Mittelpunkt, ausgebrannte Autos und Busse, schiefe Kamine, die ihre skelettartigen Überreste in den baumlosen Horizont reckten, dann kam ein Schnitt auf einen Reporter, der mehrere Leute vor Gitellos Supermarkt interviewte.

»Das war Sally Lieberman«, sagte Kyra. »Sie sagte, sie hätten eben das Haus der Da Ros gezeigt.« Ihre Stimme stockte. »Es ist verbrannt. Sie hat gesagt, es ist einfach weg.«

Falls das zutraf, wurde es von dem Nachrichtensprecher auf Kanal 7 nicht bestätigt – jedenfalls nicht in dieser Sendung –, und seine Kollegen auf den Sendern 2, 4, 5, 11 und 13 meldeten auch nichts darüber. Sie alle zeigten die geschwärzten Felsen, die weiße Asche, die flirrende Luft über den verbliebenen Glutnestern und die verschwitzten, erschöpften Feuerwehrleute, die mit ihren Schläuchen hantierten, aber schon jetzt war der Brand im Cañon Schnee von gestern – es gab keine Toten, und herzlich wenig Sachwerte waren zerstört worden –, und man wandte sich wieder anderen Dingen zu: den Todesschüssen aus vorbeifahrenden Autos, den Messerstechereien, dem Blutzoll im Verkehr.

»Vielleicht doch nicht«, sagte Delaney. »Vielleicht hat sie sich geirrt.«

Kyra hatte ihren gehetzten Ausdruck aufgesetzt. »Ich muß hin und nachsehen.«

»Was – jetzt?« Delaney konnte es nicht fassen. »Das ist gefährlich. Das Feuer ist noch nicht aus, ist dir das klar? Es könnte wieder aufflackern. Außerdem haben sie vermutlich die Straße gesperrt.«

Er hatte recht, und sie wußte es. Antriebslos sank sie in einen Sessel, klammerte sich verzweifelt ans Telefon. Sie überlegte, wen sie als nächstes anrufen sollte, wie sich die Straßensperren umgehen ließen, wie sie die Lage in den Griff kriegen konnte. »Im Augenblick kannst du gar nichts machen«, sagte er, »und wir müssen erst mal den ganzen Krempel aus den Autos laden, bevor wir irgendwas unternehmen können. Oder willst du, daß uns das Zeug geklaut wird?«

In diesem Moment kam Kit herein, die immer noch etwas desorientiert wirkte, aber doch wieder halbwegs die alte war – sie hatte sich einen Turban um den Kopf gewikkelt, um das zerzauste Haar zu verbergen, und Lippenstift aufgetragen. Delaney sah den Gegenstand, den sie etwas unbeholfen in der rechten Hand hielt, den Arm vom Körper weggestreckt, so als hätte sie ein Stück Unrat oder eine tote Ratte unter dem Bett gefunden. Aber was war das – ein Gürtel? Ein Walkman? Nein, es war ein schwarzes Plastikkästchen, das an einem sauber durchtrennten

Riemen hing. In der Hand seiner Schwiegermutter wirkte das Ding irgendwie verkehrt, abnorm und fehl am Platz, aber dennoch enorm aussagekräftig.

»Das hier hab ich in meiner Handtasche gefunden«, sagte Kit, und ihre Stimme ging vor Überraschung und Verwirrung in die Höhe. »Ich weiß nicht, wie das da reingekommen ist.«

Delaney wußte es sehr wohl. Es fiel ihm wie Schuppen von den Augen, er warf einen Blick auf Kyra und sah, daß sie es ebenfalls begriff. »Dominick Flood«, war alles, was er herausbrachte.

»Aber weshalb ...?« begann Kyra.

Die Erkenntnis übermannte Kit mit aller Macht, und ihre Augen versanken aus lauter Scham und Verletztheit in ihren Höhlen – Dominick Flood hatte ein äußerst böses Spiel mit ihr gespielt, hatte sich an sie gehängt und auf seine Gelegenheit gewartet. »Ich kann es nicht glauben«, sagte sie.

Delaney sah ihn vor sich, ölig und jovial, wie er mit Kit am Arm das Feuerspektakel aus der Sicherheit der Polizeiabsperrung beobachtet hatte und wie ihm langsam gedämmert sein mußte, daß dies seine große Chance war. Der Überwachungsmelder würde sein Signal weiterhin aus Arroyo Blanco senden, wenn auch nicht aus seinem Haus, aber die Leute vom Haft-im-eigenen-Heim-Programm in Los Angeles würden erfahren haben, daß er über Nacht evakuiert worden war, daß es einen Notfall gegeben hatte – wahrscheinlich würden sie Tage brauchen, um dahinterzukommen. Und Flood? Ein Bankkonto auf den Bahamas? Ein Chalet in der Schweiz, ein Strandhaus auf den Seychellen? Er würde die Einzelheiten bestimmt gut geplant haben.

Kit holte tief Luft, und es klang nach Tränen. Sie sah aus, als würde sie zusammenbrechen, und Kyra war zu ihr gegangen, um sich neben ihr auf das Sofa zu setzen und ihr töchterlichen Trost zu spenden, als Jordan ins Zimmer gestürzt kam, noch schmutziger und unordentlicher gekleidet als zwanzig Minuten zuvor. »Mom«, keuchte er atemlos, und man sah, wie sich seine Rippen unter dem dünnen Stoff des T-Shirts hoben und senkten, »ich hab überall gesucht, aber ich kann Dame Edith nirgends finden.«

4

Cándido sah die Katze, die América in den Armen hielt wie eine Puppe, während ihr Körper vor Schmerz starr wurde, sich entspannte und bei der nächsten Wehe erneut verkrampfte. Im ersten Augenblick wollte er sie verscheuchen, doch er bremste sich. Wenn es sie von den Schmerzen ablenkte, warum nicht? – und das Tier wirkte genauso verloren und hungrig wie sie, angesichts des qualmenden Unheils um sie herum schien es froh zu sein, sich zusammenrollen und seine Frau trösten zu können. Na gut. Aber das Feuer kroch immer näher, mal wurde es vom Wind angefacht und im nächsten Moment, wenn ihm die Luft ausging, wieder zurückgeschlagen. Hier war es nicht sicher – sie gingen ein Risiko ein, ein großes Risiko –, aber er wußte nicht, was er noch tun konnte, außer zuzusehen und abzuwarten. Und zu beten. Vielleicht auch das.

Er hatte inzwischen herausgefunden, was auf der anderen Seite der Mauer war, und was er gesehen hatte, beruhigte ihn keineswegs. Im Gegenteil: Wenn er darüber nachdachte, raste sein Herz so sehr, daß er Angst hatte, es könne bersten. Eine Siedlung mit großen, noblen Häusern lag nur einen Steinwurf entfernt – so viel hatte er vom Dach des Schuppens erkennen können –, und die Anlage war stockdunkel, völlig verlassen. Er wußte jetzt, wo er war. Hier hatte er damals mit Al Lopez diesen Zaun errichtet, an die Mauer erinnerte er sich allerdings nicht – die war neu, da war er sich sicher. Erschauern ließ ihn jedoch der Gedanke, daß die Bewohner offenbar evakuiert worden waren, daß sie ihre Sachen, ihre schönen noblen Häuser, ihre Rasenflächen und Gärten und alles andere zurückgelassen hatten. Das hieß, es sah schlecht aus für ihn und América. Das Feuer kam auf sie zu, kein Zweifel, und sie saßen in der Falle, würden lebendig verbrannt werden, bis die Fettschicht unter der Haut brutzelte wie Fleisch in der Pfanne, bis ihre Knochen zu Asche verkohlt wären. Er betrachtete América. Er saß bei ihr. Und er betete.

Irgendwann in den ersten Morgenstunden dieser unerträglichen Nacht schrie América so heftig auf, daß es wie Gebell klang, wie Hundegebell, und die Katze erschrak und sprang von ihr herunter. América versuchte sich von dem Lager aus Saatgutsäcken zu erheben, das er ihr bereitet hatte. »Cándido«, krächzte sie, »ich muß mal, ich muß austreten, ich ... ich ... ich kann es ... nicht mehr zurückhalten«, und als er ihr aufhelfen wollte, sah er es zwischen ihren Beinen, zwischen ihren nackten, blutverschmierten Oberschenkeln: ihr Baby, sein Baby, sein Sohn. Die Spitze des Säuglingskopfes kam aus ihr heraus, nasse schwarze Haarbüschel, und er drückte sie nieder, hob ihre Beine an und ließ sie pressen, es kam, und weiterpressen, pressen, pressen. Dann gab es ein Geräusch, als würde Luft aus einem Ballon abgelassen – *pfffft* –, und da war er, sein Sohn, lag ganz verhutzelt in einer Hülle aus Haut, überall verklebt mit Blut und Schleim und etwas, das aussah wie Quark. Dröhnend flog eines der großen Löschflugzeuge dicht über sie hinweg, und man hörte das Zischen der abgeworfenen Ladung, die weiter unten die Flammen erstickte, und Cándido roch den kräftigen menschlichen Geruch der Geburt, und jetzt kam auch die Plazenta, feucht und warm, mitten in diesem Schuppen voller Saatgut, Chlorsalz und Kunstdünger. América lächelte entrückt. Sie nahm das Baby in die Arme, die blaue Nabelschnur hing noch an ihm, wischte ihm den Mund frei, brachte es zum Atmen, zum Schreien, ein dünnes

Maunzen wie das der Katze, und sie hielt es im Arm, das kleine Ding, lebendig und gesund.

Dies war der Augenblick, auf den Cándido gewartet hatte. Er lehnte sich mit dem Messer vor und durchtrennte die blaue Schnur, die an eine Wurst erinnerte, und dann wischte er mit einem wassergetränkten Lappen die Schmiere von dem kleinen Körper und den winzigen Gliedern. Er fühlte sich großartig, durchdrungen von einer Energie und Freude, die seiner Armut, seinen Nöten und Bedrängnissen, ja sogar dem Inferno, das in der Tiefe des Cañons aus seinem armseligen Feuerchen entstanden war, hohnsprach. Er hatte einen Sohn, den ersten in seiner jungen Familie, die neue Generation, die auf dem Boden der USA geboren war, einen Sohn, der alles haben würde, was die *gabachos* hatten, und mehr. Und dann, als er mit dem Lappen über den Bauch des Babys fuhr, während América es zum erstenmal an die Brust legte – als er es zwischen den Beinen sauberwischte –, da entdeckte er etwas im verschwommenen Halbdunkel, das ihn zögern und innehalten ließ, und er erstarrte mit dem Stofflappen in der Hand. Das war kein Sohn. Das war eine ...

Doch América hatte es schon gemerkt. »Weißt du, wie ich sie nennen werde?« sagte sie mit schläfriger Stimme, wie jemand, der einen so schönen Traum träumt, daß er ihn nicht loslassen möchte.

Cándido gab keine Antwort. Er versuchte die Tatsache zu verdauen, daß er Vater geworden war, endlich Vater – Vater einer Tochter –, und sein Verstand raste bereits weiter, zu dem Feuer und den verlassenen Häusern, wo sie in der nächsten Nacht bleiben sollten und in der Nacht darauf, und was mit ihm passieren würde, wenn ihn die Gringos erwischten.

Dann sprach sie wieder, richtig träge vor Zufriedenheit. »Ich werde sie Socorro nennen«, sagte sie. »Ist das nicht ein schöner Name? Socorro«, wiederholte sie, stupste mit der Nasenspitze gegen das winzige rote Ohr und gurrte ihrer Tochter zu: »Socorro, Socorro, Socorro ...«

Der Morgen graute. Das Feuer hatte sie verschont. Es war in der Nacht über den Hügel davongerast, mit prasselndem Flügelschlag, und jetzt stießen die Hubschrauber und die dicken, prallvollen Löschflugzeuge außer Sichtweite ins nächste Tal hinab. Cándido hatte nicht geschlafen, keine Sekunde lang. Er hatte den Docht der Petroleumlampe heruntergedreht und sie neben América gestellt, dann war er hinausgegangen und hatte sich auf das Dach des Schuppens gesetzt, um den Krieg zwischen Feuer und Wasser zu beobachten. In der Ferne sah er Menschen, kleine silhouettenhafte Strichmännchen vor den Flammen, ihre gewundenen Schläuche und die heransausenden Flugzeuge. Zweimal dachte er, das Feuer käme in ihre Richtung, und er war nahe daran, América und das Baby zu wecken, um in aller Eile zur Straße zu laufen, aber dann drehte der launenhafte Wind erneut und blies auf einmal von hinten, trieb das Feuer über die Hügelkuppe davon, und sie waren gerettet.

Nichts rührte sich im schlierigen Licht des Tagesanbruchs, nicht einmal die Vögel. Rauch hing schwer über dem Cañon, in der Ferne dampften die schwarzverkohlten Berge, erschöpfte Sirenen heulten noch. Vorsichtig stieg Cándido vom Schuppendach und sah kurz zu América und dem Baby hinein. Sie lag auf der Seite und schlief, bedeckte ihr Kind sanft mit dem Arm, so ruhig und gelassen, als wäre sie Privatpatientin in einem Krankenhaus und hundert Schwestern paßten auf sie auf. Auch die Katze war da, sie hatte es sich in Américas Kniekehlen bequem gemacht. Sie blickte zu ihm auf und gähnte, als er die Hand ausstreckte, um die Lampe auszudrehen.

Er hatte nicht viel Zeit – zwei, drei, vier Stunden, allerhöchstens –, und er wußte, was er zu tun hatte und wieviel Überwindung es ihn kosten würde. Das Wichtigste war Essen. Er war kein Plünderer, kein Dieb, kein *pandillero* oder *ladrón*, aber es ging ums Überleben, um das Lebensnotwendige – er hatte jetzt Frau und Tochter, und die mußten essen –, und er schwor bei der Jungfrau von Guadalupe, daß er alles zurückzahlen würde, was er entwendete. Direkt hinter der Mauer war der Garten eines Hauses, und er kletterte geräuschlos auf den Schuppen und ließ sich auf der anderen Seite der Mauer hinunter, ohne zu überlegen, wie er wieder hinaufkommen sollte.

Der Garten lag still und ruhig da, der Cañon hielt im Nachhall des Feuers den Atem an. Niemand war zu Hause. Aber sie würden zurückkommen, sehr bald sogar, und er mußte rasch ans Werk gehen. Ins Haus würde er nicht einbrechen – das täte er niemals, und wenn er auf der Straße Hungers sterben müßte –, aber auch hier gab es einen Gartenschuppen (einen kleinen, nicht so geräumig wie der große Geräteschuppen, in dem América und seine Tochter völlig sorglos schliefen), darin fand er ein paar Dinge, die er brauchen würde: einen Hammer, eine Schachtel mit langen Nägeln, und an einem Haken vier Jutesäcke. Er steckte sich den Hammer in die Gesäßtasche, die vorderen Taschen stopfte er mit Nägeln voll. Dann stapfte er durch den Garten und füllte die Säcke mit Gurken, Tomaten und Kürbissen, dazu noch Orangen und Grapefruits von den Bäumen, die ganz hinten im Garten in ordentlichen Reihen standen. Was brauchte er sonst noch? Er lieh sich eine Bügelsäge und ein Beil und nahm sich fest vor, sie in der Nacht wieder zurückzubringen, so daß niemand etwas merken würde.

Und wie kam er jetzt über die Mauer? Der Plastikeimer

neben der Hintertür, an die vierzig Liter, mit einem runden grünen Deckel. Aber er war schwer. Mit irgend etwas gefüllt. Cándido nahm den Deckel ab und sah Hundetrokkenfutter, sternförmige rötlichbraune Plätzchen. Sein Magen knurrte – er hatte seit fast vierundzwanzig Stunden nichts gegessen –, und er schob sich eine Handvoll Hundeplätzchen in den Mund und kaute nachdenklich darauf herum. Sie schmeckten wie Papier oder Pappe, aber wenn die Hunde das fressen konnten, dann vertrug er es auch, und er beschloß, gleich den ganzen Eimer mitzunehmen – die Besitzer des Hauses würden wahrscheinlich glauben, die Waschbären oder Stinktiere hätten sich daran vergangen. Er stellte den Eimer als Tritthilfe an den Fuß der Mauer, warf Hammer, Säge und Beil hinüber, wuchtete die schweren Säcke mit dem Gemüse einen nach dem anderen nach oben und ließ sie langsam auf der anderen Seite hinab. Dann beugte er sich noch einmal hinunter, so weit er konnte, und es gelang ihm mit Mühe, den Drahtgriff des Hundefutterbehälters zu erreichen und ihn an der Mauer entlang zu sich zu ziehen.

Er ließ alles liegen, wo es war, sein Magen knurrte jetzt laut, und schlich durch die Büsche weiter den Hügel hinauf, bis dicht an die verkohlte Ödnis heran, die das Feuer auf dem Hang hinterlassen hatte. Der Brandgeruch, in den sich der Gestank nasser Asche mischte, überlagerte alles, sogar den starken Duft nach Salbei, der unter seinen Fingern brach und zerkrümelte, während er auf Händen und Füßen nach oben kroch. Und heiß war es auch, in der Kühle des Morgens herrschte eine Hitze wie am Nachmittag, als wären tausend Öfen voll aufgedreht, und an manchen Stellen ringelten sich hartnäckige Rauchfähnchen zum Himmel. Cándido achtete darauf, sich verborgen zu halten. Weiter unten sah er Bewegung – die Feuerwehrleute durchkämmten die gesamte Gegend, um die letzten Glutnester zu löschen –, und alle paar Minuten donnerten Hubschrauber über ihn hinweg. Er durfte sich hier auf keinen Fall erwischen lassen – das wäre fatal. Es bedeutete Erklärungen und Verhöre, Handschellen und Gummiknüppel, und wenn nicht die Gaskammer, dann doch das Gefängnis, mit Gitterstäben, *gabachos* als Wärtern und hohen Steinmauern mit messerscharfem Draht obendrauf. Und wie sollte er dann für América sorgen? Und für seine Tochter?

Er brauchte eine halbe Stunde, bis er fand, was er suchte. Im Zickzack erforschte er den Berghang, trat dabei scharfe Steinbrocken los, Ratten, Eidechsen und andere heimatlose Wesen stoben mit einem trockenen Rascheln von Pelz oder Schuppen in alle Richtungen davon, und endlich kam er an eine waagerechte Felsleiste, die vielleicht einmal Teil eines urzeitlichen Flußbettes gewesen war. Sie war knapp fünfhundert Meter oberhalb der Geröllhalde, an deren Ende die Wohnanlage sich ausbreitete, und bot eine perfekte Aussicht auf alles, was weiter unten lag. Das war der Platz. Er würde ausreichen müssen. Von hier aus konnte man von weitem jeden sehen, der sich näherte, und es war auch nahe genug zum Brandgebiet, um zufällige Wanderer oder Jogger abzuhalten – und auch die Polizei auf der Suche nach mexikanischen Feuerteufeln –, und das Gestrüpp rings herum wucherte dicht, ein durchgängiges, verfilztes Gewirr aus Dornen und Stacheln. Hier würden sie ihn niemals finden.

Während er sich zu dem Schuppen zurückkämpfte, ließ er sich durch den Kopf gehen, was er alles brauchte. Er fing ja wieder bei null an, wie ein schiffbrüchiger Matrose, denn ihre gesamte Habe – Kleider, Decken, Essen, die zwei verbeulten Töpfe samt Holzlöffel –, hatte das Feuer verzehrt. Das Geld fiel ihm ein, die neu aufgefüllten Ersparnisse für die Wohnung, und wie lächerlich war das doch alles – er war seinem Traum keinen Schritt näher gekommen als damals auf der Müllhalde von Tijuana. Und da hatte er wenigstens ein paar Bretter über dem Kopf gehabt, die ihn bei Regen trockenhielten. Aber das Geld müßte das Feuer überstanden haben, sicher unter den Steinen vergraben ... Steine brannten doch nicht, oder? Sobald sich alles etwas beruhigt hatte, würde er als erstes in den Cañon hinabschleichen und es holen, aber das konnte noch Tage dauern, und sie brauchten jetzt gleich einen Unterschlupf, ein Obdach und etwas zu essen. Sie durften es nicht riskieren, noch länger als eine oder zwei Stunden in dem Schuppen zu bleiben. Bestimmt würde bald ein Gartenarbeiter geschickt werden, um die Asche wegzukehren und das große Schwimmbecken der Anlage zu reinigen – Cándido konnte den großen, dunklen, bedrohlichen Spiegel der Wasserfläche sehen, mitten zwischen den Wohnhäusern, wie ein Wasserloch in der afrikanischen Steppe, wohin die Tiere mit Hörnern zum Trinken kamen und wo jene mit Fangzähnen auf der Lauer lagen – noch aber blieb etwas Zeit, denn auf der Cañonstraße war keine Bewegung zu erkennen. Sie war abgesperrt. Man hatte immer noch Angst vor dem Feuer. Und vor Plünderern.

Er weckte América nicht auf, noch nicht. Viermal plagte er sich zu der Felsleiste hinauf und wieder zurück, mit dem Werkzeug, den Säcken voll Obst und Gemüse – die leeren Säcke wollte er als Decken verwenden –, und so vielen Holzpaletten, wie er tragen konnte. Er hatte den Stapel Paletten auf der Rückseite des Schuppens entdeckt, und obwohl ihm klar war, daß der Gartenarbeiter ihr Fehlen garantiert bemerken würde, konnten bis dahin Wochen vergehen, und was sollte er dann schon tun? Sobald Cándido die Paletten gesehen hatte, war ihm ein architektonischer Plan durch den Kopf geschossen, und er wußte, er mußte sie haben. Wenn das Schicksal ihm eine Wohnung vorenthielt, na gut, dann würde er sich eben ein Haus bauen, ein Haus mit Aussicht.

Er arbeitete wie wild, im Wettlauf mit der Zeit, sah alle paar Sekunden auf, um auf den entvölkerten Straßen nach den ersten Autos Ausschau zu halten. Mit den Paletten ließ sich gut arbeiten – sie waren quadratisch, mit rund einem Meter Seitenlänge –, sie paßten aneinander wie Bauklötze. Fünfzehn zusammengenagelte Paletten ergaben die Wände seines Hauses. Die Rückwand und die Seiten waren jeweils zwei Stück breit und zwei Stück hoch, und an der Vorderfront hatte er einfach eine Palette weggelassen, um ein Schlupfloch zu erhalten. Dann legte er im Inneren vier Paletten als Fußboden auf der Erde aus, damit sie bei Regen nicht im Dreck stehen mußten, und er sah, daß er die sieben Zentimeter breiten Zwischenräume zwischen den Palettenbrettern mit Zeitungen und Lumpen zustopfen und isolieren konnte. Es war eine gute Konstruktion, besonders angesichts der Tatsache, daß er sie einer Eingebung des Augenblicks folgend zusammengepfuscht hatte, mit zitternden Fingern, pochendem Herzen und stets mit einem Auge in Richtung Straße, aber es fehlte ihm das Wesentlichste: ein Dach.

No problema. Cándido hatte schon eine Lösung, falls ihm Zeit blieb, aber die mußte ihm bleiben, er mußte Hunger und Erschöpfung niederkämpfen und alles herbeischaffen, bevor die Menschen zurückkamen und sich mißtrauisch umsahen, nach Dieben und Feuerteufeln, nach Mexikanern. Das Wichtigste aber war América. Der Morgen verstrich – es war bestimmt schon neun oder gar zehn –, und er konnte nicht länger riskieren, sie im Schuppen zu lassen. Er hastete den Hang hinunter, versuchte dabei gleichzeitig, die Balance zu halten und sich vor den Hubschraubern zu ducken, und zweimal stürzte er, fiel kopfüber in die Büsche, riß sich dabei das Gesicht auf, Zweige und Fasern blieben auf seiner Haut haften, und es juckte ihn überall, als wäre er das Opfer eines Schuljungenstreichs. Am Himmel hing tief der graue dichte Rauch. Es ging kein Wind, und die Sonne war kaum stark genug, um Schatten zu werfen. »América«, rief Cándido leise vor der Schuppentür. Zur Antwort miaute die Katze, und dann erscholl der gepreßte Schrei des Babys, ein neuer Ton in einer völlig neuen Welt. »América«, wiederholte er, und als sie ihm mit ihrer leisen, klebrigen Stimme antwortete, sagte er: »Wir müssen jetzt weg, *mi vida,* hier können wir nicht bleiben.«

»Ich will nicht hier weg.«

»Mach keine Schwierigkeiten, bitte nicht. Die suchen nach mir, das weißt du doch.«

»Ich will heim zu meiner Mutter«, sagte sie, und ihr Gesicht war geschwollen und rot, die Augen lagen tief in ihren Höhlen. »Ich will ihr mein Baby zeigen. Ich kann so nicht leben. Du hast mir was versprochen – du hast es versprochen.«

Er trat zu ihr, ging neben ihr in die Hocke und legte ihr den Arm um die Schulter. Es brach ihm das Herz. Er hielt es nicht aus, mit anzusehen, wie seine Tochter Entbehrung litt und seiner Frau alles verwehrt wurde. »Es ist nicht weit«, flüsterte er, und als seine Lippen die Worte formten, ließ ihn das Geräusch einer Autohupe – drei laute Töne – aus der Ferne zusammenfahren. »Komm doch, bloß ein Stück den Berg rauf.«

Cándido nahm mit, was er tragen konnte – ein paar Säcke mit Grassamen als Lager, später würde er mehr holen –, und half ihr, den steilen Hang zu erklimmen. Sie war noch schwach, und ihr Haar sah aus wie das einer Verrückten, verfilzt und knotig und mit Pflanzenstücken darin. Als plötzlich ein Helikopter über dem Gipfel auftauchte, der dann seitlich abdrehte, wollte sie sich erst nicht ducken, aber er drückte ihren Kopf auf die Erde. Das Baby gab keinen Ton von sich. Sie war der kleinste Mensch der Welt, ein Gesicht aus urzeitlicher Vergangenheit, die Augen im hellen Licht zusammengekniffen, und sie hing an der Brust ihrer Mutter, als wäre sie noch mit ihr verbunden, als wäre sie noch ein Teil von ihr. Cándido staunte – seine Tochter, und sieh mal an, wie brav sie war, dabei war sie kaum acht Stunden alt.

»Was ist das hier?« wollte América wissen, als er sie in den Pferch ohne Dach hineinschob, und aus ihrer Stimme war die Zufriedenheit gewichen.

»Nur für einstweilen«, sagte er, »nur bis diese Sache vorbei ist.«

Sie widersprach ihm nicht, obwohl er sah, daß sie es eigentlich wollte. Aber sie war zu müde, zu verängstigt, und so sank sie in einer Ecke nieder und nahm die Orange, die er ihr reichte.

Er wollte es eigentlich nicht mehr riskieren, noch einmal über die Mauer zu steigen – er sah die ersten Autos auf der Cañonstraße funkeln, als er erneut den Hang hinunterlief –, aber er mußte es tun, nur noch ein einziges Mal. Er hatte im Nachbargarten jenseits des Schuppens mit dem Werkzeug etwas gesehen, das er sich noch ausleihen mußte, ehe es zu spät war. Mit einem Satz sprang er auf das Schuppendach, von dort spähte er vorsichtig über die Mauer in den Garten dahinter, behielt die Fenster des Hauses im Blick. Kein Anzeichen von Bewegung war zu sehen, obwohl er die Autos seit geraumer Zeit hören konnte – ein paar Minuten, mehr blieb ihm nicht –, aber diesmal würde er nicht wieder hinüberspringen, ohne zu wissen, wie er zurückkommen sollte, oder? Doch, das tat er. Er konnte nicht anders. Über die Mauer, sofort niedergeduckt, und er sah die große Hundehütte in einer Ecke des Gartens und die beiden tiefen Aluminiumnäpfe – einer mit Wasser, der andere mit Trockenfutter –, und er steckte den Kopf in die Hütte und sah den hübschen grünen Teppich aus Wolle, der für den Hund darin ausgebreitet war. Den würden sie vermissen, ganz sicher, und die Alunäpfe auch, aber Cándido war ein Mensch, Vater einer Tochter, und das war nur ein Hund. War es böse, war es Sünde, war es moralisch unvertretbar, einem Hund etwas zu stehlen? Wo in der Bibel stand das geschrieben?

Er warf das ganze Zeug über die Mauer und stürmte durch die Hecke in den Nachbargarten, und da war es schon, das Objekt seiner Begierde, das Ding, für das er gekommen war: ein Dach, sein Dach. Es war eine große Platte aus grünlichem Hartplastik, leicht gewellt, um das Regenwasser abzuleiten, und es war nicht einmal fest verbunden mit dem kleinen Treibhaus, das unter den buschigen Feigenbäumen direkt neben dem Swimmingpool stand – nicht befestigt, sondern einfach nur darübergelegt. Er stand einen Moment lang reglos und abgekämpft da und betrachtete es, und die Feigen schienen ihm geradezu in die Hände zu fallen, dann waren sie in seinem Mund, weich und süß und mit dicker bitterer Schale. Sein ganzes wahnwitziges beschissenes Pech und die schrecklichen Strapazen des vergangenen Tages und der Nacht forderten allmählich ihren Preis, und er stand wie angewurzelt da und starrte dümmlich in das Schwimmbecken. Es war ein kleiner Pool, nicht mehr als eine Pfütze im Vergleich zu dem großen See in der Mitte der Wohnanlage, aber er sah hübsch aus, oval und blau, ein kühles, sauberes Blau, das Wasser so rein, daß es durchsichtig war, bis auf den feinen Aschefilm auf der Oberfläche. Wie schön wäre es doch hineinzuspringen, dachte er, nur eine Sekunde lang, um sich von dem Dreck und dem Schweiß und den kohlschwarzen Rußstreifen zu reinigen, die ihn von Kopf bis Fuß überzogen wie eine Hyäne ... Doch dann ertönte ein Geräusch hinter ihm, draußen auf der Straße – das Knallen einer Autotür, Stimmen –, er fuhr zusammen und sprang hinter das Treibhaus.

Die Plastikplatte war unhandlich, zu groß für das Treibhaus, zu groß auch für seine kleine Hütte, aber er konnte sie unmöglich zurechtschneiden, und die Stimmen wurden jetzt lauter, kamen näher. Er zog heftig, und als nächstes lag er auf der Erde und rappelte sich unter dem Ding auf. Das Plastik war nachgiebiger, flexibler, als er gedacht hatte, und dadurch um so schwerer zu handhaben. Dennoch gelang es ihm, die Platte über den Rasen zur Mauer zu schleifen, und er wollte sie gerade hochwuchten, um sie hinüberzuwerfen, als im Haus nebenan ein Fenster hochgeschoben wurde, und er erstarrte. Ein Gesicht, das Gesicht einer Frau, erschien in der Fensteröffnung, und sie sah in den Garten hinaus, in dem inzwischen Werkzeug, vier Sack voll Obst und Gemüse, ein Großbehälter mit Hundefutter, zwei Aluminiumnäpfe und ein Stück Teppich fehlten.

Cándido wagte nicht zu atmen, er betete, daß die Büsche zwischen den Gärten ihn vor den fremden Augen abschirmten. Er betrachtete das Gesicht, wie er ein Porträt in einer Galerie betrachtet hätte, prägte sich jede Furche und jede Falte ein, wartete auf die Veränderung darin, den erstaunten, erschrockenen, haßerfüllten Blick, aber die Veränderung trat nicht ein. Nach kurzer Zeit verschwand das Gesicht der Frau wieder im Haus. Im selben Moment schleuderte Cándido mit einer raschen Bewegung der Schulter das Plastikdach in die Höhe und über die Mauer, kniete aber gleich darauf wieder im Gebüsch.

»Okay, Butch, okay, Hundi«, rief eine Stimme im Nachbargarten, und da stand die Frau an der Hintertür, und ein riesiger schwarzer Schäferhund sprang auf die Veranda und die Stufen zum Rasen hinunter. Als er zu bellen begann – ein dumpfes, grollendes Gebell –, glaubte Cándido, sein letztes Stündlein hätte geschlagen, und rollte sich instinktiv zusammen wie ein Fötus, um Kopf und Genitalien zu schützen, aber der Hund bellte nur die Frau an, die jetzt mit dem Arm ausholte, um einen gelben Tennisball zu werfen. Sie warf den Ball, und der Hund sprang hinterher und brachte ihn zurück. Und noch einmal. Und noch einmal.

Cándido drückte sich unter den Büschen im Nachbargarten auf den Boden. In der Ferne ertönten Rufe, das Geräusch von aufheulenden und absterbenden Motoren, Kinderstimmen, mehr Hundegebell: Sie kamen zurück, alle kamen zurück, und es konnte nur kurze Zeit dauern – wenige Minuten vielleicht –, bis auch zu diesem Haus jemand zurückkehrte, das Fehlen seines Gewächshausdachs bemerkte und in den Garten ging, um nachzuforschen. Cándido mußte handeln, und zwar rasch, und er dachte fieberhaft nach, seine Gedanken rasten, als ihm ein weiteres Problem bewußt wurde: Er hatte keine Möglichkeit, über die Mauer zu gelangen.

Nebenan bellte der Schäferhund wieder los, eine wilde, sabbernde Symphonie von Gebell, und die Frau warf den Ball ein letztesmal und ging zurück ins Haus. Das war Cándidos Chance. Er wartete und sah zu, wie der Hund den Ball ein paarmal hin und her stieß, den Kopf in die teppichlose Hundehütte steckte und es sich dann auf dem Rasen bequem machte, um auf dem Ball herumzukauen wie auf einem Knochen. Dann kroch er wie ein Guerillakämpfer an dem Gewächshaus vorbei, das Becken dicht auf die Erde gepreßt, und schob sich durch eine Lücke in der Oleanderhecke auf das nächste Grundstück.

Dieser Garten lag still da, niemand war zu Hause, der Pool so unbewegt wie eine volle Badewanne, der Rasen feucht vom Tau. Aber diesen Garten kannte er doch? Hatte er nicht hier mit Al Lopez den Zaun gezogen? Er erinnerte sich an die Eiche, na sicher, diesen Großvater von Baum, aber wo war der Zaun? Er richtete sich vorsichtig auf, und dann sah er die kahlen Stellen im Rasen, wo sie damals die Pfosten gesetzt hatten – diese *gabachos*, nie waren sie mit irgendwas zufrieden –, aber er sah noch etwas viel Interessanteres: eine Trittleiter. Aus Aluminium. Direkt an die Mauer gelehnt. Im Handumdrehen war er drüben und schlug sich auf der andern Seite durchs Gestrüpp, tief geduckt, und auf einmal wurde er zornig, raste vor Wut, ließ die Plastikplatte einstweilen liegen und schlich weiter, bis er die Hundenäpfe und den Teppich fand, schob sich alles unter den Arm – und scheiß auf den Hund, er haßte diesen Hund, und scheiß auf seine fette Besitzerin; die konnten sich doch neue Näpfe und einen neuen Teppich kaufen, und wen kümmerte es hier schon, wenn ein armer Pechvogel und seine Frau und Tochter einfach verhungerten, direkt vor ihren Nasen? Er würde kein schlechtes Gewissen mehr haben, er würde um nichts mehr bitten – er würde sich einfach nehmen, was er brauchte.

Er versteckte den Teppich und die Näpfe – Kochtöpfe, das waren jetzt seine Kochtöpfe – im Unterholz, die konnte er später holen, dann machte er kehrt und ging zu der Stelle, wo die grüne Plastikplatte zu Boden gefallen war. Sein Dach. Festes Plastik, das den Regen abhielt, und der Regen würde bald kommen, er konnte ihn riechen, trotz des Gestanks nach Asche und schwelendem Holz. Eine vorbeiflatternde Krähe verhöhnte ihn. Die Sonne verblaßte im Dunst. Und Cándido ging daran, trotz seiner Erschöpfung, trotz allem, das große, sperrige Plastikding durch das unwegsame Gelände nach oben zu zerren, und während die Zweige an ihm rissen, seine Finger langsam steif wurden und er vor den über ihm dahindonnernden Hubschraubern Deckung suchte, dachte er an Christus mit dem Kreuz und der Dornenkrone, und er fragte sich, wer wohl das schlimmere Los zu tragen hatte.

Später, nachdem er das Dach auf seine Hütte gehievt und am halben Berghang das Gestrüpp abgehackt hatte, um es darüberzubreiten und so ihr Obdach vor neugierigen Augen zu schützen, schlief er ein. Es war ein tiefer Schlaf der vollständigen Entkräftung, aber es war kein traumloser Schlaf. Besonders nicht gegen Ende, als die Nacht hereingebrochen war und er ein halbes dutzendmal aufwachte und wieder wegdämmerte. Da träumte er die Träume eines Gehetzten – sie jagten ihn, gesichtslose Horden mit hellem irischem Haar und zupackenden Händen, und er lief und lief, bis sie ihn in einer kleinen Holzkiste an einem Berghang in die Enge trieben. Davon erwachte er, im sanften Schein der Lampe, an seiner Seite schliefen América und das Baby. Es roch nach Obst – der Duft war so stark, daß er einen Moment lang glaubte, er sei wieder fünfzehn und arbeite mit der Saftpresse am Stand auf dem *mercado*. Er riß sich zusammen, nach der Plackerei tat ihm alles weh, aber er stützte sich auf den Ellenbogen auf und sah sich in der kleinen Hütte um, in seinem neuen Heim, seiner Zufluchtsstätte, seinem Versteck. In einer Ecke lag ein Haufen Schalen, Kerne und Fruchtfleisch, leergekaut und wieder ausgespuckt, ein gewaltiger Haufen, und dann sah er auf die schlafende América, auf ihre rissigen Lippen und das saftverschmierte Kinn.

Das war keine gute Idee. So würde sie Durchfall bekommen, wenn sie ihn nicht schon hatte. Schließlich stillte sie, zum Donnerwetter – da brauchte sie Fleisch,

Milch, Eier, Käse. Aber wie sollte er das heranschaffen? Sich in dem Laden blicken zu lassen, wagte er nicht, und selbst wenn er sich traute, steckte sein ganzes Geld bis auf sechzehn Dollar unten in dem brandgeschwärzten Cañon, kühlte gerade ab unter einem brandgeschwärzten Stein. Fleisch, sie brauchten Fleisch für einen Eintopf – und beim Gedanken daran, an Eintopf, spürte er, wie sich seine Speicheldrüsen zusammenzogen.

Genau in diesem Augenblick, als wäre es vorherbestimmt, tauchte die Katze wieder auf, elegant und fordernd, einen grauen Fuß auf die Schwelle gesetzt. »Miau«, machte die Katze.

»Miez, Miez«, sagte Cándido. »Komm her, Miez.«

5

Es sah nicht gut aus. Zu beiden Seiten der Straße war alles schwarz, die Hartlaubsträucher waren verschwunden, die Bäume verbrannt. Kyra fuhr aus der normalen Welt hinein in eine Todeszone, wo das Unterholz so vollständig vernichtet worden war, daß man hätte meinen können, ein Bulldozer hätte alles plattgewalzt, wenn nicht da und dort ein krebsartiges Gewirr von verkohlten Strünken aufgeragt hätte und überall diese blaßgraue Asche gewesen wäre, die alles überzog und auch jetzt noch, zwei Tage später, Hitze abstrahlte. Die Bäume, die überlebt hatten – Eichen zumeist –, waren bis hinauf in ihre entlaubten Kronen versengt, und die Bäume an den Rändern der Feuerschneise waren auf der einen Seite schwarz und auf der anderen noch grün. Kyra hielt den Atem an, als sie um die letzte Kurve fuhr und einen ersten Blick auf die verbogenen Überreste des Da-Ros-Tors warf.

Sie trug Jeans und Turnschuhe, auch an Arbeitshandschuhe hatte sie gedacht, und nun stieg sie aus dem Wagen, um nachzusehen, ob sich das Tor mit der Hand öffnen ließ. Aber was davon übrig war, bewegte sich keinen Zentimeter. Sie sah, daß das Feuer die Einfahrt hinaufgefegt war, die Erde ausgeglüht und die Bäume niedergemäht hatte und daß das Tor mit seinen geschmiedeten Ornamenten und den Eisenspitzen ihm keinerlei Einhalt geboten hatte. Das Tor war schief und verbogen, der Lack war geschmolzen, und die Räder waren in den Bodenschienen festgeklemmt. Mit dem Wagen kam sie unmöglich auf das Grundstück: Sie würde zu Fuß gehen müssen.

Mehr als alles andere – mehr als der beißende Geruch

in der Luft und der Anblick der zu Asche gewordenen vollendeten Gartengestaltung – erschreckte sie die Stille ringsherum. Sie war das einzige Lebewesen unter der Sonne, jeder ihrer Schritte hinterließ einen Abdruck, als stapfte sie durch Schnee, und sie hörte das leise Knarren der Sohlen unter ihren Füßen. Keine Eidechse, kein Eichhörnchen huschte über den Weg, kein Vogel belebte die Stille. Sie stählte sich für das, was kommen mußte.

Es war nicht ihr Haus, nicht wirklich, sagte sie sich immer wieder, und sie würde nicht die einzige sein, die mit dem Verlust fertig werden mußte. Am späten Abend, wenn es in Italien Morgen war, würde sie Patricia Da Ros anrufen und ihr mitteilen, was passiert war. Selbst wenn der Brand das Haus wie durch ein Wunder verschont hatte – so etwas geschah durchaus, diese Buschfeuer waren so launisch wie die Winde, die sie anfachten: Ein Haus brannte völlig ab, und das daneben blieb unversehrt –, würde es schwer zu verkaufen sein. Schon drei Kunden hatten angerufen, um sich aus bereits abgeschlossenen Kaufverträgen für Häuser in den Hügeln wieder herauszuwinden, und sie wußte, daß für mindestens sechs Monate niemand mehr Lust haben würde, sich hier oben etwas anzusehen – die Leute hatten ein kurzes Gedächtnis, das ja, aber im nächsten halben Jahr wäre jedes Immobiliengeschäft in dieser Gegend, und sei es nur ein Stellplatz für einen Pferdeanhänger, ungefähr so populär wie Zähneziehen. Aber wenn es das Haus nicht allzu schlimm erwischt hatte, mußte sie die Versicherung der Da Ros dazu bringen, umgehend für eine Neugestaltung der Landschaft zu sorgen, und vielleicht ließe sich das Feuer auch als Verkaufsargument verwenden – in diesem Leben würde es hier bestimmt nicht mehr brennen, und das war ja auch eine Art Versicherung …

Und dann erreichte sie die Kuppe des Hügels und die Senke, wo die Garage gewesen war, und sie sah die hohen

Kamine des Hauses nackt vor den kahlen Bergen und dem Krater des Meeres aufragen: der Rest war weg. Die ledergebundenen Bücher, die Stilmöbel, die Gemälde und die Teppiche, der Marmor, der Whirlpool und die achteinhalb Badezimmer – weg, alles weg. Selbst die Steinmauern waren unter der Last des einstürzenden Daches zerbröckelt, der Schutt lag so weit verstreut, daß es aussah, als wäre das Haus in die Luft gesprengt worden.

Sie war darauf vorbereitet gewesen – sie hatte so etwas früher schon gesehen –, trotzdem war es ein Schock. Die ganze Schönheit und Perfektion, all der erlesene Geschmack, was war das jetzt wert? Sie brachte es nicht übers Herz, näher zu gehen – und wozu auch? Wollte sie wirklich sehen, wie die Kristallüster jetzt zu einem schmutzigen Klumpen Quarz geschmolzen waren, oder unter einem halbverkohlten Balken das Bruchstück einer Skulptur entdecken? Sie wandte sich ab – sollten sich die Versicherungsgutachter darum kümmern, es war deren Sache – und ging den langen Weg zum Tor zurück, ohne sich noch einmal umzusehen.

Ihr zweites Objekt hier oben, ein Bau im zeitgenössisch mediterranen Stil auf einem Hektar Grund mit Pferdestall und Koppel, war völlig unversehrt, keine einzige Schindel fehlte. Warum war nicht statt dessen dieses Haus verbrannt? Es war ein exzellenter Besitz, an einer Privatstraße gelegen und mit herrlicher Aussicht in alle Richtungen, aber nichts Besonderes, nichts Einmaliges und Unersetzliches wie das Da-Ros-Haus. Was für eine Vergeudung, dachte sie und stieß wütend den Schuh in die Asche, verbittert, erzürnt, zum Kotzen war das alles. Das hatten diese Mexikaner angerichtet. Illegale. Rüpel, die ihre Mützen verkehrt herum auf dem Kopf trugen. Schlichen sich über die Grenze, machten die Schulen kaputt, raubten Eigenheime aus und bedienten sich gratis bei der

Wohlfahrt, und als wäre ihnen das noch nicht genug, brannten sie jetzt alles nieder. Sie waren wie die Barbaren vor den Toren Roms, nur daß sie schon drinnen waren, den Bach verdreckten und in die Wälder schissen, Leute bedrohten und alles mit Graffiti vollsprühten – wo sollte das bloß enden?

Sie hatten die zwei Mexikaner wegen des Feuers verhört – dieselben, die diese Haßparole hier auf die Mauer gesprayt hatten –, sie aber aus Mangel an Beweisen freilassen müssen. Das war wirklich ein Witz: Man konnte sie nicht einmal abschieben, weil Polizei und Einwanderungsbehörde ihre Daten nicht miteinander vergleichen durften. Aber sie waren es gewesen, das wußte sie, als hätten sie trockenes Gestrüpp vor dem Haus zusammengetragen, es mit Benzin übergossen und dann in Brand gesteckt. Es war unglaublich. Unfaßbar. Als sie zu ihrem Auto kam, war sie so erregt, daß ihre Hand zitterte, während sie auf dem Telefon die Büronummer eintippte.

Darlene meldete sich sofort, ein weiches, professionelles Flöten: »Mike Bender Realty.«

»Ich bin's. Kyra.«

»Oh. Hallo. Alles in Ordnung?«

Kyra starrte durch die Windschutzscheibe auf die Ödnis ringsherum, ein verdorbener Grundstückswert, ein definitiv verdorbener, und sie zitterte immer noch vor Wut, einer Wut, gegen die ihre Entspannungskassetten nicht die geringste Chance haben würden, und sie ließ sie an der Telefonistin aus. »Nein, Darlene«, sagte sie, »es ist nicht alles in Ordnung. Wenn du es wirklich wissen willst: Alles ist im Arsch.«

Am Sonntagnachmittag brachte Delaney Kit zum Flughafen, und es war nach vier, als er mit Jordan nach Hause zurückkehrte. Erstaunt sah er Kyras Wagen in der Einfahrt stehen – sonntags konnten ihre Häuser immer besichtigt werden, und sie kam zu dieser Jahreszeit eigentlich selten vor Einbruch der Dunkelheit heim. Er fand sie im Fernsehzimmer, es lief ein alter Schwarzweißfilm, der Ton war leise gedreht. Sie hatte ihr aktuelles Immobilienverzeichnis auf dem Schoß und sah müde aus. Jordan polterte durch den Raum und hinterließ ein flüchtiges »Hallo, Mom!« »Harten Tag gehabt?« fragte Delaney.

Sie wandte ihm das Gesicht zu, und er sah im Licht der Lampe, wie überreizt sie war, sah den funkelnden Blick, die gerötete Nase und die Zornesfurche auf ihrer Stirn. »Das Da-Ros-Haus ist futsch«, sagte sie. »Ich bin heute nachmittag rübergefahren – sie haben endlich die Straße freigegeben.«

Einem ersten Impuls folgend, wollte er ihr dazu gratulieren – keine abendlichen Fahrten mehr zum Abschließen, eine Sorge weniger in ihrem Leben –, doch er spürte, was für ein großer Fehler das gewesen wäre. Sie zog das gleiche Gesicht wie damals, als der Fremde seinen Hund im Auto vor dem indischen Restaurant eingesperrt hatte, und in Ermangelung eines solchen Fremden würde sie ihre ganze Munition einzig und allein auf ihn abfeuern. »Aber das wußtest du doch, oder? Ich meine, Sally Lieberman hat damals angerufen und gesagt, daß sie das Haus in den Nachrichten gesehen hat.«

»Sie war sich nicht sicher.« Kyras Stimme war leise geworden. »Ich hatte eben noch Hoffnung, verstehst du? Dieses Haus war wirklich – ich weiß nicht, ich hab das Haus geliebt. Ich weiß, daß es nichts für dich war, aber wenn ich mir ein Haus im ganzen Los Angeles County hätte aussuchen dürfen, das wäre es gewesen. Und außerdem, nach der vielen Arbeit, die ich hineingesteckt habe, zu sehen, wie es jetzt ... ich begreife das nicht.«

Was sollte man da sagen? Delaney war nicht besonders

gut im Trösten – er empfand den Verlust, jeden Verlust, selbst zu stark. Er ging durch das Zimmer und setzte sich neben sie auf die Couch, aber er fühlte, daß er den Arm noch nicht um sie legen sollte – da war noch etwas anderes.

»Ich kann einfach nicht fassen, daß sie sie freigelassen haben«, sagte sie plötzlich.

»Wen?«

»Wen wohl? Die Mexikaner. Die Kerle, die mein Haus abgefackelt haben.«

Delaney konnte es auch nicht glauben. Er hatte sogar Jack deshalb angerufen, dem die Gelegenheit gut zupaß gekommen war, Löcher in die Überreste des sinkenden Floßes seiner liberal-humanistischen Ideale zu schießen. Was hast du denn erwartet? hatte er Delaney gefragt. Erst bietet ihr diesen Leuten den vollen Schutz unserer Gesetze, kaum daß sie die Grenze überquert haben, und dann erwartet ihr, daß sie sich selbst belasten? Wo sind die Beweise? Ja, gut, sie haben ermittelt, daß das Feuer von einem unerlaubten Lagerfeuer im unteren Cañon ausging, und die beiden Männer wurden dabei gesehen, wie sie die Cañonstraße hinaufgingen, auf der Flucht vor dem Feuer, so wie alle anderen auch – wo ist der Beweis, daß sie es gelegt haben? Meinst du, die geben es freiwillig zu, ohne Grund?

Delaney war empört gewesen. Das Feuer hatte ihm echte Angst eingejagt, obwohl er wußte, daß es eine regenerative Funktion besaß, ein natürlicher und notwendiger Faktor im Zyklus der Hartlaubvegetation war und so weiter, aber hier handelte es sich nicht um ein theoretisches Modell – es ging um seinen Cañon, sein Haus, sein Leben. Der Gedanke an den ruinierten Feiertag machte ihn rasend, an die Panik beim Packen und auf der Flucht, an die Verluste an Fauna und Flora, und alles nur, weil ein

Blödmann sorglos mit Streichhölzern umgegangen war oder mutwillig gezündelt hatte. Es machte ihn rasend, und es ließ ihn hassen. So sehr, daß es ihn erschreckte. Er hatte Angst davor, was er tun oder sagen könnte, und es gab immer noch einen Teil von ihm, der sich des Vorfalls bei der Straßensperre zutiefst schämte. »Das Ganze ist Wahnsinn«, sagte er schließlich. »Der reine Wahnsinn. Aber sieh mal, es hätte noch viel schlimmer kommen können. Es geht uns gut, wir haben's überstanden. Versuchen wir einfach, das Ganze zu vergessen.«

»Sieh dir die Da Ros an, was die alles verloren haben«, sagte Kyra, hob kraftlos das Buch auf ihrem Schoß, als drückte sie die Last all dieser Grundstücke nieder, und legte es auf den Beistelltisch. »Wie kannst du sagen: ›Vergessen wir das Ganze‹? Genau das gleiche wird in einem dieser Cañons auch im nächsten Jahr und im Jahr danach passieren.«

»Ich dachte, er hat sich umgebracht?«

»Darum geht es nicht. Seine Frau lebt noch. Und ihre Kinder. Und all die Kunstwerke, die Antiquitäten – die waren unbezahlbar, unersetzlich.«

Sie schwiegen und starrten beide dumpf auf den Fernseher, in dem ein Schauspielerpaar, das Delaney nicht erkannte – unbedeutende Stars aus den Vierzigern –, sich vor einem wechselnden Hintergrund aus zweispurigen Schnellstraßen und Hotelhallen voller Palmen leidenschaftlich umarmte. Schließlich sagte Delaney: »Wie wär's mit einem Spaziergang vor dem Abendessen? Wir könnten dabei nach Dame Edith suchen ...«

Einen Moment lang befürchtete er, das Falsche gesagt zu haben – die Katze war jetzt seit drei Tagen verschwunden, und das war ein weiterer wunder Punkt –, aber Kyra lächelte ihn matt an, faßte nach seiner Hand, um sie zu drücken, und stand dann auf.

Draußen war es bedeckt und kühl, und der Wind, der vom Meer her wehte, roch nach Regen. Warum hatte er nicht vier Tage früher kommen können? Aber das war immer so: Nach den Bränden kam der Regen, und der brachte wieder andere Probleme mit sich. Immerhin ließ der Gestank nach Glut und Asche langsam nach, der Jasminbusch der Cherrystones stand in voller Blüte und verströmte einen starken, süßlichen, nußartigen Duft, der die Luft kandierte, ja, überall in der ganzen Straße blühte es, Beete von Balsaminen und Begonien, Bleiwurz und Oleander und Chrysanthemen in großen goldgelben Büschen. Die Asche war aufgekehrt, in die Rasenflächen gespült und von den Blättern der Bäume gewaschen, und die Wohnanlage sah unberührt und jungfräulich aus, bis hin zu den frisch polierten Autos auf den Einfahrten. Feuer? Was für ein Feuer?

Sie gingen Hand in Hand, Kyra in ihrer Stanford-Windjacke, Delaney trug einen leichten Wanderanorak aus Goretex, den er über den Sierra Club bestellt hatte, und riefen gemeinsam »Miez, Miez«, als Jack Jardines Oldtimer, ein 1953er MG TD, um die Ecke bog, mit Jack am Steuer. Der Wagen war ein langes, geschwungenes silberfarbenes Wunder aus Metall mit einem Motor wie zwei unisono blasende Waldhörner, die, je nachdem, in welchem Gang Jack gerade fuhr, lauter oder leiser wurden. Er legte eine schnittige Wende hin, hielt direkt neben ihnen am Bordstein an und schaltete die Zündung aus. »Kleiner Spaziergang?« fragte er und steckte den Kopf aus dem Fenster.

»Klar«, sagte Delaney. »Wird ja auch Zeit, daß das Wetter umschlägt. Gutes Gefühl.«

»Hallo, Jack.« Kyra schenkte ihm ein offizielles Lächeln. »Alles wieder geregelt? Wie geht's Erna?«

»Alles prima«, sagte Jack, ließ den Blick schweifen und

sah sie dann wieder an. »Hört mal, eigentlich ... also, ich hab da etwas entdeckt, das ihr euch auch mal ansehen solltet, nicht weiter wichtig, aber falls ihr gerade einen Moment Zeit habt ...?«

Er öffnete die Beifahrertür, und Delaney und Kyra zwängten sich hinein – es war wirklich eng, extrem eng, der Fußraum erinnerte an das schmale Ende eines Sarges, die Kopffreiheit war bestenfalls klaustrophobisch zu nennen. Im Wagen roch es nach Öl, Leder, Benzin. »Da fühlt man sich ja gleich wieder wie in der Highschool«, sagte Delaney.

»Wird nicht lange dauern.« Jack drehte den Zündschlüssel, drückte einen Knopf auf dem Armaturenbrett, und der Motor erwachte spotzend zum Leben. Das Auto war eines seiner Hobbys. Er fuhr damit gerne an den Wochenenden, doch für den gewöhnlichen Schnellstraßenkampf bevorzugte er seinen Range Rover, fünf Tage die Woche den Cañon hinunter auf den Pacific Coast Highway, den Santa Monica Freeway hinauf, auf die 405 und dann über den Sunset Boulevard zu seinem Büro in Century City.

Sie schwiegen eine Weile in dem allumfassenden Bullern des Wagens, jede Bodenwelle und Unebenheit der Straße teilten sich unmittelbar Hüfte und Wirbelsäule mit, dann sagte Delaney: »Ist eigentlich Dom Flood je wieder aufgetaucht?«

Jack warf ihm einen kurzen Blick zu und sah dann wieder auf die Fahrbahn. Das Thema machte ihn verlegen, das merkte Delaney, und dies wiederum war eine Offenbarung – noch nie hatte er Jack verlegen gesehen. »Ich hab ihn ja nur in den ... äh, finanziellen Angelegenheiten vertreten, in dieser Bankgeschichte – er hat jetzt andere Anwälte.«

»Und was meinst du – der ist abgehauen, was?«

Jack schien diese Formulierung noch verlegener zu machen, und er schaltete unnötigerweise in einen anderen Gang, um sich einen Extramoment Bedenkzeit zu verschaffen. »Abgehauen würde ich nicht sagen, nicht direkt ...«

Jetzt war Kyra an der Reihe. »Aber er ist doch flüchtig, stimmt's? Und was er meiner Mutter angetan hat, das ist unverzeihlich. Sie kann doch nicht etwa wegen Beihilfe oder so angeklagt werden?«

Jack überschlug sich fast mit Beschwichtigungen. »Aber nein, nein. Sie hatte ja überhaupt nichts damit zu tun. Hört mal« – und jetzt wandte er sich ihnen zu, achtete darauf, Blickkontakt herzustellen –, »ich kann seine Handlungen wirklich nicht verteidigen. Wie gesagt, bin ich nicht mehr sein Anwalt. Aber ja, nach allem, was ich höre, sieht es so aus, als hätte er das Land verlassen.«

Und dann fuhren sie durch das Tor, und Jack parkte auf dem Wendekreis, den sie für alle jene angelegt hatten, denen der Zutritt zu den sakrosankten Straßen von Arroyo Blanco Estates verwehrt wurde. Er stellte den Motor ab und stieg aus dem Wagen, Delaney und Kyra taten es ihm nach. »Also, was ist jetzt, Jack?« fragte Delaney in dem Glauben, es müsse mit den Tieren zu tun haben, die vom Feuer aufgescheucht worden waren, als er aufblickte und die Mauer sah. Sie war zu beiden Seiten des Einfahrtstors mit Graffiti verunstaltet, große, kühne, eckige Balken in glitzernder schwarzer Farbe – wie hatte er das auf dem Rückweg vom Flughafen nur übersehen können? »Ich fasse es nicht«, sagte Kyra. »Was kommt als nächstes?«

Jack war direkt an die Mauer herangetreten und fuhr die gezackten Hieroglyphen mit dem Finger nach. »Das sind ihre Zeichen, nicht? Es sieht fast so aus wie die Inschriften auf den Stelen vor den Mayatempeln – seht mal, hier –, aber das hier sieht eher wie ein Z aus, und dort, das muß ein S mit einem Strich durch sein, oder? Haben sie so was auch auf das Haus gesprüht, das du verkaufen wolltest, Kyra? Ich meine, kannst du das hier lesen?«

»Nein, damals, das ist Spanisch gewesen – *pinche puta,* dreckige Hure. Die waren sauer auf mich, weil ich sie von dem Grundstück vertrieben hatte – dieselben Idioten, die an dem Feuer schuld sind und die sie gerade freigelassen haben, nur weil wir vielleicht ihre Grundrechte verletzen könnten, als hätten wir selbst nicht auch Rechte, als könnte einfach jeder hierherkommen und unsere Häuser niederbrennen, und wir müssen es lächelnd hinnehmen. Aber nein, das hier ist anders. Dieses Zeug sieht man doch überall im San Fernando Valley – das ist ihr Geheimcode.«

Jack wandte sich an Delaney. Ein feiner Sprühregen hatte eingesetzt, kaum mehr als ein Hauch von Feuchtigkeit, aber es war ein Anfang. »Und was meinst du dazu?«

Da war er wieder, dieser Haß. Er übermannte ihn so heftig, daß er daran würgte. Es gab keinen Ausweg, keine Zuflucht – sie waren überall. Er konnte nur die Achseln zucken.

»Ich versteh's einfach nicht«, sagte Jack mit leiser, nachdenklicher Stimme. »Es ist wie ein animalischer Reflex, oder? Das Markieren des Territoriums?«

»Nur daß es unser Territorium ist«, sagte Kyra.

Und jetzt brach der Kloß in Delaneys Kehle auf, und der Geschmack, den er hinterließ, war bitter, sehr bitter. »Da wäre ich mir nicht so sicher«, sagte er.

November wurde Dezember, Dame Edith und Dom Flood wurden als verschollen aufgegeben, das erste große Gewitter des Winters tränkte die Hügel über drei Tage mit fünfzig Millimeter Niederschlag, und Delaney Mossbacher entdeckte seine Mission. Er war ein geduldiger, findiger Mensch. Er hatte sein halbes Leben damit verbracht, Tiere in freier Wildbahn zu beobachten, war in Florida zwischen Seekühen getaucht, hatte im Norden des Staates New York vor Fuchsbauen gelauert, einmal war er sogar mit dem bekanntesten Jaguar-Experten der Welt im Dschungel von Belize unterwegs gewesen, hatte sich in der Nähe von toten Tieren versteckt und endlose, moskitogeschwängerte Nächte hindurch auf das eine magische Foto des großen Raubtiers gewartet, wie es durch die Lianen pirschte. Er wußte, wie man sich unsichtbar machte, und er wußte zu warten. Worum es ihm ging, das war das Jüngste Gericht für diese Arschlöcher, die die Mauer besprüht hatten – er würde sich auf die Lauer legen, Nacht für Nacht, mit einem Feldstecher und einer Kamera mit Drahtauslöser, und er würde sie auf frischer Tat ertappen. Vielleicht hatte sie niemand beim Feuerlegen beobachtet, aber diesmal wollte er, verdammt noch mal, dafür sorgen, daß es einen Beweis gab, und wenn die Polizei sie nicht der Einwanderungsbehörde meldete, dann würde er es tun. Genug war genug.

Kyra war dagegen. Sie hatte Angst, es könnte eine Konfrontation geben, bei der er verletzt würde. »Dafür bezahlen wir doch die Leute vom Westec-Sicherheitsdienst«, argumentierte sie. »Und den Wächter am Tor.«

»Aber die machen so was nicht«, sagte er. »Das liegt auf der Hand. Sieh mal: Jemand muß etwas unternehmen.«

Und der Jemand war er. Es war eine klare, einfache Aufgabe: etwas, das er meistern und beherrschen konnte. Er hatte unendlich viel Zeit. Die Hügel waren pitschnaß und die Tage so kurz, daß er seine täglichen Wanderungen auf maximal vier bis fünf Kilometer beschränkte; seine Kolumne für den kommenden Monat – über das Feuer –

war fertig, und der Artikel über die eingeschleppten Arten nahm Formen an. Er saß in seinem Arbeitszimmer, starrte die Wand an, und jedesmal, wenn er an diese Mexikaner dachte, besonders an den einen, mit dem er aneinandergeraten war, brannten in ihm Scham und Haß wie eine Harzfackel, das Gefühl flackerte, erstarb und flackerte von neuem auf. Nein, er war nicht auf Konfrontation aus – er würde nur die Beweise sammeln und dann mit Kyras Handy Westec und den Sheriff anrufen, sonst nichts.

Er verband zwei einfache Blitzlichtkameras mit Stolperdrähten zum Auslösen und stellte sie so auf, daß eine Kamera jeweils eine Seite der Mauer im Sucher hatte. Es war derselbe Aufbau, zu dem er ein Jahr zuvor Zuflucht gesucht hatte, als irgendein verstohlenes nächtliches Wesen regelmäßig den Sack mit Katzenfutter in der Garage dezimierte. Jack Cherrystone hatte ihn seine Dunkelkammer benutzen lassen (Jack war ein begeisterter Amateurfotograf, der im Augenblick an einer Porträtserie über die »Gesichter hinter den Stimmen« arbeitete, Großaufnahmen der unbekannten Helden, die Cartoonfiguren ihre Stimmen liehen und in der Werbung die Voice-over-Texte sprachen, und natürlich auch von den Mitgliedern des kleinen Trupps seiner Trailer-Kollegen), und dort hatte Delaney zugesehen, wie das Bild im Entwicklerbad Gestalt annahm, und mit Genugtuung den plumpen, weißen, langschnäuzigen Kopf von *Didelphis marsupialis,* des Virginia-Opossums, erkannt, der ihm daraus entgegenstarrte. Nun würde er die gleiche Technik für eine andere Sorte Fauna anwenden.

In der ersten Nacht wartete er von zehn bis nach eins – niemand tauchte auf, nicht einmal ein Opossum oder eine Katze – und erledigte am Morgen danach den Haushalt so schleppend, als läge er im Koma, brannte Kyras Toast an und brachte Jordan zwölf Minuten zu spät zur Schule.

Statt etwas zu schreiben, nickte er ein, und seine Nachmittagswanderung brach er vorzeitig ab, weil er nicht imstande war, sich auf die natürliche Welt zu konzentrieren, da doch die unnatürliche alles bedrohte, was ihm heilig war. In der zweiten Nacht brach er kurz nach neun auf, streifte ein wenig herum, kehrte nach Hause zurück, um sich mit Kyra die Nachrichten anzusehen, ging dann nach elf wieder hinaus und legte sich in Sichtweite des Tors auf die Lauer, bis zwei Uhr. Am nächsten Morgen hörte er den Wecker nicht, und Kyra mußte Jordan zur Schule bringen.

In der folgenden Woche lauerte er jede Nacht rund drei Stunden in dem Versteck, das er hinter einem Strauch geschaffen hatte, aber es tat sich überhaupt nichts. Er beobachtete seine Nachbarn beim Herein- und Hinausfahren, wußte genau, wer zum Schnapsladen und wer ins Kino unterwegs war und wann sie zurückkamen, aber die Vandalen zeigten sich nicht. In der Mitte der Woche zog ein zweites Unwetter auf, es wurde kalt, die Temperatur fiel auf fünf Grad, und obwohl ihm klar war, daß keine Latinos, Mexikaner oder sonstwer bei dem Regen herumlungern würden, blieb er auf seinem Posten, unter den Parka geduckt, erlebte die Nacht und ließ seine Gedanken wandern. Der Regen, der auf den schwarzen Asphalt niederprasselte, ließ ihn an Florida denken, wo die Straßen manchmal unter glitzernden Fleischbergen verschwanden, wenn die siamesischen Wanderwelse millionenfach unterwegs waren. Er erinnerte sich, wie ihn ihre schiere protoplasmatische Macht überwältigt hatte, die offenen Mäuler und die blinkenden Augen, wenn sie von einem Kanal zum nächsten glitschten, eine wahre Armee auf dem Vormarsch. Niemand – am wenigsten der Importeur von exotischen Zierfischen, der sie in die USA gebracht hatte – hätte geglaubt, daß sie tatsächlich imstande waren, über Land zu gehen, trotz ihres unmißverständlichen Namens, und so waren sie herausgewatschelt aus ihren Freilandaquarien, direkt hinein in die leere Nische, die sie in der feuchtwarmen subtropischen Nacht erwartete. Und jetzt waren sie nicht mehr aufzuhalten, vermehrten sich unaufhörlich, belasteten die Ressourcen ihrer neuen Umwelt und futterten die heimische Fischwelt wie Popcorn. Und alles nur, weil ein kurzsichtiger Enthusiast gemeint hatte, sie würden in einem Aquarium hübsch aussehen.

Aber hier gab es keine Welse, weder wandernde noch andere. Es regnete, das Wasser lief in schmalen gelblichen Zöpfen in die Gräben. Immer wieder suchte Delaney das Gebüsch am Fuß der Mauer mit seinem Nachtsichtfeldstecher ab. Die Graffiti waren unverzüglich von der Wartungsfirma übermalt worden – das war das beste, sagten alle, um die Schmierer zu frustrieren –, und so bewachte Delaney eine blanke Wand, eine Tabula rasa, die diesem Mistkerl mit den komischen Augen und der verkehrt herum aufgesetzten Mütze ein Dorn im Auge und auch ein Ansporn sein mußte, und er sah, wie das Schild mit der Aufschrift ARROYO BLANCO ESTATES aufleuchtete, ebenso die Weihnachtslichter über dem Tor, die roten und grünen Lämpchen, die im Regen grell vor der kahlen Mauer blinkten. Es machte ihm nichts aus. Es war sein Kreuzzug, seine Vendetta.

Dann ließ er einen Abend aus – eine klare, kalte, smogfreie Nacht gleich nach der zweiten Unwetterperiode –, um mit Kyra essen und danach ins Kino zu gehen. Gegen Mitternacht kamen sie zurück, die Mauer war unberührt, aber als Delaney vor dem Schrank stand, um sich Thermowäsche, Jeans und Anorak anzuziehen, trat Kyra im Nachthemd aus dem Badezimmer, und er vergaß alle Wachsamkeit. Am nächsten Morgen war die Mauer immer noch frei von Schmierereien, aber beide Kameras hatten ausgelöst. Vermutlich Coyoten, dachte er, während er mit den Filmen zu den Cherrystones ging, aber immerhin bestand ja die Möglichkeit, daß die Mexikaner zurückgekommen und von dem Blitzlicht verscheucht worden waren – in diesem Fall würde er sie wohl nicht mehr erwischen. Sie kämen bestimmt nicht wieder. Er hatte es verpatzt. Seine einzige Chance, und er verpatzte es. Aber wahrscheinlich war es doch nur ein Coyote gewesen. Oder ein Waschbär.

Jack war in einem Tonstudio in Burbank, aber Selda ließ Delaney ein. Sie kam gerade vom Friseur – ihr Haar hatte eine erstaunliche Farbe, wie ein Hermelin im Winterpelz, bis hin zu den Blauschattierungen –, trank aus einer großen Tasse Kaffee und raunte Vertraulichkeiten in ihr schnurloses Telefon. »Hast du irgendwas erwischt?« fragte sie und legte dabei die Hand über das Mundstück.

Delaney wurde verlegen. Nur die Cherrystones und Kyra wußten, was er tat, aber in gewissem Sinne baute die ganze Wohnanlage auf ihn – vielleicht kampierten dort draußen im Gestrüpp an die zehntausend Mexikaner und warteten darauf, den Cañon abzufackeln, aber wenigstens diese zwei sollten ein einfaches Ticket nach Tijuana bekommen. Falls er es nicht verpatzt hatte. Er zuckte die Achseln. »Weiß nicht.«

Jacks Dunkelkammer war ein umgebautes kleines Bad gleich neben seinem Zimmer, sie war sehr eng und schlecht belüftet. Delaney orientierte sich, knipste den Ventilator an, suchte alles zusammen, was er brauchte, schloß die Tür und schaltete die rote Lampe ein. Er vertiefte sich so stark in die Abläufe von Entwickeln und Fixieren, daß er fast vergessen hatte, wonach er suchte, als er das Wasser von dem sich einrollenden feuchten Film abstreifte und ihn vor die Lampe hob.

Das Gesicht, das ihm aus dem Bild entgegenstarrte,

erschrocken und starr im grellen Licht wie das eines Opossums, war menschlich, es war auch mexikanisch, aber es war nicht das Gesicht, das er erwartet hatte. Er hatte mit den kalten harten Augen und dem kantigen Kinn des Graffitikünstlers mit dem schlechten Gebiß, mit dem Baseballmützen-Eindringling, dem Feuerteufel gerechnet, endlich ertappt, hier der Beweis, doch dieses Gesicht war seinen schlimmsten Alpträumen entstiegen – wie konnte er diesen silbergesprenkelten Schnurrbart je vergessen, den eingedrückten Backenknochen und das Blut auf einem Zwanzigdollarschein?

6

América stillte ihr Baby, und Cándido baute sein Haus. Es war ein provisorisches Haus, ein Unterschlupf, ein Platz, an dem sie vor dem Regen geschützt waren und abwarten konnten, bis er Arbeit fand und sie wieder wie menschliche Wesen leben konnten. Das Geld – die Ersparnisse für die Wohnung in der Erdnußbutterdose – half ihnen nicht weiter. Es waren nur vier Dollar siebenunddreißig in Münzen, die mit einem harten, formlosen Plastikklumpen verschmolzen waren. Cándido hatte drei Tage gewartet und sich dann, im Schutz der Nacht, durch das Gestrüpp, über die Straße und in den verwüsteten Cañon hinabgeschlichen. Der Halbmond, ein fahler, dünner Fleck, leitete ihn, zeigte seinen Füßen, wohin sie treten konnten, aber alles sah verändert aus; er hatte sogar Schwierigkeiten, den Anfang des Pfades zu finden. Die ganze Welt hier war Asche, fünf bis acht Zentimeter tief, und die einzigen Orientierungshilfen waren die geschwärzten Höcker der Felsen. Sobald er aber den Wasserlauf erreicht hatte, war er auf vertrautem Terrain und stolperte durch das steinige Bachbett. Im sterilen Licht der Nacht plätscherte das Wasser kaum hörbar. Keine Frösche quakten, keine Grillen zirpten, kein Uhu schrie, nicht einmal eine parasitäre Mücke sirrte: Die Welt war zu Asche geworden, und die Asche war tot. Er fand den Tümpel, das Autowrack, die kleine Sandfläche und auch den Stein, genau den Stein. Aber noch ehe er ihn anhob und in der Grube darunter nach dem Versteck tastete, nach dem Geld, das wenigstens für die Rückfahrt nach Tepoztlán reichen würde, wenn schon für sonst nichts, wußte er, was er finden würde:

geschmolzenes Plastik, verklebte Münzen, und die Geldscheine durch die Alchimie des Feuers zu Staub verwandelt. Oh, was für ein beschissenes Pech er doch hatte.

Es ging nicht mehr um eine Ironie des Schicksals, um die Frage nach Sünde und Schuld, um Aberglauben: Er war nicht in der Lage, im eigenen Land zu leben, und in diesem Land konnte er auch nicht leben. Er war ein Versager, ein Narr, ein Bauerntölpel, der jedem *coyote* oder *cholo* mit tätowiertem Hals vertraute, ein Dummkopf, der nicht mal einen Truthahn grillen konnte, ohne dabei das halbe Land in Brand zu setzen. Sein Leben war verflucht gewesen seit dem Tag, als seine Mutter starb und sein Vater diese Schlampe Consuelo ins Haus holte, die dem alten Mann noch neun Kinder schenkte, die er mehr liebte, als er seinen erstgeborenen Sohn je geliebt hatte. Cándido saß inmitten der Asche, schaukelte mit dem Oberkörper vor und zurück, preßte sich die Hände an die Schläfen und dachte daran, wie wertlos er war, wie unwürdig er seiner América war, deren Leben er ebenfalls ruiniert hatte, und seiner Tochter, seiner wunderschönen, schwarzäugigen kleinen Tochter – denn was konnte sie vom Leben erwarten? Im Dunkel dieses verwüsteten Cañons kam ihm der Gedanke, einfach davonzulaufen, wegzulaufen und América und Socorro in der wackligen Hütte zurückzulassen, mit dem halben Topf Katzeneintopf, den América immer noch für Kanincheneintopf hielt (die Katze? Ach, die ist sicher wieder zu den reichen Leuten zurück, ganz bestimmt ...), er wollte weglaufen und nie wieder zurückkehren. Ohne ihn wären sie besser dran. Die Behörden würden nur nach ihm fahnden, dem Verursacher all dieser Zerstörung, nach América suchten sie bestimmt nicht, der Mutter einer Staatsbürgerin der USA, und Cándido hatte oft gehört, daß es für die armen Amerikaner Kliniken und Sozialwohnungen und Essensmarken gab, also warum sollte seine Tochter diese Unterstützung nicht auch bekommen? Warum nicht?

Er saß eine halbe Stunde da, zerfloß in Selbstmitleid, der größte Narr auf der ganzen Welt, aber dann wußte er, was er zu tun hatte, und er stand auf, packte den Klumpen Plastik und die verbogenen, rußgeschwärzten Überreste ihres alten Grillrosts und stieg mit den sechzehn Dollar, die er in der Tasche hatte, den Hügel hinauf zu dem chinesischen Supermarkt, wo ihn sicher niemand erkennen würde, und dort kaufte er Käse, Milch, Eier, Tortillas und ein halbes Dutzend Wegwerfwindeln. Es waren nur zwei Leute im Laden, ein Kunde – der Gringo beachtete ihn gar nicht – und der Chinese hinter dem Ladentisch, der sein Geld schweigend entgegennahm.

Cándido präsentierte América die Einkäufe wie einen erlesenen Schatz und kochte ihr auf dem Rost, dem einzigen Überbleibsel ihres unseligen Lagers im Cañon, eine Mahlzeit in dem Hundenapf aus Alu. Es war bereits spät, als sie gegessen hatten, die Luft war feucht und kalt, und Cándido erinnerte sich gerade, daß er hinter dem Chinesenladen einen Haufen Betonsteine gesehen hatte, von denen er vielleicht ein paar mitnehmen könnte, um einen Herd daraus zu bauen und die Wärme des Feuers für die Hütte zu nützen, als América sich das Kind von der Brust nahm und ihn im unsicheren Flackerlicht der Lampe fixierte. »Also«, sagte sie, »und wie weiter?«

Er zuckte die Achseln. »Ich werde mir wohl Arbeit suchen.«

Ihr Blick ließ ihn an Zangen denken, dieser erbarmungslose, zupackende Blick, mit dem sie ihn anstarrte, wenn sie etwas haben wollte und sich vorgenommen hatte, es auch zu kriegen. »Du wirst mir von dem Geld eine Busfahrkarte kaufen«, sagte sie. »Ich will nach Hause, und mir ist egal, ob du mitkommst oder nicht. Mir reicht's. Ich habe genug.

Wenn du glaubst, daß ich meine Tochter wie ein wildes Tier erziehen werde, ohne Kleider, ohne Familie, ja nicht mal mit einer ordentlichen Taufe, dann bist du verrückt. Dich suchen sie, nicht mich. Du bist an allem schuld.«

Sie hatte recht, natürlich hatte sie recht, und er spürte bereits die Leere, die ihr Fortgehen hinterlassen würde, wie etwas, das direkt aus seinem Körper geschnitten wurde, das Herz oder der Verstand, ein Verlust, den kein Mann überleben konnte. Er würde sie nicht gehen lassen. Und wenn er sie umbringen mußte und das Baby auch – und anschließend würde er sich die eigene wertlose Kehle durchschneiden. »Wir haben kein Geld«, sagte er.

Er sah, wie ihre Lippen sich verzerrten. »Das ist gelogen.«

Wortlos und mit einer Brutalität, für die er sich selber haßte, holte er den geschmolzenen Plastikklumpen aus der Tasche und warf ihn auf den Teppich. Keiner sprach ein Wort. So lagen sie lange reglos unter der grünen Platte des Daches und starrten die kleine Kugel aus Plastik mit den darin gefangenen Münzen an. »Da ist dein Geld für den Bus«, sagte er schließlich.

Sie hatte ihr Baby, und jede Zelle und jedes Haar der Kleinen war ein Wunder, sie hatte sie zustande gebracht, auch wenn ihr Vater sagte, sie sei dumm, und ihre Mutter sie tolpatschig, faul und unzuverlässig nannte – es war ihre Schöpfung, bezaubernd und unleugbar. Aber vor wem konnte sie damit angeben? Wer sollte ihre Socorro bewundern, diese nordamerikanische Schönheit, die im Land des Überflusses mit nichts geboren war? In den ersten Tagen war sie zu glücklich und zu müde gewesen, um sich Sorgen zu machen. Sie war in einer Hütte, schon wieder in einer Hütte, versteckt wie ein Hase in seinem Bau, aber sie war am Leben, dank Cándidos Beherztheit und seinem raschen Handeln, und sie hatte ihre Tochter an der Brust, und Cándido hatte sie entbunden. Damals war das genug gewesen. Es war alles, was sie zu wissen brauchte. Aber wenn Cándido auf Beutezug war – eines Nachts fand er auf einer Wäscheleine eine Decke, dann ein Badehandtuch, um das Baby einzuwickeln – oder in den Büschen gegenüber dem Postamt zusammengekauert auf Señor Willis' Wagen wartete, der aber nie kam, geriet sie ins Grübeln, und je mehr sie grübelte, desto mehr Sorgen machte sie sich.

Das war nicht einfach Pech, das war eine fortwährende Katastrophe, und wie lange konnten sie das überstehen? Cándido war der beste Mann der Welt, liebevoll und gütig, kannte die Bedeutung des Wortes »faul« nicht einmal, doch alles, was er anpackte, ging schief. Es gab kein Leben für sie hier, kein Häuschen, kein Badezimmer mit blinkenden Wasserhähnen und einer hellweißen Kommode wie damals in der staunenerregenden großen Villa des dicken Mannes. Es war Zeit zum Aufgeben, Zeit, nach Tepoztlán zurückzufahren und ihren Vater zu bitten, sie wieder aufzunehmen. Sie hatte jetzt eine Tochter, ihre Tochter war Amerikanerin, eine Bürgerin von *Los Estados Unidos*, und wenn sie groß war, konnte sie zurückkehren und ihr Geburtsrecht einfordern. Allerdings, wer würde es ihr glauben? Mußte man nicht die Geburt im Dorf oder in der Kirche eintragen lassen? Aber in welchem Dorf, in welcher Kirche?

»Cándido, was ist mit der Kleinen?« begann sie eines Abends, als sie vor dem Herd saßen, den er aus Fertigsteinen konstruiert hatte, und Hölzchen ins Feuer warfen, während im Topf das Wasser kochte. Es regnete, ein leises, unbeständiges Prasseln auf dem Plastikdach, und sie lag gemütlich in die Decke gewickelt auf den Säcken mit Grassamen. Cándido war den ganzen Tag unterwegs gewesen, hatte den Straßenrand nach Dosen und Flaschen abgesucht, für die er in dem Automaten vor dem Chinesenladen ein paar Münzen bekam, und er hatte Zucker, Kaffee und Reis mitgebracht.

»Was soll mit ihr sein?« fragte er.

»Wir müssen ihre Geburt vom Pfarrer registrieren lassen – sie ist hier geboren, aber woher soll man das später wissen?«

Er kauerte stumm auf dem Boden und zerbrach Zweige für das Feuer. Es war ihm gelungen, ihren Unterschlupf bequem für sie zu gestalten, das mußte sie ihm lassen. Die Schlitze zwischen den Palettenbrettern waren mit Stofffetzen und Zeitungen verstopft, so daß der Wind nicht durchkam, und mit dem Feuer wurde ihr selbst an den kältesten Tagen warm. Sogar für fließendes Wasser war gesorgt: Cándido hatte eine ganze Nacht lang den Hang hinauf einen Graben gezogen, das Bewässerungssystem der Wohnanlage angezapft, Plastikrohre abgesägt und miteinander verbunden und dann in dem Graben bis zu ihrem kleinen unsichtbaren Haus hinauf verlegt, und danach hatte er alles wieder zugeschüttet und seine Spuren so gut verwischt, daß niemand je etwas merken würde. »Von welchem Pfarrer?« fragte er schließlich.

Sie zuckte die Achseln. Socorro lag schlafend an ihrer Brust. »Ich weiß nicht – vom Dorfpfarrer.«

»In welchem Dorf?«

»Ich will nach Hause. Ich hasse diesen Ort. Ich hasse ihn.«

Cándido schwieg einen Augenblick, sein Gesicht sah aus wie eine vertrocknete Frucht. »Wir könnten noch einmal nach Canoga Park gehen, wenn du glaubst, daß du es schaffst«, sagte er dann. »Da gibt's bestimmt einen Pfarrer. Der weiß vielleicht, was zu tun ist. Wenigstens könnte er sie taufen.«

Nach ihrer letzten Erfahrung schrak sie vor dem Gedanken zurück, aber allein der Name – Canoga Park – ließ sie an die vielen Geschäfte denken, an die Frauen auf der Straße, das kleine Restaurant, das wie ein Café zu Hause gewesen war. Irgend jemand dort würde wissen, was zu tun war, irgendwer würde helfen. »Es ist schrecklich weit«, sagte sie.

Er schwieg. Er starrte ins Feuer, die Lippen vorgeschoben, die Hände im Schoß gefaltet.

»Was hast du mit der Schnur gemacht?« fragte sie nach einer Weile.

»Mit welcher Schnur?«

»Mit der Nabelschnur. Von unserem Baby.«

»Hab sie vergraben. Zusammen mit dem Rest. Was willst du damit?«

»Ich wollte die Nabelschnur behalten. Für Chalma. Ich wollte eine Wallfahrt machen und sie an den Baum neben der Kirche hängen und zur Jungfrau Maria beten, damit sie Socorro ein langes glückliches Leben schenkt.« Und sie sah den Baum vor sich, den großen, uralten Ahuehuetebaum neben der Straße, umringt von Massen von Pilgern und den Händlern, behängt mit Hunderten und Aberhunderten von getrockneten Nabelschnüren, die wie Luftschlangen von den Ästen baumelten. Socorro würde diesen Baum niemals sehen; sie würde nie gesegnet werden. América mußte tief durchatmen, um nicht vor lauter Hoffnungslosigkeit zu schluchzen. »Ich hasse es hier«, flüsterte sie. »Mein Gott, wie ich es hasse.«

Cándido antwortete nicht. Er machte Kaffee mit Zucker und Kondensmilch, und sie tranken ihn aus alten *frijoles*-Dosen, und dann schnitt er eine Zwiebel, ein paar Chilis und eine Tomate, kochte den Reis, und sie stand nicht auf, um ihm zu helfen, obwohl er versuchte, sie dazu zu zwingen.

Es regnete auch den nächsten Tag ohne Unterlaß, und als sie hinausging, um zu pinkeln und die Windel des Babys zu vergraben, war die Erde wie Leim. So lange war sie Pulver gewesen, und jetzt war sie Leim. Sie stand im Regen, blickte auf den nebelverhangenen Cañon hinunter, die Dächer der Häuser, die kahle Narbe von Cándidos Feuer, und der Regen roch gut, er roch nach Erlösung und Befreiung – ein ganz klein wenig roch er nach zu Hause. Sie mußte hier weg, auch wenn das hieß, Socorro warm einzuwickeln und den ganzen weiten Weg bis zur Grenze zu Fuß zu gehen, und wenn sie dabei verhungerte, dann war es Gottes Wille.

In der Hütte war es dunkel, so dunkel wie in einem Erdloch, und als es nur noch nieselte, trug sie das Baby zum Luftschnappen nach draußen. Wie sie hoch oben auf dem Hügel saß und den Wolken zusah, die über den Cañon aufs Meer hinauswehten, und den Autos, die wie Spielzeug die schimmernde Straße hinaufkrochen, fühlte sie sich besser. Dies war Amerika, und es war schön hier, trockener und heißer als Tepoztlán in der heißen Jahreszeit, und in der Regenzeit kälter, aber sie spürte, daß es hier Frieden gab, wenn sie ihn nur finden konnte. Frieden und auch Wohlstand.

Sie blickte ihrer Tochter ins Gesicht, aber das Baby starrte an ihr vorbei, nach oben und in eine Ferne, die sie niemals erfassen konnte, und in diesem Moment fühlte América, wie sie die nackten, scharfen Klauen der Angst packten. Sie fuhr ihrer Tochter mit der Hand übers Gesicht, doch Socorro reagierte nicht. Dann beugte sie das eigene Gesicht über das der Tochter, sah tief in die beiden stumpfen schwarzen Augen, aber sie starrten nur ins Leere, als wäre eine Wand zwischen ihnen. Und dann zwinkerte das Baby, es nieste, und ihre Augen blickten ins Nichts.

Cándido erzählte ihr, daß sie Kaninchen äßen, aber Kaninchen waren schwer zu fangen. Diese anderen Vierbeiner mit den Glöckchen am Halsband, um die Vögel zu warnen, die waren leichter zu fangen. Man brauchte einfach nur bis Mitternacht zu warten, sich über die Mauer zu stehlen und leise »Komm, Miez, Miez komm!« zu rufen. Also aßen sie Fleisch, auch wenn es sehnig und säuerlich schmeckte, und sie aßen Hundeplätzchen, Reis und das bißchen Obst und Gemüse, das er zu entwenden wagte. Sie hatten Wasser, sie hatten es warm, und sie hatten ein Dach über dem Kopf. Aber es war nur ein Notbehelf, ein Zeitgewinn, ein Hinausschieben des Unvermeidlichen. Er hatte schon so lange aus dem Gebüsch auf das Stück Straße vor dem Postamt gestarrt und auf das Erscheinen von Señor Willis' Corvair gewartet, daß der Platz für ihn nicht mehr wirklich war, sondern eine Szene, die er nur in seinem Gehirn entworfen hatte – einmal blinzeln, und er würde verschwinden. *Braceros* waren keine mehr da, kein einziger, es mußte sich wohl herumgesprochen haben. Cándido wagte nicht, sich zu zeigen, aber wenn er sich nicht zeigte, wie sollte er dann Arbeit finden? Und wenn er keine Arbeit fand, dann würden sie früher oder später verhungern, ganz egal, wieviel er aus den Gärten hinter der Mauer mitnahm oder wie viele Dosen er am Straßenrand sammelte. Wenn er Señor Willis nur anrufen könnte, aber Señor Willis hatte kein Telefon. Er konnte wieder nach Canoga Park gehen, aber dort gab es auch keine Arbeit, das wußte er, nur Hunderte Männer, die bereit waren, einander für jeden x-beliebigen Job umzubringen. Ein bißchen Geld, mehr brauchte er nicht – mit ein bißchen Geld könnten sie an die Heimfahrt nach Tepoztlán denken, wenigstens über den Winter. Seine Tante würde sie vielleicht aufnehmen, und er könnte wieder Holzkohle machen, aber América – er hatte vor ihr geprahlt, hatte ihr so viel versprochen –, América würde ihn bestimmt verlassen, sich im Haus ihres Vaters einsperren, wo sie den Boden schrubben mußte, bis sie eine alte Vettel war, und wo sie Socorro mit einem verfluchten *chingado* verheiraten würden, dem ihr Vater noch Geld schuldete.

Cándido ging das Risiko ein. Er wartete, bis der Regen aufs Pflaster prasselte und ihm die Haare klatschnaß in der Stirn klebten, dann trat er aus den Büschen, überquerte die Straße und stellte sich unter einen Erkervorsprung am Postamt, stampfte mit den Füßen und schlug sich auf die Schultern, um seinen Kreislauf in Gang zu halten. Bestimmt würde sich jemand seiner erbarmen und ihn zu sich mit nach Hause nehmen, um ihn in einem warmen Keller arbeiten zu lassen, eine Trennwand aufstellen oder etwas anstreichen oder entrümpeln. So wartete er, völlig durchnäßt und zitternd, und alle Gringos, die aus ihren Autos stiegen und ins Postamt hasteten, warfen ihm Blicke voll unstillbarem Haß zu. Wenn sie nicht wußten, daß er das Feuer gelegt hatte, so ahnten es doch alle, und wo einst Toleranz und menschlicher Respekt geherrscht hatte, waren jetzt nur noch Groll und Befangenheit. Niemand stellte ihn an, ließ ihn sich aufwärmen oder gönnte ihm Essen, Kleider und einen Platz zum Schlafen, der besser war als ein Straßengraben oder eine Baracke irgendwo im Gestrüpp – sie wollten ihn am liebsten tot sehen. Oder nein: Sie wollten ihn gar nicht sehen. Er wartete den ganzen Nachmittag, und als er die Kälte nicht mehr aushielt, ging er in die Eingangshalle des Postamts, eines öffentlichen Gebäudes, und sofort trat ein Mann in blauer Uniform hinter dem Schalter hervor und befahl ihm zu verschwinden, auf spanisch.

América war seltsam an diesem Abend. Er schmiegte sich an sie, versuchte das Zittern abzustellen, und sie sprach nicht vom Nachhausefahren, kein einziges Mal, obwohl sie ihn die letzten zwei Wochen halb wahnsinnig damit gemacht hatte. Jetzt ging es um das Baby – sie konnte von nichts anderem reden. Das Baby mußte in eine Klinik, das Baby brauchte einen Doktor – einen Gringo-Doktor –, der es untersuchte. Aber ist die Kleine denn krank? wollte er wissen. Sie sieht doch ganz gesund aus. Nein, sagte América gepreßt, nein, sie ist nicht krank, aber wir müssen sie trotzdem vom Arzt untersuchen lassen – für alle Fälle. Aber wie sollen wir diesen Doktor finden, wie ihn bezahlen? Er war gereizt, fühlte sich genervt, ausgepreßt. Sie wußte es nicht. Es war ihr egal. Aber das Baby brauchte einen Doktor.

Am Morgen stellte Cándido einen Topf mit Regenwasser auf den Rost – er hatte zwar PVC-Rohre vom Bewässerungssystem der Anlage nach oben verlegt, das war ein Kinderspiel gewesen, er hatte ja die Säge und den Hammer, und im Schuppen lagen Muffen und Winkelstücke, er brauchte sie sich nur zu nehmen, aber er zapfte es nur an, wenn es sein mußte –, dann schlitterte er den schlammigen Hang hinab, immer geduckt und in Deckung, und ging zurück zum Postamt. Es war bedeckt, und von den Bergen blies ein kalter Wind herunter, aber seit Tagesanbruch regnete es nicht mehr, und das war eine Erleichterung. Cándido lehnte an der Ziegelfront des Gebäudes, sah den Regenwürmern zu, die aus der triefnassen Erde gekrochen kamen, um auf dem Asphalt zu sterben, und versuchte sein Bestes, um beflissen und harmlos auf all die Gringos und Gringas zu wirken, die mit Weihnachtspäckchen im Arm durch die Türen des Postamts hetzten. Er konnte den Bach hören, der hinter dem Gebäude durch eine Bresche im Fels strömte, bevor er unter der Brücke hindurchschoß und in den Einschnitt der Schlucht stürzte. Es war ein finsteres Geräusch, ein Zischen, das sich zu einem Brausen steigerte und wieder leiser wurde, wenn ein verkrüppelter Baum oder ein mitgerissener Fels im Bachbett an irgendeinem Hindernis hängenblieb. Sie wären glatt überschwemmt worden, wenn sie noch da unten kampierten, es hätte sie den Cañon hinuntergespült wie in einem Klosett, sie wären gegen die Felsen geprallt und letztlich ins Meer getragen worden, wo sie die Krebse aufgefressen hätten. Daran dachte er, während er zusah, wie sich die Regenwürmer auf der Straße wanden und wie die Postkunden vorsichtig über die Pfützen stakten, als wäre es die größte Tragödie, sich die Schuhe schmutzig zu machen, und er fragte sich, ob nicht das Feuer insgeheim ein Segen gewesen war. Vielleicht hatte die Vorsehung ja doch ein Auge auf ihn.

Der Gedanke munterte ihn auf. Auf einmal grinste er die Leute an, die ein und aus gingen, strich sich mit den Fingern den Schnurrbart glatt und entblößte seine Zähne. »Arbeit?« fragte er eine Frau, die auf ihren Stöckelschuhen balancierte wie eine Turnerin, doch sie wandte sich ab, als wäre er unsichtbar, als hätte nur der Wind zu ihr gesprochen. Aber er ließ nicht locker, sein Lächeln wurde zunehmend verzweifelt, bis der Mann in der blauen Uniform – derselbe wie am Vortag, ein *gabacho* mit Pferdeschwanz und türkisgrünen Augen – herauskam und ihm in Schulbuchspanisch sagte, er müsse hier weggehen, wenn er nichts in der Post zu tun habe. Cándido zuckte die Achseln, immer noch grinsend – er konnte es nicht abstellen, es war wie ein Reflex. »Es tut mir leid, wenn ich jemanden störe«, sagte er voll Erleichterung, sich erklären zu können, in seiner eigenen Sprache zu sprechen, und er dachte, daß dies vielleicht die lang ersehnte Chance war, daß dieser Mann vielleicht ein zweiter Señor Willis war, »aber ich brauche Arbeit, damit ich für meine Frau und mein Kind etwas zu essen kaufen kann, und ich wollte fragen, ob Sie vielleicht irgend etwas wissen?«

Der Mann sah ihn jetzt an, sah ihn wirklich an, aber er sagte nur: »Das hier ist kein guter Platz für Sie.«

Niedergeschlagen überquerte Cándido die Straße und schlurfte über die Brücke in Richtung des chinesischen Supermarkts und der Holzhandlung dahinter. Die Brücke war ihm früher kaum aufgefallen – sie war nur ein Stück Straße, die über das tote Gestrüpp des Bachbetts hinwegführte –, heute aber offenbarte sich ihm ihr Zweck, denn das brodelnde gelbe Wasser brandete jetzt gegen die Betonpfeiler, und die Felsblöcke donnerten mit einem Krachen dagegen, als knirschte die Erde mit den Backenzähnen – den ganzen Sommer und Herbst über hatte es kein Wasser gegeben, und nun auf einmal so viel davon. Cándido stand eine Zeitlang vor dem Chinesenladen, auch wenn er kein gutes Gefühl dabei hatte, und tatsächlich trat auch gleich der alte Chinese mit den dicken Brillengläsern und den Hosenträgern, die sein Beinkleid über den knochigen Hüften hielten, vor das Geschäft und verscheuchte ihn in seiner komischen Sprache mit den Auf-und-ab-Tönen. Aber Cándido wollte nicht aufgeben, und so stellte er sich gegenüber der Holzhandlung auf, in der Hoffnung, daß irgendein Bauunternehmer ihn dort nach dem Einkauf von Material sehen und ihm Arbeit geben würde. Es war keine besonders gute Stelle, schon in den besseren Zeiten nicht, und Cándido hatte hier noch nie einen einzigen *bracero* herumlungern sehen. Es ging das Gerücht, daß der Eigentümer der Holzhandlung sofort die Polizei holte, wenn er einen Mexikaner sah.

Cándido stand zwei Stunden lang dort und versuchte, die Aufmerksamkeit von jedem Pritschenwagen auf sich zu lenken, der bei der Holzhandlung vorfuhr, inzwischen so verzweifelt, daß es ihm gleichgültig war, ob ihn *La Migra* aufgriff oder nicht, aber niemand würdigte ihn auch nur eines Blickes. Die Füße taten ihm weh, sein

Magen knurrte. Er fror. Es mußte etwa halb fünf gewesen sein, als er es endlich aufgab und sich auf den Rückweg machte, immer auf der Suche nach Dosen zum Abgeben, und dabei nahm er sich vor, wieder einmal das Risiko einzugehen und seinen Kopf in den Müllcontainer hinter dem Laden des *paisano* zu stecken – er mußte etwas mit zurückbringen, irgendwas. Hin und wieder warfen sie eine Tüte Zwiebeln weg, die nichts weiter als ein paar schwarze Flecken hatten, oder Kartoffeln, die gekeimt hatten – man wußte es nie. Er hielt den Kopf gesenkt, sah auf seine Füße und stellte sich vor, daß diesmal vielleicht Fleisch darin wäre, das gar nicht so schlecht schmeckte, wenn man es lange genug kochte, oder ein paar Knochen und Fettabfälle von Rindfleisch, als ein Auto direkt vor ihm in einer abrupten Vollbremsung auf der Bankette zum Stehen kam.

Er erstarrte und dachte sofort an den Unfall von damals, nasse Straßen, ein *norteamericano* in Eile, immer waren sie in Eile, und jetzt hupte das nachfolgende Auto, ein schriller mechanischer Fluch, denn das hintere Ende des ersten Wagens, der von der Straße abgefahren war, ragte auf die Fahrbahn, und die endlose Schlange von Autos, die mit hektischen Scheibenwischern und grellen Scheinwerfern den Berg hinauffuhren, mußten dem Hindernis ausweichen. Aber da öffnete sich die Tür des Wagens, wieder hupte jemand, und Cándido schmeckte das Gift eines Déjà-vu: dieses unvermeidliche Weiß, die feuerroten Bremslichter und der orangefarbene Blinker, das alles kam ihm bekannt vor. Und ehe er noch reagieren konnte, stand er da: derselbe *pelirrojo,* der ihn vor vielen Monaten überfahren hatte und der dann seinen häßlichen, schlaksigen *pelirrojo* von Sohn den Cañon hinuntergeschickt hatte, um ihn zu schikanieren und zu quälen, und seine Miene drückte nichts als Bosheit aus. »He!« brüllte er. »Stehengeblieben!«

7

»He!« brüllte Delaney. »Stehengeblieben!«

Er war auf dem Weg von der Gärtnerei an der Küstenstraße den Berg heraufgekommen, den Kofferraum mit Ammoniumsulfat und Rasensamen vollgeladen, die Sicht aus dem Rückfenster von zwei Arecapalmen versperrt, die im Eingangsbereich stehen sollten, als er den Mexikaner sah: die hochgezogenen Schultern, das wettergebleichte Khakihemd, die hellen Sohlen der dunklen Füße zwischen den Riemen seiner Sandalen. Automatisch, ohne zu überlegen, bremste er – konnte das der Mann sein, war er es? –, riß das Lenkrad herum und spürte die Hinterräder ausbrechen, während der Fahrer hinter ihm auf die Hupe drückte, und dann schlitterte er unter einem Wirbel von Kieselsteinen auf den Straßenrand. Das Heck seines Wagens ragte auf die Straße hinaus. Es war Delaney egal. Er kümmerte sich nicht um die Gefahr, auch nicht um die übrigen Autos, die nasse Straße oder seine Versicherungsprämie – er dachte an nichts als an diesen Mexikaner, diesen Mann, der in sein Leben eingedrungen war wie ein hartnäckiger Parasit, wie eine Seuche. Hier, fast an derselben Stelle, hatte er sich ihm damals vor die Räder geworfen, alles wiederholte sich, und diesmal würde Delaney ihn nicht entwischen lassen, diesmal hatte er einen Beweis, einen fotografischen Beweis. »Stehengeblieben!« schnarrte er und tippte dabei die Nummer der Polizei in das Autotelefon, das er von Kyra als verfrühtes Weihnachtsgeschenk bekommen hatte.

Der Mexikaner stand benommen da, hagerer und verbitterter, als Delaney ihn in Erinnerung hatte, die schwarzen Augen blickten erschrocken, der buschige Schnurrbart machte seinen Mund zu einer Wunde. »Hallo?« keifte Delaney in den Hörer, »mein Name ist Delaney Mossbacher, und ich möchte ein Verbrechen melden – oder nein, vielmehr die Festnahme eines Verdächtigen – auf der Topanga Canyon Road, kurz vor Topanga Village, ein Stück unterhalb von ...« Doch ehe er zu Ende sprechen konnte, setzte sich der Verdächtige in Bewegung. Der Mexikaner sah Delaney an, sah auf das Telefon in seiner Hand, und dann ging er einfach über die Straße, mitten in den Verkehr hinein, wie ein Schlafwandler.

Delaney sah entsetzt zu, wie die dürren Beine und der gebeugte Körper des Mexikaners und die heranrasende blaue Fahrerkabine eines Pick-up-Lasters, hinter der Scheibe ein erstarrtes Frauengesicht, zu einem Bild von unentrinnbarer Wucht verschmolzen, dann aber, im allerletzten Moment, wich der Wagen aus und vollführte ein jähes, quietschendes, kreischendes Schleudermanöver, bei dem er gegen die Leitplanke krachte und im Rückprall das Heck seines Acura Vigor GS traf – seines neuen milchweißen Acura Vigor GS mit braunen Ledersitzen und nur sechstausendzweihundertsiebenundzwanzig Kilometern auf dem Tacho –, bis er schließlich in all seiner bebenden, breiten Mächtigkeit zum Stillstand kam. Und der Mexikaner? Der war unversehrt und trabte auf der anderen Straßenseite davon, während neben ihm die Autoschlange hektisch bremste, laut hupte und Stoßstangen sich ineinander verkeilten. Es war der Alptraum jedes Pendlers. Es war Delaneys Alptraum. »Hallo, hallo – sind Sie noch dran?« rief eine Stimme aus dem Telefon.

Delaney rief nicht Kyra an. Er rief auch nicht Jack an. Er dachte nicht an Kenny Grissom, die Reparaturwerkstatt oder seine Versicherung. Während der Regen wieder einsetzte, ein dichter Nieselregen, der in alle Poren sikkerte, stand er am Straßenrand und war in einen Wortwechsel mit der Frau aus dem Pick-up verwickelt. Sie war fuchsteufelswild, zitterte am ganzen Leib, bleckte die Zähne wie ein in die Enge getriebenes Nagetier und stampfte mit den Füßen im Schlamm auf. »Haben Sie nicht mehr alle?« fragte sie. »Sind Sie total verrückt, einfach hier anzuhalten, halb auf der Fahrbahn? Und was ist mit Ihrem Freund da los – ist der besoffen, oder wie? Geht direkt vor mir über die Straße, ohne nach rechts oder links zu sehen. Sie sind alle beide betrunken, das ist es, und glauben Sie mir, Sie stecken in der Patsche, Mister, denn ich werde der Polizei sagen, daß die Sie mal pusten lassen, einen Alkotest gleich hier auf der Stelle ...«

Der Polizist, der zwanzig Minuten später eintraf, war mürrisch und gehetzt. Er befragte Delaney und die Frau getrennt voneinander über den Unfallhergang, und Delaney versuchte ihm von dem Mexikaner zu erzählen, aber der Polizist hatte kein Interesse.

»Ich sage Ihnen doch, es war dieser Mexikaner – er ist verrückt, der wirft sich vor Autos, weil er die Versicherung kassieren will, es ist derselbe, und ich habe auch ein Foto von ihm, ich habe ihn vor Arroyo Blanco erwischt, da wohne ich nämlich, und da hatten wir vor kurzem großen Ärger mit diesen Graffitischmierereien.«

Sie saßen im Streifenwagen, Delaney auf dem Beifahrersitz, der Polizist beugte sich über seinen Notizblock und schrieb umständlich seinen Bericht in einer ungelenken Linkshänderschrift. Das Funkgerät rauschte und knisterte. Der Regen ergoß sich in Bächen über die Windschutzscheibe, trommelte auf das Dach, es goß jetzt wie aus Eimern. Unfälle wurden gemeldet, auf der Küstenstraße, der Malibu Canyon Road, der 101, der Sprecher in der Zentrale klang wie betäubt von der Monotonie der

Katastrophen. »Ihr Fahrzeug hat den Verkehr behindert«, sagte der Polizist schlußendlich, und das war's.

Delaney wartete in seinem Auto auf den Abschleppwagen; er zeigte dem Fahrer seine Mitgliedskarte beim Autoclub und schlug die angebotene Mitfahrt aus. »Ich geh zu Fuß«, sagte er, »sind ja bloß ein paar Kilometer.«

Der Fahrer sah ihn einen Moment lang scharf an, reichte ihm dann eine Quittung und zog die Tür zu. Der Regen hatte nachgelassen, aber Delaney war bereits bis auf die Haut durchnäßt, seine Goretex-Jacke hing ihm von den Schultern wie ein klammer Pelz, das Haar klebte ihm auf der Stirn und schlotterte als glatte rötliche Fransen um seine Ohren. »Wie Sie wollen«, sagte der Mann durch den Fensterspalt, und dann stapfte Delaney den Straßenrand entlang, während die bleiche Karosserie seines Autos im Nebel verschwamm. Er marschierte, aber diesmal marschierte er nicht nur, um irgendwohin zu gelangen, wie an jenem sengendheißen, grenzenlosen Sommermorgen, als ihm sein erster Wagen gestohlen worden war – diesmal hatte er etwas vor. Diesmal – er wartete auf eine Lücke im Verkehr und rannte über die Straße –, diesmal verfolgte er eine Fährte am matschigen Straßenrand, unverkennbare Fußabdrücke, die deutlich sichtbar im Profil einer Reifenspur verliefen.

Kyra konnte kaum noch die Straße sehen. Der Regen hatte abrupt eingesetzt und ihr die Sicht geraubt, wie ein fallender Vorhang am Ende eines Stückes, und ihr blieb keine andere Wahl, als die Warnblinkanlage einzuschalten und an den Straßenrand zu fahren, um abzuwarten. Sie nutzte die Verzögerung, um in ihrem Stadtplan zu blättern und die Richtungsanweisungen zu überprüfen, die Delaney auf den Notizblock neben dem Telefon gekrakelt hatte. Es war kurz nach vier, sie hatte sich den Nachmittag freigenommen, um Weihnachtseinkäufe zu erledigen – das Geschäft lief schlecht, es war geradezu tot, und solange sie sich erinnern konnte, hatte sie sich mehr Zeit für ihre Familie und auch für sich selbst nehmen wollen, deshalb hatte sie angeboten, Jordan vom Haus eines Freundes abzuholen. Sie kannte den Jungen nicht – es war ein Schulkamerad –, und da Delaney Jordan hingebracht hatte, kannte sie auch das Haus nicht. Ebensowenig die Straße, die sie nicht auf Anhieb fand.

Hätte sie geraucht, hätte sie sich jetzt eine angezündet, aber sie rauchte nicht, deshalb legte sie eine Entspannungskassette ein und lauschte dem Branden der künstlichen Wellen in den Lautsprechern, während der Regen, greifbar und real, auf das Dach ihres Autos prasselte. Sie fühlte sich wohl, vor den Elementen abgeschirmt, sicher und behütet, und während sie die Karte studierte und die Kassette hörte, wurde ihr klar, daß sie es zum erstenmal, seit sie sich erinnern konnte, nicht eilig hatte, irgendwohin zu kommen. Sie hatte sich zu lange zu sehr gefordert, und wofür überhaupt? Schon bevor das Da-Ros-Haus abgebrannt war, hatte sie manchmal Tage gehabt, an denen sie einfach nicht die nötige Begeisterung aufbringen konnte, Topflappen als Werbegeschenke in Briefumschläge zu stecken oder Annoncen mit den langweiligen, ewig gleichen Adjektiven und den geistlosen Abkürzungen zu formulieren – REIZENDER rustik. Neubau, Monte Nido, Schulbez. Las Virgenes, 0,9 ha Grdst., Pferdehaltung mögl., 6 Schlfz./4½ Badez., gr. WZ, SwPool, günstig angeboten – oder Herrn und Frau Niemand durch die endlosen Korridore all der endlosen Häuser zu führen, für deren Kauf es den beiden sowohl an Geschmack als auch an Geld fehlte, dann ein kreatives Finanzierungsmodell für sie auszuarbeiten und während der zweimonatigen Rücktrittsfrist mit ihnen Händchen zu halten, obwohl die Sache am Ende meistens sowieso nicht klappte. Es war etwa so aufregend wie ein Gang aufs Klo. Der Abschluß eines Handels – die Nadel sauber hineinstechen und so rasch und schmerzlos wieder herausziehen, daß sie den Stich nicht einmal bemerkten –, ja, davon ging ihr Puls immer noch schneller, ebenso wenn es ihr gelang, alle Konkurrenten aus dem Feld zu schlagen, besonders bei einem Objekt wie dem Da-Ros-Haus, für das man glatt zum Mörder werden könnte, aber diese Reize waren zu selten, zu dünn gesät.

Aha, da lag das Problem – sie kannte diesen Teil von Agoura nicht so gut, wie sie sollte, und hatte Foothill Place mit Foothill Drive verwechselt. Jetzt war sie auf dem Foothill Drive – und da war sie auch schon, die Comado Canyon Road, links oben in der Ecke des Plans. Den Namen hatte sie noch nie gehört – es mußte eine dieser neuen Straßen sein, die die grasbewachsenen Hügel kreuz und quer überzogen wie die Gleise einer Achterbahn. Alles war neu hier, ein reges, blühendes, Supermärkte hochziehendes Zeugnis des weißen Exodus, bei dem die Megalopolis sich ihres Umlandes bemächtigte. Vor zehn Jahren war das alles noch Farmland gewesen. Vor zehn Jahren war es noch nicht mal auf der Landkarte verzeichnet gewesen. Kyra war sicher, daß hier oben etliche hervorragende Objekte zu finden waren, ältere Villen, große Grundstücke, Ranches, die das Baufieber noch nicht erfaßt hatte. Die Schulen hier waren gut, die Grundstückspreise blieben stabil, ja sie stiegen sogar noch etwas – und es war eigentlich nur ein Hüpfer, ein Katzensprung von Woodland Hills, Malibu und Calabasas. Sie sollte sich hier genauer umsehen, das sollte sie wirklich.

Der Regen ließ ebenso abrupt nach, wie er eingesetzt hatte, graue Nieselschwaden wallten die Hügel hinauf wie aufsteigende Wolken, und Kyra startete den Motor, sah über die Schulter und fuhr auf den Asphalt. Sie kam ans Ende der Straße und bog links ab, vorbei an einer Reihenhaussiedlung und hinauf in die wogenden welligen Hügel, wo die Häuser weiter voneinander entfernt standen – nichts Besonderes, aber immer, wie es schien, auf großen Grundstücken, einen halben Hektar oder mehr –, und sie sah ein halbes Dutzend blonde Kinder auf einer langen Einfahrt spielen, dann eine Schafherde vor dem Hintergrund eines grünen Hügels. Die Bäume schienen hier ein wenig aufrechter zu stehen, ihr Laub wirkte reingewaschen von Staub, Rußpartikeln, Kohlenwasserstoffen und dem ganzen übrigen Zeug, das die Luft in den letzten sechs Monaten angesammelt hatte. Es war eine schöne Landschaft – schöne Liegenschaften –, und sie fühlte sich besser.

Die Straße gabelte sich und wurde schmaler, ein Überbleibsel des unbefestigten Fahrwegs, der sie früher gewesen sein mußte; hier hatten die Rancher ihr Heu oder so zum Viehfüttern transportiert und mit ihren Ford-A- oder -T-Modellen schmale Fahrspuren in die Innenseiten der Haarnadelkurven gegraben, Holzöfen und Kerzenlicht, freilaufende Hühner – Kyra wußte nicht genau, wie es kam, aber sie wurde von der Vision einer vergangenen Zeit gepackt, die sich zu gleichen Teilen zusammensetzte aus den Titelseiten der *Saturday Evening Post*, Wiederholungen von *Lassie* und einer nostalgischen Sehnsucht nach Dingen, die sie nie gekannt hatte. Die Leute hier lebten wirklich mitten im Nirgendwo – verglichen damit war Arroyo Blanco ja wie Pershing Square im Zentrum. Es war erstaunlich. Sie hatte nicht gewußt, daß es hier so viel Raum gab – keine acht Kilometer vom Highway 101 entfernt, keine Frage, und auch nicht mehr als zwanzig oder fünfundzwanzig von der Stadtgrenze, wenn überhaupt. War das eigentlich noch das Los Angeles County, oder war sie schon darüber hinaus?

In diesem Augenblick, als sie völlig entspannt nachdachte, den Tag, die Aussicht und die Jahreszeit genoß, fiel ihr das unauffällige Schild am Anfang einer asphaltierten Einfahrt auf, die in einen Eukalyptuswald hineinführte, gleich hinter der Abzweigung zum Comado Canyon: VON PRIVAT ZU VERKAUFEN. Sie fuhr daran vorbei, durch den blaugrauen Nebel, der die Straße einhüllte, aber dann überlegte sie es sich anders, wendete und fuhr zurück zu der Einfahrt. Das Schild war nicht sehr aussagekräftig – VON PRIVAT ZU VERKAUFEN, mehr nicht, darunter eine Telefonnummer. War hier ein Haus zu verkaufen? Eine Ranch? Eine Villa? Nach der Größe der Eukalyptusbäume zu urteilen – riesige alte, bleiche Relikte mit wahren Bergen aus abgeblätterter Rinde zu ihren Füßen –, gab es den Besitz nicht erst seit gestern. Aber wahrscheinlich steckte nichts dahinter. Wahrscheinlich war es nur ein alter Hühnerstall, von dem die Farbe abblätterte, mit ein paar rostigen Autowracks dahinter – oder ein Wohnanhänger.

Sie saß vor der Einfahrt in ihrem Wagen, der im Leerlauf brummte, das Fenster offen, der frische süße Atem des Regens wehte ihr ins Gesicht, und sie sah zu, wie die silbrigen Eukalyptusblätter im Nebel verschwanden und wieder auftauchten. Es war zwanzig vor fünf. Der Mutter des Jungen – Karen, oder hieß sie Erin? – hatte sie gesagt, sie käme Jordan um fünf abholen, aber sie verspürte immer noch keinen Zeitdruck. Es war Weihnachten, oder kurz vor Weihnachten, und es regnete. Außerdem hatte die Frau – Karen oder Erin – am Telefon sehr nett geklungen und gemeint, es sei alles kein Problem, Kyra könne kommen, wann sie wolle, die beiden Jungs spielten so schön miteinander – und schließlich wußte man nie, was am Ende einer Einfahrt stand, wenn man sich nicht die Zeit nahm, nachzusehen. Das Schild war eine Aufforderung, oder? Natürlich war es das. Eine Immobilie. Sie drückte den Tageskilometerzähler, schaltete den Blinker ein, sah zur Sicherheit über die Schulter und fuhr auf die Einfahrt.

Sie ließ das Fenster offen, um den feuchten, üppigen, ganz schwach nach Menthol riechenden Duft der auf dem Asphalt zerquetschten Eukalyptuskapseln einzuatmen, und ließ ihre Augen alle Einzelheiten aufnehmen: Bäume und noch mehr Bäume, ein richtiger, tiefer, verhangener Eukalyptuswald, und überall zwitscherten Vögel. Nach knapp einem Kilometer überquerte sie auf einer steinernen Brücke einen Bach, der vom Gewitter starkes Hochwasser führte, fuhr durch eine lange, geschwungene Kurve und sah das Haus. Sie war so verblüfft, daß sie unvermittelt bremste, hundert Meter davor stehenblieb und es anstarrte. Hier, mitten in der Wildnis, auf mindestens viereinhalb Hektar Grund, stand eine gemauerte und verputzte dreistöckige Villa, die direkt aus Beverly Hills importiert sein könnte, oder noch besser, aus einem Dorf in Südfrankreich.

Der Stil war französischer Eklektizismus, einfaches Understatement, von einer kultivierten Eleganz, die das dahingeschiedene Da-Ros-Haus im Vergleich überladen, ja geradezu protzig wirken ließ. Das Gebäude war eine Offenbarung, von dem Walmdach mit den geschwungenen Traufen über die Keilsteineinfassung der Fenster und Türen bis zu den massiven, verputzten Mauern, die in exakt dem blassen Zimtton der Eukalyptusstämme gestrichen und mit Weinranken in herbstlichem Blutrot überzogen waren. Ebenso das Grundstück – die Bepflanzung war ländlich, aber klug angelegt und gut gepflegt. Vor dem Haus umrundete der Fahrweg einen Teich, auf dem ein Schwanenpaar dahinzog und der mit wie zufällig gepflanzten Gruppen von Birken und Zierahorn gesäumt war. VON PRIVAT ZU VERKAUFEN: Die Sache mußte sie behutsam angehen, sehr behutsam. Kyra ließ ihren Wagen vorwärts rollen, als hätte er einen eigenen Willen; dann legte sie sich in die Kurve, blieb schwungvoll vor dem Haus stehen und schaltete den Motor ab. Sie zog ihre Puderdose hervor und nahm sich eine halbe Minute Zeit für ihr Gesicht, fuhr sich mit beiden Händen durchs Haar und ging dann die Treppe hinauf.

Ein Mann um die Fünfzig in einem karierten Flanellhemd und braunen Hosen öffnete ihr; hinter ihm stand die Ehefrau, die bereits zu einem Lächeln ansetzte, neben einem Tisch aus Mahagoni in der langen hellen Eingangshalle. »Sie kommen vermutlich wegen des Hauses?« erkundigte sich der Mann.

Kyra zögerte keinen Augenblick. Sie schätzte zwei Millionen, ohne weiteres, vielleicht auch mehr, je nach Grundstücksgröße, und noch während sie ihre Provision dafür ausrechnete – sechzigtausend – und sich fragte, wozu sie die eigentlich mit Mike Bender teilen sollte, dachte sie bereits an die benachbarten Liegenschaften und daran, wer dort wohl lebte, und ob nicht dieses Haus der Ausgangspunkt einer äußerst exklusiven Eigenheimanlage der Hochpreiskategorie werden könnte, denn dort steckte das große Geld, im Bauen – nicht im Verkaufen, sondern im Bauen von Häusern. »Ja«, sagte sie und ließ sie in den Genuß ihres Gesichts, ihrer Figur und ihres unvergleichlichen Maklerlächelns kommen, »ja, so ist es.«

An manchen Stellen verschwand die Fährte, wenn die Fußspuren von der Wucht des Wolkenbruchs verwischt waren, der über die Hügel hereingebrochen war, während Delaney im Streifenwagen gesessen und seine Atemluft verschwendet hatte. Das machte aber nichts. Er wußte, welche Richtung seine Beute eingeschlagen hatte, und er mußte nur weiter den Straßenrand entlanggehen, bis die

Spur wieder erkennbar war – und viel brauchte er nicht, den Abdruck einer Schuhspitze im Kies, die Mulde einer Ferse, die sich langsam mit schmutziggelbem Wasser füllte. Wenn er imstande gewesen war, einen Fuchs aufzuspüren, der sein Funkhalsband abgestreift hatte und dreihundert Meter durch fließendes Gewässer gelaufen war, ehe er in die unteren Äste einer Platane kletterte, dann stellte es kein Problem dar, diesen unbeholfenen Mexikaner bis in die Hölle und zurück zu verfolgen – und genau das hatte er vor, ihn aufzuspüren, und wenn es die ganze Nacht dauerte.

Es wurde dunkel, pechschwarz, bis er beim Arroyo Blanco Drive ankam, und als er im Licht eines vorbeifahrenden Wagens sah, daß die Spur nach links in Richtung der Anlage führte, war er keineswegs überrascht. So erklärte sich vieles – die Graffiti, das Foto, die Dinge, die seit einiger Zeit überall in den Gärten fehlten: eine Plastikplatte, Hundenäpfe, Trockenfutter. Das Feuer hatte ihn aufgestöbert, und jetzt kampierte dieser besoffene Narr hier oben, sprühte seine Schmierparolen, stahl den Hunden ihr Futter, schiß in die Landschaft. Und dann durchzuckte es Delaney: Und wenn der Kerl nun auch für das Feuer verantwortlich gewesen war? Wenn der Komiker mit der Mütze womöglich tatsächlich unschuldig gewesen war? Hatte ihn die Polizei etwa deshalb nicht einbuchten können? Dieser hier hatte doch auch irgendwo da unten kampiert, oder? Vor seinem inneren Auge sah Delaney das Aufblitzen des Einkaufswagens, den Pfad, der in den Cañon hinabführte, und den Mexikaner im Gestrüpp, zerschunden und blutend, und er konnte den Gedanken nicht abwehren, daß es wohl besser für alle gewesen wäre, wenn er sich damals einfach in die Büsche verzogen hätte, um zu sterben.

Jetzt aber war es dunkel, und er würde eine Taschenlampe holen müssen, wenn er weitersuchen wollte – und das hatte er vor, er war fest entschlossen, weiterzusuchen, was immer geschah, bis zum bitteren Ende. Er war fast am Tor, als ein Auto kam. Durch das Fenster der Fahrerseite war hinter Regenschlieren Jim Shirleys Gesicht zu erkennen. Es regnete jetzt wieder, in weißen Nadelstichen, die im Licht der Scheinwerfer vom Asphalt abprallten. Das Fenster wurde halb heruntergekurbelt, und Jim Shirleys Haut schimmerte grün und rot in der blinkenden Weihnachtsbeleuchtung. »Was zum Teufel machst du da draußen im Regen, Delaney? Wohl auf der Jagd nach Hornkröten? Steig ein, ich nehm dich mit.«

Delaney ging zu dem Auto und stand geduckt neben dem Fenster, aber er sagte nicht: Hallo, Jim, Scheißwetter heute, wie geht's, danke, ja, oder danke, nein. »Du hast wohl nicht zufällig eine Taschenlampe dabei, die du mir leihen kannst?« fragte er, während ihm der Regen über die Wangen lief und in stetigem Tröpfeln von seiner Nasenspitze rann.

Grün und rot. Die Farben drangen in das fette, schwammige Gesicht über dem schwarzen Band des Bartes. »Leider nicht«, sagte Jim Shirley. »Hab immer eine im Wagen liegen gehabt, aber dann waren die Batterien leer, und meine Frau wollte sie auswechseln, und seitdem habe ich sie nicht wiedergesehen. Wieso? Hast du was verloren?«

»Nein, ist schon gut«, murmelte Delaney und wich bereits wieder zurück. »Danke.«

Er sah Jim Shirley nach, der durch das Tor in die Anlage fuhr, dann wandte er sich ab und entdeckte, im schaurigen Licht der rot und grün blinkenden Lämpchen, die erneute Unverfrorenheit an der Mauer: die schwarzen Hieroglyphen, die ihm höhnisch entgegenstarrten, frisch wie die Farbe, die vom Regen verschmiert wurde – direkt vor der Nase des Wächters und unter den blinkenden Lichtern war es passiert, es half alles nichts. Sein Auto war kaputt, seine Hunde waren verschwunden. Er trat an die Mauer heran, legte den Finger auf die Farbe, und der Finger war naß. Und schwarz. Schwarz verfärbt.

Dies war das Signal, jetzt reichte es, das war die Kriegserklärung, die in der Erde zitternde Lanze. Erst sein Auto, und nun das. Da fielen Delaney die Kameras ein, und er zog an dem Draht zu seinen Füßen, um das Blitzlicht auszulösen. Nur ein Apparat blitzte auf – der direkt neben ihm. Der andere war demoliert. Er konnte nicht sehen, ob Bilder geschossen worden waren – es war zu dunkel –, und er schob sich die funktionierende Kamera unter die Jacke und ging die Mauer entlang zum Tor zurück.

Als er gegen die Glaskabine klopfte, fuhr der Wächter – ein kummervoll dreinblickender junger Bursche mit langer Nase, einer krächzigen Stimme und den kaum erahnbaren Anfängen eines blonden Schnurrbarts – dermaßen zusammen, als hätte man ihm einen elektrischen Viehtreiber in den Hintern geschoben, und dann stand Delaney bei ihm in der Kabine, und der Junge sagte: »Meine Güte, Mr. Mossbacher, Sie haben mich furchtbar erschreckt – was ist denn los, gibt's ein Problem?«

Es war eng. Die Luft dampfte. Platz für einen, und sie waren zu zweit. Neben einer rot-weiß gestreiften Schachtel mit Brathähnchenstücken lag auf dem Kontrollpult ein Taschenbuch, auf dessen Umschlag die muskelstrotzende Gestalt eines schwertschwingenden Barbaren mit zwei barbusigen Gefährtinnen prangte. »Ist Ihr Auto kaputt?« krächzte der Junge.

Delaney zog die Kamera hervor und sah, daß sechs Bilder belichtet worden waren, sechs unbestreitbare, belastende Beweisstücke, und er fühlte sich, als wäre er gerade einen Homerun gelaufen und hätte das Spiel damit entschieden. Der Junge beobachtete ihn aus Augen wie kleine glitzernde Nieten, an denen die Last der riesigen Nase hing, und seine Haut hatte etwas Bläßliches und Fahles. Sie standen fünfzehn Zentimeter voneinander entfernt, ihre Schultern füllten die Kabine aus. »Nein«, sagte Delaney und setzte ein Grinsen auf, das er im nachhinein als zu drei Vierteln debil beurteilte, »alles in Ordnung, kein Problem, alles prima«, und dann stürzte er wieder in den Regen hinaus und legte die Strecke zu seinem Haus im Dauerlauf zurück, dachte dabei an die Fotos, an das ruinierte Auto und den an der Mauer prangenden Schlag ins Gesicht, vor allem aber dachte er an den Revolver in seiner Garage, an die 38er-Special von Smith & Wesson aus rostfreiem Stahl, die ihm Jack zum »Schutz seines Heims« aufgeschwatzt hatte.

Er hatte so ein Ding nie haben wollen. Er haßte Feuerwaffen. Noch nie war er jagen gewesen, hatte sein ganzes Leben lang kein Tier getötet, und er wollte es auch nicht. Faschistische Spießer hatten Waffen, Verbrecher, Selbstjustizler und die Schwachköpfe mit dem lockeren Abzugsfinger von der National Rifle Association, die mit automatischen Gewehren auf Rehjagd gingen und die gesamte Natur ohnehin nur als eine einzige große bewegliche Zielscheibe betrachteten. Aber er hatte sie gekauft. Zusammen mit Jack. Eines Nachmittags hatten sie sich nach dem Tennis in einer Sushi-Bar in Tarzana einen Drink genehmigt, das mußte jetzt sechs Monate her sein. Jack machte Delaney mit Onigaroshi on the rocks bekannt, und die Unterhaltung wandte sich der tristen und prekären Weltlage zu, wie sie in den Zeitungen geschildert wurde, als Jack auf dem Sitz herumwirbelte und sagte: »So wie ich dich kenne, bist du garantiert vollkommen nackt.«

»Nackt? Was meinst du damit?«

»Beim Schutz deines Heims.« Delaney sah zu, wie Jack sich ein Stück *maguro* in den Mund schob. »Vermutlich hättest du im Notfall höchstens einen Baseballschläger im Haus, stimmt's?«

»Du meinst eine Pistole?«

»Ganz genau«, sagte Jack kauend und griff dann nach seinem Glas Sake, um den Bissen hinunterzuspülen. »Diese Gesellschaft ist zerrissen und gereizt, Delaney, und ich spreche nicht nur von unseren einheimischen Habenichtsen, sondern von den Menschenfluten, die aus China und Bangladesh und Kolumbien über uns hereinbrechen, ohne Schuhe, ohne Ausbildung und ohne was zum Essen. Die wollen haben, was du hast, mein Freund, und glaubst du wirklich, sie werden bei dir anklopfen und dich höflich darum bitten? Worauf es hinausläuft, ist folgendes: Ganz egal, wie du über Waffen denkst – willst du lieber derjenige sein, der tötet, oder der, der getötet wird?«

Jack zahlte für beide, und anschließend fuhren sie direkt nach Van Nuys zu Grantham's GunMart, und es war ganz anders, als Delaney es sich vorgestellt hatte. Keine entsprungenen Zuchthäusler oder Hell's Angels stöberten dort in Kisten mit Hohlmantelgeschossen, keine großspurigen Bärenjäger oder nervösen Buchhalter, die mit eingezogenem Schwanz in den Gängen herumrannten. Der Raum war großzügig angelegt, hell erleuchtet, die Ware lag in dekorativen Schaukästen aus, als handelte man bei Grantham's mit teurem Schmuck, Parfum oder Rolex-Uhren. Es gab nichts Verstohlenes, niemand war verschämt, und die Klientel setzte sich, soweit Delaney sehen konnte, aus gewöhnlichen Durchschnittsbürgern zusammen, in Shorts und Sweatshirt, im Anzug oder im Kleid, sie kauften die Werkzeuge zum Töten so beiläufig, als wählten sie im Garten-Center Rattenfallen oder Maulwurfgift aus. Die Frau hinter dem Ladentisch – Samantha Grantham persönlich – sah aus wie eine pensionierte

Grundschullehrerin, mit grauem Haarknoten und einer silbergefaßten Brille, die feisten Finger elegant auf dem Schaukasten drapiert. Sie verkaufte Delaney das gleiche Handfeuerwaffenmodell, das sie selbst in der Handtasche trug und mit dem sie auf dem Parkplatz des Einkaufszentrums in Fallbrook nach der Spätvorstellung ein paar Möchtegernräuber abgeschreckt hatte, und dazu verkaufte sie ihm ein leichtes Bianchi-Holster aus Nylon mit Klettverschluß, das so bequem an die Innenseite seines Hosenbundes paßte wie eine zweite Tasche. Zu Hause hatte er sich geschämt und so gefühlt, als hätte er nun alle Hoffnung verloren, und dann hatte er das Ding in die Kassette in der Garage gesperrt und völlig vergessen. Bis jetzt.

Jetzt kam er zur Eingangstür herein, auf dem Teppich bildeten sich Wasserpfützen, fischte den Schlüssel aus der Schreibtischschublade in seinem Arbeitszimmer und ging geradewegs in die Garage. Die Kassette war aus Stahl, feuerfest, so groß wie zwei Aktenstapel. Es lag Staub darauf. Er steckte den Schlüssel ins Schloß, öffnete den Deckel, und da lag er, der Revolver, den er schon ganz vergessen hatte. Er schimmerte in seiner Hand, reflektierte das Licht der nackten Glühbirne, die von der Decke baumelte, und der Regen prasselte aufs Dach. Sein Mund war trocken. Er atmete schwer. Er schob die Patronen in die geradezu genial dafür entworfenen Schlitze, jede einzelne glitt mit einem präzisen, todbringenden Klick hinein, und er wußte, daß er das Ding nie benutzen, es nie abfeuern würde, niemals – aber er würde es aus dem Holster ziehen, in all seiner tödlich blitzenden Schönheit, und es auf diesen ausländischen schwarzäugigen Schachtelteufel von Vandalen richten, bis die Polizei kam und ihn dorthin brachte, wo er hingehörte.

Delaney steckte sich die Waffe ins Holster, schob es

sich in die Hose, und dann durchfuhr ihn ein Schauder: Er fröstelte. Zitterte so stark, daß er kaum die Hand zum Lichtschalter heben konnte. Er würde sich umziehen müssen, und zwar gleich – aber wo war eigentlich Kyra, sollte sie nicht längst zu Hause sein? Zuerst aber der Film, und dann vielleicht noch etwas essen. Bei Jack und Selda war das Licht aus gewesen, als er eben auf der Straße vorbeigegangen war, aber er wußte, wo sie ihren Reserveschlüssel versteckten, unter dem dritten Blumentopf rechts neben der Hintertür, und er war sicher, daß sie nichts dagegen hätten, wenn er kurz ihre Dunkelkammer benutzte – er mußte diese Fotos haben, er mußte den Kerl mit der Spraydose in der Hand überführen, ihn auf frischer Tat ertappen. Das andere Foto, das erste damals, war schon ganz gut gewesen, aber es war kein schlüssiges Indiz – vor Gericht ließe sich immer noch argumentieren, es beweise gar nichts, außer daß der Beschuldigte sich auf öffentlichem Grund und Boden aufgehalten habe, was sein gutes Recht sei – wer wollte behaupten, daß er nicht gerade auf dem Weg durch das Tor gewesen war, um in Arroyo Blanco Freunde zu besuchen oder sich nach Arbeit umzusehen oder Flugzettel zu verteilen? Aber diese sechs neuen Fotos – Delaney würde vergrößerte Abzüge davon machen und sie direkt auf dem Küchentisch liegen haben, wenn die Polizei kam …

Als erstes aber: umziehen. Ein unwillkürlicher Schauer packte seinen Körper, dann noch einer, und er nieste zweimal, als er die Waffe aufs Bett legte und die Schuhe abstreifte. Er würde sich mit einer heißen Dusche aufwärmen, genau das würde er tun, dann den Anrufbeantworter abhören – Kyra mußte mit Jordan Pizza essen gegangen sein –, und danach würde er sich hinsetzen und selbst etwas essen, eine Dosensuppe oder so. Es hatte keine Eile. Er wußte jetzt, wo der Dreckskerl zu finden war – da oben im Gestrüpp, in Sichtweite der Mauer –, und in einer kalten Nacht wie dieser würde er ein Feuer brennen haben, und dieses Feuer würde ihn verraten. Das sollte das letzte Feuer sein, das er je angezündet hatte – in dieser Gegend jedenfalls.

Während die Suppe in der Mikrowelle heiß wurde, nahm Delaney eine saubere Jeans aus dem Schrank, wühlte seine leichten High-Sierra-Wanderstiefel mit den zentimeterdicken Sohlen hervor, legte Thermosocken, einen Pullover und seine Regensachen auf dem Bett bereit. Die Dusche hatte ihn aufgewärmt, aber er zitterte immer noch, und ihm wurde klar, daß es nicht an der Kälte lag, sondern am Adrenalin, am puren Adrenalin. Er war zu aufgedreht, um mehr zu tun, als auf die heiße Suppe zu blasen – Campbell's Gemüsesuppe mit ganzen Stücken –, dann ging er in den Flur, nahm vor dem großen Spiegel Aufstellung und sah sich zu, wie er den Revolver in die Hose schob und wieder hervorzog, während er gleichzeitig den Anrufbeantworter abhörte. Kyra würde, wie er angenommen hatte, spät kommen – sie hatte ein Haus entdeckt, in Agoura, ausgerechnet, auch Jordan hatte sie zu spät abgeholt, und sie wollte mit ihm vielleicht chinesisch essen und dann in ein Spielzeuggeschäft gehen; er sammelte jetzt X-Men-Karten. Delaney schloß ab, steckte den Film in die Tasche und trat in den Regen hinaus.

Es regnete stark. Der Piñon Drive sah aus wie ein Flußbett, nichts bewegte sich außer Wasser, und er hörte Felsblöcke in den betonierten Abzugsgräben krachen, die hoch oben am Hang Muren und Geröll von der Anlage fernhielten. Delaney stand eine Weile im Regen und dachte nach, lauschte dem Dröhnen des nachgebenden Berges – bei der Erosion im Brandgebiet und bei diesem Regen könnte alles mögliche passieren. Sie waren gefährdet – es bestanden die klassischen Voraussetzungen für einen Erdrutsch, dank diesem feurigen Mexikaner hielt da oben nichts mehr den Boden zusammen –, allerdings konnte er wenig dagegen tun. Wenn die Gräben überschwemmt wurden, war immerhin noch die Mauer da, um abzuhalten, was dann herunterkäme – es war ja nicht so, daß er und seine Nachbarn Sandsäcke aufschichten müßten. Er machte sich Sorgen, natürlich – er machte sich ständig Sorgen –, und wenn die Wettergötter ihm einen Wunsch freistellten, würde er den Regen zu einem netten, harmlosen, sanften Nieseln zurückschrauben, aber bei diesem Wolkenbruch war der Dreckskerl da oben wenigstens in seinem Unterschlupf festgenagelt, was immer er sich zusammengebastelt hatte, und damit war er noch leichter zu finden.

Bei den Cherrystones fand Delaney ohne Probleme den Schlüssel unter dem Blumentopf, und er hängte seinen Poncho an die Küchentür, um nicht den ganzen Fliesenboden naßzutropfen. Er tastete nach dem Lichtschalter, der Revolver drückte sich gegen seinen Unterleib wie eine harte, heiße Hand, wie etwas, das auf einmal lebendig geworden war, und sein Herz pochte gegen die Rippen, und das Blut rauschte ihm in den Ohren. Das Licht erhellte den Raum explosionsartig, und Seldas Katze – ein riesiger Manx-Kater, der kaum von einer Wildkatze zu unterscheiden war – sprang von einem Stuhl und schoß in den Korridor davon. Delaney fühlte sich wie ein Dieb. Aber dann war er in der Dunkelkammer, der Film war in der Entwicklerdose, und das beruhigte ihn, so war es gut. Jederzeit, hatte Jack gesagt, wann immer du willst. Delaney war sich so sicher, was er diesmal vorfinden würde, daß er die Negative kaum ansah – irgend etwas war da drauf, schattenhafte Gestalten, verschwommenes kriminelles Tun –, er schnitt die restliche Filmschlange ab, ließ sie zu Boden fallen und machte Kontaktabzüge von den ersten sechs Bildern. Als er belichtet hatte, schob er das Papier ins Entwicklerbad und bekam seinen zweiten fotografischen Schrecken in dieser Woche: Das war kein Mexikaner, der da entsetzt und mit offenem Mund ins Objektiv starrte, auf langen Beinen, die in glänzenden Lederstiefeln steckten, es war kein Mexikaner, der die Spraydose deutlich sichtbar in der großen weißen Hand hielt, kein Mexikaner hatte Haar von dieser Farbe und eine solche Frisur …

Es war Jack jr.

Jack jr. und ein Komplize, den Delaney nicht erkannte, und da waren sie, sechsfach vervielfältigt auf einem Kontaktabzug, zum Leben erweckt, auf frischer Tat ertappt. Es war eine so totale Überraschung, wie sie Delaney noch nie erlebt hatte, und beinahe stoppte sie ihn. Beinahe. Er räumte langsam und methodisch auf, goß die Wannen aus, spülte sie ab und stellte sie auf das Regal zurück, wo Jack sie aufbewahrte. Dann legte er die Negative auf den Kontaktabzug und knüllte alles zu einem dicken Knäuel zusammen, den er tief unten im Mülleimer vergrub. Dieser Mexikaner war schuldig, so oder so, schuldig an so viel mehr als dem. Schließlich kampierte er da oben, oder? Er hatte Delaneys Auto demoliert. Hundefutter und Plastikplatten gestohlen. Und wer wußte, ob er nicht auch das Feuer gelegt hatte?

Die Nacht war schwarz, absolut und undurchdringlich schwarz, aber Delaney wollte die Taschenlampe nicht benutzen – die Gefahr war zu groß, daß er sich damit verraten würde. Sobald er über die Mauer geklettert war, mußte er ohne das Licht der Außenlampen und der Weihnachtsbeleuchtung der Anlage auskommen, es gab nur noch die Nacht und den Regen. Der Geruch war aufdringlich und köstlich zugleich, ein Amalgam aus Gerüchen, ein ganzer Berg, der von den Toten auferstanden war. Geröllbrocken krachten in den mit Stahl ausgekleideten Abflußrohren grollend wie Donner, und überall das Geräusch von strömendem Wasser. Jeder winzigste Riß in der Erde war jetzt ein Spalt und jeder Spalt ein Rinnsal und jedes Rinnsal ein Bach. Delaney spürte, daß ihm der Schlamm bis zu den Knöcheln reichte. Seine Augen paßten sich, unendlich langsam, der Dunkelheit an.

Er ging bergauf, das Rückgrat des Hangs entlang, auf demselben Weg, den damals der Coyote mit Sacheverell im Maul genommen hatte, aber seine Füße fanden keinen Halt. Wo vorher der weiße Staub und die roten Körner der Ameisenhügel eine dicke Schicht auf der ausgetrockneten Erde gebildet hatten, lag jetzt nur ein unsichtbarer, unendlich elastischer Film aus Schlamm. Delaney rutschte immer wieder aus, trotz der Geld-zurück-Garantie seiner Stiefel, und ehe er noch zwanzig Schritte gegangen war, kroch er auf Händen und Knien. Der Regen peitschte sein Gesicht, die Vegetation zerfiel unter dem hektischen Griff seiner Finger. Er kam voran, Meter um Meter, suchte immer wieder ebene Stellen, an denen er sich aufrichten und nach vorn spähen konnte, bevor er erneut abtauchte und auf allen vieren weiterkroch. Zeit bedeutete nichts. Das Universum war reduziert auf den Quadratmeter zerrissenen Himmels über ihm und den Schlick unter seinen Händen. Er war draußen, mittendrin, dem kalten schwarzen schlagenden Herzen der Welt so nahe, wie er ihm nur kommen konnte.

Und dabei dachte er die ganze Zeit: Jetzt hab ich ihn, den Mistkerl, den Versicherungsbetrüger, den Feuerteufel – das Hochgefühl, das ihn erfaßte, war wie eine Droge, und diese Droge schloß alle Vernunft aus. Er dachte nicht eine Sekunde lang darüber nach, was er mit dem Mexikaner anfangen würde, wenn er ihn aufgespürt hatte –

das war unwichtig. Alles war unwichtig. Wichtig war nur eins: ihn zu finden, ihn aus seinem Bau zu scheuchen, seine Zähne und Zehen und die Haare auf seinem Kopf zu zählen und das alles aufzuzeichnen als Beweis. Delaney war schon hier oben gewesen, hundertmal, auf der Pirsch nach hundert verschiedenen Geschöpfen – er war schließlich der Pilger. Seine Sinne waren geschärft. Ihm entging nichts.

Und dann, wie er es erwartet hatte, nahm er den ersten schwachen, feinen Geruch war: Rauch. Delaney berührte in diesem Moment den Revolver, faßte ihn dort an, wo er sich gegen seinen Unterleib preßte, und ließ sich von seiner Nase leiten.

8

»Du siehst aus, als ob du gerade ein Gespenst gesehen hättest.«

Cándido legte Zweige ins Feuer, versuchte sich daran zu wärmen, und er antwortete nicht. Eben noch hatte er draußen im Dunkeln und im strömenden Regen ihren Namen gerufen, um sie nicht zu erschrecken – »Ich bin's, *mi vida*« –, war durch den klatschnassen Teppichvorhang gekrochen, der vor der Eingangsöffnung hing, und hatte die Nässe mit hereingebracht. Er hatte die Sandalen draußen abgestreift, aber seine Füße waren bis zu den Knöcheln mit Schlamm verschmiert, Hemd und Hose waren dunkel von der Nässe und klebten an seiner Haut. Er hatte keine Jacke. Und auch keine Mütze.

América wollte gerade sagen: *Cándido, mi amor, du mußt dir draußen die Füße abspülen, hier drin ist es schon schlimm genug, da in der Ecke regnet es durch, und der Gestank nach Schimmel oder Pilz oder was immer das ist, macht mich noch verrückt,* aber nach einem Blick in sein Gesicht überlegte sie es sich anders. Er hatte auch nichts in der Hand, und das war seltsam – sonst brachte er immer irgend etwas mit, einen Stoffetzen, in den sie das Baby wickeln konnte, ein Paket mit Tortillas oder Reis und manchmal einen Schokoriegel. Heute abend hatte er gar nichts dabei, und er machte diese komische Miene. »Stimmt irgendwas nicht?« fragte sie.

Er zog die dreckigen Füße unter sich, in dem kleinen Verschlag, in dem man sich wie in einer Versandkiste fühlte, das ganze Ding war kaum größer als die Ehebetten, in denen die Gringos schliefen, und sie sah jetzt, wie hager und ausgemergelt er geworden war, und auf einmal mußte sie weinen, sie konnte es nicht zurückhalten, und es klang in ihren eigenen Ohren wie das Winseln eines Hundes. Sie weinte, aber sie verschluckte die Töne, bevor sie ihr entweichen konnten, und der Regen trommelte auf das grüne Plastikdach und tröpfelte an der transparenten Folie hinunter, die Cándido irgendwo aufgetrieben hatte, um die Wände zu verkleiden, und noch immer antwortete er ihr nicht. Sie sah, wie ihn ein Schauer durchfuhr und dann noch einer.

»Ich wünschte, es wäre nur ein Gespenst gewesen«, sagte er nach einer Weile und griff nach dem Aluminiumnapf mit *cocido,* der auf dem kleinen Brett in der Ecke stand, das er angebracht hatte, damit sie ihre kärglichen Vorräte irgendwo aufbewahren konnten.

Sie sah zu, wie er den Napf aufs Feuer stellte, das Feuer schürte und ein paar größere Holzscheite darauf legte. *Camping,* wie sehr sie dieses Camping haßte.

»Es war dieser *gabacho*«, sagte er, »der mit den roten Haaren, der mich damals angefahren hat. Er macht mir angst. Er ist wie ein Wahnsinniger. Bei uns zu Hause im Dorf würden sie den in einer Zwangsjacke in die Stadt bringen und im Irrenhaus einsperren.«

Ihre Stimme war ganz leise. Der Regen trommelte gegen die Tür. »Was ist passiert?«

»Was glaubst du wohl?« Er schob die Unterlippe vor, und der Schein des Feuers ließ sein Gesicht wieder lebendig werden. »Ich bin die Straße entlanggegangen, in Gedanken – und heute war bis jetzt der schlimmste Tag, nichts, keine Chance auf Arbeit –, da taucht plötzlich ein Auto hinter mir auf, und ich schwöre dir bei Jesus Christus am Kreuz, dieser Wahnsinnige hat schon wieder versucht, mich zu überfahren. Zentimeter. Um ein paar Zentimeter hat er mich verfehlt.«

Sie roch jetzt den *cocido* – es war Fleisch darin, irgend etwas, das er gefangen hatte, außerdem Kartoffeln und Chilis und eine kräftige Brühe. Sie konnte es ihm jetzt nicht sagen, noch nicht, auch wenn sie sich den ganzen Tag lang dafür gestählt hatte – Socorro mußte zu einem Arzt, sofort, es mußte einfach sein –, aber wenn er aufgegessen und sich aufgewärmt hatte, dann würde sie es ihm sagen.

Cándido sprach leise vor Staunen. »Und dann ist er aus dem Wagen gestiegen und mir nachgerannt – mit einem von diesen Telefonen in der Hand, die ohne Schnur dran –, und ich glaube, er hat die Polizei angerufen, aber ich hatte keine Lust, das abzuwarten, da kannst du drauf wetten. Aber um was geht's da eigentlich? Was hab ich diesem Mann getan? Von dem Feuer kann er doch nichts wissen, oder? Und das war ein Versehen, weiß Gott ...«

»Vielleicht hat er dich schon beim erstenmal mit Absicht angefahren. Vielleicht ist er ein Rassist, ein Schwein. Vielleicht haßt er uns, weil wir Mexikaner sind.«

»Das glaube ich einfach nicht. Wie kann jemand so bösartig sein? Er hat mir doch zwanzig Dollar gegeben, weißt du noch?«

»Zwanzig Dollar«, fauchte sie und riß so heftig die Hand hoch, daß sie das Baby aufweckte. »Und dann hat er seinen Sohn in den Cañon geschickt, um uns zu schikanieren, stimmt doch?«

Später, nachdem Cándido den Rest des Eintopfs mit drei Tortillas ausgeputzt hatte, sein Hemd getrocknet war und die Schlammkrusten an seinen Füßen langsam abbröckelten und durch die Ritzen im Fußboden fielen, riß sie sich zusammen und kam auf die Sache mit Socorro und dem Arzt zurück. »Sie hat irgendwas«, sagte América, gerade als eine windgepeitschte Regensalve gegen die Plastikfolie prasselte wie Querschläger einer Kanonade.

»Etwas an den Augen. Ich habe Angst, ich habe Angst, daß ...« Aber sie konnte nicht weitersprechen.

»Was meinst du, an den Augen?« Cándido wollte es nicht hören, er konnte keine weitere Sorge brauchen. »Gar nichts ist mit ihren Augen«, sagte er, und wie um es zu beweisen, nahm er ihr das Baby aus dem Arm. Als Reaktion darauf fuchtelte Socorro mit den Armen und stieß einen krächzigen, heiseren Schrei aus. Er sah kurz in ihr Gesicht – nicht zu genau, er hatte Angst, zu genau hinzusehen –, dann wandte er sich an América und sagte: »Du bist verrückt. Sie ist doch wunderschön, sie ist vollkommen – was willst du denn noch?« Socorro wurde wieder zurückgereicht, zart und zerbrechlich und in ihr Handtuch gehüllt, aber Cándido ging mit ihr um, als wäre sie ein Reisigbündel, ein Brotlaib, einfach nur ein Gegenstand.

»Sie, sie sieht mich nicht, Cándido – sie kann nichts sehen, ich habe Angst.«

Cándido war wie vom Donner gerührt. Der Regen gellte. »Du bist verrückt.«

»Nein«, und sie brachte kaum die Worte heraus, »nein, das bin ich nicht. Wir brauchen einen Doktor – vielleicht kann er etwas ausrichten, vielleicht –, du weißt nämlich nichts, Cándido, du weißt gar nichts, und du willst auch gar nichts wissen.« Sie war jetzt zornig, alles brach aus ihr heraus, die ganze Angst und Besorgnis und die Schmerzen der letzten Tage, Wochen, Monate: »Es war meine Pisse, meine Pisse hat so gebrannt, deshalb ist es passiert, wegen« – sie konnte ihm nicht in die Augen sehen, das Feuer flackerte, die Lampe verwandelte sein Gesicht in eine Totenmaske –, »wegen dieser Männer damals.«

Es war die schlimmste Wunde, die sie ihm beibringen konnte, aber er mußte es verstehen, und es lag auch kein Vorwurf darin – was passiert war, war passiert –, doch seine Antwort hörte sie nicht mehr. Denn in diesem

Moment knallte etwas gegen die Seitenwand der Hütte, etwas Großes, etwas Lebendiges, der Vorhang wurde aus der Tür gerissen und in die Nacht hinausgeschleudert, und da war dieses Gesicht, das zu ihnen hineinspähte. Das Gesicht eines *gabacho,* so unerwartet, erschreckend und entsetzlich wie eine Fratze, die einen am *Día de los Muertos* aus einer dunklen Ecke anspringt. Aber dieser Schrekken war noch gar nichts, denn zu dem Gesicht gehörte eine Hand, und diese Hand hielt einen Revolver.

Delaney fand die Hütte, und seine tastenden Finger sagten ihm, daß sie aus gestohlenen Paletten und Gestrüpp und dem Acryldach von Bill Vogels Treibhaus bestand, das seit einiger Zeit fehlte. Drinnen brannte Licht – ein Feuer und vielleicht auch eine Lampe –, das ihn leitete, aber der Schlamm war glitschig wie Öl auf Glas, und er verlor das Gleichgewicht und verriet sich. Er glaubte, Stimmen zu hören. Mehr als eine. Er war entrüstet – wie viele von denen waren dort, wie viele denn noch? Das durfte nicht so weitergehen, diese Umweltzerstörung, dieser Müll in den Bergen und Bächen und Sümpfen und der gesamten Natur; jetzt war Schluß damit. Er stürzte auf den gestohlenen Teppich zu, der den Eingang verdeckte, und riß ihn mit einer Hand weg, weil die andere, seine rechte Hand, irgendwie auf einmal den Revolver hielt, und es war, als wäre die Waffe beseelt und lebendig, als wäre sie ganz von selbst aus dem Holster in seine zupakkenden Finger gerutscht ...

Und von diesem Moment an wurden die Dinge unklar. Er hatte das Dröhnen schon seit ein paar Minuten gehört, ein Geräusch wie die gewaltigste Brandung, die an die schroffste aller Küsten donnerte, aber hier gab es keine Küste, hier gab es nur ...

Und dann spürte er, wie er von hinten emporgehoben

wurde, von einer monströsen, unaufhaltsamen Kraft, und er ließ die Waffe fallen und griff nach dem Rahmen der plötzlich schrägen Tür dieser jämmerlich winzigen Hütte, starrte voller Staunen in die von der Lampe erhellten Gesichter – sein Mexikaner, da war er, endlich, und eine junge Frau, die er noch nie gesehen hatte, und war das da ein Säugling? –, doch da kippte die Hütte um und wurde von der mächtigen Schlammlawine fortgerissen, bis sie in Stücke fiel, das Licht erlosch, die Gesichter verschwanden und Delaney dem kalten schwarzen schlagenden Herzen der Welt noch viel näher kam, als er je für möglich gehalten hätte.

Und so stürzte am Ende alles über Cándido herein: das Gebrechen seiner Tochter, der *pelirrojo* mit dem Revolver und zu guter Letzt der ganze Berg. Die Lampe flackerte, der Regen zischte wie eine Kiste voller Schlangen, die man mit einem Stock aufstörte. *Sie sieht mich nicht, Cándido, sie kann nichts sehen,* sagte América, und in diesem Moment hatte er die Vision seiner vollkommenen, pummeligen kleinen Tochter, wie sie sich in eine alte Vettel mit Krückstock und Blindenhund verwandelte, und bevor er noch die Bedeutung all dessen in seinen sämtlichen grausigen Möglichkeiten erfassen und dann aus dem Bewußtsein verdrängen konnte, tauchte dieser Wahnsinnige mit dem Revolver auf und bedrohte sein Leben, und bevor er auch nur anfangen konnte, sich *damit* zu beschäftigen, wurde der ganze Berg zu Pudding, zu Brei, das Licht erlosch, und die Hütte zerbrach in Stücke. Zuerst wußte er gar nicht, was geschah – wie sollte er auch? –, aber widerstehen konnte er dieser Kraft nicht. Hätte er seine Hütte aus Edelstahl und mit zwanzig Meter tiefen Fundamenten gebaut, das Ergebnis wäre dasselbe gewesen. Der Berg war unterwegs, und er war unterwegs mit ihm.

Er hatte nicht einmal die Zeit zu fluchen, zu erschrekken oder über sein Schicksal nachzudenken – es gelang ihm nur, América und sein armes blindes Baby an sich zu reißen und festzuhalten. América hatte sich Socorro unter den Arm gesteckt wie einen Football, und mit der freien Hand klammerte sie sich an ihm fest, während das Dach weggefetzt wurde und sie alle in einem wilden Durcheinander auf die Paletten geworfen wurden, die eine halbe Sekunde zuvor noch die Innenwand und jetzt auf einmal der Fußboden waren. Ein sich bewegender Fußboden. Ein Fußboden, der wie ein Surfbrett abwärts schoß, auf der Wellenkrone des flüssigen Berges, der die Erde wegschwemmte und Bäume aus dem Boden riß, als hätten sie keine Wurzeln, und da war auch der *pelirrojo,* das weiße Gesicht und die herumfuchtelnden weißen Arme, gefangen in dem wahnwitzigen schwarzen Strudel wie ein Mann, der in der Scheiße ertrinkt.

Der Berg brüllte, die Felsen tobten, und doch blieben sie irgendwie obenauf in diesem geschmolzenen Fluß, auf dem sie mit all dem übrigen Schutt durch die Nacht rasten. Cándido hörte das Rauschen des Wassers vor sich und sah die Lichter der Wohnanlage unter sich, sie ritten hoch oben auf der Welle aus Schlamm, die Mauern niederwalzte, die Dächer von den Häusern riß und ihn und América und die kleine Socorro in die donnernde Leere hinausschleuderte. Dann gingen gleichzeitig alle Lichter aus, sie durchbrachen die Mauer der Anlage, und die beiden fest verbundenen Paletten waren ein Floß auf dem Sturzbach, in das sich die trockene weiße Geröllhalde verwandelt hatte, und sie trudelten führerlos in der Strömung.

América schrie, das Baby schrie, und Cándido hörte auch seine eigene Stimme, die sich zu einem dünnen, klagenden Wimmern erhob, aber das war nichts im Vergleich zum Kreischen der entwurzelten Bäume und dem alptraumhaften Krachen der Felsen, die neben ihnen bergab stürzten. Er dachte nicht nach – er hatte keine Zeit zum Denken, nur zum Reagieren –, aber während er auf der Schwärze dieses neuen Bachs dahinwirbelte, der seinem Endpunkt in dem alten Bach tief unten entgegenraste, schaffte er es endlich, den Motor all seines Elends in einem Ausbruch von Obszönitäten zu verfluchen, der ihn für sein ganzes Leben verdammt hätte, wäre er nicht bereits ein Verdammter gewesen. Was sollte das? Was war mit ihm los? Er wollte nur Arbeit, und das war nun sein Schicksal, dieses dreckige beschissene Pech, die Frau geschändet, das Baby blind, ein wahnsinniger Weißer mit Revolver, und als ob das noch nicht genug wäre, um einen unersättlichen Gott zufriedenzustellen: nein, sie mußten zu allem Überfluß noch wie die Ratten ersaufen.

Unter Kontrolle zu bringen gab es da nichts, es war hoffnungslos. Da waren nur die irrwitzige Abwärtsfahrt und das Krachen der Felsen. Cándido klammerte sich an der Holzpalette fest, und América klammerte sich an ihn. Seine Fingerknöchel wurden geschunden und gebrochen, aber er hielt weiter fest, weil ihm nichts anderes übrigblieb. Und dann waren sie im Bett des großen Bachs, im Topanga Creek, und der Berg lag hinter ihnen. Aber das war nicht der Bach, von dem Cándido getrunken, in dem er gebadet und an dem er all diese qualvollen Monate der Dürre hindurch geschlafen hatte – es war nicht einmal der Bach, den er am selben Tag unter der Brücke hatte dahintosen sehen. Es war ein Strom, ein reißender Strom, der hoch über den Brücken und Straßen und allem anderen hinwegschoß. Es gab kein Entkommen. Die Palette wirbelte und bockte, und schließlich warf sie ihn ab.

Sie prallten mit etwas zusammen, etwas so Großem, daß es unbeweglich war, und während Cándido das Floß losließ, ließ América ihn los; plötzlich war er im Wasser und hatte nichts mehr zum Festhalten, und das Wasser war kalt wie der Tod. Er ging unter, und es fühlte sich an, als drückte ihn eine riesige Faust nieder, zerquetschte ihn, aber er strampelte dagegen an, krachte unter Wasser gegen einen Baumstamm, dann gegen einen scharfkantigen Felsen, und irgendwie war er wieder an der Oberfläche. »América!« schrie er. »América!« Im nächsten Augenblick packte es ihn erneut, das wütende rasende Wasser, schlug ihm in die Nase und preßte sich in seine Kehle, und die Strömung ließ ihn über ein hartes Waschbrett rattern, Höcker auf Höcker aus unnachgiebigem Stein, und er sah seine Mutter vor sich, wie sie die Wäsche in einem Schwall von Schaum auf den Steinen ausschlug, er mußte damals drei Jahre alt gewesen sein, und er wußte, daß er sterben würde – *Geh zum Teufel, Sohn* –, und er schrie von neuem auf.

Dann hörte er eine Stimme neben sich, direkt an seinem Ohr – »Cándido!« –, und es war seine Frau, es war América, die ihm ihre Hand entgegenstreckte. Das Wasser brodelte und zerrte an ihm, warf ihn vorwärts, nur um ihn gleich wieder zurückzuschleudern, und wo war sie jetzt? Da, sie klammerte sich an die glatte, harte Oberfläche dieses Waschbretts, das verschwommen aus dem Strudel aufragte. Er kämpfte sich mit aller Macht vorwärts, und plötzlich spie ihn das Wasser seiner Frau in die Arme.

Er war gerettet. Er war am Leben. Es gab keinen Himmel, keine Erde, und der Wind hämmerte mit Schrotkugeln aus Regen auf sie ein, und das Wasser toste zu seinen Füßen, aber er war am Leben, er atmete und lag in den Armen seiner Frau, seiner schmalen, schönen, bibbernden jungen Frau. Es dauerte einen Moment, in dem er den buckligen Stein unter sich mit tauben, blutenden Fingern ertastete, bis er begriff, wo sie waren – gerettet hatte sie die amerikanische Post, das hier war das Schindeldach des Gebäudes, und weiter unter ihnen war die scharfe Biegung des Bachbetts, das zu der überschwemmten Brücke und der Schlucht führte. »América!« war alles, was er herausbrachte, er keuchte es, stöhnte es, wieder und immer wieder. Er bekam einen Hustenanfall und erbrach das *cocido,* säuerlich und dünnflüssig, und er fühlte sich, als würde er langsam erdrosselt. »Ist dir was passiert?« röchelte er. »Bist du verletzt?«

Sie weinte. Ihr Körper und seiner waren eins, und ihre Weinkrämpfe schüttelten ihn, bis er selbst weinte oder beinahe weinte. Aber Männer weinten nicht, Männer hielten durch; sie arbeiteten für drei Dollar am Tag in der Gerberei, bis ihnen die Fingernägel ausfielen; sie schluckten Benzin und spien an den Straßenecken Feuer für die Touristen; sie schufteten, bis keine Kraft mehr in ihnen war. »Das Baby«, japste er, und er weinte nicht, nein, er weinte nicht. »Wo ist das Baby?«

Sie antwortete nicht, und er fühlte die Kälte in seine Adern sickern, eine solche Kälte und Müdigkeit, wie er sie noch nie verspürt hatte. Das dunkle Wasser war rings um ihn herum, Wasser, soweit das Auge reichte, und er fragte sich, ob ihm je wieder warm werden würde. Über das Fluchen, über den Kummer war er hinaus, er war bis ins tiefste Mark betäubt. Das alles, ja. Aber als er aus dem schwarzen Strudel der Strömung das weiße Gesicht auftauchen sah und die weiße Hand sich an die Dachschindeln klammerte, da streckte er den Arm aus und ergriff die Hand.

T. C. Boyle
América

Der Zusammenstoß des Mexikaners Cándido mit Delaney Mossbachers wachsgepflegtem Auto ist ein wortwörtlicher: Cándido, auf dem Weg zur Arbeit, rennt Delaney direkt vor die Kühlerhaube und wird schwer verletzt. Da die Schuldfrage sich nicht klären lässt und Cándido offenbar kein Englisch kann, drückt Delaney ihm eine 20-Dollar-Note in die Hand ... Zwei Welten, die sich fremder nicht sein könnten: hier América und Cándido, illegale Einwanderer aus Mexiko, dort das Ehepaar Mossbacher – liberale, umwelt- und ernährungsbewusste Angloamerikaner in Los Angeles. Delaney Mossbacher sieht seine geschützte Welt zunehmend bedroht von dunkelhäutigen, verdächtigen Gestalten, die überall dort herumlungern, wo er seine Wanderungen macht. Und jenseits der eleganten Villensiedlung, tief unten im Topanga Canyon, hausen Cándido und América wie die Tiere. Sie versuchen ihr Glück auf dem illegalen Sklavenmarkt – verfolgt von der Immigrantenpolizei, vom Hunger, von der Verachtung der Weißen, von der Bösartigkeit der eigenen Landsleute ...

Rückblickend schreibt T. C. Boyle über dieses Buch: »América war mein am heftigsten umstrittener Roman. Ich beschäftigte mich darin mit der illegalen Einwanderung in Südkalifornien – und das ist ein heißes Eisen. Viele Kritiker brachten Vorurteile mit. Ich musste mir eine Menge Beschimpfungen gefallen lassen, inklusive meiner liebsten: Menschlicher Abfall haben sie mich in einer Radiosendung genannt.«

Mehr als zehn Jahre nach dem Erscheinen der Originalausgabe unter dem Titel *The Tortilla Curtain* haben sich die Wogen geglättet: Inzwischen gilt der Roman als moderner Klassiker und gehört in den USA zum schulischen und universitären Kanon.
T. C. Boyle hat in *América* einen sozialpolitischen Konflikt vorweggenommen, dessen ganze Ausmaße erst Jahre später sichtbar wurden, und er hat mit dem Coyoten, der in das Anwesen der umweltbewegten, liberalen Mossbachers eindringt und sie in Aufregung versetzt, ein eindringliches Bild für eine Urangst des Menschen gefunden, die immer wieder in Gewalt mündet: die tief verwurzelte Furcht vor dem Fremden. Und für die Lust am Grenzenziehen.

»América ist eine ganz seltene literarische Leistung: Es ist ein wahrhaft notwendiges Buch«, schrieb die *New York Times.*